ॐ नमो भगवते वासुदेवाय

国家十二五重点出版项目

中国社会科学院创新工程学术出版资助项目

博伽梵往世书

BHĀGAVATA PURĀṆA

第二卷 第一篇

(10–19章)

维亚萨戴瓦 著

英文译著 A.C.巴克提韦丹塔·斯瓦米·帕布帕德

中文翻译 嘉娜娃

中国社会科学出版社

目　　录

第十章

主奎师那启程回杜瓦尔卡

第 1 节

शौनक उवाच
हत्वा स्वरिक्थस्पृध आततायिनो
युधिष्ठिरो धर्मभृतां वरिष्ठः ।
सहानुजैः प्रत्यवरुद्धभोजनः
कथं प्रवृत्तः किमकारषीत्ततः ॥१॥

śaunaka uvāca
hatvā svariktha-spṛdha ātatāyino
yudhiṣṭhiro dharma-bhṛtāṁ variṣṭhaḥ
sahānujaiḥ pratyavaruddha-bhojanaḥ
kathaṁ pravṛttaḥ kim akāraṣīt tataḥ

śaunakaḥ uvāca—绍纳卡询问 / hatvā—杀掉之后 / svariktha—合法的继承 / spṛdhaḥ—企图篡夺 / ātatāyinaḥ—攻击者 / yudhiṣṭhiraḥ—尤帝士提尔王 / dharma-bhṛtām—那些严格遵守宗教原则的人的 / variṣṭhaḥ—最伟大 / saha-anujaiḥ—和他的弟弟 / pratyavaruddha—限制的 / bhojanaḥ—义务地接受 / katham—如何 / pravṛttaḥ—从事 / kim—什么 / akāraṣīt—执行 / tataḥ—那以后

译文 绍纳卡·牟尼询问道：虔诚之士中最伟大的人尤帝士提尔王，在杀死妄图篡夺他的合法继承权的敌人后，是如何在他兄弟的协助下统治其臣民的？想必他不可能心安理得地尽情享受他的王国。

要旨 尤帝士提尔王(Mahārāja Yudhiṣṭhira)是当时最伟大的虔诚之士，因此根本不想为了享受王国而与他的堂弟们开战。他为正义而战，促使他作战的原因在于：哈斯提纳普尔是他合法继承的王国，而他的堂弟们为了个人的利益要去篡夺它。正因为如此，他才在圣主奎师那的指导下为维护正义而战。但由于他的堂弟们全被杀死在战场上，他无法心安理得地享受他胜利的果实。所以，他在他弟弟们的协助下，出于义务统治王国。绍纳卡圣人非常想知道，尤帝士提尔王在可以心安理得地享受他的王国的情况下是如何为人的。

第 2 节

सूत उवाच
वंशं कुरोर्वंशदवाग्निनिर्हृतं
संरोहयित्वा भवभावनो हरिः ।
निवेशयित्वा निजराज्य ईश्वरो
युधिष्ठिरं प्रीतमना बभूव ह ॥ २॥

sūta uvāca
vaṁśaṁ kuror vaṁśa-davāgni-nirhṛtaṁ
saṁrohayitvā bhava-bhāvano hariḥ
niveśayitvā nija-rājya īśvaro
yudhiṣṭhiraṁ prīta-manā babhūva ha

sūtaḥ uvāca一苏塔·哥斯瓦米回答说 / vaṁśam一朝代 / kuroḥ一库茹的君王 / vaṁśa-dava-agni一由竹子引发的森林大火 / nirhṛtam一被耗尽了 / saṁrohayitvā一使王朝如幼苗般重新成长 / bhava-bhāvanaḥ一创造的维系者 / hariḥ一至尊人格首神圣主奎师那 / niveśayitvā一重新建立了 / nija-rājye一在他自己的王国中 / īśvaraḥ一至尊主 / yudhiṣṭhiram一向尤帝士提尔王 / prīta-manāḥ一祂内心满意 / babhūva ha一变得

译文　苏塔·哥斯瓦米说：让尤帝士提尔王重新登上他的王位，并重建被愤怒的竹火烧毁的库茹王朝后，维系整个世界的至尊人格首神圣主奎师那感到很满意。

要旨　这个世界被比喻为是竹子相互摩擦引起的森林大火。这种森林大火是自动燃烧起来的，因为并没有外因促使竹子纠缠在一起。同样道理，在物质世界中，想要主宰物质自然的人所产生的愤怒相互影响，导致战火不断，消灭不值得要的人口。这种火的燃烧或战争的发生，与至尊主毫无关系。然而，为了维系祂的创造，祂想要大众走一条能使生物进入神之王国的正确的觉悟自我之路。至尊主想要受苦的人类回归家园，回到祂身边，不再受物质的三种苦。创造的总体计划正是为实现这个目标而制定。不醒悟的人将一直在物质世界里承受至尊主错觉能量的打击所导致的痛苦。为此，至尊主想要祂真正的代表统治世界。圣主奎师那降临到这个世界，是为了建立这种政体并铲除试图阻挠祂的计划实施的要不得的人。库茹柴陀战争按照至尊主的计划开打，以便消灭这个世界中的不良分子，建立在祂奉献者统治下的和平的王国。正因为如此，当尤帝士提尔王登上王位，库茹王朝的独苗帕瑞克西特王得到拯救后，至尊主感到心满意足。

第 3 节

नशम्य भीष्मोक्तमथाच्युतोक्तं
　　प्रवृत्तविज्ञानविधूतविभ्रमः ।
शशास गामिन्द्र इवाजिताश्रयः
　　परिध्युपान्तामनुजानुवर्तितः ॥ ३ ॥

niśamya bhīṣmoktam athācyutoktaṁ
　pravṛtta-vijñāna-vidhūta-vibhramaḥ
śaśāsa gām indra ivājitāśrayaḥ
　paridhyupāntām anujānuvartitaḥ

niśamya－听过后 / bhīṣma-uktam－彼士玛戴瓦所说的 / atha－同样的 / acyuta-uktam－由不会犯错的主奎师那所说的 / pravṛtta－从事于 / vijñāna－完美的知识 / vidhūta－完全清除了 / vibhramaḥ－所有的疑虑 /

śaśāsa－统治 / gām－地球 / indra－天堂星球的君王 / iva－就像 / ajita-āśrayaḥ－受无敌的至尊主保护 / paridhi-upāntām－包括海洋 / anuja－弟弟们 / anuvartitaḥ－在他们跟随下

译文 得到彼士玛戴瓦和绝对正确的圣主奎师那的话语启示后，尤帝士提尔王所有的忧虑一扫而空，于是更专注于完美的知识。他在弟弟们的协助下统治着陆地和海洋。

要旨 现代英国的长子继承权法律，在尤帝士提尔王统治陆地和海洋的那个时代就已经通用了。那时，哈斯提纳普尔(Hastināpura,现代的新德里)的君王是整个世界的帝王，直到尤帝士提尔王的孙子帕瑞克西特王时代，都统治着包括海洋在内的整个世界。尤帝士提尔王那些绝对虔诚的弟弟身为国家的大臣和军队指挥官通力工作，协助尤帝士提尔王统治整个王国。尤帝士提尔王是圣主奎师那统治整个地球王国的代表——理想的君王，可以与天堂星球统治者的代表人物因铎王(King Indra)相媲美。天帝因铎、月亮神昌铎(Candra)、太阳神苏尔亚(Sūrya)、水神瓦茹纳(Varuṇa)和风神瓦尤(Vāyu)等半神人，都是掌管宇宙中不同星球的代表人物；尤帝士提尔王也是他们中的一员，负责统治整个地球。尤帝士提尔王与现代典型的愚昧的政治领袖截然不同。他受到彼士玛戴瓦和永不犯错的至尊主的直接教育，所以清楚一切真相，有着完善的知识。

现代被选举出来的国家执政首脑根本没有王者的力量，所以都像傀儡一样。即使他们像尤帝士提尔王一样有灵性的知识，但按照宪法的规定，他不能自己做主，因此无法实现他美好的愿望。正因为如此，世上有那么多国家因为意识形态和观念的不同或其他的自私动机而纷争不断。但像尤帝士提尔王那样的君王没有他自己的观念，他只是遵循永不犯错的至尊主及至尊主授权的代表彼士玛戴瓦的指示。启示经典(śāstras)中教导说，人应该按照伟大的权威和永不犯错的至尊主的指示去做，不存丝毫的个人动机及杜撰的观念。尤帝士提尔王之所以可以统治包括海洋在内的整个世界，是因为他所遵循的原则绝对正确，而且放之四海而皆准，适用于每一个人。只有当我们能够遵循永不犯错的权威给予的指示时，世界大同的理想才得以实现。有缺陷的人无法设计出一套可以被每一个人接受的观念。只有完美且绝对正确的人才能制定一套适用于全世界每一个地方以及所有人都能遵守的纲领。真正的统治者是人，而不是不具人格特征的政府机构。如果统治者是完美的，政府就是完美的。如果统治者是蠢人，那么他所领导的政府就是蠢人的虚幻乐园。这就是大自然的法律。世上不完美的君王或执政首脑太多了，世界历史中记载了很多这样的实例。因此，执政首脑的职位必须由尤帝士提尔王那样受过训练的人来承担；而且，他必须有统治整个世界的绝对的专制权。世界大同的理想只有在尤帝士提尔王那样完美的君王统治下才能实现。过去，由于有尤帝士提尔王那样的君王统治全世界，整个王国是一片乐土。

第 4 节　कामं ववर्ष पर्जन्यः सर्वकामदुघा मही ।
सिषिचुः स्म व्रजान् गावः पयसोधस्वतीर्मुदा ॥ ४ ॥

kāmaṁ vavarṣa parjanyaḥ
sarva-kāma-dughā mahī
siṣicuḥ sma vrajān gāvaḥ
payasodhasvatīr mudā

kāmam－所需要的一切 / vavarṣa－降下 / parjanyaḥ－雨水 / sarva－一切 / kāma－必需品 / dughā－生产者 / mahī－土地 / siṣicuḥ sma－湿润 / vrajān－牧场 / gāvaḥ－母牛 / payasā udhasvatīḥ－由于奶囊充盈 / mudā－因为内心喜悦

译文　在尤帝士提尔王统治期间，云朵降下人们需要的雨水，大地慷慨地产出人类需要的一切。乳牛因为喜悦且奶囊丰满，所以常把乳汁洒在牧场的土地上，润湿了草场。

要旨 经济发展的基本原则以土地和乳牛为核心。人类社会的需求是五谷杂粮、水果、牛奶、矿物、衣服、木材等。毫无疑问，人需要这一切来满足物质躯体的需求，而不是肉、鱼、铁器和机械。在尤帝士提尔王统治期间，世界各地都有规律地降雨。降雨不是人类所能控制的；天帝因铎才是雨水的控制者，而他是至尊主的仆人。当君王和在君王管理下的臣民都服从至尊主的意愿时，天上就会有规律地下雨，雨水使大地万物得以生长。有规律地降雨不仅可以使谷物和水果获得丰收，雨水与天象的影响结合时还能盛产各种珍珠、宝石。谷物和蔬菜可以大量地喂养人和动物；肥胖的母牛产出足量的牛奶，以供给人大量的精力和活力。如果有足量的牛奶、五谷杂粮、水果、棉花、丝绸和珠宝，人还有什么需要借助地狱般的工厂和庞大的机器发展经济呢？工厂和机器能给人提供精力和活力吗？机器能生产出谷物、水果、牛奶、珠宝、棉花或丝绸吗？难道这些还不足以让人过上纯净、健康和富足的生活吗？为什么还需要电影院、汽车、收音机、肉和旅馆所营造的非自然的奢侈生活呢？这种文明除了使人与人之间、国与国之间像狗一样的争斗外，还起到了什么作用？这种因为某个人的幻想而把千百万人送进地狱般的工厂和战场的文明，增加了人类社会的平等及人与人之间的友谊吗？

这节诗里说，乳牛曾经因为喜悦和奶囊丰满而用牛奶润湿了草场。难道它们不需要受到适当的保护，过一种在牧场上有丰茂的青草可以吃的快乐生活吗？为什么人为了满足他们自私的动机而要去杀害牛呢？用五谷杂粮、水果和牛奶可以制作出千万种美味的食物，人为什么就不能满足于使用五谷杂粮、水果和牛奶呢？全世界为什么要开设那么多屠杀本该受到国家领导人保护的无辜动物的屠宰场？尤帝士提尔王的孙子帕瑞克西特王，在他幅员辽阔的王国中巡行视察时，看到一个黑人试图杀一头乳牛。帕瑞克西特王立刻把那个屠夫抓起来，严厉地斥责、处罚了他。难道君王或执政首脑不该保护没有能力保护自己的可怜动物吗？这样人道吗？动物难道就不是国家的居民吗？那为什么要允许开设屠宰场杀害它们？这些难道是平等、友谊和非暴力的象征吗？

因此，与现代所谓进步、文明的政体相比，像尤帝士提尔王那样的专制体制，显然优于允许杀害动物，允许由一个不如动物的人投票选举另一个不如动物的人的所谓民主制。我们都是物质自然的产物。《博伽梵歌》(Bhagavad-gītā)中说，至尊主本人是播种的父亲，物质自然是外形各异的众生的母亲。凭借全能的父亲圣奎师那的恩典，物质自然母亲为动物和人类提供了足量的食物。人类是其他生物体的兄长，天生具有比动物高的智力，以便其了解物质自然的运作方式，了解全能父亲的指示。人类文明应该依靠物质自然的产物，而不需要人为地去努力发展经济；只是为了感官享乐和过一种非自然的奢侈生活就把世界搞得混乱不堪，充满了贪婪与对权利的渴望。这样的生活只不过是狗和猪的生活。

第 5 节　नद्यः समुद्रा गिरयः सवनस्पतिवीरुधः ।
फलन्त्योषधयः सर्वाः काममन्वृतु तस्य वै ॥५॥

nadyaḥ samudrā girayaḥ
savanaspati-vīrudhaḥ
phalanty oṣadhayaḥ sarvāḥ
kāmam anvṛtu tasya vai

nadyaḥ—河流 / samudrāḥ—海洋 / girayaḥ—丘陵、高山 / savanaspati—蔬菜 / vīrudhaḥ—葡萄植物 / phalanti—富有疗效 / oṣadhayaḥ—草药 / sarvāḥ—所有的 / kāmam—必需品 / anvṛtu—季节性的 / tasya—为了君王 / vai—肯定地

译文 河流、海洋、丘陵、高山、森林、葡匐植物和富有疗效的草药，在每一个季节都大量地向君王进贡。

要旨 尤帝士提尔王受到绝对可靠的至尊主(Ajita)的保护，河流、海洋、丘陵、森林等至尊主上述的财产都很高兴，所以纷纷提供各自的物产作为税交给君王。成功的秘诀是托庇于至尊主的保护。没有祂的批准，一切都不可能发生。光靠我们自己的努力，借助于工具和机械，并不足以发展经济。必须有至尊主的批准，否则即使用尽一切机械的物质方法也无法获得成功。至尊主才是成功最关键的因素。君王是至尊主照顾大众福利的代理人，像尤帝士提尔那样的君王都很清楚这一事实。事实上，国土属至尊主所有。河流、海洋、森林、丘陵、草药等，都不是人创造，而是至尊主创造的。生物被允许使用至尊主的财产去为至尊主服务。如今的口号是“一切为人民”，因此政府为人民服务，由人民当家做主。但要在如今培养有神意识的一代新人，使他们过完美的人类生活——神性共产主义的生活，世界必须再次效法尤帝士提尔王和帕瑞克西特王。凭至尊主的意愿，大自然产出的一切足以让我们通过正确地运用就可以过上舒适的生活，而不必造成人与人之间、人与动物之间，以及人与自然之间的敌意。至尊主控制着天地万物，如果至尊主满意，大自然的每一个部分就都会满意。于是，河流将源源不断地大量涌流，使土地变得肥沃；海洋将提供足量的矿物、珍珠和宝石；森林将盛产木材、草药和蔬菜；季节的变化将有效地帮助水果和鲜花的大量生产。依靠工厂和机械工具的非自然的生活方式，只能使少数人过上所谓的快乐生活，但却牺牲了亿万人的利益。由于绝大多数人的精力都被用于工业性生产，大自然的生产就受到妨碍，大众因此而不快乐。由于没受过正确的教育，大众效法既得利益集团，只顾眼前利益，剥削大自然的资源，从而造成人与人之间、国家与国家之间的激烈竞争和冲突。他们不受至尊主那些接受过训练的代理人的控制。我们必须对照这节诗的内容，深入检讨现代文明的缺陷；应该效法尤帝士提尔王，净化人心，清除时代错误。

第 6 节　नाधयो व्याधयः क्लेशा दैवभूतात्महेतवः ।
अजातशत्रावभवन् जन्तूनां राज्ञि कर्हिचित् ॥ ६ ॥

nādhayo vyādhayaḥ kleśā
daiva-bhūtātma-hetavaḥ
ajāta-śatrāv abhavan
jantūnāṁ rājñi karhicit

na—从不 / ādhayaḥ—焦虑 / vyādhayaḥ—疾病 / kleśāḥ—因过度冷热而产生的打扰 / daiva-bhūta-ātma—全都来自躯体，超自然的力量和其他的生物体 / hetavaḥ—因……的缘故 / ajāta-śatrau—向一个没有敌人的人 / abhavan—发生 / jantūnām—生物体的 / rājñi—向君王 / karhicit—在任何时后

译文　由于君王没有敌人，在他统治期间，众生也就从不受心情焦虑、身体疾病和过度冷热的打扰。

要旨　对人类非暴力，但对可怜的动物怀有敌意或伤害它们：这是撒旦的哲学。在这个年代里，人们对可怜的动物怀有敌意，可怜的动物因而总是焦虑不安。不善待可怜动物所造成的报应笼罩着人类社会，所以人与人之间、团体与团体之间或国家与国家之间始终关系紧张，彼此长期打冷战或热战。尤帝士提尔王统治时期，尽管有不同的附属国，但没有不同的国家。整个世界是一个联合体，由像尤帝士提尔王那样受过训练的君王作为最高统治者统一领导，使居住其中的全体居民都免于焦虑、疾病，且不受炎热和寒冷之苦。他们不仅经济宽裕、身体健康，而且不受自然灾害、来自其他生物

体的敌意，以及个人身心痛苦的干扰。孟加拉文中有一句谚语说，昏庸的暴君摧毁整个国家，不贤惠的妻子糟蹋整个家庭。这一真理也适用于这里。由于君王非常虔诚，听从至尊主及圣人们的教导，由于他不与任何生物体为敌，而且被确认为是至尊主的代理人并因此受到至尊主的保护，可以说，所有受这样一位君王保护的众生都直接受到至尊主和祂授权的代表们的保护。人除非虔诚并得到至尊主的承认，否则不可能使受他保护的人快乐。尤帝士提尔王所树立的榜样表明，人与神，以及人与大自然之间应该通力合作，而这种有意识的合作可以给整个世界带来快乐、和平与繁荣。当代世人所养成的彼此剥削利用的习惯，只会招致痛苦。

第 7 节 उषित्वा हास्तिनपुरे मासान् कतिपयान् हरिः ।
सुहृदां च विशोकाय स्वसुश्च प्रियकाम्यया ॥ ७ ॥

uṣitvā hāstinapure
　māsān katipayān hariḥ
suhṛdāṁ ca viśokāya
　svasuś ca priya-kāmyayā

uṣitvā—留在 / hāstinapure—在哈斯提纳普尔城 / māsān—数月 / katipayān—几个 / hariḥ—主奎师那 / suhṛdām—亲戚 / ca—也 / iśokāya—为了安抚他们 / svasuḥ—妹妹 / ca—和 / priya-kāmyayā—为了取悦

译文 圣哈尔依——主奎师那，在哈斯提纳普尔住了几个月，以安抚祂的亲戚，取悦祂的亲妹妹(苏芭朵)。

要旨 库茹柴陀战争结束，尤帝士提尔王登基后，主奎师那原本是启程回杜瓦尔卡的。但为了满足尤帝士提尔王的请求，为了向彼士玛戴瓦表示特殊的仁慈，祂留下住在潘达瓦(Pāṇḍavas)兄弟的首都哈斯提纳普尔。圣主奎师那之所以决定留下来，是为了安抚沉浸在悲情中的君王，同时取悦祂妹妹苏芭朵(Subhadrā)。苏芭朵特别需要安慰，因为她失去了她那唯一的、刚刚完婚的儿子阿比曼纽(Abhimanyu)。阿比曼纽留下他妻子乌塔茹阿(Uttarā)，以及未出世的儿子帕瑞克西特。至尊主总是很愿意在各方面满足祂的奉献者。只有祂的奉献者才能扮演祂亲戚的角色。至尊主是绝对的。

第 8 节　आमन्त्र्य चाभ्यनुज्ञातः परिष्वज्याभिवाद्य तम् ।
आरुरोह रथं कैश्चित्परिष्वक्तोऽभिवादितः ॥८॥

āmantrya cābhyanujñātaḥ
pariṣvajyābhivādya tam
āruroha rathaṁ kaiścit
pariṣvakto 'bhivāditaḥ

āmantrya—得到许可 / ca—和 / abhyanujñātaḥ—被准许 / pariṣvajya—拥抱 / abhivādya—拜倒在足下 / tam—向尤帝士提尔王 / āruroha—登上 / ratham—战车 / kaiścit—由某人 / pariṣvaktaḥ—被拥抱 / abhivāditaḥ—被致以顶礼

译文　后来，至尊主请求尤帝士提尔王允许祂离开，并得到君王的首肯。至尊主向尤帝士提尔王顶礼致敬，君王拥抱了祂。接着，至尊主接受其他人的拥抱和顶礼，随后登上祂的战车。

要旨　尤帝士提尔王是主奎师那的表哥，所以奎师那在离开尤帝士提尔时向这位君王顶礼。尤帝士提尔王把奎师那当做弟弟拥抱祂，尽管他很清楚奎师那是至尊人格首神。当主奎师那的一些奉献者出于爱而把祂视为需要自己保护或比自己小的从属成员时，至尊主感到特别高兴。事实上，没有谁比至尊主伟大或与祂平等，但祂喜欢祂的奉献者把祂视为晚辈。这些都是至尊主超然的娱乐活动。非人格神主义者无法参加这些活动，无法理解至尊主的奉献者所扮演的神奇角色。尤帝士提尔王以哥哥的身份拥抱主奎师那后，彼玛和阿尔诸纳作为祂的同龄人拥抱了祂，而比祂年龄小的纳库拉和萨哈戴瓦则向祂顶礼。

第 9—10 节 सुभद्रा द्रौपदी कुन्ती विराटतनया तथा ।
गान्धारी धृतराष्ट्रश्च युयुत्सुर्गौतमो यमौ ॥९॥
वृकोदरश्च धौम्यश्च स्त्रियो मत्स्यसुतादयः ।
न सेहिरे विमुह्यन्तो विरहं शार्ङ्गधन्वनः ॥१०॥

subhadrā draupadī kuntī
virāṭa-tanayā tathā
gāndhārī dhṛtarāṣṭraś ca
yuyutsur gautamo yamau
vṛkodaraś ca dhaumyaś ca
striyo matsya-sutādayaḥ
na sehire vimuhyanto
virahaṁ śārṅga-dhanvanaḥ

subhadrā—奎师那的妹妹 / draupadī—潘达瓦兄弟的妻子 / kuntī—潘达瓦兄弟的母亲 / virāṭa-tanayā—维茹阿塔的女儿(乌塔茹阿) / tathā—也 / gāndhārī—杜尤丹的母亲 / dhṛtarāṣṭraḥ—杜尤丹的父亲 / ca—和 / yuyutsuḥ—兑塔瓦施陀和他的外夏妻子所生的孩子 / gautamaḥ—奎帕查尔亚 / yamau—双胞胎兄弟纳库拉和萨哈戴瓦 / vṛkodaraḥ—彼玛 / ca—和 / dhaumyaḥ—道弥亚 / ca—和 / striyaḥ—还有宫殿里其他的女子 / matsya-sutā-ādayaḥ—渔夫的女儿(萨提亚娃缇，彼士玛的继母) / na—不能 / sehire—忍受 / vimuhyantaḥ—几乎晕倒 / viraham—分离 / śārṅga-dhanvanaḥ—那位手持海螺的主奎师那

译文　那时，苏芭朵、朵帕蒂、琨缇、乌塔茹阿、甘妲瑞、兑塔瓦施陀、尤优特苏、奎帕查尔亚、纳库拉、萨哈戴瓦、彼玛森纳、道弥亚和萨提亚娃缇，都因为无法忍受与主奎师那的分离而变得浑身瘫软，几乎昏厥过去。

要旨　圣主奎师那对生物，特别是奉献者来说太有魅力了，以致他们根本无法忍受与祂分离。受制约的灵魂在错觉能量的迷惑下才会遗忘至尊主，否则不可能忘了祂。这种离别之情无法形容，奉献者只能想象而已。圣主奎师那离开温达文村庄里那些天真纯洁的牧牛童、牧牛姑娘、牧牛女和其他人，对他们的打击很大，令他们感到整个生活发生了翻天覆地的变化；奎师那最爱的牧牛姑娘茹阿妲茹阿妮(Rādhārāṇī)与奎师那分开后柔肠寸断，离别之情无以言表。一次，他们于日食期间相会在库茹柴陀(Kurukṣetra)一地，他们互述衷肠时所说的话，听了令人心碎。当然，至尊主超然的奉献者身份、地位各不相同，性格特点也不一样，但只要与祂有过亲密的接触，就一刻也无法离开祂了。那就是纯粹奉献者的状态。

第 11—12 节

सत्सङ्गान्मुक्तदुःसङ्गो हातुं नोत्सहते बुधः ।
कीर्त्यमानं यशो यस्य सकृदाकर्ण्य रोचनम् ॥११॥
तस्मिन्न्यस्तधियः पार्थाः सहेरन् विरहं कथम् ।
दर्शनस्पर्शसंलापशयनासनभोजनैः ॥१२॥

sat-saṅgān mukta-duḥsaṅgo
hātuṁ notsahate budhaḥ
kīrtyamānaṁ yaśo yasya
sakṛd ākarṇya rocanam

tasmin nyasta-dhiyaḥ pārthāḥ
saheran virahaṁ katham
darśana-sparśa-saṁlāpa-
śayanāsana-bhojanaiḥ

sat-saṅgāt—通过与纯粹奉献者的联谊 / mukta-duḥsaṅgaḥ—摆脱不良的物质联谊 / hātum—放弃 / na utsahate—从不企图 / budhaḥ——个了解至尊主的人 / kīrtyamānam—赞美 / yaśaḥ—名声 / yasya—……的 / sakṛt—只有一次 / ākarṇya—只是聆听 / rocanam—取悦 / tasmin—向祂 / nyasta-dhiyaḥ——个全神贯注于祂的人 / pārthāḥ—普瑞塔的儿子 / saheran—能够忍受 / viraham—分离 / katham—如何 / darśana—面对面地看 / sparśa—接触 / saṁlāpa—交谈 / śayana—入眠 / āsana—坐 / bhojanaiḥ——同进餐

译文 通过与纯粹奉献者联谊了解了至尊主并切断与物质不良联谊的智者，哪怕只聆听过一次至尊主的荣耀，都再也不能不继续聆听下去。因此，与至尊主本人亲密交往，相互凝视、触碰、交谈、同吃、同坐、同睡的潘达瓦兄弟，怎么能忍受与祂的离别呢？

要旨 生物原本是至尊者的仆人，但却为了得到各种各样的感官享乐而被迫听命于物质的错觉能量。他忙于侍奉感官，从不感到厌倦，即使产生了累的感觉，错觉能量也会强迫他在没有满足感的情况下不断这么做。这种对感官享乐的追求永无止境，受制约的灵魂就这样越来越深地陷入这种被奴役的状态，没有解脱的希望。只有与纯粹的奉献者交往、联谊，才能使人获得解放。这种联谊使人的意识逐渐提升到原本超然的层面上，这样他便可以明白：他永恒的身份是至尊主的仆人，要为至尊主服务，而不是在物质欲望、愤怒和主宰一切的贪念驱使下为堕落的感官服务。物质的社会、友谊和爱，是贪图物质享乐欲望体现的不同阶段。家庭、国家、社会和财产，以及随之而来的一切，都是使人被捆绑在有着三种苦的物质世界里的原因。与纯粹的奉献者联谊，谦恭地聆听他们所说的一切，将降低人对物质享乐的执著，加强人对聆听至尊主超然活动的依恋。恰似导火索被点燃，人一旦有一次受到吸引，就会一直不断地继续聆听下去。经典中说，人格首神的超然魅力是那么强大，以致那些靠觉悟自我而在内心感到满足并真正摆脱了一切物质束缚的人，也会成为祂的奉献者。既然这样，我们就不难理解始终陪伴着至尊主的潘达瓦兄弟的必然状态了：一直不断地与至尊主本人亲密接触，使他们更强烈地依恋着祂，因此他们甚至连想都不能去想与圣奎师那的分离。他们与奎师那分离时的状态不亚于温达文的牧牛姑娘与奎师那分离时的状态。然而，由于奎师那是绝对的，与祂分离或跟祂本人在一起其实是一样的。对至尊主的形象、特性、名字、声望和娱乐活动等的记忆，也很吸引纯粹的奉献者，以致使奉献者忘了尘世的一切形象、品质、名字、名望和活动。与其他纯粹奉献者成熟的联谊，使奉献者一刻都不会与至尊主失去联系。

第 13 节　सर्वे तेऽनिमिषैरक्षैस्तमनु द्रुतचेतसः ।
वीक्षन्तः स्नेहसम्बद्धा विचेलुस्तत्र तत्र ह ॥१३॥

sarve te 'nimiṣair akṣais
tam anu druta-cetasaḥ
vīkṣantaḥ sneha-sambaddhā
vicelus tatra tatra ha

sarve—所有 / te—他们 / animiṣaiḥ—目不转睛 / akṣaiḥ—用眼睛 / tam anu—跟随祂 / druta-cetasaḥ—融化的心 / vīkṣantaḥ—看着祂 / sneha-sambaddhāḥ—被纯粹的爱捆绑 / viceluḥ—开始移动 / tatra tatra—到处 / ha—他们这样做

译文　众人的心在被祂吸引的煎锅上融化了。他们眼睛一眨不眨地看着祂，茫然地游来荡去。

要旨　在全体永恒的生物中，奎师那永远是领袖，因此自然吸引着所有的生物。祂独自一人维系着所有的生物。对此，《喀塔奥义书》(Kaṭha Upaniṣad)中作了清楚的说明。所以，恢复我们与主奎师那的永恒关系，我们就会获得永久的和平与繁荣。我们现在受至尊主的错觉能量(māyā)的迷惑，正处在遗忘的状态中。与至尊主的关系一旦有丝毫的恢复，受制约的灵魂就立刻摆脱物质的错觉能量，开始疯狂地追寻与至尊主的交往、联谊。要得到这样的交往、联谊不仅仅是与至尊主本人的接触，还要靠与祂的圣名、声望、形象和特质的联谊。《圣典博伽瓦谭》(Śrīmad-Bhāgavatam)训练受制约的灵魂通过恭顺地聆听纯粹奉献者的谈话，达到这一完美的阶段。

第 14 节 न्यरुन्धन्नुद्गलद्बाष्पमौत्कण्ठ्याद्देवकीसुते ।
निर्यात्यगारान्नोऽभद्रमिति स्याद्बान्धवस्त्रियः ॥१४॥

nyarundhann udgalad bāṣpam
autkaṇṭhyād devakī-sute
niryāty agārān no ’bhadram
iti syād bāndhava-striyaḥ

nyarundhan—艰难地抑制住 / udgalat—充满 / bāṣpam—眼泪 / autkaṇṭhyāt—因为内心焦虑万分 / devakī-sute—向黛瓦克伊的儿子 / niryāti—出来了 / agārāt—从宫殿里 / naḥ—不 / abhadram—不吉祥 / iti—如此 / syāt—可能发生 / bāndhava—亲戚 / striyaḥ—女人们

译文 看到圣主奎师那走出宫殿，女性亲戚都焦急地泪流满面。她们害怕在离别时流泪会制造不幸，于是竭尽全力艰难地止住泪水。

要旨 哈斯提纳普尔城的王宫中有成千的女士，她们彼此之间的关系都是亲戚关系，所有的人都对奎师那满怀深情。她们看到奎师那准备离开宫殿返回祂自己的王国时，都变得极为焦虑，像往常一样泪流满面。但同时，她们认为离别时刻流泪也许会给奎师那带来不幸，所以竭力想止住泪水。这对她们来说真是太困难了，因为泪水是止不住的。为此，她们不断揉擦她们的眼睛，她们的心急速地跳动着。那些战死沙场的人的妻子和儿媳妇从未与奎师那有过直接的接触，但她们都聆听过祂和祂非凡的活动；由于不断地想着祂，谈论祂和祂的名字、声望等，她们像那些与祂有直接接触的人一样，也对祂充满深情。因此，无论是直接接触奎师那，还是通过想念奎师那、谈论奎师那或崇拜奎师那间接地接触祂，都会使人变得依恋祂。奎师那是绝对的，所以祂的名字、声望、特质等与祂本人没有区别。我们无疑可以通过谈论、聆听或记忆奎师那，恢复与奎师那的关系。这是灵性能量作用的结果。

第 15 节　मृदङ्गशङ्खभेर्यश्च वीणापणवगोमुखाः ।
धुन्धुर्यानकघण्टाद्या नेदुर्दुन्दुभयस्तथा ॥१५॥

mṛdaṅga-śaṅkha-bheryaś ca
vīṇā-paṇava-gomukhāḥ
dhundhury-ānaka-ghaṇṭādyā
nedur dundubhayas tathā

mṛdaṅga－声音悦耳的鼓声 / śaṅkha－海螺 / bheryaḥ－铜管乐队 / ca－和 / vīṇā－弦乐队 / paṇava－一种笛子 / gomukhāḥ－另一种笛子 / dhundhurī－另一种鼓 / ānaka－定音鼓 / ghaṇṭā－铃 / ādyāḥ－其他的 / neduḥ－响起 / dundubhayaḥ－其他不同种类的鼓 / tathā－在那时

译文　在至尊主离开哈斯提纳普尔的宫殿时，姆瑞当嘎、朵拉、纳瓜、顿杜瑞和顿杜比等不同的鼓、高姆卡等各种笛子，以及维那琴和贝瑞等乐器，都同时发出声响向祂致敬。

第 16 节 प्रासादशिखरारूढाः कुरुनार्यो दिदृक्षया ।
वव‍ृषुः कुसुमैः कृष्णं प्रेमव्रीडास्मितेक्षणाः ॥१६॥

prāsāda-śikharārūḍhāḥ
kuru-nāryo didṛkṣayā
vavṛṣuḥ kusumaiḥ kṛṣṇaṁ
prema-vrīḍā-smitekṣaṇāḥ

prāsāda—宫殿 / śikhara—屋顶 / ārūḍhāḥ—上升 / kuru-nāryaḥ—库茹王朝里的女人们 / didṛkṣayā—看着 / vavṛṣuḥ—抛撒 / kusumaiḥ—用鲜花 / kṛṣṇam—向主奎师那 / prema—出于爱 / vrīḍā-smita-īkṣaṇāḥ—害羞地微笑着瞥视

译文 库茹王朝的女士们出于爱的愿望要再看一眼至尊主，于是纷纷上到宫殿的顶楼，充满深情、羞答答地微笑着向至尊主抛撒鲜花。

要旨 害羞是妇女所具有的一种特别自然的美，它会赢得异性的尊重。在伟大的巴茹阿特时代，也就是五千年前，人们就有尊重懂得害羞的妇女这一习俗。只有不熟悉世界历史的智力欠佳之人，才会说把男女分开的做法是由伊斯兰教徒引进印度的。诗中记载的伟大的巴茹阿特时代发生的这一事件，清楚地证明：当时王宫中的那些女士都在遵守男女不随便交往的严格规定(pardā)；她们没有下楼到主奎师那和其他人聚集的广场去，而是到宫殿的顶楼上，用向主奎师那抛撒鲜花的方式向奎师那表达敬意。这节诗中明确地说，女士们在宫殿的顶楼上羞答答地微笑着。害羞这种品德是大自然赐予妇女的一个礼物，它增加她们的美丽和名望，即使她们出生在社会阶层较低的家庭或她们本身并不是那么妩媚动人也没关系。对这一事实我们都有过体会。一个清洁女工仅仅靠表现出女性的害羞，就赢得了许多德高望重的绅士的尊敬。街上那些半裸的女人得不到任何尊敬，但清洁工那害羞的妻子却赢得所有人的尊重。

正如印度圣人们所设想的，人类文明应该帮助人摆脱错觉的钳制。物质躯体其实是由土、水、火、气等构成，因此女性的物质美是一种幻象，但由于生命火花与物质的接触，物质躯体才显得美。一个土制玩偶哪怕用最完美的饰物装扮它，也没人会受到吸引。死尸没有美丽可言，因为没人会接受一具所谓美丽的女尸。所以结论是：灵性火花很美，而由于灵魂之美，人才会受到包裹灵魂的躯体之美的吸引。因此，韦达知识阻止我们受虚假美丽的吸引。然而，由于我们现在处在愚昧的黑暗中，韦达文明便允许我们男人和女人在一定条件的限制下相处。经典中说，女人被认为是火，男人被认为是黄油(butter)；黄油遇到火必然会融化，所以，男人和女人只应该在需要时才在一起。害羞阻止男人和女人不受限制地在一起。它是大自然的礼物，我们必须去用它。

第 17 节　सितातपत्रं जग्राह मुक्तादामविभूषितम् ।
रत्नदण्डं गुडाकेशः प्रियः प्रियतमस्य ह ॥१७॥

sitātapatraṁ jagrāha
muktādāma-vibhūṣitam
ratna-daṇḍaṁ guḍākeśaḥ
priyaḥ priyatamasya ha

sita-ātapatram—遮阳的伞 / jagrāha—拿起 / muktā-dāma—装饰有珍珠 / vibhūṣitam—绣花 / ratna-daṇḍam—镶满宝石的手柄 / guḍākeśaḥ—善战的阿尔诸纳、征服了睡眠的人 / priyaḥ—最亲爱的 / priyatamasya—最亲爱的人的 / ha—他这样做了

译文　那时，伟大的战将、睡眠的征服者阿尔诸纳，作为至尊主最亲密的朋友，为至尊主撑起了一把手柄上镶满宝石，伞面上锈着金边及珍珠的华盖。

要旨 金子、宝石、珍珠和贵重的石头被用于豪华的皇家仪式中。它们都是大自然馈赠的礼物，当人不再以“需要”为由浪费他宝贵的时间去生产不值得要的东西时，丘陵和大海等就会在至尊主的命令下出产这一切。靠所谓工业企业的发展，人们现在用马来树胶制造的罐子取代了金、银、黄铜和红铜制成的罐子。他们用人造黄油代替纯黄油，城市中四分之一的人口没有住所。

第 18 节 उद्धवः सात्यकिश्चैव व्यजने परमाद्भुते ।
विकीर्यमाणः कुसुमै रेजे मधुपतिः पथि ॥१८॥

uddhavaḥ sātyakiś caiva
vyajane paramādbhute
vikīryamāṇaḥ kusumai
reje madhu-patiḥ pathi

uddhavaḥ—奎师那的表兄 / sātyakiḥ—祂的车夫 / ca—和 / eva—肯定地 / vyajane—打扇子 / parama-adbhute—装饰精美的 / vikīryamā-ṇaḥ—坐在四散的 / kusumaiḥ—鲜花四散 / reje—发号施令 / madhu-patiḥ—玛杜的主人(奎师那) / pathi——路

译文 乌达瓦和萨提亚克依用装饰精美的扇子为至尊主搧风，至尊主——玛杜的主人，则坐在铺满鲜花的座位上沿路指挥他们。

第 19 节 अश्रूयन्ताशिषः सत्यास्तत्र तत्र द्विजेरिताः ।
नानुरूपानुरूपाश्च निर्गुणस्य गुणात्मनः ॥१९॥

aśrūyantāśiṣaḥ satyās
tatra tatra dvijeritāḥ

nānurūpānurūpāś ca
nirguṇasya guṇātmanaḥ

aśrūyanta—听到的 / āśiṣaḥ—祝福 / satyāḥ—所有的真理 / tatra—这里 / tatra—那里 / dvija-īritāḥ—由有学识的布茹阿玛纳念出来 / na—不 / anurūpa—合适的 / anurūpāḥ—合适 / ca—也 / nirguṇasya—绝对真理的 / guṇa-ātmanaḥ—扮演人类的角色

译文　到处都能听到人们对奎师那的祝福，这些祝福既不恰当又无不当，因为它们是对绝对者的祝福，而祂此刻却正在扮演人类一员的角色。

要旨　当时随处都能听到人们祝福人格首神圣奎师那时所吟诵的韦达赞歌。从至尊主扮演人类角色的角度看，祂当时是尤帝士提尔王的表弟，所以给予祂祝福是恰当的；但由于至尊主是绝对的，与任何种类的物质相对性都无关，所以给祂祝福又是不合适的。祂没有物质的属性(nirguṇa)，但却充满了超然的属性。在超然的世界里没有什么是相互矛盾、对立的，但在相对的世界里，一切都有它的对立面。在相对的世界里白与黑相对立，但在超然的世界里白与黑之间没有区别，都是绝对的。因此表面上看，随处可以听到的博学布茹阿玛纳(婆罗门)给予绝对者的祝福声显得矛盾，但当这样的祝福被用于绝对者时便失去了所有的矛盾，变得超然了。有一个例子也许可以使人更清楚地理解这一点。圣主奎师那有时被描述为是一个窃贼。祂在祂纯粹的奉献者中以“偷奶油的贼”(Mākhana-cora)闻名。祂幼年时经常去偷温达文邻居家的奶油。那以后，祂便以窃贼闻名于奉献者之间了。然而，祂虽然以窃贼闻名，但却以窃贼的身份受到崇拜；相反，尘世的窃贼则受到惩罚，从不会受到赞扬。由于祂是绝对的人格首神，一切都适合祂；尽管有着所有的矛盾，祂还是至尊人格首神。

第 20 节 अन्योन्यमासीत्सञ्जल्प उत्तमश्लोकचेतसाम् ।
कौरवेन्द्रपुरस्त्रीणां सर्वश्रुतिमनोहरः ॥२०॥

anyonyam āsīt sañjalpa
uttama-śloka-cetasām
kauravendra-pura-strīṇāṁ
sarva-śruti-mano-haraḥ

anyonyam—彼此之间 / āsīt—有 / sañjalpaḥ—谈论 / uttama-śloka—被精选诗歌所赞颂的至尊者 / cetasām—那些内心如此专注的人的 / kaurava-indra—库茹王朝的君王 / pura—首都 / strīṇām—所有的女士 / sarva—所有的 / śruti—韦达经 / manaḥ-haraḥ—吸引内心的

译文 哈斯提纳普尔城所有的女士都登上了自己的房顶。她们边全神贯注地想着被精选诗歌所赞颂的至尊主所具有的超然特质，边开始谈论祂。这些谈论比韦达经中的赞歌还要悦耳动听。

要旨 《博伽梵歌》中说，所有韦达文献的最终目标都是人格首神圣奎那。事实上，至尊主的荣耀都记载在韦达经(Vedas)、《茹阿玛亚纳》(Rāmāyaṇa)和《玛哈巴茹阿特》(Mahābhārata)等韦达文献中；《圣典博伽瓦谭》是专门歌颂至尊主的巨著。因此，当女士们纷纷上到库茹王朝首都的各个房顶上谈论有关至尊主时，她们的谈论比韦达赞歌更让至尊主高兴。赞美至尊主的颂歌都被称为韦达赞歌(Śruti-mantra)。在高迪亚师徒传承(Gauḍīya-sampradāya)中有位名叫塔库尔·纳柔塔玛·达斯(Ṭhākura Narottama dāsa)的灵性导师，用简单的孟加拉语编写了很多歌。但同一个师徒传承中的另一位博学的灵性导师(ācārya)塔库尔·维施瓦纳特·查夸瓦尔提(Ṭhākura Viśvanātha Cakravartī)，承认塔库尔·纳柔塔玛·达斯写的歌与韦达赞歌一样好。之所以这样，是主题使然。语言并不重要，主题才是重要的。所有专注于谈论至尊主的思想与行为的女士们，都借由至尊主的恩典发展出了具有韦达智慧的超然意识。因此，这些女士虽然在梵文或其他方面不如那些博学的学者，但她们谈话的内容比韦达赞歌更有魅力。奥义书(Upaniṣads)中的韦达赞歌有时间接地在谈至尊主，但站在顶楼上的女士们是在直接谈论至尊主，所以听起来更能让心灵感到满足。女士们的谈话看来比博学的布茹阿玛纳的祝福更有价值。

第 21 节 स वै किलायं पुरुषः पुरातनो
य एक आसीदविशेष आत्मनि ।
अग्रे गुणेभ्यो जगदात्मनीश्वरे
नमीलितात्मन्निशि सुप्तशक्तिषु ॥२१॥

sa vai kilāyaṁ puruṣaḥ purātano
ya eka āsīd aviśeṣa ātmani
agre guṇebhyo jagad-ātmanīśvare
nimīlitātman niśi supta-śaktiṣu

saḥ—祂(奎师那) / vai—我所记得 / kila—肯定地 / ayam—这 / puruṣaḥ—人格首神 / purātanaḥ—原始的 / yaḥ—……的人 / ekaḥ—唯一的 / āsīt—存在的 / aviśeṣaḥ—物质上没有展示 / ātmani—自己的 / agre—在创造以前 / guṇebhyaḥ—自然属性的 / jagat-ātmani—向超灵 / īśvare—向至尊主 / nimīlita—融入 / ātman—生物体 / niśi supta—在晚上不活动 / śaktiṣu—能量的

译文 (她们说：)这就是祂，我们所铭记不忘的原始人格首神。祂独自存在于物质自然属性展示的创造前；由于祂是至尊主，众生在像夜晚睡觉那样暂停他们的活力时，也只进入祂体内。

要旨 宇宙展示的瓦解分两类。在每一个四十三亿二千万年的太阳年结束时，当某一个宇宙中的统治者布茹阿玛去睡觉时，就会有一次局部毁灭发生。在布茹阿玛活了一百岁寿终正寝时，这个宇宙就会完全毁灭，而布茹阿玛的一百岁在我们的计算是8,640,000,000×30×12×100太阳年。从宇宙毁灭直到重新创造这段时间内，至尊主被称为玛哈·塔特瓦(mahat-tattva)的物质能量及被称为吉瓦·塔特瓦(jīva-tattva)的边缘能量，都进入至尊主体内。在至尊主体内，生物始终处在睡眠的状态中，直到物质世界再次被创造出来；而这就是物质展示创造、维系和毁灭的方式。

至尊主所发动的物质自然三种属性的相互作用导致物质创造，所以这节诗中说至尊主存在于物质自然属性被发动运作前。韦达赞歌(Śruti-mantra)中说，在创造之前，只有至尊主维施努(Viṣṇu)，而没有布茹阿玛(Brahmā)、希瓦(Śiva)或其他半神人。这里说的维施努是指躺在原因之洋上的玛哈·维施努(Mahā-Viṣṇu)。祂仅仅透过祂的呼吸，就产出了所有如种子般的宇宙，它们随后逐渐发展为每一个当中都有无数星球的巨大宇宙。这种发展恰似一粒榕树种子发芽生长出有无数枝叶的巨大榕树一样。

玛哈·维施努是圣主奎师那的完整扩展，而《布茹阿玛·萨密塔》(Brahma-saṁhitā)第5章的第58节诗中谈到这位圣奎师那说：

"我恭恭敬敬地顶拜存在中的第一位人格首神哥文达(Govinda)，祂的完整扩展是玛哈·维施努。所有的宇宙在祂呼气时从祂超然身体的皮肤毛孔中产出，在每一个宇宙中担任领袖一职的众多布茹阿玛，寿命都只有祂呼气那么长的时间。"

因此，哥文达——主奎师那，也是玛哈·维施努的源头。正在谈论这一韦达真理的女士们，必定是从权威的知识来源那里了解到了这一事实。权威的知识来源是我们清楚地了解超然主题的唯一途径。

在布茹阿玛百年之后，生物自然就会融入玛哈·维施努的体内，但那并不意味着个体生物会失去他们的个体性。个体性依然存在，一旦凭至尊主的至高意愿又有了另一次创造，所有沉睡着的生物就会再次恢复他们的活动，继续他们在前世以不同的身份所过的生活。这称为从沉睡的状态中醒来，继续履行自己未尽责任的状态(suptotthita naya)。人在夜晚熟睡之际完全忘了自己是谁、自己的责任是什么，以及他在清醒状态时的一切。可他一旦从睡眠状态中醒来，他便想起他必须做的一切，随即忙碌于他原本已经在从事的各种活动。在毁灭期间，生物留在玛哈·维施努体内，可一旦有另一次创造，他们就会从玛哈·维施努体内出来，继续他们未完成的活动。《博伽梵歌》第8章的第18—20节诗确认了这一事实。

至尊主存在于创造能量开始活动之前。至尊主不是物质能量的产物。祂的身体完全是灵性的，祂的身体与祂本人之间没有任何区别。物质世界创造之前，至尊主住在祂那绝对的、独一无二的住所中。

第22节 स एव भूयो निजवीर्यचोदितां
स्वजीवमायां प्रकृतिं सिसृक्षतीम् ।
अनामरूपात्मनि रूपनामनी
विधित्समानोऽनुससार शास्त्रकृत् ॥२२॥

sa eva bhūyo nija-vīrya-coditāṁ
sva-jīva-māyāṁ prakṛtiṁ sisṛkṣatīm
anāma-rūpātmani rūpa-nāmanī
vidhitsamāno 'nusasāra śāstra-kṛt

saḥ—祂 / eva—这样 / bhūyaḥ—又 / nija—本人 / vīrya—力量 / coditām—执行 / sva—自己 / jīva—生物体 / māyām—外在能量 / prakṛtim—向物质自然 / sisṛkṣatīm—重新创造时 / anāma—没有世俗的称号 / rūpa-ātmani—灵魂的形象 / rūpa-nāmanī—形象和名字 / vidhitsamānaḥ—想给予 / anusasāra—委托 / śāstra-kṛt—启示经典的编撰者

译文 人格首神再次想要把名字和形象赋予众生——

祂不可缺少的一部分时，便把他们置于物质自然的控制下。祂把祂个人的力量授予物质自然，使其重新创造。

要旨 生物是至尊主不可缺少的一部分，他们分两类，一类是永恒解脱的灵魂(nitya-mukta)，一类是永恒受制约的灵魂(nitya-baddha)。永恒解脱的灵魂在至尊主永恒的住所内永恒地与至尊主进行超然的爱心服务交流，至尊主的永恒住所远离展示了的物质创造。永恒受制约的灵魂由至尊主的外在能量玛亚(māyā)监管，以纠正他们对他们至尊父亲的反叛态度。永恒受制约的灵魂永恒地遗忘了他们与至尊主的关系，遗忘了他们是至尊主不可缺少的一部分这一事实。他们受错觉能量的迷惑，以为自己是物质的产物，所以一直忙于制定和实施各种计划，以期在物质世界里变得快乐。他们兴高采烈地制定各种计划，但正如前面谈到的，过一段时间后，由于至尊主的意愿，制定计划者与他们所制定的计划便都以毁灭而告终。《博伽梵歌》第 9 章的第 7 节诗中确认这一点说："琨缇的儿子啊！在一个周期之末，所有的物质展示都进入我的自然；在另一个周期开始时，我用自己的能量重新创造它们。"

梵文"布亚哈(bhūyaḥ)"一词的意思是"再三地"，是指至尊主外在能量的"创造、维系和毁灭进程"永恒地继续下去。在这一进程中，至尊主是万事万物的起因；原本是至尊主不可缺少的一部分，但却遗忘了自己与至尊主的这种甜美关系的生物，则是再三得到摆脱外在能量钳制的机会。为了唤醒生物的原始意识，至尊主还提供了启示经典。韦达文献是给予受制约灵魂的指导性说明书，以便他们能摆脱不断重复着的物质世界及物质躯体的创造与毁灭。

至尊主在《博伽梵歌》中说：这个被创造了的世界受我的控制，借由我的外在能量，再三地被自动创造出来。

其实，作为灵性火花的生物并没有物质的名称或形象。但为了满足他们想要主宰具有物质名称及形象的物质能量的欲望，至尊主给他们机会去进行这种虚假的享受，同时也给他们机会，让他们能透过启示经典了解真相。愚蠢且健忘的生物始终为虚假的形象及名称而忙碌。当代的民族主义、国家主义是这种虚假名称和形象的极致表现。人们疯狂地追逐虚假的名称和形象。在一定的条件下所得到的形体被视为是真实的，名称也迷惑着受制约的灵魂，使其以那么多“主义”为名滥用能量。尽管启示经典提供大量信息，以便人们了解真相，但人们不愿意从至尊主根据不同的时间和地点编制的启示经典中接受教导。举例来说，《博伽梵歌》是给予人类的人生指南书，但在物质能量的迷惑下，人们根本不想按照《博伽梵歌》的教导去生活。《圣典博伽瓦谭》的内容是完全了解《博伽梵歌》原则的硕士生学习的知识。不幸的是，人们不喜欢这些经典，因而在物质错觉能量(māyā)的钳制下不断地重复生死。

第 23 节

स वा अयं यत्पदमत्र सूरयो
जितेन्द्रिया निर्जितमातरिश्वनः ।
पश्यन्ति भक्त्युत्कलितामलात्मना
नन्वेष सत्त्वं परिमार्ष्टुमर्हति ॥२३॥

sa vā ayaṁ yat padam atra sūrayo
jitendriyā nirjita-mātariśvanaḥ
paśyanti bhakty-utkalitāmalātmanā
nanv eṣa sattvaṁ parimārṣṭum arhati

saḥ—祂 / vai—天意 / ayam—这 / yat—……的 / padam atra—这是同一位至尊人格首神圣主奎师那 / sūrayaḥ—伟大的奉献者 / jita-indriyāḥ—控制了感官冲动的人 / nirjita—完全控制了 / mātariśvanaḥ—生命 / paśyanti—可以看到 / bhakti—凭借奉爱服务 / utkalita—发展 / amala-ātmanā—那些内心完全净化了的人 / nanu eṣaḥ—肯定只有这样 / sattvam—存在 / parimārṣṭum—为了完全净化内心 / arhati—应得

译文 这就是那同一位至尊人格首神；那些靠坚定地做奉爱服务并完全控制自己的感官与生活彻底清除物质意识的伟大奉献者们，可以体验到祂超然的形象，而这是唯一能净化生存的方式。

要旨 正如《博伽梵歌》中说明的，只有靠做纯粹的奉爱服务才能了解至尊主的真正本质。因此这节诗中说，只有至尊主那些能够靠坚定地做奉爱服务清除心中一切物质尘埃的优秀奉献者，才能感知到至尊主的真正形象。诗中梵文“基坦兑亚(jitendriya)”一词的意思是“完全控制了感官的人”。感官是躯体的活跃部分，它们不能停止其活动。靠瑜伽修炼程序中使感官停止活动的非自然方法控制感官，经证明是历尽艰辛但却将以失败告终的方法，就连伟大的瑜伽师维施瓦弥陀·牟尼(Viśvāmitra Muni)也难逃这样的结局。维施瓦弥陀·牟尼靠瑜伽神定功控制他的感官，可他一旦遇到天堂社交女郎梅娜卡(Menakā)，便成了性欲的受害者；他用非自然的方法控制感官以失败而告终。至于纯粹的奉献者，他们根本不用非自然的方法停止感官的活动，而是安排感官从事各种虔诚的活动。感官忙于从事更有吸引力的高级活动时，就没有机会受低级活动地吸引了。《博伽梵歌》中说，只有让感官从事更好的活动才能控制感官。奉爱服务本身就意味着净化感官或让它们从事奉爱服务的活动。奉爱服务不是不活动。用于为至尊主做服务的一切，其物质属性立刻得到净化。仅仅因为愚昧，人才会有物质的概念。世上的一切没有一样超出华苏戴瓦(Vāsudeva)的范畴。用以接受信息的感官被长时间地净化后，华苏戴瓦的概念就会在博学之人的心中逐渐发展起来。但获得知识的整个程序以接受华苏戴瓦是一切为结局。至于奉爱服务，人从一开始就用他的感官积极地为至尊主做服务；凭至尊主的恩典，经祂在奉献者心中给予指导，所有真正的知识就会在奉献者的心中揭示出来。因此，靠做奉爱服务控制感官是唯一有效的方法，也是最容易的方法。

第 24 节　स वा अयं सख्यनुगीतसत्कथो
वेदेषु गुह्येषु च गुह्यवादिभिः ।
य एक ईशो जगदात्मलीलया
सृजत्यवत्यत्ति न तत्र सज्जते ॥२४॥

sa vā ayaṁ sakhy anugīta-sat-katho
vedeṣu guhyeṣu ca guhya-vādibhiḥ
ya eka īśo jagad-ātma-līlayā
sṛjaty avaty atti na tatra sajjate

saḥ—祂 / vai—也 / ayam—这 / sakhi—我的朋友啊 / anugīta—被描写 / sat-kathaḥ—美妙的娱乐活动 / vedeṣu—在韦达文献中 / guhyeṣu—机密的 / ca—还有 / guhya-vādibhiḥ—由机密的奉献者 / yaḥ—……的人 / ekaḥ—唯一的 / īśaḥ—至尊控制者 / jagat—整个创造的 / ātma—超灵 / līlayā—通过娱乐活动的展示 / sṛjati—创造 / avati atti—也维持及毁灭 / na—从不 / tatra—那儿 / sajjate—变得依恋

译文　我亲爱的朋友们，由杰出奉献者在韦达文献的机密部分描述的、那位从事了美丽动人且机密的娱乐活动的人格首神，就在这儿。独自创造、维系和毁灭了物质世界，但却从不受影响的至尊主，就是祂。

要旨　《博伽梵歌》中所说，所有的韦达文献都歌颂圣主奎师那的伟大。对此，《圣典博伽瓦谭》这节诗给予了证实。维亚萨(Vyāsa)、纳茹阿达(Nārada)、舒卡戴瓦·哥斯瓦米(Śukadeva Gosvāmī)、库玛尔四兄弟(Kumāras)、卡皮拉(Kapila)、帕拉德(Prahlāda)、佳纳卡(Janaka)、巴利(Bali)和阎罗王(Yamarāja)等伟大的奉献者，以及至尊主授予了力量和权利的化身，以韦达经为基础扩充出众多分支性及更细节性的文献，但《圣典博伽瓦谭》这一记载至尊主活动的机密部分，则特别由至尊主的亲密奉献者舒卡戴瓦·哥斯瓦米来描述。《韦丹塔·苏陀》(Vedānta-sūtras)或众多的奥义书(Upaniṣads)中，只有对至尊主娱乐活动之机密部分的一点暗示而已。在奥义书这类韦达文献中，至尊主被意味深长地与祂存在的物质概念区分开来。祂本身是完全灵性的，祂的形象、名字、特性和随身用品等都被精心地与物质做了区分。为此，祂有时被智力欠佳之人误认为是不具人格特征的。但事实上，祂是至尊人、至尊人格首神(Bhagavān)，祂部分地展现为超灵(Paramātmā)或不具人格特征的梵光(Brahman)。

第 25 节

यदा ह्यधर्मेण तमोधियो नृपा
जीवन्ति तत्रैष हि सत्त्वतः किल ।
धत्ते भगं सत्यमृतं दयां यशो
भवाय रूपाणि दधद्युगे युगे ॥२५॥

yadā hy adharmeṇa tamo-dhiyo nṛpā
jīvanti tatraiṣa hi sattvataḥ kila
dhatte bhagaṁ satyam ṛtaṁ dayāṁ yaśo
bhavāya rūpāṇi dadhad yuge yuge

yadā—无论何时 / hi—确实地 / adharmeṇa—违背至尊主的意愿 / tamaḥ-dhiyaḥ—受最低物质属性影响的人 / nṛpāḥ—国王和行政官员 / jīvanti—像动物一样生活 / tatra—于是 / eṣaḥ—祂 / hi—只有 / sattvataḥ—超然的 / kila—肯定地 / dhatte—显现 / bhagam—至高无上的力量 / satyam—真理 / ṛtam—肯定 / dayām—仁慈 / yaśaḥ—奇妙的活动 / bhavāya—为了维持 / rūpāṇi—以各种不同的形象 / dadhat—显现 / yuge—不同的时期 / yuge—和年代

译文 每当有君王和管理者像动物一样在生存的最低属性控制下生活，至尊主就会以祂超然的形象展示祂至高无上的力量——绝对真理，向忠诚的奉献者展现祂特殊的仁慈，并且从事神奇的活动。为此，祂在各个不同的年代和时期根据需要展示祂各种各样的超然形象。

要旨　如上所述，宇宙创造是至尊主的资产。这是《至尊奥义书》(Īśopaniṣad)中的基本哲学概念，即：一切都是神的资产；人不该侵占至尊主的资产，而只应该接受至尊主仁慈赐予的一切。所以，地球及其他星球或宇宙，都是至尊主的资产。生物无疑是祂不可缺少的一部分，是祂的儿子，因此都有权依靠至尊主的仁慈生活，履行自己的规定职责。没有至尊主的批准，谁都不可以侵犯其他人或动物的权利。君王或行政官员是至尊主的代表，按照至尊主的意愿进行管理，所以他必须是像尤帝士提尔王或帕瑞克西特王那样得到认可的人。这样的君王充满了责任感，而且从权威那里学习管理世界的知识。但有时，由于受物质自然最低属性——愚昧属性(tamo-guṇa)的影响，君王和行政官员在没有知识和责任心的情况下统治和管理国家。这种愚蠢的管理者像动物一样只为个人利益而活着，结果造成整个环境的无政府状态，邪恶、堕落的现象随处可见。任人唯亲、行贿受贿、欺骗、侵犯行为比比皆是，从而导致人类社会中饥荒、瘟疫、战争等各种天灾人祸接连不断。至尊主的奉献者或信奉者受到各种迫害。所有这些征象都显示，至尊主的化身即将降临，以重建宗教原则，消灭邪恶的统治者。《博伽梵歌》中证实了这一点。

至尊主以祂那没有丝毫物质属性的超然形象显现。祂降临的目的是使祂的创造保持正常状态。正常状态是：至尊主已经为每一个星球上的生物体提供了他们生存所需要的一切。他们可以快乐地生活，履行他们各自的规定职责，遵守启示经典中谈到的规范守则，以便在死亡时获得解脱。正如给淘气的男孩提供玩耍用的摇篮，至尊主创造物质世界是为了满足永恒受制约灵魂(nitya-baddha)的各种幻想，否则根本不需要物质世界。但当他们陶醉于物质科技的力量，在没有至尊主批准的情况下不合法地剥削大自然的资源，以满足他们进行感官享乐的欲望时，就需要至尊主的化身降临，惩罚不法分子，保护信奉者。

至尊主化身降临时，祂会用许多超人的表现证明祂至高无上的权利，同时给予茹阿瓦纳(Rāvaṇa)、黑冉亚卡希普(Hiraṇyakaśipu)和康萨(Kaṁsa)之流以严厉的惩罚。祂以他人根本无法仿效的方式做事，例如：祂显现为茹阿玛时，在印度洋上建桥；祂以奎师那的形象显现时，从婴儿期开始就杀菩坦娜(Pūtanā)、阿嘎苏茹阿(Aghāsura)、沙卡塔苏茹阿(Śakaṭāsura)等恶魔，惩罚卡利亚(Kāliya)毒蛇，接着是杀死祂邪恶的舅舅康萨，展出了祂超人的活动。祂在杜瓦尔卡时娶了一万六千一百零八位王后，她们每一个人都得到祝福生了许多孩子。祂的家庭成员总计大约有十万人之多，以雅杜·宛沙(Yadu-vaṁśa)闻名世界。在祂离开地球之前，祂作安排让他们都从地球上消失了。祂还以哥瓦尔丹·达瑞·哈尔依(Govardhana-dhārī Hari)闻名天下，因为祂在只有七岁时就举起了哥瓦尔丹山。至尊主在地球上时消灭了许多邪恶的君王；扮演查锤亚的角色时，祂如骑士般地作战，赢得祂的王后们。祂以独一无二、举世无双(asamaurdhva)闻名于世，没人与祂平等或比祂伟大。

第 26 节

अहो अलं श्लाघ्यतमं यदोः कुल-
महो अलं पुण्यतमं मधोर्वनम् ।
यदेष पुंसामृषभः श्रियः पतिः
स्वजन्मना चङ्क्रमणेन चाञ्चति ॥२६॥

aho alaṁ ślāghyatamaṁ yadoḥ kulam
aho alaṁ puṇyatamaṁ madhor vanam
yad eṣa puṁsām ṛṣabhaḥ śriyaḥ patiḥ
sva-janmanā caṅkramaṇena cāñcati

aho—啊 / alam—实在地 / ślāghya-tamam—无上光荣的 / yadoḥ—雅

杜王的 / kulam－王朝 / aho－哦 / alam－实在地 / puṇya-tamam－无上圣洁的 / madhoḥ vanam－玛图茹阿之地 / yat－因为 / eṣaḥ－这 / puṁsām－所有生物体的 / ṛṣabhaḥ－至尊领袖 / śriyaḥ－幸运女神的 / patiḥ－丈夫 / sva-janmanā－因祂的显现 / caṅkramaṇena－靠爬行 / ca añcati－光荣

译文　啊！雅杜王的王朝真是无上光荣！玛图茹阿的土地太圣洁了！众生的至尊领袖、幸运女神的丈夫，就在那里出生并度过祂的童年时光。

要旨　在《博伽梵歌》中，人格首神圣奎师那意味深长地描述了祂超然的显现、隐迹和活动。至尊主凭借祂不可思议的力量出现在特定的家庭或地方。祂不像受制约的灵魂那样投生、离开躯体，然后再接受另一个躯体。祂的出生恰似日出日落。太阳从东方地平线上升起，但那并不意味着东方地平线是太阳的父母。太阳在宇宙各地运行，但我们在一段时间中能看到它，在另一段时间中看不到它。同样道理，至尊主像太阳一样在一定的时间里出现在这个宇宙中，然后再次离开我们的视线。祂无所不在、时刻都在，但当祂出于没有缘故的仁慈出现在我们面前时，我们却想当然地以为祂投生在地球上。谁明了启示经典中说明的这一真相，谁无疑就会在离开现有的躯体后获得解脱。人通常要经过生生世世坚持不懈地耐心努力，不断地追求知识，过弃绝的生活，才能获得解脱。但是，仅仅靠了解至尊主超然的诞生及活动的真相，就能使人立刻得到解脱。这是《博伽梵歌》的定论。然而，处在愚昧的黑暗中的人却武断地说，至尊主在物质世界里的诞生及活动与普通生物的一样。这种错误的结论无法使任何人获得解脱。

至尊主在雅杜王的家族中以瓦苏戴瓦(Vasudeva)的儿子的身份显现，以及后来被转移到住在玛图茹阿(Mathurā)土地上的南达王(Nanda Mahārāja)家中，都是至尊主的内在能量所作的超然安排。雅杜王朝及居住在玛图茹阿土地上的居民的好运，根本无法从物质的角度进行估量。如果光是了解至尊主诞生及活动的超然本质就能使人轻易地获得解脱，那我们只能想象那些作为至尊主的家人或邻居真正与至尊主本人在一起的人所能得到的是什么了。所有那些足够幸运能与幸运女神的丈夫主奎师那接触的人，最终得到的，无疑要比人们所知道的解脱要多得多。因此，凭借至尊主的恩典，祂显现其中的王朝和土地理所当然是永远光荣的。

第 27 节

अहो बत स्वर्यशसस्तिरस्करी
कुशस्थली पुण्ययशस्करी भुवः ।
पश्यन्ति नित्यं यदनुग्रहेषितं
स्मितावलोकं स्वपतिं स्म यत्प्रजाः ॥२७॥

aho bata svar-yaśasas tiraskarī
kuśasthalī puṇya-yaśaskarī bhuvaḥ
paśyanti nityaṁ yad anugraheṣitaṁ
smitāvalokaṁ sva-patiṁ sma yat-prajāḥ

aho bata－这是多么美妙啊 / svaḥ-yaśasaḥ－天堂星球的光荣 / tiraskarī－胜过 / kuśasthalī－杜瓦尔卡 / puṇya－美德 / yaśaskarī－有名的 / bhuvaḥ－地球 / paśyanti－看 / nityam－不断地 / yat－……的 / anugraha-iṣitam－赐福 / smita-avalokam－用甜美的微笑扫视表示善意 / sva-patim－向众生的灵魂(奎师那) / sma－习惯于 / yat-prajāḥ－那里的居民

译文 杜瓦尔卡不仅把天堂的荣耀比了下去，还扩大了地球的声誉，那无疑极为神奇。杜瓦尔卡的居民始终能看到众生的灵魂(奎师那)那可爱的形象。祂扫视他们，用甜美的微笑向他们表示善意。

要旨　天堂星球是天帝因铎(Indra)、月亮神昌铎(Candra)、水神瓦茹纳(Varuṇa)和风神瓦尤(Vāyu)等半神人居住的地方，虔诚的灵魂在地球上从事了许许多多善行后会去那里。现代科学家们也承认，更高星球中的时间安排不同于地球。而我们从启示经典中了解到：那里的寿命是(我们地球上的)一万年，地球上的六个月相当于天堂星球的一天；天堂的享乐设施比我们完善得多，天堂居民的美貌也是传奇性的。地球上的普通人听说天堂的生活比地球舒适得多，所以非常想去那里；他们现在正试图乘坐太空船到月亮上去，但却永远到不了那里。就这些而论，天堂星球应该比地球更著名。但是，地球上因为有圣主奎师那作为君王统治着的杜瓦尔卡(Dvārakā)，所以名声远远超过天堂星球。温达文(Vṛndāvana)、玛图茹阿和杜瓦尔卡这三个地方，比宇宙中任何一个著名的星球都更重要。这些地方是永恒神圣的，因为至尊主无论何时降临地球，都会特别在这三个地方展示祂超然的活动。它们永恒是至尊主的圣地，这些圣地的居民现在依然得到圣地的利益，尽管至尊主已经离开了他们的视野。至尊主是众生的灵魂，祂始终希望所有的生物以他们原本的形象、原本的身份(svarūpa)与祂交往，加入祂超然的生活。祂动人的形象和甜美的微笑深深地印入每一个生物的心中，生物只要看到过祂一次，就被批准进入神的王国。进入那王国的人，不必再回来。就有关这一点，《博伽梵歌》给予了证实。

天堂星球也许因其物质享乐设施更优越而闻名于世，但我们从《博伽梵歌》第 9 章的第 20—21 节诗中了解到：人一旦耗尽了自己的功德，就不得不再回到地球上来。杜瓦尔卡无疑比天堂星球更重要，因为无论是谁，只要他受到优待，看到至尊主微笑的瞥视，就再也不用回到这被至尊主本人证明为是“痛苦之地”的环境糟糕的地球上。不仅是这个地球，物质宇宙中所有其他的星球也都是痛苦之地，因为所有这些星球上都没有永恒的生活、永恒的快乐和永恒的知识。为至尊主做奉爱服务的人，被推荐到温达文、玛图茹阿和杜瓦尔卡这三个上面谈到的地方去生活。在这三个地方做奉爱服务所具有的功效比其他地方大；在那里遵守启示经典所给予的指示和原则的人，必然会得到在圣主奎师那显现期间所得到的相同结果。祂的居所和祂本人没有区别，纯粹的奉献者在另一位有经验的奉献者的指导下做服务，就能得到所有的结果，哪怕是现在也能得到。

第 28 节 नूनं व्रतस्नानहुतादिनेश्वरः
समर्चितो ह्यस्य गृहीतपाणिभिः ।
पिबन्ति याः सख्यधरामृतं मुहु-
र्व्रजस्त्रियः सम्मुमुहुर्यदाशयाः ॥२८॥

nūnaṁ vrata-snāna-hutādineśvaraḥ
samarcito hy asya gṛhīta-pāṇibhiḥ
pibanti yāḥ sakhy adharāmṛtaṁ muhur
vraja-striyaḥ sammumuhur yad-āśayāḥ

nūnam－前生肯定 / vrata－立誓 / snāna－沐浴 / huta－向火中献祭 / ādinā－通过所有这些 / īśvaraḥ－至尊人格首神 / samarcitaḥ－完美地崇拜 / hi－肯定地 / asya－祂的 / gṛhīta-pāṇibhiḥ－由妻子 / pibanti－品尝 / yāḥ－……的那些人 / sakhi－朋友啊 / adhara-amṛtam－祂嘴唇的甘露 / muhuḥ－再三 / vraja-striyaḥ－布阿佳布弥的少女 / sammu-muhuḥ－经常晕倒 / yat-āśayāḥ－期望得到那样的恩宠

译文 朋友们啊，想一想祂娶的那些妻子吧！为了能不断品尝祂双唇上的甘露(通过亲吻)，她们必定完美地从事了遵守誓言、沐浴、火祭和崇拜宇宙之主等活动。布茹佳布弥的少女们光是想到这样的恩宠，就常常会昏厥过去。

要旨 经典中规定的宗教仪式的目的，是为了净化受制约灵魂的物质属性，以使他们能够逐渐上升到为至尊主做超然服务的阶段。这一纯粹灵性的生命阶段是最完美的，被称为斯瓦茹帕(svarūpa)——生物的真正身份。解脱意味着生物恢复到这个斯瓦茹帕阶段。在这完美的斯瓦茹帕阶段，生物逐渐以五种关系中的一种为至尊主做爱心服务，其中一种关系是爱侣的关系(mādhurya-rasa)。至尊主本人始终完整无缺，所以本身并不渴望什么。但为了满足祂奉献者对祂强烈的爱，祂成为祂奉献者的主人、朋友、儿子或丈夫。这节诗中谈到了处在对至尊主怀有情侣之爱阶段的两种奉献者，其中一种是正式结婚的妻子(svakīya)，另一种是未婚的情侣(parakīya)。她们两者都以爱侣的关系与人格首神奎师那交往。杜瓦尔卡的王后们是奎师那正式娶的妻子，而布阿佳(Vraja)的少女们是奎师那未结婚时的少年朋友。直到十六岁为止，至尊主一直住在温达文，祂与邻家少女们的朋友关系属于未婚的情侣关系。这些少女及奎师那的王后们，都曾经严格苦修，按照经典的规定从事过遵守誓言、沐浴、做火祭等各种活动。举行韦达仪式本身，以及功利性活动、培养知识或练神秘瑜伽获得神秘力量等，都并不是最高的结果。它们都是为了使人到达最高的斯瓦茹帕阶段，即：一直不断地为至尊主做超然的服务。每一个生物都有他个人的身份，并以上述五种关系中的一种关系与至尊主交流爱的情感。一个生物以他原本纯粹的灵性形象和真正的身份与至尊主建立的关系，不含有任何物质的属性。对至尊主的亲吻，无论是至尊主的妻子们的，还是祂那些渴求有祂当自己未婚夫的少女朋友的，都不存丝毫的物质特性。如果其中含有丝毫的尘世成分，舒卡戴瓦等解脱的灵魂就不会自寻烦恼地去品味那些活动，圣主柴坦亚·玛哈帕布也不会在抛弃了尘世生活后还想要去谈论那些主题。人是经过了生生世世的苦修后才上升到那个境界的。

第 29 节　या वीर्यशुल्केन हृताः स्वयंवरे
प्रमथ्य चैद्यप्रमुखान् हि शुष्मिणः ।

प्रद्युम्नसाम्बाम्बसुतादयोऽपरा
याश्चाहृता भौमवधे सहस्रशः ॥२९॥

yā vīrya-śulkena hṛtāḥ svayaṁvare
pramathya caidya-pramukhān hi śuṣmiṇaḥ
pradyumna-sāmbāmba-sutādayo 'parā
yāś cāhṛtā bhauma-vadhe sahasraśaḥ

yā—这位女士 / vīrya—威力 / śulkena—通过付出代价 / hṛtāḥ—以武力夺走 / svayaṁvare—在公开的选夫大会上 / pramathya—激怒 / caidya—锡舒帕勒王 / pramukhān—以……为首的 / hi—肯定地 / śuṣmiṇaḥ—都非常强大 / pradyumna—帕杜么纳(奎师那的儿子) / sāmba—桑巴 / amba—安巴 / suta-ādayaḥ—孩子们 / aparāḥ—其他的女士 / yāḥ—……的 / ca—也 / āhṛtāḥ—同样地夺走 / bhauma-vadhe—杀掉那些国王后 / sahasraśaḥ—数千的

译文 这些女士的孩子是帕杜么纳、桑巴和安巴等。茹珂蜜妮、萨缇亚芭玛和章芭瓦缇等女士，都是至尊主在她们的选夫大会上打败以锡舒帕勒为首的众多强悍的君王后，把她们强行带走的。其他女士也是祂杀死包玛苏茹阿及其几千个助手后强行带走的。所有这些女士都很光荣。

要旨 强大的君王们那些特别具有资格的女儿们，被允许在公开的比武大会上选择她们自己的丈夫；这种仪式称为选夫仪式(svayaṁvara)。由于在这种选夫仪式上，英勇善战的王子们彼此会公开竞争，将要选择丈夫的公主的父亲就会邀请这些王子参加选夫大会。受到邀请的王子们通常都以竞赛的精神按照规定比武，但有时好斗的王子们也会在这样的选夫比武大会上被杀死，而那位许许多多王子为其死去的公主会作为战利品被交给最终取得胜利的王子。主奎师那的第一位王后茹珂蜜妮(Rukmiṇī)，是维达尔巴(Vidarbha)邦的君王的女儿，他想把他那位有资格的美丽女儿嫁给主奎师那。但是，茹珂蜜妮的哥哥想要把她嫁给锡舒帕勒王，而锡舒帕勒恰好是奎师那的表兄弟。为此，维达尔巴的君王举办了一场公开的比武大会；像往常一样，主奎师那凭祂天下无敌的高超本领战胜锡舒帕勒和其他王子，赢得了茹珂蜜妮。茹珂蜜妮生了帕杜么纳(Pradyumna)等十个儿子。主奎师那的其他王后也是祂以同样的方式带走的。《圣典博伽瓦谭》第 10 篇中有对主奎师那的这些美丽的战利品的完整描述。有一万六千一百个美丽的少女；她们是许多君王的女儿，被恶魔包玛苏茹阿(Bhaumāsura)绑架后关在山洞里，以满足他的色欲。这些少女可怜地向主奎师那祈祷，希望祂能拯救她们；仁慈的至尊主受她们强烈恳求的感召，前去与包玛苏茹阿作战并杀死他，解放了她们。接着，至尊主把所有这些被囚禁的公主接受为祂的妻子。尽管从当时的社会标准评判，她们都是些堕落了的少女，但全能的主奎师那还是接受这些少女谦卑的恳求，娶她们当自己的王后，对她们钟爱有加。就这样，主奎师那在杜瓦尔卡共有一万六千一百零八位王后，祂让她们每一位都生了十个男孩。所有这些男孩长大后当父亲，也生了许许多多孩子。所以家庭总人数为一千万人。

第 30 节 एताः परं स्त्रीत्वमपास्तपेशलं
निरस्तशौचं बत साधु कुर्वते ।
यासां गृहात्पुष्करलोचनः पति-
र्न जात्वपैत्याहृतिभिर्हृदि स्पृशन् ॥३०॥

etāḥ paraṁ strītvam apāstapeśalaṁ
nirasta-śaucaṁ bata sādhu kurvate
yāsāṁ gṛhāt puṣkara-locanaḥ patir
na jātv apaity āhṛtibhir hṛdi spṛśan

etāḥ 一所有这些妇女 / param 一最高的 / strītvam 一女性气质 /

apāstapeśalam－没有名分的 / nirasta－没有 / śaucam－纯洁 / bata sādhu－吉祥地赞美了 / kurvate－她们做 / yāsām－从那些人 / gṛhāt－家 / puṣkara-locanaḥ－莲花眼 / patiḥ－丈夫 / na jātu－任何时候都不会 / apaiti－走开 / āhṛtibhiḥ－通过送礼物 / hṛdi－在心中 / spṛśan－使受钟爱

译文 尽管这些女子既没有名分也不纯洁，但她们的生命却因至尊主而变得吉祥、光荣。她们的丈夫——长着莲花眼的人格首神，从没让她们独守空房。祂总是送她们珍贵的礼物，令她们满心欢喜。

要旨 至尊主的奉献者都是纯洁的灵魂。奉献者们一旦真诚地皈依至尊主的莲花足，至尊主就接受他们，奉献者们因此而立刻摆脱所有的物质污染。这样的奉献者超越物质自然的三种属性。正如当恒河水与排水道里的污水混合后就没有质上的区别了，奉献者也不存在从躯体方面的角度看不够资格的问题。妇女、商人及劳工都不是很有智慧的人，所以很难明白神的科学，或者为至尊主做奉爱服务。他们更物质化，比他们更低的是克伊茹阿塔(Kirātas)、胡纳(Hūṇas)、安朵(Āndhras)、菩林达(Pulindas)、菩勒喀沙(Pulkaśas)、阿比尔(Ābhīras)、康卡(Kaṅkas)、亚瓦纳(Yavanas)、卡萨(Khasas)等。但是，所有这些人只要以正确的方式为至尊主做服务，就能得到拯救。通过为至尊主做服务，他们身上所有不合格的品质都会被去除，成为净化了的灵魂，变得有资格进入神的王国。

因为被包玛苏茹阿抓起来而堕落了的少女们，真诚地祈求圣主奎师那拯救她们，她们的真诚使她们立刻因虔诚而被净化。正因为如此，至尊主接纳她们为自己的妻子，她们的生命从而焕发出光彩。这种吉祥的光彩在至尊主作为最忠诚的丈夫与她们玩耍时更添光辉。

至尊主曾不间断地与祂的一万六千一百零八位妻子生活在一起。祂扩展出一万六千一百零八个完整扩展，每一个扩展都是与原始人格首神毫无区别的至尊主本人。韦达赞歌(Śruti-mantra)中证实，至尊主可以扩展出众多的自己。作为那么多妻子的丈夫，祂用各种礼物取悦她们，甚至不惜付出高昂的代价。祂从天堂带回帕瑞佳塔(pārijāta)树，把它种植在首要的王后之一萨缇亚芭玛(Satyabhāmā)的宫殿里。因此，如果有人想要至尊主当自己的丈夫，至尊主就会完全满足这样的愿望。

第 31 节　एवंविधा गदन्तीनां स गिरः पुरयोषिताम् ।
निरीक्षणेनाभिनन्दन् सस्मितेन ययौ हरिः ॥३१॥

evaṁvidhā gadantīnāṁ
sa giraḥ pura-yoṣitām
nirīkṣaṇenābhinandan
sasmitena yayau hariḥ

evaṁvidhāḥ—这样 / gadantīnām—就这样地谈论祂，向祂祈祷 / saḥ—祂(主) / giraḥ—话语的 / pura-yoṣitām—首都妇女的 / nirīkṣaṇena—靠慈悲地扫视她们 / abhinandan—问候她们 / sasmitena—带着微笑 / yayau—离开了 / hariḥ—至尊人格首神

译文　在哈斯提纳普尔的女士们这样欢送祂，谈论祂时，祂边微笑着接受她们善意的问候，慈悲地扫视她们，边缓缓离开哈斯提纳普尔城。

第 32 节　अजातशत्रुः पृतनां गोपीथाय मधुद्विषः ।
परेभ्यः शङ्कितः स्नेहात्प्रायुङ्क्त चतुरङ्गिणीम् ॥३२॥

ajāta-śatruḥ pṛtanāṁ
gopīthāya madhu-dviṣaḥ
parebhyaḥ śaṅkitaḥ snehāt
prāyuṅkta catur-aṅgiṇīm

ajāta-śatruḥ－没有敌人的尤帝士提尔王 / pṛtanām－护卫队 / gopīthāya－给予保护 / madhu-dviṣaḥ－玛杜的敌人(奎师那)的 / parebhyaḥ－从其他(敌人们) / śaṅkitaḥ－因为害怕 / snehāt－出于爱 / prāyuṅkta－从事 / catuḥ-aṅgiṇīm－四个护卫队

译文 尤帝士提尔王虽然没有一个敌人，但却派遣由四种装备(马匹、大象、战车和军队)组成的护卫队，陪伴恶魔的敌人主奎师那同行。尤帝士提尔王作此安排，既是为防范敌人的攻击，也是出于对至尊主的一片深情。

要旨 正常防御需要的装备是，马匹、大象，再加上战车及战士。马匹和大象被训练成可以在山丘、森林和旷野的任何地方奔走疾驰。战车战士可以靠强大的弓箭力量与许多马匹和大象作战，过去弓箭的力量甚至可以达到类似现代核武器布茹阿玛斯陀(brahmāstra)的水平。尤帝士提尔王很清楚，尽管奎师那是众生的朋友及祝愿者，但还是有些恶魔(asura)生性忌妒至尊主。所以，因为害怕那些恶魔攻击主奎师那，也因为对主奎师那满怀深情，尤帝士提尔王安排了各种防御力量为主奎师那护航。对主奎师那来说，要想保护自己不受那些敌视祂的人的攻击是轻而易举的事，但祂还是接受了尤帝士提尔王安排的一切，因为祂不能不服从祂的表哥。至尊主在祂超然的活动中扮演了一个从属的角色，因此有时要扮演所谓无助的孩子，把自己置于雅首达妈妈(Yaśodāmātā)的保护下。那是至尊主超然的娱乐活动(līlā)。至尊主与祂的奉献者进行各种超然交流的基本原则是，让奉献者感受到无与伦比的超然极乐，甚至解脱所得到的快乐(brahmānanda)都无法与之相比。

第 33 节 अथ दूरागतान् शौरिः कौरवान् विरहातुरान् ।
सन्निवर्त्य दृढं स्निग्धान् प्रायात्स्वनगरीं प्रियैः ॥३३॥

atha dūrāgatān śauriḥ
kauravān virahāturān
sannivartya dṛḍhaṁ snigdhān
prāyāt sva-nagarīṁ priyaiḥ

atha—如此 / dūrāgatān—陪祂走了一段很长的路 / śauriḥ—主奎师那 / kauravān—潘达瓦兄弟 / virahāturān—由于离别之情不胜难过 / sannivartya—礼貌地说服 / dṛḍham—决定 / snigdhān—充满了爱 / prāyāt—前进 / sva-nagarīm—向祂自己的城市(杜瓦尔卡) / priyaiḥ—和亲密的同伴

译文　出于对主奎师那的深爱，库茹王朝的潘达瓦兄弟一直依依不舍地陪祂走了很长一段路，送别了祂。想到将要度过的离别日子，他们不胜难过。至尊主一直劝他们，让他们回家，祂则与祂亲密的同伴继续向杜瓦尔卡进发。

第 34—35 节　कुरुजाङ्गलपाञ्चालान् शूरसेनान् सयामुनान् ।
ब्रह्मावर्तं कुरुक्षेत्रं मत्स्यान् सारस्वतानथ ॥३४॥
मरुधन्वमतिक्रम्य सौवीराभीरयोः परान् ।
आनर्तान् भार्गवोपागाच्छ्रान्तवाहो मनाग्विभुः ॥३५॥

kuru-jāṅgala-pāñcālān
śūrasenān sayāmunān
brahmāvartaṁ kurukṣetraṁ
matsyān sārasvatān atha

maru-dhanvam atikramya
sauvīrābhīrayoḥ parān
ānartān bhārgavopāgāc
chrāntavāho manāg vibhuḥ

kuru-jāṅgala—德里省 / pāñcālān—旁遮普省的部分 / śūrasenān—乌

塔普拉德什邦的部分 / sa — 和 / yāmunān — 雅沐娜河岸一带 / brahmāvartam — 乌塔普拉德什邦的北部 / kurukṣetram — 发生战争的地方 / matsyān — 玛茨亚省 / sārasvatān — 旁遮普的部分 / atha — 等等 / maru — 拉贾斯坦邦，沙漠之地 / dhanvam — 马德雅普拉德什邦，缺水的地方 / ati-kramya — 经过后 / sauvīra — 骚茹阿斯陀 / ābhīrayoḥ — 古吉拉特邦的部分 / parān — 西边 / ānartān — 杜瓦尔卡省 / bhārgava — 绍纳卡啊 / upāgāt — 被……压倒 / śrānta — 疲劳 / vāhaḥ — 马匹 / manāk vibhuḥ — 轻微的，由于长途跋涉

译文 绍纳卡啊！至尊主一路经过库茹·占嘎拉、潘查拉、舒茹阿森纳、雅沐娜河岸、布茹阿玛瓦尔塔、库茹柴陀、玛茨亚、萨茹阿斯瓦塔、沙漠地带和干旱缺水的土地。穿越这些地带后，祂逐渐接近了骚维茹阿省和阿比尔省，从那里向西行，最后终于抵达了杜瓦尔卡。

要旨 至尊主当年所途经的那些地方，名称已不同于今日。但诗中所给出的方向表明，祂旅行经过了德里、旁遮普邦(Punjab)、拉贾斯坦邦(Rajasthan)、中央邦(Madhya Pradesh, 马德雅普拉德什邦)、骚茹阿斯陀邦(Saurastra)和古吉拉特邦(Gujarat)，最后回到祂在杜瓦尔卡的家。光是研究过去不同省份的名称相当于当今哪些省份，对我们并没有什么好处，但看起来拉贾斯坦邦的沙漠及像中央邦那种干旱的地方，甚至在五千年前就已经存在了。《圣典博伽瓦谭》中的这段叙述，并不支持土壤学家的“沙漠在近期才逐渐形成”的理论。宇宙的变化使地质方面有不同阶段的改变，所以我们还是把这个问题留给地质学专家去研究吧。我们满足于至尊主现在从库茹族(Kuru)的辖区，回到了祂自己居住的省份杜瓦尔卡圣地(Dvārakādhāma)。自从韦达时代起，库茹柴陀(Kurukṣetra)一地就一直存在着，因此否认库茹柴陀的存在纯粹是无稽之谈。

第 36 节　तत्र तत्र ह तत्रत्यैर्हरिः प्रत्युद्यतार्हणः ।
सायं भेजे दिशं पश्चाद्गविष्ठो गां गतस्तदा ॥३६॥

tatra tatra ha tatratyair
harih pratyudyatārhaṇaḥ
sāyaṁ bheje diśaṁ paścād
gaviṣṭho gāṁ gatas tadā

tatra tatra－在不同的地方 / ha－这样发生了 / tatratyaiḥ－被当地的居民 / hariḥ－至尊人格首神 / pratyudyata-arhaṇaḥ－受到问候和崇拜 / sāyam－晚上 / bheje－超过了 / diśam－方向 / paścāt－东方 / gaviṣṭhaḥ－天空中的太阳 / gām－向海洋 / gataḥ－因离开了 / tadā－那时刻

译文　祂途经这些省份时，每到一处都受到热烈的欢迎和崇拜，人们纷纷向祂献上各种各样的礼物。无论在什么地方，只要一到傍晚，至尊主就会停下来举行晚间仪式。这通常是日落后举行的。

要旨　这节诗中说，至尊主在祂的旅途中坚持遵守宗教原则。有些哲学思辨理论说，就连至尊主都要遵守功利性活动的规定。但这并非事实真相。祂并不依靠任何好与坏的活动效用。**至尊主是绝对的，因此祂所做的一切对每一个生物都是最好的**。但当祂降临到地球上时，祂从事保护奉献者、消灭不虔诚的非奉献者的活动。祂虽然没有必须履行的责任，但还是尽各种义务，为他人树立榜样。这才是真正的教导；教育他人的人自己必须正确行事，以身作则教导他人。至尊主本人就是功利性活动结果的赐予者。祂自给自足，但还是按照启示经典的规定行事，以身作则教导我们进步的程序。如果祂不这么做，普通大众就会偏离正途。然而，灵性上非常进步的人能够了解至尊主超然的本质，因此不会试图去模仿祂。那是不可能的。

至尊主在人类社会中履行大家都履行的义务的同时，也从事很多其他生物所无法仿效的非凡活动。这节诗中谈到的祂晚间祈祷一事，人们必须跟着做；但祂举起高山或与牧牛姑娘(gopī)跳舞一事则是无人能模仿的。没人能模仿那甚至可以从污秽之地汲取水分的太阳；全能者可以做绝对有益的事情，但我们要是模仿着去做，就会把自己置于无穷尽的困境中。所以，我们应该总是在灵性导师的指导下做一切。灵性导师是至尊主仁慈的展现，是经验丰富的指导者，在他们的指导下做事，我们的进步就有了保障。

到此为止，结束了巴克提韦丹塔对《圣典博伽瓦谭》第1篇第10章——“主奎师那启程回杜瓦尔卡”所作的阐释。

当伟大的战士帕瑞克西特还是他母亲乌塔茹阿子宫中的胎儿时，布茹阿玛斯陀核武器制造的灼热使他极其痛苦。那时，他看到至尊主来到他面前……就在胎儿观察至尊主的时候，这位向所有的方向扩展且不受时空限制的人格首神至尊主、众生心中的超灵及正义之士的保护者，突然消失了。(第 12 章第 7 –11 节)

杜瓦尔卡的居民们一听到那使物质世界的恐惧人格化身感到惊恐的声音，便都急速奔向祂，去觐见他们长久以来一直渴望见到的至尊主——全体奉献者的保护人。居民们带着他们各自准备的礼物来到至尊主面前，把它们献给自给自足、完全

满足并不停地用自己的能量供养众生的至尊主。尽管给至尊主献上这些礼物，就像给太阳供奉一盏灯一样，但居民们还定心醉神迷地对至尊主说话，迎接祂，那情形恰似未成年人欢迎他们的监护人和父亲。(第 11 章第 3—5 节)

兑塔瓦施陀用他练瑜伽所获得的神秘力量使身体自燃，以此方式把他的身体烧成灰烬。他贞节的妻子甘妲瑞看到丈夫用神秘力量点燃的火燃烧自己和茅草屋时，全神贯注地进入火中。(第 13 章第 57—58 节)

尤帝士提尔和彼玛在等待阿尔诸纳从杜瓦尔卡返回之际，看到许多表明不幸的征兆，预示着主奎师那的隐迹和喀历年代的到来。(第 14 章第 2—22 节)

能独自与一千个敌人同时作战的帕瑞克西特王，看到有个打扮成君王模样的低阶层庶铎，正在用棍棒殴打看似没有主人的一头母牛和一头公牛，便拿起他锋利的宝刀

要杀死这个引发一切非宗教行为的喀历年代的人格化身。喀历年代的人格化身一旦明白君王想要杀死他时，立刻脱下君王的服装，惊恐万分地跪地磕头，向君王投降。(第 17 章)

在库茹柴陀战场上，考茹阿瓦的军事力量恰似居住着众多强大无敌的水生物的海洋。但凭借奎师那的友谊，阿尔诸纳却能够坐在战车上跨越它。(第 15 章第14 节)

第十一章

主奎师那进入杜瓦尔卡

第 1 节

सूत उवाच
आनर्तान् स उपव्रज्य स्वृद्धाञ्जनपदान् स्वकान् ।
दध्मौ दरवरं तेषां विषादं शमयन्निव ॥ १ ॥

sūta uvāca
ānartān sa upavrajya
svṛddhāñ jana-padān svakān
dadhmau daravaraṁ teṣāṁ
viṣādaṁ śamayann iva

sūtaḥ uvāca—苏塔·哥斯瓦米说 / ānartān——个名为阿纳尔塔(杜瓦尔卡)的王国 / saḥ—祂 / upavrajya—到达了边界 / svṛddhān—最繁荣的 / jana-padān—城市 / svakān—祂自己 / dadhmau—吹响 / daravaram—吉祥的海螺(潘查占亚) / teṣām—他们的 / viṣādam—沮丧 / śamayan—安抚 / iva—显然地

译文 苏塔·哥斯瓦米说：至尊主所在的王国名叫阿纳尔塔(杜瓦尔卡)；祂一旦抵达祂那最繁华的大都市的边缘，便吹响了祂吉祥的海螺，告知城内居民祂的驾临，显然也安慰他们沮丧的情绪。

要旨 由于库茹柴陀(Kurukṣetra)战争的缘故，杜瓦尔卡(Dvārakā)居民热爱的主奎师那(Kṛṣṇa)，离开祂在杜瓦尔卡的繁华大都市已经有相当长的一段时间了；长时间地与祂分离，使杜瓦尔卡的居民们都得了忧郁症。正如君王的随行人员伴随君王出游，至尊主降临到地球时，祂永恒的同伴也与祂一同前来。至尊主的这些同伴都是永恒解脱的灵魂，他们对至尊主强烈的爱，使他们甚至无法忍受与至尊主片刻的分离。所以，杜瓦尔卡城的居民们都心情郁闷，时刻期待着至尊主的到来。正因为如此，吉祥的海螺所发出的报信的声响令人极为振奋，显然抚慰了居民们的郁闷情绪。他们当然更期望看到至尊主来到他们中间，因此很谨慎地要以得体的方式迎接祂。这些都是对首神怀有发自内心的爱的征象。

第 2 节 स उच्चकाशे धवलोदरो दरो
ऽप्युरुक्रमस्याधरशोणशोणिमा ।
दाध्मायमानः करकञ्जसम्पुटे
यथाब्जखण्डे कलहंस उत्स्वनः ॥२॥

sa uccakāśe dhavalodaro daro
'py urukramasyādharaśoṇa-śoṇimā
dādhmāyamānaḥ kara-kañja-sampuṭe
yathābja-khaṇḍe kala-haṁsa utsvanaḥ

saḥ—那 / uccakāśe—闪亮起来 / dhavala-udaraḥ—白色肥肠形的 / daraḥ—海螺 / api—虽然如此 / urukramasya—伟大的冒险家的 / adharaśoṇa—因祂嘴唇的超然特质 / śoṇimā—变红了 / dādhmāyamānaḥ—被吹响 / kara-kañja-sampuṭe—被莲花手握着 / yathā—正如 / abja-khaṇḍe—被莲花的茎 / kala-haṁsaḥ—潜入水中的天鹅 / utsvanaḥ—发出响亮的声音

译文 主奎师那紧握在手中的白色肥肠型海螺，因为主奎师那吹响它时超然的双唇触碰到它而颜色微微发红，仿佛一只在红莲花花茎间嬉戏的白天鹅。

要旨 白色海螺因至尊主双唇的触碰而变成红色，显示了灵性的重要性。至尊主是纯粹灵性的，物质是对这种灵性存在的无知。

事实上，在灵性的启明中根本不存在物质，而圣主奎师那的接触立刻给予这种灵性的启明。至尊主遍布于万物的每一个微粒中，对有灵性觉悟的奉献者，祂在每一件事物中展现祂的存在；但对其他人，祂保留不暴露自己的权利。靠为至尊主做奉爱服务，以及对祂的热爱，换句话说是通过与至尊主的灵性接触，一切都会像至尊主手中紧握着的海螺变成红色一样被灵性化。最有智慧的人——至尊天鹅(paramahaṁsa)，恰似钻入灵性极乐之水中的天鹅，永恒地由至尊主双足的莲花装饰着。

第 3 节　तमुपश्रुत्य निनदं जगद्भयभयावहम् ।
प्रत्युद्ययुः प्रजाः सर्वा भर्तृदर्शनलालसाः ॥ ३ ॥

tam upaśrutya ninadaṁ
jagad-bhaya-bhayāvaham
pratyudyayuḥ prajāḥ sarvā
bhartṛ-darśana-lālasāḥ

tam—那 / upaśrutya—听到 / ninadam—声音 / jagat-bhaya—对物质存在的恐惧 / bhaya-āvaham—害怕的源头 / prati—向着 / udyayuḥ—很快地前进 / prajāḥ—市民们 / sarvāḥ—所有的 / bhartṛ—保护者 / darśana—觐见 / lālasāḥ—有这样的愿望

译文　杜瓦尔卡的居民们一听到那使物质世界的恐惧人格化身感到惊恐的声音，便都急速奔向祂，去觐见他们长久以来一直渴望见到的至尊主——全体奉献者的保护人。

要旨　正如已经解释过的，主奎师那降临地球时住在杜瓦尔卡的居民们，都是作为随行人员与至尊主一同降临到那里的解脱了的灵魂。尽管灵性的接触使他们从没有与至尊主真正分开过，但他们都极为渴望觐见至尊主。正如温达文的牧牛姑娘们在奎师那离开村庄去放牛时一直想着祂，杜瓦尔卡的居民们在祂离开杜瓦尔卡去库茹柴陀打仗时都沉浸在对祂的思念中。孟加拉国有位著名的小说作家总结说，温达文的奎师那、玛图茹阿的奎师那与杜瓦尔卡的奎师那是不同的人物。纵观历史，他的这个结论不符合事实。库茹柴陀的奎师那和杜瓦尔卡的奎师那是同一个人物。

正如夜晚因为没有太阳，我们会感到郁闷，由于至尊主不在杜瓦尔卡这个超然的城市中，城市里的居民们个个都闷闷不乐。通报主奎师那到来的声响，就像黎明通报日出的信息；奎师那如日出般地出现，使杜瓦尔卡的全体居民都从不活跃的状态中苏醒过来。为了尽快看到他们的保护者，他们都急速地冲向祂。至尊主的奉献者知道，只有至尊主才是他们的保护者。

正如我们所尝试解释的，至尊主是绝对的，所以祂吹响的海螺声与祂本人没有区别。我们的物质存在状态是充满了恐惧的状态；物质存在中有四个问题，它们分别是食物问题、庇护问题、恐惧问题和性生活的问题，其中恐惧问题比其他问题给我们制造了更多的烦恼。我们因为不知道下一步会发生什么事而总是担心害怕。整个物质存在充满了疑难问题，所以恐惧问题总是最突出。这是我们接触至尊主那被称为玛亚(māyā)的错觉能量，也就是外在能量所致。然而，所有的恐惧一旦遇到至尊主的声音就化为乌有。至尊主的声音以祂的圣名为代表，由圣主柴坦亚·玛哈帕布(Caitanya Mahāprabhu)吟诵、吟唱的以下十六个梵文字组成，即：

哈瑞·奎师那 哈瑞·奎师那 奎师那·奎师那 哈瑞·哈瑞
哈瑞·茹阿玛 哈瑞·茹阿玛 茹阿玛·茹阿玛 哈瑞·哈瑞

Hare Kṛṣṇa, Hare Kṛṣṇa, Kṛṣṇa Kṛṣṇa, Hare Hare
Hare Rāma, Hare Rāma, Rāma Rāma, Hare Hare

我们可以充分利用这组声音振荡，解决物质存在中一切可怕的问题。

第 4－5 节　तत्रोपनीतबलयो रवेर्दीपमिवादृताः ।
आत्मारामं पूर्णकामं निजलाभेन नित्यदा ॥ ४ ॥
प्रीत्युत्फुल्लमुखाः प्रोचुर्हर्षगद्गदया गिरा ।
पितरं सर्वसुहृदमवितारमिवार्भकाः ॥ ५ ॥

tatropanīta balayo
raver dīpam ivādṛtāḥ
ātmārāmaṁ pūrṇa-kāmaṁ
nija-lābhena nityadā

prīty-utphulla-mukhāḥ procur
harṣa-gadgadayā girā
pitaraṁ sarva-suhṛdam
avitāram ivārbhakāḥ

tatra－于是 / upanīta－送了 / balayaḥ－礼物 / raveḥ－向太阳 / dīpam－灯 / iva－就像 / ādṛtāḥ－被估计 / ātma-ārāmam－向自给自足的人 / pūrṇa-kāmam－完全的满足 / nija-lābhena－由祂自己的能量 / nitya-dā－一个从不间断供给的人 / prīti－爱 / utphulla-mukhāḥ－愉快的笑脸 / procuḥ－说 / harṣa－使喜悦 / gadgadayā－狂喜 / girā－讲话 / pitaram－向父亲 / sarva－所有 / suhṛdam－朋友们 / avitāram－保护人 / iva－像 / arbhakāḥ－被保护的人

译文　居民们带着他们各自准备的礼物来到至尊主面前，把它们献给自给自足、完全满足并不停地用自己的能量供养众生的至尊主。尽管给至尊主献上这些礼物，就像给太阳供奉一盏灯一样，但居民们还是心醉神迷地对至尊主说话，迎接祂，那情形恰似未成年人欢迎他们的监护人和父亲。

要旨　这节诗中描述至尊主奎师那是自给自足的(ātmārāma)，祂不需要在祂本人之外寻求快乐。祂超然的存在本身就是完全极乐的，所以祂自己的一切使祂完全满足。祂永恒存在；祂全知，绝对快乐。因此，任何礼物，无论多么珍贵，祂都不需要。尽管如此，由于祂是一切众生的祝福者，祂还是接受每一个生物出于纯粹的奉爱之情向祂供奉的一切。天地万物都产自祂的能量，因此祂并不是因为穷苦而需要这些。这节诗中比喻说，给至尊主礼物恰似给太阳神供奉一盏灯。尽管炙热、发光的一切都不过是太阳能量的发射物，但崇拜太阳神时还是有必要向他供奉一盏灯。人们在崇拜太阳时，会向太阳神提出某种索求；但至于为至尊主做奉爱服务，服务者和接受服务者都不存在向对方索求的问题。那完全是至尊主和祂的奉献者向对方表达纯粹的爱和深情的方式。

至尊主是众生至高无上的父亲，意识到与神的这一至关重要的关系之人，可以作为孝顺的子女向神这位父亲提出请求，而这位父亲会很高兴毫不犹豫地为这种恭顺的孩子提供他们的所需。至尊主恰似如愿树，依靠祂没有缘故的仁慈，每一个生物都可以从祂那里得到一切。但作为至高无上的父亲，至尊主不会给祂的纯粹奉献者提供将会在他做奉爱服务的过程中成为障碍的一切。忙于为至尊主做奉爱服务的人，可以借由至尊主超然的吸引力上升到做纯粹奉爱服务的层面上。

第 6 节

नताः स्म ते नाथ सदाङ्घ्रिपङ्कजं
विरिञ्चवैरिञ्च्यसुरेन्द्रवन्दितम् ।
परायणं क्षेममिहेच्छतां परं
न यत्र कालः प्रभवेत्परः प्रभुः ॥ ६ ॥

natāḥ sma te nātha sadāṅghri-paṅkajaṁ
viriñca-vairiñcya-surendra-vanditam
parāyaṇaṁ kṣemam ihecchatāṁ paraṁ
na yatra kālaḥ prabhavet paraḥ prabhuḥ

natāḥ—拜倒 / sma—我们已经这样做了 / te—向您 / nātha—至尊主

啊 / sadā－总是 / aṅghri-paṅkajam－莲花足 / viriñca－布茹阿玛，第一个生物体 / vairiñcya－布茹阿玛的儿子萨纳卡和萨纳坦等 / sura-indra－天堂的帝王 / vanditam－受崇拜 / parāyaṇam－至尊 / kṣemam－好处 / iha－在这一生 / icchatām－一个有这种愿望的人 / param－最高的 / na－从不 / yatra－在……身上 / kālaḥ－无法躲避的时间 / prabhavet－能够发挥它的影响力 / paraḥ－超然的 / prabhuḥ－至尊主

译文　(居民们说：)至尊主啊！您受到布茹阿玛、库玛尔四兄弟，甚至是天帝等半神人的崇拜。您是那些真正渴望获得生命最高利益的人的最终依靠。您是至尊超然的主，不可避免的时间对您不起作用，无法产生影响。

要旨　正如《博伽梵歌》(Bhagavad-gītā)、《布茹阿玛·萨密塔》(Brahma-saṁhitā)和其他权威的韦达文献中所证实的，圣奎师那就是至尊主。没有谁与祂平等或比祂伟大，而这是所有经典的定论。时间和空间的影响，只对作为至尊主不可缺少的一部分、需要依赖至尊主的个体生物发生作用。众生都是被支配的布茹阿曼(Brahman，梵)，至尊主则是主宰一切的绝对者——至尊布茹阿曼。我们一旦忘记这一明显的事实，就立刻产生错觉，并因而被置于三种苦中，仿佛被置于浓密的黑暗中。明智的生物所具有的纯净意识是神意识，处于这种状态中的生物在任何情况下都向至尊主顶礼。

第 7 节　भवाय नस्त्वं भव विश्वभावन
त्वमेव माताथ सुहृत्पतिः पिता ।
त्वं सद्गुरुर्नः परमं च दैवतं
यस्यानुवृत्त्या कृतिनो बभूविम ॥ ७ ॥

bhavāya nas tvaṁ bhava viśva-bhāvana
tvam eva mātātha suhṛt-patiḥ pitā

tvaṁ sad-gurur naḥ paramaṁ ca daivataṁ
yasyānuvṛttyā kṛtino babhūvima

bhavāya—变得 / viśva-bhāvana—宇宙的创造者 / tvam—圣主您 / eva—肯定地 / mātā—母亲 / atha—同样也 / suhṛt—祝福者 / patiḥ—丈夫 / pitā—父亲 / tvam—圣主您 / sat-guruḥ—灵性导师 / naḥ—我们的 / paramam—至尊的 / ca—和 / daivatam—可崇拜的神像 / yasya—……的 / anuvṛttyā—追随……的步伐 / kṛtinaḥ—成功的 / babhūvima—我们已变得

译文 宇宙的创造者啊！您是我们的母亲、祝福者、至尊主、父亲、灵性导师和崇拜的神。追随您使我们在所有的方面都获得成功。为此，我们祈求您继续仁慈地祝福我们。

要旨 至善的人格首神作为宇宙的创造者，也为所有虔诚生物的利益打算。至尊主忠告虔诚的生物要按祂善意的劝告去做，而这样做会使他们在生活的方方面面都获得成功。除了崇拜至尊主，没有必要去崇拜其他神明。至尊主绝对强大有力；如果我们对祂莲花足的顺从令祂满意，祂可以赐予我们一切种类的祝福，以使我们在物质生活和灵性生活中都获得成功。为了进入灵性存在，人体是我们借以了解自己与神的永恒关系的良机。我们与神的关系是永恒的；这种关系既不会被打破，也不会被压制。它有可能暂时被遗忘，但如果我们遵循至尊主在经典中给予的适用于一切时间和地点的指示，它也可以靠至尊主的恩典得以恢复。

第 8 节 अहो सनाथा भवता स्म यद्वयं
त्रैविष्टपानामपि दूरदर्शनम् ।

प्रेमस्मितस्निग्धनिरीक्षणाननं
पश्येम रूपं तव सर्वसौभगम् ॥ ८ ॥

aho sanāthā bhavatā sma yad vayaṁ
traiviṣṭapānām api dūra-darśanam
prema-smita-snigdha-nirīkṣaṇānanaṁ
paśyema rūpaṁ tava sarva-saubhagam

aho—我们真的很幸运啊 / sa-nāthāḥ—得到主人的保护 / bhavatā—得到您本人 / sma—正如我们已经变得 / yat vayam—像我们 / traiviṣṭa-pānām—半神人的 / api—也 / dūra-darśanam—很少得见 / prema-smita—充满爱心地微笑 / snigdha—充满深情的 / nirīkṣaṇa-ānanam—那样的表情 / paśyema—让我们看 / rūpam—美丽 / tava—您的 / sarva—所有 / saubhagam—吉祥的

译文 您今天的到来使我们再次处在您的保护下，这实在是我们鸿运当头。尽管就连天堂的居民都极少能见到您圣上，我们现在却可以凝视您微笑着、充满深情的亲切脸庞，终于能目睹您这充满一切吉祥特征的超然形象了。

要旨 只有纯粹奉献者才能看到至尊主永恒的人的形象。至尊主从不是不具人格特征的，但祂是至高无上的绝对人格首神，只有靠奉爱服务才能面对面地看到祂，而这一点就连高等星球上的居民都做不到。当布茹阿玛(Brahmā)和其他半神人去找主奎师那的完整扩展主维施努(Viṣṇu)商量事情时，他们必须等在牛奶之洋的岸边，主维施努就躺在牛奶之洋中的白色岛屿(Śvetadvīpa)上。这个牛奶之洋和白色岛屿都是外琨塔星球(Vaikuṇṭhaloka)在物质宇宙中的复制品。无论是布茹阿玛，还是像因铎那样的半神人，都无法进入那个白色的岛屿。他们只能站在牛奶之洋的岸边，把他们的信息传给被称为祺柔达卡沙依·维施努(Kṣīrodakaśāyī Viṣṇu)的主维施努，所以他们很少看到至尊主。但是，杜瓦尔卡的居民们因为是至尊主纯粹的奉献者，没有沾染丝毫的功利性活动和经验主义哲学的物质污秽，所以能凭借至尊主的恩典，面对面地看到祂。这是生物的原本状态；而我们生命的这种原本状态，只有靠做奉爱服务才能得以恢复。

第 9 节

यर्ह्यम्बुजाक्षापससार भो भवान्
कुरून्मधून् वाथ सुहृद्दिदृक्षया ।
तत्राब्दकोटिप्रतिमः क्षणो भवेद्
रविं विनाक्ष्णोरिव नस्तवाच्युत ॥ ९ ॥

yarhy ambujākṣāpasasāra bho bhavān
kurūn madhūn vātha suhṛd-didṛkṣayā
tatrābda-koṭi-pratimaḥ kṣaṇo bhaved
raviṁ vinākṣṇor iva nas tavācyuta

yarhi—无论何时 / ambuja-akṣa—眼如莲花的人啊 / apasasāra—您离开 / bho—哦 / bhavān—您自己 / kurūn—库茹王的后代 / madhūn—玛图茹阿(布阿佳布弥)的居民 / vā—任一 / atha—因此 / suhṛt-didṛkṣayā—为了去见他们 / tatra—在那时 / abda-koṭi—数百万年 / pratimaḥ—好像 / kṣaṇaḥ—片刻 / bhavet—变成 / ravim—太阳 / vinā—没有 / akṣṇoḥ—眼睛的 / iva—像那样 / naḥ—我们的 / tava—您 / acyuta—不会犯错的人啊

译文 啊，长着莲花眼的至尊主！每当您离开我们到玛图茹阿、温达文或哈斯提纳普尔去看您的朋友和亲戚，您不在的每个瞬间对我们来说都仿佛是千百万年。永不犯错的人啊！那时，正如没有了太阳，我们的眼睛变得毫无用处。

要旨 我们都为能用我们的物质感官做试验来判定神是否存在而感到自豪。但我们忘了，我们的感官本身并不独立；它们只能在一定的条件下起作用。例如我们的眼睛：在有阳光时，我们的眼睛才能看到一定范围内的事物；在黑暗中，我们的眼睛根本无用武之地。圣主奎师那作为最原初的主——至尊真理，被比作太阳。没有涉及祂的一切知识，不是不正确就是不完整。与太阳相对的是黑暗；同样，与奎师那相对的是错觉——玛亚(māyā)。至尊主奎师那的奉献者透过祂给予的启示能看到一切事物的真相。借由至尊主的恩典，纯粹的奉献者不可能处在愚昧的黑暗中。因此，我们必须始终让自己处在主奎师那视线中，以便我们既能看清自己，也能看到至尊主与祂不同的能量。正如没有太阳时我们什么都看不见，没有至尊主的临在，我们也看不见包括自我在内的一切。没有祂，我们具有的一切知识都被错觉覆盖着。

第 10 节　कथं वयं नाथ चिरोषिते त्वयि
　　प्रसन्नदृष्ट्याखिलतापशोषणम् ।
जीवेम ते सुन्दरहासशोभित-
　　मपश्यमाना वदनं मनोहरम् ।
इति चोदीरिता वाचः प्रजानां भक्तवत्सलः ।
　　शृण्वानोऽनुग्रहं दृष्ट्या वितन्वन् प्राविशत्पुरम् ॥१०॥

kathaṁ vayaṁ nātha ciroṣite tvayi
　prasanna-dṛṣṭyākhila-tāpa-śoṣaṇam
jīvema te sundara-hāsa-śobhitam
　apaśyamānā vadanaṁ manoharam

iti codīritā vācaḥ
　prajānāṁ bhakta-vatsalaḥ
śṛṇvāno 'nugrahaṁ dṛṣṭyā
　vitanvan prāviśat puram

katham—如何 / vayam—我们 / nātha—主啊 / ciroṣite—几乎总是在国外 / tvay—由您 / prasanna—满足 / dṛṣṭyā—以瞥视 / akhila—宇宙的 /

tāpa－苦难 / śoṣaṇam－去除 / jīvema－将能活下去 / te－您的 / sundara－美丽的 / hāsa－微笑的 / śobhitam－装饰的 / apaśyamānāḥ－没有见 / vadanam－脸 / manoharam－有吸引力的 / iti－如此 / ca－和 / udīritāḥ－说 / vācaḥ－话 / prajānām－市民的 / bhakta-vatsalaḥ－对奉献者仁慈的 / śṛṇvānaḥ－如此聆听 / anugraham－仁慈地 / dṛṣṭyā－以瞥视 / vitanvan－派发 / prāviśat－进入 / puram－杜瓦尔卡城

译文 主人啊！您的微笑去除了我们所有的痛苦；如果您所有的时间都住在国外，那我们就看不到您动人的脸庞了。您不在的话，我们怎么能活下去啊？听了他们的祈祷后，对居民和奉献者极为仁慈的至尊主，动身进入杜瓦尔卡，沿路超然地扫视众人，向人们表示祂接受了他们大家的迎接问候。

要旨 主奎师那的魅力是如此强大，以致人一旦被祂吸引，就再也无法忍受与祂的分离了。为什么会这样？因为就像阳光与太阳球体具有永恒的关系，我们都与至尊主有着永恒的关系。阳光是太阳发射的光分子部分，所以不可能与太阳分开。乌云遮挡所造成的太阳与阳光的隔离只是暂时、非自然的状态，乌云一旦散去，阳光就再次在太阳临在的情况下放射它们自己的光芒。同样道理，生物是灵性整体的分子部分，因错觉能量玛亚的遮挡而处在与至尊主非自然地隔开的状态中。必须移开错觉能量这一玛亚的帷幕；它一旦被移开，生物就能面对面地与至尊主相见，并立刻摆脱他所承受的一切痛苦。我们每一个人都想摆脱生活的痛苦，但却不知道该如何做。这节诗中给了我们解决问题的答案，就看我们是否接受了。

第 11 节 मधुभोजदशार्हार्हकुकुरान्धकवृष्णिभिः ।
आत्मतुल्यबलैर्गुप्तां नागैर्भोगवतीमिव ॥११॥

madhu-bhoja-daśārhārha-
kukurāndhaka-vṛṣṇibhiḥ
ātma-tulya-balair guptāṁ
nāgair bhogavatīm iva

madhu—玛杜 / bhoja—博佳 / daśārha—达沙尔哈 / arha—阿尔哈 / kukura—库库尔 / andhaka—安达卡 / vṛṣṇibhiḥ—由维施尼的后裔 / ātma-tulya—像祂一样好 / balaiḥ—以力量 / guptām—保护 / nāgaiḥ—由纳嘎(天蛇) / bhogavatīm—纳嘎络卡的首都 / iva—如

译文 正如天蛇星球的首都博嘎瓦提由天蛇们守卫，杜瓦尔卡由博佳、玛杜、达沙尔哈、阿尔哈、库库尔和安达卡等维施尼的后裔们护卫着，他们个个都像奎师那一样强壮有力。

要旨 天蛇星球(Nāgaloka)处在地球星球的下方，阳光照不到那里，是天蛇(Nāga)们头上顶着的宝石放射的光芒驱散了黑暗。据经典中记载，那里有美丽的花园、小溪等，供天蛇们享乐。从这节诗中我们了解到，正如住在那里的居民很好地守卫着那个星球，维施尼的后裔们也很好地保护着杜瓦尔卡城；他们像至尊主一样强大有力，拥有的力量等同于至尊主在地球上展示的力量。

第 12 节 सर्वर्तुसर्वविभवपुण्यवृक्षलताश्रमैः ।
उद्यानोपवनारामैर्वृतपद्माकरश्रियम् ॥१२॥

sarvartu-sarva-vibhava-
puṇya-vṛkṣa-latāśramaiḥ
udyānopavanārāmair
vṛta-padmākara-śriyam

sarva—所有 / ṛtu—季节 / sarva—所有 / vibhava—财富 / puṇya—虔诚的 / vṛkṣa—树 / latā—匍匐植物 / āśramaiḥ—有隐居所 / udyāna—果

园 / upavana－花园 / ārāmaiḥ－娱乐园和美丽的公园；vṛta－被……围绕着 / padma-ākara－莲花的生长地或美丽的水塘 / śriyam－增加美丽

译文 杜瓦尔卡城随时都充满了所有季节的各种财富，其中有隐居所、果林、花圃、公园和随处可见的长满莲花的水塘。

要旨 按照大自然赐予我们的礼物本身所具有的特性去利用它们，可以使人类文明达到完美的境界。正如我们看到这节诗中所描述的杜瓦尔卡城内所具有的财富，其中到处是花园、果林、水塘和盛开的莲花。诗中并没有提到相互支持的屠宰场和工厂，而这些是现代大都市必不可少的设施。利用大自然的赐予这一倾向依然存在，甚至就在现代文明人的心中。现代文明中的领导者，选择拥有充分体现大自然美的花园和池塘的地方作为自己的居家，但却让普通人住在没有公园和花圃的拥挤地区。但从这节诗的描述中，我们却看到杜瓦尔卡城呈现的是另一番景象：整个居住区域(dhāma)四处环绕着花圃、公园，其中到处是盛开着莲花的水塘。由此可以知道，那里的全体居民都依靠水果和鲜花等大自然给予的礼物，整个居住区内并没有因发展工业企业而建起的肮脏小屋和贫民窟。判断文明的进步，不以导致人类美好天性堕落的工业成长为标准，而以能够帮助增强人类灵性意识，使其有机会回归首神的力量增长为标准。发展工业企业被称为是具有刺激性的活动(ugra-karma)，这样的活动摧毁人的美好天性，以及人类社会的美好本质，使人类社会沦落为恶魔的地牢。

我们看到这节诗中谈到在不同的季节盛产鲜花和水果的虔诚之树。不虔诚的树木只会形成无用的丛林，只能被用来当燃料。在现代文明社会中，人们把这类不虔诚的树种植在道路两旁。应该正确地把人的精力用于培养有助于灵性领悟的健康意识，以利解决人生的一切问题。水果、鲜花、美丽的花园和公园，以及有鸭子、天鹅嬉戏在莲花间的水塘，还有乳牛提供的足量牛奶和黄油(butter)，都是使人体组织正常发育的必需品。与这一切相反的是，使劳工阶层培养邪恶习性的矿井、工厂和作坊等地牢。追求既得利益的集团以牺牲劳工阶层为代价大发横财，导致了资本家和劳工之间发生各式各样的激烈冲突。经典中描述的杜瓦尔卡圣地，是人类文明的典范。

第 13 节　गोपुरद्वारमार्गेषु कृतकौतुकतोरणाम् ।
चित्रध्वजपताकाग्रैरन्तः प्रतिहतातपाम् ॥१३॥

gopura-dvāra-mārgeṣu
kṛta-kautuka-toraṇām
citra-dhvaja-patākāgrair
antaḥ pratihatātapām

gopura－城市的大门 / dvāra－门口 / mārgeṣu－在不同的道路上 / kṛta－做 / kautuka－因为节日 / toraṇām－装饰好的拱门 / citra－色彩鲜艳的 / dhvaja－旗帜 / patākā-agraiḥ－以最重要的标志 / antaḥ－其中 / pratihata－遮住、制止 / ātapām－阳光

译文　为迎接至尊主，城门、居民家的大门和路上用花彩装修的拱门，都用香蕉树和芒果叶等节日的象征物装饰得亮丽非凡。旗帜、花环和色彩鲜艳的招牌及标语，交织在一起遮住了阳光。

要旨　特殊节日中装饰用的象征物，包括香蕉树、芒果树、水果和鲜花等，也都是从大自然给予的礼物中收集来的。芒果树、椰子树和香蕉树至今仍被视为是吉祥的象征。诗中提到的旗帜上都画着嘎茹达(Garuḍa)或哈努曼(Hanumān)，他们是至尊主的两位优秀的仆人。奉献者们至今仍十分喜爱这样的绘画和装饰品；为了取悦至尊主，奉献者们对主人的仆人致以更多的敬意。

第 14 节 सम्मार्जितमहामार्गरथ्यापणकचत्वराम् ।
सिक्तां गन्धजलैरुप्तां फलपुष्पाक्षताङ्कुरैः ॥१४॥

sammārjita-mahā-mārga-
rathyāpaṇaka-catvarām
siktāṁ gandha-jalair uptāṁ
phala-puṣpākṣatāṅkuraiḥ

sammārjita一彻底的洁净 / mahā-mārga一大路 / rathya一小路和地下通道 / āpaṇaka一市场 / catvarām一公众集会场所 / siktām一被弄潮 / gandha-jalaiḥ一有香味的水 / uptām一点缀着 / phala一水果 / puṣpa一鲜花 / akṣata一完整的 / aṅkuraiḥ一种子

译文 大街小巷、地下通道、集市和大众聚会地，被认真仔细地打扫干净后，都喷洒了香水。水果、鲜花及未破损的种子撒得遍地都是。

要旨 人们用蒸馏的方法提炼玫瑰和寇拉(keora)等鲜花制成香水，洒在杜瓦尔卡圣地(Dvārakādhāma)的大街小巷和土地上，以使地面保持湿润。这些有着集市和大众聚会场所的地方，都被认真仔细地打扫干净。从诗中的描述看，杜瓦尔卡圣城相当大，其中有许多公路、街道和公众集会的地方，以及公园、花圃和池塘，而所有这些地方都用鲜花和水果点缀得美丽非凡。为了迎接至尊主，人们用鲜花、水果及未破损的谷物种子装饰公众场所的每一个角落。未破损的谷物种子或水果种子被视为是吉祥物；直到今天，印度大众每逢节庆还都在运用这些吉祥物。

第 15 节 द्वारि द्वारि गृहाणां च दध्यक्षतफलेक्षुभिः ।
अलङ्कृतां पूर्णकुम्भैर्बलिभिर्धूपदीपकैः ॥१५॥

dvāri dvāri gṛhāṇāṁ ca
dadhy-akṣata-phalekṣubhiḥ
alaṅkṛtāṁ pūrṇa-kumbhair
balibhir dhūpa-dīpakaiḥ

dvāri dvāri—每家每户的门口 / gṛhāṇām—所有住宅的 / ca—和 / dadhi—凝乳 / akṣata—完整的 / phala—水果 / ikṣubhiḥ—甘蔗 / alaṅkṛtām—装饰着 / pūrṇa-kumbhaiḥ—装满水的罐子 / balibhiḥ—伴有许多供奉的用品 / dhūpa—香 / dīpakaiḥ—灯和蜡烛

译文　家家户户的门口都陈列着吉祥的东西，包括凝乳、完好无损的水果、甘蔗、香和蜡烛，以及水罐等整套崇拜用的物品。

要旨　韦达文化中的欢迎仪式，整个程序丰富多彩、毫不枯燥。表示欢迎并不只是上节诗描述的对大街小巷的装饰，还有按照自己的能力，用香、灯、鲜花、甜品、水果和其他美食等必不可少的一切对至尊主的崇拜。所有这一切都要供奉给至尊主，至尊主吃过的食物则会分发给在场的居民。所以说，韦达的迎接仪式不同于现代那些枯燥的迎接仪式。当时，家家户户都以同样的方式做好了迎接至尊主的准备，因此每一家都在街道上向城里的其他居民派发给至尊主供奉过的食物，使节日获得圆满的成功。韦达文化中认为，在任何的仪式、庆典或集会中，如果没有派发给神供奉过的食物，那个仪式、庆典或集会就不圆满。

第 16—17 节　निशम्य प्रेष्ठमायान्तं वसुदेवो महामनाः ।
अक्रूरश्चोग्रसेनश्च रामश्चाद्भुतविक्रमः ॥१६॥
प्रद्युम्नश्चारुदेष्णश्च साम्बो जाम्बवतीसुतः ।
प्रहर्षवेगोच्छशितशयनासनभोजनाः ॥१७॥

niśamya preṣṭham āyāntaṁ
vasudevo mahā-manāḥ
akrūraś cograsenaś ca
rāmaś cādbhuta-vikramaḥ

pradyumnaś cārudeṣṇaś ca
sāmbo jāmbavatī-sutaḥ
praharṣa-vegocchaśita-
śayanāsana-bhojanāḥ

niśamya一只是聆听 / preṣṭham一最亲爱的 / āyāntam一回家 / vasudevaḥ一瓦苏戴瓦(奎师那的父亲) / mahā-manāḥ一宽宏大量的 / akrūraḥ一阿库茹阿 / ca一和 / ugrasenaḥ一乌挂森纳 / ca一和 / rāmaḥ一巴拉茹阿玛(奎师那的哥哥) / ca一和 / adbhuta一超人的 / vikramaḥ一非凡的能力 / pradyumnaḥ一帕杜么纳 / cārudeṣṇaḥ一查茹戴施纳 / ca一和 / sāmbaḥ一桑巴 / jāmbavatī-sutaḥ一章芭瓦缇的儿子 / praharṣa一极其快乐 / vega一促使 / ucchaśita一受……的影响 / śayana一躺下 / āsana一坐下 / bhojanāḥ一吃饭

译文 听到最亲爱的奎师那即将抵达杜瓦尔卡圣城的消息，品德高尚的瓦苏戴瓦，以及阿库茹阿、乌卦森纳、巴拉茹阿玛(力量非凡者)、帕杜么纳、查茹戴施纳和章芭瓦缇的儿子桑巴，都无比快乐，不吃、不坐、不休息。

要旨 **瓦苏戴瓦**(Vasudeva)：苏茹阿森纳(Śūrasena)王的儿子、黛瓦克伊(Devakī)的丈夫、圣主奎师那的父亲、琨缇(Kuntī)的哥哥、苏芭朵(Subhadrā)的父亲。苏芭朵嫁给她的表哥阿尔诸纳(Arjuna)，这种联姻在印度的某些地方至今还很普遍。瓦苏戴瓦是乌卦森纳委任的大臣，他后来娶了乌卦森纳的兄弟戴瓦卡(Devaka)的八个女儿为妻，黛瓦克伊是其中的一个。康萨是瓦苏戴瓦的姻弟。瓦苏戴瓦答应康萨把自己的第八个儿子交给他并自愿被康萨关押起来，但奎师那没有使康萨如愿以偿。作为潘达瓦兄弟(Pāṇḍavas) 的舅舅，瓦苏戴瓦参与了他们的净化仪式。他派人去请住在沙塔逊嘎山(Śatasṛṅga Parvata)的祭司喀夏帕(Kaśyapa)，让他主持了净化仪式。奎师那在康萨的监牢中显现后，瓦苏戴瓦把祂转移到祂的养父南达·玛哈茹阿佳(Nanda Mahārāja)在哥库拉(Gokula)的家中。奎师那和巴拉戴瓦(Baladeva)在瓦苏戴瓦去世前隐迹，阿尔诸纳(瓦苏戴瓦的外甥)在瓦苏戴瓦去世后负责主持瓦苏戴瓦的葬礼。

阿库茹阿(Akrūra)：维施尼王朝的统帅，主奎师那伟大的奉献者。阿库茹阿光是通过向至尊主祈祷这一个程序，就取得了奉爱服务的成功。他是阿胡卡(Ahūka)的女儿苏塔妮(Sūtanī)的丈夫。当阿尔诸纳按照奎师那的意愿把苏芭朵强行带走时，阿库茹阿支持了阿尔诸纳。在阿尔诸纳成功地绑架苏芭朵后，奎师那和阿库茹阿都去看望了阿尔诸纳。这以后，他们两人都给阿尔诸纳送去了苏芭朵的嫁妆。在苏芭朵的儿子阿比曼纽(Abhimanyu)娶乌塔茹阿(Uttarā)为妻时，阿库茹阿也参加了婚礼，乌塔茹阿后来生了帕瑞克西特王。阿库茹阿的岳父阿胡卡，与阿库茹阿的关系并不好，但他们两人都是至尊主的奉献者。

乌卦森纳(Ugrasena)：维施尼王朝中强大的君王之一，琨缇博佳王(Mahārāja Kuntibhoja)的远房兄弟。他的另一个名字是阿胡卡。他的大臣是瓦苏戴瓦，他的儿子是强有力的康萨。这个康萨把他的亲生父亲关押起来，自己当了玛图茹阿的君王。靠主奎师那和祂哥哥巴拉茹阿玛的恩典，康萨被杀死，乌卦森纳重新登上王位。沙勒瓦(Śālva)进犯杜瓦尔卡城时，乌卦森纳英勇奋战，击退了敌人。乌卦森纳向纳茹阿达询问过有关主奎师那的神威。当雅杜王朝将要遭毁灭时，乌卦森纳受托处理桑巴腹中生出的铁块。他把铁块削成碎片，然后把那些碎片扔进杜瓦尔卡海岸边的海水中。这以后，他下令杜瓦尔卡城和整个王国全面禁酒。他死后获得了解脱。

巴拉戴瓦(Baladeva)：祂是瓦苏戴瓦与妻子柔黑妮(Rohiṇī)生的神性儿子，又被称为柔黑妮·南丹(Rohiṇī-nandana) ——柔黑妮心爱的儿子。当瓦苏戴瓦经与康萨协商被关进康萨的监狱中时，巴拉戴瓦与祂母亲柔黑妮一起也都被托付给南达·玛哈茹阿佳照顾。所以，南达·玛哈茹阿佳既是主奎师那的养父，又是巴拉戴瓦的养父。主奎师那和主巴拉戴瓦虽然是同父异母的兄弟，但从小开始就形影不离。主巴拉戴瓦是至尊人格首神主奎师那的完整扩展，因此与主奎师那一样强大有力。祂属于首神范畴(viṣṇu-tattva)。祂与圣奎师那一起参加了朵帕蒂(Draupadī) 的选夫比武大会(svayaṁvara)。当阿尔诸纳按照圣奎师那制定的计划绑架了苏芭朵后，巴拉戴瓦对阿尔诸纳很生气，想要立刻杀死他。圣奎师那为了救自己亲密的朋友，给主巴拉戴瓦下跪，恳求祂息怒，以此取悦了圣巴拉戴瓦。同样，考茹阿瓦家族的人有一次令祂非常愤怒，祂要把他们所在的整个城市都扔进雅沐娜河(Yamunā) 的深水中。考茹阿瓦家族的人立刻投降，皈依祂神性的莲花足，使祂感到满意。祂实际上是黛瓦克伊在生主奎师那之前所怀的第七个儿子，但凭至尊主的意愿，祂被转移到柔黑妮的子宫中，避开了康萨的报复行为。为此，祂的另一个名字是商卡尔珊(Saṅkarṣaṇa)，商卡尔珊也是圣巴拉戴瓦的完整扩展。祂跟主奎师那一样强大有力，能赐予奉献者们灵性的力量，因而被称为巴拉戴瓦。韦达经(Vedas)中指示说：不得到巴拉戴瓦的恩惠，人无法了解至尊主。梵文“巴拉(Bala)”是指灵性的力量，而不是身体的。一些智力欠佳的人说“巴拉”是指身体的力量，但没人能凭身体的力量获得灵性的觉悟。身体的力量随着身体的死亡而完结，但灵性的力量却随着灵魂经历轮回，因此由巴拉戴瓦赐予的力量永远都不会失去。祂所赐予的力量是永恒的。正因为如此，巴拉戴瓦是全体奉献者的第一位灵性导师。

圣巴拉戴瓦和圣主奎师那都是桑迪帕尼·牟尼(Sāndīpani Muni)的学生。祂从小就与圣奎师那一起杀死了许多恶魔(asura)；特别是在塔拉文(Tālavana)森林中，祂杀死了戴努卡恶魔(Dhenukāsura)。在库茹柴陀战争期间，祂始终保持中立，并在战争开打前尽祂的所能努力以和平的方式解决争端。祂虽然支持杜尤丹(Duryodhana)，但还是保持了中立。杜尤丹和彼玛森纳(Bhīmasena)用大头棒搏斗时，祂也在现场。当彼玛森纳后来用大头棒猛击杜尤丹腰部以下的大腿部位时，祂对彼玛森纳非常生气，想要报复彼玛森纳不公平的行为。圣主奎师那从祂的盛怒中救了彼玛。但祂因为厌恶彼玛森纳的作为，立刻离开了现场。祂走后，杜尤丹摔倒在地，面对死亡。阿尔诸纳的儿子阿比曼纽战死后，潘达瓦兄弟们都悲痛欲绝，无法为他举行葬礼，因此巴拉戴瓦作为阿比曼纽的舅舅，主持了他的葬礼。巴拉戴瓦在最后要离开这个世界时，安排从祂嘴里吐出一条巨大的白蛇，就这样让蛇沙纳嘎(Śeṣanāga)以巨蛇的形象把祂带离了这个世界。

帕杜么纳(Pradyumna)：卡玛戴瓦(Kāmadeva，丘比特)的化身；或者按照其他的说法，是萨纳特·库玛尔(Sanat-kumāra)的化身。他以人格首神圣主奎师那与杜瓦尔卡的主要王后幸运女神圣茹珂蜜妮(Rukmiṇī)的儿子的身份出生。在前去祝贺阿尔诸纳娶苏芭朵为妻的人当中，他属其中的一个。他是与沙勒瓦作战的伟大战将之一，在与沙勒瓦作战时昏倒在战场上。他的战车御者把他从战场上载回营地，他对此非常难过，训斥了他的战车御者。他返回战场，再次与沙勒瓦交战，最后取得了胜利。他听纳茹阿达给他介绍了所有不同的半神人。他是圣主奎师那的四个完整扩展之一，是第三个扩展。他向他父亲圣奎师那询问有关布茹阿玛纳(brāhmaṇa，婆罗门)的荣耀。在雅杜的后裔之间发生亲属互杀的打斗时，他被维施尼家族的另一个君王博佳杀死。他离开这个世界后重新担任他原本的职位。

查茹戴施纳(Cārudeṣṇa)：圣主奎师那和茹珂蜜妮的另一个儿子。他也参加了朵帕蒂的选夫比武大会。他跟他的父亲和兄弟们一样，都是伟大的战将。查茹戴施纳与维韦尼达卡(Vivinidhaka)作战，并在战斗中杀了他。

桑巴(Sāmba)：雅杜王朝的大英雄之一，圣主奎师那与祂妻子章芭瓦缇(Jāmbavatī)的儿子。他拜阿尔诸纳为师，学习了射箭的武功。

在尤帝士提尔王当政期间，他当了国会的议员。他参加了尤帝士提尔王举行的茹阿佳苏亚祭祀仪式(Rājasūya-yajña)。当维施尼家族的全体成员在帕巴萨祭祀仪式(Prabhāsa-yajña)期间聚集在一起时，萨提亚克依(Sātyaki)当着主巴拉戴瓦的面，讲述了桑巴的光荣事迹。在尤帝士提尔王举行马祭仪式(Aśvamedha-yajña)期间，他也与他父亲圣主奎师那一起前往参加。一天，他的兄弟们把他装扮成一个怀孕的妇女后，他走到一些圣人们(ṛṣis)的面前，开玩笑地问圣人们，他会生出什么。圣人们回答说，他将生出一个铁块，而这个铁块将导致雅杜家族亲属间相互杀戮的战斗。第二天，桑巴生出一个巨大的铁块，这个铁块被托付给乌卦森纳做必要的处理。事实上，圣人们所预言的亲属间相互杀戮的战斗真就发生了，桑巴死于那场战斗。

听到主奎师那即将抵达杜瓦尔卡圣城的消息，主奎师那所有的儿子们都放下自己正在做的事情，无论是躺着的、坐着的，还是正在进餐的，都迅速离开他们各自的宫殿，赶去迎接他们尊贵的父亲。

第 18 节 वारणेन्द्रं पुरस्कृत्य ब्राह्मणैः ससुमङ्गलैः ।
शङ्खतूर्यनिनादेन ब्रह्मघोषेण चादृताः ।
प्रत्युज्जग्मू रथैर्हृष्टाः प्रणयागतसाध्वसाः ॥१८॥

vāraṇendraṁ puraskṛtya
brāhmaṇaiḥ sasumaṅgalaiḥ
śaṅkha-tūrya-ninādena
brahma-ghoṣeṇa cādṛtāḥ
pratyujjagmū rathair hṛṣṭāḥ
praṇayāgata-sādhvasāḥ

vāraṇa-indram 一 代表吉祥的大象 / puraskṛtya 一 放在前面 / brāhmaṇaiḥ 一由布茹阿玛纳们 / sa-sumaṅgalaiḥ 一有一切吉祥的征兆 / śaṅkha 一 海螺 / tūrya 一 喇叭 / ninādena 一 来自……的声音 / brahma-ghoṣeṇa 一以吟诵韦达经的赞美诗 / ca 一和 / ādṛtāḥ 一荣誉 /

prati一向 / ujjagmuḥ一快速地前进 / rathaiḥ一在车上 / hṛṣṭāḥ一欢喜地 / praṇayāgata一充满爱 / sādhvasāḥ一恭敬地

译文　他们与佩戴鲜花的布茹阿玛纳一起乘坐马车，赶往城外去迎接至尊主，队伍前面有象征好运的大象群。海螺声、喇叭声及吟唱韦达赞歌的声音此起彼伏。他们就这样向至尊主表达他们充满深情的敬意。

要旨　韦达文化中迎接伟大人物的方式，造就了一个对所迎接的人充满爱和敬意的氛围。要营造这样一种吉祥的欢迎气氛，得依靠诗中描述的一切，包括：海螺、鲜花、香和经过打扮的大象，还有具备资格的布茹阿玛纳吟唱韦达文献中的赞歌。在这样的一种迎接仪式上，迎接者和被迎接者彼此充满了真情厚意。

第 19 节　वारमुख्याश्च शतशो यानैस्तद्दर्शनोत्सुकाः ।
लसत्कुण्डलनिर्भातकपोलवदनश्रियः ॥१९॥

vāramukhyāś ca śataśo
　yānais tad-darśanotsukāḥ
lasat-kuṇḍala-nirbhāta-
　kapola-vadana-śriyaḥ

vāramukhyāḥ一名妓 / ca一和 / śataśaḥ一数百的 / yānaiḥ一乘着车 / tat-darśana一为见祂(主奎师那) / utsukāḥ一极为焦虑 / lasat一挂着 / kuṇḍala一耳环 / nirbhāta一耀眼的 / kapola一前额 / vadana一脸 / śriyaḥ一美丽

译文　与此同时，成百上千位名妓乘坐着各式各样的交通工具也出发了。她们都急切地想去迎接至尊主，她们美丽的脸颊旁闪烁着耀眼的耳环，更增添了她们前额的亮丽。

要旨　如果妓女当了至尊主的奉献者，我们就不该对她们感到憎恶。直至今日，在印度的大城市中还有许多妓女是至尊主真诚的奉献者。作弄人的命运也许使人被迫从事这样一种在社会中不受人尊敬的职业，但那并不妨碍人为至尊主做奉爱服务。任何情况都无法阻挡人为至尊主做奉爱服务。从这节诗中我们了解到：即使在五千年前主奎师那所居住的杜瓦尔卡那样的城市，就已经有妓女了。这意味着，妓女是维持社会正常秩序所需要的居民。政府开设酒铺并不意味着政府鼓励人喝酒。要知道，有一类人会不惜任何代价地找酒喝；事实证明，在大城市禁酒鼓励了非法走私酒的买卖。同样，在家不感到满足的男人需要被允许去找妓女，因为如果没有妓女，这种低等的男人就会引诱其他女子当妓女。娼妓市场的存在，可以使社会的圣洁得以保持。真正的改革是，教育所有的人成为至尊主的奉献者。这将抑制生存中一切种类的堕落因素。

维施努斯瓦米·外士纳瓦(Viṣṇusvāmī Vaiṣṇava)宗的一位杰出的灵性导师圣彼尔瓦蒙嘎拉·塔库尔(Bilvamaṅgala Ṭhākura)，在他过居士生活时曾经深受一个妓女的吸引，而那个妓女琴塔玛妮(Cintāmaṇi)恰巧是至尊主的奉献者。在一个风雨交加、电闪雷鸣的夜晚，塔库尔冒着倾盆大雨到琴塔玛妮的住所去看她，琴塔玛妮很惊讶看到塔库尔居然能在这么可怕的夜晚，横渡巨浪滔天的湍急河流来到她的住宅。她对塔库尔·彼尔瓦蒙嘎拉说，对像她这样一个微不足道、由肉和骨头组成的女子感兴趣，不如转而把注意力正确地用于为至尊主做奉爱服务，以获得对至尊主超然美丽的依恋。那个时刻对塔库尔来说意义重大，那个妓女的一番话使他把注意力转向了灵性觉悟。塔库尔后来把那个妓女视为他的灵性导师；他在他的文学著作中的好几个地方赞美琴塔玛妮的名字，是琴塔玛妮指引他走上了正确的路途。

至尊主在《博伽梵歌》第 9 章的第 32 节诗中说：普瑞塔的儿子啊！托庇于我的人，只要为我做纯粹的奉爱服务，即使是出身低贱的吃狗肉者(caṇḍāla)、没有信仰的人，甚至是妓女，也能达到生命的完美境界；因为在奉爱服务路途上，低贱的出身和职业都不是障碍。这条路对每一个愿意走的人敞开着。

从这节诗中看出，那些急切地要去见至尊主的妓女们，都是祂的奉献者；所以按上述《博伽梵歌》的观点，她们都走在解脱的路途上。因此，人类社会唯一需要的改革是：有组织、有系统地努力，把人们转变成至尊主的奉献者。这样，天堂居民所具有的一切美好品德，都将不可思议地汇集到人类大众身上。另一方面，非奉献者无论他们在物质方面有多进步，都不会有真正的资格。区别在于：至尊主的奉献者正走在解脱的路途上，而非奉献者却走在进一步受物质束缚的路途上。人们是否受到教育并在解脱之途上向前迈进，才是判断文明进步的真正标准。

第 20 节　नटनर्तकगन्धर्वाः सूतमागधवन्दिनः ।
गायन्ति चोत्तमश्लोकचरितान्यद्भुतानि च ॥२०॥

nața-nartaka-gandharvāḥ
　sūta-māgadha-vandinaḥ
gāyanti cottamaśloka-
　caritāny adbhutāni ca

nața－剧作家 / nartaka－舞蹈家 / gandharvāḥ－天堂的歌手 / sūta－专业的史学家 / māgadha－专业的系谱学家 / vandinaḥ－饱学的演讲家 / gāyanti－圣歌 / ca－分别地 / uttamaśloka－至尊主 / caritāni－活动 / adbhutāni－全都是超人的 / ca－和

译文　剧作家、艺术家、舞蹈家、歌唱家、历史学家、家谱学者和博学的演讲家，纷纷呈献他们受至尊主超人娱乐活动的启发所各自创作的作品，一个接一个不间断地表演着。

要旨　看起来，人类社会五千年前也需要戏剧家、艺术家、舞蹈家、歌唱家、历史学家、家谱学者、演讲家等人的服务。舞蹈家、歌唱家和戏剧表演家主要来自庶铎(śūdra)阶层，而博学的历史学家、家谱学者及演讲家都来自布茹阿玛纳(brāhmaṇa, 婆罗门)阶层。他们属于一个特殊的社会阶层，都在各自的家庭中受到特殊的训练。这些戏剧家、舞蹈家、歌唱家、历史学家、家谱学者和演讲家所表演和演讲的主题，始终围绕着至尊主在不同的年代中所从事的超人活动，而不是普通人的事情；对所有这些活动的描述，并不是按时间前后顺序排列的。众多往世书(Purāṇa)所描述的历史事实，都只跟至尊主在不同的年代、不同的时间及不同的星球上从事的超人活动有关。正因为如此，我们看到这些事件并没有按时间的前后顺序排列记载。现代历史学家因为抓不住时间顺序的脉络，便不具权威性地评论说，往世书中记载的都是虚构的故事。

即使一百年前在印度，所有的戏剧表演内容还是以至尊主的超人活动为中心。这些表演给普通人带去真正的欢乐；巡回演出团精彩地表演至尊主的超人活动，甚至使不识字的农民都很清楚韦达文献中的知识。所以，优秀的戏剧表演者、舞蹈家、歌唱家和演讲家等，对普通人的灵性教育来说是必不可少的。家谱学者可以把特定家族的后裔完整地罗列出来。即使到现在，印度朝圣地的向导们，都还会给游客一份介绍自己的完整的家谱表。这项奇妙的活动有时吸引更多的顾客前往收集如此重要的信息。

第 21 节 भगवांस्तत्र बन्धूनां पौराणामनुवर्तिनाम् ।
यथाविध्युपसङ्गम्य सर्वेषां मानमादधे ॥२१॥

bhagavāṁs tatra bandhūnāṁ
paurāṇām anuvartinām
yathā-vidhy upasaṅgamya
sarveṣāṁ mānam ādadhe

bhagavān—人格首神圣奎师那 / tatra—在那个地方 / bandhūnām—亲戚和朋友们的 / paurāṇām—居民们的 / anuvartinām—那些去欢迎祂的人 / yathā-vidhi—恰当地 / upasaṅgamya—走近 / sarveṣām—向每一个人 / mānam—敬意 / ādadhe—表示

译文　人格首神主奎师那走进人群，向每一个朋友、亲人、居民等所有来欢迎祂的人表示适当的敬意。

要旨　至尊人格首神主奎师那既不是不具人格特征，也不是一个无法与祂的奉献者进行情感交流的无生命的物体。这节诗中“相应地(yathā-vidhi)”一词非常重要。祂“相应地”与祂不同的奉献者及各类赞赏祂的人交流。当然，纯粹的奉献者只有一种，他们除了为至尊主服务外不要别的。至尊主也相应地与这样的纯粹奉献者交流，即：祂时刻关心着祂纯粹奉献者的一切事宜。对那些说祂不具人格特征的人，至尊主也不会亲自去关注他们。祂根据每一个人灵性意识的发展程度满足他们，这节诗中描述的祂与欢迎祂的每一个人的互动，就是这种交流的一个实例。

第 22 节　प्रह्वाभिवादनाश्लेषकरस्पर्शस्मितेक्षणैः ।
आश्वास्य चाश्वपाकेभ्यो वरैश्चाभिमतैर्विभुः ॥२२॥

prahvābhivādanāśleṣa-
kara-sparśa-smitekṣaṇaiḥ
āśvāsya cāśvapākebhyo
varaiś cābhimatair vibhuḥ

prahvā—以点头 / abhivādana—以问寒问暖 / āśleṣa—拥抱 / kara-sparśa—握手 / smita-īkṣaṇaiḥ—以微笑 / āśvāsya—以鼓励 / ca—和 / āśvapākebhyaḥ—下到最低级的食狗肉者 / varaiḥ—以赐福 / ca—也 / abhimataiḥ—按……的意愿 / vibhuḥ—全能者

译文 全能的至尊主以顶礼、问候、拥抱、握手、凝视和微笑等各种方式，与在场的每一个人打招呼，给予鼓励并赐予祝福，就连最低阶层的人员也不例外。

要旨 社会各阶层人士都去迎接圣主奎师那，上至父亲瓦苏戴瓦、外祖父乌卦森纳和老师嘎尔戈·牟尼(Garga Muni)，下至妓女和习惯于吃狗肉的人(caṇḍāla)。至尊主按照每一个人的身份和地位恰如其分地与之打招呼。作为纯洁的生物，所有的人都是至尊主不可缺少的分离部分，都与祂有着永恒的关系，没人例外。这些纯洁的生物因为受物质自然属性不同程度的污染而分不同的等级，但无论他们的物质等级如何，至尊主对祂的每一个不可缺少的部分都一样充满深情。祂降临这个世界，就是为了召唤这些深陷物质泥潭的生物返回祂的王国，有智能的人会抓住人格首神给众生提供的这个机会。至尊主不拒绝任何人回到祂的王国，是生物要决定接受与否。

第 23 节 स्वयं च गुरुभिर्विप्रैः सदारैः स्थविरैरपि ।
आशीर्भिर्युज्यमानोऽन्यैर्वन्दिभिश्चाविशत्पुरम् ॥२३॥

svayaṁ ca gurubhir vipraiḥ
sadāraiḥ sthavirair api
āśīrbhir yujyamāno 'nyair
vandibhiś cāviśat puram

svayam—祂自己 / ca—也 / gurubhiḥ—由长辈亲戚 / vipraiḥ—由布茹阿玛纳 / sadāraiḥ—和他们的妻子 / sthaviraiḥ—残疾人 / api—也 / āśīrbhiḥ—以祝福 / yujyamānaḥ—受表扬 / anyaiḥ—受其他人 / vandibhiḥ—仰慕者 / ca—和 / aviśat—进入 / puram—城市

译文 随后，至尊主由年长的亲属、有病体弱的布茹阿玛纳及他们的妻子陪同进入城市。他们都祝福至尊主并歌唱至尊主的荣耀，其他人也都歌颂至尊主的荣耀。

要旨　韦达社会中的布茹阿玛纳(婆罗门)从不会想要存钱，用于退休后的生活开支。当他们年老、生病时，他们就会与他们的妻子一起去君王们聚会的场所，仅仅靠赞美君王们的光荣事迹，就会得到生活的一切所需。可以说，这样的布茹阿玛纳不会去奉承君王们，但君王们是因为他们自己所从事的活动而得到真正的赞美；而且，由于这些布茹阿玛纳是以庄严的方式赞美君王们，君王们得到鼓励后便更加真诚地去从事更多的虔诚活动。圣主奎师那值得受到一切赞美，向至尊主祈祷的布茹阿玛纳和其他人因为歌颂至尊主的荣耀而自身也增添了光荣。

第 24 节　राजमार्गं गते कृष्णे द्वारकायाः कुलस्त्रियः ।
हर्म्याण्यारुरुहुर्विप्र तदीक्षणमहोत्सवाः ॥२४॥

rāja-mārgaṁ gate kṛṣṇe
dvārakāyāḥ kula-striyaḥ
harmyāṇy āruruhur vipra
tad-īkṣaṇa-mahotsavāḥ

rāja-mārgam－公路 / gate－经过时 / kṛṣṇe－由主奎师那 / dvārakāyāḥ－杜瓦尔卡城的 / kula-striyaḥ－可敬人家的女士 / harmyāṇi－在豪华住宅的楼顶上 / āruruhuḥ－走上 / vipra－布茹阿玛纳呀 / tat-īkṣaṇa－只是为了看祂(奎师那) / mahā-utsavāḥ－当做最盛大的节日

译文　主奎师那经过市民大道时，杜瓦尔卡城中所有可敬人家的女士都登上她们豪华住宅的楼顶，以便能看到至尊主。她们把这视为是最喜庆的事。

要旨　毫无疑问，正如杜瓦尔卡大城市中的女士们所认为的，看至尊主是最喜庆的事。直至今日，印度虔诚的女士们仍持有这一观点。尤其是在秋千节(Jhulana)和奎师那显现日(Janmāṣṭamī)的庆典中，众多的印度妇女们如潮水般涌进至尊主永恒的超然形象受到崇拜的神庙。安置在神庙中的至尊主的超然形象，与至尊主本人没有区别。至尊主的这种形象梵文称为神像化身(arca-vigraha)，是至尊主为了方便祂在物质世界中的无数的奉献者做奉爱服务而透过祂的内在能量扩展出来的。物质感官无法知觉至尊主灵性的本性，至尊主于是接受表面上是用泥土、木头或石头等物质材料制作，但实际上却没有丝毫物质污染的神像形象。至尊主作为天下无双的至尊人(kaivalya)，体内没有丝毫的物质成分。祂独一无二，所以全能的祂能以任何不受物质概念污染的形象显现。正因为如此，至尊主的神庙中时常举办的节庆，与至尊主五千年前出现在杜瓦尔卡时当地居民举行的节日庆典一样。精通奉爱服务这门科学的经授权的灵性导师(ācārya)，按照经典规定兴建这些神庙，是为了给普通大众提供方便。然而，智力欠佳的人在不了解奉爱服务这门科学的情况下，错误地把灵性导师们的巨大贡献视为是偶像崇拜，于是对他们一无所知的事情横加干涉。因此，到至尊主的神庙中去参加庆典，以便能看到至尊主超然形象的男士或女士们，远比那些不相信至尊主具有超然形象的人要光荣千百倍。

从这节诗中看到，杜瓦尔卡的居民都有自己的大豪宅。这表明杜瓦尔卡城当时的繁荣。女士们登上豪宅的楼顶，是为了能看到欢迎队伍和至尊主。女士们没有到街上去混在人群中，完美地保持了她们的尊严和体面。她们没有要造作地与男人保持平等。把男人和女人分开，可以更好地保持女性的高雅、体面和尊严。男人和女人不应该不受限制地待在一起。

第 25 节 नित्यं निरीक्षमाणानां यदपि द्वारकौकसाम् ।
न वितृप्यन्ति हि दृशः श्रियो धामाङ्गमच्युतम् ॥२५॥

nityaṁ nirīkṣamāṇānāṁ
yad api dvārakaukasām
na vitṛpyanti hi dṛśaḥ
śriyo dhāmāṅgam acyutam

nityam—有规律的，总是 / nirīkṣamāṇānām—那些看祂的人的 / yat—虽然 / api—尽管 / dvāraka-okasām—杜瓦尔卡城的居民 / na—从不 / vitṛpyanti—满意 / hi—确切地 / dṛśaḥ—视阈 / śriyaḥ—美 / dhāma-aṅgam—储藏着……的身体 / acyutam—不会犯错的人

译文 杜瓦尔卡的居民们虽然习惯了能经常看到一切美丽的源泉、从不犯错的至尊主，但却从不感到厌腻。

要旨 杜瓦尔卡城的女士们纷纷登上她们豪宅的楼顶时，根本没有想到她们已经多次看过永不犯错的至尊主那美丽的身躯。这表明她们永远看不厌至尊主。任何物质的东西，我们看一段时间后就不想再看了。这是饱足感所具有的规律。但这种规律只在物质的范畴内起作用，却不适用于灵性的范畴。这节诗中的“永不犯错”一词意义重大，因为至尊主虽然仁慈地降临地球，但却仍然绝对正确。普通生物容易犯错，是因为他们一旦与物质世界接触，就遗忘了他们的灵性身份；在物质自然法律的控制下，他们所得到的物质躯体经历出生、成长、维持现状、繁殖、衰老和死亡的过程。至尊主的身体不同于物质躯体。祂以祂原本的形体降临，从不受制于物质属性的定律。祂的身体是一切存在的源头，是超出我们所体验的一切美丽的泉源。至尊主所展现的美日新月异，永无止境地增加着。祂超然的名字、形象、特质等与祂有关的一切，都是灵性的展示；无论是吟诵、吟唱至尊主的名字，还是谈论至尊主的特质，都永远不会让人有腻烦的时候。有关至尊主的一切无穷无尽，祂是万物的源头，是无限的。

第 26 节 श्रियो निवासो यस्योरः पानपात्रं मुखं दृशाम् ।
बाहवो लोकपालानां सारङ्गाणां पदाम्बुजम् ॥२६॥

śriyo nivāso yasyoraḥ
pāna-pātraṁ mukhaṁ dṛśām
bāhavo loka-pālānāṁ
sāraṅgāṇāṁ padāmbujam

śriyaḥ—幸运女神的 / nivāsaḥ—居住地 / yasya—……的人 / uraḥ—胸脯 / pāna-pātram—饮水的罐子 / mukham—脸 / dṛśām—眼睛的 / bāhavaḥ—手臂 / loka-pālānām—负责管理宇宙事务的半神人的 / sāraṅgāṇām—那些谈论和歌唱事物本质的奉献者的 / pada-ambujam—莲花足

译文 至尊主的胸膛是幸运女神的住所。祂月亮般的脸庞是追求一切美丽事物的眼睛喝饮甘露的容器。祂的臂膀是负责管理宇宙事务的半神人的栖息地。而对那些除祂之外从不谈论和歌唱其他主题的纯粹奉献者来说，祂的莲花足是他们的庇护所。

要旨 人分不同的种类，但所有的人都寻求不同的享乐。有些人寻求幸运女神的眷顾；针对这些人，韦达文献提供的信息是：在至尊主那房屋用点金石建造、树木都是如愿树的超然住所(cintāmaṇi-dhāma) *中，有成千上万的幸运女神一直在充满敬意地侍奉着至尊主。主哥文达在那里每天放牧苏茹阿碧(surabhi)乳牛。如果我们受至尊主身体特征的吸引，我们自然就会看到那些幸运女神。非人格神

* cintāmaṇi-prakara-sadmasu kalpa-vṛkṣa-
lakṣāvṛteṣu surabhīr abhipālayantam
lakṣmī-sahasra-śata-sambhrama-sevyamānaṁ
govindam ādi-puruṣaṁ tam ahaṁ bhajāmi
(《布茹阿玛・萨密塔》5.29)

主义者们因为习惯进行枯燥乏味的主观推测，所以看不到幸运女神。完全被美丽的创造所迷住的艺术家要想得到彻底的满足，最好欣赏至尊主的美丽脸庞。至尊主的脸庞是美的化身。令艺术家们赞叹不已的美丽自然不是别的，而是至尊主的微笑；令他们心醉神迷的鸟儿甜美的歌声，不过是至尊主低语声的一种表现形式。

这个物质宇宙中有负责管理各种宇宙事务的半神人，有负责管理国家事务的微小的行政官员。他们总是害怕其他竞争者，但如果他们投入至尊主的怀抱，至尊主就会始终保护他们不受敌人的攻击。从事行政管理服务的至尊主忠心耿耿的仆人，都是理想的行政官员，能够很好地保护人们大众的利益。其他所谓的行政管理者都是没有资格的领导的典型，造成他们所管理的人的巨大痛苦。行政管理者可以在至尊主双臂的保护下一直处在安全的状态中。至尊主是一切事物的实质(sāram)，而那些歌唱、谈论有关祂的人被称为纯粹的奉献者(sāraṅga)。纯粹的奉献者总是渴望托庇于至尊主的莲花足。这莲花有一种蜜，可以满足奉献者超然的品味。奉献者就像一直在寻找蜂蜜的蜜蜂。高迪亚·外士纳瓦传承(Gauḍīya-Vaiṣṇava-sampradāya)的杰出奉献者、一代宗师圣茹帕·哥斯瓦米(Rūpa Gosvāmī)，唱了一首有关这种莲花蜜的歌；他把自己比作蜜蜂唱道：“我的主奎师那啊！请允许我向您祈祷。我的心仿佛蜜蜂，一直在追寻蜂蜜。您的莲花足是一切超然蜂蜜的源泉，因此请仁慈地在您的莲花足上留一席之地给我蜜蜂般的心。我知道，就连像布茹阿玛那样的大半神人都没看过您莲花足上趾甲的闪光，尽管他们年复一年地沉浸在深深的冥想中。然而，绝对正确者啊！这就是我追求的目标，因为您对皈依您的奉献者极为仁慈。啊，玛达瓦！我还知道，尽管我没有为您的莲花足服务的真诚奉爱之情，但由于您圣上不可思议的力量，您能做到本是不可能做到的事。您的莲花足使天堂王国的甘露黯然失色，所以我深受它们的吸引。因此，至高无上的永恒者啊！请允许我的心专注于您的莲花足，以使我能够永久地品尝为您做超然服务的美好滋味。”奉献者满足于被置于至尊主的莲花足上，没有野心要看祂绝对美丽的脸庞或期望至尊主强壮双臂的保护。他们本性谦卑，而至尊主一直偏爱这种谦卑的奉献者。

第 27 节

सितातपत्रव्यजनैरुपस्कृतः
प्रसूनवर्षैरभिवर्षितः पथि ।
पिशङ्गवासा वनमालया बभौ
घनो यथार्कोडुपचापवैद्युतैः ॥२७॥

sitātapatra-vyajanair upaskṛtaḥ
prasūna-varṣair abhivarṣitaḥ pathi
piśaṅga-vāsā vana-mālayā babhau
ghano yathārkoḍupa-cāpa-vaidyutaiḥ

sita-ātapatra—白色的阳伞 / vyajanaiḥ—拿着拂尘 / upaskṛtaḥ—接受……服务 / prasūna—鲜花 / varṣaiḥ—飘洒 / abhivarṣitaḥ—覆盖着 / pathi—在路上 / piśaṅga-vāsāḥ—用黄色的外衣 / vana-mālayā—以花环 / babhau—这样就变得 / ghanaḥ—云 / yathā—好像 / arka—太阳 / uḍupa—月亮 / cāpa—彩虹 / vaidyutaiḥ—被闪电

译文 至尊主经过市民大道时，头上有一把白色的阳伞替祂遮阳，数把挥动着的白色拂尘在空中划出弧形的轨迹，人们抛撒的鲜花纷纷扬扬飘落到地上。祂身着黄色衣服，佩戴着五彩缤纷的鲜花花环。这一切使祂看上去就像是由太阳、月亮、闪电和彩虹围绕着的微黑色云朵。

要旨 太阳、月亮、彩虹和闪电不会同时出现在天空。有太阳时，月光变得微弱到无足轻重的程度。天上有云朵和彩虹时，闪电就不会出现。至尊主身体的颜色恰似刚形成的雨云，所以这节诗中把祂比作云朵。这节诗还把在祂头顶上方的白色阳伞比作太阳，不停挥动的拂尘比作月亮，向祂抛撒的鲜花比作星星，祂身上的黄色衣服比作彩虹，胸前佩戴着的花环比作彩虹。天空中的这一切活动，本是既不可能同时发生，通常也不该用文学比喻手法把它们放到一起去。这种比喻只有在我们想到至尊主不可思议的力量时才能做到。至尊主无所不能，祂可以用祂不可思议的能量变不可能为可能。然而，祂穿过杜瓦尔卡时所引发的美丽景象，除了能用自然景象形容外，根本无法再作其他比喻。

第 28 节　प्रविष्टस्तु गृहं पित्रोः परिष्वक्तः स्वमातृभिः ।
ववन्दे शिरसा सप्त देवकीप्रमुखा मुदा ॥२८॥

praviṣṭas tu gṛhaṁ pitroḥ
　parişvaktaḥ sva-mātṛbhiḥ
vavande śirasā sapta
　devakī-pramukhā mudā

praviṣṭaḥ－进入后 / tu－但 / gṛham－房子 / pitroḥ－父亲的 / parişvaktaḥ－拥抱 / sva-mātṛbhiḥ－由祂的母亲 / vavande－顶拜 / śirasā－用头 / sapta－七 / devakī－黛瓦克伊 / pramukhā－以……为首 / mudā－高兴地

译文　祂一旦进入父亲的家门，以黛瓦克伊(祂的亲生母亲)为首的母亲们便纷纷上前拥抱祂，而祂则以用头触碰她们双足的顶礼方式向她们致敬。

要旨　从这节诗中看出，主奎师那的父亲瓦苏戴瓦与他的十八位妻子有他们完全独立的住处。在瓦苏戴瓦的十八位妻子中，圣黛瓦克伊是主奎师那的亲生母亲。尽管如此，奎师那所有其他的后母都对祂一样充满深情，下一节诗将证明这一点。主奎师那也不对祂的亲生母亲和后母作区分，祂向在场的瓦苏戴瓦所有的妻子致以同样的敬意。按照经典的教导，人有七种母亲：(1)自己的亲生母亲，(2)灵性导师的妻子，(3)布茹阿玛纳的妻子，(4)君王的妻子，(5)母牛，(6)保姆和(7)地球母亲。她们都是母亲。根据经典的这条训示，父亲的其他妻子——后母，也是母亲，因为父亲是灵性导师之一。主奎师那——宇宙之主，为了教导世人该如何正确地对待他们的后母，扮演了一个完美的儿子的角色。

第 29 节 ताः पुत्रमङ्कमारोप्य स्नेहस्नुतपयोधराः ।
हर्षविह्वलितात्मानः सिषिचुर्नेत्रजैर्जलैः ॥२९॥

tāḥ putram aṅkam āropya
sneha-snuta-payodharāḥ
harṣa-vihvalitātmānaḥ
siṣicur netrajair jalaiḥ

tāḥ－她们全部 / putram－儿子 / aṅkam－膝盖 / āropya－放在……上 / sneha-snuta－爱使……湿润 / payodharāḥ－胀满奶水的乳房 / harṣa－欣喜 / vihvalita-ātmānaḥ－沉浸于 / siṣicuḥ－湿 / netrajaiḥ－从眼睛 / jalaiḥ－水

译文 母亲们拥抱祂后，轮流让祂坐在她们的膝头，纯洁的母爱使她们双乳不禁乳汁涌流。她们沉浸在快乐中，幸福的泪水打湿了至尊主。

要旨 主奎师那在温达文时，就连乳牛都因为太爱祂而乳汁涌流。祂可以使得每一个深爱祂的生物体都因为爱祂而流出乳汁，更不用说那些跟祂亲生母亲一样的后母了。

第 30 节 अथाविशत्स्वभवनं सर्वकाममनुत्तमम् ।
प्रासादा यत्र पत्नीनां सहस्राणि च षोडश ॥३०॥

athāviśat sva-bhavanaṁ
sarva-kāmam anuttamam
prāsādā yatra patnīnāṁ
sahasrāṇi ca ṣoḍaśa

atha—其后 / aviśat—进入 / sva-bhavanam—个人的宫殿 / sarva—所有 / kāmam—愿望 / anuttamam—完美到了极致的 / prāsādāḥ—宫殿 / yatra—那儿 / patnīnām—众妻子 / sahasrāṇi—数千的 / ca—超过 / ṣoḍaśa—十六

译文　那以后，至尊主进入祂自己住的无比舒适、完美的宫殿，祂那一万六千多位妻子就住在这些宫殿中。

要旨　主奎师那有一万六千一百零八位妻子，每一个妻子都有自己的一个生活设施完善的宫殿和花园。这部巨著的第十篇中对这些宫殿作了完整的描述。所有的宫殿都用最好的大理石建造。宫殿由镶嵌在各处的珠宝照明，四处装饰着用天鹅绒和蚕丝编织并用金线刺绣和滚边的帷幔及地毯。“人格首神”的意思是，充满了一切力量、一切名望、一切财富、一切美丽、一切知识和所有弃绝的人物。因此，在至尊主的众多宫殿中，拥有满足至尊主所有愿望的一切。至尊主是无限的，祂的愿望也无穷无尽，相应的供给更是源源不断。一切都是无限的；对此，这节诗中简洁地描述为是充满了令人满意的一切设施(sama-kāmam)。

第 31 节　पत्न्यः पतिं प्रोष्य गृहानुपागतं
विलोक्य सञ्जातमनोमहोत्सवाः ।
उत्तस्थुरारात्सहसासनाशयात्
साकं व्रतैर्व्रीडितलोचनाननाः ॥३१॥

patnyaḥ patiṁ proṣya gṛhānupāgataṁ
vilokya sañjāta-mano-mahotsavāḥ
uttasthur ārāt sahasāsanāśayāt
sākaṁ vratair vrīḍita-locanānanāḥ

patnyaḥ—这些女士(主奎师那的妻子) / patim—丈夫 / proṣya—离开家的 / gṛha-anupāgatam—现在回家了 / vilokya—看到 / sañjāta—培养起 / manaḥ-mahā-utsavāḥ—心中喜庆的感觉 / uttasthuḥ—站起来 / ārāt—从远处 / sahasā—突然间 / āsanā—从椅子上 / āśayāt—从冥想的状态中 / sākam—伴着 / vrataiḥ—誓言 / vrīḍita—害羞地看着 / locana—眼睛 / ānanāḥ—以这样的脸

译文 圣主奎师那的王后们看到长时间出国后返家的丈夫，心中异常高兴，立刻打断对祂深深的思念从座位上起身。按照社会习俗，她们羞怯地遮住自己的脸，腼腆地看着至尊主。

要旨 如上所述，至尊主进入祂一万六千一百零八位妻子住着的众多宫殿中。这意味着至尊主立刻扩展出与祂的妻子和宫殿数目一样多的自己，同时分别进入每一个宫殿。这是祂展现的祂的内在能量的另一个特征。祂虽然是独一无二的，但却能按自己的意愿扩展出无数灵性形象。韦达赞歌(śruti-mantra)中证实说：绝对者只有一位，但只要祂愿意，马上就能变成许多位。至尊主的这些不同的扩展，分别以完整或分离的部分展现。分离的部分是祂能量的代表，而完整部分是祂本人的展现。因此，人格首神以一万六千一百零八位完整扩展展现祂自己，同时进入每一个王后的每一个宫殿。这称为至尊主的超然力量(vaibhava)。由于祂有能力这么做，祂又被称为神秘力量的主人尤给士瓦尔(Yogeśvara)。瑜伽师(yogī)或有神秘力量的生物体，通常最多能扩展出十个自己的身体，但至尊主却可以按祂的意愿扩展出千百万个，甚至是无限多的祂。不信主奎师那的人，认为主奎师那只是他们中的一员，用他们自己有限的力量去估量至尊主的力量，所以在听说祂娶了一万六千多妻子后震惊不已。我们应该知道，个体生物只不过是至尊主的边缘能量，至尊主永远都不在个体生物的层面上；我们永远都不该把能量拥有者与能量画等号，尽管能量拥有者和能量在质上没有很大的差别。主奎师那所娶的王后们也是主奎师那内在能量的扩展，能量拥有者和能量就这样永恒地交流着超然的快乐，而这是至尊主的娱乐活动。因此，听说至尊主娶了那么多妻子后，没必要感到惊讶。相反，我们应该坚信，即使至尊主娶了一百六十亿位妻子，祂也还没有完全展示出祂无限的、用不尽的力量。祂之所以只娶一万六千多位妻子，进入每一个不同的宫殿，是为了给地球上的人类历史中留下一个深刻的印象，让人们牢牢记住：无论一个人有多么强大有力，他永远都不可能比得上至尊主。没人比至尊主伟大或与祂平等。至尊主在所有的方面都永远是伟大的。"神是伟大"是永恒的真理。

至尊主因为参加库茹柴陀战争长时间离家后终于返回家中，王后们一旦看到从远处走来的她们的丈夫，都从她们冥想的恍惚中清醒过来，起身准备迎接她们最心爱的人。按照雅格亚瓦勒克亚(Yājñavalkya)的宗教训示，丈夫不在家的妇女不该参加任何社会活动，不该装饰自己的身体，不该笑，而且在任何情况下都不该去拜访任何亲属。这是妇女在丈夫离开家后要遵守的誓言。宗教训示中同时还说：妻子永远都不该在不整洁的状态下出现在她丈夫面前；与丈夫在一起时，她必须穿戴漂亮，而且在丈夫面前始终保持愉悦的心情。主奎师那的王后们都处在冥想状态中，一直思念着离开家的祂。至尊主的奉献者无法在不想念奎师那的情况下活着，哪怕一刻都不行；就更不要说主奎师那的王后们了，她们都是幸运女神化身来参加至尊主在杜瓦尔卡的娱乐活动的。她们永远都无法与至尊主分离，所以要么实际与祂在一起，要么在冥想的恍惚状态下与祂在一起。至尊主去森林放牛时，温达文的牧牛姑娘们(gopī)一刻都忘不了祂。当少年主奎师那不在村里时，在各自家中的牧牛姑娘们总是担心祂柔嫩的莲花足走在粗糙的地面上会受伤。这样思念祂时，她们有时发呆出神，有时心中羞愧不已。这就是至尊主的纯洁奉献者的状态。她们总是出神发呆；王后们也是如此，在至尊主不在期间一直出神发呆。此刻，她们看到至尊主从远处走来，立刻放下自己在做的事情，包括上述的妇女该遵守的誓言。按照圣维施瓦纳特·查夸瓦尔提·塔库尔(Viśvanātha Carkavartī Ṭhākura)的说法，她们当时有一系列很自然的心理反应。首先，她们从座位上起身，尽管很想看她们的丈夫，但出于女性的羞涩控制住自己。接着，因为欣喜若狂，她们克服自己的软弱状态，急切地想要拥抱至尊主，而这一想法实际使她们忘乎所以，不再考虑周围的情况。这种心醉神迷的最初状态使她们不再顾及所有其他的礼节和社会习俗，挣脱在与至尊主相会路途上的一切障碍。而那是与灵魂之主圣奎师那相会的完美境界。

第 32 节 तमात्मजैर्दृष्टिभिरन्तरात्मना
दुरन्तभावाः परिरेभिरे पतिम् ।
निरुद्धमप्यास्रवदम्बु नेत्रयो-
र्विलज्जतीनां भृगुवर्य वैक्लवात् ॥३२॥

tam ātmajair dṛṣṭibhir antarātmanā
duranta-bhāvāḥ parirebhire patim
niruddham apy āsravad ambu netrayor
vilajjatīnāṁ bhṛgu-varya vaiklavāt

tam 一祂(至尊主) / ātma-jaiḥ 一由儿子们 / dṛṣṭibhiḥ 一用目光 / antara-ātmanā 一在内心深处 / duranta-bhāvāḥ 一无法抑制的狂喜 / parirebhire 一拥抱 / patim 一丈夫 / niruddham 一(因激动)说不出话来 / api 一尽管 / āsravat 一流下 / ambu 一像水滴 / netrayoḥ 一从眼睛 /

vilajjatīnām－处在害羞状态中的人的 / bhṛgu-varya－布瑞古的首领啊 / vaiklavāt－不经意地

译文　无法抑制的狂喜是如此强烈，害羞的王后们先是在心底最深处拥抱至尊主，然后是用目光拥抱祂，接着是让儿子们去拥抱祂(这样做等同于本人亲自拥抱)。布瑞古中最杰出的人啊！尽管她们竭力克制自己的情感，但眼泪还是不听话地流个不停。

要旨　尽管女性的羞涩阻止王后们立刻上前拥抱她们亲爱的丈夫圣主奎师那，但她们还是通过看祂而在心中拥抱祂，并且让她们的儿子上前去拥抱祂。可是，情感的流露并没有就此结束，尽管她们竭力抑制她们的泪水，但眼泪就是不听话地顺着脸颊滚滚而下。王后们之所以让儿子们上前去拥抱主奎师那，以这种方式间接地拥抱自己的丈夫，是因为儿子是母亲身体的一部分血肉。从两性的角度看，儿子的拥抱并不完全等同于丈夫和妻子的拥抱，但从情感的角度看，这种拥抱令人愉快。在爱侣的关系中，用眼睛拥抱彼此更有影响力，因此按照圣吉瓦·哥斯瓦米的说法，在丈夫和妻子的这种情感交流中没有什么不对的地方。

第 33 节　यद्यप्यसौ पार्श्वगतो रहोगत-
स्तथापि तस्याङ्घ्रियुगं नवं नवम् ।
पदे पदे का विरमेत तत्पदा-
च्चलापि यच्छ्रीर्न जहाति कर्हिचित् ॥३३॥

yadyapy asau pārśva-gato raho-gatas
tathāpi tasyāṅghri-yugaṁ navaṁ navam
pade pade kā virameta tat-padāc
calāpi yac chrīr na jahāti karhicit

yadi－虽然 / api－肯定地 / asau－祂(主奎师那) / pārśva-gataḥ－就在身旁 / rahaḥ-gataḥ－独有 / tathāpi－仍然 / tasya－祂的 / aṅghri-yugam－至尊主的足 / navam navam－越来越新 / pade－步 / pade－每一步 / kā－……的 / virameta－能够不依恋 / tat-padāt－祂的足 / calāpi－移动 / yat－……的 / śrīḥ－幸运女神 / na－从不 / jahāti－离开 / karhicit－在任何时候

译文 尽管圣主奎师那时常在僻静的地方与她们形影不离，但祂的双足对她们来说却越来越新鲜。就连本性急躁、好动的幸运女神都离不开至尊主的双足，还有哪位女士一旦得到祂双足的庇护还能再离开它们呢？

要旨 受制约的生物总是希望得到幸运女神的恩宠，尽管她因本性使然，不会在一个地方停留得很久。在物质世界里，不管人有多聪明，都不可能是永远幸运的。在全世界各地曾有过那么多大皇帝、强有力的君王和幸运的人，但他们一个接一个地都被消灭了。这就是物质自然的法律。然而灵性的事物却不同。《布茹阿玛·萨密塔》(Brahma-saṁhitā)中说，有成千上万的幸运女神在恭敬地侍奉着至尊主。尽管她们也总是与至尊主独处，但与至尊主交往的感觉却还是不断地更新，以致她们虽然本性躁动，总要到处旅行，可却一分钟都离不开至尊主。与至尊主的灵性关系是如此的丰富多彩、令人快乐，以致人一旦托庇于至尊主，就再也无法离开祂的陪伴。

所有的生物从本质上说原本都是女性。男性或享受者是至尊主，祂各种能量的一切展示本质上都是女性。《博伽梵歌》(Bhagavad-gītā)中把生物称为高等能量(parā-prakṛti)。物质元素是低等能量(aparā-prakṛti)。这些能量永远是被享受者用来享受的。正如《博伽梵歌》第5章的第29节诗中说明的，至高无上的享受者就是至尊主本人。因此，当各种能量直接为至尊主做服务时，就恢复自然的本性，能量和能量的拥有者之间就不再有区别。

通常，做服务的人总是寻求在政府或国家的最高享乐者手下占有一个职位。既然至尊主是宇宙内外万事万物的最高享乐者，被祂雇佣是人的幸运。一旦开始为至尊主的最高政府服务，没有一个生物还愿意离开那服务。那服务将使人极度幸福。人不需要在与至尊主的关系之外追求本性好动的幸运女神。

第 34 节　एवं नृपाणां क्षितिभारजन्मना-
मक्षौहिणीभिः परिवृत्ततेजसाम् ।
विधाय वैरं श्वसनो यथानलं
मिथो वधेनोपरतो निरायुधः ॥३४॥

evaṁ nṛpāṇāṁ kṣiti-bhāra-janmanām
akṣauhiṇībhiḥ parivṛtta-tejasām
vidhāya vairaṁ śvasano yathānalaṁ
mitho vadhenoparato nirāyudhaḥ

evam－如此 / nṛpāṇām－君王或行政官员的 / kṣiti-bhāra－地球的负担 / janmanām－那样出生 / akṣauhiṇībhiḥ－拥有马匹、大象、战车、步兵团的军备力量 / parivṛtta－因有这样的武力而骄傲起来 / tejasām－威力 / vidhāya－创造了 / vairam－敌意 / śvasanaḥ－风与竹子互动 / yathā－就像 / analam－火 / mithaḥ－互相 / vadhena－杀掉他们 / uparataḥ－放心 / nirāyudhaḥ－由没有参与战争的祂

译文　至尊主杀了那些给地球造成沉重负担的君王们后恢复了平静。那些君王因为拥有包括马匹、大象、战车、步兵团等在内的强大的军队而狂妄自大。至尊主本人并没有作战。祂不过是在强大的统治者之间制造敌意，然后让他们去彼此厮杀。祂所起的作用，就像引起竹子相互摩擦进而燃烧起来的风。

要旨 正如在前一节要旨中说明的，生物并不是神的创造中所展示的一切的真正享受者。至尊主才是祂创造中所展示的一切的真正拥有者和享受者。不幸的是，在错觉能量的影响下，生物受物质自然属性的支配，成为假享受者。由于产生自己变成神的错觉而狂妄自大、受蒙蔽的生物，通过从事许多活动来增强他的物质力量，从而成为地球的负担，直到地球有一天完全不再适合神志正常的人居住。这种状态称为误用人类的能力(dharmasya glāṇi)。当这种误用人的能力的情况变得极为突出时，明智的生物就会被那些只不过是地球负担的邪恶行政管理者所制造的糟糕处境搅得心绪不宁。至尊主透过祂的内在力量显现，就是为了拯救神志正常的明智之人，减轻邪恶的统治者在世界各地给地球造成的负担。祂不支持要不得的行政管理者们，而是用祂的力量在那些要不得的行政管理者之间制造敌意，如同气流通过使竹子彼此摩擦引起森林大火一样。空气的力量使森林大火不点自燃；同样，至尊主用祂令人无法察觉的计谋使不同政党之间产生敌意。要不得的行政管理者因为自己拥有的虚假权利和军事力量而骄傲自大，于是只为意见不一致就彼此开战，从而耗尽他们的一切力量。世界历史正反映了至尊主的这个真正意愿；直到生物开始依恋为至尊主做服务，否则同样的历史事件还会继续上演。《博伽梵歌》第 7 章的第 14 节诗中生动地描述这一事实说：错觉能量是我的能量，因此处在从属地位的生物不可能克服物质属性的力量；但那些皈依我(人格首神圣奎师那)的人，却能够轻易地跨过物质能量的汪洋。这意味着，没人能靠从事功利性活动、哲学思辨或夸夸其谈建立世界和平与繁荣。唯一的方法就是投靠、服从至尊主，从而摆脱迷惑能量所造成的错觉。

不幸的是：从事破坏性活动的人，无法皈依人格首神。他们都是最愚蠢的人，是最低贱的人；他们虽然表面上受过学术方面的教育，但他们失去了他们真正的知识。他们的心态都很邪恶，总是向至尊主的至高权利挑战。总是追求物质权利和力量的十足的物质主义者们，无疑是天下最愚蠢的人，因为他们不了解充满活力的能量，不知道至高无上的灵性科学，只专注于随着物质躯体的完结而终结的物质科学。他们是最低贱的人，因为人生本是专门为重建失去的与至尊主的关系而设，但他们却忙于物质活动，从而错失了这个良机。他们失去了他们真正的知识，因为即使经过长年累月的思辨，他们也无法了解一切的至善——人格首神。所有这些邪恶的人都将尝到苦果，结局就像茹阿瓦讷(Rāvaṇa)、黑冉亚卡希普(Hiraṇyakaśipu)、康萨等物质主义的英雄一样。

第 35 节　स एष नरलोकेऽस्मिन्नवतीर्णः स्वमायया ।
रेमे स्त्रीरत्नकूटस्थो भगवान् प्राकृतो यथा ॥३५॥

sa eṣa nara-loke 'sminn
avatīrṇaḥ sva-māyayā
reme strī-ratna-kūṭastho
bhagavān prākṛto yathā

saḥ—祂(至尊人格首神) / eṣaḥ—所有这些 / nara-loke—在人类的星球上 / asmin—在这个 / avatīrṇaḥ—出现了 / sva—亲自的、内在的 / māyayā—没有缘故的仁慈 / reme—享受 / strī-ratna—有资格当至尊主妻子的女士 / kūṭasthaḥ—其中 / bhagavān—人格首神 / prākṛtaḥ—尘世的 / yathā—就好像

译文　就是那位至尊人格首神圣奎师那，祂出于没有缘故的仁慈，透过祂的内在能量显现在这个星球上，享受最优秀的女士们的陪伴，看似在从事尘世活动。

要旨　至尊主结婚并像个居士一样生活。这无疑像是尘世事务。但是，当我们得知祂娶了一万六千一百零八位妻子，同时分别与她们每一个人在不同的宫殿中生活在一起，无疑就不会再认为那是尘世的了。所以，如居士般与众多称职的妻子住在一起的至尊

主，永远都不是尘世的，祂与祂妻子们的关系永远都不该被理解为是尘世的性关系。成为至尊主妻子的女士们无疑都不是普通女子，因为得到至尊主当丈夫是从事了千百万世、千百万世苦修(tapasya)后的结果。至尊主之所以在不同的星球(loka)或这个人类居住的星球上显现，展出祂超然的娱乐活动，是为了吸引受制约的灵魂到祂超然的世界中分别当祂永恒的仆人、朋友、父母和爱侣，在那里祂永恒地与祂的奉献者们为彼此服务，交流爱的情感。这些爱的关系和情感在物质世界中被扭曲地表现出来，最后还被打断，使人品尝到悲伤的苦果。被迷惑的生物受物质自然的制约，因愚昧而无法了解我们在这个尘世中的一切关系都是短暂、充满了缺陷的。这样的关系不能使我们永恒快乐。然而，如果我们与至尊主建立同样的关系，我们就会在离开这个物质躯体后被转到超然的世界中，按我们想要的关系与至尊主永恒地在一起。所以，祂扮演丈夫的角色与之住在一起的女士们绝不是这个尘世的女子，而是作为超然的妻子永恒与祂连接在一起的灵魂；这个地位是她们通过完美地做奉爱服务得到的。那是她们的资格。主奎师那是至尊人格首神(paraṁ brahma)。受制约的灵魂不仅在这个地球上，也在物质宇宙的其他星球上——在所有的地方，追求永恒的快乐；由于他原本是灵性的火花，他可以到神的创造的任何一个地方去。但因为受物质属性的制约，他虽然试图乘坐太空船到太空中旅行，结果却无法到达他要去的目的地。万有引力定律把他像犯人一样铐了起来。他可以靠其他方式去他想去的地方，但即使到了最高的星球，他也无法得到他生生世世追求的永恒快乐。然而，等他清醒过来时，他就会清楚，在物质世界里永远都不可能得到他所追求的无限快乐。这之后，他便开始追求觉悟布茹阿曼(Brahman,梵)的快乐。毫无疑问，不仅至尊生物(Parabrahman)不会在物质世界里的任何地方寻求祂的快乐，而且能使祂快乐的一切在物质世界里也找不到。祂具备人的一切特质。在无数的生物中，祂是领袖，是至尊生物，因此不可能不具备人的特征。

祂跟我们完全一样，完全具有个体生物所具有的一切倾向。祂像我们一样结婚，但祂的婚姻既不是尘世的，也不像我们在受制约的状态下所体验的那样受到限制。因此，祂的妻子们虽然表面上看像是尘世的女子，但实际上却是超然解脱了的灵魂，是至尊主内在能量的完美展现。

第 36 节　उद्दामभावपिशुनामलवल्गुहास-
व्रीडावलोकनिहतो मदनोऽपि यासाम् ।
सम्मुह्य चापमजहात्प्रमदोत्तमास्ता
यस्येन्द्रियं विमथितुं कुहकैर्न शेकुः ॥३६॥

uddāma-bhāva-piśunāmala-valgu-hāsa-
vrīḍāvaloka-nihato madano 'pi yāsām
sammuhya cāpam ajahāt pramadottamās tā
yasyendriyaṁ vimathituṁ kuhakair na śekuḥ

uddāma－非常庄重的 / bhāva－表情 / piśuna－令人激动的 / amala－无瑕的 / valgu-hāsa－美丽的微笑 / vrīḍa－眼角 / avaloka－看着 / nihataḥ－征服了 / madanaḥ－爱神丘比特(或者读成amadana－坚忍的希瓦) / api－也 / yāsām－……的 / sammuhya－被……征服了 / cāpam－弓 / ajahāt－放弃 / pramada－妇人、令人发狂的人 / uttamāḥ－高等的 / tā－都 / yasya－……的 / indriyam－感官 / vimathitum－刺激 / kuhakaiḥ－以种种迷人的技巧 / na－从未 / śekuḥ－能够

译文　尽管王后们甜美的微笑和偷偷地瞥视纯真无邪，尽管她们能征服丘比特本人，令他心灰意冷地放下他的弓，尽管就连善于忍受的希瓦都要拜倒在她们脚下，尽管她们有种种迷人的技巧和魅力，但她们就是无法刺激到至尊主的感官。

要旨　在解脱之途或说回归首神之途上，始终禁止与女性交

往联谊。韦达社会四阶层和灵性四阶段制度(varṇāśrama-dharma)或称永恒的宗教职责(sanātana-dharma)，禁止或限制与女性的交往联谊。既然这样，一个着迷于一万六千多妻子的人怎么能被公认为是至尊人格首神呢？真正渴望了解至尊主超然本质的好奇之人，就会问这个很关键的问题。为了回答这样的问题，在奈弥沙冉亚(Naimiṣāraṇya)森林中的圣人们在这节诗及后面的诗文中详细论述了至尊主超然的特质。这节诗中明确地说，女性妩媚动人的特征能征服丘比特，甚至最有忍耐力的主希瓦(Śiva)，但却征服不了至尊主的感官。丘比特的职责就是唤起尘世的色欲，整个宇宙在他射出的箭的刺激下运转。异性相吸是世上一切活动得以继续的核心。男性一直在寻找合他意的配偶，女性也在寻找她中意的男性。这是物质的原动力。男性一旦与女性结合，物质束缚就立刻通过性关系把双方紧紧绑住，结果是：男女双方对甜蜜的家、祖国、子女、社会、友谊和积累财富的向往，就成为错觉活动的领域；并展示出对充满痛苦的短暂物质存在不倦的依恋，尽管这种依恋是错误的。正因为如此，所有的灵性典籍都特别忠告为回归家园、回到首神身边而走在解脱之途上的人，一定要摆脱这些与物质依恋有关的事物。要能够做到这一点，人必须与至尊主那些被称为伟大灵魂(mahātmā)的奉献者交往联谊。丘比特把他的箭射向众生，令他们疯狂地追逐异性，甚至不管对方是不是真的美丽。丘比特不断地刺激着众生，甚至那些在文明人看来长相极为丑陋的野兽也不放过。就这样，丘比特甚至把他的影响力施加在长相最丑陋的生物体身上，更不要说最美丽的人了。被认为是最能忍受的主希瓦，也曾被丘比特的箭射中，因为他也曾经因至尊主的牟黑妮(Mohinī)化身而疯狂，承认自己被击败了。尽管如此，丘比特自己却被幸运女神纯真和令人兴奋的行为举止迷惑得神魂颠倒，因为沮丧而自愿放弃他手中的弓箭。这就是主奎师那的王后们所具有的美丽和魅力。然而，她们却打扰不了至尊主超然的感官。这其中的原因在于：至尊主是绝对完美的自给自足者(ātmārāma)。

祂根本不需要他人来帮助祂获得个人的满足。正因为如此，王后们无法靠她们女性的魅力去满足至尊主，**而是靠她们真挚的爱和真诚的服务去取悦祂**。她们只有靠纯粹超然的爱心服务才能取悦至尊主，而为了回报她们，至尊主也很乐意把她们当做妻子对待。所以，她们只有靠纯粹的服务取悦至尊主，才能使至尊主像一个忠诚的丈夫那样回报她们的服务。否则，祂根本不需要当那么多妻子的丈夫。祂是所有生物的丈夫，但对于接受祂为丈夫的人，祂便以这种方式与之互动。对至尊主的这一纯洁的情感，永远都不该被比作是尘世的色欲。这种情感是纯粹超然的。王后们所表现出的女性自然、纯真的举止也是超然的，因为所表达出的是超然狂喜的情感。前一节诗已经解释过，至尊主显得像是个尘世的丈夫，但实际上与祂妻子们的关系超然、纯洁，不受物质自然属性的污染。

第 37 节　तमयं मन्यते लोको ह्यसङ्गमपि सङ्गिनम् ।
आत्मौपम्येन मनुजं व्यापृण्वानं यतोऽबुधः ॥३७॥

tam ayaṁ manyate loko
hy asaṅgam api saṅginam
ātmaupamyena manujaṁ
vyāpṛṇvānaṁ yato 'budhaḥ

tam—向主奎师那 / ayam—所有这些(普通人) / manyate—在心中猜测 / lokaḥ—受制约的灵魂 / hi—肯定地 / asaṅgam—不执著 / api—尽管 / saṅginam—受影响 / ātma—自己 / aupamyena—通过与自己对比 / manujam—普通人 / vyāpṛṇvānam—从事于 / yataḥ—因为 / abudhaḥ—因为无知而愚蠢

译文　持物质主义观点的受制约的普通灵魂，臆测至尊主是他们中的一员。尽管至尊主是独立自主的，但他们却因为无知而认为至尊主受物质的影响。

要旨 这节诗中的梵文“因无知而愚蠢(abudhaḥ)”一词非常重要。就是因为愚昧无知，愚蠢的世俗争辩者才会误解至尊主，并向无辜的人们宣传他们愚蠢的想象。至尊主圣奎师那是存在中的第一位人格首神，当祂本人出现在众人的眼前时，祂在所有的活动领域中都充分展现了祂的神性力量。正如我们已经在《圣典博伽瓦谭》开篇第 1 节诗中解释过的，祂独立自主，按祂的意愿做祂想做的任何事情，但祂的一切活动都充满了极乐、知识和永恒。只有愚蠢的世俗之人才会误解祂，不知道《博伽梵歌》和众多奥义书中已经证实的、祂那充满知识和极乐的永恒形象。祂不同的能量根据祂制定的一系列完美计划代表祂做一切，而祂自己则永恒地保持至高无上的独立状态。当祂出于对众生没有缘故的仁慈降临物质世界时，祂凭祂本人的力量降临。祂不受物质自然属性的任何控制，祂以祂原本的形象降临。世俗思辨者错误地认为祂这位至尊人就是毫无人格特征、令人难以理解的布茹阿曼(梵)。这种观点其实也是受制约生命的产物，因为他们无法超越自己的理解力。所以，靠自己有限的脑力来想至尊主的人，不过就是个普通人而已。这种人无法相信人格首神永远不受物质自然属性的影响。他无法理解太阳永远不受传染性物质的传染这一事实。心智思辨者根据他们自己的经验性知识判断一切。正因为如此，他们一旦看到至尊主像个受婚姻束缚的普通人一样行事，便认为祂是他们中的一分子，而不考虑至尊主可以立刻娶一万六千位妻子或者更多。由于知识贫乏，他们只片面地接受事实的一方面，但却怀疑同一事实的另一方面。这说明，他们是因为愚昧才总认为主奎师那跟他们一样，从而得出他们自己的结论。但从《圣典博伽瓦谭》的观点看，他们的结论极其荒谬、不符合事实。

第 38 节 एतदीशनमीशस्य प्रकृतिस्थोऽपि तद्गुणैः ।
न युज्यते सदात्मस्थैर्यथा बुद्धिस्तदाश्रया ॥३८॥

etad īśanam īśasya
prakṛti-stho 'pi tad-guṇaiḥ
na yujyate sadātma-sthair
yathā buddhis tad-āśrayā

etat—这 / īśanam—神性 / īśasya—人格首神的 / prakṛti-sthaḥ—与物质自然接触 / api—尽管 / tat-guṇaiḥ—被属性 / na—从不 / yujyate—受影响 / sadā ātma-sthaiḥ—由那些处于永恒存在中的人 / yathā—好像 / buddhiḥ—智慧 / tat—主 / āśrayā—那些托庇于……的人

译文 人格首神虽然与物质自然属性接触，但却不受其影响：这就是祂的神性之所在。同样，托庇于至尊主的奉献者，也不受物质属性的影响。

要旨 韦达经和韦达文献(śruti and smṛti)中都证实，神没有丝毫的物质成分。祂纯粹超然(nirguṇa)，是至高无上的觉察者。人格首神哈尔依(Hari)是超越物质影响的至尊超然的人。这些声明甚至也得到一代宗师商卡尔(Śaṅkara)的确认。人也许会争论说，祂与众多幸运女神的关系或许是超然的，但祂与出生在雅杜王朝中的那些人的关系呢？或者，祂杀死与物质自然属性直接有关系的佳尔桑达(Jarāsandha)及其他不信神的恶魔，这又作何解释？答案是：人格首神的神性在任何情况下都永远与物质自然属性无关。事实上，由于祂是一切的最初源头，祂与这些有关，但祂超越这些属性的活动。正因为如此，祂被称为神秘力量的主人(Yogeśvara)；或者换句话说，祂最强大。就连祂博学的奉献者们也不受物质属性的影响。温达文六位杰出的哥斯瓦米(Gosvāmī)都来自极为富有的贵族家庭，但当他们在温达文开始过托钵僧生活时，他们表面上看起来像是生活贫困，但实际上却是灵性上最富有的人。这样的一流奉献者(mahā-bhāgavata)虽然在人群中活动，但却从不受荣辱、饥饱，以及睡眠与不眠的影响，而所有这些都是物质自然三种属性活动的结果。同样，他们有些人虽然从事尘世事务，但却不受影响。人除非在生活中不受这些相对性的影响，否则不可能被认为是处在超然的境界中。神与祂的同伴都住在超然的层面上，他们的光荣事迹一直由至尊主的内在能量尤嘎玛亚(yogamāyā)的活动所神圣化。至尊主的奉献者们永远是超然的，即使他们偶尔有堕落的举动也不影响他们的超然性。在《博伽梵歌》第 9 章的第 30 节诗中，至尊主强调说明：一个纯粹的奉献者即使因为过去的物质污染而堕落，也还是被视为是完全超然的，因为他在百分之百地为至尊主做奉爱服务。因为他为至尊主做服务，所以至尊主会一直保护他，而他的堕落应该被视为是个意外或短暂发生的事，顷刻就会销声匿迹。

第 39 节　तं मेनिरेऽबला मूढाः स्त्रैणं चानुव्रतं रहः ।
अप्रमाणविदो भर्तुरीश्वरं मतयो यथा ॥३९॥

tam menire 'balā mūḍhāḥ
　strainam cānuvratam rahaḥ
apramāṇa-vido bhartur
　īśvaram matayo yathā

tam—向主奎师那 / menire—认为理所当然的 / abalāḥ—娇弱的 / mūḍhāḥ—由于单纯 / strainam——个受妻子控制的人 / ca—也 / anuvratam—追随者 / rahaḥ—僻静的地方 / apramāṇa-vidaḥ—没有意识到光荣的程度 / bhartuḥ—她们的丈夫的 / īśvaram—至尊的控制者 / matayaḥ—论题 / yathā—正如

译文　单纯、娇弱的女士们真以为她们心爱的丈夫——圣主奎师那，听她们的话，受她们的支配。她们不知道她们的丈夫究竟有多荣耀，就像无神论思辨者不知道祂是至尊的控制者一样。

要旨　就连圣主奎师那超然的妻子们都不完全了解至尊主的

无上荣耀。这样的无知不同于世俗的无知，因为这是至尊主的内在能量在至尊主与祂永恒的同伴之间交流情感时起作用的结果。至尊主以拥有者、主人、朋友、儿子和爱侣这五种方式，与祂的奉献者们交流超然的情感；在祂从事的每一个娱乐活动中，祂都凭祂的内在能量尤嘎玛亚完美地扮演每一个角色。在与牧牛童或阿尔诸纳等人在一起时，祂扮演的完全是一个与他们平起平坐的朋友的角色。在雅首达妈妈(Yaśodāmātā)面前，祂惟妙惟肖地扮演了一个儿子的角色。在牧牛姑娘们面前，祂像个沉浸在爱河中的恋人；在杜瓦尔卡王后们面前，祂与贴心的丈夫没有两样。这些奉献者从不把祂看做是至尊者，而是把祂当做最要好的朋友、宝贝儿子、最心爱的恋人或丈夫。那就是至尊主与祂超然的奉献者之间的关系。灵性天空中有无数的外琨塔(Vaikuṇṭha)星球，至尊主超然的奉献者们在那些星球上与至尊主超然地交流着爱的情感。至尊主降临时，祂与祂的随行人员一起降临，展出超然世界的完整画面：那里充满了对至尊主的奉爱，没有丝毫要主宰至尊主创造的尘世气息。至尊主的这些奉献者全都是解脱了的灵魂，是完全不受外在能量影响的边缘能量或内在能量的完美典范。主奎师那的内在能量使祂的妻子们完全忘记至尊主无上的荣耀，以便至尊主在与她们交流时没有丝毫的障碍；她们很自然地以为至尊主是个惧内的丈夫，而且总是跟她们独处。换句话说，就连最亲近至尊主的人都不十分了解祂，那些只会写文章的人或心智思辨者又怎么可能了解至尊主超然的荣耀呢？心智思辨者写各种所谓有关祂成为创造的泉源、创造的原料或创造的工具和效力等的文章，但所有这些都只不过是对至尊主的部分了解。事实上，他们跟普通人一样愚昧。要想了解至尊主，只有依靠至尊主的仁慈，别无他法。要知道，既然至尊主与祂妻子们的交往基础于纯粹超然的爱和奉献，祂的妻子们必定都处在毫无物质污染的超然层面上。

到此为止，结束了巴克提韦丹塔对《圣典博伽瓦谭》第 1 篇第 11 章——“主奎师那进入杜瓦尔卡”所作的阐释。

第十二章

帕瑞克西特帝王的诞生

第 1 节

शौनक उवाच
अश्वत्थाम्नोपसृष्टेन ब्रह्मशीर्ष्णोरुतेजसा ।
उत्तराया हतो गर्भ ईशेनाजीवितः पुनः ॥१॥

śaunaka uvāca
aśvatthāmnopasṛṣṭena
brahma-śīrṣṇoru-tejasā
uttarāyā hato garbha
īśenājīvitaḥ punaḥ

śaunakaḥ uvāca－圣人绍纳卡说／aśvatthāmna－阿施瓦塔玛(朵纳的儿子)的／upasṛṣṭena－通过放射／brahma-śīrṣṇā－无敌的武器——布茹阿玛斯陀／uru-tejasā－以高温／uttarāyāḥ－乌塔茹阿(帕瑞克西特的母亲)的／hataḥ－被毁坏／garbhaḥ－子宫／īśena－被至尊主／ājīvitaḥ－救活／punaḥ－再次

译文 圣人绍纳卡说：帕瑞克西特王的母亲乌塔茹阿的子宫，被阿施瓦塔玛发射的可怕、无敌的布茹阿玛斯陀核武器所损伤。但至尊主救了帕瑞克西特王。

要旨 聚集在奈弥沙冉亚(Naimiṣāraṇya)森林的圣人们询问苏塔·哥斯瓦米(Sūta Gosvāmī)有关帕瑞克西特王(Mahārāja Parīkṣit)出生的情况，但苏塔·哥斯瓦米在讲述他出生情况的时候也谈了朵纳(Droṇa)的儿子放射布茹阿玛斯陀(brahmāstra)武器并被阿尔诸纳惩罚、琨缇(Kuntīdevī)王后的祈祷、潘达瓦兄弟(Pāṇḍavas)去看望躺在战场上的彼士玛戴瓦(Bhīṣmadeva)、彼士玛戴瓦的祈祷，以及主奎师那后来启程去杜瓦尔卡(Dvārakā)的事；还谈了主奎师那抵达杜瓦尔卡，与祂的一万六千多位妻子住在一起等情况。圣人们都全神贯注地聆听苏塔·哥斯瓦米的讲述，但现在他们想回到原来的话题。为此，圣人绍纳卡(Śaunaka)说了上述一番话，重新谈起阿施瓦塔玛放射布茹阿玛斯陀武器的话题。

第 2 节 तस्य जन्म महाबुद्धेः कर्माणि च महात्मनः ।
निधनं च यथैवासीत्स प्रेत्य गतवान् यथा ॥ २॥

tasya janma mahā-buddheḥ
karmāṇi ca mahātmanaḥ
nidhanaṁ ca yathaivāsīt
sa pretya gatavān yathā

tasya—他的(帕瑞克西特王的) / janma—诞生 / mahā-buddheḥ—高智慧的 / karmāṇi—活动 / ca—也 / mahā-ātmanaḥ—伟大奉献者的 / nidhanam—死亡 / ca—也 / yathā—事实上 / eva—当然 / āsīt—发生 / saḥ—他 / pretya—死后的归宿 / gatavān—到达 / yathā—好像

译文 具有高度智慧，又是杰出奉献者的帕瑞克西特帝王，怎么会诞生在那样的子宫中？他是怎么死的，死后去了哪里？

要旨 哈斯提纳普尔(Hastināpura，新德里)的君王曾经是世界帝王，至少一直到帕瑞克西特帝王的儿子都还是。帕瑞克西特王在母亲的子宫中曾幸获至尊主的拯救，所以无疑也可以从布茹阿玛纳(brāhmaṇa)的儿子的敌意所造成的过早死亡状态中被拯救出来。喀历(Kali)年代的影响恰好是在帕瑞克西特王得到王位后开始发挥作用，而第一个征象就透过诅咒帕瑞克西特王这样一个极其明智和虔诚的君王展示出来。君王是无助臣民的保护者，臣民们要依靠他才能过上幸福、和平与繁荣的生活。不幸的是：由于堕落的喀历年代的煽动，一个不幸的布茹阿玛纳的儿子被利用去诅咒帕瑞克西特王，迫使君王必须在七天内准备他的死亡。帕瑞克西特王尤其因为受到维施努(Viṣṇu)的保护而闻名天下，所以当他被一个布茹阿玛纳的儿子不恰当地诅咒后，他本可以祈求至尊主仁慈地拯救他，但他作为至尊主的纯粹奉献者根本不想那么做。至尊主的纯粹奉献者从不向至尊主提任何不适当的要求。尽管帕瑞克西特王与大家一样，知道布茹阿玛纳的儿子对他的诅咒是不正当的，但他不想用其他方法抵消那个诅咒，因为他知道喀历年代开始了，而这个年代的第一个征兆也展现了，那就是：具有高度智慧的布茹阿玛纳阶层开始堕落。帕瑞克西特王不想妨碍时间的进程，相反非常愉快、正确地准备面对死亡。幸运的是，他至少有七大的时间可以准备面对死亡。所以，他正确地用这段时间来与至尊主的奉献者、伟大的圣人舒卡戴瓦·哥斯瓦米(Śukadeva Gosvāmī)联谊。

第 3 节　तदिदं श्रोतुमिच्छामो गदितुं यदि मन्यसे ।
ब्रूहि नः श्रद्दधानानां यस्य ज्ञानमदाच्छुकः ॥ ३ ॥

tad idaṁ śrotum icchāmo
gadituṁ yadi manyase
brūhi naḥ śraddadhānānāṁ
yasya jñānam adāc chukaḥ

tat－所有 / idam－这 / śrotum－聆听 / icchāmaḥ－完全愿意 / gaditum－讲述 / yadi－如果 / manyase－你想 / brūhi－请讲 / naḥ－我们 / śraddadhānānām－非常尊敬的人 / yasya－……的 / jñānam－超然的知识 / adāt－授予 / śukaḥ－圣苏卡戴瓦·哥斯瓦米

译文　我们都怀着恭敬的心想要聆听与他(帕瑞克西特王)有关的一切，舒卡戴瓦·哥斯瓦米把超然的知识传给了他。请讲述这部分内容。

要旨　舒卡戴瓦·哥斯瓦米在帕瑞克西特王生命的最后七天内，把超然的知识传给了他，而帕瑞克西特王如一个热心好学的学生一样正确地聆听了舒卡戴瓦·哥斯瓦米的讲解。这样真诚地聆听和吟唱《圣典博伽瓦谭》(Śrīmad-Bhāgavatam)，给聆听者和吟唱者双方带来同样的利益。《圣典博伽瓦谭》论述了为至尊主做奉爱服务的九种超然的方法，无论是九种全部做，还是做其中的几种，甚至一种，只要做得正确，就能使人得到同样的利益。帕瑞克西特王和舒卡戴瓦·哥斯瓦米都认真地做了九种奉爱服务中的前两种重要的服务，那就是：吟诵、吟唱和聆听。正因为如此，他们两人通过他们值得赞赏的努力，都获得了成功。要获得超然的觉悟，就必须这样认真地聆听和吟诵、吟唱，而不是靠其他方法。在这个喀历年代里，有一种所谓的灵性导师和门徒受到大肆宣传。据说，导师会把他身上产生的灵性力量以电流的形式注入门徒体内，门徒会感到像被电击到了一样昏死过去，而灵性导师则因为耗尽他多年积蓄的所谓灵性资产而潸然泪下。这个年代里流传着这种虚假的宣传，使可怜的普通人成为这种宣传的受害者。在舒卡戴瓦·哥斯瓦米给他卓越的门徒帕瑞克西特王传授知识的过程中，我们没有看到那些民间传说的情节。圣人满怀奉爱之情当众吟唱《圣典博伽瓦谭》，伟大的君王以正确的态度聆听他讲述的内容。君王既没有感到来自导师一方的电流冲击，也没有在接受导师给予知识的时候昏死过去。因此，人不应该轻信某些韦达知识的假代言人所作的不具权威性的宣传，成为他们的牺牲品。聚集在奈弥沙冉亚森林中的圣人们非常恭敬地聆听有关帕瑞克西特王的一切，因为帕瑞克西特王是靠热心地聆听这一方法从舒卡戴瓦·哥斯瓦米那里接受知识的。接受超然知识的唯一方法，是热心聆听真正的灵性导师的讲述；老师传授知识时也不需要借助发功治病或展示神通等表演。灵性启迪的程序其实很简单，但只有真诚的人才能得到正确的结果。

第 4 节

सूत उवाच
अपीपलद्धर्मराजः पितृवद्रञ्जयन् प्रजाः ।
निःस्पृहः सर्वकामेभ्यः कृष्णपादानुसेवया ॥ ४ ॥

sūta uvāca
apīpalad dharma-rājaḥ
pitṛvad rañjayan prajāḥ
niḥspṛhaḥ sarva-kāmebhyaḥ
kṛṣṇa-pādānusevayā

sūtaḥ uvāca—圣苏塔·哥斯瓦米说 / apīpalat—慷慨地管理 / dharma-rājaḥ—尤帝士提尔王 / pitṛ-vat—完全就像他的父亲 / rañjayan—令人高兴的 / prajāḥ—所有那些诞生的人 / niḥspṛhaḥ—没有个人的打算 / sarva—所有 / kāmebhyaḥ—从感官享乐中 / kṛṣṇa-pāda—圣主奎师那的莲花足 / anusevayā—靠不断地服务

译文　圣苏塔·哥斯瓦米说：尤帝士提尔帝王在位统治期间，对所有的臣民都慷慨大度。他简直就像父亲一样。他没有个人的野心，并且因为一直不断地为圣主奎师那服务而从不进行任何种类的感官享乐。

要旨　正如我们在绪论中谈到的，“为了世上所有受苦之人的利益，人类社会中急需奎师那科学。我们请求所有国家的领导人，为了他们自己的利益，为了社会的利益，为了全世界人民的利益，请学习这门奎师那科学吧！”对此，这节诗中所举的一切美德之化身尤帝士提尔王的例子给予了确认。在印度，人们渴望重建茹阿玛王朝(Rāma-rājya)，因为人格首神曾降临地球扮演了理想君王的角色，而印度所有其他的君王或帝王都曾经是为投生在地球上的众生的幸福生活而控制世界的命运。这节诗中的梵文“所有投生的(prajāḥ)”的一词非常重要。这个重要的词的词根是“经历出生过程的那一位”。地球上有许多物种，从水生物直上到理想的人类，都被称为生物体——帕佳(prajās)。我们这个宇宙的创造者布茹阿玛(Brahmā)因为是所有投生在这个宇宙中的生物的祖先，所以被称为生物体的祖先——帕佳帕提(prajāpati)。所以梵文“帕佳”一词过去所用的范围比现在广。君王负责照顾包括水生物、植物、树木、爬行动物、飞禽、走兽和人类在内的所有生物体。众生中的每一个个体都是至尊主不可缺少的一部分(《博伽梵歌》14.4)，君王作为至尊主的代表，有责任保护所有的生物体。然而，在如今这种腐败、堕落的行政管理体制中当政的总统和独裁者却并非如此，他们在给予所谓高等动物(人类)保护的同时却不保护低等动物。要保护所有的生物体是一门非凡的科学，只有了解奎师那科学的人才能学习这门科学。了解奎师那科学可以使人成为世上最完美的人；人除非有关于这门科学的知识，否则他靠上学受教育得到的一切资格和博士文凭都被糟蹋了，都只不过是废纸一堆。尤帝士提尔王精通这门奎师那科学，因为这节诗中说他通过一直不断地学习这门科学，或者说一直不断地为主奎师那服务，获得了像父亲一样管理国家的资格。父亲有时显得对儿子很残忍，但那并不意味着父亲失去了做父亲的资格。父亲总是为儿子的利益着想，所以父亲永远是父亲。父亲期望他所有的儿子都比他强。因此，像尤帝士提尔王那样集美德于一身的君王，期望他所管理的每一个生物体，特别是意识高度发展的人类，都成为主奎师那的奉献者，从而不再受物质存在的戏弄。作为美德化身的尤帝士提尔王，很清楚对臣民真正有利的是什么，所以把“一切为臣民的利益着想”当做他执政的座右铭。他以这一原则为前提执政，而不是以感官享乐的邪恶(rākṣasi)原则为前提执政。作为理想的君王，他没有个人的野心，也从不进行感官享乐，因为他所有的感官都一直不断地在忙于为至尊主做爱心服务。在为至尊主所做的爱心服务中也包括为众生所做的服务，因为众生都是完整整体不可缺少的部分。正如不往树根部浇水而只给树叶浇水，那些置整体于不顾而忙着为部分服务的人，只是在浪费时间和精力。往树根浇水，树叶自然得到滋养，充满生气；但如果光是往树叶上洒水，就只是在浪费精力了。所以，尤帝士提尔王一直不断地忙于为至尊主服务，以使所有在他精心管理下的生物体，也就是至尊主不可缺少的一部分，都不仅在这一生过得安逸、舒适，在来生也得到提升。那才是完美的管理国家的方式。

第 5 节　सम्पदः क्रतवो लोका महिषी भ्रातरो मही ।
जम्बूद्वीपाधिपत्यं च यशश्च त्रिदिवं गतम् ॥ ५ ॥

sampadaḥ kratavo lokā
mahiṣī bhrātaro mahī
jambūdvīpādhipatyaṁ ca
yaśaś ca tri-divaṁ gatam

sampadaḥ—财富 / kratavaḥ—祭祀 / lokāḥ—将来会达到的目的地 / mahiṣī—皇后 / bhrātaraḥ—兄弟们 / mahī—地球 / jambū-dvīpa—全球或我们居住的星球 / ādhipatyam—统治权 / ca—也 / yaśaḥ—名望 / ca—和 / tri-divam—天堂星球 / gatam—遍传

译文　有关尤帝士提尔王的消息甚至传到了天堂，其中包括他世间的财富，他所举行的将会使他达到更高目的地的祭祀，他的王后，他英勇、健壮的兄弟们，他拥有的辽阔土地，他对整个地球的统治权，以及他的名望，等等。

要旨　只有富有且伟大的人才会享誉天下，尤帝士提尔王的名望之所以传到高等星球上，是因为他的善于执政、世间的拥有、妻子朵帕蒂的荣耀、弟弟彼玛和阿尔诸纳的力量，以及统治名叫章布兑帕(Jambūdvīpa)的整个地球所拥有的强大力量。这节诗中的梵文“珞卡(lokāḥ)”一词意义重大。太空中遍布着各种物质与灵性的高等星球(loka)。正如《博伽梵歌》第 9 章的第 25 节诗中说明的，人可以凭借他今生的活动升上那些星球。没人可以强行进入那些星球。渺小的物质科学家和工程师虽然发明了能升上天空数千公里的飞行器，但不会被允许进入这些高等星球。靠那种方法去不了更好的星球。人必须靠贡献自我和做服务使自己具备进入那些快乐星球的资格。那些在一生中从事各种各样罪恶活动的人，最后只能降级过动物的生活，越来越多地承受物质存在之苦。对此，《博伽梵歌》第 16 章的第 19 节诗中作了说明。尤帝士提尔王所做出的美好贡献及所取得的资格是那么崇高，就连住在更高级的天堂星球中的居民们都已经准备好接受他为他们中的一员了。

第 6 节 किं ते कामाः सुरस्पार्हा मुकुन्दमनसो द्विजाः ।
अधिजह्रुर्मुदं राज्ञः क्षुधितस्य यथेतरे ॥ ६ ॥

kiṁ te kāmāḥ sura-spārhā
mukunda-manaso dvijāḥ
adhijahrur mudaṁ rājñaḥ
kṣudhitasya yathetare

kim－为何 / te－所有那些 / kāmāḥ－感官享乐的对象 / sura－天堂居民的 / spārhāḥ－渴望 / mukunda-manasaḥ－已经具有了神意识的人的 / dvijāḥ－啊，布茹阿玛纳 / adhijahruḥ－能够满足 / mudam－喜悦 / rājñaḥ－国王的 / kṣudhitasya－饥饿的人的 / yathā－实际上 / itare－对其他东西

译文 布茹阿玛纳们啊！君王的财富是如此迷人，甚至令天堂居民向往。但因为他全神贯注于为至尊主做服务，所以除了为至尊主服务外，没有什么可以令他满足。

要旨　世上有两种事物可以使生物感到满足。当人全神贯注于物质活动时，只有感官享乐能使他感到满足；但当人摆脱物质属性的束缚时，他只满足于为取悦至尊主而做奉爱服务。这意味着生物原本是仆人，而不是被侍奉的对象。由于受外在能量制约的迷惑，生物错误地以为自己是被侍奉的对象，但事实并非如此；他实际上是色欲、物质享乐欲望、贪婪、骄傲、疯狂和偏执等感官知觉的奴仆。当人通过获得灵性知识恢复正常的理智时，他便认识到：他不是物质世界的主人，相反只不过是感官的仆人。那时，他恳求为至尊主做服务，并因为不再受所谓物质快乐的迷惑而感到满足。尤帝士提尔王是解脱的灵魂之一，因此对他来说，幅员辽阔的王国、好妻子、恭顺的弟弟、快乐的臣民和繁荣的世界，并不能使他满足。对一个纯粹的奉献者而言，这些祝福自动到来，即使奉献者并没有想要得到它们。这节诗中所谈的尤帝士提尔王的例子就是如此。俗话说，除了食物，其他什么都无法使饥饿之人感到满足。

整个物质世界充满了渴求的生物。他们真正渴望的不是美食、住房或感官享乐，而是灵性的氛围。由于愚昧，他们唯一想的是：这个世界因为没有足够的食物、住所、防御力量和感官享乐对象，所以才令人不满。这称为错觉。生物在渴求灵性满足的时候被物质渴望迷惑了。但愚蠢的领导者看不到，就连物质生活最奢侈的人都还是感到不满足。他们渴望和缺乏的究竟是什么呢？其实就是灵性的食物、灵性的庇护、灵性的防卫力量和灵性的感官享乐。这一切可以在与至尊灵魂——圣主奎师那的交往中得到。正因为如此，已经拥有这一切的人，不可能受物质世界里所谓美食、住房、防御力量和感官享乐的吸引，哪怕是天堂居民所享受的等级也没有用。所以，至尊主在《博伽梵歌》第 8 章的第 16 节诗中说，即使住在这个宇宙中寿命比地球人长千百万倍的最高星球布茹阿玛珞卡上，也无法满足生物的渴望。只有当生物在永恒的环境中与赐予奉献者解脱的超然快乐的至尊主穆昆达(Mukunda)交往时，这种渴望才能得到满足；而永恒的环境在灵性天空中，远远高于布茹阿玛珞卡。

第 7 节 मातुर्गर्भगतो वीरः स तदा भृगुनन्दन ।
दद‍र्श पुरुषं कञ्चिद्दह्यमानोऽस्त्रतेजसा ॥ ७ ॥

mātur garbha-gato vīraḥ
sa tadā bhṛgu-nandana
dadarśa puruṣaṁ kañcid
dahyamāno 'stra-tejasā

mātuḥ—母亲 / garbha—子宫 / gataḥ—在那里 / vīraḥ—伟大的战士 / saḥ—孩子帕瑞克西特 / tadā—那时 / bhṛgu-nandana—布瑞古的儿子啊 / dadarśa—能够看见 / puruṣam—至尊主 / kañcit—像另一个人 / dahyamānaḥ—受灼烧之苦 / astra—布茹阿玛斯陀 / tejasā—温度

译文 布瑞古的儿子(绍纳卡)啊！当伟大的战士帕瑞克西特还是他母亲乌塔茹阿子宫中的胎儿时，布茹阿玛斯陀核武器(由阿施瓦塔玛发射)制造的灼热使他极其痛苦。那时，他能看到至尊主来到他面前。

要旨 生物体死亡后投生当人期间会有七个月的时间持续处于昏睡状态。生物从事过的活动使他被允许通过父亲的精子进入一个母亲的子宫中，从而发育出他该得到的躯体。这是生物过去从事过的活动使其进入某个特定躯体再次投生的定律。当他从昏睡状态中清醒过来时，他感到被囚禁在子宫中的极度不便，于是想要出去，有时还会祈求至尊主赐予这种解脱。帕瑞克西特王在他母亲子宫中时，受到阿施瓦塔玛释放的布茹阿玛斯陀武器的攻击，感到难以忍受的灼热。但由于帕瑞克西特王是至尊主的奉献者，至尊主立刻凭祂绝对强大的能量进入帕瑞克西特王母亲的子宫，作为胎儿的帕瑞克西特王能看到有人来救他了。即使在那种无助的境地，胎儿帕瑞克西特出于他作为伟大战士的本性还是忍受住了令人无法忍受的高温。正因为如此，这节诗中用了梵文“伟大的战士(vīraḥ)”一词。

第 8 节　अङ्गुष्ठमात्रममलं स्फुरत्पुरटमौलिनम् ।
अपीव्यदर्शनं श्यामं तडिद्वाससमच्युतम् ॥ ८ ॥

aṅguṣṭha-mātram amalaṁ
sphurat-puraṭa-maulinam
apīvya-darśanaṁ śyāmaṁ
taḍid vāsasam acyutam

aṅguṣṭha—如拇指般大小 / mātram—只有 / amalam—超然的 / sphurat—闪耀的 / puraṭa—金子 / maulinam—头盔 / apīvya—非常美丽 / darśanam—显得 / śyāmam—微黑色的 / taḍit—闪电 / vāsasam—衣服 / acyutam—不会犯错的(主)

译文　祂(至尊主)只有拇指大，但完全是超然的。祂的肤色是非常美丽的微黑色，身体完美无瑕。祂穿一件闪亮的黄衫，头戴一顶光芒四射的金制头盔。这就是那胎儿眼中的祂。

第 9 节　श्रीमद्दीर्घचतुर्बाहुं तप्तकाञ्चनकुण्डलम् ।
क्षतजाक्षं गदापाणिमात्मनः सर्वतो दिशम् ।
परिभ्रमन्तमुल्काभां भ्रामयन्तं गदां मुहुः ॥ ९ ॥

śrīmad-dīrgha-catur-bāhuṁ
tapta-kāñcana-kuṇḍalam
kṣatajākṣaṁ gadā-pāṇim
ātmanaḥ sarvato diśam
paribhramantam ulkābhāṁ
bhrāmayantaṁ gadāṁ muhuḥ

śrīmat－拥有 / dīrgha－长时间的 / catuḥ-bāhum－有着四只手臂 / tapta-kāñcana－熔金 / kuṇḍalam－耳环 / kṣataja-akṣam－血红的眼睛 / gadā-pāṇim－手持大头棒 / ātmanaḥ－特有的 / sarvataḥ－所有 / diśam－周围 / paribhramantam－走动 / ulkābhām－像流星 / bhrāmayantam－环绕 / gadām－大头棒 / muhuḥ－不停地

译文 至尊主有四只手臂，戴着熔金耳环，眼睛因狂怒而变得血红。在祂来回走动时，祂的大头棒像流星一样一直环绕着祂飞舞。

要旨 《布茹阿玛·萨密塔》(Brahma-saṁhitā)第 5 章中说，至尊主哥文达(Govinda)透过祂的一个完整扩展进入宇宙的光环，把祂自己扩展为无数的超灵(Paramātmā)遍布各处，不仅在每一个生物体的心中，也在每一个物质元素的原子中。至尊主就这样凭祂不可思议的力量遍布各处，因此也进入乌塔茹阿(Uttarā)的子宫中拯救祂亲爱的奉献者帕瑞克西特王。在《博伽梵歌》第 9 章的第 31 节诗中，至尊主向世人保证说：祂的奉献者永远不会被毁灭。没人能杀害至尊主的奉献者，因为至尊主亲自保护祂的奉献者；但当至尊主想要杀死一个人时，没人能救得了那个人。至尊主是全能的，所以祂可以拯救祂想要拯救的人，杀死祂想要杀死的人。即使当帕瑞克西特王在他母亲的子宫中那种不便的情况下，至尊主也能以正好让帕瑞克西特王能看到祂的形象，出现在祂的奉献者帕瑞克西特王面前。至尊主可以变得比百万个宇宙加在一起还要大，同时也可以变得比一个原子还要小。祂出于仁慈，变得正好能让受制约的生物体看到。祂是无限的。祂不受限于我们对祂的估量。祂能变得比我们所能想象的还要大，也能变得比我们所能想象的还要小。但在所有的情况下，祂都是同一位全能的至尊主。在乌塔茹阿子宫中如拇指般大小的维施努(Viṣṇu)，与在首神王国外琨塔圣地(Vaikuṇṭha-dhāma)

中纳茹阿亚纳(Nārāyaṇa)本人没有丝毫区别。祂以神像的形象(arca-vigraha)展现祂自己，以接受祂那些生活还生活在物质世界里的奉献者为祂所做的服务。尽管至尊主是物质感官所无法感知的，但依靠至尊主以物质元素展现的神像形象的仁慈，在这个物质世界里的奉献者能够更容易地接近至尊主。因此，神像形象是至尊主为了让有物质躯体的奉献者能感知到祂而展现出的绝对灵性的形象；我们永远都不该把至尊主的神像形象视为是物质的。尽管对受制约的灵魂来说物质和灵性之间有着天壤之别，但对至尊主来说，这两者之间根本没有区别。对至尊主来说，除了灵性存在之外别无他物；对与至尊主有着亲密关系的纯粹奉献者来说，同样是除了灵性存在之外别无他物。

第 10 节　अस्त्रतेजः स्वगदया नीहारमिव गोपतिः ।
विधमन्तं सन्निकर्षे पर्यैक्षत क इत्यसौ ॥१०॥

astra-tejaḥ sva-gadayā
nīhāram iva gopatiḥ
vidhamantaṁ sannikarṣe
paryaikṣata ka ity asau

astra-tejaḥ—布茹阿玛斯陀发出的光芒 / sva-gadayā—用祂自己的大头棒 / nīhāram—几滴露水 / iva—像 / gopatiḥ—太阳 / vidhamantam—消除 / sannikarṣe—附近的 / paryaikṣata—观察 / kaḥ—谁 / iti asau—这个身体

译文　就这样，如太阳蒸发一滴露水般，至尊主抑制了布茹阿玛斯陀核武器发出的灼热射线。胎儿一直看着祂，并猜想祂是谁。

第 11 节　विधूय तदमेयात्मा भगवान्धर्मगुब्विभुः ।
मिषतो दशमासस्य तत्रैवान्तर्दधे हरिः ॥११॥

vidhūya tad ameyātmā
  bhagavān dharma-gub vibhuḥ
miṣato daśamāsasya
  tatraivāntardadhe hariḥ

vidhūya－完全清洗掉 / tat－那 / ameyātmā－无处不在的超灵 / bhagavān－人格首神 / dharma-gup－维护正义的人 / vibhuḥ－至尊者 / miṣataḥ－观察时 / daśamāsasya－以十方为衣服的那一位的 / tatra eva－当时 / antaḥ－看不到的 / dadhe－变得 / hariḥ－至尊主

译文 就在胎儿观察至尊主的时候，这位向所有的方向扩展且不受时空限制的人格首神至尊主、众生心中的超灵及正义之士的保护者，突然消失了。

要旨 胎儿帕瑞克西特并不是在观察一个受时空限制的生物。至尊主和个体生物之间有着天壤之别。这节诗中说至尊主是不受时空限制的至尊生物。所有的个体生物都受时空限制。即使个体生物在质上与至尊主一样，但在量上个体灵魂与至尊灵魂之间却有着天大的差别。《博伽梵歌》中虽然把个体生物和至尊神都称为遍布各处者(yena sarvam idaṁ tatam)，但这两种遍布各处者却并不相同。普通的生物或灵魂可以在他自己受限制的躯体内遍布各处，但至尊生物却遍布一切时空内。普通生物无法借由其遍布各处的特性把自己的影响力扩展至其他的普通生物，但至尊超灵——人格首神，却可以不受限制地把祂的影响力扩展到所有的时间、空间和每一个生物身上。而且，由于祂无所不在、不受时空的限制，祂甚至可以出现在胎儿帕瑞克西特面前。这节诗中说祂是正义之士的保护者。向至尊者皈依的灵魂都是正义之士，在任何情况下都受到至尊主的特别保护。至尊主用祂的外在能量纠正邪恶者罪恶的思想行为，所以也在间接地保护他们。这节诗中称至尊主是向所有方向扩展的人。这意思是说祂无所不在，可以随祂的心愿在任何一个地方出现和消失。祂从胎儿帕瑞克西特的视野中消失，并不意味着祂立刻到其他地方去了。尽管那胎儿的眼睛看不到祂了，但祂还在那里，即使隐迹了也还在那里。光明天空上的这个物质覆盖层，也就像大自然母亲的子宫，我们都被全体生物的父亲——至尊主放进了这个子宫中。至尊主无所不在，甚至在杜尔嘎(Durgā)母亲的这个物质子宫中，具备了资格的人可以看到祂。

第 12 节　ततः सर्वगुणोदर्के सानुकूलग्रहोदये ।
जज्ञे वंशधरः पाण्डोर्भूयः पाण्डुरिवौजसा ॥१२॥

tataḥ sarva-guṇodarke
sānukūla-grahodaye
jajñe vaṁśa-dharaḥ pāṇḍor
bhūyaḥ pāṇḍur ivaujasā

tataḥ—于是 / sarva—一切 / guṇa—好征兆 / udarke—逐渐地发展了 / sa-anukūla—所有良好的 / grahodaye—星象的影响 / jajñe—出生 / vaṁśa-dharaḥ—继承人 / pāṇḍoḥ—潘杜的 / bhūyaḥ—是 / pāṇḍuḥ iva—完全就像潘杜一样 / ojasā—英勇无畏

译文　之后，当所有吉祥的星象都逐渐在黄道带上聚齐时，潘杜的这位法定继承人诞生了。他将与当年的潘杜一样英勇无畏、能量非凡。

要旨　星相对生物的影响并不是假想出来的，而是事实。这一点得到了《圣典博伽瓦谭》等权威经典的证实。每一个生物都时刻受到自然法律的控制，正如国家的居民受到国家势力的控制。国家的法律非常明显，我们都能了解，但物质自然的法律因为很精微，所以我们不易了解，不能直接体验到。正如《博伽梵歌》第 3

章的第 9 节诗中说明的，人生中的每一个行为都会产生报应，将我们紧紧束缚住，只有那些代表雅格亚(维施努)从事活动的人不受报应的束缚。我们的活动由更高的权威——至尊主的代理们作出判定，从而根据我们的活动决定给我们什么样的躯体。大自然的法律是如此精微，以致我们身体的每一个部分都受到不同星体的影响，而这种来自星相影响力的运作，决定生物获得哪一个可以供他操作的躯体，以达到囚禁他一段时间的目的。正因为如此，通过看一个人出生时的星相就可以了解他的命运，只有博学的占星家才可以真正算人的命运。占星学是一门非凡的科学，错误地运用它并不意味着它是无用的。帕瑞克西特王，甚至人格首神，都是在某个星相吉祥的时刻显现的，这样，好的影响力就会作用于身体。最吉祥的星相是当至尊主显现在这个物质世界时出现的，这种星相被特别称为佳央提(jayantī)，而这个梵文词不能被滥用于任何其他的事物。帕瑞克西特王不仅是伟大的查锤亚(kṣatriya)帝王，还是至尊主杰出的奉献者，因此不可能在任何不吉祥的时刻出生。正如要选择正确的时间和地点迎接值得尊敬的要人，迎接帕瑞克西特王这样一位得到至尊主特殊照顾的人物也不例外，他被选择在所有好的星体聚集在一起的适当时刻出生，以便它们把好的影响施加在他这位君王身上。他就这样诞生了，并作为《圣典博伽瓦谭》中的大英雄闻名天下。这种对星相影响力的适当安排绝非由人的意志决定，而是由至尊主能量的更高安排来决定。当然，这种安排是根据生物的好坏行为作出的，其中展现出生物从事虔诚活动的重要性。只有靠从事虔诚活动，人才被允许得到钱财、高等教育和外貌美丽等财富。在强调人的永恒职责(sanātana-dharma)的传承中所具有的各种净化仪式(saṁskāras)，极其适合创造一个能利用吉祥星相影响的环境；其中为高阶层人士所规定的授精净化仪式(garbhādhāna-saṁskāra)，是为了要在人类社会中培育虔诚而有智慧的人士所该从事的一系列虔诚活动的开端。善良、圣洁的人口使人类社会具有和平与繁荣；沉溺于性放纵的、不值得要的人口只能扰乱社会秩序，把人类社会变成人间地狱。

第 13 节　तस्य प्रीतमना राजा विप्रैर्धौम्यकृपादिभिः ।
जातकं कारयामास वाचयित्वा च मङ्गलम् ॥१३॥

tasya prīta-manā rājā
viprair dhaumya-kṛpādibhiḥ
jātakaṁ kārayām āsa
vācayitvā ca maṅgalam

tasya—他的 / prīta-manāḥ—满足 / rājā—尤帝士提尔王 / vipraiḥ—博学的布茹阿玛纳 / dhaumya—道弥亚 / kṛpa—奎帕 / ādibhiḥ—还有其他人 / jātakam—在孩子诞生时要执行的一个净化程序 / kārayām āsa—让他们执行 / vācayitvā—背诵 / ca—也 / maṅgalam—吉祥

译文　帕瑞克西特王的诞生使尤帝士提尔王很高兴，他为孩子举行了诞生净化仪式。以道弥亚和奎帕为首的众多博学的布茹阿玛纳，在仪式上吟唱了吉祥的赞歌。

要旨　极具智慧的布茹阿玛纳(婆罗门)阶层，精通主持社会四阶层和灵性四阶段制度(varṇāśrama-dharma)中规定的净化仪式，而这是人类社会的需要。除非有这些净化过程，否则不可能有高素质的人口。在喀历年代中，全世界所有的人都是缺乏这种净化过程的素质很低的人——庶铎(śūdra，首陀罗)。然而，这个年代中因为缺乏举行净化仪式所需要的各种便利条件和优秀的布茹阿玛纳，所以不可能恢复这种韦达净化程序。但是，经典推荐了在这个年代中可以执行的潘查茹阿特瑞卡(Pāñcarātrika)系统。潘查茹阿特瑞卡系统作用于低素质的庶铎阶层的人——喀历年代的人口，它是经典规定的适合这个年代和时期的净化程序。这个净化程序只被允许用于提升人的灵性，而非他用。灵性的提升从不受高等出身或低等出身的限制。

在举行过子宫净化仪式(garbhādhāna)后，还有孕妇分发仪式(sīmantonnayana)和萨达巴克珊(sadhabhakṣaṇa)等一些特定的净化仪式(saṁskāra)需要妇女在怀孕期间举行。孩子出生后第一个要举行的是诞生净化仪式(jātakarman)。帕瑞克西特王诞生后，尤帝士提尔王在非常博学的布茹阿玛纳道弥亚和奎帕查尔亚的帮助下正式举行了这个仪式。道弥亚(Dhaumya)是皇家祭司，奎帕查尔亚(Kṛpācārya)则不仅是祭司，还是一位大将军。这两位博学、精通主持祭祀的祭司，在尤帝士提尔王请来的其他优秀的布茹阿玛纳的协助下，举行了祭祀。所有的韦达净化仪式(saṁskāra)都不仅只是些形式或社会习俗，而是具有非常实际的效用，由道弥亚和奎帕那些专家布茹阿玛纳主持可以得到圆满的结果。在这个年代里，像他们这样的布茹阿玛纳不仅罕见，而且找不到。因此，在这个堕落的年代中，为了灵性的提升，哥斯瓦米们更倾向用潘查茹阿特瑞卡净化程序，而不是上述那些韦达仪式。

奎帕查尔亚是大圣人沙尔端(Śaradvān)的儿子，出生在高塔玛(Gautama)的家庭中。据说他的出生是一次意外事故。大圣人沙尔端意外地遇到天堂著名的社交女郎佳拉帕蒂(Jālapadī)，结果排出精液，精子分成两部分，两部分精液立刻分别长成一对孪生的男婴和女婴。后来男婴被称为奎帕，女婴被称为奎琵(Kṛpī)。当时正在丛林中狩猎的商坦努王(Mahārāja Śantanu)抱回这两个孩子，通过正确地执行净化过程，把他们提升到布茹阿玛纳的地位上。奎帕查尔亚之后成为像朵纳查尔亚(Droṇācārya)一样伟大的将领，他妹妹则嫁给了朵纳查尔亚。在库茹柴陀战争中，奎帕查尔亚站在杜尤丹(Duryodhana)一边；尽管他帮忙杀了帕瑞克西特王的父亲阿比曼纽(Abhimanyu)，但由于他是像朵纳查尔亚一样优秀的布茹阿玛纳，潘达瓦兄弟一家还是非常尊重他。潘达瓦兄弟因为赌博输给杜尤丹而被流放到森林去时，兑塔瓦施陀(Dhṛtarāṣṭra)委托奎帕查尔亚当潘达瓦兄弟的指导者。库茹柴陀战争结束后，奎帕查尔亚再次成为王室议会中的一个成员，受邀请在帕瑞克西特王的出生净化仪式上吟唱吉祥的韦达赞歌，以使仪式得以圆满举行。尤帝士提尔王在离开王宫启程去喜马拉雅山前，把帕瑞克西特王托付给奎帕查尔亚当他的门徒；在奎帕查尔亚负责指导帕瑞克西特王后，尤帝士提尔王满意地离开了家。优秀的行政管理者、君王和帝王们，总是接受像奎帕查尔亚那样博学的布茹阿玛纳的指导，从而能够在执政过程中始终采取正确的行动。

第 14 节　हिरण्यं गां महीं ग्रामान् हस्त्यश्वान्नृपतिर्वरान् ।
प्रादात्स्वन्नं च विप्रेभ्यः प्रजातीर्थे स तीर्थवित् ॥१४॥

hiraṇyaṁ gāṁ mahīṁ grāmān
hasty-aśvān nṛpatir varān
prādāt svannaṁ ca viprebhyaḥ
prajā-tīrthe sa tīrthavit

hiraṇyam－金子 / gām－乳牛 / mahīm－土地 / grāmān－村庄 / hasti－大象 / aśvān－马匹 / nṛpatiḥ－国王 / varān－奖赏 / prādāt－布施 / su-annam－品质优良的五谷 / ca－和 / viprebhyaḥ－向布茹阿玛纳 / prajā-tīrthe－在儿子生日时所进行的布施 / saḥ－他 / tīrtha-vit－一个知道该在何时何地及如何布施的人

译文　这位男性后裔一出生，知道在何时、何地并如何布施的君王，就立刻把金子、乳牛、土地、村庄、大象、马匹和品质优良的五谷赠送给众多的布茹阿玛纳。

要旨　只有布茹阿玛纳(婆罗门)和托钵僧(sannyāsī)被允许接受居士的布施。布茹阿玛纳为人类最基本的需求提供最高质量的服务，因此在所有不同的净化仪式现场，特别是出生、结婚和死亡的净化仪式过程中，居士们都会向布茹阿玛纳布施钱财。布施的实际内容包括：金子、土地、村庄、马匹、大象、五谷，以及烹煮食物所需要的其他原材料。所以从实际情况看，布茹阿玛纳并不贫穷。相反，他们因为拥有金子、土地、村庄、马匹、大象和足量的食粮，所以根本无须再去为自己赚取收入。他们唯一要做的就是，为整个社会的福利而贡献自己的力量。

这节诗中的梵文“知道在何时、何地并如何布施的人(tīrthavit)”一词意义重大，因为君王很清楚应该在何时、何地给予布施。布施永远都不该是盲目或没有收益的。经典(śāstra)指示我们要把布施给予那些因为具有高度的灵性觉悟而有资格接受布施的人。印度有一些人对至尊主有一种错误的认识，于是未经授权地把贫穷的人称为贫穷的纳茹阿亚纳(daridra-nārāyaṇa)。然而，经典中从没介绍过这种错误概念，也没有说应该把马匹、大象、土地和村庄等慷慨大度地布施给这些可怜的穷人。结论是：过去，一心为至尊主服务的智者——布茹阿玛纳，都得到适当的供养，不必为生活担忧；当时的君王和其他居士都很高兴照顾他们的生活。

经典中教导说，孩子只要还借由脐带与母亲连在一起，就被认为与母亲是一体的；可一旦把脐带剪断，孩子就与母亲分开了，就该举行诞生净化仪式(jātakarma)。负责宇宙行政事务管理的半神人和家族的祖先都会在这时来看刚出生的婴儿，这个时刻被明确定为是，向那些为人类社会的灵性进步作出贡献的合适人选布施钱财的正确时间。

第 15 节 तमूचुर्ब्राह्मणास्तुष्टा राजानं प्रश्रयान्वितम् ।
एष ह्यस्मिन् प्रजातन्तौ पुरूणां पौरवर्षभ ॥१५॥

tam ūcur brāhmaṇās tuṣṭā
rājānaṁ praśrayānvitam

eṣa hy asmin prajā-tantau
purūṇāṁ pauravarṣabha

tam—向他 / ūcuḥ—对……说 / brāhmaṇāḥ—博学的布茹阿玛纳 / tuṣṭāḥ—非常满足 / rājānam—向国王 / praśraya-anvitam—非常亲切的 / eṣaḥ—这 / hi—肯定地 / asmin—在……系列中 / prajā-tantau—家族后裔 / purūṇām—菩茹家族的 / paurava-ṛṣabha—菩茹家族中的领袖

译文 博学的布茹阿玛纳们对君王的布施很满意，于是对他说：菩茹家族中最优秀的人啊，你的孙子确实是菩茹家族的直系传人。

第 16 节 दैवेनाप्रतिघातेन शुक्ले संस्थामुपेयुषि ।
रातो वोऽनुग्रहार्थाय विष्णुना प्रभविष्णुना ॥१६॥

daivenāpratighātena
śukle saṁsthām upeyuṣi
rāto vo 'nugrahārthāya
viṣṇunā prabhaviṣṇunā

daivena—以超自然的力量 / apratighātena—由那不可抵抗的 / śukle—向纯洁的(男孩) / saṁsthām—破坏 / upeyuṣi—被强迫 / rātaḥ—恢复 / vaḥ—为你 / anugraha-arthāya—由于感激 / viṣṇunā—由无所不在的至尊主 / prabhaviṣṇunā—由全能者

译文 为了施恩于你，全能而无所不在的人格首神维施努，使这位纯洁无瑕的男性后裔重新稳处于他母亲的子宫中。当他受到不可战胜的神奇武器的攻击，注定要被毁灭时，他得到了拯救。

要旨 无所不在、全能的维施努(主奎师那)之所以拯救胎儿帕瑞克西特，是出于两个原因。第一个原因是：这个在母亲子宫中的孩子是至尊主的纯粹奉献者，所以纯洁无瑕。第二个原因在于：这孩子是菩茹(Pūru)家族剩下的唯一活着的男性后裔，而菩茹是正直的尤帝士提尔王虔诚的祖先。至尊主想要让虔诚君王们的血脉一直延续下去，以便作为祂的代表统治整个地球，使人类社会有真正和平与繁荣的生活。库茹柴陀战争后，就连尤帝士提尔王的下一代也被消灭，在这个伟大的王室家族中没人能再生另一个儿子了。阿比曼纽的儿子帕瑞克西特王，是这个家族中唯一存活下来的继承人；但阿施瓦塔玛当时发射的神奇、无敌的布茹阿玛斯陀(brahmāstra)武器，也即将夺去他的生命。

诗中把主奎师那称为维施努这一点也很重要。原始人格首神主奎师那，通过祂的维施努身份完成保护奉献者、消灭恶魔的工作。主维施努是主奎师那的完整扩展。至尊主通过祂的维施努形象从事无所不在的活动。

这节诗中之所以用纯洁无瑕一词描述胎儿帕瑞克西特，是因为他是至尊主纯粹的奉献者。至尊主的这些纯粹的奉献者来到地球，是为了执行至尊主的使命。至尊主希望在物质创造中徘徊的受制约的灵魂能改过自新，回归家园，回到祂身边，因此用各种各样的方式帮助他们，为他们准备像韦达经(Veda)那样的超然文献，派圣洁的传教使者和圣人们前来，并指定灵性导师做祂的代表。这些超然的文献、传教使者和至尊主的代表都纯洁无瑕，因为物质属性的污秽甚至都无法触及到他们。每当他们受到被毁灭的威胁时，至尊主就会保护他们。这些愚蠢的威胁都来自十足的物质主义者。阿施瓦塔玛向胎儿帕瑞克西特发射的布茹阿玛斯陀武器，无疑具有超自然的强大力量，这个物质世界里没有什么东西能抵挡它的穿透力。但是，无所不在、遍布各处的全能的至尊主，却可以用祂无比强大的力量抵消布茹阿玛斯陀武器的力量，以拯救祂真正的仆人帕瑞克西特——尤帝士提尔王的后裔。尤帝士提尔王也是至尊主的奉献者，他对至尊主给予他的没有缘故的仁慈总是感激不尽。

第 17 节　तस्मान्नाम्ना विष्णुरात इति लोके भविष्यति ।
न सन्देहो महाभाग महाभागवतो महान् ॥१७॥

tasmān nāmnā viṣṇu-rāta
iti loke bhaviṣyati
na sandeho mahā-bhāga
mahā-bhāgavato mahān

tasmāt—因此 / nāmnā—由名字 / viṣṇu-rātaḥ—受至尊人格首神维施努的保护 / iti—如此 / loke—在所有的星球 / bhaviṣyati—将闻名 / na—不 / sandehaḥ—怀疑 / mahā-bhāga—最幸运的 / mahā-bhāgavataḥ—至尊主的一流奉献者 / mahān—拥有所有的美好品德

译文　为此，这孩子将作为受人格首神保护的人闻名于世。最幸运的人啊！毫无疑问，这孩子将成为第一流的奉献者，将具备所有美好的品德。

要旨　至尊主是全体生物至高无上的领袖，因此保护每一个生物。韦达赞歌中证实道：在所有的人物中，至尊主是至高无上的人。至尊生物与普通生物的区别在于：至尊生物——人格首神，供养所有其他的生物，了解这一点的人能得到永久的平静(《喀塔奥义书》)。至尊主不同的能量给予生物不同程度的保护，但对祂纯粹的奉献者，祂本人则亲自给予保护。正因为如此，帕瑞克西特王从他进入他母亲的子宫开始，就受到了保护。从他受到至尊主特别的保护这一点看，这孩子必将是至尊主一流的奉献者，具有所有美好的品质。奉献者分三类：一流的奉献者(mahā-bhāgavata)、二流的奉献者(madhyam-adhikārī)和三流的奉献者(kaniṣṭha-adhikārī)。谁到至尊主的神庙去向神像致以虔诚的敬意，但却不十分了解神的科学知识，因而不尊敬至尊主的奉献者，谁就被称作是物质主义奉献者或三流的奉献者。谁培养了为至尊主做真诚服务的心态，因而只与类似的奉献者交朋友，同时向初习者表示善意，但却回避无神论者，谁就被称作是二流的奉献者。然而，谁看到一切都在至尊主体内或说一切都是至尊主的，还看到一切都与至尊主有着永恒关系，因此眼里只有至尊主，谁就被称作是至尊主一流的奉献者。至尊主的这些一流的奉献者，在所有方面都很完美。属于这三个范畴的奉献者会自然而然地具备一切美好的品质，所以像帕瑞克西特王这样的一流奉献者无疑在所有的方面都很完美。而且，由于帕瑞克西特王出生在尤帝士提尔王的家中，这节诗中把尤帝士提尔王称为最幸运的人(maha-bhaga)。有一流的奉献者投生其中的家庭是幸运的，因为一流奉献者的出生使过去、现在和将来共一百代的家庭成员都借由至尊主的恩典获得解脱，至尊主出于对祂心爱的奉献者的敬意赐予整个家族这样的浩荡洪恩。所以，一个人对家人能做的最好的事情，就是成为至尊主纯粹的奉献者。

第 18 节

श्रीराजोवाच
अप्येष वंश्यान् राजर्षीन् पुण्यश्लोकान्महात्मनः ।
अनुवर्तिता स्विद्यशसा साधुवादेन सत्तमाः ॥१८॥

śrī-rājovāca
apy eṣa vaṁśyān rājarṣīn
puṇya-ślokān mahātmanaḥ
anuvartitā svid yaśasā
sādhu-vādena sattamāḥ

śrī-rājā一完美的国王(尤帝施提尔王) / uvāca一说 / api一是否 / eṣaḥ一这 / vaṁśyān一家庭 / rāja-ṛṣīn一圣君的 / puṇya-ślokān一如名字一样虔诚 / mahā-ātmanaḥ一所有伟大的灵魂 / anuvartitā一追随者 / svit一将变得 / yaśasā一以成就 / sādhu-vādena一以赞颂 / sat-tamāḥ—伟大的灵魂啊

译文　虔诚的君王(尤帝士提尔)询问道：伟大的灵魂们啊！他会成为圣洁的君王吗？他会像出现在这个伟大皇族中的其他人一样，使他的名字成为虔诚的象征、因他的成就而闻名天下、受到赞美吗？

要旨　尤帝士提尔王的祖先们都是伟人、圣洁、虔诚的君王，都因为他们伟大的成就而受到赞扬。他们都是坐在王座上的崇高的圣人。正因为如此，整个王国中的全体臣民都幸福、虔诚、品德高尚、富有且具有灵性的知识。在伟大的灵魂和经典中灵性教导的严格指导下，这些伟大圣洁的君王受到训练，结果整个王国中都充满了品德高尚的人，成为灵性生活的幸福乐园。尤帝士提尔王本人酷似他的祖先们，他希望他之后的下一个君王也能与他的祖先完全一样。他很高兴听到博学的布茹阿玛纳们说，占星学推算的结果表明，那孩子将是至尊主一流的奉献者。他想进一步了解那孩子是否会效法他伟大的祖先们。那就是君主制国家的方式。在位的君王应该是至尊主虔诚的、具有骑士风范的奉献者，是狂妄自大的暴发户们恐惧的人格化身。他必须把无辜的臣民托付给与他一样具有资格的法定继承人去照管。在现代的民主制国家中，人们的素质都堕落到庶铎的层面，甚至更低，政府就由这种人的代表管理运作，而他们对经典所教导的管理方式一窍不通。因此，整个环境充斥着透过色欲、贪婪所展现出的庶铎品质。这些行政官员天天彼此争吵。政党和团体都为维护自己的利益而经常更换政府内阁成员。管理国家的人都想尽量剥削利用国家资源，直到死亡为止；除非是被迫，否则没人自愿退出政治生涯。这种低级的人怎么可能为人民谋福利？他们贪污腐化、耍阴谋、施诡计，当人一套背后一套。在担任不同的职位前，他们必须先学习《圣典博伽瓦谭》中就如何做一名理想的管理者所给予的教导。

第 19 节

ब्राह्मणा ऊचुः
पार्थ प्रजाविता साक्षादिक्ष्वाकुरिव मानवः ।
ब्रह्मण्यः सत्यसन्धश्च रामो दाशरथिर्यथा ॥१९॥

brāhmaṇā ūcuḥ
pārtha prajāvitā sākṣād
ikṣvākur iva mānavaḥ
brahmaṇyaḥ satya-sandhaś ca
rāmo dāśarathir yathā

brāhmaṇāḥ—善良的布茹阿玛纳 / ūcuḥ—说 / pārtha—普瑞塔(琨缇)的儿子啊 / prajā—那些出生的 / avitā—维持者 / sākṣāt—直接地 / ikṣvākuḥ iva—完全就像依克施瓦库王一样 / mānavaḥ—曼努的儿子 / brahmaṇyaḥ—听从和尊敬所有的布茹阿玛纳 / satya-sandhaḥ—守信 / ca—和 / rāmaḥ—人格首神茹阿玛 / dāśarathiḥ—达沙茹阿塔王的儿子 / yathā—像祂

译文 博学的布茹阿玛纳说：普瑞塔的儿子啊！在赡养、保护众生方面，这孩子将与玛努的儿子依克施瓦库王完全一样；至于在遵守布茹阿玛纳原则方面，特别是坚守诺言这一点，他绝对像达沙茹阿塔王的儿子——人格首神茹阿玛。

要旨 梵文“帕佳”(prajā)的意思是，投生在物质世界里的生物。事实上，生物不生不灭，但由于他不再为至尊主服务并想要主宰物质自然，他被给予一个适于满足他的物质欲望的躯体。这使他变得受制于物质自然法律，并根据自己的活动而不断地更换物质躯体。生物就这样在八百四十万种生命形式中一个接一个地更换着躯体，不断地轮回。然而，由于他是至尊主不可缺少的一部分，他不仅得到至尊主供给他的一切生活所需，还受到至尊主和祂的代表——圣洁君王的保护。这些圣洁的君王保护所有的生物体(prajā)，使他们能够生存并完成他们在物质世界里被关押的期限。帕瑞克西特王实际上是一位理想的圣洁君王，因为他在巡视他的王国时看到喀历的人格化身正要杀一头可怜的乳牛，便立刻像对待凶手一样地对喀历年代的人格化身采取行动。这意味着圣洁的统治者甚至保护动物；他们这么做不是从情感的角度出发，而是知道凡是在物质世界里出生的生物都有生存的权利。所有圣洁的君王，从太阳神开始，下到地球上的君王们，都在韦达文献的指导下行事。正如《博伽梵歌》(Bhagavad-gītā)第 4 章的第 1 节诗中谈到有关至尊主教导太阳神(维瓦斯万)韦达知识，高等星球中也教授韦达文献；这样的知识通过师徒传承传递下来，由太阳神传给他的儿子玛努(Manu)，玛努传给依克施瓦库王(Mahārāja Ikṣvāku)。在布茹阿玛(Brahmā)的一天中共有十四位玛努，这节诗中提到的是第七位玛努。这位玛努是生物体的祖先之一(prajāpati)；他是太阳神的儿子，被称为外瓦斯瓦塔·玛努(Vaivasvata Manu)。他有十个儿子，依克施瓦库王是其中之一。依克施瓦库王也从他父亲玛努那里学习了《博伽梵歌》中所教导的奉爱瑜伽(bhakti-yoga)，而他父亲是从太阳神那里得到的知识。依克施瓦库王后来经师徒传承把《博伽梵歌》的教导传了下来，但随着时间的流逝师徒传承被无耻之人所中断。为此，在库茹柴陀战场上，至尊主又再次给阿尔诸纳讲授《博伽梵歌》。所有的韦达文献都从创造的一开始就有了，因此被称为“不是人类所编纂的典籍(apauruṣeya)”。韦达知识由至尊主讲授，而第一个聆听者是这个宇宙中第一个被创造的生物体布茹阿玛。

依克施瓦库王：外瓦斯瓦塔·玛努的一个儿子。他有一百个儿子。他下令禁止吃肉。他死后，他的儿子舍沙德(Śaśāda)继承了王位。

玛努：这节诗中提到的作为依克施瓦库王父亲的这位玛努，是第七位玛努，名叫外瓦斯瓦塔·玛努。他是太阳神维瓦斯万的儿子。主奎师那在给阿尔诸纳讲授《博伽梵歌》前，先给太阳神讲述过《博伽梵歌》。人类是玛努的后裔。这位外瓦斯瓦塔·玛努有十个儿子，名字分别是：依克施瓦库、纳巴格(Nabhaga)、兑士塔(Dhṛṣṭa)、沙尔亚提(Śaryāti)、纳瑞士央塔(Nariṣyanta)、拿霸格(Nābhāga)、迪士塔(Diṣṭa)、喀茹沙(Karūṣa)、普瑞沙铎(Pṛṣadhra)和瓦苏曼(Vasumān)。至尊主巨大的鱼化身(Matsya)是在外瓦斯瓦塔·玛努统治初期降临的。外瓦斯瓦塔·玛努从他父亲太阳神维瓦施万那里学习了《博伽梵歌》的内容，并把同样的内容传授给他儿子依克施瓦库王。在特瑞塔年代(Tretā-yuga)的开始，太阳神训练玛努做奉爱服务；为了整个人类社会的利益，玛努把奉爱服务的内容传授给依克施瓦库王。

主茹阿玛：至尊人格首神本人化身为圣茹阿玛(Rāma)降临在阿尤迪亚(Ayodhyā)的君王达沙茹阿塔(Daśaratha)的家中，当祂这位纯粹奉献者的儿子。主茹阿玛与祂的完整扩展们一起降临，祂们都以祂弟弟的身份显现。主茹阿玛在特瑞塔年代中的一个春天的第二个月(Caitra)月相从黑月到满月过程中的第九天显现；祂降临的目的照例是建立宗教原则，消灭不良分子。在祂还是个少年时，祂就帮助大圣人维施瓦弥陀(Viśvāmitra)杀了苏巴胡(Subahu)，严厉惩罚了总是干扰圣人们履行日常宗教责任的女魔玛瑞查(Mārīca)。布茹阿玛纳(婆罗门)和查锤亚(刹帝利)应该合作为人民大众谋福利；布茹阿玛纳圣人努力用完美的知识教育人们，查锤亚负责保护他们。就维持和保护人类最崇高的文化(brahmaṇya-dharma)而言，主茹阿玛禅铎是理想的君王。至尊主尤其重视保护乳牛和布茹阿玛纳，以此促进世界的繁荣。负责管理宇宙事务的半神人透过维施瓦弥陀这个代理把征服恶魔的有效武器给予祂。祂出现在佳纳卡(Janaka)君王的拉弓比武大会上，拉断了希瓦那把天下无敌的大弓，娶了佳纳卡王的女儿悉塔黛薇(Sītādevī)。

祂结婚后，接受祂父亲达沙茹阿塔颁布的把祂放逐到森林十四年的命令。为了帮助负责管理宇宙事务的半神人，祂杀死了一万四千个恶魔。恶魔茹阿瓦纳(Rāvaṇa)施诡计绑架了祂妻子悉塔黛薇。那之后，茹阿玛与苏贵瓦(Sugrīva)交上朋友，帮助苏贵瓦杀死了他哥哥瓦里(Vali)，并使他重新当上大猩猩王国瓦纳茹阿(Vāṇara)的君王。至尊主在印度洋上用石头建起一座浮桥，这座桥直达绑架了悉塔的恶魔茹阿瓦纳的王国兰卡(Laṅkā)。这之后，茹阿玛杀了茹阿瓦纳，任命茹阿瓦纳的弟弟维比珊(Vibhīṣaṇa)当兰卡的国王。维比珊虽然也是恶魔，但凭借主茹阿玛的祝福而流芳百世。十四年流放期满时，主茹阿玛处理完兰卡的事情便乘坐鲜花飞机回到了祂的王国阿尤迪亚。祂命令祂弟弟沙陀格纳去攻击当时统治着玛图茹阿的恶魔劳纳苏茹阿(Lavṇāsura)，沙陀格纳最后杀死了那恶魔。祂举行了十次马祭(Aśvamedha)，后来在沙茹阿尤(Śarayū)河中沐浴时隐迹。伟大的史诗《茹阿玛亚纳》(Rāmāyaṇa,《罗摩衍那》)是记述主茹阿玛在世上活动的历史，伟大的诗人瓦勒弥克依(Vālmīki)是权威的《茹阿玛亚纳》的作者。

第 20 节　**एष दाता शरण्यश्च यथा ह्यौशीनरः शिबिः ।**
यशो वितनिता स्वानां दौष्यन्तिरिव यज्वनाम् ॥२०॥

eṣa dātā śaraṇyaś ca
　yathā hy auśīnaraḥ śibiḥ
yaśo vitanitā svānāṁ
　dauṣyantir iva yajvanām

eṣaḥ—这孩子 / dātā—布施者 / śaraṇyaḥ—保护归顺者的人 / ca—和 / yathā—如 / hi—肯定地 / auśīnaraḥ—名叫乌西纳尔的王国 / śibiḥ—希比 / yaśaḥ—名声 / vitanitā—传播者 / svānām—族人的 / dauṣyantiḥ iva—像杜香塔的儿子巴茹阿特 / yajvanām—那些举行了许多祭祀的人的

译文 这孩子将是慷慨大度的布施者，以及投靠者的保护人，恰似乌西纳尔国的著名国王希比。他将与杜宪塔王的儿子巴茹阿特一样，扩大他家族的知名度。

要旨 布施、举行祭祀(yajña)、保护投靠者等活动，会使君王变得著名。查锤亚君王会因为保护投靠他的灵魂而感到自豪。君王的这种做法被称为“为维护正义而行使真正的权利(īśvara-bhava)”。在《博伽梵歌》中，至尊主教导众生要皈依祂，并承诺给予皈依祂的灵魂所有的保护。至尊主无所不能，而且言出必行，从没有一次置祂的各类奉献者于不顾。君王作为至尊主的代表必须具备一种精神，即：无论面对什么样的困境都要保护投靠他的灵魂。乌西纳尔国(Uśīnara)的国王希比(Mahārāja Śibi)，是能够与他一起去天堂的雅亚提王(Mahārāja Yayāti)的好朋友。希比王知道他死后会去哪一个天堂，《玛哈巴茹阿特》(Mahābhārata)第 1 篇第 96 章的第 6—9 节诗中描述了那个天堂。希比王极为慷慨，甚至要把他在天堂中得到的身份地位让给雅亚提，但雅亚提没有接受他的慷慨布施。雅亚提与阿施塔卡(Aṣṭaka)等大圣人一起去了天堂。在大家一起去天堂的路途上，为回答圣人们的询问，雅亚提罗列了希比王从事的各种虔诚活动。希比王后来成了他所崇拜的神明阎罗王(Yamarāja)的一个同伴。正如《博伽梵歌》第 9 章的第 25 节诗中证实的，崇拜半神人的人到半神人所在的星球去(yānti deva-vratā devān)。所以，希比王成了伟大的外士纳瓦权威阎罗王所在的星球上的一个成员。当他在地球上时，他因为保护投靠他的灵魂和慷慨布施而闻名天下。一次，天帝变形为一只追逐鸽子的老鹰，火神变形为一只鸽子；被老鹰追赶着的鸽子落在希比王的膝头寻求他的保护，而老鹰要求君王把鸽子还给它。君王想给老鹰其他的肉吃，好让它不要杀了鸽子。狩猎鸽子的老鹰拒绝了君王的建议，但后来与君王达成协议，老鹰将吃君王身上的肉，而肉的重量要与鸽子的体重一样。

君王开始割下自己身上的肉放在天平上称，看是否与鸽子的体重一样，但神秘的鸽子总是比他割下的肉重。君王最后自己坐上天平，终于达到了与鸽子一样的重量。他的行为使半神人们对希比王非常满意。天帝和火神向君王揭示了他们的真实身份，并祝福了君王。希比王所取得的伟大成就，特别是在布施和保护众生方面所取得的成就，也受到半神人中的圣人纳茹阿达的赞扬。希比王为满足一位布茹阿玛甚至牺牲了他的亲生儿子。他从来不允许他王国中的人吃肉。圣人们说，胎儿帕瑞克西特将在布施和保护众生方面成为第二位希比王。

道香提·巴茹阿特(Dauṣyanti Bharata)：历史上有许多名叫巴茹阿特的人，其中主茹阿玛的弟弟巴茹阿特、瑞沙巴(Ṛṣabha)王的儿子巴茹阿特及杜宪塔(Duṣyanta)王的儿子巴茹阿特都很有名。所有这些巴茹阿特都是宇宙史中的著名人物。由于瑞沙巴的儿子巴茹阿特王的缘故，我们所在的这个地球被称为巴茹阿特或巴茹阿特·瓦尔沙(Bhārata-varṣa)。有些人说，我们这个地球之所以被称为巴茹阿特，是因为杜宪塔的儿子曾经统治过这片土地。但我们相信，这片土地是因为瑞沙巴王的儿子巴茹阿特的统治而被称为巴茹阿特·瓦尔沙的。在他统治前，这个地球被称为伊拉瓦缇·瓦尔沙(Ilāvati-varṣa)，但就在瑞沙巴的儿子巴茹阿特登基后，这片土地便以巴茹阿特·瓦尔沙闻名天下了。

然而，这并不意味着杜宪塔王的儿子巴茹阿特就不那么重要了。他是以美丽闻名于世的莎琨塔拉(Śakuntalā)的儿子。杜宪塔王在树林中与莎琨塔拉相遇并坠入爱河，就这样生了巴茹阿特。那之后，由于康瓦·牟尼(Kaṇva Muni)的诅咒，君王遗忘了他的妻子莎琨塔拉，他们的孩子巴茹阿特便由他母亲在森林中抚养长大。巴茹阿特即使在他还是个小孩子时就已经极为强大有力，甚至去挑战森林里的狮子和大象，仿佛与猫狗玩耍一样与他们搏斗。由于这位少年变得那么强壮，比现代所谓的“人猿泰山”还要强壮，森林里的圣人们都称他为“能够控制众生的人(Sarvadaman)”。《玛哈巴茹阿特》第 1 篇中对这位巴茹阿特王作了充分的描述。潘达瓦兄弟——库茹们，因为出生在杜宪塔王著名的儿子巴茹阿特王的王朝中，所以有时被称为巴茹阿特。

第 21 节 धन्विनामग्रणीरेष तुल्यश्चार्जुनयोर्द्वयोः ।
हुताश इव दुर्धर्षः समुद्र इव दुस्तरः ॥२१॥

dhanvinām agraṇīr eṣa
tulyaś cārjunayor dvayoḥ
hutāśa iva durdharṣaḥ
samudra iva dustaraḥ

dhanvinām－伟大弓箭手的 / agraṇīḥ－领袖 / eṣaḥ－这个孩子 / tulyaḥ－同样的好 / ca－和 / arjunayoḥ－阿尔诸纳的 / dvayoḥ－两个的 / hutāśaḥ－火 / iva－像 / durdharṣaḥ－不可抵抗的 / samudraḥ－海洋 / iva－像 / dustaraḥ－无法超越的

译文 在伟大的弓箭手中，这孩子将跟两位阿尔诸纳一样优秀。他将会像火一样不可遏制，似大海一般不可超越。

要旨 历史上有两位阿尔诸纳，一位是亥哈亚(Haihaya)的君王卡尔塔维尔亚·阿尔诸纳(Kārttavīrya Arjuna)，另一位是婴儿帕瑞克西特的爷爷。这两位阿尔诸纳都因为他们精湛的射箭技术而闻名天下，婴儿帕瑞克西特被预言将与他们一样优秀，尤其是作战方面。我们现在对潘达瓦兄弟中的阿尔诸纳作一个简短的介绍。

潘达瓦·阿尔诸纳：《博伽梵歌》中的大英雄；潘杜(Pāṇḍu)王请他妻子与半神人因铎生的儿子。王后琨缇黛薇(Kuntīdevī)可以召唤任何一位半神人来与她生孩子，于是她召唤天帝因铎(Indra)，与他一起生了阿尔诸纳。正因为如此，阿尔诸纳是天帝因铎的完整部分。由于他出生在法勒古纳月(Phalguna，二月和三月间)，他也被称为法勒古尼(Phalguni)。他显现为琨缇的儿子时，天空中的声音宣布了他未来的伟大，半神人、歌仙(Gandharva)、住在太阳星球上的阿迪缇亚(Ādityas)，以及茹铎们(Rudras)、瓦苏们(Vasus)、天蛇(Nāgas)、各类重要的圣人、天堂社交女郎(Apsarās)等宇宙各地的重要人物，都参加了他的诞生仪式。天堂社交女郎通过表演天堂中的歌舞取悦大家。主奎师那的父亲、阿尔诸纳的舅舅瓦苏戴瓦，派他的祭司代表喀夏帕(Kaśyapa)为阿尔诸纳做了经典推荐的所有的净化仪式(saṁskāra)。举行他的命名仪式时，住在沙塔逊嘎(Śatasṛṅga)星球上的圣人们都参加了。他娶了朵帕蒂(Draupadī)、苏芭朵(Subhadrā)、祺特冉嘎妲(Citrāṅgadā)和乌露琵(Ulūpī)这四个妻子，分别与她们生了四个儿子，他们分别是：施茹提克尔提(Śrutakīrti)、阿比曼纽(Abhimanyu)、巴布茹瓦汉(Babhruvāhana)和伊茹阿万(Irāvān)。

在度过学生生活期间，阿尔诸纳与其他的潘达瓦兄弟及库茹们一起被托付给伟大的军事专家朵纳查尔亚(Droṇācārya)管教，但他极度的勤奋好学精神使他成为他们中最优秀的学生。不仅如此，他所展现的学生对老师的深情，也使朵纳查尔亚对他特别关注。朵纳查尔亚把他视为是一流的学生，并出于对他衷心的疼爱而给予他军事科学方面的一切祝福。阿尔诸纳是如此热心好学的学生，一直苦练射箭本领，甚至在夜深人静时仍坚持练习。这一切使得军事专家朵纳查尔亚下决心把他培养成世上最优秀的弓箭手。阿尔诸纳在射箭打靶考试时成绩卓越，令朵纳查尔亚十分满意。

阿尔诸纳有一次救了遭到鳄鱼攻击的朵纳查尔亚，朵纳查尔亚对他很满意，给他一种名叫布茹阿玛之首(brahmaśira)的武器作为奖赏。杜茹帕达王(Mahārāja Drupada)敌视朵纳查尔亚，因此当他攻击朵纳查尔亚时，阿尔诸纳抓住他并把他带到朵纳查尔亚面前。他向属于杜茹帕达王的一个名叫阿黑查陀(Ahichhatra)的城市发起进攻，并在占领那个城市后把它献给了朵纳查尔亚。朵纳查尔亚给阿尔诸纳讲解了名叫“布茹阿玛之首”武器的用法，并让阿尔诸纳向他承诺，只有在他(朵纳查尔亚)本人成为阿尔诸纳的敌人时才会在必要时用这种武器。通过这样做，朵纳查尔亚预言了后来发生的库茹柴陀战争；在那场大战中，朵纳查尔亚确实站在与阿尔诸纳为敌的一方。

杜茹帕达王虽然在战斗中被代表老师朵纳查尔亚打仗的阿尔诸纳打败，但却决定把女儿嫁给他的这个晚辈对手。然而，当“阿尔诸纳被杜尤丹(Duryodhana)纵火烧死在用虫胶盖的房子里”的不实消息传来时，杜茹帕达感到失望。为此，他安排了让朵帕蒂自选丈夫的比武大会，条件是候选人必须能射穿悬挂在房梁上的鱼的眼睛。杜茹帕达之所以这样安排，是因为他知道只有阿尔诸纳才能做到这一点，而通过这么做可以使他满足心愿，把与阿尔诸纳很般配的女儿嫁给阿尔诸纳。阿尔诸纳与他的兄弟们当时正过着隐姓埋名的生活，所以只好打扮成布茹阿玛纳(婆罗门)参加了朵帕蒂的选夫大会。当云集在那场选夫大会上的全体查锤亚君王眼看着朵帕蒂把花环献给一个可怜的布茹阿玛纳，选择他为自己的丈夫时，圣奎师那向巴拉茹阿玛揭示了这位布茹阿玛纳的真实身份。

阿尔诸纳在哈瑞德瓦尔(Haridvāra 又称 Hardwar)遇到乌露琵，受到这位生活在天蛇星球的少女的吸引，与她生了伊茹阿万。同样，他与玛尼普尔王的女儿祺特冉嘎妲相遇，跟她生了巴布茹瓦汉。如今在玛尼普尔(Maṇipur)和特瑞普茹阿(Tripura)的皇室家族，都是阿尔诸纳的儿子巴布茹瓦汉的后裔。由于巴拉戴瓦想要把妹妹苏芭朵嫁给杜尤丹，圣主奎师那便设计让阿尔诸纳绑架苏芭朵。尤帝士提尔也同意圣奎师那的计划，苏芭朵于是被阿尔诸纳强行带走，随后嫁给了他。苏芭朵的儿子是阿比曼纽，而帕瑞克西特王是阿比曼纽的遗腹子。

阿尔诸纳因为帮助火神点燃康达瓦(Khāṇḍava)森林而满足了火神，火神为此给了他一个武器。然而，康达瓦森林燃起大火使因铎非常愤怒；面对阿尔诸纳的挑战，他在其他半神人们的协助下开始与阿尔诸纳作战。阿尔诸纳打败了所有的半神人，因铎戴瓦只好返回他的天堂王国。在康达瓦森林大火燃起后，阿尔诸纳保护了一个名叫玛亚的恶魔，这个恶魔后来送给阿尔诸纳珍贵、著名的戴瓦达塔海螺。同样，天帝因铎因为对阿尔诸纳的侠义行为十分满意，送给他许多天堂武器。当尤帝士提尔王因为无法使玛格达(Magadha)的君王佳尔桑达(Jarāsandha)向他俯首称臣而感到沮丧时，是阿尔诸纳给予尤帝士提尔王各种保证，请他放宽心。之后，阿尔诸纳、彼玛和主奎师那三人启程前往玛嘎达去杀佳尔桑达。尤帝士提尔王登上世界帝王的王位后，阿尔诸纳按照惯例出征，以使世上各地的君王向潘达瓦兄弟俯首称臣。在出征途中，他征服了名叫凯琳达(Kelinda)的国家，使那个国家的国王巴格杜特(Bhagdutt)向潘达瓦兄弟臣服。接着，他继续前行，穿过安塔给瑞(Antagiri)、乌禄克普尔(Ulukpur)和摩达普尔(Modapur)等国，使所有这些国家的君王都向潘达瓦兄弟俯首称臣。

他曾经从事过严酷的苦行，之后得到因铎的奖赏。主希瓦(Śiva)也想检测阿尔诸纳的力量，于是装扮成一个土著人去找他。他们两人展开激烈的战斗，最后主希瓦对他感到满意，向他揭示了自己的身份。阿尔诸纳十分谦卑地向主希瓦祈祷，主希瓦被他取悦后送给他一个名叫帕舒帕塔(paśupata)武器。阿尔诸纳还从其他不同的半神人那里得到许多重要的武器：从阎罗王(Yamarāja)那里，他得到一根神棒(daṇḍāstra)；从水神瓦茹纳那里，他得到一个神奇的套索(paśāstra)；从天堂司库库维尔那里，他得到可以使他变成隐形人的武器(antardhana-astra)。因铎想让他去天堂中比月亮离地球还要远的因铎珞卡(Indraloka)。在天帝住的那个星球中，阿尔诸纳受到当地居民的热诚欢迎和招待。接着，他面见天帝因铎，因铎不仅把自己的霹雳武器(vajra)给了他，还教他天堂中用的军事科学和音乐科学。因铎其实是阿尔诸纳的亲生父亲，因此他间接地想让以美貌著名的天堂社交女郎乌尔娃悉(Urvaśī)款待阿尔诸纳。天堂社交女郎们都很好色，乌尔娃悉很渴望与阿尔诸纳这位最强壮的人发生性关系。她到阿尔诸纳的房间去，向阿尔诸纳表达了她的愿望。然而，阿尔诸纳洁身自好；他闭眼不看乌尔娃悉，并称她为库茹王朝的母亲，把她置于与他母亲琨缇、玛德瑞(Mādrī)，以及天帝因铎的妻子沙祺女神(Śacīdevī)同等的位置上。没能实现自己欲望的乌尔娃悉诅咒阿尔诸纳后离开了房间。在天堂星球中，阿尔诸纳还遇到了闻名天下的非凡苦修者珞玛斯(Lomasa)，祈求他保护尤帝士提尔王。

当与他敌对的堂兄杜尤丹被歌仙们(Gandharvas)抓住时，他去救杜尤丹，要求歌仙们放了杜尤丹，并在遭到歌仙们的拒绝后与他们作战，解救了杜尤丹。当潘达瓦兄弟隐姓埋名地生活时，他扮作一个太监住进维茹阿塔(Virāṭa)王的宫廷里，受雇当乌塔茹阿(Uttarā)的音乐教师，在那里被称为毕尔汉纳拉(Bṛhannala)；乌塔茹阿后来当了阿尔诸纳的儿媳妇。作为毕尔汉纳拉，他代表维茹阿塔的儿子乌塔尔(Uttara)作战，在没有暴露自己身份的情况下打败了库茹族人。当时，他的秘密武器藏在一棵名叫索弥(somi)的树中，他指示乌塔尔去把它们取出来。阿尔诸纳后来告诉乌塔尔他和他兄弟的真实身份。朵纳查尔亚被告知：在库茹族人与维茹阿塔作战时，阿尔诸纳就在现场。在后来发生的库茹柴陀大战中，阿尔诸纳杀死了卡尔纳(Karṇa)等许许多多伟大的战将。库茹柴陀战争后，他惩罚了杀死朵帕蒂五个儿子的阿施瓦塔玛。之后，他们五兄弟一起去看望了彼士玛戴瓦。

正是由于阿尔诸纳，至尊主在库茹柴陀战场上再次讲述了《博伽梵歌》的非凡哲学。《玛哈巴茹阿特》中生动地描述了阿尔诸纳在库茹柴陀战场上的神奇表现。然而，在玛尼普尔，阿尔诸纳被他儿子巴布茹瓦汉打败，并在乌露琵救他时昏了过去。主奎师那隐迹后，是阿尔诸纳把这个消息带给了尤帝士提尔王。阿尔诸纳再次去杜瓦尔卡做客时，全都成了寡妇的主奎师那的妻子们在他面前伤心欲绝。他带她们去见瓦苏戴瓦，安慰了她们。瓦苏戴瓦离开人世后，他在奎师那不在的情况下为瓦苏戴瓦举行了葬礼。阿尔诸纳在带领奎师那的全体妻子回因铎帕斯塔(Indraprastha)的路上遭到攻击，他竟然无力保护由他照管的女士们了。最后，听从维亚萨戴瓦的劝告，潘达瓦五兄弟踏上前往喜马拉雅山的长征路途。在路上，应他兄弟们的要求，他放弃了再也无用武之地的所有重要的武器，把它们扔进水里。

第 22 节　मृगेन्द्र इव विक्रान्तो निषेव्यो हिमवानिव ।
तितिक्षुर्वसुधेवासौ सहिष्णुः पितराविव ॥२२॥

mṛgendra iva vikrānto
niṣevyo himavān iva
titikṣur vasudhevāsau
sahiṣṇuḥ pitarāv iva

mṛgendraḥ—狮子 / iva—好像 / vikrāntaḥ—强大的 / niṣevyaḥ—值得托庇的 / himavān—喜马拉雅山 / iva—好像 / titikṣuḥ—自制 / vasudhā iva—像地球 / asau—这个孩子 / sahiṣṇuḥ—宽容 / pitarau—父母 / iva—好像

译文　这孩子将会如狮子般强壮，像喜马拉雅山一样值得投靠。他会宽容如地球，忍受似天下父母。

要旨　追捕敌人时强健有力的人被比作狮子。人应该在家像羊羔，在追捕敌人时像狮子。在追捕其他动物时，狮子从没有失败过；同样，国家首脑在追捕敌人时从不该有失败的时候。喜马拉雅山以绝对丰饶闻名天下。那里有数不清的山洞可供人居住，无法计数的水果树上挂着美味、丰硕的果实；那里四处流淌着甘甜的清泉，遍地盛产用以治疗疾病的草药和矿物。物质上不富有的人都可以托庇于这些雄伟的山脉，而且会得到生活所需的一切。物质主义者及灵性主义者都可以去投靠喜马拉雅山。居住在地球上的人给地球制造了那么多的混乱，现代人甚至开始在地球上投放原子弹。尽管如此，地球仍如母亲容忍小孩子般宽容。父母总是容忍孩子的淘气行为。理想的君王应该拥有所有这些美好的品德，而新生儿帕瑞克西特被预言完美地具有所有这一切品德。

第 23 节 पितामहसमः साम्ये प्रसादे गिरिशोपमः ।
आश्रयः सर्वभूतानां यथा देवो रमाश्रयः ॥२३॥

pitāmaha-samaḥ sāmye
prasāde giriśopamaḥ
āśrayaḥ sarva-bhūtānāṁ
yathā devo ramāśrayaḥ

pitāmaha－祖父(布茹阿玛) / samaḥ－同样好 / sāmye－就……而论 / prasāde－慈善或慷慨 / giriśa－主希瓦 / upamaḥ－像……一样镇定 / āśrayaḥ－保护者 / sarva－所有 / bhūtānām－生物体的 / yathā－如 / devaḥ－至尊主 / ramā-āśrayaḥ－人格首神

译文 这孩子的心将像他的祖父尤帝士提尔或布茹阿玛一样平静。他会与凯拉斯山的主人希瓦一样慷慨。他将如至尊人格首神纳茹阿亚纳般是众生的依靠，而至尊人格首神甚至是幸运女神的保护者。

要旨　这节诗文中说尤帝士提尔王和众生的祖先布茹阿玛两人都属于心平气和的人。按照施瑞达尔·斯瓦米的说法，祖父是指布茹阿玛；但维施瓦纳特·查夸瓦尔提说，祖父是指尤帝士提尔王本人。其实他们都被公认为是至尊主的代表，所以两者都一样好，而且忙于为众生谋福利的工作都必须保持心情的平静。负责行政管理的最高领导，必须容忍他所为之工作的人对他进行的各种攻击。布茹阿玛甚至受到至尊主最高级的奉献者牧牛姑娘们的批评。牧牛姑娘们因为布茹阿玛作为这个宇宙的创造者创造了眼皮，而这妨碍她们看主奎师那，就对他的工作表示不满。她们无法忍受眼睛有瞬间的眨动，因为那妨碍她们看心爱的主奎师那。如果连她们都会为此批评布茹阿玛，还用说那些对负责人的任何举动都吹毛求疵的人吗？同样道理，尤帝士提尔王必须克服与他敌对的人制造的许多困难，他用他的实际行动证明，他在每一次遭到批评的情况下都能保持最平静的状态。因此，举这两位祖先的例子来谈保持心平气和的状态，是极为恰当的。

主希瓦是以赐给祈求者礼物而闻名天下的半神人。为此，他被称为“极容易取悦的人——阿舒头沙(Āśutoṣa)”。他还被称为“普通大众的主人——布塔纳塔(Bhūtanātha)”；而他们喜爱他的主要原因，是他慷慨地给予人们想要的一切，有时甚至不计后果。茹阿瓦纳非常喜欢主希瓦，通过一些苦行，他很容易就取悦了希瓦，从而变得非常强大，以致想要挑战主茹阿玛的权威。当然，当茹阿瓦纳与希瓦的主人——至尊人格首神茹阿玛作战时，主希瓦从没有帮助过茹阿瓦纳。主希瓦有一次赐予维卡苏茹阿(Vṛkāsura)想要的祝福，这不仅不合适，而且制造了麻烦。维卡苏茹阿靠主希瓦的恩典得到祝福后，变得有能力无论是触碰谁的头，就会致谁于死地。尽管祝福是主希瓦给的，但维卡苏茹阿这个奸诈之徒却想通过触碰主希瓦的头测试那祝福的力量。主希瓦为保住自己的性命不得不寻求维施努的保护，主维施努运用自己的错觉力量迷惑维卡苏茹阿，让他在自己的头上做试验。这家伙按照主维施努的建议做之后杀死了自己，使世界免受这种向半神人乞讨的奸诈之徒所制造的各种干扰。关键是，主希瓦从不拒绝给予任何人任何礼物，所以是最慷慨的人，尽管有时会犯一些错误。

这节诗中的梵文 Ramā 一词是指幸运女神，而她托庇于主维施努。主维施努是众生的维系者。存在中有无数的生物体，不仅在这个地球上有，其他数以百万计的星球上也有。主维施努为他们提供所有的生活必需品，好让他们向觉悟自我的最终目的地不断迈进，但他们如果走感官享乐之途，尽管不断制定各种增加经济收入的不实计划，也会被维施努的错觉能量玛亚(māyā)置于困境。这样的经济发展计划永远不会成功，因为它们不切实际。这些人一直追求幸运女神的仁慈，但却不知道就连幸运女神也只能在维施努的保护下活着。没有维施努，幸运女神就只是一个幻象。正因为如此，我们应该直接寻求维施努的保护，而不是去寻求幸运女神的保护。只有维施努和维施努的奉献者才能给全体众生以保护；帕瑞克西特王本人因为受到维施努的亲自保护，所以绝对有能力给所有想要在他的统治下生活的众生以全面的保护。

第 24 节 सर्वसद्गुणमाहात्म्ये एष कृष्णमनुव्रतः ।
रन्तिदेव इवोदारो ययातिरिव धार्मिकः ॥२४॥

sarva-sad-guṇa-māhātmye
eṣa kṛṣṇam anuvrataḥ
rantideva ivodāro
yayātir iva dhārmikaḥ

sarva-sat-guṇa-māhātmye－光荣的具有所有神圣的品质 / eṣaḥ－这个孩子 / kṛṣṇam－就像主奎师那 / anuvrataḥ－一个追随祂的步伐的人 /

rantidevaḥ—冉提戴瓦 / iva—像 / udāraḥ—就慷慨而言 / yayātiḥ—雅亚提 / iva—像 / dhārmikaḥ—至于宗教

译文　这孩子因为遵循圣主奎师那的教导，所以将几乎与奎师那一样。在宽宏大量方面，他将似冉提戴瓦王般优秀；有关宗教方面，他将如同雅亚提王。

要旨　圣主奎师那在《博伽梵歌》中给予的最高指示是：人应该放弃一切，只跟随至尊主。不幸的是，智力欠佳之人不赞同至尊主所给予的这一非凡的教导。然而，真正有智慧的人会紧紧抓住这条崇高的训示，从而得到极大的收益。愚蠢之人不懂得近朱者赤、近墨者黑这一道理。即使从物质的角度看也如此，例如：与火接触使接触物变热。同样道理，与至尊人格首神接触、交往，使人具有像至尊主一样的品质。正如我们前面谈论过的，靠与至尊主的亲密联谊，人可以获得至尊主神性品质的百分之七十八。遵循至尊主的教导就是与至尊主联谊。至尊主不是物质对象，所以不是非要感受到祂的存在才可以与祂交往、联谊。至尊主无所不在，而且无时不在。至尊主的教导，以及至尊主的名字、形象、特性、随员和随身用品，都与至尊主本人完全一样是绝对的，因此仅仅靠遵循祂的教导与祂联谊是完全可以做到的。帕瑞克西特王甚至自从在他母亲的子宫中时就与至尊主有了接触，而这种交往、联谊直到他宝贵生命的最后一刻。正因为如此，他获得了至尊主所有主要的美好品质，而且绝对完美地体现出来。

冉提戴瓦(Rantideva)：在史诗《玛哈巴茹阿特》中描述的事件发生前存在的一位古代君王；正如《玛哈巴茹阿特》朵纳篇第 67 节诗中记载的，纳茹阿达·牟尼(Nārada Muni)在教导桑佳亚(Sañjaya)时提到过他。他是位伟大的君王；他殷勤好客、慷慨大方，总是布施食物。就连圣主奎师那本人都很赞赏他的博爱和殷勤好客。他因为给瓦希施塔·牟尼提供了凉水而得到牟尼的祝福，结果进了天堂。他曾经给圣人们(ṛṣis)提供水果、根茎和叶子，从而得到他们的祝福，实现了自己的愿望。他生为查锤亚(kṣatriya，刹帝利)，但一生从未吃过肉。他对瓦希施塔·牟尼尤其殷勤，而仅仅靠瓦希施塔·牟尼的祝福，他获得了高等星球的居住权。他是名垂千古的虔诚君王之一。

雅亚提(Yayāti)：伟大的世界帝王，世上所有属于阿尔延(Āryan，雅利安)和印欧血统的伟大民族最早的祖先。他是纳布沙王(Mahārāja Nabuṣa)的儿子，由于他的哥哥成了优秀、神圣、解脱了的神秘瑜伽师，他便当了世界帝王。他统治全世界几千年，虽然在年轻时非常好色，有很多罗曼史，但却举行了许多祭祀，从事了被载入史册的众多虔诚活动。他爱上了舒夸查尔亚(Śukrācārya)最心爱的女儿黛瓦雅妮(Devayānī)。黛瓦雅妮想要嫁给雅亚提，但由于她是布茹阿玛纳(婆罗门)的女儿，雅亚提先是拒绝了她。按照启示经典(śāstra)的规定，布茹阿玛纳可以娶查锤亚的女儿为妻，但查锤亚不能娶布茹阿玛纳的女儿为妻。当时，他们十分谨慎地避免不要在世上增加要不得的人口(varṇa-saṅkara)这一问题。为此，舒夸查尔亚修订了这项有关婚姻的禁令，劝帝王雅亚提娶黛瓦雅妮为妻。黛瓦雅妮有一个名叫莎尔蜜施塔(Śarmiṣṭhā)的女朋友也爱上了这位帝王，所以随朋友黛瓦雅妮一起到了帝王的家。舒夸查尔亚禁止雅亚提把莎尔蜜施塔召进他的卧室，但雅亚提没有严格遵守他的训令。他秘密地娶莎尔蜜施塔为妻，并与他生了儿子。黛瓦雅妮了解这一真相后去找她父亲投诉。雅亚提非常依恋黛瓦雅妮，但当他去岳父家找黛瓦雅妮时，舒夸查尔亚对他十分生气，诅咒他变得老弱无力。雅亚提乞求他岳父收回诅咒，但这位圣人要求他去向他的儿子们索求年轻力壮，但他的儿子必须与他交换，变得像他一样老弱无力。雅亚提共有五个儿子，两个由黛瓦雅妮所生，三个由莎尔蜜施塔所生。他这五个儿子的名字分别是：(1)雅杜(Yadu)、(2)图尔瓦苏(Turvasu)、(3)杜茹尤(Druhyu)、(4)阿努(Anu)及(5)菩茹(Pūru)。这五个儿子传下五个著名的王朝，它们分别是：(1)雅杜王朝、(2)亚瓦纳王朝(Yavana，土耳其)、(3)博佳(Bhoja)王朝，(4)摩累查王朝(Mleccha，希腊)和(5)袍茹阿瓦(Paurava)王朝，这五个王朝中的后裔遍布全世界。他靠他从事的虔诚活动上达天堂，但却因为自我标榜和批评其他伟大的灵魂而从天堂坠落。他坠落后，他的女儿和孙子把他们积累的功德给了他；在他孙子和朋友希比王的帮助下，他再次升入天堂，成为阎罗王(Yamarāja)的随从之一，当了阎罗王的奉献者。他举行了一千多次不同的祭祀，非常慷慨地布施，是一位很有影响力的君王。全世界都感受得到他强大的力量。当他因放纵色欲而遇到麻烦时，他最小的儿子菩茹同意把自己的年轻力壮给予他，甚至达一千年之久。最后，他变得不再依恋世俗生活，于是把年轻力壮还给了他的小儿子菩茹。他想要把王国传给菩茹，遭到皇亲国戚和臣民们的反对。但当他向大家解释菩茹的伟大之处后，大家都接受菩茹为君王。那以后，雅亚提退出家庭生活，离开家去了森林。

第 25 节　धृत्या बलिसमः कृष्णे प्रह्लाद इव सद्ग्रहः ।
आहर्तैषोऽश्वमेधानां वृद्धानां पर्युपासकः ॥२५॥

dhṛtyā bali-samaḥ kṛṣṇe
　prahrāda iva sad-grahaḥ
āhartaiṣo 'śvamedhānāṁ
　vṛddhānāṁ paryupāsakaḥ

dhṛtyā－以耐心 / bali-samaḥ－像巴利王 / kṛṣṇe－向主奎师那 / prahrāda－帕拉德王 / iva－像 / sat-grahaḥ－……的奉献者 / āhartā－执行者 / eṣaḥ－这个孩子 / aśvamedhānām—马祭的 / vṛddhānām－年长而经验丰富的人的 / paryupāsakaḥ－追随者

译文 这孩子将像巴利王一样有耐心，像帕拉德王一样是主奎师那坚定的奉献者。他将会举行许多场马祭(阿施瓦梅达)，将会听从年长、有经验的人的指导。

要旨 **巴利王**(Bali Mahārāja)：精通为至尊主做奉爱服务科学的十二位权威之一。巴利王之所以是奉爱服务科学领域的伟大权威，是因为他为取悦至尊主献出了一切，并因为他所谓的灵性导师阻止他为服务至尊主而献出一切，断绝了与那位灵性导师的关系。宗教生活最完美的境界是：无条件地为至尊主做奉爱服务，没有任何私人的动机，也不受任何尘世义务的阻碍。巴利王下决心为满足至尊主而放弃一切，什么都阻止不了他。他是为至尊主做奉爱服务领域中另一位权威帕拉德王(Prahlāda Mahārāja)的孙子。巴利王与至尊主维施努的化身瓦玛纳戴瓦(Vāmanadeva)交往的历史，记载在《圣典博伽瓦谭》第8篇的第11—24章中。

帕拉德王：主奎师那(维施努)完美的奉献者。他在只有五岁时就成为至尊主纯粹的奉献者；为此，他父亲黑冉亚卡希普(Hiraṇya-kaśipu)残酷地折磨他。他是黑冉亚卡希普的第一个儿子，他母亲名叫卡雅杜(Kayādhu)。帕拉德王是为至尊主做奉爱服务科学领域中的一位权威。他父亲因为折磨他而被主尼尔星哈(Nṛsiṁhadeva)杀死，以此警告世人：即使父亲成为奉爱服务路途上的障碍，也应该把这样的父亲从奉爱服务之途上移开。帕拉德王共有四个儿子，其中大儿子是上面谈到的巴利王的父亲，名叫维若禅(Virocana)。帕拉德王的活动历史，记载在《圣典博伽瓦谭》的第7篇中。

第26节 राजर्षीणां जनयिता शास्ता चोत्पथगामिनाम् ।
निग्रहीता कलेरेष भुवो धर्मस्य कारणात् ॥२६॥

rājarṣīṇāṁ janayitā
śāstā cotpatha-gāminām

nigrahītā kaler eṣa
bhuvo dharmasya kāraṇāt

rāja-ṛṣīṇām—像圣人一样好的国王的 / janayitā—制造者 / śāstā—惩罚者 / ca—和 / utpatha-gāminām—暴发户的 / nigrahītā—骚乱者 / kaleḥ—喜欢争吵之人的 / eṣaḥ—这个 / bhuvaḥ—世界的 / dharmasya—宗教的 / kāraṇāt—由于

译文　这孩子将是如圣人般的君王的父亲。为了世界和平与宗教原则，他将成为傲慢自负的恶徒与喜欢争吵之人的惩罚者。

要旨　至尊主的奉献者是世上最有智慧的人。圣哲们被称为智者，不同的知识领域中有不同的智者。因此，除非一个君王或国家首脑是最有智慧的人，否则他无法控制自己国家中的各类智者。在尤帝士提尔王的皇室传承中，所有的君王在他们那个年代都无一例外的是最有智慧的人，因此博学的布茹阿玛纳们预言帕瑞克西特王及他今后所生的儿子佳纳美佳亚王(Mahārāja Janamejaya)也都将如此。这样的明君能够惩罚骄傲自负的恶徒，去除喀历的影响，铲除制造各种纷争的不良分子。正如后面的章节将会给予的更明确的解释：喀历年代的人格化身意图残杀象征和平与宗教的乳牛，帕瑞克西特王想要杀死他。酒、女人、赌博和屠宰场，是喀历年代的表征。帕瑞克西特王通过镇压骄傲自大的恶徒，以及沉溺于酒色、赌博和吃由屠宰场定期提供的肉的喜欢纷争的人，来维持世界的和平与道德规范。就有关这一点，全世界各国有智慧的统治者都应该向帕瑞克西特王学习。在这个喀历年代中，政府给予的所谓合法的许可，都是为了维护引起纷争的各种活动。在这样做的同时，他们怎么能期望国家稳定、和平，人人都讲道德呢？因此，国父们必须通过遵守一些原则成为更有智慧的人，而这些原则是上面提到过的，即：为至尊主做奉爱服务，严惩违法之人，根除引起纷争的原因。想要火烧得旺，就必须用干柴。潮湿的木柴不可能燃起熊熊烈火。唯有遵守帕瑞克西特王和他的追随者所遵守的原则，世上才会有和平与道德。

第 27 节 तक्षकादात्मनो मृत्युं द्विजपुत्रोपसर्जितात् ।
प्रपत्स्यत उपश्रुत्य मुक्तसङ्गः पदं हरेः ॥२७॥

takṣakād ātmano mṛtyuṁ
dvija-putropasarjitāt
prapatsyata upaśrutya
mukta-saṅgaḥ padaṁ hareḥ

takṣakāt－被蛇鸟 / ātmanaḥ－自己的 / mṛtyum－死亡 / dvija-putra－布茹阿玛纳的儿子 / upasarjitāt－被……派来 / prapatsyate－已经托庇于 / upaśrutya－聆听之后 / mukta-saṅgaḥ－摆脱了所有的执著 / padam－位置 / hareḥ－至尊主的

译文 他听到布茹阿玛纳的儿子诅咒他将被一只蛇鸟咬死的消息后，将会摆脱一切物质依恋，进而投靠人格首神，托庇于至尊主。

要旨 物质依恋与托庇于至尊主的莲花足是背道而驰的两件事。只有对在至尊主的保护下过超然快乐的生活一无所知的人，才会依恋物质。在物质世界中生存的同时为至尊主做奉爱服务，是训练人与至尊主以超然的关系交往的方式。当人在这方面变得成熟时，他就完全不再有丝毫的物质依恋，从而变得有资格回归家园，回到首神身边。帕瑞克西特王自从在他母亲的子宫中时就产生了对至尊主的依恋，所以一直受到至尊主的保护。正因为如此，布茹阿玛纳的儿子对他的诅咒，也就是说警告他将在被诅咒的第七天死去，对他来说其实是一种恩惠，因为这使他能够准备自己，以具备资格回归家园，回到首神身边。由于他一直得到至尊主的保护，他能够凭借至尊主的恩典避免诅咒的结果。然而，他并没有不必要地去利用至尊主的恩惠，而是变不利为有利。他在那七天中一直不断地聆听权威讲述《圣典博伽瓦谭》，以此得到了至尊主莲花足的庇护。

第 28 节　जिज्ञासितात्मयाथार्थ्यो मुनेर्व्याससुतादसौ ।
हित्वेदं नृप गङ्गायां यास्यत्यद्धाकुतोभयम् ॥२८॥

jijñāsitātma-yāthārthyo
muner vyāsa-sutād asau
hitvedaṁ nṛpa gaṅgāyāṁ
yāsyaty addhākutobhayam

jijñāsita－询问了 / ātma-yāthārthyaḥ－关于自我的正确知识 / muneḥ－从饱学的哲学家 / vyāsa-sutāt－维亚萨的儿子 / asau－他 / hitvā－放弃 / idam－物质的执著 / nṛpa－国王啊 / gaṅgāyām－在恒河的岸边 / yāsyati－会去 / addhā－直接地 / akutaḥ-bhayam－没有恐惧的生活

译文　向维亚萨戴瓦的儿子——伟大的哲学家，询问有关自我的正确知识后，他将斩断一切物质依恋，过上无所畏惧的生活。

要旨　物质知识意味着对真正自我的无知。哲学意味着探求有关真正自我的正确知识——觉悟自我的知识。没有觉悟自我，哲学只不过是枯燥的主观推测，只不过是在浪费时间和精力而已。《圣典博伽瓦谭》(Śrīmad-Bhāgavatam)记载了有关真正自我的正确知识，聆听《圣典博伽瓦谭》可以使人摆脱物质依恋，进入没有恐惧的王国。这个物质世界里充满了恐惧，住在其中的囚犯如同监狱里的犯人般总是恐惧不安。在监狱里，没人可以违反监狱的规定，违反规定意味着延长被囚禁的期限。同样，我们在这个物质世界里总是害怕、担心。这种恐惧被称为焦虑。在物质世界里生存的各种生物体，不论有没有违反大自然的法律，都心中时刻充满焦虑。解脱(mukti)意味着摆脱这些没完没了的焦虑，但只有当人在为至尊主做奉爱服务的过程中转化焦虑的性质时，人才有可能获得解脱。《圣典博伽瓦谭》给我们机会，让我们能够把焦虑的性质从物质转变为灵性。然而要真正做到这一点，人必须与像圣维亚萨戴瓦的非凡儿子舒卡戴瓦·哥斯瓦米那样觉悟了自我的博学哲学家联谊。帕瑞克西特王得到对他死亡的警告后，抓住这个机会与舒卡戴瓦·哥斯瓦米联谊，得到了他渴望得到的结果。

但是，世上有些“专业人士”，靠模仿这种对《圣典博伽瓦谭》的朗诵及聆听赚钱，去听他们朗诵《圣典博伽瓦谭》的愚蠢听众也以为自己将斩断物质依恋，过上不再害怕与担心的生活。这样做只不过是对聆听《圣典博伽瓦谭》的一种滑稽的模仿而已，人不该被那些为赚钱维持物质享乐而举行“《博伽瓦谭》七日谈”的贪婪、滑稽的跳梁小丑所误导。

第 29 节 इति राज्ञ उपादिश्य विप्रा जातककोविदाः ।
लब्धापचितयः सर्वे प्रतिजग्मुः स्वकान् गृहान् ॥२९॥

iti rājña upādiśya
viprā jātaka-kovidāḥ
labdhāpacitayaḥ sarve
pratijagmuḥ svakān gṛhān

iti—如此 / rājñe—向国王 / upādiśya—建议了 / viprāḥ—精通韦达经的人 / jātaka-kovidāḥ—精通占星学知识和举行净化诞生仪式的人 /

labdha-apacitayaḥ－那些得到了巨大的报酬的人 / sarve－他们所有人 / pratijagmuḥ－回来 / svakān－他们自己 / gṛhān－房子

译文　就这样，那些精通占星学知识和举行净化诞生仪式的布茹阿玛纳，把那孩子将来的一切告诉给尤帝士提尔王。在接受君王慷慨赠送的大量酬劳后，他们返回各自的家。

要旨　韦达经(Vedas)是知识的宝库，其中包含了所有物质的知识和灵性的知识。但所有这些知识的目标都是让人达到觉悟自我的完美境界。换句话说，韦达经是给文明之人用的包罗万象的指南书。由于人生是摆脱一切物质痛苦的机会，韦达经便在各方面给予正确的指导，使人们在满足物质所需的同时，也能获得灵性的拯救。献出一生专心研读韦达经知识的特别有智慧的一类人，被称为韦达知识的毕业生——维帕(vipra)。韦达经中的知识分成许多部分，其中占星学和病理学是普通人所需要的两部分重要知识。过去，通常被称为布茹阿玛纳(婆罗门)的知识分子们，都用不同部分的韦达知识来引导世人，就连有关军事科学(Dhanur-veda)的教育也不例外，朵纳查尔亚和奎帕查尔亚等布茹阿玛纳都教授过这门知识。

这节诗中用梵文“维帕(vipra)”一词意义重大。维帕与布茹阿玛纳(婆罗门)这两个名词之间有一点小小的区别。被称为维帕的那些人，精通韦达经中讲述的功利性活动的知识(karma-kāṇḍa)，可以指导世人满足物质生活所需；订单布茹阿玛纳精通的是有关超然存在的灵性知识。这部分知识称为思辨之部(jñāna-kāṇḍa)。在思辨知识之上的是崇拜神明的知识(upāsanā-kāṇḍa)，而崇拜神明知识中最高级的知识是为主维施努做奉爱服务。当布茹阿玛纳达到完美境界时，他们被称为外士纳瓦(Vaiṣṇavas)。崇拜维施努是最高级的崇拜。最高级的布茹阿玛纳是忙于为至尊主做超然爱心服务的外士纳瓦，外士纳瓦极为喜爱叙述了奉爱服务科学的《圣典博伽瓦谭》。

正如《圣典博伽瓦谭》一开始所解释的，它本身是韦达知识的成熟果实，讲述的内容高于功利性活动(karma)、思辨(jñāna)和崇拜半神人(upāsanā)这三部分知识。

在精通功利性活动这部分知识的知识分子中，精通占星学的知识分子(jātaka-vipra)能够仅仅靠计算孩子的出生时间预告其将来的命运。在帕瑞克西特王的诞生净化仪式上，就有这种精通占星学的学者。帕瑞克西特王的祖父尤帝士提尔王赠送给他们大量的金子、土地、村庄、五谷，以及包括乳牛在内的其他有价值的生活所需。人类社会需要这样的维帕，正如韦达传统所规定的，让他们过舒适的生活是国家的责任。国家给予这些博学的维帕以足够的酬劳，他们就可以为人民大众提供免费的服务，使所有的人都能享受到这部分韦达知识。

第 30 节 स एष लोके विख्यातः परीक्षिदिति यत्प्रभुः ।
पूर्वं दृष्टमनुध्यायन् परीक्षेत नरेष्विह ॥३०॥

sa eṣa loke vikhyātaḥ
parīkṣid iti yat prabhuḥ
pūrvaṁ dṛṣṭam anudhyāyan
parīkṣeta nareṣv iha

saḥ—他 / eṣaḥ—在这个 / loke—世界 / vikhyātaḥ—闻名 / parīkṣit—检查的人 / iti—如此 / yat—什么 / prabhuḥ—我的国王啊 / pūrvam—之前 / dṛṣṭam—看到 / anudhyāyan—不断地冥想 / parīkṣeta—将会检查 / nareṣu—对每一个人 / iha—这里

译文 那孩子为了找到他在出生前曾看过的那个人物，将会仔细地检查辨认每一个人，所以今后将以帕瑞克西特(检查者)之名闻名于世。这将使他一直不断冥思苦想着至尊主。

要旨　帕瑞克西特王非常幸运，甚至在他母亲的子宫中就对至尊主有了印象，因此一直不断地在冥想至尊主。至尊主的超然形象一旦印在人的心中，人就在任何情况下都无法忘记祂了。帕瑞克西特自出生后，就习惯性地检查辨识每一个他所遇到的人，看其是否是自己在母亲子宫中看到过的那个人物。然而，没人能像至尊主那样有魅力，更不要说比祂更有魅力了，所以帕瑞克西特王从不接受任何人。但因为他一直不断地在这样寻找，所以至尊主一直与他在一起。就这样，帕瑞克西特王通过记忆至尊主而始终在为至尊主做奉爱服务。

就有关这一点，圣吉瓦·哥斯瓦米(Jīva Gosvāmī)评论道：任何人，只要在他的幼年期让他对至尊主有一个深刻的印象，他就会成为像帕瑞克西特王那样的至尊主伟大的奉献者。人也许不像帕瑞克西特王那样幸运，能够有机会甚至在母亲的子宫中就看到至尊主，但即使他没那么幸运，如果他父母想要他成为至尊主的奉献者，他也能够被培养成奉献者。就有关这一点，我个人的生活就是一个例子。我父亲是至尊主纯粹的奉献者，在我还只有四五岁的时候，我父亲送给我一对茹阿妲(Rādhā)和奎师那(Kṛṣṇa)的神像。在玩过家家游戏的时候，我经常跟我的妹妹一起崇拜这些神像；我曾经模仿我家附近的茹阿妲·哥文达(Rādhā-Govinda)庙里所从事的活动。通过经常去拜访离家不远的神庙，模仿庙里举行的崇拜仪式来崇拜我自己的神像，我培养起了对至尊主的自然亲情。我父亲曾观看我举行的所有适合我的仪式。后来，由于我在中学和大学读书时的交往、联谊，我暂时停止了这些活动，没有再继续练习。但是，当我作为一个血气方刚的年轻人遇到我的灵性导师圣巴克提希丹塔·萨茹阿斯瓦提·哥斯瓦米·玛哈茹阿佳(Śrī Śrīmad Bhaktisiddhānta Sarasvatī Gosvāmī Mahārāja)后，我又恢复了儿时的习惯，开始按照经典的规定正确地崇拜儿时玩游戏时崇拜的那对神像。我这样做直到离家当托钵僧。我很高兴我那宽厚的父亲给予了我对至尊主的第一印象，后来凭我灵性导师的恩典，它发展成了为至尊主做规范的奉爱服务。帕拉德·玛哈茹阿佳也提出忠告说：必须在人幼年的一开始，就把这种对神的印象注入人的心中；否则，人会错失他所得到的人体生命。这种生命形式虽然像其他物种的生命形式一样短暂，但却极有价值。

第 31 节　स राजपुत्रो ववृधे आशु शुक्ल इवोडुपः ।
आपूर्यमाणः पितृभिः काष्ठाभिरिव सोऽन्वहम् ॥३१॥

sa rāja-putro vavṛdhe
āśu śukla ivoḍupaḥ
āpūryamāṇaḥ pitṛbhiḥ
kāṣṭhābhir iva so 'nvaham

saḥ—那 / rāja-putraḥ—王子 / vavṛdhe—长大 / āśu—很快 / śukle—月亮变圆时 / iva—像 / uḍupaḥ—月亮 / āpūryamāṇaḥ—茁壮的 / pitṛbhiḥ—被守护者 / kāṣṭhābhiḥ—充分地发展 / iva—像 / saḥ—他 / anvaham—一天一天

译文　正如从新月到满月期间的月亮每天都变得更丰满，这位王子(帕瑞克西特)在守护他的祖父们的精心照顾和培育下，快速地茁壮成长着。

第 32 节　यक्ष्यमाणोऽश्वमेधेन ज्ञातिद्रोहजिहासया ।
राजा लब्धधनो दध्यौ नान्यत्र करदण्डयोः ॥३२॥

yakṣyamāṇo 'śvamedhena
jñāti-droha-jihāsayā
rājā labdha-dhano dadhyau
nānyatra kara-daṇḍayoḥ

yakṣyamāṇaḥ—渴望执行 / aśvamedhena—以马祭 / jñāti-droha—与亲戚争斗 / jihāsayā—为了摆脱 / rājā—尤帝施提尔王 / labdha-dhanaḥ—为得到财富 / dadhyau—考虑 / na anyatra—没有别的 / kara-daṇḍayoḥ—税和罚金

译文　就在这时，尤帝士提尔王考虑要举行一场马祭，以摆脱王族内部同室操戈所招致的罪恶。他渴望得到一些钱财，因为国库除了通过罚金和税收得到的资金外没有盈余。

要旨　正如布茹阿玛纳(婆罗门)和维帕(vipra)有权利得到国家的补助，国家政府首脑有权利向居民征税和收缴罚金。库茹柴陀战争后，国库被耗尽，除了征税和收缴罚金得到的资金，已经没有多余的资金了。这些资金只够维持国家的正常运作，而没有额外可用的资金。为了举行马祭，君王渴望以其他方式得到更多的钱财。尤帝士提尔王想要按照彼士玛戴瓦的指示举行这场祭祀。

第 33 节　तदभिप्रेतमालक्ष्य भ्रातरोऽच्युतचोदिताः ।
धनं प्रहीणमाजह्रुरुदीच्यां दिशि भूरिशः ॥३३॥

tad abhipretam ālakṣya
bhrātaro 'cyuta-coditāḥ
dhanaṁ prahīṇam ājahrur
udīcyāṁ diśi bhūriśaḥ

tat—他的 / abhipretam—内心的愿望 / ālakṣya—观察的 / bhrātaraḥ—他的兄弟 / acyuta—无错误的(主奎师那) / coditāḥ—受忠告 / dhanam—财产 / prahīṇam—收集 / ājahruḥ—带来 / udīcyām—北方 / diśi—方向 / bhūriśaḥ—充分的

译文　了解君王的强烈愿望后，他的兄弟们听从绝对正确的主奎师那的建议，从北方收集来足够的钱财(玛茹塔王留下的)。

要旨 **玛茹塔王**(Mahārāja Marutta)：伟大的世界帝王之一。他远在尤帝士提尔王统治前统治过整个世界。他是阿威克西特王(Mahārāja Avikṣit)的儿子，是太阳神之子阎罗王(Yamarāja)的一位优秀的奉献者。他兄弟桑瓦尔塔(Samvarta)是伟大的祭司毕尔哈斯帕提(Bṛhaspati)的竞争对手，毕尔哈斯帕提是半神人中博学的祭司长。玛茹塔王指挥了一场被称为桑卡尔·雅格亚(Saṅkāra-yajña)的祭祀，至尊主对这场祭祀十分满意，以致高兴地让他使用一座由金子组成的山峰。这座金子山峰就在喜马拉雅山脉中的某个地方，现代探险家们也许会试图在那里找到它。玛茹塔王是一位如此强大有力的世界帝王，以致天帝因铎、月亮神昌铎和毕尔哈斯帕提等来自各个星球的半神人们在祭祀结束的当天都去他的王宫拜访他。他因为有一座金山峰可供他支配，所以拥有足够的金子。祭坛上方的天篷是用金子打造的。在他每天举行祭祀仪式时，有些空气星球(Vāyuloka)上的居民被邀请来在祭祀举行的过程中迅速执行烹调食物的任务。当时参加仪式的半神人都由维施瓦戴瓦(Viśvadeva)率领。

玛茹塔王凭借他不断从事的虔诚活动，能够把所有的疾病驱逐出他所统治的王国。居住在戴瓦珞卡(Devaloka)和琵垂珞卡(Pitṛloka)等高等星球上的居民，对他举行的盛大祭祀仪式都很满意。他曾每天给博学的布茹阿玛纳们布施寝具、坐椅、交通工具和足量的金子。他慷慨的布施、举行的无数场祭祀，使天帝因铎戴瓦对他十分满意，总是为他的幸福着想。由于他不断从事虔诚活动，他整个一生都始终保持年轻力壮的状态，而且统治全世界一千年，身边的下属、大臣、妻儿、兄弟等人都感到心满意足。就连圣主奎师那都赞扬他从事虔诚活动的精神。他把自己唯一的女儿嫁给伟大的圣人安给茹阿(Aṅgirā)，靠圣人的美好祝愿，他升入天堂王国。他先是想请博学的毕尔哈斯帕提担任他的祭司长，但半神人毕尔哈斯帕提因为君王是地球上人类的一分子而拒绝接受这个位置。他对此很遗憾，但后来接受纳茹阿达·牟尼的建议去找桑瓦尔塔当他的祭司长，实现了心愿。

举行祭祀要获得成功，必须由够资格的祭司来主持。在这个喀历年代中，经典禁止人举行一切种类的祭祀，因为现代所谓的布茹阿玛纳中根本没有博学的祭司；那些布茹阿玛纳错误地认为，出生在布茹阿玛纳家庭中但不具备布茹阿玛纳资格的人可以成为布茹阿玛纳。在这个喀历年代中，经典只推荐了一种祭祀，那就是圣主柴坦亚·玛哈帕布所举行的聚众歌唱神的圣名祭祀(saṅkīrtana-yajña)。

第 34 节　तेन सम्भृतसम्भारो धर्मपुत्रो युधिष्ठिरः ।
वाजिमेधैस्त्रिभिर्भीतो यज्ञैः समयजद्धरिम् ॥३४॥

tena sambhṛta-sambhāro
dharma-putro yudhiṣṭhiraḥ
vājimedhais tribhir bhīto
yajñaiḥ samayajad dharim

tena－用那些财产 / sambhṛta－收集 / sambhārah－因素 / dharma-putraḥ－虔诚的国王 / yudhiṣṭhiraḥ－尤帝施提尔 / vājimedhaiḥ－通过马祭 / tribhiḥ－三次 / bhītaḥ－对库茹柴陀战役十分害怕 / yajñaiḥ－祭祀 / samayajat－完美地崇拜 / harim－人格首神

译文　靠这些财物，君王采办了足够举行三场马祭所需要的用品。就这样，库茹柴陀战争后一直在担忧害怕的虔诚君王尤帝士提尔，取悦了人格首神主哈尔依。

要旨　尽管尤帝士提尔王是世界著名的理想君王，但在打完库茹柴陀战争后，他还是因为在这场仅仅为了让他登上王位的战争中杀死大量的人而感到巨大的恐惧和担忧。他承担起战争中所犯的一切罪恶，并为了摆脱恶报而想要举行三次献祭马的祭祀。这样的祭祀花费极为昂贵，就连尤帝士提尔王也要为此去从玛茹塔王留下的金子，以及玛茹塔王早年布施给布茹阿玛纳的金子中收集祭祀所需的大量金子。当年，布茹阿玛纳们无法把玛茹塔王布施给他们的大量金子都带走，所以只带走一小部分，把大部分都留了下来。而且，玛茹塔王也没有再回收他布施出去的这些金子(布茹阿玛纳们留下的金子)。除此之外，当时祭祀用过的所有金制盘子等用具都还扔在垃圾箱中。上述所有这些大量的金子长时间处于无人认领的状态，直到尤帝士提尔王为了他要举行的祭祀而去收集它们。圣主奎师那提议让尤帝士提尔王的弟弟们去收集那些无人认领的财产，因为那些财产归世界帝王所有。更令人惊讶的是，当年的国民也不会为了开办工业企业一类的事情去收集那些无人认领的金子。这意味着，当时的国民对一切生活所需的供给十分满意，根本没兴趣为了从事感官享乐而开办不必要的生产企业。为了举行祭祀以取悦至尊人格首神哈尔依(Hari)，尤帝士提尔王才需要收集大量的金子，否则他也没兴趣只为了填满国库而去收集它们。

尤帝士提尔王的行为处事为我们树立了榜样，我们应该向他学习。他担心在战场上犯了罪，为此想要去取悦至尊权威。这说明，我们在履行自己的日常职责时在无意识的情况下也会犯罪，而要去除这种在无意识情况下所犯的罪的反应，人必须举行启示经典中推荐的祭祀。至尊主在《博伽梵歌》第 3 章第 9 节诗中说，要想摆脱因从事未经许可的活动所招致的恶报，或者甚至在无意识的情况下犯罪所招致的恶报，人必须举行启示经典中推荐的祭祀(yajñār- thāt karmaṇo 'nyatra loko 'yaṁ karma-bandhanaḥ)。这样做可以使人摆脱一切罪恶。为图个人私利或说感官享乐而不这样做的人，必定会按他所犯的罪而经历所有的苦难。因此，举行祭祀的主要目的是为了取悦至尊人哈尔依。根据时间、地点和人的不同，也许举行的祭祀不同，但在任何情况下所举行的一切祭祀的最终目的都一样——是为了使至尊主哈尔依满意。这就是虔诚生活的方式，这就是让全世界居民过上和平与繁荣生活的方式。尤帝士提尔王作为世上理想的君王做到了这一切。

如果说尤帝士提尔王在他履行日常职责的过程中、管理王国事宜的过程中从事了被认可的杀人和杀动物的活动都还算是个罪人，那我们可以想象一下，我们这些在喀历年代中没受过训练为取悦至尊主而举行祭祀的人，在有意和无意的情况下犯了多少罪。为此，《圣典博伽瓦谭》第 1 篇第 2 章的第 13 节诗中说，人类的首要责任是通过履行自己的规定职责来让至尊主满意。

人生活在不同的地方或团体，处在不同的社会阶层，信奉不同的教义，可以履行的职责就各不相同，但他必须同意根据具体的地点、时间和人而举行经典中推荐的祭祀。韦达文献《圣典博伽瓦谭》第 12 篇第 3 章的第 51 节诗中，推荐生活在喀历年代里的人，要通过没有冒犯地吟诵、吟唱奎师那的圣名赞美奎师那(kīrta-nād eva kṛṣṇasya mukta-saṅgaḥ paraṁ vrajet)。这样做可以使人摆脱一切罪恶，从而回归家园，回到首神身边，达到生命的完美境界。尽管我们在《圣典博伽瓦谭》这部伟大的文献中的不同地方，特别是在绪论部分简述圣主柴坦亚·玛哈帕布的生活时，不止一次地谈论过这个内容，但为了社会的和平与繁荣，我们还是不断地重复同样的内容。

在《博伽梵歌》中，至尊主宣布了我们如何能取悦祂的方法，圣主柴坦亚·玛哈帕布接着通过祂的生活和传教工作具体地体现了这同一程序。至尊主哈尔依是让我们摆脱一切痛苦存在的人格首神；为取悦至尊主哈尔依而举行祭祀(yajña)的完美方式，是按照圣主柴坦亚·玛哈帕布在这个纷争的黑暗年代中给我们树立的榜样去做。

在富裕的时代中为了能在马祭中有足够的祭祀用品可以使用，就连尤帝士提尔王都必须去收集大量的金子；因此我们很难想象在现在这个金子匮乏的时代中要如何举行那样的祭祀。现在我们有的是：大堆的纸张，以及说“靠现代文明的经济发展能把纸张变成金子”的信口开河。然而，无论是靠个人、集体还是国家的资助，人都无法像尤帝士提尔王举行祭祀那样花费。为此，圣主柴坦亚·玛哈帕布根据经典推荐了最适合这个年代的祭祀方法。按照这个方法做根本不需要任何花费，但却比举行其他花费昂贵的祭祀得到更多的利益。

按照韦达经典的规定举行的马祭或牛祭，不该被误认为是一种杀害动物的方式。与外行人所理解的相反，靠布茹阿玛纳正确地吟诵、吟唱韦达赞歌所产生的超然力量，在这种祭祀中被献祭的动物会得到一个更年轻力壮的新身体。韦达赞歌(Veda-mantra)都具有实用价值，而对这一点的证明是，被献祭的动物返老还童。

在现在这个喀历年代里，所谓的布茹阿玛纳们根本无法正确地吟诵、吟唱韦达赞歌。经历再生之人家庭中未受过训练的后代，再也不像他们的祖先；他们都是只经历一次出生的人——庶铎(śūdra, 首陀罗)。经历一次出生的人没有资格吟诵、吟唱韦达赞歌，因此吟诵、吟唱韦达经中原有的赞歌根本没有具体的效用。

事实是：为了拯救所有的人，圣主柴坦亚·玛哈帕布推动了聚众歌颂神的圣名运动(saṅkīrtana yajña)，经典强烈推荐这个年代里的人要走这条被认可的安全之途。

第 35 节 आहूतो भगवान् राज्ञा याजयित्वा द्विजैर्नृपम् ।
उवास कतिचिन्मासान् सुहृदां प्रियकाम्यया ॥३५॥

āhūto bhagavān rājñā
yājayitvā dvijair nṛpam

uvāsa katicin māsān
suhṛdāṁ priya-kāmyayā

āhūtaḥ—被……邀请 / bhagavān—人格首神主奎师那 / rājñā—由君王 / yājayitvā—使举行 / dvijaiḥ—由博学的布茹阿玛纳 / nṛpam—代表君王 / uvāsa—居住 / katicit—几个 / māsān—月 / suhṛdām—为了亲戚 / priya-kāmyayā—为了使高兴

译文 人格首神圣主奎师那受尤帝士提尔王的邀请出席祭祀，以确保祭祀由具备资格(经历再生)的布茹阿玛纳们主持。祭祀过后，至尊主为了让亲戚高兴又留下来住了几个月。

要旨 尤帝士提尔王邀请圣主奎师那监督马祭的举行，至尊主执行祂表兄的命令，确保祭祀由博学的经历再生的布茹阿玛纳主持。光是出生在布茹阿玛纳家庭中并不使人具备主持祭祀的资格。人必须靠接受正确的训练及真正的灵性导师启迪经历第二次出生后，才具备资格。布茹阿玛纳家庭中只经历一次出生的子孙们，与只经历一次出生的庶铎一样。为任何宗教目的所举行的韦达仪式，都不该由这种没有资格的、只经历一次出生的布茹阿玛纳后裔(brahma-bandhus)来主持。圣主奎师那受托监管这一安排，正如祂本人是完美的一样，祂让真正经历过再生的布茹阿玛纳主持的祭祀，以确保祭祀的成功。

第 36 节 ततो राज्ञाभ्यनुज्ञातः कृष्णया सहबन्धुभिः ।
ययौ द्वारवतीं ब्रह्मन् सार्जुनो यदुभिर्वृतः ॥३६॥

tato rājñābhyanujñātaḥ
kṛṣṇayā saha-bandhubhiḥ
yayau dvāravatīṁ brahman
sārjuno yadubhir vṛtaḥ

tataḥ－从那以后／rājñā－由君王／abhyanujñātaḥ－被允许／kṛṣṇayā－也由朵帕蒂／saha－随着／bandhubhiḥ－其他亲戚／yayau－去到／dvāravatīm－杜瓦尔卡圣地／brahman－布茹阿玛纳呀／sa-arjunaḥ－和阿尔诸纳一起／yadubhiḥ－由雅杜王朝的成员／vṛtaḥ－被……环绕着

译文 绍纳卡啊！那以后，至尊主告别尤帝士提尔王、朵帕蒂和其他亲戚，由阿尔诸纳及雅杜王朝的其他成员陪伴着，启程赶往杜瓦尔卡城。

到此为止，结束了巴克提韦丹塔对《圣典博伽瓦谭》第1篇第12章——“帕瑞克西特帝王的诞生”所作的阐释。

第十三章

兑塔瓦施陀离家

第 1 节

सूत उवाच
विदुरस्तीर्थयात्रायां मैत्रेयादात्मनो गतिम् ।
ज्ञात्वागाद्धास्तिनपुरं तयावाप्तविवित्सितः ॥१॥

sūta uvāca
viduras tīrtha-yātrāyāṁ
maitreyād ātmano gatim
jñātvāgād dhāstinapuraṁ
tayāvāpta-vivitsitaḥ

sūtaḥ uvāca—圣苏塔·哥斯瓦米说 / viduraḥ—维杜茹阿 / tīrtha-yātrāyām—当他在各个圣地旅游的时候 / maitreyāt—从伟大的圣人麦垂亚那里 / ātmanaḥ—有关自我的 / gatim—目的地 / jñātvā—知道它 / āgāt—回来 / hāstinapuram—哈斯提纳普尔城 / tayā—凭那知识 / avāpta—一个充分的获利者 / vivitsitaḥ—精通一切可知的

译文　圣苏塔·哥斯瓦米说：在朝圣之旅的途中，维杜茹阿从伟大的圣人麦垂亚那里接受了有关自我之目的地的知识，如愿以偿地成为这一学科的专家。那以后，他便返回了哈斯提纳普尔。

要旨　**维杜茹阿**(Vidura)：《玛哈巴茹阿特》(Mahābhārata,《摩诃婆罗多》)中记载的历史上的一位重要人物。他是维亚萨戴瓦使潘杜王(Mahārāja Pāṇḍu)母亲的女仆安碧卡(Ambikā)怀孕后生的。他是阎罗王(Yamarāja)的化身。由于受曼杜卡·牟尼(Maṇḍūka Muni)的诅咒，他当了庶铎(śūdra, 首陀罗)。事情的经过是这样的：很久以前，国家警察在曼杜卡·牟尼的隐居所中找到了几个藏身在那里的盗贼；像通常所做的一样，警察们把曼杜卡·牟尼与盗贼一起抓了起来。地方行政官特别判处牟尼要被长矛刺死，以作为惩罚。君王得知消息后考虑到他是位伟大的牟尼，所以在他就要被刺死的千钧一发之际阻止了行刑，并亲自乞求牟尼原谅他的属下所犯的错误。这件事发生后，圣人立刻去找决定受制约生物命运的阎罗王。在牟尼的追问下，阎罗王回答说，牟尼小时候用一根尖利的稻草刺死过一只蚂蚁，因此被置于上述的困境。牟尼认为自己不该因为儿时的不懂事而受到惩罚，阎罗王的决定太愚蠢，于是诅咒他成为庶铎。阎罗王的这个庶铎化身名叫维杜茹阿，是兑塔瓦施陀(Dhṛtarāṣṭra)和潘杜王的庶铎弟弟。然而，彼士玛戴瓦对他这位库茹王朝中的庶铎男性后裔并没有另眼看待，而是一视同仁地对待维杜茹阿和其他侄子。到该结婚的时候，维杜茹阿娶了一位父亲是布茹阿玛纳，母亲也是庶铎的姑娘为妻。维杜茹阿没有继承他父亲(彼士玛戴瓦的弟弟)的财产，但他哥哥兑塔瓦施陀从国库中给他拨出了足够生活的资产。维杜茹阿很喜爱他的这个哥哥，一直努力引导他走正确的路。在库茹柴陀战场上展开兄弟相煎的战争时，维杜茹阿一再恳求他哥哥对潘杜的儿子们要公平，但兑塔瓦施陀的儿子杜尤丹不喜欢他叔父干扰他实施阴谋，为此羞辱了维杜茹阿。结果是：维杜茹阿离开家去朝圣，并从麦垂亚(Maitreya)那里得到训示。

第 2 节 यावतः कृतवान् प्रश्नान् क्षत्ता कौषारवाग्रतः ।
जातैकभक्तिर्गोविन्दे तेभ्यश्चोपरराम ह ॥२॥

yāvataḥ kṛtavān praśnān
kṣattā kauṣāravāgrataḥ
jātaika-bhaktir govinde
tebhyaś copararāma ha

yāvataḥ－所有那些 / kṛtavān－他提出 / praśnān－问题 / kṣattā－维杜茹阿的另一个名字 / kauṣārava－麦垂亚的另一个名字 / agrataḥ－在……面前 / jāta－长大了 / eka－一 / bhaktiḥ－超然的爱心服务 / govinde－对主奎师那 / tebhyaḥ－对于更多的问题 / ca－和 / upararāma－停止 / ha－过去

译文 维杜茹阿向麦垂亚·牟尼询问各种问题后，坚定了为主奎师那做超然爱心服务的决心，于是告别麦垂亚返回家中。

要旨 圣主奎师那(哥文达)，是满足祂奉献者各方面要求的至尊神。麦垂亚圣人使维杜茹阿确信生命的至善境界是“最终能够全身心地为圣主奎师那做超然的爱心服务”后，维杜茹阿便停止向麦垂亚·牟尼发问了。受制约的灵魂——在物质存在中的生物，以物质主义的方式用他的感官寻找快乐，但他的感官并不能使他满足。他接着靠运用智力进行哲学思辨，以这种经验主义者的方式寻找至尊真理。然而这样做的结果是：他如果没有找到最高的真理，便再次从他所处的层面坠落下来去从事物质活动，忙于各种各样的慈善、利他工作，而这些活动最终也无法给予他满足感。生物原本是至尊主圣奎师那的永恒仆人，因此无论是功利性活动还是哲学思辨，都无法使他感到满足。所有的韦达文献都给生物指出了通往最高目的地的方向。《博伽梵歌》第 15 章的第 15 节诗证实了这一说明。

好奇爱问的受制约灵魂必须向维杜茹阿学习，去接近像麦垂亚那样的真正的灵性导师，必须询问有智慧的问题，努力弄清功利性活动(karma)、对至尊真理的哲学性探究(jñāna)及灵性觉悟的连接程序(yoga)等所有的知识。不想真诚地向灵性导师提问的人，无须为了表现自己而给灵性导师提供食宿；不能让自己的门生最终达到为圣主奎师那做超然的爱心服务境界的人，也不该在他人面前摆出一副灵性导师的架势。维杜茹阿去找麦垂亚那样的灵性导师，从而获得了成功，了解到生命的最高目标是为哥文达做奉爱服务。这是灵性进步的最高境界。

第 3—4 节 तं बन्धुमागतं दृष्ट्वा धर्मपुत्रः सहानुजः ।
धृतराष्ट्रो युयुत्सुश्च सूतः शारद्वतः पृथा ॥ ३ ॥
गान्धारी द्रौपदी ब्रह्मन् सुभद्रा चोत्तरा कृपी ।
अन्याश्च जामयः पाण्डोर्ज्ञातयः ससुताः स्त्रियः ॥ ४ ॥

taṁ bandhum āgataṁ dṛṣṭvā
dharma-putraḥ sahānujaḥ
dhṛtarāṣṭro yuyutsuś ca
sūtaḥ śāradvataḥ pṛthā

gāndhārī draupadī brahman
subhadrā cottarā kṛpī
anyāś ca jāmayaḥ pāṇḍor
jñātayaḥ sasutāḥ striyaḥ

tam—他 / bandhum—亲戚 / āgatam—到达那儿 / dṛṣṭvā—通过看 / dharma-putraḥ—尤帝士提尔 / saha-anujaḥ—和他的弟弟 / dhṛtarāṣṭraḥ—兑塔瓦施陀 / yuyutsuḥ—萨提亚克依 / ca—和 / sūtaḥ—桑佳亚 / śāradvataḥ—奎帕查尔亚 / pṛthā—琨缇 / gāndhārī—甘妲瑞 / draupadī—朵帕蒂 / brahman—布茹阿玛纳啊 / subhadrā—苏芭朵 / ca—和 / uttarā—乌塔茹阿 / kṛpī—奎琵 / anyāḥ—其他的 / ca—和 / jāmayaḥ—其他家庭成员的妻子 / pāṇḍoḥ—潘达瓦兄弟的 / jñātayaḥ—家庭成员 / sa-sutāḥ—和他们的儿子一起 / striyaḥ—妇女们

译文 看到维杜茹阿返回王宫，尤帝士提尔王和他的弟弟们，以及兑塔瓦施陀、萨提亚克依、桑佳亚、奎帕查尔亚、琨缇、甘妲瑞、苏芭朵、乌塔茹阿、奎琵与考茹阿瓦的其他妻子及其他带孩子的女士等所有住在王室中的人，都欣喜万分地涌向他。他们看似经过长时间的昏迷终于苏醒过来一样。

要旨 **甘妲瑞(Gāndhārī)**：世界历史上完美的贞节女士。她是甘达茹阿王国(现在阿富汗的坎大哈城)的君王苏巴拉(Subala)的女儿，在少女时代崇拜主希瓦。印度少女们大都崇拜主希瓦，以期得到一个好丈夫。甘妲瑞取悦了主希瓦，主希瓦祝福她会有一百个儿子。她与天生目盲、永远都看不见的兑塔瓦施陀订了婚。当甘妲瑞知道他未来的丈夫是个盲人，会以这种状态伴随她一辈子时，她自愿决定不再用眼睛看东西，随后用丝绸和亚麻布条把自己的眼睛一层一层遮起来。她由哥哥沙库尼(Śakuni)领着嫁给了兑塔瓦施陀。她是她那个年代最美丽的姑娘，具备女士所该具有的一切美好品德，受到考茹阿瓦(Kaurava)宫廷中所有成员的喜爱。但她除了具备妇女所有的美好品德外，也有女人天生的弱点。当琨缇生了男孩时，她忌妒琨缇。她与琨缇两位王后都怀孕了，但琨缇比她先生出一个男孩。这使甘妲瑞很愤怒，不禁挥拳打了自己的下腹部一下。但结果是，她只生下一大团血肉而已。由于她是维亚萨戴瓦的奉献者，维亚萨戴瓦便指导她把那团血肉分成一百份，每一份逐渐发育成长为一个男孩。这样，她终于实现了她的雄心，当了一百个儿子的母亲。接着，她以符合她崇高地位的方式开始养育她所有的孩子。在宫廷里酝酿要打库茹柴陀战争的阴谋时，她不赞成与潘达瓦(Pāṇḍavas)兄弟开战；相反，她谴责她丈夫兑塔瓦施陀竟想去打这种兄弟相煎的战争。她希望把王国分成两部分，一部分由潘杜(Pāṇḍu)的儿子掌管，一部分由她自己的儿子掌管。当她的儿子全部死在库茹柴陀战场时，她受到严重的打击，想要诅咒彼玛森纳(Bhīmasena)和尤帝士提尔，但维亚萨戴瓦制止了她。儿子杜尤丹和杜沙森(Duḥśāsana)之死使她悲痛欲绝，她在主奎师那面前流露的悲伤之情令人同情。为安抚她，主奎师那给她讲述了超然的知识。卡尔纳(Karṇa)的死也同样使她难过，她向主奎师那描述了卡尔纳妻子的悲伤。最后，当圣维亚萨戴瓦给她看她死去的儿子们后来都升入天堂时，她得到了安慰。在喜马拉雅山恒河源头附近的丛林中，她与她丈夫一起死去；她进入森林之火中被烧死。尤帝士提尔王为死去的伯父和伯母举行了葬礼。

普瑞塔(Pṛthā)：苏茹阿森纳王(Mahārāja Śūrasena)的女儿，主奎师那的父亲瓦苏戴瓦的妹妹。她后来被琨缇博佳王(Mahārāja Kuntibhoja)收养，因此也被称为琨缇。她是人格首神的成功能量的化身。住在高等星球上的天堂居民曾经时常去琨缇博佳的王宫拜访，琨缇负责接待他们。她还侍奉了伟大的神秘瑜伽师杜尔瓦萨(Durvāsā)，杜尔瓦萨·牟尼对她所做的真诚服务非常满意，于是给了她一个曼陀(mantra)，让她可以用这个曼陀把她喜欢的任何一个半神人召到她面前。出于强烈的好奇心，她立刻用曼陀召来了太阳神；太阳神要与她结合，她委婉地予以拒绝。但太阳神向她保证生完孩子后她还会继续保持处女的身体，她于是同意了太阳神的求爱。她与太阳神结合后怀孕生下了卡尔纳，但凭太阳神的恩赐，她又恢复了处女之身。然而，由于害怕父母，她抛弃了新生儿卡尔纳。后来，她在可以真正选择自己的丈夫时，选中潘杜做她的丈夫。结婚后，潘杜王因为受到诅咒而决定退出家庭生活，去过弃绝生活。琨缇不允许她丈夫过那样的生活，但最后潘杜王允许她可以通过召唤合适的人物与她生孩子而成为母亲。琨缇开始时不同意潘杜王的这一提议，但当潘杜王给她举了历史人物的例子后她同意了。她用杜尔瓦萨·牟尼给她的曼陀招来宗教之王达尔玛茹佳(Dharmarāja，阎罗王)，从而生下了尤帝士提尔；招来风神瓦尤，从而生下了彼玛；招来天帝因铎，从而生下了阿尔诸纳。潘达瓦五兄弟中的其他两个男孩，是由潘杜的另一个妻子玛德瑞(Mādrī)与一对双胞胎半神人阿施维尼·库玛尔(Asvini-kumaras)生的，他们分别是纳库拉(Nakula)和萨哈戴瓦(Sahadeva)。潘杜王英年早逝，琨缇为此难过得昏死过去。后来，琨缇与玛德瑞两人商量决定，由琨缇留下照顾幼小的潘达瓦五兄弟，而玛德瑞则按照韦达传统的萨提(satī)仪式，随她们死去的丈夫一起火葬。这项协议得到伟大的圣人沙塔逊嘎(Śataśṛṅga)，以及当时在场的其他人的认可。

后来，杜尤丹施诡计把潘达瓦兄弟赶出王国，琨缇跟着她被流放的儿子们一起离开王国，与他们一起经历了流放期间所遇到的各种艰难困苦。他们在森林中过活期间，有一个少女恶魔黑丁芭(Hiḍimbā)，想要彼玛当她丈夫。彼玛拒绝了，但这位少女去找琨缇和尤帝士提尔，他们让彼玛接受少女的提议，给她一个儿子。彼玛与黑丁芭两人结合后生下了嘎陀卡查(Ghaṭotkaca)，在库茹柴陀战争中，嘎陀卡查与他父亲彼玛一起英勇作战，对抗以杜尤丹为首的考茹阿瓦一方。潘达瓦兄弟与母亲在森林中生活期间，曾住在一位布茹阿玛纳家中。那位布茹阿玛纳陷入恶魔巴卡苏茹阿(Bakāsura)制造的困境中，琨缇吩咐彼玛去杀死巴卡苏茹阿恶魔，保护布茹阿玛纳家庭免遭恶魔的伤害。她劝尤帝士提尔启程去参加潘查拉国(Pāñcāladeśa)举办的朵帕蒂的选夫比武大会。阿尔诸纳在这场大会上赢得了朵帕蒂，但听命于琨缇，潘达瓦五兄弟都当了朵帕蒂(又叫潘查莉)的丈夫。在维亚萨戴瓦在场的情况下，朵帕蒂嫁给了潘达瓦五兄弟。琨缇黛薇从没有忘记过她的第一个孩子卡尔纳；卡尔纳在库茹柴陀战争中战死后她很悲痛，在其他儿子们面前承认了卡尔纳是她嫁给潘杜王之前生的长子。库茹柴陀战争后主奎师那准备回家时，她向至尊主的祈祷，祈祷内容极为高尚。她后来与甘妲瑞一起去森林苦修，曾经每过三十天才吃一顿饭。她最后坐下进入深深的冥想状态，稍后在森林之火中化为灰烬。

朵帕蒂：杜茹帕达王(Mahārāja Drupada)最贞节的女儿，天帝因铎的妻子莎祺(Śacī)女神的部分性化身。杜茹帕达在圣人雅佳(Yaja)的监督主持下举行了一场盛大的祭祀；在他第一次献祭后，兑士塔杜么纳从火中诞生；在他第二次献祭后，朵帕蒂从火中诞生。所以，朵帕蒂是兑施塔杜么纳的妹妹，她的另一个名字是潘查莉。潘达瓦五兄弟共同娶她为妻，每一个人都跟她生了一个儿子。尤帝士提尔王与她生的儿子叫帕提彼特(Pratibhit)，彼玛森纳与她生的儿子叫苏塔索玛(Sutasoma)，阿尔诸纳与她生的儿子叫施茹塔克伊尔提(Śrutakīrti)，纳库拉与她生的儿子叫沙塔尼卡(Śatānīka)，萨哈戴瓦与她生的儿子叫施茹塔卡尔玛(Śrutakarmā)。经典描述她与她的婆婆琨缇一样，是最美丽的女士。在她诞生时，空中传出声音说，她应该被称为奎师娜(Kṛṣṇā)；空中的声音还宣布，她出生的目的是杀死许多查锤亚(刹帝利)。由于主希瓦的祝福，她会得到五个具备同等资格的丈夫。当她准备选择自己的丈夫时，世界各国的王子和君王们都受到邀请。她在潘达瓦五兄弟被流放森林期间嫁给他们，等他们流放结束返回家中时，杜茹帕达王给了他们数不胜数的财富作为女儿的嫁妆。她受到兑塔瓦施陀全体儿媳妇的热情接待。她在赌博赛中被当做赌注输掉后，被杜尤丹一伙人硬拖到聚会大厅。在那里，杜沙森不顾彼士玛和朵纳等长者在场，企图看她的裸体美。她是主奎师那伟大的奉献者；在她的祈祷下，至尊主本人变成无限长的衣料，使她免遭羞辱。有个名叫佳塔苏茹阿的恶魔绑架了她，但她的第二个丈夫彼玛森纳杀死恶魔救了她。她依靠主奎师那的恩典救了潘达瓦五兄弟，使他们免遭大瑜伽师杜尔瓦萨的诅咒。当她与她的丈夫们隐姓埋名住在维茹阿塔的宫殿里时，克伊查卡(Kīcaka)受她精致的美貌的吸引动了邪念；在彼玛的安排下，这个恶棍被杀死，她获救。她的五个儿子被阿施瓦塔玛杀死后，她悲痛欲绝。在她生命的最后阶段，她跟随丈夫尤帝士提尔等向喜马拉雅山进发，摔倒在路上死去。对她摔倒的原因，尤帝士提尔给予了解释。但当尤帝士提尔进入天堂星球时，他看到朵帕蒂作为天堂星球幸运女神的辉煌存在。

苏芭朵(Subhadrā)：瓦苏戴瓦的女儿，圣主奎师那的妹妹。她不仅是瓦苏戴瓦心爱的女儿，也是主奎师那和巴拉戴瓦极心爱的妹妹。普瑞城中闻名天下的佳干纳特(Jagannātha)庙里有祂们兄妹三人的神像形象；迄今为止，每天仍有好几千人朝拜那座神庙。那座庙是为纪念至尊主在一次日食时到访库茹柴陀并在那里遇到温达文的居民而兴建的。茹阿姐(Rādhā)和奎师那(Kṛṣṇa)当时见面的情景凄婉动人；圣主柴坦亚沉浸在茹阿妲茹阿妮如痴如醉的心情中，总是渴望在佳干纳特·普瑞(Jagannātha Purī)见到圣主奎师那。阿尔诸纳在杜瓦尔卡时想要娶苏芭朵当他的王后，于是向主奎师那表达了他的愿望。圣奎师那知道哥哥主巴拉戴瓦正安排把她嫁给别人，因为不敢违抗巴拉戴瓦的安排，祂建议阿尔诸纳绑架苏芭朵。这样，当大家一起愉快地启程去茹艾瓦塔山(Raivata Hill)时，阿尔诸纳按照圣奎师那的计划绑架了苏芭朵。圣巴拉戴瓦对阿尔诸纳非常生气，想要杀了他，但主奎师那恳求哥哥宽恕阿尔诸纳。之后，阿尔诸纳正式娶了苏芭朵，与她生了阿比曼纽(Abhimanyu)。阿比曼纽少年时被杀死在战场上，使苏芭朵悲痛万分，但阿比曼纽的儿子帕瑞克西特的诞生令她感到高兴、安慰。

第 5 节　प्रत्युज्जग्मुः प्रहर्षेण प्राणं तन्व इवागतम् ।
अभिसङ्गम्य विधिवत्परिष्वङ्गाभिवादनैः ॥ ५ ॥

pratyujjagmuḥ praharṣeṇa
prāṇaṁ tanva ivāgatam
abhisaṅgamya vidhivat
pariṣvaṅgābhivādanaiḥ

prati－朝着 / ujjagmuḥ－去 / praharṣeṇa－怀着极大的喜悦 / prāṇam－生命 / tanvaḥ－身体的 / iva－像 / āgatam－返回 / abhisaṅgamya－接近 / vidhi-vat－以恰当的方式 / pariṣvaṅga－拥抱 / abhivādanaiḥ－以顶拜

译文　他们欢快地走向他，仿佛身体恢复了活力。众人各自以恰当的方式与他互相致敬、拥抱，欢迎他回家。

要旨　人失去意识时，身体四肢是没有活动的。但当人从昏迷的状态苏醒过来后，四肢和感官便恢复活动，生活又变得令人愉快了。考茹阿瓦家族中的全体成员都是那么爱维杜茹阿，以致他长期不在宫中，整个王宫都失去了生气。大家都强烈地感受到与维杜茹阿的离别之苦，所以当他回到宫中时，大家都欣喜万分。

第 6 节 मुमुचुः प्रेमबाष्पौघं विरहौत्कण्ठ्यकातराः ।
राजा तमर्हयां चक्रे कृतासनपरिग्रहम् ॥ ६ ॥

mumucuḥ prema-bāṣpaughaṁ
virahautkaṇṭhya-kātarāḥ
rājā tam arhayāṁ cakre
kṛtāsana-parigraham

mumucuḥ—散发 / prema—深情的 / bāṣpa-ogham—感情上的泪水 / viraha—分离 / autkaṇṭhya—焦虑 / kātarāḥ—苦恼 / rājā—尤帝士提尔国王 / tam—向他(维杜茹阿) / arhayām cakre—提供 / kṛta—履行 / āsana—座位 / parigraham—安排

译文 长时间的离别和挂念，使大家在重逢时不禁掉下了深情的泪。接着，尤帝士提尔王为维杜茹阿安排了欢迎宴会和座位。

第 7 节 तं भुक्तवन्तं विश्रान्तमासीनं सुखमासने ।
प्रश्रयावनतो राजा प्राह तेषां च शृण्वताम् ॥ ७ ॥

taṁ bhuktavantaṁ viśrāntam
āsīnaṁ sukham āsane
praśrayāvanato rājā
prāha teṣāṁ ca śṛṇvatām

tam—他(维杜茹阿) / bhuktavantam—请他享用过盛宴后 /

viśrāntam—休息后 / āsīnam—坐 / sukham āsane—在一个舒服的座位上 / praśraya-avanataḥ—本性非常谦恭和温顺 / rājā—尤帝士提尔王 / prāha—开始讲话 / teṣām ca—由他们 / śṛṇvatām—听到

译文　维杜茹阿吃了丰富、美味的食物并得到充分的休息后，舒舒服服地坐下。这时，君王开始与他交谈，其他在场的人都在一旁倾听。

要旨　尤帝士提尔王也很精通接待事宜，包括接待他的家庭成员。所有的家人通过与维杜茹阿拥抱、致敬，热情地接待了他。那以后，他们安排维杜茹阿沐浴，为他准备了丰盛的餐点，然后让他充分休息。他休息后，家人为他准备了舒适的座位请他入座，接着君王与他交谈，谈论家里家外所发生的各种事情。上述的程序是接待亲爱的朋友甚或敌人的正确方式。按照印度的道德法规，甚至在家接待敌人时都要那么热情周到，以致他没有任何害怕的感觉。敌对之人总是彼此害怕对方，但当人在家接待自己的敌人时不该让对方有这种感觉。这意味着，在家接待任何人时都应该像对待亲人一样招待客人，更不用说接待像全家人的祝福者维杜茹阿那样的家庭成员了。大家就座后，尤帝士提尔王当着全体家人的面开始说话。

第 8 节

युधिष्ठिर उवाच
अपि स्मरथ नो युष्मत्पक्षच्छायासमेधितान् ।
विपद्गणाद्विषाग्न्यादेर्मोचिता यत्समातृकाः ॥ ८ ॥

yudhiṣṭhira uvāca
api smaratha no yuṣmat-
pakṣa-cchāyā-samedhitān
vipad-gaṇād viṣāgnyāder
mocitā yat samātṛkāḥ

yudhiṣṭhiraḥ uvāca—尤帝士提尔王说 / api—是否 / smaratha—你记得 / naḥ—我们 / yuṣmat—从你 / pakṣa—像鸟儿的双翅一样地袒护我们 / chāyā—保护 / samedhitān—被你带大的我们 / vipat-gaṇāt—从各种灾难中 / viṣa—设下毒计 / agni-ādeḥ—放火 / mocitāḥ—被拯救出来 / yat—你的所为 / sa—伴随 / mātṛkāḥ—我们的母亲

译文 尤帝士提尔王说：叔父，您还记得您是怎样随时保护我们和我们的母亲，使我们免遭各种灭顶之灾的吗？您对我们的偏爱就像鸟儿的双翅，把我们从被毒死和烧死的险境中拯救出来。

要旨 由于潘杜英年早逝，他遗留下来的妻子和幼小的孩子们，都成了家中所有的长辈，尤其是彼士玛戴瓦和伟大的灵魂维杜茹阿所特别关照的对象。由于潘达瓦兄弟的政治地位，维杜茹阿或多或少地偏护潘达瓦兄弟。尽管兑塔瓦施陀也把潘杜王的幼子们当自己的孩子一样照顾，但他却是想要赶走潘杜后裔的阴谋集团的成员之一。他想让自己的儿子取代潘达瓦兄弟成为王国的统治者。伟大的灵魂维杜茹阿很清楚兑塔瓦施陀及其同伙的这一阴谋，所以虽然是他哥哥兑塔瓦施陀的忠诚仆人，但却不喜欢他为自己儿子的利益所滋生的政治野心。为此，他小心翼翼地保护潘达瓦兄弟和他们那成了寡妇的母亲。从这个意义上可以说，他偏护潘达瓦兄弟，尽管他对他们双方所怀有的感情是一样的。之所以说他同样地爱着两组侄子，是因为他总是谴责杜尤丹制定政治阴谋陷害自己的堂兄弟，总是批评他哥哥兑塔瓦施陀鼓励自己儿子的做法；同时也总是警惕着，要给潘达瓦兄弟以特殊的保护。维杜茹阿在宫廷政治中所从事的所有这些不同的活动，使人们都认为他偏护潘达瓦兄弟。在这节诗中，尤帝士提尔王谈起了维杜茹阿离开家去进行长时间的朝圣之旅之前所做的事情。尤帝士提尔王在谈话中谈到维杜茹阿对侄子们同样的仁慈和偏护，甚至在使伟大的家族遭受灭顶之灾的库茹柴陀战争结束后也还是一如既往。

在库茹柴陀战争开打前，兑塔瓦施陀的政策是以和平的手段毁灭他的侄子们，因此命令菩若禅(Purocana)在瓦茹阿纳瓦塔(Vāraṇāvata)一地用虫胶盖一座房子。房子盖好后，兑塔瓦施陀表示想让他弟弟潘杜的家人在那里住一段时间。就在潘达瓦兄弟准备前往那里时，维杜茹阿当着王室家族全体成员的面，机智、巧妙地把兑塔瓦施陀未来的计划告诉了潘达瓦兄弟。对此，《玛哈巴茹阿特》第 1 篇第 114 节诗中给予了具体的描述。他间接地暗示说："不是用钢，也不是用任何其他物质材料制成的武器，可以更有效地杀死敌人，了解这一点的人永远不会被杀。"也就是说，他暗示潘达瓦一家被送到瓦茹阿纳瓦塔是要被杀死的；他警告尤帝士提尔要非常小心他们将要住进去的那座新宫殿。他还提到火说：火无法烧毁灵魂，但能够毁灭物质躯体；然而，保护灵魂的人可以活下去。琨缇当时无法理解尤帝士提尔王和维杜茹阿之间这些迂回曲折的谈话内容，于是问她儿子他们谈话的主题是什么，尤帝士提尔回答说：从维杜茹阿谈话暗示的内容可以了解，他们前去住的房子会着火。维杜茹阿后来又派人去见潘达瓦兄弟，告诉他们房子的守卫会在月缺的第十四天的夜晚纵火烧房。事实上，兑塔瓦施陀的阴谋，是让潘达瓦兄弟和他们的母亲一起死在那里。靠维杜茹阿的警告，潘达瓦一家走地道逃出火海，而且避过了兑塔瓦施陀的耳目，以致考茹阿瓦们(杜尤丹的兄弟们)纵火后坚信潘达瓦一家必死无疑，兑塔瓦施陀甚至心情欢快地为他们举行了葬礼。在服丧期间，尽管宫中全体成员都悲痛万分，但维杜茹阿并非如此，因为他知道潘达瓦一家正在某个地方继续生活着。潘达瓦兄弟和他们的母亲经历了许许多多的灾难，但每一次维杜茹阿都一方面保护他们，一方面阻止兑塔瓦施陀施展他的阴谋诡计。所以说，就像鸟儿用双翅保护它的蛋一样，维杜茹阿总是偏护着潘达瓦兄弟。

第 9 节 कया वृत्त्या वर्तितं वश्चरद्भिः क्षितिमण्डलम् ।
तीर्थानि क्षेत्रमुख्यानि सेवितानीह भूतले ॥ ९ ॥

kayā vṛttyā vartitaṁ vaś
caradbhiḥ kṣiti-maṇḍalam
tīrthāni kṣetra-mukhyāni
sevitānīha bhūtale

kayā－由那 / vṛttyā－方法 / vartitam－维持你们的生计 / vaḥ－仁慈的你 / caradbhiḥ－旅行的时候 / kṣiti-maṇḍalam－在地球上 / tīrthāni－朝圣之地 / kṣetra-mukhyāni－主要的圣地 / sevitāni－被你的服务 / iha－这个世界里 / bhūtale－在这个星球上

译文 您在全世界旅行期间是如何维生的？您都在哪些圣地和朝圣场所做过服务？

要旨 维杜茹阿离开宫殿使自己摆脱家居事务，尤其是政治阴谋。正如前面提到过的，杜尤丹实际上以称维杜茹阿为庶铎妮(śūdrāṇī)之子的方式羞辱了他，尽管人在谈论自己的祖母时用词轻率并没有什么不合适。维杜茹阿的母亲虽然是庶铎阶层的女子——庶铎妮，但也是杜尤丹的祖母，而孙子和祖母间有时允许以开玩笑的方式谈话。然而，由于杜尤丹所说的是事实，对维杜茹阿来说就是使人不快的谈话，被视为是直接的羞辱。为此，维杜茹阿决定离开父亲的家，准备过弃绝生活。这一准备阶段称为“旅行朝拜地球上圣地的退休生活(vānaprastha-āśrama)”。在印度温达文(Vṛndāvana)、哈尔德瓦尔(Hardwar)、佳干纳特·普瑞(Jagannātha Purī)和帕亚哥(Prayāga)等圣地中有许多伟大的奉献者，而且也还有免费食物供想要取得灵性进步的人使用。尤帝士提尔王好奇地想知道，维杜茹阿有没有靠免费食物(chatras)来维生。

第 10 节　भवद्विधा भागवतास्तीर्थभूताः स्वयं विभो ।
तीर्थीकुर्वन्ति तीर्थानि स्वान्तःस्थेन गदाभृता ॥१०॥

bhavad-vidhā bhāgavatās
tīrtha-bhūtāḥ svayaṁ vibho
tīrthī-kurvanti tīrthāni
svāntaḥ-sthena gadābhṛtā

bhavat—仁慈的你 / vidhāḥ—像 / bhāgavatāḥ—奉献者 / tīrtha—朝圣的圣地 / bhūtāḥ—转变成 / svayam—个人的 / vibho—强大的人啊 / tīrthī-kurvanti—让某处变成为朝圣之地 / tīrthāni—圣地 / sva-antaḥ-sthena—因为在内心中 / gadā-bhṛtā—人格首神

译文　大人，像您本人一样优秀的奉献者就是神圣之地的人格化身。你们始终把人格首神安置在自己心中，因此把所到之处都转化为圣地。

要旨　正如电能遍布空中，人格首神以祂遍布各处的神性能量而无所不在。同样，正如电灯泡展现出它接受到的电能，像维杜茹阿那样的至尊主纯粹的奉献者们，感受并展现至尊主无所不在的特性。像维杜茹阿那样纯粹的奉献者，总是在每一处都感受到至尊主的存在。他看到万事万物都存在于至尊主的能量中，并在万事万物中看到至尊主。全球各地的圣地存在于世上的目的，是为了让人能在有至尊主纯粹的奉献者居住的环境中净化被污染了的意识。朝拜圣地的人必须去寻找住在这些圣地的纯粹奉献者，向他们请教并努力把他们的教导运用到实际生活中，从而逐步准备自己，以获得最高的解脱——回到首神身边。去圣地朝圣，并不只意味着到恒河或雅沐娜河(Yamunā)中沐浴，或者朝拜坐落在那些地方的神庙；人还应该去寻找维杜茹阿的代表，他们除了为人格首神服务外，对其他事情没有兴趣。人格首神的纯粹奉献者为祂做不掺杂丝毫功利性活动及主观推测等杂质的服务；为此，人格首神总是与祂这样的纯粹奉献者在一起。他们在为至尊主做实际的服务，尤其是聆听和吟诵(吟唱)这两项服务。纯粹的奉献者从权威人士那里聆听，然后吟诵、歌唱并撰写有关至尊主的荣耀。伟大的牟尼维亚萨戴瓦聆听纳茹阿达的教导，然后以写作的方式歌颂至尊主的光荣；舒卡戴瓦·哥斯瓦米从他父亲维亚萨戴瓦那里聆听，然后给帕瑞克西特王讲述：这才是《圣典博伽瓦谭》传授的方式。正因为如此，至尊主的纯粹奉献者可以把他们所在的任何地方转变为圣地；圣地之所以值得被称为圣地是因为有他们在。这样的纯粹奉献者有能力清理任何地方的污染环境，更不要说清理被一些人从事的可疑活动污染了的圣地了；那些人为图私利甚至不惜以牺牲圣地的名声为代价，用邪恶的手段利用圣地赚钱。

第 11 节 अपि नः सुहृदस्तात बान्धवाः कृष्णदेवताः ।
दृष्टाः श्रुता वा यदवः स्वपुर्यां सुखमासते ॥११॥

api naḥ suhṛdas tāta
bāndhavāḥ kṛṣṇa-devatāḥ
dṛṣṭāḥ śrutā vā yadavaḥ
sva-puryāṁ sukham āsate

api－是否 / naḥ－我们 / suhṛdaḥ－祝福者 / tāta－我的叔叔啊 / bāndhavāḥ－朋友们 / kṛṣṇa-devatāḥ－那些总是全神贯注地为至尊主服务的人 / dṛṣṭāḥ－看到他们 / śrutāḥ－或听到他们 / vā－两者 / yadavaḥ－雅杜王朝的后裔 / sva-puryām－和他们居住的地方 / sukham āsate－他们是否都快乐

译文 叔叔，您必定走访了杜瓦尔卡。在那神圣的地方，我们的朋友与祝福者——雅杜的后裔们，一直醉心于为圣主奎师那服务。他们在他们的住地都生活快乐吗？

要旨　这节诗中的“那些一直醉心于为主奎师那服务的人(kṛṣṇa-devatāḥ)”一词，意义重大。雅达瓦们(Yādavas)和潘达瓦兄弟总是醉心于想念主奎师那，回忆祂的各种超然活动；他们都是像维杜茹阿一样的至尊主的纯粹奉献者。维杜茹阿为完全献身于侍奉至尊主而离家出走，潘达瓦兄弟和雅达瓦们总是醉心于想念主奎师那，所以他们的纯粹奉爱性质是一样的。无论是在家想念至尊主，还是离开家去冥想至尊主，满怀深情地醉心于想念奎师那才是纯粹奉献者的真正资格。换句话说，应该非常清楚，主奎师那是绝对的人格首神。康萨(Kaṁsa)、佳尔桑达(Jarāsandha)、锡舒帕勒(Śiśupāla)，以及像他们一样的其他恶魔，也总是全神贯注地想着主奎师那，但他们是以不友善的方式去想祂，或者只把祂看做是一个有力量的人而已。正因为如此，康萨和锡舒帕勒与维杜茹阿、潘达瓦兄弟和雅达瓦们不同，不在同一个层面上。

尤帝士提尔王也总是全神贯注地想念主奎师那和祂在杜瓦尔卡的同伴们，否则就不会问维杜茹阿他们大家的情况了。所以，尤帝士提尔王虽然忙于世界王国中的国事，但却处在与维杜茹阿一样的奉爱层面上。

第 12 节　इत्युक्तो धर्मराजेन सर्वं तत्समवर्णयत् ।
यथानुभूतं क्रमशो विना यदुकुलक्षयम् ॥१२॥

ity ukto dharma-rājena
  sarvaṁ tat samavarṇayat
yathānubhūtaṁ kramaśo
  vinā yadu-kula-kṣayam

iti—如此 / uktaḥ—被询问 / dharma-rājena—被尤帝士提尔王 / sarvam—所有 / tat—那些 / samavarṇayat—正确地描述了 /

yathā-anubhūtam－他的体验 / kramaśaḥ－一个接一个 / vinā－没有 / yadu-kula-kṣayam－雅杜王朝的毁灭

译文 就这样，尤帝士提尔王问了很多问题，伟大的灵魂(玛哈特玛)维杜茹阿则根据自己的亲身经历一一作答，只有关于雅杜王朝毁灭的消息，他只字未提。

第 13 节 नन्वप्रियं दुर्विषहं नृणां स्वयमुपस्थितम् ।
नावेदयत्सकरुणो दुःखितान्द्रष्टुमक्षमः ॥१३॥

nanv apriyaṁ durviṣahaṁ
nṛṇāṁ svayam upasthitam
nāvedayat sakaruṇo
duḥkhitān draṣṭum akṣamaḥ

nanu－事实上 / apriyam－使人不快的 / durviṣaham－难以忍受的 / nṛṇām－人类的 / svayam－自然发生的 / upasthitam－出现 / na－没有 / āvedayat－表达 / sakaruṇaḥ－富有同情心的 / duḥkhitān－痛苦的 / draṣṭum－看 / akṣamaḥ－不能

译文 慈悲为怀的伟大灵魂维杜茹阿，任何时候都不忍心看潘达瓦兄弟悲伤。为此，他没有透露这一令人难过、无法忍受的事实，因为灾难不请自来。

要旨 按照《公民法典》(Nīti-śāstra)中的规定，人不该讲令他人悲伤、痛苦的实话或实情。由于大自然法律的作用，痛苦会以它自己的方式降临到我们身上，因此人不该通过宣传加剧它。维杜茹阿是慈悲为怀的灵魂，尤其他又是在与他所爱的潘达瓦兄弟说话，所以对他来说，要把雅杜王朝毁灭这种令人痛苦的消息说出来实际是不可能的事情。为此，他有意没有透露这个消息。

第 14 节　कश्चित्कालमथावात्सीत्सत्कृतो देववत्सुखम् ।
भ्रातुर्ज्येष्ठस्य श्रेयस्कृत्सर्वेषां सुखमावहन् ॥१४॥

kañcit kālam athāvātsīt
sat-kṛto devavat sukham
bhrātur jyeṣṭhasya śreyas-kṛt
sarveṣaṁ sukham āvahan

kañcit－几天 / kālam－时间 / atha－如此 / avātsīt－居住 / sat-kṛtaḥ－受到很好的招待 / deva-vat－就像一个神圣的人 / sukham－令人愉快的 / bhrātuḥ－兄弟的 / jyeṣṭhasya－长者的 / śreyaḥ-kṛt－为了帮助他 / sarveṣām－所有其他的 / sukham－快乐 / āvahan－使成为可能

译文　被家人像对待神一样对待的维杜茹阿，为了纠正他哥哥的心态在王宫中住了一段时间。这使所有其他的人都感到快乐和幸福。

要旨　我们必须像对待天堂居民那样，对待像维杜茹阿那样圣洁的人。在过去的日子里，天堂星球的居民曾经常到像尤帝士提尔王那样的人家中去访问；有时，像阿尔诸纳那样的人物会去拜访更高的星球。纳茹阿达是可以不受限制地在物质宇宙和灵性宇宙中到处遨游的太空人。就连纳茹阿达都经常到访尤帝士提尔王的宫殿，更不用说其他天堂居民了。只有灵性层次高的人，才有可能甚至以现有的身体做星际旅行。所以，尤帝士提尔王以接待半神人的规格迎接维杜茹阿。

伟大的灵魂维杜茹阿(Mahātmā Vidura)已经过上了弃绝生活，因此回自己父亲的宫殿不是来享受物质舒适的。他出于仁慈接受尤帝士提尔王为他所做的一切，但住在宫殿中的真正目的是要拯救他那位太执著于物质的哥哥兑塔瓦施陀。尽管是因为与尤帝士提尔王开战，兑塔瓦施陀才失去了自己的国家和后代；但他此刻在无可奈何的情况下接受尤帝士提尔王的布施和殷勤招待，并没有因而感到羞耻。从尤帝士提尔王这方面看，赡养他伯父是他的本分；但从兑塔瓦施陀的角度说，他根本不应该接受这样的殷勤招待。他之所以接受，是因为他没有别的选择。维杜茹阿实际上是来启发兑塔瓦施陀，提高他的灵性认知水平的。拯救堕落之人是有知识的灵魂的责任，这就是维杜茹阿来的原因。然而，谈论灵性的知识令人感到那么清新，以致维杜茹阿在教导兑塔瓦施陀时吸引了全家人的注意力，大家都很高兴地耐心听他讲解。这就是灵性觉悟的方式。当觉悟了的灵魂在讲授知识时，人应该全神贯注地聆听，灵性的知识将唤醒受制约灵魂那沉睡了的心。靠一直不断地聆听，人可以达到觉悟自我的完美阶段。

第 15 节 अबिभ्रदर्यमा दण्डं यथावदघकारिषु ।
यावद्दधार शूद्रत्वं शापाद्वर्षशतं यमः ॥१५॥

abibhrad aryamā daṇḍaṁ
yathāvad agha-kāriṣu
yāvad dadhāra śūdratvaṁ
śāpād varṣa-śataṁ yamaḥ

abibhrat－行使 / aryamā－阿尔亚玛 / daṇḍam－惩罚 / yathāvat－适当地 / agha-kāriṣu－对那些犯罪的人 / yāvat－只要 / dadhāra－接受 / śūdratvam－庶铎的躯体 / śāpāt－由于受到诅咒 / varṣa-śatam－一百年 / yamaḥ —阎罗王(亚玛茹阿佳)

译文 在阎罗王(亚玛茹阿佳)被曼杜卡·牟尼诅咒而扮演庶铎维杜茹阿期间，阿尔亚玛代替阎罗王行使惩罚罪犯的职责。

要旨　从身为庶铎阶层的母亲子宫中出生的维杜茹阿，甚至被禁止与他的哥哥兑塔瓦施陀及潘杜一起继承皇家遗产，他又怎么能站在说教者的位置上教导兑塔瓦施陀和尤帝士提尔王那样博学的君王(kṣatriyas)呢？第一个回答是：尽管因为出身他被视为是庶铎，但由于受权威人士麦垂亚圣人的灵性启迪后他放弃了世俗的生活，他完全有资格当灵性导师(ācārya)。按照圣柴坦亚·玛哈帕布的教导，精通超然知识——有关首神科学的人，无论是布茹阿玛纳(婆罗门)还是庶铎(首陀罗)，是居士还是托钵僧(sannyāsī)，他都有资格当灵性导师。就连(印度伟大的政治家和道德家查纳克亚·潘迪特所坚持的)一般的道德法典，都说向出身比庶铎还要低的人学习是无害的。以上是回答的一部分。另一部分的回答是：维杜茹阿其实并非庶铎。他受曼杜卡·牟尼的诅咒，在一百年的时间里扮演所谓庶铎的角色。他是阎罗王(Yamarāja)的化身，而阎罗王是十二位奉爱科学权威人士(mahājana)中的一位，与布茹阿玛、纳茹阿达、希瓦、卡皮拉、彼士玛和帕拉德等人物处在同一个层面上。作为奉爱科学的权威人士，阎罗王的职责是：像纳茹阿达、布茹阿玛及其他奉爱科学专家所做的一样，向世人宣传奉爱科学。但是，阎罗王总是在他的地狱王国中忙于处理惩罚罪犯的事务。阎罗王被至尊主指定负责管理一个离地球有千百万英里远的星球，在堕落之人死后带走其灵魂，按照他们各自犯下的罪行分别给予处罚。所以，阎罗王很少有时间离开他那个负责惩罚违法犯罪者的岗位。世上违法犯罪之人比正直善良的人多。因此，阎罗王不得不做比至尊主任命的其他管理宇宙事务的半神人更多的工作。然而，他想要传播至尊主的荣耀。于是，在至尊主的安排下，他被曼杜卡·牟尼诅咒，化身为维杜茹阿进入地球，作为至尊主伟大的奉献者尽心尽力地工作。这样的奉献者既不是庶铎，也不是布茹阿玛纳。他超越世俗社会中所有这些划分；正如人格首神化身为雄猪，但祂既不是雄猪，也不是布茹阿玛。祂超越物质世界中所有的物种范围。至尊主及祂授权的不同的奉献者，有时必须扮演许多低等物种的角色，去拯救各种受制约的灵魂；但无论是至尊主本人，还是祂纯粹的奉献者，都永远是超然的。当阎罗王这样化身为维杜茹阿前来时，他的职务由阿尔亚玛(Aryamā)接替。阿尔亚玛是喀夏帕(Kaśyapa)和阿迪缇(Aditi)生的众多儿子中的一个。阿迪缇亚(Ādityas)都是阿迪缇的儿子，他们总共有十二位，阿尔亚玛是其中的一位。因此，在阎罗王以维杜茹阿身份降临地球的一百年间，由阿尔亚玛代替他行使职务非常合适。结论是：维杜茹阿从不是庶铎，而是比最纯粹的布茹阿玛纳还要伟大的人物。

第 16 节　युधिष्ठिरो लब्धराज्यो दृष्ट्वा पौत्रं कुलन्धरम् ।
भ्रातृभिर्लोकपालाभैर्मुमुदे परया श्रिया ॥१६॥

yudhiṣṭhiro labdha-rājyo
　dṛṣṭvā pautraṁ kulan-dharam
bhrātṛbhir loka-pālābhair
　mumude parayā śriyā

yudhiṣṭhiraḥ－尤帝士提尔 / labdha-rājyaḥ－拥有他父亲的王国 / dṛṣṭvā－看 / pautram－孙子 / kulam-dharam－正适合这个王朝 / bhrātṛbhiḥ－由兄弟们 / loka-pālābhaiḥ－都是经验丰富的统治者 / mumude－享受生活 / parayā－罕有的 / śriyā－财富

译文　在赢回自己的王国并看到有能力延续家族高尚传统的孙子诞生后，尤帝士提尔王与他那些精于管理臣民的弟弟们一起平静地统治王国，享受非凡的财富。

要旨　从库茹柴陀战争的一开始，尤帝士提尔王和阿尔诸纳两人就不愉快。他们虽然不愿意在战斗中杀死自己的亲人，但却不得不出于责任而这么做，因为那是圣主奎师那的至尊意愿。战争结束后，尤帝士提尔王对在战争中杀死那么多的人感到不愉快。继潘达瓦兄弟之后，除了儿媳妇乌塔茹阿子宫中的孩子是仅存的希望外，库茹王朝几乎后继无人了。可就连那胎儿也受到阿施瓦塔玛的攻击，幸好凭至尊主的恩典，孩子获救了。因此，在解决了所有的干扰因素并重建王国和平与稳定的秩序后，在看到幸存下来的孩子帕瑞克西特后，尤帝士提尔王感到满意。尽管他对永远是短暂及错觉性的物质快乐没什么兴趣，但作为一个人，他还是感到心中的痛苦得到了某种程度的缓解。

第 17 节　एवं गृहेषु सक्तानां प्रमत्तानां तदीहया ।
अत्यक्रामदविज्ञातः कालः परमदुस्तरः ॥१७॥

evaṁ gṛheṣu saktānāṁ
pramattānāṁ tad-īhayā
atyakrāmad avijñātaḥ
kālaḥ parama-dustaraḥ

evam—如此 / gṛheṣu—家庭事务中 / saktānām—过分依恋……的人 / pramattānām—疯狂的依恋 / tat-īhayā—沉浸在这样的思想中 / atyakrāmat—超过 / avijñātaḥ—察觉不到地 / kālaḥ—永恒的时间 / parama—崇高的 / dustaraḥ—不能克服的

译文　无法超越的永恒时间，在不知不觉间就战胜了那些愚蠢至极地执著于家事且总是全神贯注于他们的想法的人。

要旨　“现在我感到快乐；我有的一切都井然有序；我在银行里有足够的存款；我现在能给我的孩子以足够多的财产；我现在成功了；可怜的托钵僧们依靠神，但却来向我乞讨，所以我比至尊神还了不起。”这都是疯狂依恋物质世界的居士们的一些想法；他们察觉不到永恒的时间正在飞逝着。我们寿命的长短是固定的，没人能违反至尊意愿规定好的时间去增加自己的寿命，哪怕一秒都不行。尤其对人类来说，这么宝贵的时间应该小心利用。俗话说，一寸光阴一寸金，寸金难买寸光阴；不知不觉流逝掉哪怕一秒钟都是无法弥补的，即使用靠辛苦劳动积攒下的千万个金币也无法换回那一秒钟。人生的每一秒都是专门用来解决生命的最终问题，即：在八百四十万种生命形式中轮回，不断经历生死的问题。受生老病死控制的物质躯体，是生物经历所有痛苦的根源；否则生物本身是永恒的，从没有诞生的一刻，也永远不会死亡。愚蠢之人忘记了这个问题。他们根本不知道如何解决生命的问题，但却专注于短暂的家庭事务，不知道永恒的时间正在不知不觉地飞逝着，他们有限的寿命一秒一秒地在缩短，而生老病死的大问题却没有答案。这称为错觉。

然而，这样的错觉对清醒过来为至尊主做奉爱服务的人不起作用。尤帝士提尔王和他的弟弟们都在忙于为圣主奎师那做服务，都对这个物质世界的错觉性快乐没多少兴趣。正如我们前面谈论过的，尤帝士提尔王专注于为主穆昆达(Mukunda, 赐予解脱的至尊主)服务，所以甚至对只有在天堂王国中才能得到的舒适生活都没有兴趣；他知道，即使是布茹阿玛珞卡中能享受到的快乐也是短暂、错觉性的。生物是永恒的，因此只有在神的王国(paravyoma)那永恒的住所中才能快乐，而且去那里后不会再回到这有着生老病死的地区来。正因为如此，任何不保证使人获得永恒生活的舒适的生活或物质快乐，对永恒的生物来说，都只不过是错觉、假象而已。真正明白这一点的人是博学之人；这样的博学之人能够牺牲一切物质快乐，以期得到他想要得到的绝对快乐(brahma-sukham)。真正的超然主义者渴求这种快乐。正如只给饥饿之人提供舒适的生活设施，但却不给他食物，并不能使他快乐；物质快乐无论量有多大，都无法满足渴望得到永恒、绝对之快乐的人。所以，这节诗中给予的指示并不适用于尤帝士提尔王或他的弟弟及母亲，而是专门给予像兑塔瓦施陀那种维杜茹阿特意来给上课之人的。

第 18 节 विदुरस्तदभिप्रेत्य धृतराष्ट्रमभाषत ।
राजन्निर्गम्यतां शीघ्रं पश्येदं भयमागतम् ॥१८॥

viduras tad abhipretya
dhṛtarāṣṭram abhāṣata
rājan nirgamyatāṁ śīghraṁ
paśyedaṁ bhayam āgatam

viduraḥ—伟大的灵魂维杜茹阿 / tat—那 / abhipretya—清楚地知道 / dhṛtarāṣṭram—向兑塔瓦施陀 / abhāṣata—说 / rājan—君王啊 / nirgamyatām—请立即离开吧 / śīghram—不要有片刻的延迟 / paśya—只是看 / idam—这 / bhayam—害怕 / āgatam—已经到达了

译文　伟大的灵魂维杜茹阿知道这一切，因此对兑塔瓦施陀说：亲爱的君王，请立刻离开这里，不要迟疑！看看恐惧是怎么征服你的吧！

要旨　残酷的死亡对任何人都不留情，无论他是兑塔瓦施陀或甚至是尤帝士提尔王；因此，维杜茹阿给予年老的兑塔瓦施陀的灵性教导，同样适用于年轻的尤帝士提尔王。事实上，住在王宫中的每一个人，包括君王和他的母亲及弟弟们，都全神贯注地聆听维杜茹阿的讲课。但从维杜茹阿的角度说，他给予的指示是专门针对太物质化的兑塔瓦施陀的。这节诗中用梵文“君王(rājan)”一词来称呼兑塔瓦施陀是有其深意的。兑塔瓦施陀是家里的长子，所以按法律他该坐上哈斯提纳普尔的王位。但他因为天生目盲而失去了他当君王的权利。然而，他忘不了他失去的地位，这种沮丧的心情在他弟弟潘杜死后才得到一些缓解。弟弟潘杜留下几个幼子，兑塔瓦施陀自然便成了他们的监护人。可是，他想自己当王，并让以杜尤丹为首的、他亲生的儿子们继承王国。怀着要篡夺王位的野心，兑塔瓦施陀与他的小舅子沙库尼(Śakuni)密谋制定了各种各样的阴谋诡计。但至尊主的意愿使他们最后不但竹篮打水一场空，甚至还失去了人和钱财等一切。他作为尤帝士提尔王的大伯父，想要继续保持君王的尊严；尤帝士提尔王则出于义务，继续让兑塔瓦施陀在王室中养尊处优。就这样，在自己仍是王者或尤帝士提尔王的伯父的错觉中，兑塔瓦施陀愉快地过着他屈指可数的余生。

作为圣人，作为对兑塔瓦施陀充满深情并有责任感的弟弟，维杜茹阿想要唤醒兑塔瓦施陀，使他不要继续处在病态及老年人的睡眠状态中。为此，维杜茹阿讽刺地称兑塔瓦施陀为“君王”，而他实际上并不是。众生都是永恒时间的仆人，因此在这个物质世界里没人是君王。君王是指能下命令的人。一位著名的英国国王想要命令时间和潮起潮落，但时间和潮水拒绝服从他的命令。所以说，物质世界里的君王是假的，兑塔瓦施陀更是一直处在这种虚假的位置上，而真正恐怖的事情那时已经去找他了。维杜茹阿要求他，如果他想要避开快速接近他的可怕情况，就应该立刻离家出走。维杜茹阿并没有以同样的方式要求尤帝士提尔王，因为维杜茹阿知道：像尤帝士提尔王那样的君王清楚这个薄情的物质世界里所有的可怕情况，而且会在适当的时候照顾他自己，即使维杜茹阿那时可能并不在他身边。

第 19 节 प्रतिक्रिया न यस्येह कुतश्चित्कर्हिचित्प्रभो ।
स एष भगवान् कालः सर्वेषां नः समागतः ॥१९॥

pratikriyā na yasyeha
kutaścit karhicit prabho
sa eṣa bhagavān kālaḥ
sarveṣāṁ naḥ samāgataḥ

pratikriyā—解决的方法 / na—没有 / yasya—……的 / iha—在这个物质世界中 / kutaścit—用任何方法 / karhicit—或由任何人 / prabho—大人啊 / saḥ—那 / eṣaḥ—肯定地 / bhagavān—人格首神 / kālaḥ—永恒的时间 / sarveṣām—所有的 / naḥ—我们的 / samāgataḥ—到达

译文 在这个物质世界里的任何人，都奈何不了这可怕的处境。陛下，离我们大家越来越近的，是以永恒时间(卡拉)的形式出现的至尊人格首神。

要旨 没有更大的力量能阻止残酷的死亡之手。没人想死，无论一个人的身体情况有多么糟糕，他都不会想死。然而，即使在所谓科技知识高度发达的时代，也没有可以解决老年和死亡问题的方法。老年是由冷酷的时间发布的死亡通告，没人能拒绝接受永恒时间的召唤或最高的判决。维杜茹阿向兑塔瓦施陀解释这一点，是因为他可能会像以前很多次做过的那样，命令维杜茹阿给他找一些改善那正在逼近的可怕情况的方法。可是，在他命令维杜茹阿这么做之前，维杜茹阿就告诉兑塔瓦施陀，这个物质世界里的任何人都没有改善这一可怕情况的方法。正因为物质世界里没有什么能阻止死亡，所以至尊主本人在《博伽梵歌》第10章的第34节诗中说：祂——至尊人格首神，就是死亡。

这个物质世界里的任何人或任何方法都无法阻止死亡的到来。黑冉亚卡希普(Hiraṇyakaśipu)想要获得永生，并为此而从事了使这个宇宙都为之震颤的严酷的苦行。结果，布茹阿玛亲自去找黑冉亚卡希普，劝阻他继续从事这样的苦行。黑冉亚卡希普要求布茹阿玛赐予他让他永恒的祝福，但布茹阿玛说，连住在物质世界里的最高星球上的他本人，都受死亡的控制，他又怎么可能给予黑冉亚卡希普以不死的祝福呢？所以，就连布茹阿玛居住的、这个宇宙中最高的星球布茹阿玛珞卡(Brahmaloka)上都有死亡，更不要说比布茹阿玛珞卡低多了的其他星球了。哪里受永恒时间的影响，哪里就有无法克服的生老病死之苦。

第 20 节 येन चैवाभिपन्नोऽयं प्राणैः प्रियतमैरपि ।
जनः सद्यो वियुज्येत किमुतान्यैर्धनादिभिः ॥२०॥

yena caivābhipanno 'yaṁ
prāṇaiḥ priyatamair api
janaḥ sadyo viyujyeta
kim utānyair dhanādibhiḥ

yena－被时间征服 / ca－和 / eva－肯定地 / abhipannaḥ－被压倒 / ayam－这 / prāṇaiḥ－以生命 / priya-tamaiḥ－那每个人都十分珍惜的 / api－即使 / janaḥ－人 / sadyaḥ－立即 / viyujyeta－放弃 / kim uta anyaiḥ－更不要说其他的事情了 / dhana-ādibhiḥ－诸如财产、荣誉、孩子、土地和房子

译文 在至尊永恒时间影响下的任何人，都必须交出他最宝贵的生命，更何况钱财、名誉、孩子、土地和家园等其他事物！

要旨 印度有位忙于制定各种计划的大科学家，在前去参加一个制定计划的重要会议的途中，突然得到不可征服的永恒时间的召唤，不得不放弃他的妻子、孩子、房子、土地、钱财等一切。在印度政治动乱期间，一个国家被分裂成巴基斯坦和印度斯坦两个国家；受永恒时间的影响，当时有许多富裕及有权势的印度人都为此

交出了生命、财产和荣耀。成千上万同样的例子在全世界和全宇宙到处都有，而它们都是永恒时间影响的结果。所以结论是：这个宇宙中根本没有能够征服时间影响的强大生物。许多诗人们都写诗悲叹时间的影响。由于时间的影响，宇宙各地都有许许多多毁灭性的灾难在发生，没人能用任何手段阻止它们。即使在我们的日常生活中，也有许多我们无法掌握的事情来来去去，我们不得不无可奈何地承受或容忍。那是时间影响的结果。

第 21 节　पितृभ्रातृसुहृत्पुत्रा हतास्ते विगतं वयम् ।
आत्मा च जरया ग्रस्तः परगेहमुपाससे ॥२१॥

pitṛ-bhrātṛ-suhṛt-putrā
hatās te vigataṁ vayam
ātmā ca jarayā grastaḥ
para-geham upāsase

pitṛ－父亲 / bhrātṛ－兄弟 / suhṛt－祝福者 / putrāḥ－儿子们 / hatāḥ－都死了 / te－你的 / vigatam－耗费了 / vayam－年龄 / ātmā－身体 / ca－也 / jarayā－因多病 / grastaḥ－被压倒 / para-geham－别人的家 / upāsase－你生活在

译文　你的父亲、兄弟、祝福者和儿子们都死了、去世了，你自己也消耗了你绝大部分的人生。你现在体弱多病，而且寄人篱下。

要旨　维杜茹阿提醒兑塔瓦施陀他所面临的危险处境，而这些是冷酷时间的影响造成的。根据他过去的体验，他应该更明智地看到他生活中将会发生的事情。他父亲维祺陀维雅(Vicitravīrya)很早就死了，他和他弟弟是在彼士玛戴瓦慈爱的照顾下长大的。接着，他弟弟潘杜也死了。再接下来，他的一百个儿子和至少同样数量的孙子们死在库茹柴陀战场上，彼士玛戴瓦、朵纳查尔亚等所有其他的祝愿者，以及卡尔纳和许多其他君王、朋友，也都死在战场上。他就这样失去了所有的亲朋好友及钱财，现在靠那位他曾用各种方式将其置于困境的侄子的仁慈活着。尽管一切都事与愿违，他还是认为他能延长再延长自己的寿命。维杜茹阿要向兑塔瓦施陀指出，每一个人都要靠自己的行为和至尊主的恩典保护自己。人必须忠诚地履行自己的职责，同时依靠至尊权威所赐予的结果。如果至尊主不保护某人，那他的朋友、孩子、父亲、兄弟、国家等都保护不了他。所以，人应该寻求至尊主的保护，人体生命形式就是要用来寻求至尊主的保护的。维杜茹阿下面将逐步提醒兑塔瓦施陀他所面临的危险境况。

第 22 节 अन्धः पुरैव वधिरो मन्दप्रज्ञाश्च साम्प्रतम् ।
विशीर्णदन्तो मन्दाग्निः सरागः कफमुद्वहन् ॥२२॥

andhaḥ puraiva vadhiro
manda-prajñāś ca sāmpratam
viśīrṇa-danto mandāgniḥ
sarāgaḥ kapham udvahan

andhaḥ—目盲的 / purā—从开始 / eva—肯定地 / vadhiraḥ—听不清 / manda-prajñāḥ—健忘 / ca—和 / sāmpratam—最近的 / viśīrṇa—松动 / dantaḥ—牙齿 / manda-agniḥ—肝功能衰退 / sa-rāgaḥ—发出响声 / kapham—咳痰 / udvahan—出来

译文 你天生目盲，最近听力又严重衰退。你的记性越来越差，心智也越来越乱。你的牙齿纷纷脱落，肝脏已病变，还大声地咳痰不止。

要旨　逐一在兑塔瓦施陀身上展现出来的老年征象，预示着死亡即将来临，但兑塔瓦施陀仍然愚蠢地不考虑他的未来。维杜茹阿指出的兑塔瓦施陀身体出现的症状，是死亡给予物质身体最后打击前身体衰退的表现(apakṣaya)。物质身体经历出生、成长、维持现状、繁殖、衰退及最后毁灭的过程，但愚蠢之人却想要为这个终有一死的身体做永久性的安排，以为他们的财产、孩子、社会、国家等会保护他们。带着这种愚蠢的想法，他们沉溺于短暂的活动，忘了他们必须放弃这个短暂的躯体，接受另一个躯体的事实；在每一次接受新的躯体后，再次为另一种社会、友谊和爱而忙碌，最终再一次死去。他们忘了他们永恒的身份，愚蠢地为短暂的工作而忙碌，彻底忘了他们的首要责任。像维杜茹阿那样的圣人去接近这种愚蠢之人，提醒他们的真实处境，但他们却把这些神圣的人(sādhu)视为是社会的寄生虫。他们中的绝大多数人都拒绝聆听这些圣人所说的话，但却十分欢迎那些能满足他们感官的假圣人们。维杜茹阿不是那种会去满足兑塔瓦施陀的非分之想的圣人。他正确地指出人生的真相，以及能使自己在这种灾难中幸免于难的方法。

第 23 节　अहो महीयसी जन्तोर्जीविताशा यथा भवान् ।
भीमापवर्जितं पिण्डमादत्ते गृहपालवत् ॥२३॥

aho mahīyasī jantor
jīvitāśā yathā bhavān
bhīmāpavarjitaṁ piṇḍam
ādatte gṛha-pālavat

aho—唉 / mahīyasī—强大的 / jantoḥ—生物体的 / jīvita-āśā—生活的渴望 / yathā—正如 / bhavān—你是 / bhīma—彼玛森纳的(尤帝士提尔的兄弟) / apavarjitam—残羹剩饭 / piṇḍam—食物 / ādatte—被吃 / gṛha-pāla-vat—像家里养的狗

译文 哎，生物体求生的欲望真是太强了！真实的情况是，你现在就像一条家犬一样活着，吃彼玛给你的残羹剩饭。

要旨 圣人(sādhu)永远都不该奉承君王或富有之人，以便靠他们的资助过舒适的生活。圣人对依恋物质生活的居士描述赤裸裸的生活真相，使他们能够清醒过来，意识到物质存在中的危险生活。兑塔瓦施陀是个典型的依恋家庭生活的老人。他实际上已经成了一个靠救济度日的人，但还是想要在潘达瓦兄弟的家里过舒适的生活。维杜茹阿着重提到潘达瓦兄弟中的彼玛，是因为彼玛亲手杀死了兑塔瓦施陀的两个主要的儿子——杜尤丹和杜沙森纳。这两个儿子因为他们的恶名昭彰和恶毒的活动而深得兑塔瓦施陀的喜爱，彼玛亲手杀死了他所宠爱的这两个儿子。兑塔瓦施陀为什么住在潘达瓦兄弟的家里呢？因为他想要继续过舒适的生活，甚至到了不顾脸面的程度。这使维杜茹阿对渴望继续活下去的力量如此之强大感到惊讶。这种想要继续活下去的感觉，表明生物本是永恒的，不想要改变他那由血肉构成的住所。愚蠢的人不知道，他所得到的躯体是让他经历一段时间监禁的监牢，而经过许许多多次生死轮回后，他得到人体作为觉悟自我的机会，以便能够回归家园，回到首神身边。但是，像兑塔瓦施陀那样看不到真相的人，却努力制定各种计划赚钱，以便能生活得舒适。兑塔瓦施陀是盲目的，所以在各种逆境中还希望继续过舒适的生活。像维杜茹阿那样的圣人要做的，就是唤醒这类盲目的人，帮助他们回到首神身边；祂那里的生活是永恒的。任何人只要到了那里，就不会再想回到这个痛苦的物质世界。我们可以想象一下，像伟大的灵魂维杜茹阿那样的圣人受托承担的责任有多么重大。

第 24 节 अग्निर्निसृष्टो दत्तश्च गरो दाराश्च दूषिताः ।
हृतं क्षेत्रं धनं येषां तद्दत्तैरसुभिः कियत् ॥२४॥

agnir nisṛṣṭo dattaś ca
garo dārāś ca dūṣitāḥ
hṛtaṁ kṣetraṁ dhanaṁ yeṣāṁ
tad-dattair asubhiḥ kiyat

agniḥ—火 / nisṛṣṭaḥ—放 / dattaḥ—给予 / ca—和 / garaḥ—毒药 / dārāḥ—妻子 / ca—和 / dūṣitāḥ—侮辱 / hṛtam—篡夺 / kṣetram—王国 / dhanam—财富 / yeṣām—那些的 / tat—他们的 / dattaiḥ—由……给予 / asubhiḥ—供养 / kiyat—是不必要的

译文　你没有必要过这种名誉扫地的生活，靠那些你曾经试图烧死和毒死的人的施舍过活。你还羞辱过他们的一个妻子，篡夺过他们的王国，侵占过他们的财产。

要旨　社会四阶层和灵性四阶段宗教制度(varṇāśrama)，给人的一生中留出了以觉悟自我为目标的时间，使人在人体生命中能获得解脱。那是对整个一生的常规划分，但像兑塔瓦施陀那样的人即使在他们已经倍感疲倦的老年阶段，也还是要留在家中，甚至堕落到宁愿接受敌人的施舍也不愿意离开的程度。维杜茹阿想要指出这一点，使他强烈地意识到，像他儿子那样死去也比接受这种羞辱性的施舍强。五千年前只有一个兑塔瓦施陀，但现代社会中的每一个家庭中都有兑塔瓦施陀；尤其是那些政治家，他们不愿意自动退出政治活动的舞台，直到被死亡的残酷之手拖走，或者被对手杀死。一直到死都不愿意退出家庭生活的人是最堕落的人，绝对需要很多维杜茹阿给予这样的教育；无论他是古老年代中的兑塔瓦施陀，还是现代社会中的人都不例外。

第 25 节　तस्यापि तव देहोऽयं कृपणस्य जिजीविषोः ।
परैत्यनिच्छतो जीर्णो जरया वाससी इव ॥२५॥

tasyāpi tava deho 'yaṁ
kṛpaṇasya jijīviṣoḥ
paraity anicchato jīrṇo
jarayā vāsasī iva

tasya—如此 / api—尽管 / tava—你的 / dehaḥ—身体 / ayam—这 / kṛpaṇasya——个吝啬的人的 / jijīviṣoḥ—渴望生活的你的 / paraiti—将缩小 / anicchataḥ—甚至不愿意 / jīrṇaḥ—恶化 / jarayā—年老 / vāsasī—衣服 / iva—像

译文 尽管你不愿意死，你甚至想要以牺牲名誉和威望为代价活下去，但你那吝啬的躯体却无疑会像一件旧衣服一样地缩小和退化。

要旨 这节诗中的梵文"渴望活下去的吝啬鬼(kṛpaṇasya jijīviṣoḥ)"一句意义深刻。世上有两种人：一种是对自己的物质躯体没有正确认识的吝啬之人，被称为奎帕纳(kṛpaṇa)；另一种是对自己和物质躯体有真正了解的人，被称为布茹阿玛纳(brāhmaṇa，婆罗门)。奎帕纳对自己的物质躯体有一种错误的认识，想要最大限度地享受感官快乐，即使老了也还想要利用医学手段或其他方式把自己变成个年轻人。这节诗中之所以把兑塔瓦施陀称作奎帕纳，是因为他在对自己的物质躯体一无所知的情况下，想要不惜任何代价地活下去。维杜茹阿努力要让他睁开眼睛看清楚：他不可能在他的期限到了之后还继续活下去，他必须为面临死亡而做准备。既然死亡是不可避免的，他为什么还要为活下去而接受这样的羞辱呢？最好走正确的路，哪怕是冒着死亡的危险。人生是为了让我们结束物质存在的各种痛苦，因此应该控制自己的生活，以使自己能够达到这一目标。兑塔瓦施陀因为对生命所持的错误观念，已经浪费了他得到的精力的百分之八十，所以最好利用他吝啬的生活剩下的不多时日去争取达到人生最高的目的。物质主义者的一生之所以被称为吝啬的生活，是因为他们不能正确地利用人体生命这一宝贵的资产。只是因为幸运，这种吝啬之人才能遇到像维杜茹阿那样觉悟了自我的灵魂，并依靠他的指示摆脱物质存在的愚昧。

第 26 节　गतस्वार्थमिमं देहं विरक्तो मुक्तबन्धनः ।
अविज्ञातगतिर्जह्यात्स वै धीर उदाहृतः ॥२६॥

gata-svārtham imaṁ dehaṁ
virakto mukta-bandhanaḥ
avijñāta-gatir jahyāt
sa vai dhīra udāhṛtaḥ

gata-sva-artham—没有正确地利用 / imam—这 / deham—物质身体 / viraktaḥ—冷淡地 / mukta—摆脱了 / bandhanaḥ—所有的义务 / avijñāta-gatiḥ—未知的目的地 / jahyāt—人须放弃这身体 / saḥ—这样的人 / vai—肯定的 / dhīraḥ—不受打扰 / udāhṛtaḥ—被称为

译文　放下一切责任，到一个陌生、僻静的地方去离开他滥用过的躯体，这样做的人被称为不受干扰的人。

要旨　高迪亚·外士纳瓦(Gauḍīya Vaiṣṇava)传承中的伟大的奉献者和灵性导师纳柔塔玛·达斯·塔库尔(Narottama dāsa Ṭhākura)歌唱道："至尊主啊！我只是在浪费我的生命。我得到了人体，但却忽视崇拜至尊的您，因此我是自愿喝下毒药自杀的人。"换句话说，人体是专为让人培养为至尊主做奉爱服务的知识而存在，没有这一内容的生活充满了焦虑和痛苦。为此，浪费自己的生命不从事这种文化活动的人，被建议在不告知朋友和亲属的情况下离开家，在这样摆脱了对家庭、社会和国家等责任后，到不为人知的某个地方放弃自己的物质躯体，使人不知道他是在什么地方死去、怎样死去的。这节诗中的梵文迪茹阿(dhīra)一词的意思是：即使受到严重的挑衅和刺激都不受干扰的人。人之所以无法放弃舒适的家庭生活，是因为他依恋与妻子和孩子的关系。对家庭的这种过分依恋妨碍人觉悟自我，能够放弃这种关系的人被称为不受干扰的人(dhira)。然而，这是因为对生活感到沮丧才走上弃绝之路；要想使这样的弃绝变得稳定，只有靠与真正的圣人和觉悟自我的灵魂联谊，从而开始为至尊主做爱心服务。只有与至尊主纯粹的奉献者交往、联谊，才有可能唤醒为至尊主做服务的超然意识；只有唤醒为至尊主做服务的超然意识，才有可能真诚地投靠在至尊主的莲花足下。兑塔瓦施陀很幸运能够得到他弟弟的联谊，他弟弟维杜茹阿给他的联谊是他摆脱沮丧生活的动力。

第 27 节 यः स्वकात्परतो वेह जातनिर्वेद आत्मवान् ।
हृदि कृत्वा हरिं गेहात्प्रव्रजेत्स नरोत्तमः ॥२७॥

yaḥ svakāt parato veha
jāta-nirveda ātmavān
hṛdi kṛtvā hariṁ gehāt
pravrajet sa narottamaḥ

yaḥ－任何人 / svakāt－自我觉醒 / parataḥ vā－或通过聆听他人 / iha－在这个世界 / jāta－变成 / nirvedaḥ－对物质不执著 / ātmavān－意识 / hṛdi－内心中 / kṛtvā－被……带走 / harim－人格首神 / gehāt－从家里 / pravrajet－走开 / saḥ－他是 / nara-uttamaḥ－一流的人

译文 一个人，无论是靠自己的努力还是靠其他人的帮助清醒过来，认识到这个物质世界的虚假和不幸，因而离开家，完全依靠永驻他心中的人格首神，他无疑就是个一流的人。

要旨　超然主义者分三种：(1)切断与家人的联系而不受干扰之人(dhīra)；(2)因为情感受挫而当托钵僧(sannyāsī)的人；(3)至尊主真诚的奉献者，他靠聆听和吟诵、吟唱唤醒了神意识，于是离家出走，完全依靠永驻心中的人格首神。我们要了解：在物质世界里遭到挫折后因心情沮丧而决定过的弃绝生活，也许是走上觉悟自我路途的踏脚石，但当人受到训练，懂得如何完全依靠作为超灵(Paramātmā)处在每一个生物体心中的至尊人格首神时，他在解脱之途上才达到了真正的完美阶段。哪怕是离开家独自住在黑暗的丛林中，坚定的奉献者也很清楚他不是孤独的；至尊人格首神一直与他同在，而且在任何困难的情况下都会保护祂真诚的奉献者。因此，人应该在纯粹奉献者的指导下在家练习做奉爱服务，聆听和吟诵、吟唱至尊主的圣名、品质、形象、娱乐活动和随行人员等一切。这样的练习将按照人的真诚程度成比例地帮助人唤醒神意识。想要靠从事这样的奉爱活动来获得物质利益的人，永远都无法依靠至尊人格首神，尽管至尊主本人就坐在每一个生物体的心中。至尊主也不会给那些为了物质所得而崇拜祂的人以任何指导。这样的物质主义奉献者也许会得到至尊主给予他的物质利益，但却永远无法达到上述谈过的一流之人的层次。世界历史上记载了很多真诚奉献者的例子，特别是在印度；他们都是我们觉悟自我路途上的指导者。伟大的灵魂维杜茹阿是至尊主的这类伟大的奉献者之一，我们都应该为觉悟自我而向他学习。

第 28 节　अथोदीचीं दिशं यातु स्वैरज्ञातगतिर्भवान् ।
इतोऽर्वाक्प्रायशः कालः पुंसां गुणविकर्षणः ॥२८॥

athodīcīṁ diśaṁ yātu
svair ajñāta-gatir bhavān
ito 'rvāk prāyaśaḥ kālaḥ
puṁsāṁ guṇa-vikarṣaṇaḥ

atha—因此 / udīcīm—北方 / diśam—方向 / yātu—请离开吧 / svaiḥ—由你的亲戚 / ajñāta—不知道 / gatiḥ—活动 / bhavān—你自己的 / itaḥ—这以后 / arvāk—即将开始 / prāyaśaḥ——般地 / kālaḥ—时间 / puṁsām—人的 / guṇa—品质 / vikarṣaṇaḥ—缩减

译文 因此，请立刻悄悄地离开这里去北方，不要让你的亲人们知道，因为缩减人的美好品质的时刻即将到来。

要旨 永远离开家且不再与家人联系而成为一个不受打扰的人(dhīra)，可以使人得到补偿，不再沮丧过活。维杜茹阿劝他哥哥立刻采用这一方式，因为喀历年代即将来临。受制约的灵魂因为与物质接触已经堕落，在喀历年代中人的美好品质就更是会减少到最低限度。维杜茹阿之所以劝兑塔瓦施陀在喀历年代到来前离开家，是因为他基于生活真相所给予的宝贵指示所营造的氛围，会因为快速接近的喀历年代的影响而逐渐消失。对普通人来说，要想成为一个完全依靠至尊主奎师那的一流之人(narottama)是不可能的。《博伽梵歌》第 7 章的第 28 节诗中说，只有摆脱了一切罪恶的人，才能够完全依靠人格首神——至尊主奎师那。维杜茹阿劝兑塔瓦施陀，他如果无法马上成为一个完全依靠至尊主奎师那的一流之人(narottama)或者成为托钵僧(sannyāsī)，至少也要开始成为一个断绝与家人关系而不受打扰的人(dhīra)。坚持不懈地努力走在觉悟自我之途上，帮助人从“断绝与家人关系而不受打扰的人”，提升为“完全依靠至尊主奎师那的一流之人”。人只有长时间地按照瑜伽(yoga)系统练习后才能成为“断绝与家人关系而不受打扰的人”，但凭借维杜茹阿的恩典，人可以仅仅因为想要采用帮助人成为“断绝与家人关系而不受打扰之人”的方法，就立刻达到这个托钵僧的预备阶段。托钵僧阶段是至尊主一流的奉献者至尊天鹅(paramahaṁsa)的预备阶段。

第 29 节

एवं राजा विदुरेणानुजेन
प्रज्ञाचक्षुर्बोधित आजमीढः ।
छित्त्वा स्वेषु स्नेहपाशान्द्रढिम्नो
निश्चक्राम भ्रातृसन्दर्शिताध्वा ॥२९॥

evaṁ rājā vidureṇānujena
prajñā-cakṣur bodhita ājamīḍhaḥ
chittvā sveṣu sneha-pāśān draḍhimno
niścakrāma bhrātṛ-sandarśitādhvā

evam—如此 / rājā—兑塔瓦施陀王 / vidureṇa anujena—被他的弟弟维杜茹阿 / prajñā—内省的知识 / cakṣuḥ—眼睛 / bodhitaḥ—明白了 / ājamīḍhaḥ—阿佳米达家族中的后裔兑塔瓦施陀 / chittvā—打破了 / sveṣu—至于亲人 / sneha-pāśān—牢固的亲情网 / draḍhimnaḥ—因为坚定不移 / niścakrāma—走出去 / bhrātṛ—被他的弟弟 / sandarśita—导向 / adhvā—解脱的路途

译文 听了维杜茹阿一席话，阿佳米达家族的后裔兑塔瓦施陀王借由内省的知识(prajñā)变得坚信不移，于是立即下决心切断了牢固的亲情网，在他弟弟维杜茹阿的指引下离家踏上了解脱之途。

要旨 《圣典博伽瓦谭》原则的伟大传播者圣主柴坦亚·玛哈帕布，强调与至尊主的纯粹奉献者(sādhus)交往、联谊的重要性。祂说，与纯粹奉献者联谊哪怕只有片刻的工夫，都能使人达到一切完美。对此，我理直气壮地承认：在我的生活中，我体验到了这一事实。如果我没有得到圣恩巴克提希丹塔·萨茹阿斯瓦提·哥斯瓦米·玛哈茹阿佳的恩典，我不可能在第一次与他会面只有几分钟的时间，就同意接受用英文解释《圣典博伽瓦谭》这项艰巨的任务。要不是在那个关键时刻见到他，我可能会成为商业巨头，但永远也无法走上解脱之路，并按照他圣恩的教导为至尊主做真正的奉爱服务。有关与纯粹奉献者联谊能够使人达到完美的另一个例子，是这一章正在描述的维杜茹阿给予兑塔瓦施陀的联谊。兑塔瓦施陀被与政治、敌人和对家人依恋有关的各种物质关系编织起的罗网紧紧地束缚着；他竭尽全力要实现他的计划，但他从事的物质活动从始至终都遭遇挫败。然而，他虽然是生活中的失败者，却依靠至尊主的一个典型的纯粹奉献者所给予的有强大说服力的教导，在觉悟自我的路途上获得了巨大的成功。正因为如此，经典中告诫我们应该只与至尊主的纯粹奉献者(sādhus)交往、联谊，拒绝有其他种类的接触。这样做将使人有大量的机会聆听至尊主的纯粹奉献者的教导，至尊主的纯粹奉献者们可以把物质世界中错觉性的情感束缚砍成碎片。在物质世界里，一切都显得像是可触知的实体，但在下一刻却会像海面上的泡沫或空中的云朵般消散的无影无踪，因此物质世界是一个巨大的幻象：这就是真相。空中的一朵云彩无疑像是实际的存在，因为它降雨后，雨水使众多短暂的绿色植物生长出来；但最后，云朵、雨水和绿色蔬菜等一切都在适当的时候消失了。然而，天空依然存在。正如天空或天上的星星始终存在，被比喻为天空的绝对真理永恒存在，来来去去的是如云朵般短暂的错觉和幻象。愚蠢的生物体受短暂云朵的吸引，但智者感兴趣的是永恒天空及其中多样化的真实存在。

第 30 节

पतिं प्रयान्तं सुबलस्य पुत्री
पतिव्रता चानुजगाम साध्वी ।
हिमालयं न्यस्तदण्डप्रहर्षं
मनस्विनामिव सत्सम्प्रहारः ॥३०॥

patiṁ prayāntaṁ subalasya putrī
pati-vratā cānujagāma sādhvī

himālayaṁ nyasta-daṇḍa-praharṣaṁ
manasvinām iva sat samprahāraḥ

patim－她的丈夫 / prayāntam－离开家时 / subalasya－苏巴拉国王 / putrī－值得称赞的女儿 / pati-vratā－忠实于她丈夫 / ca－也 / anujagāma－追随 / sādhvī－贞洁 / himālayam－向着喜马拉雅山 / nyasta-daṇḍa－一个接受了弃绝棒的人 / praharṣam－喜悦的对象 / manasvinām－伟大战士的 / iva－像 / sat－合法的 / samprahāraḥ－鞭打

译文　温顺、贞节的甘妲瑞——坎大哈(或称甘达茹阿)王国苏巴拉王的女儿，看到丈夫向喜马拉雅山山脉进发，便跟随着他。喜马拉雅山山脉为那些像战士接受敌人的鞭打一样接受弃绝棒的人所喜爱。

要旨　苏巴拉王的女儿、兑塔瓦施陀的妻子甘妲瑞(又称骚芭莉妮)，是对她丈夫忠心耿耿的理想妻子。韦达文明专门培养贞节、忠诚的妻子，甘妲瑞是众多被载入史册的这类妻子中的一位。幸运女神悉塔(Sītā)也是一位伟大君王的女儿，但却跟随她丈夫主茹阿玛禅铎(Rāmacandra)去住在森林中。同样，作为妇女，甘妲瑞本可以留在家中或住到父亲家去，但作为贞节、温顺的女士，她毫不犹豫地跟随丈夫。尽管当维杜茹阿教导兑塔瓦施陀过弃绝生活时，甘妲瑞就在她丈夫身边，但兑塔瓦施陀并没有要求甘妲瑞跟随他，因为他那时已经像面对战场上一切困难的战士一样下定决心要按维杜茹阿的话去做了。他不再依恋所谓的妻子或亲人，决定开始独处，但贞节的女士甘妲瑞决定跟随她丈夫直到生命的最后一刻。兑塔瓦施陀决定进入的是退出家庭生活(vānaprastha)阶段；按这个阶段的规定，做妻子的如果愿意，还被允许作为志愿侍从跟随着丈夫。但到了托钵僧阶段时，妻子就不能再与丈夫在一起了。托钵僧从法律的角度看被视为是死去的人，所以作为从法律角度看已经是寡妇的妻子不再与丈夫有联系。兑塔瓦施陀并没有不认对他忠心耿耿的妻子，而甘妲瑞是自愿跟随她丈夫。

托钵僧(sannyāsī)接受一根杆子作为过弃绝生活的象征。托钵僧有两种。以圣恩商卡尔阿查尔亚为首的信奉假象宗哲学(Māyāvādī philosophy)的托钵僧，只接受一根杆子(eka-daṇḍa)，但信奉奉爱哲学(Vaiṣṇavite philosophy)的托钵僧接受三根组合在一起的杆子(tri-daṇḍa)。梵文称信奉假象宗哲学的托钵僧为一根杆斯瓦米(ekadaṇḍi-svāmīs)，称信奉奉爱哲学的托钵僧为三根杆斯瓦米(tridaṇḍi-svāmīs)，或者是三根杆哥斯瓦米(tridaṇḍi-gosvāmīs)，以便更进一步地与信奉假象宗哲学的托钵僧作区分。一根杆斯瓦米大多喜欢喜马拉雅山地区，而信奉奉爱哲学的托钵僧都喜欢温达文(Vṛndāvana)和普瑞(Purī)。信奉奉爱哲学的托钵僧都是完全依靠至尊主奎师那的一流之人(narottamas)，而信奉假象宗哲学的托钵僧都是断绝与家人关系而不受打扰的人(dhīras)。维杜茹阿劝兑塔瓦施陀当一个断绝与家人关系而不受打扰的人，是因为兑塔瓦施陀当时的状态很难成为完全依靠至尊主奎师那的一流之人。

第 31 节

अजातशत्रुः कृतमैत्रो हुताग्नि-
　र्विप्रान्नत्वा तिलगोभूमिरुक्मैः ।
गृहं प्रविष्टो गुरुवन्दनाय
　न चापश्यत्पितरौ सौबलीं च ॥३१॥

ajāta-śatruḥ kṛta-maitro hutāgnir
　viprān natvā tila-go-bhūmi-rukmaiḥ
gṛhaṁ praviṣṭo guru-vandanāya
　na cāpaśyat pitarau saubalīṁ ca

ajāta－从未出生 / śatruḥ－敌人 / kṛta－履行了 / maitraḥ－崇拜半神人 / huta-agniḥ－把燃料供奉到火中 / viprān－布茹阿玛纳 / natvā－顶拜 / tila-go-bhūmi-rukmaiḥ－以及谷物、乳牛、土地和金子 / gṛham－在

皇宫内 / praviṣṭaḥ—进入后 / guru-vandanāya—向年长的人致敬 / na—不 / ca—也 / apaśyat—看 / pitarau—他的叔叔 / saubalīm—甘妲瑞 / ca—也

译文　从不与人为敌的尤帝士提尔王，履行了祈祷、向太阳神供奉火祭，以及向布茹阿玛纳致敬并布施五谷、乳牛、土地和金子等每日清早的职责后，进入宫殿，去向长辈致敬。但他既找不到他的伯父和叔父，也找不到他的伯母——苏巴拉王的女儿。

要旨　尤帝士提尔王是最虔诚的君王，因为他每天都亲自履行作为居士的职责。经典要求居士要清晨早起，沐浴后通过祈祷、向祭祀之火中添加燃料，以及给布茹阿玛纳布施土地、乳牛、五谷、金子等各种活动，向家里的神像致以敬意，最后还要出于敬意向家里的长辈问安。不准备按照经典(śāstras)指示去做的人，不可能光靠书本的知识成为一个善良的人。现代社会中的居士们得到的训练与经典的要求不同；他们现在是晚起，没清洗自己就在床上喝茶，不从事上述的任何一项净化自己的活动。上行下效，这些居士的孩子学着父母的样子做，因此整个一代人都滑向地狱。这些人除非与圣人们联谊，否则不可能期望他们有任何虔诚的品质。像兑塔瓦施陀那样的物质主义者，应该从维杜茹阿那样的圣人那里接受教导，从而清除现代生活对他所产生的影响。

尤帝士提尔在宫殿里找不到他的伯父兑塔瓦施陀和叔父维杜茹阿，也找不到苏巴拉王的女儿甘妲瑞。他急切地想要找到他们，于是向兑塔瓦施陀的私人秘书桑佳亚(Sañjaya)询问。

第 32 节　तत्र सञ्जयमासीनं पप्रच्छोद्विग्नमानसः ।
गावल्गणे क्व नस्तातो वृद्धो हीनश्च नेत्रयोः ॥३२॥

tatra sañjayam āsīnaṁ
  papracchodvigna-mānasaḥ
gāvalgaṇe kva nas tāto
  vṛddho hīnaś ca netrayoḥ

tatra一那儿 / sañjayam一向桑佳亚 / āsīnam一坐下 / papraccha一他询问 / udvigna-mānasaḥ一充满焦虑 / gāvalgaṇe一嘎瓦勒嘎纳的儿子桑佳亚 / kva一在哪里 / naḥ一我们的 / tātaḥ一伯父 / vṛddhaḥ一老 / hīnaḥ ca一没有 / netrayoḥ一眼睛

译文 尤帝士提尔王满怀焦虑地转向正坐在宫殿中的桑佳亚，问他道：桑佳亚啊！我们那年老、目盲的伯父在哪里呀？

第 33 节 अम्बा च हतपुत्रार्ता पितृव्यः क्व गतः सुहृत् ।
अपि मय्यकृतप्रज्ञे हतबन्धुः स भार्यया ।
आशंसमानः शमलं गङ्गायां दुःखितोऽपतत् ॥३३॥

ambā ca hata-putrārtā
  pitṛvyaḥ kva gataḥ suhṛt
api mayy akṛta-prajñe
  hata-bandhuḥ sa bhāryayā
āśaṁsamānaḥ śamalaṁ
  gaṅgāyāṁ duḥkhito 'patat

ambā一伯母 / ca一和 / hata-putrā一失去了所有的儿子的 / ārtā一情况可怜 / pitṛvyaḥ一维杜茹阿叔叔 / kva一那儿 / gataḥ一去 / suhṛt一祝福者 / api一不论 / mayi一向我 / akṛta-prajñe一不领情的 / hata-bandhuḥ一一个失去了所有的儿子的人 / saḥ一兑塔瓦施陀 / bhāryayā一和他的妻子 / āśaṁsamānaḥ一满心怀疑 / śamalam一冒犯 / gaṅgāyām一在恒河水中 / duḥkhitaḥ一心灰意冷 / apatat一跌倒

译文　我的祝福者维杜茹阿叔父，以及因儿子全部死去而悲痛万分的甘妲瑞母亲在哪里？我伯父兑塔瓦施陀也因为所有的儿子和孙子都死了而感到羞辱万分。毫无疑问，我是个忘恩负义之徒。他是否把我对他的冒犯看得很重，于是与他妻子一道投恒河自尽了？

要旨　潘达瓦五兄弟，尤其是尤帝士提尔王和阿尔诸纳，都预料到了库茹柴陀战争的后果。正因为如此，阿尔诸纳才拒绝作战。战争应至尊主的意愿而开打，但所造成的家庭惨剧也正如他们曾预料的那样变成了事实。尤帝士提尔王总是设身处地想着他伯父兑塔瓦施陀和伯母甘妲瑞所处的艰难困境，因此尽一切可能照顾上了年纪且悲伤不已的他们。所以，当他在宫殿里找不到他伯父和伯母时，他心中自然升起疑惑，推测他们去恒河投河自尽了。他认为自己是个忘恩负义的人，因为当潘达瓦兄弟失去父亲时是兑塔瓦施陀王为他们提供了所有的王室生活设施，而兑塔瓦施陀得到的回报却是所有的儿子都在库茹柴陀战争中被杀死。作为虔诚之士，尤帝士提尔王认为一切都是他的错，他从来没想过他伯父及同党的罪恶行为。凭至尊主的意愿，兑塔瓦施陀尝到他从事罪恶活动所得到的一切苦果。然而，尤帝士提尔王却认为所有的一切都是他的错误，他有着不可推卸的责任。那就是至尊主的奉献者、善良之人的本性。奉献者从不在他人身上找毛病，而是努力找自己的缺点，尽快地予以改正。

第 34 节　पितर्युपरते पाण्डौ सर्वान्नः सुहृदः शिशून् ।
अरक्षतां व्यसनतः पितृव्यौ क्व गतावितः ॥३४॥

pitary uparate pāṇḍau
　sarvān naḥ suhṛdaḥ śiśūn
arakṣatāṁ vyasanataḥ
　pitṛvyau kva gatāv itaḥ

pitari－向我父亲 / uparate－离世 / pāṇḍau－潘杜王 / sarvān－所有的 / naḥ－我们 / suhṛdaḥ－祝福者 / śiśūn－小孩子 / arakṣatām－保护 / vyasanataḥ－免于所有的危险 / pitṛvyau－叔叔 / kva－哪里 / gatau－去了 / itaḥ－从这个地方

译文 当我父亲潘杜倒下时，我们还都是小孩子；伯父和叔父一直保护我们，使我们免于各种灾难。他们永远是我们的祝福者。唉，他们离开家去哪里了？

第 35 节

सूत उवाच
कृपया स्नेहवैक्लव्यात्सूतो विरहकर्शितः ।
आत्मेश्वरमचक्षाणो न प्रत्याहातिपीडितः ॥३५॥

sūta uvāca
kṛpayā sneha-vaiklavyāt
sūto viraha-karśitaḥ
ātmeśvaram acakṣāṇo
na pratyāhātipīḍitaḥ

sūtaḥ uvāca－苏塔·哥斯瓦米说 / kṛpayā－出于慈悲 / sneha-vaiklavyāt－因强烈的爱而发狂 / sūtaḥ－桑佳亚 / viraha-karśitaḥ－因分离感到忧伤 / ātma-īśvaram－他的主人 / acakṣāṇaḥ－没有看到 / na－不 / pratyāha－回答 / ati-pīḍitaḥ－过分伤心

译文 苏塔·哥斯瓦米说：桑佳亚没有看到他的主人兑塔瓦施陀，心里正很难过，由于同情和心情激动，他无法恰当地回答尤帝士提尔王的询问。

要旨 桑佳亚长期担任兑塔瓦施陀王的个人助理，因而有机会研究兑塔瓦施陀的生活。当他看到兑塔瓦施陀最后在没有通知他的情况下离开了家，他悲伤不已。他十分同情兑塔瓦施陀，因为在库茹柴陀战争这场赌博中，兑塔瓦施陀王失去了人财物等一切，最后国王和王后又因极度悲伤而离开了家。他以他自己的方式判断当时的情况，而不知道其实是维杜茹阿唤醒了兑塔瓦施陀的灵性意识，兑塔瓦施陀因此而热情、愉快地离开被经典形容为是如黑井般的家，去过一种更美好的人生了。人除非坚信在放弃现有的生活后可以过更美好的生活，否则不应该只是为了扮演弃绝者或不住在家里而造作地进入生命的弃绝阶层。

第 36 节　विमृज्याश्रूणि पाणिभ्यां विष्टभ्यात्मानमात्मना ।
अजातशत्रुं प्रत्यूचे प्रभोः पादावनुस्मरन् ॥३६॥

vimṛjyāśrūṇi pāṇibhyāṁ
viṣṭabhyātmānam ātmanā
ajāta-śatruṁ pratyūce
prabhoḥ pādāv anusmaran

vimṛjya—擦拭 / aśrūṇi—眼泪 / pāṇibhyām—用他的手 / viṣṭabhya—处于 / ātmānam—心 / ātmanā—用智慧 / ajāta-śatrum—向尤帝士提尔王 / pratyūce—开始回答 / prabhoḥ—他的主人 / pādau—双足 / anusmaran—之后想着

译文　他先用理智使心情慢慢平静下来，然后擦干眼泪，想着他主人兑塔瓦施陀的双足开始回答尤帝士提尔王的询问。

第 37 节　सञ्जय उवाच
नाहं वेद व्यवसितं पित्रोर्वः कुलनन्दन ।
गान्धार्या वा महाबाहो मुषितोऽस्मि महात्मभिः ॥३७॥

sañjaya uvāca
nāhaṁ veda vyavasitaṁ
pitror vaḥ kula-nandana
gāndhāryā vā mahā-bāho
muṣito 'smi mahātmabhiḥ

sañjayaḥ uvāca－桑佳亚说 / na－不 / aham－我 / veda－知道 / vyavasitam－决心 / pitroḥ－你叔叔的 / vaḥ－你的 / kula-nandana－库茹王朝的后裔啊 / gāndhāryāḥ－甘妲瑞的 / vā－或者 / mahā-bāho－伟大的国王啊 / muṣitaḥ－欺骗 / asmi－我被 / mahā-ātmabhiḥ－那些伟大的灵魂

译文 桑佳亚说：亲爱的库茹王朝的后裔，我对你伯父、叔父和甘妲瑞的去向一无所知。君王啊！我被那些伟大的灵魂骗了。

要旨 伟大的灵魂骗人也许会让知道的人感到震惊，但事实是，伟大的灵魂为了重大的原因才会骗人。经典中描述说，主奎师那也曾建议尤帝士提尔对朵纳查尔亚说谎，而那也是为了重要的原因。至尊主是否满意，是检验一个人对错的标准；人生最高的完美境界是通过履行自己的职责让至尊主满意。这是《博伽梵歌》和《圣典博伽瓦谭》的定论※。尽管桑佳亚作为兑塔瓦施陀的个人助理一直跟在兑塔瓦施陀身边，但兑塔瓦施陀和维杜茹阿，以及跟随他们而去的甘妲瑞，并没有让桑佳亚知道他们的决定。桑佳亚从没有想到

※ yataḥ pravṛttir bhūtānāṁ/ yena sarvam idaṁ tatam
sva-karmaṇā tam abhyarcya/ siddhiṁ vindati mānavaḥ

"履行自己的职责，崇拜众生的源头——无所不在的至尊主，可以使人达到完美。"(《博伽梵歌》 18.46)

ataḥ pumbhir dvija-śreṣṭhā/ varṇāśrama-vibhāgaśaḥ
svanuṣṭhitasya dharmasya/ saṁsiddhir hari-toṣaṇam

"再生者中最优秀的人啊！结论是，履行按社会阶层和灵性阶段制度规定给自己的职责，所能获得的最高完美成就，就是取悦人格首神。"(《圣典博伽瓦谭》1.2.13)

兑塔瓦施陀会在没与他商量的情况下行事，但兑塔瓦施陀离家出走的事情是那么机密，甚至连桑佳亚都不能告诉。萨纳坦·哥斯瓦米(Sanātana Gosvāmī)在离开监狱去见圣柴坦亚·玛哈帕布时骗了监狱看守；同样，为了满足至尊主，茹阿古纳特·达斯·哥斯瓦米也骗了他的祭司，永远地离开了家。为取悦至尊主而做的一切都是好的，因为那与绝对真理有关系。我同样也骗了我的家人，离开家为《圣典博伽瓦谭》服务。为了重大的原因，这样的欺骗是必要的。而且，在这种超然的欺骗行为中，谁都没有损失。

第 38 节　अथाजगाम भगवान्नारदः सहतुम्बुरुः ।
प्रत्युत्थायाभिवाद्याह सानुजोऽभ्यर्चयन्मुनिम् ॥३८॥

athājagāma bhagavān
　nāradaḥ saha-tumburuḥ
pratyutthāyābhivādyāha
　sānujo 'bhyarcayan munim

atha—之后 / ājagāma—到达 / bhagavān—神圣的人物 / nāradaḥ—纳茹阿达 / saha-tumburuḥ—带着他的乐器(tumburu) / pratyutthāya—从他们的座位上站起来了 / abhivādya—致以顶礼 / āha—说 / sa-anujaḥ—和弟弟一起 / abhyarcayan—这样以正确的心态迎接 / munim—圣哲

译文　就在桑佳亚这样说的时候，至尊主强有力的奉献者圣纳茹阿达，带着他的维那琴出现了。尤帝士提尔王和他的弟弟们立刻起身向他致敬，彬彬有礼地接待了他。

要旨　半神人中的圣人纳茹阿达因为是至尊主最信任的奉献者，所以这节诗中描述他是神性人物(bhagavān)。真正在为至尊主做爱心服务的人，以同样的尊敬心对待至尊主和祂十分信任的奉献者。

至尊主非常爱祂所信任的这些奉献者，因为他们运用各自不同的才能到处去传播至尊主的荣耀，尽自己最大的力量把非奉献者们转变成至尊主的奉献者，以使他们具有健全的神志。事实上，生物的原本状态决定了他不可能是至尊主的非奉献者，但当他变成非奉献者或没有信仰的人时，我们可以明白他的生活状态是不健康的。至尊主所信任的奉献者治疗这种迷妄的生物，所以在至尊主眼中是最讨人喜欢的人。至尊主在《博伽梵歌》中说，祂最珍爱那些实际去宣传祂的荣耀，以改变没有信仰之人和非奉献者的人。至尊主的纯粹奉献者纳茹阿达唯一做的事，就是用他的弦乐器维那琴伴奏，歌唱至尊主的荣耀，所以我们必须像尊敬人格首神本人那样尊敬像纳茹阿达那样的人物。在这方面，尤帝士提尔王与他那些高尚的弟弟们给大家树立了榜样。

第 39 节 युधिष्ठिर उवाच
नाहं वेद गतिं पित्रोर्भगवन् क्व गतावितः ।
अम्बा वा हतपुत्रार्ता क्व गता च तपस्विनी ॥३९॥

yudhiṣṭhira uvāca
nāhaṁ veda gatiṁ pitror
bhagavan kva gatāv itaḥ
ambā vā hata-putrārtā
kva gatā ca tapasvinī

yudhiṣṭhiraḥ uvāca－尤帝士提尔王说 / na－不 / aham－我自己 / veda－知道 / gatim－离开 / pitroḥ－叔叔的 / bhagavan－神圣的人啊 / kva－哪里 / gatau－去了 / itaḥ－从这个地方 / ambā－伯母 / vā－也 / hata-putrā－失去了儿子 / ārtā－极度悲痛 / kva－哪里 / gatā－去了 / ca－也 / tapasvinī－苦行者

译文 尤帝士提尔王说：如神一般的人物啊！我既不知

道我的伯父和叔父到哪儿去了，也找不到我那因失去所有的儿子而极度悲痛的苦行的伯母。

要旨　作为善良的灵魂和至尊主的奉献者，尤帝士提尔王总是意识到他伯母的巨大损失和作为一个苦行者她所承受的痛苦。苦行者从不受任何痛苦的打扰，而这使他更坚强，更有决心在灵性路途上向前迈进。甘妲瑞王后在多种情况下展现出的令人惊叹的品德，证明她是位典型的苦行者。她作为母亲、妻子和苦行者充分体现了妇女的完美，她所展现的品德在古往今来的妇女身上很难见到。

第 40 节　कर्णधार इवापारे भगवान् पारदर्शकः ।
अथाबभाषे भगवान्नारदो मुनिसत्तमः ॥४०॥

karṇadhāra ivāpāre
bhagavān pāra-darśakaḥ
athābabhāṣe bhagavān
nārado muni-sattamaḥ

karṇa-dhāraḥ—船长 / iva—像 / apāre—在浩瀚的大海中 / bhagavān—至尊主的代表 / pāra-darśakaḥ—一个可以指引目的地的人 / atha—如此 / ābabhāṣe—开始说 / bhagavān—神圣的人物 / nāradaḥ—伟大的圣人纳茹阿达 / muni-sat-tamaḥ—奉献者哲学家中最伟大的

译文　您如同在汪洋大海中指挥航船的船长，可以为我们指引方向。被冠以如此称号的神性人物、最伟大的哲学家奉献者——半神人中的圣人纳茹阿达，开始说话。

要旨　哲学家分很多种，其中最伟大的是那些看到了人格首神，并全身心地为至尊主做超然爱心服务的哲学家。在至尊主的所有这些纯粹的奉献者中，半神人中的圣人(Devarṣi)纳茹阿达是领袖，因此在这节诗中被描述为是最伟大的哲学家奉献者。人只有从真正的灵性导师那里聆听韦丹塔(Vedānta)哲学，才能成为有足够学问的哲学家，否则无法成为博学的哲学家奉献者。人必须忠诚、博学和弃绝，否则无法成为纯粹的奉献者。至尊主的纯粹奉献者可以指导我们驱除无知。由于潘达瓦兄弟都是至尊主的纯粹奉献者，半神人中的圣人纳茹阿达便经常去尤帝士提尔王的宫殿，随时准备在他们有需要的时候给予他们忠告。

第 41 节

नारद उवाच
मा कञ्चन शुचो राजन् यदीश्वरवशं जगत् ।
लोकाः सपाला यस्येमे वहन्ति बलिमीशितुः ।
स संयुनक्ति भूतानि स एव वियुनक्ति च ॥४१॥

nārada uvāca
mā kañcana śuco rājan
yad īśvara-vaśaṁ jagat
lokāḥ sapālā yasyeme
vahanti balim īśituḥ
sa saṁyunakti bhūtāni
sa eva viyunakti ca

nāradaḥ uvāca—纳茹阿达说 / mā—决不 / kañcana—尽一切办法 / śucaḥ—你悲伤 / rājan—君王啊 / yat—因为 / īśvara-vaśam—在至尊主的控制下 / jagat—世界 / lokāḥ—众生 / sa-pālāḥ—包括他们的领袖 / yasya—那些人的 / ime—所有这些 / vahanti—负担 / balim—崇拜的方法 / īśituḥ—为了受到保护 / saḥ—祂 / saṁyunakti—聚在一起 / bhūtāni—众生 / saḥ—祂 / eva—也 / viyunakti—分散 / ca—和

译文 纳茹阿达说：虔诚的君王啊！不要为任何人悲伤，因为众生都在至尊主的控制下。正因为如此，所有的生物体及他们的领袖，都一直在崇拜至尊主以得到很好的保护。只有祂，才能使生物相聚与分离。

要旨 每一个生物，无论是在物质世界里还是灵性世界中，都受至尊人格首神的控制。上至这个宇宙中的领袖布茹阿玛，下到小蚂蚁，都永远受至尊主的支配。因此，生物原本是听从至尊主支配的从属者。愚蠢的生物体，特别是人，偏要违反本性地去对抗至尊者的法律，结果作为犯法者(asura)受到惩罚。在至尊主的命令下，生物被置于特定的境况中，随后又在至尊主或祂授权了的执法官的命令下被转走。布茹阿玛、希瓦、因铎、昌铎、尤帝士提尔王，或者近代历史中的拿破仑、阿克巴、亚历山大、甘地、苏巴施和尼赫鲁，都是至尊主的仆人，都因至尊主的意愿而被安置在不同的地位上，然后又被移开。他们中没有一个是独立自主的人。尽管如此，这些近代历史中的人物或领袖不承认至尊主的至高地位，对祂进行反抗，结果受到更严厉的物质世界法律的制裁，承受各种痛苦。因此，只有蠢人才会说，神不存在。伯父和伯母的突然离去对尤帝士提尔王打击很大，纳茹阿达因而在这节诗中重申了“众生都在至尊主控制下”的这一再清楚不过的事实。兑塔瓦施陀王因他过去的所作所为而被置于那样的处境；他已经享受过过去活动给他带来的利益，也承受了过去活动带来的苦果，但由于某种原因，他很幸运得到维杜茹阿这么个好弟弟，于是听维杜茹阿的指示断绝与物质世界的一切联系，以求获得拯救。

俗话说，人的命天注定。人通常无法改变已经注定了的快乐与痛苦的命运。由于一切都是不可征服的时间(kāla)所作的精密安排，当一切到来时，所有的人便不得不接受。试图改变自己的命运是没有用的。最好是努力获得拯救，而由于人体心智的发达程度，使得只有人类才得到了这一特权。世上有的各种韦达教导，是专门为了让人利用已获得的人体争取获救而给予的。不珍惜机会，误用自己获得的发达智力的人，无疑会受到严厉的惩罚，不是在今生就是在来世被置于各种痛苦之中。那就是至尊者控制生物的方法。

第 42 节 यथा गावो नसि प्रोतास्तन्त्यां बद्धाश्च दामभिः ।
वाक्तन्त्यां नामभिर्बद्धा वहन्ति बलिमीशितुः ॥४२॥

yathā gāvo nasi protās
tantyāṁ baddhāś ca dāmabhiḥ
vāk-tantyāṁ nāmabhir baddhā
vahanti balim īśituḥ

yathā—正如 / gāvaḥ—母牛 / nasi—以鼻子 / protāḥ—穿过 / tantyām—用绳 / baddhāḥ—被捆绑 / ca—也 / dāmabhiḥ—被绳子 / vāk-tantyām—在韦达赞美诗组成的网中 / nāmabhiḥ—被种种术语 / baddhāḥ—受制约 / vahanti—执行 / balim—命令 / īśituḥ—被至尊主控制着

译文 正如被一根长绳穿过鼻子束缚着的乳牛被拴起来，人类也被各种韦达训示所约束，不得不服从至尊者的命令。

要旨 人、走兽或飞禽等每一个生物体，都认为自己是自由的，但事实上没有一个是不受至尊主的严密法律制约的。那就是物质存在的状态。之所以说至尊主的法律很严密，是因为众生在任何情况下都无法不服从。狡猾的罪犯可以钻由人制定的法律的空子，但在至尊立法者制定的法典中，没有一丝缝隙让人可钻。在遵守神制定的法律时如有丝毫的偏差，就有可能给不遵守法律的人带来巨大的危险。至尊者制定的法律通常被称为宗教法典，根据不同的环境所制定的宗教法典有所不同，但宗教原则却无论到哪里都一样，那就是：服从至尊神的命令——遵守宗教法典。物质世界里的众生自己选择要冒过受制约生活的风险，从而投入物质自然法律的罗网中。摆脱这种束缚的唯一方法，就是同意服从至尊者。然而，愚蠢的人类不为摆脱错觉能量玛亚(māyā)的钳制而努力，相反又让不同的名称绑住自己，被分为布茹阿玛纳(婆罗门)、查锤亚(刹帝利)、外夏(吠舍)、庶铎(首陀罗)、印度教徒、伊斯兰教徒、欧洲人、美国人、中国人……在与这些名称认同的情况下，按照各自的经典或法律条文的解释执行至尊主的命令。由人制定的国家法律，实际是对宗教法典不完整的仿制。没有宗教信仰的国家，或说持无神论的国家，允许国民违反神的法律，但却不允许他们违反国家的法律；结果是：人民大众虽然遵守人制定的有缺陷的法律，但因违反神的法律而遭受更大的痛苦。在物质存在受制约的状况下，人体的构造决定了没有一个人是完美的，因此即使是物质资格最高的人也绝对无法制定出一套完美的法律。然而，在神的法律中却不存在丝毫不完善之处。领袖人物如果受教育学习过神的法律，就不会需要由一群盲目的人组成的临时立法会。人制定的临时法律有必要更改，但神制定的法律不需要更改，因为它们是由绝对完美的人格首神制定的完美法律。宗教法规——经典训令，由神的那些解脱了的代表们在考虑生存的不同环境后制定出来；靠执行至尊主的命令，受制约的生物将逐渐摆脱物质存在的钳制。生物是至尊主永恒的仆人：这是生物真正的地位。在解脱的状态下，生物怀着超然的爱为至尊主服务，从而享受充分自由的生活，甚至有时与至尊主平起平坐，或者有时向至尊主发号施令。但在受制约的物质世界里，每一个生物都想当其他生物的主人；玛亚的迷惑使人产生的这种想主宰一切的心态，成为使生物在物质存在受制约的生活中进一步受束缚的原因。正因为如此，在物质世界里的生物被束缚得越来越紧，直到他清醒过来，认清自己是至尊主永恒的仆人并全身心为至尊主服务为止。这是《博伽梵歌》及其他全世界公认的宗教所给予的最高指示。

第 43 节　　यथा क्रीडोपस्करणां संयोगविगमाविह ।
इच्छया क्रीडितुः स्यातां तथैवेशेच्छया नृणाम् ॥४३॥

yathā krīḍopaskarāṇāṁ
saṁyoga-vigamāv iha
icchayā krīḍituḥ syātāṁ
tathaiveśecchayā nṛṇām

yathā－正如 / krīḍa-upaskarāṇām－玩物 / saṁyoga－联合 / vigamau－分离 / iha－这个世界里 / icchayā－因……的意愿 / krīḍituḥ－只是为了扮演一个角色 / syātām－发生 / tathā－也如此 / eva－肯定地 / īśa－至尊的主 / icchayā－因……的意愿 / nṛṇām－人类的

译文 正如玩游戏的人按他自己的意愿放置和拿走他的玩具，至尊主按祂的至尊意愿，使人们相聚和分离。

要旨 我们必须清楚，我们现在所处的特定状态，是至尊者按照我们过去的所作所为安排的。正如《博伽梵歌》第 13 章的第 23 节诗中所说，至尊主以超灵(Paramātmā)的形式处在每一个生物体的心中，因此了解我们在一生中的每一个阶段所从事的活动。根据我们的活动，祂以把我们置于某种特定环境的方式给予我们应得的一切。富人的儿子一出生就注定可以享受他父亲的财产，但实际上这个以富人孩子的身份前来的人，有资格享受那样的环境，因此凭至尊主的意愿他被置于那个环境中。到一定的时候，当那孩子必须被从那个地方移开时，也是因至尊者的意愿他被转走；到时，哪怕那孩子或父亲不愿意从这种快乐的关系中被分开也无济于事。同样的事情也发生在穷人身上。不管是富人还是穷人，都无法控制生物的这种相聚与分离。这节诗中所举的玩游戏者与他的玩具的例子，不应该被误解。人也许会争论说，既然至尊主有义务按照我们的所作所为给予我们相应的结果，玩游戏者的例子就不适用了。事实并非如此。我们必须永远记住：至尊主有至尊的意愿，祂不受任何法律的束缚。业报定律通常是种瓜得瓜、种豆得豆，但在特殊的情况下，至尊主会按祂的意愿改变结果。然而，这样的改变只有在至尊主愿意时才能做到，其他人是无法做到的。所以，这节诗中举的玩游戏者的例子十分恰当；至尊者完全有自由做祂想要做的一切，因为祂绝对完美，祂的活动或反应中没有任何错误。尤其针对纯粹奉献者时，至尊主更是会改变活动的结果。《博伽梵歌》第 9 章的第 30—31 节诗中保证说：毫无疑问，至尊主拯救那些全身心皈依祂的纯粹的奉献者，清除他们所有的恶报。世界历史中记载了无数至尊主改变人的报应的例子。如果至尊主能够改变人过去的活动所应得的报应，那么祂本人无疑不受祂自己活动或活动反应的任何束缚。祂是完美的，超越一切法律。

第 44 节　यन्मन्यसे ध्रुवं लोकमध्रुवं वा न चोभयम् ।
सर्वथा न हि शोच्यास्ते स्नेहादन्यत्र मोहजात् ॥४४॥

yan manyase dhruvaṁ lokam
adhruvaṁ vā na cobhayam
sarvathā na hi śocyās te
snehād anyatra mohajāt

yat—尽管如此 / manyase—你认为 / dhruvam—绝对真理 / lokam—人们 / adhruvam—非真实的 / vā—也 / na—或者不 / ca—也 / ubhayam—或两者 / sarvathā—在所有的情况下 / na—决不 / hi—肯定地 / śocyāḥ—悲伤的原因 / te—他们 / snehāt—出于爱 / anyatra—或者 / moha-jāt—出于迷惑

译文　君王啊！你或许认为灵魂是永恒的，或许认为物质躯体是容易腐烂和毁灭的，或许认为一切都存在于不具人格特征的绝对真理中，或许认为一切都是物质和灵魂难以理解和说明的组合：但无论你的认识如何，在任何情况下，分离的感受都只不过是由错觉影响造成的，仅此而已。

要旨 事实真相是，每一个生物都是至尊生物不可缺少的一个个体部分，其原本地位是至尊主的下属，责任是共同合作为祂做服务。生物无论是在物质存在受制约的状态下，还是在充满知识的永恒解脱的状态中，都永远受至尊主的控制。尽管不了解事实真相的人就有关生物的真正地位提出许多臆测性理论，但所有的哲学学者都承认：生物是永恒的，由五种物质元素组成的包裹生物的肉身是短暂的、容易腐烂的。受制于业报(karma)定律，永恒的生物不断地在不同的物质躯体中轮回，物质躯体则因其基本构造而容易腐烂和灭亡。既然当物质躯体在一定的时候腐烂、灭亡后灵魂被转入另一个躯体，那就根本没什么事情是值得悲伤的了。除了上述学者们的认识，世上还有些人相信灵魂摆脱物质牢笼后融入至尊灵性整体，有些人则只相信可触知的物质而不相信灵魂的存在。根据我们日常的经验，我们发现物体从一种形式转变为另一种形式，发生很多的变化，但却从不为这种变化而悲伤。一个人无论具有上述哪一种看法，都无法阻止神性力量的作用，任何人都阻止不了，因此没有理由悲伤。

第 45 节 तस्माज्जह्यङ्ग वैक्लव्यमज्ञानकृतमात्मनः ।
कथं त्वनाथाः कृपणा वर्तेरंस्ते च मां विना ॥४५॥

tasmāj jahy aṅga vaiklavyam
ajñāna-kṛtam ātmanaḥ
kathaṁ tv anāthāḥ kṛpaṇā
varteraṁs te ca māṁ vinā

tasmāt一所以 / jahi一放弃 / aṅga一国王啊 / vaiklavyam一心烦意乱 / ajñāna一愚昧 / kṛtam一由于 / ātmanaḥ一你自己的 / katham一如何 / tu一但 / anāthāḥ一无助的 / kṛpaṇāḥ一可怜的生物 / varteran一能够生存 / te一他们 / ca一也 / mām一我 / vinā一没有

译文　所以，停止你因为对自我无知而有的焦虑吧！你现在想，那些无力照顾自己的可怜生物如果没有你该如何活下去。

要旨　正是因为愚昧，我们才会以为我们的家人、朋友无力照顾自己，需要依靠我们的照顾。至尊主根据每一个生物体在这个世界得到的地位相应地给予所有的保护。至尊主被称为“众生的保护者(bhūta-bhṛt)”。由于除了至尊主没人能保护任何人，我们应该只履行自己的职责。对此，下面的诗中将有更明确的解释。

第 46 节　कालकर्मगुणाधीनो देहोऽयं पाञ्चभौतिकः ।
कथमन्यांस्तु गोपायेत्सर्पग्रस्तो यथा परम् ॥४६॥

kāla-karma-guṇādhīno
deho ’yaṁ pāñca-bhautikaḥ
katham anyāṁs tu gopāyet
sarpa-grasto yathā param

kāla－永恒的时间 / karma－行动 / guṇa－自然属性 / adhīnaḥ－在……的控制下 / dehaḥ－物质的身心 / ayam－这 / pāñca-bhautikaḥ－由五个元素构成 / katham－如何 / anyān－其他的 / tu－但是 / gopāyet－给予保护 / sarpa-grastaḥ－被蛇咬的人 / yathā－正如 / param－其他的

译文　这个由五种元素构成的粗糙躯体，本就受永恒时间(卡拉)、活动(卡尔玛)和物质自然属性(古纳)的控制。那么，自己已经在毒蛇口中的人，怎么可能去保护他人呢？

要旨　为争取自由而靠政治、经济、社会和文化宣传所开展的世界运动，对任何人都没有帮助，因为一切都由更高的力量所控制。受制约的灵魂完全被物质自然所控制，物质自然则以永恒时间和在各种自然属性指挥下的活动为代表。物质自然属性分善良、激情和愚昧三种。人除非处在善良属性的影响下，否则看不到事情的真相。受激情和愚昧属性的影响，人根本无法看清真相。所以，受激情和愚昧属性影响的人，无法按正确的方式活动。只有受善良属性影响的人，才能在一定的程度上帮助自己和他人。绝大多数人处在激情和愚昧属性的影响下，因此他们制定的计划很难对他人有帮助。在自然属性之上的是永恒的时间，它因为改变物质世界里一切事物的表现形式而被称为卡拉(kāla)。即使我们能够做一些暂时有好处的事情，到时也会看到：再好的规划也会随时间的流逝而以失败而告终。唯一可行的事情是：摆脱永恒时间的控制，永恒的时间被比喻为是咬人足以致命的眼镜蛇(kāla-sarpa)。《博伽梵歌》第 14 章的第 26 节诗告诉我们，要想摆脱眼镜蛇般的时间的钳制，清除物质自然属性的影响，最好的方法是练奉爱瑜伽(bhakti-yoga)。慈善活动中最完美的项目，是让大家都参与在全世界弘扬奉爱瑜伽的活动，因为唯有奉爱瑜伽才能把人们从诗中描述的以永恒时间、活动和自然属性为代表的错觉能量(māyā)的钳制中解放出来。《博伽梵歌》第 14 章的第 26 节诗中明确地证实了这一点。

第 47 节 अहस्तानि सहस्तानामपदानि चतुष्पदाम् ।
फल्गूनि तत्र महतां जीवो जीवस्य जीवनम् ॥४७॥

ahastāni sahastānām
apadāni catuṣ-padām
phalgūni tatra mahatāṁ
jīvo jīvasya jīvanam

ahastāni—那些没有手的生物体 / sa-hastānām—那些有手的 / apadāni—那些没有腿的 / catuḥ-padām—那些有四条腿的 / phalgūni—那些弱的 / tatra—那里 / mahatām—强大的 / jīvaḥ—生物體 / jīvasya—生物体的 / jīvanam—生存

译文　没有手的是有手的盘中餐，没有腿的是有四条腿的猎物。弱肉强食，一种生物体是另一种生物体的食物：这是普遍的规则。

要旨　为生存而挣扎的一整套法律是至尊意愿的体现，任何人用任何计划都逃不出这一法网。到这个物质世界来违抗至尊者意愿的普通生物，受制于至尊主授权的代理——物质世界中最高的力量玛亚·沙克提(māyā-śakti)；而这个神性玛亚的职责，就是用三种苦来折磨受制约的灵魂，其中的一种苦即这节诗中解释的“弱肉强食”。在这个物质世界里没有谁能强大都可以保护自身不受更强大者的攻击；按照至尊意愿的安排，物种的创造由弱至强。如果一只老虎吃了一个比它弱小的动物，包括人，并没有什么好悲伤的，因为至尊主的法律就是这么制定的。然而，尽管“一个生物体必须靠吃另一个生物体来维持生命”的弱肉强食定律是大自然的法律，但人类应该为了更高的目的遵守启示经典的法律。这一点是其他动物做不到的。人生是专门用来觉悟自我的；为了达到这个目的，人不该吃没有给至尊主供奉过的食物。至尊主接受祂的奉献者用蔬菜、水果、叶子和谷物给祂准备的各种食物。水果、叶子和牛奶是能够给至尊主供奉的食物，奉献者享受至尊主食用过的食物帕萨达么(prasāda)，从而逐渐减轻在为生存而苦苦挣扎的过程中所承受的痛苦。对此，《博伽梵歌》第 9 章的第 26 节诗给予了证实。就连那些习惯于吃动物肉的人也可以按照特定的宗教仪式规定供奉食物，但不是直接供奉给至尊主，而是供奉给至尊主的代理。经典中给予的指示不是为了鼓励人吃动物的肉，而是用规定的原则限制他们。

每一个生物体都是比他更强大的生物体赖以维生的食物。世上每一个角落都有生物体，但没有一个生物体是因为缺乏食物而饿死的，因此人在任何情况下都不该为其生存问题太过担心。纳茹阿达劝尤帝士提尔王不要担心他伯父、伯母没东西吃，因为他们可以在丛林中找到至尊主仁慈赐予的蔬菜，从而在维持生命的同时走争取解脱的路。

弱肉强食是生存的自然法则；在不同的物种中，这种现象比比皆是。在物质状态下靠人为的努力阻止不了这种倾向；解决问题的唯一方法是，通过灵修唤醒人类的灵性意识。然而，灵修的规范守则中不允许人一边宰杀弱小的动物，一边教导他人要和平共处。人如果不允许动物平静地生活，又怎么能期望人类社会和平共处呢？所以，盲目的领袖们必须先了解神，然后努力在世上建立神的王国。不唤醒全世界人民大众的神意识，要建立神的王国(Rāma-rājya)是不可能的事情。

第 48 节 तदिदं भगवान् राजन्नेक आत्मात्मनां स्वदृक् ।
अन्तरोऽनन्तरो भाति पश्य तं माययोरुधा ॥४८॥

tad idaṁ bhagavān rājann
eka ātmātmanāṁ sva-dṛk
antaro 'nantaro bhāti
paśya taṁ māyayorudhā

tat－因此 / idam－这个展示 / bhagavān－人格首神 / rājan－国王啊 / ekaḥ－独一无二的 / ātmā－超灵 / ātmanām－以祂的能量 / sva-dṛk－在质量上像祂一样 / antaraḥ－没有 / anantaraḥ－在祂之中、由祂自己 / bhāti－如此展示 / paśya－看 / tam－只向祂 / māyayā－通过展示不同的能量 / urudhā－看起来有许多

译文 因此，君王啊！你应该只注意至尊主；祂独一无二，用不同的能量展示自己，既在内又在外。

要旨 人格首神至尊主独一无二，但由于祂本性极乐，祂用不同的能量展示祂自己。生物是祂边缘能量的展示，在质上与祂一样。至尊主的外在能量范围内和内在能量范围中，都有着数不胜数的生物。灵性世界是至尊主内在能量的展示，在内在能量范围中的

生物都与至尊主在质上一样，且不受外在能量的污染。在物质世界里的生物虽然在质上与至尊主一样，但由于受外在能量的污染，其神性的品质以扭曲的形式展现出来，体验物质世界里的快乐与痛苦。然而，物质世界里的生物所具有的这些体验都是短暂的，并不影响灵性的灵魂。他们之所以感受这些短暂的痛苦与快乐，完全是因为他们忘了自己与至尊主在质上相同这一事实。至尊主从生物体的内在和外在有规律地展现祂自己，以此教化受制约的生物。从内在，祂以处在局部区域的超灵形式导正生物的欲望；从外在，祂借由祂的展示——灵性导师和启示经典，纠正生物的思想和言行。人应该把注意力转向至尊主，应该努力配合至尊主为教化堕落灵魂所从事的外在活动，而不该被所谓的快乐或痛苦打扰。人应该只是为了听从至尊主命令才当灵性导师，与至尊主合作；而不该为了个人利益和物质所得当灵性导师，把当灵性导师当做一种赚钱或养家糊口的职业。真正的灵性导师只注意至尊主并与祂合作。这样的灵性导师才真正可以说得上是与至尊主在质上相同，遗忘了至尊主的所谓灵性导师只不过是冒牌货而已。因此，纳茹阿达建议尤帝士提尔王，不要被所谓的快乐与痛苦一类的事情打扰，而该把注意力集中在至尊主身上，执行至尊主降临所带来的使命。那才是他的首要责任。

第 49 节　सोऽयमद्य महाराज भगवान् भूतभावनः ।
कालरूपोऽवतीर्णोऽस्यामभावाय सुरद्विषाम् ॥४९॥

so 'yam adya mahārāja
bhagavān bhūta-bhāvanaḥ
kāla-rūpo 'vatīrṇo 'syām
abhāvāya sura-dviṣām

saḥ－那至尊的主 / ayam－主奎师那 / adya－现在 / mahārāja－国王啊 / bhagavān－人格首神 / bhūta-bhāvanaḥ－创造之父的创造者 /

kāla-rūpaḥ－在吞噬一切的时间的伪装下 / avatīrṇaḥ－降临 / asyām－在世上 / abhāvāya－为了消灭 / sura-dviṣām－那些违背至尊主愿望的人

译文 那位至尊人格首神——圣主奎师那，装扮成吞食一切的时间(卡拉-茹帕)已降临到地球，消灭世上的邪恶之徒。

要旨 世上有两种人，一种是忌妒之人，一种是恭顺之人。既然至尊主独一无二，是众生的父亲，因此忌妒之人也是祂的儿子，但被称为恶魔(asuras)。服从至尊父亲的生物被称为半神人(devatās)，他们不受物质的生命概念的污染。恶魔们不仅忌妒至尊主，甚至否定至尊主的存在，而且还忌妒其他生物体。至尊主有时会来消灭世上的恶魔，改变由恶魔当道的局面，建立像潘达瓦兄弟那样的半神人统治。这节诗中说祂“装扮成永恒的时间”有其深刻的含义。祂一点儿都不危险，相反祂的形象由永恒、知识和极乐组成。祂向祂的奉献者展示祂真正的形象；在非奉献者面前，祂以时间形象(kāla-rūpa)，也就是因果形式出现。恶魔们极不喜欢至尊主的这一因果形式，因此把至尊主想成是没有形象的，以便自己感到安全，以为这样就不会被至尊主征服了。

第 50 节 निष्पादितं देवकृत्यमवशेषं प्रतीक्षते ।
तावद्यूयमवेक्षध्वं भवेद्यावदिहेश्वरः ॥५०॥

niṣpāditaṁ deva-kṛtyam
avaśeṣaṁ pratīkṣate
tāvad yūyam avekṣadhvaṁ
bhaved yāvad iheśvaraḥ

niṣpāditam－执行了 / deva-kṛtyam－代半神人做的 / avaśeṣam－其余的 / pratīkṣate－等着 / tāvat－直到那时 / yūyam－你们所有的潘达瓦兄

弟 / avekṣadhvam－观察和等待 / bhavet－可能 / yāvat－只要 / iha－在这个世界 / īśvaraḥ－至尊主

译文　至尊主已经履行了祂帮助半神人的责任，正等待着终场时刻的到来。你们——潘达瓦五兄弟，也应该等待，直到至尊主离开地球。

要旨　恶魔们不仅忌妒至尊主，也忌妒祂的奉献者；当这个物质世界里负责管理宇宙事务的半神人受到恶魔的严重干扰时，至尊主就会从祂所居住的处在灵性天空最高的星球(Kṛṣṇaloka)上降临。正如前面谈到过的，受制约的生物自己选择与物质世界接触，受想要主宰物质世界里的资源的强烈欲望驱使，成为他们所能感知到的一切的假主人。每一个生物体都想要成为神；在这类仿造神的人中存在着激烈的竞争，经典把这些竞争者称为恶魔——阿苏茹阿(asura)。当世上有太多的恶魔时，整个环境对至尊主的奉献者们来说就成了地狱。当恶魔横行天下时，生性爱神的人民大众，以及包括高等星球上的半神人在内的至尊主的纯粹奉献者，就会向至尊主祈祷，请求祂帮助减轻他们的痛苦。为回应他们的祈求，至尊主要么亲自从祂的住所降临，要么委派祂的某些奉献者来改变人类社会，甚至是动物社会中的堕落状态。社会动荡不安的状况不仅发生人类社会中，在动物、飞禽或其他物种中，包括半神人居住的高等星球上也都有发生。圣主奎师那亲自降临，消灭康萨、佳尔桑达和锡舒帕勒等恶魔；在尤帝士提尔王统治期间，至尊主几乎消灭了所有这些恶魔。祂现在在等待祂自己的王朝——雅杜王朝(Yadu-vaṁśa)的毁灭。雅杜王朝中的成员按祂的意愿来到地球这个世界，祂想在祂自己启程返回祂永恒的住所前让他们先离开。纳茹阿达像维杜茹阿一样没有透露雅杜王朝即将毁灭的消息，而只是间接地暗示尤帝士提尔王和他的弟弟们等待事情的发生，以及至尊主的离开。

第 51 节 धृतराष्ट्रः सह भ्रात्रा गान्धार्या च स्वभार्यया ।
दक्षिणेन हिमवत ऋषीणामाश्रमं गतः ॥५१॥

dhṛtarāṣṭraḥ saha bhrātrā
gāndhāryā ca sva-bhāryayā
dakṣiṇena himavata
ṛṣīṇām āśramaṁ gataḥ

dhṛtarāṣṭraḥ—兑塔瓦施陀 / saha—和……一起 / bhrātrā—他的弟弟维杜茹阿 / gāndhāryā—还有甘妲瑞 / ca—和 / sva-bhāryayā—他的妻子 / dakṣiṇena—南方 / himavataḥ—喜马拉雅山的 / ṛṣīṇām—圣人们的 / āśramam—庇护 / gataḥ—他去了

译文 君王啊！你伯父兑塔瓦施陀、他弟弟维杜茹阿和他妻子甘妲瑞，去了喜马拉雅山山脉的南边，在那里托庇于伟大的圣人们。

要旨 为了抚平尤帝士提尔王的悲伤情绪，纳茹阿达先是从哲学的角度加以劝导，随后开始描述他用预知的能力所看到的他伯父、伯母及叔父今后的活动。他的描述如下。

第 52 节 स्रोतोभिः सप्तभिर्या वै स्वर्धुनी सप्तधा व्यधात् ।
सप्तानां प्रीतये नाना सप्तस्रोतः प्रचक्षते ॥५२॥

srotobhiḥ saptabhir yā vai
svardhunī saptadhā vyadhāt
saptānāṁ prītaye nānā
sapta-srotaḥ pracakṣate

srotobhiḥ—由河流 / saptabhiḥ—由七个(分支) / yā—河流 / vai—肯定地 / svardhunī—神圣的恒河 / saptadhā—七个分支 / vyadhāt—创造 /

saptānām－七个的 / prītaye－为了满足 / nānā－各种各样的 / sapta-srotaḥ－七个源头 / pracakṣate－名为

译文　那个地方因为神圣的恒河在那里被分为七个支流，所以名叫萨普塔斯柔塔(一分为七)。这样做是为了满足七位伟大的圣人。

第 53 节　स्नात्वानुसवनं तस्मिन् हुत्वा चाग्नीन् यथाविधि ।
अब्भक्ष उपशान्तात्मा स आस्ते विगतैषणः ॥५३॥

snātvānusavanaṁ tasmin
hutvā cāgnīn yathā-vidhi
ab-bhakṣa upaśāntātmā
sa āste vigataiṣaṇaḥ

snātvā－通过沐浴 / anusavanam－有规律的三次(早、中、晚) / tasmin－在那一分为七的恒河里 / hutvā－通过举行火祭 / ca－也 / agnīn－在火中 / yathā-vidhi－完全按照经典的原则 / ap-bhakṣaḥ－禁食，只是喝水 / upaśānta－完全控制了 / ātmā－粗糙的感官和精微的心念 / saḥ－兑塔瓦施陀 / āste－将处于 / vigata－缺乏 / eṣaṇaḥ－与家人的利益有关的想法

译文　在萨普塔斯柔塔河岸边，兑塔瓦施陀将开始练八部瑜伽，每天早、中、晚沐浴三次，点火做火祭，只喝水。这样做帮助人控制心念和感官，使人完全摆脱对家人的思念及眷恋之情。

要旨　八部瑜伽(aṣṭāṅga-yoga)体系是一种用机械的方式控制感官和心念，把它们从物质导向灵性的灵修方法，其基本程序是：以一定的姿势坐下，控制体内运行的气，冥想，灵性思维，逐渐进入全神贯注的状态，面对绝对人物超灵(Paramātmā)。按照这种机械的方式提升自己达到灵性层面，需要遵守一定的规范守则，例如：

一天三次沐浴，尽可能地断食，坐下并把注意力集中于灵性主体，从而逐渐摆脱物质对象(viṣaya)。物质存在意味着全神贯注于纯粹是假象的物质对象。房子、国家、家庭、社会、孩子、财产和生意，都是把灵魂(ātmā, 阿特玛)包裹起来的物质覆盖，而瑜伽体系帮助人去除这些错觉性的想法，逐渐把注意力转向绝对人物超灵。靠物质的交往、联谊和教育，我们只学会了全神贯注于短暂易失的事物，但瑜伽是帮助人们把它们全部忘记的程序。现代所谓的瑜伽师和瑜伽体系向人们表演一些魔术，愚昧之人便深受这类虚假事物的吸引，或者把瑜伽体系视为是一种廉价的、可以治疗身体疾病的程序。但事实上，瑜伽体系是让我们学习忘记我们在物质存在中苦苦挣扎所养成的习惯和专注的事物的一整套程序。兑塔瓦施陀一生都在从事靠侵占潘达瓦兄弟的财产提升他亲生儿子的生活水平的家庭事务。这些对他这样的十足的物质主义者来说是常规事务。他对灵性力量一无所知，看不到这么做会把人从天堂拉向地狱。靠弟弟维杜茹阿的恩典，兑塔瓦施陀得到灵性的启蒙教育，能够看到自己所从事的完全是不实际的活动，能够为追求灵性觉悟而离开家。圣纳茹阿达正在预告兑塔瓦施陀在一个被神圣的恒河水流圣化了的地方灵修的情况。只喝水而不吃固体食物，也被视为是断食。这对取得灵性知识的进步是必要的。

愚蠢之人想要在不遵守规范守则的情况下成为廉价的“瑜伽师”。不先控制住自己舌头的人，很难成为瑜伽师(yogī)。瑜伽师与不控制吃喝、尽情享乐的人(bhogī)，是截然不同的两种人。不控制吃喝、尽情享乐的人，永远都成不了瑜伽师，因为瑜伽师从不会无限制地吃吃喝喝。看兑塔瓦施陀如何灵修也许对我们有帮助：他以只喝水并平静地坐在一个充满灵性气氛的地方作为他练瑜伽的开始，进而专注于冥想人格首神——主哈尔依(Hari)。

第 54 节　जितासनो जितश्वासः प्रत्याहृतषडिन्द्रियः ।
हरिभावनया ध्वस्तरजःसत्त्वतमोमलः ॥५४॥

jitāsano jita-śvāsaḥ
pratyāhṛta-ṣaḍ-indriyaḥ
hari-bhāvanayā dhvasta-
rajaḥ-sattva-tamo-malaḥ

jita-āsanaḥ－控制了坐姿的人 / jita-śvāsaḥ－控制了呼吸进程的人 / pratyāhṛta－转向 / ṣaṭ－六 / indriyaḥ－感官 / hari－绝对人格首神 / bhāvanayā－专注于 / dhvasta－制服了 / rajaḥ－激情 / sattva－善良 / tamaḥ－愚昧 / malaḥ－污染

译文　摆好坐姿(瑜伽体位)并按程序控制住呼吸的人，可以把感官转向绝对的人格首神，从而清除善良、激情和愚昧这三种物质自然属性的污染。

要旨　八部瑜伽的基本步骤是：体位法(āsana)、呼吸法(prāṇāyāma)、收摄感官(pratyāhāra)、集中注意力(dhāraṇā)、冥想和禅(dhyāna)等。兑塔瓦施陀王坐在一个神圣的地方，全神贯注于一个目标——至尊人格首神(哈尔依)，因此已经成功地完成了其他步骤。就这样，他用他所有的感官侍奉至尊主。这个程序帮助奉献者直接清除物质自然三种属性的污染。就连最高的物质自然属性——善良属性，都导致物质束缚，更不要说激情和愚昧属性了。激情和愚昧属性增强人渴望物质享乐，以及贪图积累财富和权利的强烈的物质倾向。克服了这两种基本欲望的人，把自己提升到充满知识和道德观的善良属性层面上，但还是不一定能控制眼睛、舌头、鼻子、耳朵和触觉感官。可是，人如果像前面谈过的那样，皈依主哈尔依的莲花足，就能超越所有物质属性的影响，坚定地为至尊主做服务。因此，奉爱瑜伽(bhakti-yoga)程序使人直接用感官为至尊主做爱心服务。这样做的结果是，人不再可能从事物质活动。这种把感官从依恋物质转向为至尊主做超然服务的程序——收摄感官(pratyāhāra)及冥想、禅(dhyāna)的程序，使人最终进入“专注于想尽办法取悦至尊主哈尔依”的全神贯注境界(samādhi)。

第 55 节 विज्ञानात्मनि संयोज्य क्षेत्रज्ञे प्रविलाप्य तम् ।
ब्रह्मण्यात्मानमाधारे घटाम्बरमिवाम्बरे ॥५५॥

vijñānātmani saṁyojya
kṣetrajñe pravilāpya tam
brahmaṇy ātmānam ādhāre
ghaṭāmbaram ivāmbare

vijñāna—净化了的身份 / ātmani—智慧中 / saṁyojya—完美地融合 / kṣetra-jñe—就生物体而言 / pravilāpya—融入 / tam—他 / brahmaṇi—在至尊者中 / ātmānam—纯粹的生物体 / ādhāre—在储藏所 / ghaṭa-ambaram—封闭的天空 / iva—像 / ambare—在至高的天空

译文 兑塔瓦施陀将必须把他纯洁的本体与智力融合，然后带着“他作为生物与至尊梵(布茹阿曼)在质上相同”的知识融入至尊生物。摆脱被封闭的物质天空后，他将要上升到灵性天空。

要旨 生物因为想要主宰物质世界并拒绝与至尊主合作而接触了被称为物质创造实体(mahat-tattva)的物质世界总体；从物质创造实体，他发展出与物质世界认同的假我、智力、心念和感官。这一切遮盖了他纯粹灵性的身份。人在觉悟了自我的纯真身份后，必须依靠瑜伽程序把五种粗糙的物质元素和心智等精微元素逐一再并入物质创造实体。他这样摆脱物质创造实体的钳制后，必须融入超灵的存在。换句话说，他必须认识到，他在质上与超灵没有区别，并通过把纯洁的本体与智力融合达到超越物质天空的目的，从此忙于为至尊主做超然的爱心服务。这是灵性本体所能达到的最高完美境界，兑塔瓦施陀依靠维杜茹阿和至尊主的恩典达到了这一境界。至尊主通过安排他与维杜茹阿会面赐予他仁慈；当他按照维杜茹阿的教导实践时，至尊主帮助他达到了最高的完美境界。

至尊主的纯粹奉献者既不住在物质天空里的任何星球上，也感觉不到他与物质元素有什么接触。他所谓的物质躯体根本不存在，因为其中充满了由于与至尊主具有共同的兴趣而产生的灵性力量。所以，他永远不受物质创造实体的任何污染。他做奉爱服务的结果使他超越七层物质遮盖进入灵性天空，并永远住在其中。受制约的灵魂在覆盖层内，而解脱的灵魂远在覆盖层外。

第 56 节　ध्वस्तमायागुणोदर्को निरुद्धकरणाशयः ।
निवर्तिताखिलाहार आस्ते स्थाणुरिवाचलः ।
तस्यान्तरायो मैवाभूः सन्न्यस्ताखिलकर्मणः ॥५६॥

dhvasta-māyā-guṇodarko
niruddha-karaṇāśayaḥ
nivartitākhilāhāra
āste sthāṇur ivācalaḥ
tasyāntarāyo maivābhūḥ
sannyastākhila-karmaṇaḥ

dhvasta－被摧毁 / māyā-guṇa－自然属性 / udarkaḥ－后影响 / niruddha－被停止 / karaṇa-āśayaḥ－感官和心神 / nivartita－停止 / akhila－所有的 / āhāraḥ－感官的食物 / āste－处于 / sthāṇuḥ－不可动的 / iva－像 / acalaḥ－固定的 / tasya－他的 / antarāyaḥ－妨碍 / mā eva－从未像那样 / abhūḥ－是 / sannyasta－弃绝了 / akhila－所有的种类 / karmaṇaḥ－物质责任切障碍。

译文 他将必须停止一切感官活动，甚至外部活动，对物质自然属性的影响所导致的感官相互间的作用将必须不为所动。他放弃一切物质责任后，必须毫不动摇地在解脱之途上走下去，跨越一切障碍。

要旨 靠按照瑜伽程序修炼，兑塔瓦施陀达到了消除自身所有种类的报应的阶段。物质自然属性的影响驱使其受害者不断地想要享受物质，变得欲壑难填。但是，人如果愿意，可以靠瑜伽程序摆脱这种虚假的享乐。物质躯体上的每一个感官都在不断地忙于寻找它的食粮，受制约的灵魂就这样受到来自四面八方的攻击，没有机会持之以恒地追求灵性进步。纳茹阿达建议尤帝士提尔王不要试图去把他伯父带回家，从而打扰他的灵修。他现在已经不再受任何物质事物的吸引。物质自然属性(guṇas)有不同的活动形式，但超越物质自然属性之上的，是绝对的灵性属性。梵文尼尔古纳(nirguṇa)的意思是没有报应。灵性的属性及其影响是一样的，因此梵文中用尼尔古纳一词把灵性属性与其物质的复制品区分开来。完全不再受物质自然属性影响的人，被允许进入灵性的领域，在灵性属性的指挥下活动——做奉爱服务(bhakti)。所以，与绝对者直接接触的人，可以达到活动没有报应的境界(nirguṇa)。

第57节 स वा अद्यतनाद्राजन् परतः पञ्चमेऽहनि ।
कलेवरं हास्यति स्वं तच्च भस्मीभविष्यति ॥५७॥

sa vā adyatanād rājan
paarataḥ pañcame 'hani
kalevaraṁ hāsyati svaṁ
tac ca bhasmī-bhaviṣyati

saḥ—他 / vā—很可能 / adya—今天 / tanāt—从 / rājan—国王啊 / parataḥ—将来 / pañcame—在第五 / ahani—天 / kalevaram—身体 /

hāsyati—将放弃 / svam—他自己的 / tat—那 / ca—也 / bhasmī—灰烬 / bhaviṣyati—将化为

译文 君王啊！他将离开他的躯体，最大的可能是在从今往后数的第十五天。他的躯体将化为灰烬。

要旨 纳茹阿达·牟尼的预言打消了尤帝士提尔王想要去他伯父所在地的念头，因为兑塔瓦施陀用他练就的神秘力量离开躯体后，甚至不需要任何丧葬仪式；纳茹阿达指出他的躯体将被烧成灰烬。按照瑜伽程序修炼所产生的神秘力量，可以使人达到这样的完美境界。瑜伽师能够在他自己选择好的时刻离开他的躯体，可以把他现有的躯体以自燃的方式烧成灰烬，然后去他想去的任何星球。

第 58 节 दह्यमानेऽग्निभिर्देहे पत्युः पत्नी सहोटजे ।
बहिः स्थिता पतिं साध्वी तमग्निमनु वेक्ष्यति ॥५८॥

dahyamāne 'gnibhir dehe
patyuḥ patnī sahoṭaje
bahiḥ sthitā patiṁ sādhvī
tam agnim anu vekṣyati

dahyamāne—当燃烧时 / agnibhiḥ—由火 / dehe—身体 / patyuḥ—丈夫的 / patnī—妻子 / saha-uṭaje—和茅草屋一起 / bahiḥ—外边 / sthitā—位于 / patim—向丈夫 / sādhvī—贞洁的妇女 / tam—那 / agnim—火 / anu vekṣyati —将全神贯注地边看边进入火中

译文 他贞节的妻子看到丈夫用神秘力量点燃的火燃烧自己和茅草屋时，将全神贯注地进入火中。

要旨 甘达瑞是贞节女士的典范；她陪伴丈夫一生，因此在看到丈夫用瑜伽神通把自己连同他居住的茅草屋都点燃时，不禁绝望了。她在失去一百个儿子后离开家，现在又在森林中看到自己最心爱的丈夫也燃烧起来，只剩下她自己孤单一人留在世上，于是进入正烧着丈夫的火中，随丈夫一起赴死。贞节女士进入燃烧死去丈夫的火中的做法，梵文称为萨缇(satī)仪式，在远古时期被视为是妇女最完美的行动。但在现代，这种仪式变成令人憎恶的犯罪事件，因为有人强迫不情愿这么做的妇女去做。在这个堕落的年代里，没有任何女士会像甘达瑞或古代其他女士那样贞节地按萨缇仪式做。像甘达瑞那样贞节的妻子宁愿让真正的火燃烧自己，也不愿忍受与丈夫分离而产生的离别之火的煎熬。这样的女士自愿奉行萨缇仪式，不需要他人可耻地强迫她去做。当这种仪式成为单纯是拘泥于形式，并强迫妇女去做时，它实际上就成了犯罪行为，因此国家的法律必须严禁这样的仪式。纳茹阿达·牟尼对甘达瑞的预言，阻止尤帝士提尔去找他那位成了寡妇的伯母。

第 59 节 विदुरस्तु तदाश्चर्यं निशाम्य कुरुनन्दन ।
हर्षशोकयुतस्तस्माद्गन्ता तीर्थनिषेवकः ॥५९॥

viduras tu tad āścaryaṁ
　niśāmya kuru-nandana
harṣa-śoka-yutas tasmād
　gantā tīrtha-niṣevakaḥ

viduraḥ—维杜茹阿同样 / tu—但是 / tat—那个事情 / āścaryam—奇妙的 / niśāmya—看着 / kuru-nandana—库茹王朝的儿子啊 / harṣa—喜悦 / śoka—悲痛 / yutaḥ—受影响 / tasmāt—从那地方 / gantā—将离开 / tīrtha—朝圣的地方 / niṣevakaḥ—获得了生气

译文 悲喜交加的维杜茹阿，随后将离开那里去朝圣。

要旨　兑塔瓦施陀在过去的生活中是个非常执著的物质主义者，因此维杜茹阿在看到哥哥兑塔瓦施陀作为解脱了的瑜伽师以非凡的方式离开躯体时感到惊喜交加。当然，正是由于维杜茹阿的缘故，他哥哥兑塔瓦施陀才实现了生命的真正目标。为此，维杜茹阿很高兴看到这一结果。但他同时也很遗憾没能把他哥哥转变为一名纯粹的奉献者。维杜茹阿之所以没有做到这一点，是因为兑塔瓦施陀曾经以恶毒的方式对待潘达瓦兄弟这些至尊主的奉献者。冒犯至尊主的奉献者(Vaiṣṇava)的莲花足，比冒犯至尊主本人的莲花足还要危险。至尊主很容易原谅冒犯祂的莲花足的人，但永远不会原谅冒犯祂奉献者的莲花足的人。兑塔瓦施陀曾经是个十足的物质主义者，维杜茹阿无疑非常慷慨地把仁慈给予了他哥哥兑塔瓦施陀。但这种仁慈的最终结果无疑取决于至尊主的意愿，所以兑塔瓦施陀在这一生只获得了解脱；人在经历了许多这样的解脱状态后，可以达到为至尊主做奉爱服务的阶段。维杜茹阿对他哥哥和嫂子的死必然感到很难过，而抚平这种悲痛的唯一方法就是去朝圣。因此，尤帝士提尔王也没有机会去把他那位还活着的叔父召回家。

第 60 节　इत्युक्त्वाथारुहत्स्वर्गं नारदः सहतुम्बुरुः ।
युधिष्ठिरो वचस्तस्य हृदि कृत्वाजहाच्छुचः ॥६०॥

ity uktvāthāruhat svargaṁ
nāradaḥ saha-tumburuḥ
yudhiṣṭhiro vacas tasya
hṛdi kṛtvājahāc chucaḥ

iti—如此 / uktvā—发言了 / atha—之后 / āruhat—上升 / svargam—外太空 / nāradaḥ—伟大的圣人纳茹阿达 / saha—随着 / tumburuḥ—他的琴 / yudhiṣṭhiraḥ—尤帝士提尔王 / vacaḥ—训诲 / tasya—他的 / hṛdi kṛtvā—留在心中 / ajahāt—放弃 / śucaḥ—所有的悲伤

译文 说完这些，伟大的圣人纳茹阿达便带着他的维那琴升入外太空。尤帝士提尔铭记他的教导，从此不再悲伤。

要旨 凭借至尊主的恩典，圣纳茹阿达得到灵性的躯体，成为一名永恒的太空人。他可以不受限制地在物质世界和灵性世界的外太空中任意遨游，可以在起心动念间进入任何一个他想去的星球。我们已经谈过他前世作为女仆的儿子所度过的一生。由于他与纯粹的奉献者联谊，他被提升到永恒的太空人的位置上，因而行动自由。所以，我们应该向纳茹阿达·牟尼学习，不必做无用功——试图靠机械的方式到其他星球上去。靠机械的方式甚至连月球这个离地球最近的星球也去不了。尤帝士提尔王是位虔诚的君王，因此有时能见到纳茹阿达·牟尼；任何想要见到纳茹阿达·牟尼的人，必须首先变得虔诚，并向纳茹阿达·牟尼学习。

到此为止，结束了巴克提韦丹塔对《圣典博伽瓦谭》第1篇第13章——“兑塔瓦施陀离家”所作的阐释。

第十四章

主奎师那的隐迹

第 1 节

सूत उवाच
सम्प्रस्थिते द्वारकायां जिष्णौ बन्धुदिदृक्षया ।
ज्ञातुं च पुण्यश्लोकस्य कृष्णस्य च विचेष्टितम् ॥१॥

sūta uvāca
samprasthite dvārakāyāṁ
jiṣṇau bandhu-didṛkṣayā
jñātuṁ ca puṇya-ślokasya
kṛṣṇasya ca viceṣṭitam

sūtaḥ uvāca一圣苏塔·哥斯瓦米说 / samprasthite一已去到 / dvārakāyām一杜瓦尔卡城 / jiṣṇau一阿尔诸纳 / bandhu一朋友和亲戚 / didṛkṣayā一去见他们 / jñātum一为了了解 / ca一也 / puṇya-ślokasya一那个被韦达赞美诗所歌颂的人 / kṛṣṇasya一主奎师那的 / ca一和 / viceṣṭitam一下一步的活动

译文 圣苏塔·哥斯瓦米说：阿尔诸纳到杜瓦尔卡去看望圣主奎师那和其他朋友，同时也从至尊主那里了解祂接下来要从事的活动。

要旨 《博伽梵歌》(Bhagavad-gītā)中声明，至尊主降临地球是为了保护对祂忠诚的人，消灭不虔诚之徒。因此，在打完库茹柴陀(Kurukṣetra)战争并建立尤帝士提尔王(Mahārāja Yudhiṣṭhira)的统治后，至尊主完成了祂此次降临的使命。潘达瓦兄弟(Pāṇḍavas)，尤其是圣阿尔诸纳(Arjuna)，都是至尊主永恒的同伴。正因为如此，阿尔诸纳去杜瓦尔卡(Dvārakā)听至尊主谈祂下一步的活动安排。

第 2 节　व्यतीताः कतिचिन्मासास्तदा नायात्ततोऽर्जुनः ।
दुदर्श घोररूपाणि निमित्तानि कुरूद्वहः ॥ २ ॥

vyatītāḥ katicin māsās
tadā nāyāt tato 'rjunaḥ
dadarśa ghora-rūpāṇi
nimittāni kurūdvahaḥ

vyatītāḥ—经过后 / katicit—几个 / māsāḥ—月 / tadā—那时 / na āyāt—没有回来 / tataḥ—从那里 / arjunaḥ—阿尔诸纳 / dadarśa—观察到 / ghora—可怕的 / rūpāṇi—现象 / nimittāni—不同的原因 / kuru-udvahaḥ—尤帝士提尔王

译文　几个月过去了，阿尔诸纳还没有回家。尤帝士提尔王接着开始注意到一些不吉祥的预兆，内容十分可怕。

要旨　至尊人格首神圣主奎师那比我们这个宇宙中最强有力的太阳还要强大无数倍。祂在一呼一吸之间便创造并毁灭了亿万个太阳。在物质世界中，太阳被视为是物质能量的源头；万物生长靠太阳，正是因为有了太阳，我们才能得到生活所需的一切。所以，当至尊主亲自降临地球期间，我们过平静、繁荣生活所需要的一切，尤其是宗教和知识，都因为至尊主的临在而得以充分的展现，恰似艳阳高照，万丈光芒辉煌四射。尤帝士提尔王在他的王国中察觉到一些不协调的现象，再加上得不到丝毫有关杜瓦尔卡是否安乐的消息，于是开始担心起身在远方的阿尔诸纳。他猜测主奎师那隐迹了，否则不可能出现可怕的预兆。

第 3 节　कालस्य च गतिं रौद्रां विपर्यस्तर्तुधर्मिणः ।
पापीयसीं नृणां वार्तां क्रोधलोभानृतात्मनाम् ॥ ३ ॥

kālasya ca gatiṁ raudrāṁ
viparyastartu-dharmiṇaḥ
pāpīyasīṁ nṛṇāṁ vārtāṁ
krodha-lobhānṛtātmanām

kālasya—永恒时间的 / ca—也 / gatim—方向 / raudrām—害怕的 / viparyasta—颠倒的 / ṛtu—季节的 / dharmiṇaḥ—有规律的 / pāpīyasīm—罪恶的 / nṛṇām—人类的 / vārtām—谋生的方法 / krodha—愤怒 / lobha—贪婪 / anṛta—虚假的 / ātmanām—人们的

译文　他看到：永恒时间的方向改变了，而这非常可怕；有规律的季节循环紊乱了；普通大众变得极为贪婪、愤怒和欺诈。他看到他们用卑鄙、肮脏的手段谋生。

要旨　当人类文明失去了与至尊人格首神的爱的关系时，季节规律改变、以肮脏的手段谋生、贪婪、愤怒和欺诈等现象就会滋生。季节规律的改变是指，一个季节的气候在另一个季节中展现，例如：雨季转到秋季，或者开花结果的季节转入另一个季节的时段中。不信神的人总是贪婪、愤怒和欺诈。这种人可以为谋生而采用黑白两道的任何手段。在尤帝士提尔王统治期间，上述这些现象明显不存在，所以他察觉到在他王国的神性气氛中出现哪怕丝毫的变化时都会感到震惊，立刻猜测是至尊主离开了。

用肮脏的手段谋生意味着不履行自己的规定职责。布茹阿玛纳(brāhmaṇa，婆罗门)、查锤亚(kṣatriya，刹帝利)、外夏(vaiśya，吠舍)和庶铎(śūdra，首陀罗)这四个社会阶层中，有适合每一个人履行的规定职责，但不履行自己所在阶层的规定职责却仍声称自己是属于那个阶层的人，所从事的是肮脏、卑鄙、不正当的活动。当人生活中没有更高的目标时，当他认为这短暂几年的地球生活是生命的全部时，他就会变得特别贪图钱财和权势。无知是人类社会所有这些反常现象出现的根源，而要去除这愚昧无知，尤其是想在这个堕落的年代中做到这一点，就需要我们已经拥有的如太阳般强大有力的《圣典博伽瓦谭》放射出的知识光芒。

第 4 节 जिह्मप्रायं व्यवहृतं शाठ्यमिश्रं च सौहृदम् ।
पितृमातृसुहृद्भ्रातृदम्पतीनां च कल्कनम् ॥ ४ ॥

jihma-prāyaṁ vyavahṛtaṁ
śāṭhya-miśraṁ ca sauhṛdam
pitṛ-mātṛ-suhṛd-bhrātṛ-
dam-patīnāṁ ca kalkanam

jihma-prāyam－欺骗 / vyavahṛtam－在所有普通的事务中 / śāṭhya－口是心非 / miśram－掺假的 / ca－和 / sauhṛdam－至于友好的祝福者 / pitṛ－父亲 / mātṛ－至于母亲 / suhṛt－祝福者 / bhrātṛ－亲兄弟 / dam-patīnām－至于丈夫和妻子 / ca－也 / kalkanam－互相争吵

译文 所有日常的交往都沾染了欺骗，甚至朋友间也不例外。在家庭中，父母与子女间、祝福者之间、兄弟之间，甚至丈夫与妻子间，总是彼此误解、吵闹，关系紧张。

要旨 受制约的灵魂生来具有四种不正当的倾向，它们分别是：犯错、疯狂、无能和欺骗。这些都是不完美的标志，而在这四项倾向中，欺骗他人的倾向尤为突出。受制约的灵魂之所以有这种欺骗的习惯，是因为受制约的灵魂一旦进入物质世界，心中便充满了要主宰物质世界的不符合他作为灵魂本性的欲望。生物在他的纯洁状态下不受物质自然法律的约束；因为在纯洁的状态中，他很清楚他作为生物是至尊神永恒的仆人，这种认识永远有利于他保持谦卑、服从的心态，而不是错误地企图主宰至尊主的财产。在受制约的状态中，生物永远都不可能成为他所感知到的一切的主宰，即使他“真的”成了主宰，他也不会感到满足。正因为如此，他成为各种形式的欺骗的牺牲者，就连与他最近、最亲的人之间都彼此欺骗。在这种低劣的环境中根本没有和睦可言，就连父亲和儿子，或丈夫与妻子间都没有。然而，有一个方法可以减轻所有这些不和睦的困难状况，那就是为至尊主做奉爱服务。要改变这虚伪、纷争的世界局面，只有靠为至尊主做奉爱服务，没有其他方法。尤帝士提尔王察觉到反常现象，于是推测至尊主离开了地球。

第 5 节　निमित्तान्यत्यरिष्टानि काले त्वनुगते नृणाम् ।
लोभाद्यधर्मप्रकृतिं दृष्ट्वोवाचानुजं नृपः ॥५॥

nimittāny atyariṣṭāni
kāle tv anugate nṛṇām
lobhādy-adharma-prakṛtiṁ
dṛṣṭvovācānujaṁ nṛpaḥ

nimittāni－原因 / ati－非常严重的 / ariṣṭāni－不祥的征兆 / kāle－随着时间的流逝 / tu－但是 / anugate－发生 / nṛṇām－全体人类的 / lobha-ādi－诸如贪婪 / adharma－反宗教 / prakṛtim－习惯 / dṛṣṭvā－观察到了 / uvāca－说 / anujam－弟弟 / nṛpaḥ－国王

译文　随着时间的流逝，人们变得习惯了贪婪、愤怒和骄傲等。尤帝士提尔王看到所有这些不吉祥的预兆，于是对他弟弟说话。

要旨　当社会中贪婪、愤怒、非宗教和虚伪等非人类所该展现的现象滋生时，像尤帝士提尔王这样虔诚的君王就会立刻变得心情不安。这节诗的说明显示，当时的人们对堕落社会的所有这些征象极为陌生；随着纷争的年代——喀历年代(Kali-yuga)的到来而出现的这些现象，使他们震惊。

第 6 节 युधिष्ठिर उवाच
सम्प्रेषितो द्वारकायां जिष्णुर्बन्धुदिदृक्षया ।
ज्ञातुं च पुण्यश्लोकस्य कृष्णस्य च विचेष्टितम् ॥ ६ ॥

yudhiṣṭhira uvāca
sampreṣito dvārakāyāṁ
jiṣṇur bandhu-didṛkṣayā
jñātuṁ ca puṇya-ślokasya
kṛṣṇasya ca viceṣṭitam

yudhiṣṭhiraḥ uvāca一尤帝士提尔王说 / sampreṣitaḥ一已去 / dvārakāyām一杜瓦尔卡 / jiṣṇuḥ一阿尔诸纳 / bandhu一朋友们 / didṛkṣayā一为了相聚 / jñātum一为了了解 / ca一也 / puṇya-ślokasya一人格首神的 / kṛṣṇasya一主奎师那的 / ca一和 / viceṣṭitam一活动计划

译文 尤帝士提尔王对他弟弟彼玛森纳说：我派阿尔诸纳到杜瓦尔卡去见他的朋友们，同时了解人格首神奎师那对活动的安排。

第 7 节 गताः सप्ताधुना मासा भीमसेन तवानुजः ।
नायाति कस्य वा हेतोर्नाहं वेदेदमञ्जसा ॥ ७ ॥

gatāḥ saptādhunā māsā
bhīmasena tavānujaḥ
nāyāti kasya vā hetor
nāhaṁ vededam añjasā

gatāḥ一离开了 / sapta一七 / adhunā一至今 / māsāḥ一月 / bhīmasena一彼玛森纳啊 / tava一你的 / anujaḥ一弟弟 / na一不 / āyāti一回来 / kasya一为什么 / vā一或者 / hetoḥ一原因 / na一不 / aham一我 / veda一知道 / idam一这 / añjasā一实际上

译文　自从他离开家，七个月过去了，但他还没有回来。我不知道那边究竟发生了什么事。

第 8 节　अपि देवर्षिणादिष्टः स कालोऽयमुपस्थितः ।
यदात्मनोऽङ्गमाक्रीडं भगवानुत्सिसृक्षति ॥ ८ ॥

api devarṣiṇādiṣṭaḥ
sa kālo 'yam upasthitaḥ
yadātmano 'ṅgam ākrīḍaṁ
bhagavān utsisṛkṣati

api—是否 / deva-ṛṣiṇā—受半神人中的圣人(纳茹阿达) / ādiṣṭaḥ—训示 / saḥ—那 / kālaḥ—永恒的时间 / ayam—这 / upasthitaḥ—到了 / yadā—当 / ātmanaḥ—祂自己的 / aṅgam—完整扩展 / ākrīḍam—展示 / bhagavān—人格首神 / utsisṛkṣati—即将离开

译文　难道真像半神人中的圣人纳茹阿达预示的，祂准备停止地球的娱乐活动了？那个时刻已经到了吗？

要旨　正如我们多次谈过的，至尊人格首神圣主奎师那有许多完整扩展，其中的每一个虽然都具有同等的力量，但所起的作用却各不相同。至尊主在《博伽梵歌》中做了不同的说明，而其中的每一个说明都说的是不同的完整扩展或完整扩展的部分扩展。例如：圣主奎师那在《博伽梵歌》中说：

“巴茹阿特的后裔啊！无论何时何地，每当宗教衰落，反宗教盛行，我就会亲自降临。”(《博伽梵歌》4.7)

“一个年代复一个年代，我亲自降临，以拯救虔诚的人，彻底消灭邪恶之徒，重建宗教原则。”(《博伽梵歌》4.8)

“要是我不履行规定职责，所有这些世界就都将遭毁灭。我将是要不得的后代之根源，并由此毁灭众生的和平。”(《博伽梵歌》3.24)

“无论伟人做什么，普通人都会跟着做；无论伟人以模范行为建立什么标准，整个世界都会遵从。”（《博伽梵歌》3.21）

至尊主的上述所有这些说明，都适用于桑卡尔珊(Saṅkarṣaṇa)、华苏戴瓦(Vāsudeva)、帕杜么纳(Pradyumna)、阿尼如达(Aniruddha)和纳茹阿亚纳(Nārāyaṇa)等祂的扩展。祂们都是至尊主本人不同的超然扩展。至尊主本人作为圣奎师那，在灵性世界与祂不同级别的奉献者进行超然的交流。尽管如此，主奎师那在布茹阿玛时间的每一个二十四小时(每隔八十六亿四千万太阳年)在每一个物质宇宙中显现一次，有规律地上演祂一系列超然的娱乐活动。然而，主奎师那、主华苏戴瓦等从事的一系列活动，对不在奉爱传承中的人来说太复杂难懂了。至尊主的本我、至尊主超然的身体，以及从事各种活动的祂的众多扩展之间没有区别。当至尊主本人圣奎师那显现时，祂的其他完整扩展也凭祂不可思议的尤嘎玛亚(yogamāyā)力量随祂一同显现，因此温达文(Vṛndāvana)的主奎师那不同于玛图茹阿(Mathurā)的主奎师那或杜瓦尔卡(Dvārakā)的主奎师那。主奎师那用祂不可思议的力量展现出的宇宙形象(virāṭ-rūpa)也与祂本人不同。祂在库茹柴陀战场上展示的宇宙形象，是有关祂形象的物质概念。因此应该了解，当至尊主表面上被猎人射出的箭杀死时，至尊主把祂所谓的物质躯体留在了物质世界。至尊主被称为凯瓦利亚(kaivalya)，因为一切都是祂创造的，对祂来说根本没有物质和灵性的区别。因此，祂退出一个身体或接受另一个身体，并不意味着祂与普通生物一样。祂不可思议的力量使这一切活动都同时既一样又不同。尤帝士提尔王在为祂有可能隐迹的事情而感到悲伤时，按照人类的习俗表现出是在为一个了不起的朋友的离开而悲伤；但事实上，至尊主从不会像智力欠佳之人所错误设想的那样离开祂超然的身体。至尊主本人在《博伽梵歌》中谴责了这种缺乏智慧的人，把他们称为傻瓜(mūḍha)。说至尊主离开祂的身体的意思是：正如祂把宇宙形象留在物质世界中，祂再次把祂的完整扩展留在了不同的超然之地(dhāmas)。

第 9 节　यस्मान्नः सम्पदो राज्यं दाराः प्राणाः कुलं प्रजाः ।
आसन् सपत्नविजयो लोकाश्च यदनुग्रहात् ॥ ९ ॥

yasmān naḥ sampado rājyaṁ
dārāḥ prāṇāḥ kulaṁ prajāḥ
āsan sapatna-vijayo
lokāś ca yad-anugrahāt

yasmāt—从某人 / naḥ—我们的 / sampadaḥ—财富 / rājyam—王国 / dārāḥ—好妻子 / prāṇāḥ—生命的存在 / kulam—王朝 / prajāḥ—臣民 / āsan—变得可能 / sapatna—竞争者 / vijayaḥ—征服 / lokāḥ—将来在更高等星球的生活 / ca—和 / yat—由某人 / anugrahāt—凭……的仁慈

译文　正是因为有祂，我们的生命、王国的财富、优秀的妻子、后代等才有保障；统治臣民、战胜敌人及将来升入高等星球等才有可能。所有这一切，都是祂出于对我们没有缘故的仁慈赐予我们的。

要旨　优秀的妻子、舒适的住房、大片的土地、孝顺的子女、贵族亲戚、在竞争中获胜，以及靠从事虔诚的活动在更高的天堂星球中享受到更舒适的生活条件，都属于物质的成就。这一切不是光靠繁重的体力劳动或不正当的手段就能得到，而是要靠至尊主的仁慈。要获得物质的成就不仅靠个人的努力，还要靠至尊主的仁慈。除了至尊主的祝福，一定要有个人的辛勤努力；但在没有至尊主祝福的情况下，没人能光靠个人努力获得成功。喀历年代中的现代人相信个人努力，否认至尊主的祝福。就连一位印度的大托钵僧(sannyāsī)在芝加哥发表演讲时都否认至尊主的祝福。但从韦达经典(śāstras)的角度看，正如我们在《圣典博伽瓦谭》(Śrīmad-Bhāgavatam)的篇章中读到的，每一件事情是否能成功，最终的审批权掌握在至尊主手中。尤帝士提尔王在谈到他个人的成就时承认这一事实，因此要想有一个完全成功的人生，我们有必要向伟大的君王学习。如果人能够在没有至尊主批准的情况下获得成功，就不会发生医生治不好病人的情况了。我们看到，有时尽管经验最丰富的医生用最先进的医疗手段治疗受苦的病人，病人还是死去；但有时即使在最绝望的状态下，病人竟然在没有得到医治的情况下令人惊讶地痊愈了。因此结论是：神的批准是一切好与坏的事情发生最直接的原因。所有获得成功的人，都应该为他所获得的一切而感谢至尊主。

第 10 节 पश्योत्पातान्नरव्याघ्र दिव्यान् भौमान् सदैहिकान् ।
दारुणान् शंसतोऽदूराद्भयं नो बुद्धिमोहनम् ॥१०॥

paśyotpātān nara-vyāghra
divyān bhaumān sadaihikān
dāruṇān śaṁsato 'dūrād
bhayaṁ no buddhi-mohanam

paśya—看吧 / utpātān—干扰 / nara-vyāghra—拥有老虎般力量的人啊 / divyān—天空中发生的或因星球的影响 / bhaumān—地球上发生的 / sa-daihikān—发生在身体和心理的 / dāruṇān—非常的危险 / śaṁsataḥ—标志 / adūrāt—在不久的将来 / bhayam—危险 / naḥ—我们 / buddhi—智慧 / mohanam—迷惑

译文 具有老虎般力量的人啊！请看，天体的影响、地球的反应及身体疼痛所造成的这么多本身已十分危险的痛苦，都通过迷惑我们的智力向我们预示了不久的将来所要面临的危险。

要旨 物质文明的进步意味着三种痛苦的增加，这些痛苦来自天体的影响、地球的反应，以及我们自己的躯体和心。天空中的星球的影响，造成酷热、寒冷、暴雨连绵或干旱等许多天灾，以及随之而来的饥荒、疾病和瘟疫，使得生物体身心承受着巨大的痛苦。人造的物质科技在这三种痛苦面前一筹莫展。然而，这些痛苦都是至尊主更高的能量玛亚在至尊主的指导下所实施的惩罚。因此，我们如果靠为至尊主做奉爱服务一直不断地与至尊主接触，我们的痛苦就会减轻，在履行我们的人类职责时就不会受干扰。但是，不相信神的存在的邪恶之人(asuras)，却试图靠他们自己制定的计划去对抗所有这些痛苦，结果每一次都以失败而告终。《博伽梵歌》第7章的第14节诗中明确地说，物质能量的反作用是物质自然三种属性的产物，因此永远都无法克服；只有怀着奉爱之心完全皈依在至尊主莲花足下的人，才能战胜它们。

第 11 节　ऊर्वक्षिबाहवो मह्यं स्फुरन्त्यङ्ग पुनः पुनः ।
वेपथुश्चापि हृदये आराद्दास्यन्ति विप्रियम् ॥११॥

ūrv-akṣi-bāhavo mahyaṁ
sphuranty aṅga punaḥ punaḥ
vepathuś cāpi hṛdaye
ārād dāsyanti vipriyam

ūru — 大腿 / akṣi — 眼睛 / bāhavaḥ — 手臂 / mahyam — 在我 / sphuranti — 颤抖的 / aṅga — 身体的左侧 / punaḥ punaḥ — 一次又一次 / vepathuḥ — 心悸 / ca — 肯定地 / api — 也 / hṛdaye — 在心中 / ārāt — 由于害怕 / dāsyanti — 标志 / vipriyam — 令人不快的

译文　我的左腿、左臂和左眼都不停地颤抖。恐惧使我心悸。这一切都说明正在发生令人不快的事情。

要旨　物质存在中充满了令人不快的事。某种更高的能量把我们不想要的事情强加在我们身上，而我们看不到这一切其实都由三种物质自然属性在操控。我们必须知道：如果我们左侧的眼睛、手臂和大腿一直不停地在颤抖，就说明令人不快的事情将要发生了。这些令人不快的事情被比作是森林大火。没人愿意到森林中去点燃大火，但火却在森林中自行燃烧起来，给森林中的生物体们制造了无法想象的灾难。这样的森林大火无法靠人力扑灭，只有靠至尊主仁慈地派遣云朵到森林上空降下大雨才能扑灭。同样，我们制定任何计划都无法阻止生活中发生令人不快的事情。只有靠至尊主的仁慈才能去除这些痛苦。至尊主仁慈地派祂真正的代表来教导人类，以这样的方式拯救他们，使他们免遭一切灾难。

第 12 节 शिवैषोद्यन्तमादित्यमभिरौत्यनलानना ।
मामङ्ग सारमेयोऽयमभिरेभत्यभीरुवत् ॥१२॥

śivaiṣodyantam ādityam
abhirauty analānanā
mām aṅga sārameyo 'yam
abhirebhaty abhīruvat

śivā—豺 / eṣā—这 / udyantam—升起 / ādityam—向太阳 / abhi—向着 / rauti—叫喊 / anala—火 / ānanā—脸 / mām—向我 / aṅga—彼玛啊 / sārameyaḥ—狗 / ayam—这 / abhirebhati—向着……吠 / abhīru-vat—不害怕地

译文 彼玛啊！你看那只母豺是怎样在太阳升起时号叫并口喷火焰的，这只狗竟然毫不畏惧地向我狂吠。

要旨 这些都是预示即将发生令人不快之事的不祥预兆。

第 13 节 शस्ताः कुर्वन्ति मां सव्यं दक्षिणं पशवोऽपरे ।
वाहांश्च पुरुषव्याघ्र लक्षये रुदतो मम ॥१३॥

śastāḥ kurvanti māṁ savyaṁ
dakṣiṇaṁ paśavo 'pare
vāhāṁś ca puruṣa-vyāghra
lakṣaye rudato mama

śastāḥ—像乳牛一样有用的动物 / kurvanti—经过 / mām—我 / savyam—在左边 / dakṣiṇam—巡行 / paśavaḥ apare—其他如驴一样的低等动物 / vāhān—马匹 / ca—也 / puruṣa-vyāghra—人中之虎啊 / lakṣaye—我看到 / rudataḥ—哭泣 / mama—我的

译文　啊，彼玛森纳，人中之虎！此刻，乳牛等对人类有帮助的动物正从我身体的左侧经过，驴一类的低等动物正绕着我巡行。我的马儿们似乎正哭泣着看着我。

第 14 节　मृत्युदूतः कपोतोऽयमुलूकः कम्पयन्मनः ।
प्रत्युलूकश्च कुह्वानैर्विश्वं वै शून्यमिच्छतः ॥१४॥

mṛtyu-dūtaḥ kapoto 'yam
ulūkaḥ kampayan manaḥ
pratyulūkaś ca kuhvānair
viśvaṁ vai śūnyam icchataḥ

mṛtyu—死亡 / dūtaḥ—使者 / kapotaḥ—鸽子 / ayam—这 / ulūkaḥ—猫头鹰 / kampayan—发抖 / manaḥ—心 / pratyulūkaḥ—猫头鹰的竞争对手乌鸦 / ca—和 / kuhvānaiḥ—尖叫 / viśvam—宇宙 / vai—任一个 / śūnyam—空无 / icchataḥ—愿望

译文　看啊！这只鸽子就像死亡的使者。猫头鹰与它们的竞争对手乌鸦发出的尖叫声，使我的心颤抖不已。它们看似要使整个宇宙化为乌有。

第 15 节 धूम्रा दिशः परिधयः कम्पते भूः सहाद्रिभिः ।
निर्घातश्च महांस्तात साकं च स्तनयित्नुभिः ॥१५॥

dhūmrā diśaḥ paridhayaḥ
kampate bhūḥ sahādribhiḥ
nirghātaś ca mahāṁs tāta
sākaṁ ca stanayitnubhiḥ

dhūmrāḥ—冒烟的 / diśaḥ—四面八方 / paridhayaḥ—环绕 / kampate—震动 / bhūḥ—地球 / saha adribhiḥ—包括山 / nirghātaḥ—晴天闪电 / ca—也 / mahān—非常巨大 / tāta—彼玛呀 / sākam—和 / ca—也 / stanayitnubhiḥ—无云响雷

译文 你看，天空烟雾缭绕，仿佛大地和高山都在震动。你听那无云的霹雳声，看那蓝天中的闪电。

第 16 节 वायुर्वाति खरस्पर्शो रजसा विसृजंस्तमः ।
असृग्वर्षन्ति जलदा बीभत्समिव सर्वतः ॥१६॥

vāyur vāti khara-sparśo
rajasā visṛjaṁs tamaḥ
asṛg varṣanti jaladā
bībhatsam iva sarvataḥ

vāyuḥ—风 / vāti—吹动 / khara-sparśaḥ—急剧地 / rajasā—由尘土 / visṛjan—创造 / tamaḥ—黑暗 / asṛk—血 / varṣanti—降下 / jaladāḥ—云 / bībhatsam—灾难的 / iva—像 / sarvataḥ—到处

译文 狂风大作，尘土飞扬，使四下一片昏暗。云朵到处降下血雨，各地灾难不断。

第 17 节 सूर्यं हतप्रभं पश्य ग्रहमर्दं मिथो दिवि ।
ससङ्कुलैर्भूतगणैर्ज्वलिते इव रोदसी ॥१७॥

sūryaṁ hata-prabhaṁ paśya
graha-mardaṁ mitho divi
sasaṅkulair bhūta-gaṇair
jvalite iva rodasī

sūryam—太阳 / hata-prabham—光线正减弱 / paśya—看啊 / graha-mardam—星辰在撞击 / mithaḥ—相互之间 / divi—在天空中 / sa-saṅkulaiḥ—混着 / bhūta-gaṇaiḥ—由生物体 / jvalite—被点燃 / iva—好像 / rodasī—哭泣

译文 太阳的光芒减弱了，满天的星斗看似彼此在争战。困惑的众生似乎都在哭泣，情绪亢奋。

第 18 节 नद्यो नदाश्च क्षुभिताः सरांसि च मनांसि च ।
न ज्वलत्यग्निराज्येन कालोऽयं किं विधास्यति ॥१८॥

nadyo nadāś ca kṣubhitāḥ
sarāṁsi ca manāṁsi ca
na jvalaty agnir ājyena
kālo 'yaṁ kiṁ vidhāsyati

nadyaḥ—河流 / nadāḥ ca—支流 / kṣubhitāḥ—全都混乱 / sarāṁsi—水库 / ca—和 / manāṁsi—心 / ca—也 / na—不 / jvalati—点燃 / agniḥ—火 / ājyena—用黄油 / kālaḥ—时间 / ayam—非常特别 / kim—什么 / vidhāsyati—将要发生

译文 江河及其支流，还有池塘、水库和思绪，全都混乱不堪。黄油再也不能点燃火了。这异常的时刻是什么？今后会发生什么事？

第 19 节 न पिबन्ति स्तनं वत्सा न दुह्यन्ति च मातरः ।
रुदन्त्यश्रुमुखा गावो न हृष्यन्त्यृषभा व्रजे ॥१९॥

na pibanti stanaṁ vatsā
na duhyanti ca mātaraḥ
rudanty aśru-mukhā gāvo
na hṛṣyanty ṛṣabhā vraje

na—并不 / pibanti—吸吮 / stanam—乳房 / vatsāḥ—牛犊 / na—不 / duhyanti—允许挤奶 / ca—也 / mātaraḥ—乳牛 / rudanti—叫喊 / aśru-mukhāḥ—泪流满面 / gāvaḥ—乳牛 / na—不 / hṛṣyanti—享受 / ṛṣabhāḥ—公牛 / vraje—在牧场

译文 牛犊不再吸母牛的乳头，乳牛也不再产奶。它们一动不动地站在那里哭泣，眼里满是泪水；公牛在牧场上也不再感到快乐。

第 20 节 दैवतानि रुदन्तीव स्विद्यन्ति ह्युच्चलन्ति च ।
इमे जनपदा ग्रामाः पुरोद्यानाकराश्रमाः ।
भ्रष्टश्रियो निरानन्दाः किमघं दर्शयन्ति नः ॥२०॥

daivatāni rudantīva
svidyanti hy uccalanti ca
ime jana-padā grāmāḥ
purodyānākarāśramāḥ
bhraṣṭa-śriyo nirānandāḥ
kim aghaṁ darśayanti naḥ

daivatāni—庙里的神像 / rudanti—好像在哭泣 / iva—就像 / svidyanti—出汗 / hi—肯定地 / uccalanti—好像要外出 / ca—也 / ime—这些 / jana-padāḥ—城市 / grāmāḥ—村庄 / pura—小镇 / udyāna—花园 /

ākara－矿山 / āśramāḥ－隐居所等 / bhraṣṭa－缺乏 / śriyaḥ－美 / nirānandāḥ－失去了所有的快乐 / kim－什么样的 / agham－不幸 / darśayanti－将会展现 / naḥ－向我们

译文　庙内的神像似乎都在哭泣、哀叹和流汗，像是准备离开。所有的城市、乡村、城镇、花园、矿山和隐居所此刻都不再美丽，失去了所有的欢乐。真不知什么样的灾难在等着我们！

第 21 节　मन्य एतैर्महोत्पातैर्नूनं भगवतः पदैः ।
अनन्यपुरुषश्रीभिर्हीना भूर्हतसौभगा ॥२१॥

manya etair mahotpātair
　nūnaṁ bhagavataḥ padaiḥ
ananya-puruṣa-śrībhir
　hīnā bhūr hata-saubhagā

manye－我视为当然 / etaiḥ－以所有这些 / mahā－伟大的 / utpātaiḥ－增加 / nūnam－因缺乏 / bhagavataḥ－人格首神的 / padaiḥ－脚底的记号 / ananya－特殊的 / puruṣa－至尊人格的 / śrībhiḥ－以吉祥的征兆 / hīnā－无依无靠的 / bhūḥ－地球 / hata-saubhagā－没有好运

译文　我认为，地球上所有这些混乱的现象都表明，这个世界不再鸿运当头。这世界曾有幸印上至尊主莲花足的足印，而现在这些乱象表明，此一好运不再有。

第 22 节　इति चिन्तयतस्तस्य दृष्टारिष्टेन चेतसा ।
राज्ञः प्रत्यागमद् ब्रह्मन् यदुपुर्याः कपिध्वजः ॥२२॥

iti cintayatas tasya
　dṛṣṭāriṣṭena cetasā

rājñaḥ pratyāgamad brahman
yadu-puryāḥ kapi-dhvajaḥ

iti—如此 / cintayataḥ—想时 / tasya—他 / dṛṣṭā—通过观察 / ariṣṭena—不祥的预兆 / cetasā—由心 / rājñaḥ—国王 / prati—回 / āgamat—来 / brahman—布茹阿玛纳呀 / yadu-puryāḥ—从雅杜王朝 / kapi-dhvajaḥ—阿尔诸纳

译文 布茹阿玛纳·绍纳卡啊！观察到地球上这些不吉祥征兆的尤帝士提尔王正在这样思索时，阿尔诸纳从雅杜王朝的都市(杜瓦尔卡)回到家中。

第 23 节 तं पादयोर्निपतितमयथापूर्वमातुरम् ।
अधोवदनमब्बिन्दून् सृजन्तं नयनाब्जयोः ॥२३॥

taṁ pādayor nipatitam
ayathā-pūrvam āturam
adho-vadanam ab-bindūn
sṛjantaṁ nayanābjayoḥ

tam—他(阿尔诸纳) / pādayoḥ—在脚上 / nipatitam—顶拜 / ayathā-pūrvam—空前的 / āturam—沮丧的 / adhaḥ-vadanam—低着头 / ap-bindūn—水滴 / sṛjantam—创造 / nayana-abjayoḥ—从莲花般的眼睛里

译文 当他向尤帝士提尔王顶礼时，君王看出他心情从未有过的沮丧。他低着头，眼泪从他莲花般的眼里悄悄地流了出来。

第 24 节 विलोक्योद्विग्नहृदयो विच्छायमनुजं नृपः ।
पृच्छति स्म सुहृन्मध्ये संस्मरन्नारदेरितम् ॥२४॥

vilokyodvigna-hṛdayo
vicchāyam anujaṁ nṛpaḥ

pṛcchati sma suhṛn madhye
saṁsmaran nāraderitam

vilokya—通过看 / udvigna—焦急 / hṛdayaḥ—心 / vicchāyam—面色苍白 / anujam—阿尔诸纳 / nṛpaḥ—国王 / pṛcchati sma—问 / suhṛt—朋友们 / madhye—其中 / saṁsmaran—记住 / nārada—纳茹阿达圣人 / īritam—由……表明

译文 看到阿尔诸纳因心情焦虑而脸色苍白，君王想起了圣人纳茹阿达的指示，于是当着朋友们的面向他询问。

第 25 节

युधिष्ठिर उवाच
कच्चिदानर्तपुर्यां नः स्वजनाः सुखमासते ।
मधुभोजदशार्हार्हसात्वतान्धकवृष्णयः ॥२५॥

yudhiṣṭhira uvāca
kaccid ānarta-puryāṁ naḥ
sva-janāḥ sukham āsate
madhu-bhoja-daśārhārha-
sātvatāndhaka-vṛṣṇayaḥ

yudhiṣṭhiraḥ uvāca—尤帝士提尔说 / kaccit—是否 / ānarta-puryām—杜瓦尔卡的 / naḥ—我们 / sva-janāḥ—亲戚 / sukham—高兴地 / āsate—过日子 / madhu—玛杜 / bhoja—博佳 / daśārha—达沙尔哈 / ārha—阿尔哈 / sātvata—萨特瓦塔 / andhaka—安达卡 / vṛṣṇayaḥ—维施尼家庭的

译文 尤帝士提尔王说：亲爱的弟弟，请告诉我，玛杜、博佳、达沙尔哈、阿尔哈、萨特瓦塔、安达卡等我们的朋友和亲戚，以及雅杜家族的其他成员，每天过得是否幸福。

第 26 节 शूरो मातामहः कच्चित्स्वस्त्यास्ते वाथ मारिषः ।
मातुलः सानुजः कच्चित्कुशल्यानकदुन्दुभिः ॥२६॥

śūro mātāmahaḥ kaccit
svasty āste vātha māriṣaḥ
mātulaḥ sānujaḥ kaccit
kuśaly ānakadundubhiḥ

śūraḥ—舒茹阿森纳 / mātāmahaḥ—外祖父 / kaccit—是否 / svasti—全都好 / āste—过他的日子 / vā—或者 / atha—因此 / māriṣaḥ—尊敬的 / mātulaḥ—舅舅 / sa-anujaḥ—和他的弟弟 / kaccit—是否 / kuśalī—都好 / ānaka-dundubhiḥ—瓦苏戴瓦

译文 我可敬的祖父舒茹阿森纳心情愉快吗？我舅父瓦苏戴瓦和他的弟弟们都好吗？

第 27 节 सप्त स्वसारस्तत्पत्न्यो मातुलान्यः सहात्मजाः ।
आसते सस्नुषाः क्षेमं देवकीप्रमुखाः स्वयम् ॥२७॥

sapta sva-sāras tat-patnyo
mātulānyaḥ sahātmajāḥ
āsate sasnuṣāḥ kṣemaṁ
devakī-pramukhāḥ svayam

sapta—七个 / sva-sāraḥ—自己的姊妹 / tat-patnyaḥ—他的妻子 / mātulānyaḥ—姨 / saha—以及 / ātma-jāḥ—儿子和孙子 / āsate—都 / sasnuṣāḥ—和他们的儿媳妇 / kṣemam—欢乐 / devakī—黛瓦克伊 / pramukhāḥ—以……为首 / svayam—亲自

译文 以黛瓦克伊为首的他的七位夫人本就是姐妹。她们和她们的儿子、媳妇都快乐吗？

第 28—29 节　कच्चिद्राजाहुको जीवत्यसत्पुत्रोऽस्य चानुजः ।
हृदीकः ससुतोऽक्रूरो जयन्तगदसारणाः ॥२८॥
आसते कुशलं कच्चिद्ये च शत्रुजिदादयः ।
कच्चिदास्ते सुखं रामो भगवान् सात्वतां प्रभुः ॥२९॥

kaccid rājāhuko jīvaty
asat-putro 'sya cānujaḥ
hṛdīkaḥ sasuto 'krūro
jayanta-gada-sāraṇāḥ

āsate kuśalaṁ kaccid
ye ca śatrujid-ādayaḥ
kaccid āste sukhaṁ rāmo
bhagavān sātvatāṁ prabhuḥ

kaccit—是否 / rājā—国王 / āhukaḥ—乌卦森纳的另一个名字 / jīvati—还活着 / asat—作恶多端的 / putraḥ—儿子 / asya—他的 / ca—也 / anujaḥ—弟弟 / hṛdīkaḥ—慧迪卡 / sa-sutaḥ—和他的儿子奎塔瓦尔玛 / akrūraḥ—阿库茹阿 / jayanta—佳延塔 / gada—嘎达 / sāraṇāḥ—萨茹阿纳 / āsate—他们是否都 / kuśalam—快乐 / kaccit—是否 / ye—他们 / ca—也 / śatrujit—沙陀吉特 / ādayaḥ—由……带领 / kaccit—是否 / āste—他们 / sukham—都好 / rāmaḥ—巴拉茹阿玛 / bhagavān—人格首神 / sātvatām—奉献者的 / prabhuḥ—保护者

译文　儿子是恶棍康萨的乌卦森纳和他弟弟是否都还健在？慧迪卡和他儿子奎塔瓦尔玛都幸福吗？阿库茹阿、佳延塔、嘎达、萨茹阿纳和沙陀吉特都快乐吧？人格首神——奉献者的保护人巴拉茹阿玛好吗？

要旨　潘达瓦兄弟的首都哈斯提纳普尔(Hastināpura)地处新德里附近，而乌卦森纳(Ugrasena)的王国在玛图茹阿。在从杜瓦尔卡返回德里的途中，经过玛图茹阿的阿尔诸纳必然要进城拜访一下，因此尤帝士提尔王询问玛图茹阿国王的情况是很正常的。在提到很多亲戚的名字时，尤帝士提尔王之所以在主奎师那的哥哥茹阿玛(Rāma)或称巴拉茹阿玛(Balarāma)的前面加上“人格首神”一词，是因为主巴拉茹阿玛作为主奎师那的帕喀沙形象(prakāśa-vigraha)是维施努范畴(viṣṇu-tattva)的直接扩展。至尊主虽然独一无二，但却扩展出许多其他生物。属于维施努范畴的生物都是至尊主的直接扩展，在质和量上都与至尊主本人一样。但至尊主扩展出的属于个体能量(jīva-śakti)范畴的生物则是普通生物，虽然在质上与至尊主一样，但在量上根本无法与至尊主相比。认为个体能量范畴的生物与维施努范畴中的生物处在同一个层面上的人，被视为是世上被诅咒了的灵魂。圣茹阿玛——巴拉茹阿玛，是至尊主奉献者的保护人。巴拉戴瓦(巴拉茹阿玛)以全体奉献者的灵性导师的身份行事，靠祂没有缘故的仁慈，堕落的灵魂得到拯救。主柴坦亚(Caitanya)来到这个世上时，圣巴拉戴瓦显现为圣尼提阿南达·帕布(Nityānanda Prabhu)。伟大的主尼提阿南达·帕布通过拯救佳盖(Jagāi)和玛戴(Mādhāi)这对极为堕落的灵魂，展示了祂没有缘故的仁慈。正因为如此，这节诗中明确地说，巴拉茹阿玛是至尊主的奉献者的保护人。只有靠巴拉茹阿玛的神恩，我们才能接近至尊主圣奎师那。所以，圣巴拉茹阿玛是至尊主的仁慈的化身，展现为灵性导师、纯粹奉献者的救星。

第 30 节 प्रद्युम्नः सर्ववृष्णीनां सुखमास्ते महारथः ।
गम्भीररयोऽनिरुद्धो वर्धते भगवानुत ॥३०॥

pradyumnaḥ sarva-vṛṣṇīnāṁ
sukham āste mahā-rathaḥ
gambhīra-rayo 'niruddho
vardhate bhagavān uta

pradyumnaḥ—帕杜么纳(奎师那的儿子) / sarva—所有 / vṛṣṇīnām—

维施尼家庭的成员的 / sukham－快乐 / āste－都在 / mahā-rathaḥ－伟大的将军 / gambhīra－深刻地 / rayaḥ－灵巧、机敏 / aniruddhaḥ－阿尼茹达(主奎师那的孙子) / vardhate－兴旺的 / bhagavān－人格首神 / uta－必定

译文　维施尼家族的大将军帕杜么纳好吗？他快乐吗？人格首神的完整扩展阿尼如达好吗？

要旨　帕杜么纳(Pradyumna)和阿尼如达(Aniruddha)也都是人格首神的直接扩展，所以也都属于维施努范畴(viṣṇu-tattva)。在杜瓦尔卡，主华苏戴瓦与祂的完整扩展桑卡尔珊、帕杜么纳和阿尼如达一起从事祂超然的娱乐活动，因此祂们都可以被称为人格首神，正如诗中谈到阿尼如达时就是这样称呼的。

第 31 节　सुषेणश्चारुदेष्णश्च साम्बो जाम्बवतीसुतः ।
अन्ये च कार्ष्णिप्रवराः सपुत्रा ऋषभादयः ॥३१॥

suṣeṇaś cārudeṣṇaś ca
sāmbo jāmbavatī-sutaḥ
anye ca kārṣṇi-pravarāḥ
saputrā ṛṣabhādayaḥ

suṣeṇaḥ－苏申纳 / cārudeṣṇaḥ－查茹戴施纳 / ca－和 / sāmbaḥ－桑巴 / jāmbavatī-sutaḥ－章芭瓦缇的儿子 / anye－其他的 / ca－也 / kārṣṇi－主奎师那的儿子 / pravarāḥ－所有的首领 / sa-putrāḥ－以及他们的儿子 / ṛṣabha－瑞沙巴 / ādayaḥ－等等

译文　苏申纳、查茹戴施纳，以及章芭瓦缇的儿子桑巴和瑞沙巴等主奎师那主要的儿子，以及他们的儿子都好吗？

要旨 我们已经介绍过，主奎师那娶了一万六千一百零八位妻子，她们每一位都生了十个儿子。因此主奎师那共有十六万一千零八十个儿子。他们都长大成人，每一个也都像他们的父亲一样生了十个儿子。所以至尊主的儿孙的数目加起来共有一百六十一万零八百个。至尊主是不计其数的全体生物的父亲，其中只有少数人在至尊主到地球上的杜瓦尔卡从事祂超然的娱乐活动时被招来与祂联谊。因此，至尊主展示这样一个拥有如此众多人数的庞大家庭并不令人惊讶。我们最好不要拿自己与至尊主相比，我们一旦了解至尊主超然地位的最起码的情况，就能明白这简单的事实了。尤帝士提尔王询问至尊主在杜瓦尔卡的儿孙的情况时，只提到他们中的几个领袖，因为对他来说，要记住至尊主所有家人的名字是不可能的。

第 32－33 节 तथैवानुचराः शौरेः श्रुतदेवोद्धवादयः ।
सुनन्दनन्दशीर्षण्या ये चान्ये सात्वतर्षभाः ॥३२॥
अपि स्वस्त्यासते सर्वे रामकृष्णभुजाश्रयाः ।
अपि स्मरन्ति कुशलमस्माकं बद्धसौहृदाः ॥३३॥

tathaivānucarāḥ śaureḥ
śrutadevoddhavādayaḥ
sunanda-nanda-śīrṣaṇyā
ye cānye sātvatarṣabhāḥ

api svasty āsate sarve
rāma-kṛṣṇa-bhujāśrayāḥ
api smaranti kuśalam
asmākaṁ baddha-sauhṛdāḥ

tathā eva－同样地 / anucarāḥ－恒常的同伴 / śaureḥ－如主奎师那的 / śrutadeva－施茹塔戴瓦 / uddhava-ādayaḥ－乌达瓦和其他的人 / sunanda－苏南达 / nanda－南达 / śīrṣaṇyāḥ－其他领袖 / ye－他们所有人 / ca－

和 / anye－其他的 / sātvata－解脱了的灵魂 / ṛṣabhāḥ－最优秀的人 / api－如果 / svasti－好 / āsate－是 / sarve－他们所有人 / rāma－巴拉茹阿玛 / kṛṣṇa－主奎师那 / bhuja-āśrayāḥ－在……的保护下 / api－如果也 / smaranti－记得 / kuśalam－福利 / asmākam－关于我们的 / baddha-sauhṛdāḥ－被永恒的友谊捆缚

译文　还有，施茹塔戴瓦、乌达瓦等人，以及南达、苏南达和其他解脱灵魂的领袖们。他们一直陪伴在至尊主身边，得到主巴拉茹阿玛和奎师那的保护。他们都在很好地履行各自的职责吗？这些永远是我们朋友的人，还记得我们的福利吗？

要旨　乌达瓦(Uddhava)等主奎师那永恒的同伴，都是解脱的灵魂，在主奎师那降临这个物质世界时陪祂一同前来，协助祂完成祂的使命。同样，潘达瓦兄弟也都是随至尊主降临地球并在祂超然的活动中为祂服务的解脱灵魂。正如《博伽梵歌》第4章的第5节诗所说，至尊主与跟祂一样都是解脱灵魂的永恒同伴们，每隔一段时间降临这个地球；至尊主都记得他们，但祂的同伴们虽然是解脱的灵魂，却因为是至尊主的边缘能量(taṭasthā śakti)而记不起那一切。这就是维施努范畴中的人物与个体灵魂的区别。个体灵魂(jīva-tattvas)是至尊主微小的能量粒子，所以在任何情况下都需要至尊主的保护，而至尊主也很高兴在任何情况下给予祂永恒的仆人们以全面的保护。因此，解脱的灵魂从不认为他们与至尊主一样自由或一样有力，相反总是在任何环境中，无论是物质世界还是灵性世界，都寻求至尊主的保护。解脱灵魂的这种依赖性是他们的本质，因为他们就像火花只有与大火在一起时才能展现火的光热，而不是在离开大火的情况下。离开大火的火花很快就会熄灭，尽管火的本质或光热依然存在于火花中。同样道理，那些放弃至尊主的保护，要自己“当家做主”的人，由于缺乏真正的灵性知识，甚至在经过长时间的严酷苦行后还得又回到这个物质世界来。这是所有韦达经典的定论。

第 34 节 भगवानपि गोविन्दो ब्रह्मण्यो भक्तवत्सलः ।
कच्चित्पुरे सुधर्मायां सुखमास्ते सुहृद्वृतः ॥३४॥

bhagavān api govindo
brahmaṇyo bhakta-vatsalaḥ
kaccit pure sudharmāyāṁ
sukham āste suhṛd-vṛtaḥ

bhagavān—人格首神奎师那 / api—也 / govindaḥ—使乳牛和感官有生气的人 / brahmaṇyaḥ—深爱那些为奉献者和布茹阿玛纳服务的人 / bhakta-vatsalaḥ—对奉献者充满爱 / kaccit—是否 / pure—在杜瓦尔卡城 / sudharmāyām—吉祥的聚会 / sukham—快乐 / āste—享受 / suhṛt-vṛtaḥ—有许多朋友陪伴着

译文 给予乳牛、感官和布茹阿玛纳以快乐并深爱其奉献者的至尊人格首神主奎师那，在杜瓦尔卡城中由朋友环绕着，与虔诚的人们一起过得很快乐吧？

要旨 这节诗中描述至尊主是人格首神(bhagavān)、使乳牛和感官快乐者(govinda)、深爱布茹阿玛纳的人(brahmaṇya)和深爱奉献者的人(bhakta-vatsala)。祂是最初的至尊人格首神(bhagavān svayam)，绝对拥有一切财富、一切力量、一切知识、一切美丽、一切名望与一切的弃绝精神。没人与祂平等或比祂伟大。祂被称为哥文达(Govinda)，因为祂使乳牛和感官快乐。靠为至尊主做奉爱服务净化了自身感官的人，能够为祂做真正的服务，并透过净化了的感官体验超然的快乐。不纯洁的受制约灵魂无法透过感官感受到任何超然的快乐，结果受虚假的感官快乐的蒙蔽，成为感官的仆人。为我们的真正利益着想，我们需要至尊主的保护。至尊主是乳牛和布茹阿玛纳(婆罗门)文化的保护者。正如监狱里的犯人不在君王的保护下，而是由君王的一个严厉的执法官予以监护；不保护乳牛和布茹阿玛纳文化的社会，不受至尊主的直接保护。人类社会如果不保护乳牛，没有起码一部分人培养布茹阿玛纳的质量，人类文明就不可能有长期的繁荣。借由布茹阿玛纳文化，人可以使诚实、平静、感官控制、宽容忍耐、纯朴、普通知识、超然知识及对韦达智能的坚定信心等处于潜伏状态的善良属性发展出来，从而成为一名布茹阿玛纳，有能力看到至尊主的真貌。在达到布茹阿玛纳的完美境界后，人必须更上一层楼，成为至尊主的奉献者；这样才能获得至尊主以保护者、主人、朋友、儿子和爱人等身份所赐予的超然的爱的情感。奉献者除非发展出上述的布茹阿玛纳的质量，否则无法吸引至尊主的超然情感。至尊主喜欢具有布茹阿玛纳质量的人，而不喜欢徒有虚名的人。正如木柴与泥土虽然有关系，但不用木柴而用湿冷的泥土点火，火就燃烧不起来，不具备布茹阿玛纳资格的人无法与至尊主建立任何关系。由于至尊主本人是绝对完美的，祂的幸福和安康无疑不存在任何问题，所以尤帝士提尔王克制自己没有问这个问题，而只是问祂的居住地——汇集了虔诚之人的杜瓦尔卡城。至尊主只在虔诚之人汇集的地方停留，欣赏他们对至尊真理的赞美。尤帝士提尔王渴望了解虔诚之人，以及他们在杜瓦尔卡城中从事的虔诚活动。

第 35－36 节　मङ्गलाय च लोकानां क्षेमाय च भवाय च ।
आस्ते यदुकुलाम्भोधावाद्योऽनन्तसखः पुमान् ॥३५॥
यद्बाहुदण्डगुप्तायां स्वपुर्यां यदवोऽर्चिताः ।
क्रीडन्ति परमानन्दं महापौरुषिका इव ॥३६॥

maṅgalāya ca lokānāṁ
kṣemāya ca bhavāya ca
āste yadu-kulāmbhodhāv
ādyo 'nanta-sakhaḥ pumān

yad bāhu-daṇḍa-guptāyāṁ
sva-puryāṁ yadavo 'rcitāḥ
krīḍanti paramānandaṁ
mahā-pauruṣikā iva

maṅgalāya—为了所有的好处 / ca—也 / lokānām—所有的星球的 / kṣemāya—为了保护 / ca—和 / bhavāya—为了提高 / ca—也 / āste—那里 / yadu-kula-ambhodhau—在雅杜王朝的海洋里 / ādyaḥ—原始的 / ananta-sakhaḥ—伴随着阿南达(巴拉茹阿玛) / pumān—至尊的享受者 / yat—谁 / bāhu-daṇḍa-guptāyām—由祂双臂保护着 / sva-puryām—在祂自己的城市 / yadavaḥ—雅杜家庭的成员 / arcitāḥ—按他们应得的 / krīḍanti—享受着 / parama-ānandam—超然的喜悦 / mahā-pauruṣikāḥ—灵性天空的居民 / iva—像

译文 原始人格首神——享受者，与巴拉茹阿玛——原初的主阿南塔，为了维护整个宇宙的福利和一般进程，停留在雅杜王朝的海洋中。在至尊主双臂保护下的雅杜王朝成员，像灵性天空中的居民一样享受生活。

要旨 正如我们多次谈过的，人格首神在每一个宇宙中都分别扩展出两个维施努，祂们分别是孕诞之洋维施努(Garbhodakaśāyī Viṣṇu)和牛奶之洋维施努(Kṣīrodakaśāyī Viṣṇu)。牛奶之洋维施努在宇宙的最北部有祂自己居住的星球，那里有一个牛奶的汪洋，而祂就躺在巴拉戴瓦的阿南塔(Ananta)化身所形成的蛇床上。尤帝士提尔王把雅杜(Yadu)王朝比喻为是牛奶之洋，把圣巴拉茹阿玛比喻为是主奎师那(Kṛṣṇa)居住其上的阿南塔。他还把杜瓦尔卡的居民比作是灵性星球外琨塔(Vaikuṇṭhaloka)上解脱了的居民。远在由宇宙的七层覆盖包裹着的物质天空之外，在我们的眼睛所看不到的远方，有一个原因之洋，所有的物质宇宙都像足球一样飘浮在其中。在那个原因之洋之外，有一个广阔无垠、闪耀着通常被称为梵光(Brahman)的耀眼光芒的灵性天空。在那无边无际的光芒中有无数被称为外琨塔的灵性星球，而每一个外琨塔星球都比物质世界里最大的宇宙还要大许许多多倍。在那些星球上居住的无数居民，外貌都与维施努一样。这些居民是直接为至尊主服务的人(Mahā-pauruṣika)。他们快乐地生活在那些星球上，没有任何痛苦，永远处在风华正茂的状态，享受充满知识和极乐的生活，没有对生老病死的恐惧，不受永恒时间(kāla)的影响。尤帝士提尔王之所以把杜瓦尔卡的居民与灵性世界外琨塔星球上的居民相比，是因为他们都极为快乐地与至尊主在一起。《博伽梵歌》中有许多地方谈到外琨塔星球，把那些星球称为至尊主的王国(mad-dhāma)。

第 37 节

यत्पादशुश्रूषणमुख्यकर्मणा
सत्यादयो द्व्यष्टसहस्रयोषितः ।
निर्जित्य सङ्ख्ये त्रिदशांस्तदाशिषो
हरन्ति वज्रायुधवल्लभोचिताः ॥३७॥

yat-pāda-śuśrūṣaṇa-mukhya-karmaṇā
satyādayo dvy-aṣṭa-sahasra-yoṣitaḥ
nirjitya saṅkhye tri-daśāṁs tad-āśiṣo
haranti vajrāyudha-vallabhocitāḥ

yat－谁 / pāda－双足 / śuśrūṣaṇa－令……舒适 / mukhya－最重要的 / karmaṇā－靠……的行动 / satya-ādayaḥ－以萨缇亚芭玛为首的皇后 / dvi-aṣṭa－八的两倍 / sahasra－千 / yoṣitaḥ－女性 / nirjitya－通过征服 / saṅkhye－在战场上 / tri-daśān－天堂居民的 / tat-āśiṣaḥ－半神人所享受的 / haranti－拿走 / vajra-āyudha-vallabhā－雷电控制者的妻子们 / ucitāḥ－应得的

译文　以萨缇亚芭玛为首的至尊主在杜瓦尔卡的妻子

们，做各种使至尊主的莲花足感到舒适的服务。她们仅仅靠做这项在所有服务中最重要的服务，就可以引诱至尊主去征服半神人，从而享受到雷电之神的妻子们所享受的特权。

要旨 **萨缇亚芭玛**(Satyabhāmā)：圣主奎师那在杜瓦尔卡的主要王后之一。主奎师那杀死恶魔纳茹阿卡(Narakāsura)后，由萨缇亚芭玛陪伴去参观了纳茹阿卡苏茹阿的宫殿。祂还与萨缇亚芭玛一起去了天地因铎居住的星球因铎珞卡(Indraloka)，天后莎祺黛薇(Śacīdevī)接待了萨缇亚芭玛，并把她介绍给半神人们的母亲阿迪缇(Aditi)。阿迪缇很喜欢萨缇亚芭玛，祝福她只要主奎师那在地球上，她就永葆青春。阿迪缇还带萨缇亚芭玛去天堂各处，给萨缇亚芭玛看天堂中半神人所拥有的特权。萨缇亚芭玛看到帕瑞佳塔花(pārijāta)时，想要在杜瓦尔卡她的宫殿中也种植这样的花。那以后，她与丈夫主奎师那一起回到杜瓦尔卡，向祂表达了要把帕瑞佳塔花种在她宫殿里的愿望。萨缇亚芭玛的宫殿特别镶嵌了许多珍贵的宝石，即使在最炎热的夏季，宫殿中也保持凉爽，如同安装了空调。她用各种旗帜装饰她的宫殿，向世界宣告她伟大的丈夫就住在其中。一次，她与丈夫一起出游时遇到了朵帕蒂，她满怀渴望之情地请教朵帕蒂，用什么方式能取悦她丈夫。朵帕蒂有潘达瓦五兄弟做她的丈夫，而每一个丈夫都对她很满意，因此她很精通这方面的事情。得到朵帕蒂传授的经验后，萨缇亚芭玛非常高兴，于是在祝福了朵帕缇之后返回杜瓦尔卡。萨缇亚芭玛是萨陀吉特(Satrājit)的女儿。主奎师那离开地球后，包括萨缇亚芭玛和茹珂蜜妮(Rukmiṇī)在内的全体王后，在阿尔诸纳到访杜瓦尔卡时，向他表达了她们悲伤绝望的情感。萨缇亚芭玛在她生命的最后阶段，去森林从事严酷的苦修。

萨缇亚芭玛怂恿丈夫主奎师那为她去获取天堂星球的帕瑞佳塔花，主奎师那表现得像普通丈夫那样，为取悦妻子而不惜用武力面对半神人，夺取天堂之花。正如我们已经解释过的，至尊主本不必像普通人顺从妻子那样，去做祂那么多妻子让祂做的事。但由于祂的王后们在为祂做高质量的奉爱服务，即：从各方面安排让至尊主感到舒适；为回报她们的服务，至尊主就扮演忠诚、完美的丈夫这一角色。地球上的生物体根本不能奢望得到天堂王国中的事物，特别是专供半神人们使用的帕瑞佳塔花。但由于她们成为至尊主忠贞的妻子，她们全体都享有天堂居民的妻子们所享有的特权。换句话说，既然至尊主是祂创造中的万物的拥有者，祂在杜瓦尔卡的王后们享有宇宙中任何一个地方的奇珍异宝，就不是什么太令人惊讶的事情了。

第 38 节　यद्बाहुदण्डाभ्युदयानुजीविनो
यदुप्रवीरा ह्यकुतोभया मुहुः ।
अधिक्रमन्त्यङ्घ्रिभिराहृतां बलात्
सभां सुधर्मां सुरसत्तमोचिताम् ॥३८॥

yad bāhu-daṇḍābhyudayānujīvino
yadu-pravīrā hy akutobhayā muhuḥ
adhikramanty aṅghribhir āhṛtāṁ balāt
sabhāṁ sudharmāṁ sura-sattamocitām

yat—谁 / bāhu-daṇḍa—手臂 / abhyudaya—被……影响 / anujīvinaḥ—总是活着的 / yadu—雅杜王朝的成员 / pravīrāḥ—伟大的英雄 / hi akutobhayāḥ—在所有方面都无畏的 / muhuḥ—总是 / adhikramanti—穿过 / aṅghribhiḥ—步行 / āhṛtām—带来 / balāt—强迫地 / sabhām—聚会场所 / sudharmām—苏达尔玛 / sura-sat-tama—半神人中最优秀的 / ucitām—应得的

译文　雅杜王朝的大英雄们依靠主奎师那双臂的保护，永远无所畏惧。因此，他们的双脚踏遍苏达尔玛大会堂的每一个角落。这座大会堂只有最优秀的半神人才有资格进入，但却被雅杜王朝的英雄们夺走。

要旨 直接侍奉至尊主的人不仅得到至尊主的保护，免于一切恐惧，而且还享受世上最好的一切，哪怕是以强取的方式得到。至尊主虽然平等对待一切众生，但特别喜爱祂纯粹的奉献者，对他们充满深情。杜瓦尔卡城壮丽辉煌，其中汇集了物质世界里最杰出的一切。国家大会堂的建筑风格要体现国家的尊严。天堂星球中名叫苏达尔玛(Sudharmā)的大会堂符合最优秀的尊贵半神人们的尊严。地球上的任何王国，无论其物质科技有多进步，也根本建造不出这样的大会堂，因此更不要说使用它了。然而，当主奎师那在地球期间，雅杜王朝的成员强行把那座天堂大会堂带到地球上，安置在杜瓦尔卡城中。他们之所以能强行这么做，是因为有至尊主奎师那的保护和特许。换句话说，至尊主的纯粹奉献者为至尊主提供了宇宙中最好的一切。雅杜王朝的成员为至尊主提供了在宇宙中能得到的一切种类的舒适和便利条件，至尊主则赐予他们保护和无畏，作为对他们服务的回报。

健忘的、受制约的灵魂总是害怕和担心，但解脱的灵魂却从没有畏惧之心，就像完全依靠父亲仁慈的小孩子从不会害怕任何人一样。害怕和担心是生物遗忘自己与至尊主的永恒关系时所产生的一种错觉。既然正如《博伽梵歌》第 2 章的第 20 节说明的那样，生物的构造决定他从不会死亡，那么有什么原因会导致人恐惧呢？一个人在梦中也许正因为看到老虎而害怕，但在他身边醒着的人却看到并没有老虎。老虎对睡着的人和醒着的人来说都不是真实的，因为他们面前并没有老虎。然而，睡着的人遗忘了他清醒时的生活，所以会害怕；相反，醒着的人没有忘记他的真实状态，所以一点儿都不害怕。同样道理，雅杜王朝的成员在完全清醒的状态下为至尊主做服务，因此任何时候都不会为没有出现的老虎而害怕；即使真有老虎，至尊主也会立刻挺身而出保护他们。

第 39 节　कच्चित्तेऽनामयं तात भ्रष्टतेजा विभासि मे ।
अलब्धमानोऽवज्ञातः किं वा तात चिरोषितः ॥३९॥

kaccit te 'nāmayaṁ tāta
bhraṣṭa-tejā vibhāsi me
alabdha-māno 'vajñātaḥ
kiṁ vā tāta ciroṣitaḥ

kaccit－是否 / te－你的 / anāmayam－身体健康 / tāta－亲爱的弟弟 / bhraṣṭa－失去 / tejāḥ－光泽 / vibhāsi－出现 / me－向我 / alabdha-mānaḥ－不敬 / avajñātaḥ－怠慢 / kim－是否 / vā－或者 / tāta－亲爱的兄弟 / ciroṣitaḥ－因为长期居留

译文　阿尔诸纳，我的弟弟；请告诉我，你的身体可好？你身体看上去失去了光泽。这是否由于你长期留在杜瓦尔卡，其他人就怠慢你、对你不敬造成的？

要旨　尤帝士提尔王从各个角度询问阿尔诸纳有关杜瓦尔卡居民的幸福安康情况，但他最后得出结论：只要圣主奎师那本人在，就不可能发生不吉祥的事情。可同时，他看到阿尔诸纳的身体失去了光泽，于是便提出一连串关键问题，询问有关他个人的安康状况。

第 40 节　कच्चिन्नाभिहतोऽभावैः शब्दादिभिरमङ्गलैः ।
न दत्तमुक्तमर्थिभ्य आशया यत्प्रतिश्रुतम् ॥४०॥

kaccin nābhihato 'bhāvaiḥ
śabdādibhir amaṅgalaiḥ
na dattam uktam arthibhya
āśayā yat pratiśrutam

kaccit－是否 / na－不能 / abhihataḥ－被称呼 / abhāvaiḥ－不友好

的 / śabda-ādibhiḥ一以声音 / amaṅgalaiḥ一不吉祥 / na一没有 / dattam一布施 / uktam一据说 / arthibhyaḥ一向一个要求者 / āśayā一以希望 / yat一什么 / pratiśrutam一承诺给予

译文 有人对你出言不逊或威胁你吗？是你无法把他人要求你的施舍给他，还是你不能遵守对某人的承诺？

要旨 作为国家的管理者(kṣatriya)或富有之人，有时会有人因为急需用钱而去拜访他们。当他们被要求捐赠财物时，这些拥有钱财的人有责任按照时间、地点和提出请求之人的具体情况给予布施。如果君王或富有之人没有尽到这个义务，他必然会为自己的失职而感到极为难过。同样，人一旦答应要布施，就不该失信于人。这种失职或言行不一，有时会使人沮丧，从而变得消沉，成为被批评的对象。尤帝士提尔王猜想这些是否是造成阿尔诸纳状况不佳的原因。

第 41 节 कच्चित्त्वं ब्राह्मणं बालं गां वृद्धं रोगिणं स्त्रियम् ।
शरणोपसृतं सत्त्वं नात्याक्षीः शरणप्रदः ॥४१॥

kaccit tvaṁ brāhmaṇaṁ bālaṁ
gāṁ vṛddhaṁ rogiṇaṁ striyam
śaraṇopasṛtaṁ sattvaṁ
nātyākṣīḥ śaraṇa-pradaḥ

kaccit一是否 / tvam一你自己 / brāhmaṇam一布茹阿玛纳 / bālam一孩子 / gām一乳牛 / vṛddham一老人 / rogiṇam一生病的 / striyam一妇女 / śaraṇa-upasṛtam一来寻求保护的 / sattvam一任何生物体 / na一是否 / atyākṣīḥ一没有给予庇护 / śaraṇa-pradaḥ一应得的庇护

译文 对布茹阿玛纳、孩子、乳牛、妇女、老人和病人等需要帮助的生物体来说，你永远是他们的保护者。是否当他们来寻求你的保护时，你没能保护他们？

要旨　布茹阿玛纳总是忙于探求知识，以便为人类社会谋求物质和灵性的利益，因此应该得到君王所给予的全面保护。同样，国家的儿童、乳牛、病人、妇女和老人，也都特别需要国家或君王(kṣatriya)的保护。不给这样的生物体以保护的君王或国家，无疑是非常可耻的。尤帝士提尔王焦急地想要知道，阿尔诸纳是否做了这些与他身份不符的事。

第 42 节　कच्चित्त्वं नागमोऽगम्यां गम्यां वासत्कृतां स्त्रियम् ।
पराजितो वाथ भवान्नोत्तमैर्नासमैः पथि ॥४२॥

kaccit tvaṁ nāgamo 'gamyāṁ
gamyāṁ vāsat-kṛtāṁ striyam
parājito vātha bhavān
nottamair nāsamaiḥ pathi

kaccit－是否 / tvam－你自己 / na－不 / agamaḥ－接触 / agamyām－该受谴责的 / gamyām－接受 / vā－还是 / asat-kṛtām－不恰当地对待 / striyam－一个妇女 / parājitaḥ－被……击败 / vā－还是 / atha－毕竟 / bhavān－善良的你 / na－也不 / uttamaiḥ－以更强的力量 / na－不 / asamaiḥ－被同等的 / pathi－在旅途中

译文　你是接触了不该触碰的女人，还是没有正确对待值得结合的女子？或者，你是在路上被不如你或与你平等的人打败了？

要旨　从这节诗的内容可以看出，在潘达瓦兄弟时代，男人和女人只有在一定的条件下才能自由接触。知识分子(brāhmaṇa，婆罗门)和君王、战将(kṣatriya)这些高等阶层的男士，可以接受商贾、农场主(vaiśya)或劳工(śūdra)阶层的女子；但商贾、农场主等较低阶层的男人，不能接触高等阶层的女士。就连君王、战将都不能接触知识分子阶层的女士。知识分子的妻子被视为是七种母亲之一(自己的生身母亲、灵性导师或老师的妻子、知识分子的妻子、君王的妻子、母牛、保姆和地球)。经典中把男人和女人之间的接触分为两种，分别是良好的接触(uttama)和不良接触(adhama)。知识分子阶层的男士与君王、战将阶层的女士接触是良好的接触，但君王、战将阶层的男士与知识分子阶层的女士接触则被视为是不良接触，会受到谴责。当女子去找一位男士要求与之交媾时，被要求的男士不该予以拒绝，但同时也要考虑到上述的限制规定。来自比劳工阶层还要低的女子黑丁芭去找潘达瓦五兄弟中的彼玛，彼玛最后接受了她。君王雅亚提之所以一开始拒绝娶舒夸查尔亚的女儿，是因为舒夸查尔亚是知识分子阶层的成员。圣人维亚萨戴瓦(Vyāsadeva)被召去与君王阶层的女子交媾，生下潘杜(Pāṇḍu)和兑塔瓦施陀(Dhṛtarāṣṭra)。萨提亚瓦缇(Satyavatī)是渔夫的女儿，但伟大的圣人帕茹阿沙尔(Parāśara)却使她生下维亚萨戴瓦。因此，尽管韦达历史上男人与女人接触的例子很多，但在所有的事件中既没有令人厌恶之处，也没有产生坏的结果。男女之间的接触是很自然的事，但必须遵守原则，以保证社会的神圣性不受侵害，保证世界不会因为要不得的人口剧增而动荡不安。

对君王或战将(kṣatriya)来说，被力量不如自己或与自己平等的人打败是很糟糕的事。一个人如果被打败，应该是被力量比自己强的人打败。阿尔诸纳被彼士玛戴瓦打败，在千钧一发之际是主奎师那解救了他。这对阿尔诸纳来说并不是丢人的事，因为彼士玛戴瓦从年龄、地位和力量等所有的方面看都比阿尔诸纳强。但卡尔纳(Karṇa)与阿尔诸纳势均力敌，所以当阿尔诸纳在与卡尔纳作战时遇到困难时，必须不惜以不公正的方式杀了他。这些都是君王或战将在作战时的规矩。尤帝士提尔王问他弟弟在从杜瓦尔卡回家的路途上是否遇到了什么令人不快的事情。

第 43 节　अपि स्वित्पर्यभुङ्क्थास्त्वं सम्भोज्यान् वृद्धबालकान् ।
जुगुप्सितं कर्म किञ्चित्कृतवान्न यदक्षमम् ॥४३॥

api svit parya-bhuṅkthās tvaṁ
sambhojyān vṛddha-bālakān
jugupsitaṁ karma kiñcit
kṛtavān na yad akṣamam

api svit－如果是这样 / parya－不管 / bhuṅkthāḥ－吃饭 / tvam－你自己 / sambhojyān－应该一起吃饭 / vṛddha－老人 / bālakān－男孩 / jugupsitam－令人憎恶的 / karma－行为 / kiñcit－某事 / kṛtavān－你一定是做了 / na－不 / yat－……的 / akṣamam－不可原谅的

译文　难道你没有照顾那些该与你一同进餐的老人和孩子，而是撇下他们不管，只顾自己用餐？难道你犯下了不可饶恕、被视为是令人憎恶的错误？

要旨　先让家里的孩子和老人，以及布茹阿玛纳、病人和伤残人士吃饱，是居士的责任。除此之外，理想的居士在自己用餐前，还应该先到门外招呼三次，邀请路上任何一个饥饿的陌生人到家里吃饭。不履行这一职责，尤其是慢怠老人和孩子的居士，是不可饶恕的。

第 44 节　कच्चित्प्रेष्ठतमेनाथ हृदयेनात्मबन्धुना ।
शून्योऽस्मि रहितो नित्यं मन्यसे तेऽन्यथा न रुक् ॥४४॥

kaccit preṣṭhatamenātha
hṛdayenātma-bandhunā
śūnyo 'smi rahito nityaṁ
manyase te 'nyathā na ruk

kaccit—是否 / preṣṭha-tamena—向最亲爱的人 / atha—我的弟弟阿尔诸纳 / hṛdayena—最亲密的 / ātma-bandhunā—自己的朋友奎师那 / śūnyaḥ—空虚 / asmi—我是 / rahitaḥ—失去了 / nityam—一直 / manyase—你想 / te—你的 / anyathā—其他的 / na—决不 / ruk—精神上的痛苦

译文 或者，也许是你因为失去了最亲密的朋友——主奎师那，所以一直感到空虚？阿尔诸纳，我的弟弟啊！我想不出你情绪变得如此低落的其他原因了。

要旨 尤帝士提尔王以主奎师那离开这个世界为前提所作的有关世界局势的推测，都在他的这一询问中表露出来。他之所以作出这一推断，是因为除了这个原因，没有其他原因能使阿尔诸纳这样心灰意冷、绝望沮丧。然而，他虽然怀疑是这个原因，但还是不得不基于圣纳茹阿达的暗示，坦率地向阿尔诸纳提出这一疑问。

到此为止，结束了巴克提韦丹塔对《圣典博伽瓦谭》第1篇第14章——“主奎师那的隐迹”所作的阐释。

第十五章

潘达瓦兄弟及时隐退

第 1 节 सूत उवाच

एवं कृष्णसखः कृष्णो भ्रात्रा राज्ञा विकल्पितः ।
नानाशङ्कास्पदं रूपं कृष्णविश्लेषकर्शितः ॥१॥

sūta uvāca
evaṁ kṛṣṇa-sakhaḥ kṛṣṇo
bhrātrā rājñā vikalpitaḥ
nānā-śaṅkāspadam rūpaṁ
kṛṣṇa-viśleṣa-karśitaḥ

sūtaḥ uvāca—苏塔·哥斯瓦米说 / evam—如此 / kṛṣṇa-sakhaḥ—奎师那的著名的朋友 / kṛṣṇaḥ—阿尔诸纳 / bhrātrā—被他哥哥 / rājñā—尤帝士提尔王 / vikalpitaḥ—推测 / nānā—多方面的 / śaṅka-āspadam—基于许多疑问 / rūpam—形象 / kṛṣṇa—圣主奎师那 / viśleṣa—离别之情 / karśitaḥ—变得极为悲伤

译文 苏塔·哥斯瓦米说：与主奎师那分离所引发的强烈的离别之情，已使奎师那著名的朋友阿尔诸纳感到极度悲伤，尤帝士提尔王推测性的问题更增加了他的感伤。

要旨 极度的悲伤使阿尔诸纳(Arjuna)几乎说不出话来，因此他根本无法正常地回答尤帝士提尔王(Mahārāja Yudhiṣṭhira)的各种推测性询问。

第 2 节 शोकेन शुष्यद्वदनहृत्सरोजो हतप्रभः ।
विभुं तमेवानुस्मरन्नाशक्नोत्प्रतिभाषितुम् ॥ २ ॥

śokena śuṣyad-vadana-
hṛt-sarojo hata-prabhaḥ
vibhuṁ tam evānusmaran
nāśaknot pratibhāṣitum

śokena—由于悲伤 / śuṣyat-vadana—口干 / hṛt-sarojaḥ—莲花般的心 / hata—失去 / prabhaḥ—身体的光泽 / vibhum—至尊者 / tam—向主奎师那 / eva—肯定地 / anusmaran—内心想着 / na—不能 / aśaknot—能够 / pratibhāṣitum—恰当地回答

译文 悲伤使阿尔诸纳的嘴和莲花般的心都枯萎了，他的身体因而变得黯然无光。对至尊主的强烈思念使他说不出话来，所以无法回答问题。

第 3 节 कृच्छ्रेण संस्तभ्य शुचः पाणिनामृज्य नेत्रयोः ।
परोक्षेण समुन्नद्धप्रणयौत्कण्ठ्यकातरः ॥ ३ ॥

kṛcchreṇa saṁstabhya śucaḥ
pāṇināmṛjya netrayoḥ
parokṣeṇa samunnaddha-
praṇayautkaṇṭhya-kātaraḥ

kṛcchreṇa—困难地 / saṁstabhya—抑制住 / śucaḥ—悲伤的 / pāṇinā—用他的手 / āmṛjya—抹去 / netrayoḥ—眼睛 / parokṣeṇa—因为看不到 / samunnaddha—越来越多地 / praṇaya-autkaṇṭhya—思绪沉浸在爱的情感中 / kātaraḥ—痛苦

译文 他竭尽全力要止住不停涌流的悲伤的泪水。看不到主奎师那令他极为痛苦，他对奎师那的爱越来越强烈。

第 4 节 सख्यं मैत्रीं सौहृदं च सारथ्यादिषु संस्मरन् ।
नृपमग्रजमित्याह बाष्पगद्गदया गिरा ॥ ४ ॥

sakhyaṁ maitrīṁ sauhṛdaṁ ca
sārathyādiṣu saṁsmaran
nṛpam agrajam ity āha
bāṣpa-gadgadayā girā

sakhyam—祝福 / maitrīm—赐福 / sauhṛdam—紧密相关 / ca—也 / sārathya-ādiṣu—作为一个马车夫 / saṁsmaran—回忆起这些时 / nṛpam—向国王 / agrajam—长兄 / iti—如此 / āha—说 / bāṣpa—喘气 / gadgadayā—不可抵抗地 / girā—以说话

译文 回忆主奎师那和祂的祝福、恩赐，与自己如亲密家人般的关系，甚至还为自己驾驭战车，柔肠寸断的阿尔诸纳喘着粗气开口说话。

要旨 至尊生物与祂纯粹的奉献者有着所有种类的完美关系。圣阿尔诸纳是与至尊主以朋友关系交流的纯粹奉献者楷模；至尊主以朋友的身份与阿尔诸纳交往，展现了最完美的朋友情意。祂不仅是阿尔诸纳的祝福者，实际上更是恩人；为了使他们的朋友关系更完美，至尊主甚至安排把苏芭朵(Subhadrā)嫁给阿尔诸纳，使他成为自己的家人。最重要的是，在战争中为保护朋友的安全，至尊主竟然同意当阿尔诸纳的战车御者。至尊主在全世界确立了潘达瓦兄弟的统治地位时，感到由衷的喜悦。这一切一幕幕地展现在阿尔诸纳的脑海中，他就这样沉浸在对至尊主的思念中。

第 5 节 अर्जुन उवाच
वञ्चितोऽहं महाराज हरिणा बन्धुरूपिणा ।
येन मेऽपहृतं तेजो देवविस्मापनं महत् ॥ ५ ॥

arjuna uvāca
vañcito 'haṁ mahā-rāja
hariṇā bandhu-rūpiṇā
yena me 'pahṛtaṁ tejo
deva-vismāpanaṁ mahat

arjunaḥ uvāca—阿尔诸纳说 / vañcitaḥ—祂留下的 / aham—我自己 / mahā-rāja—国王啊 / hariṇā—由至尊人格首神 / bandhu-rūpiṇā—就像亲密的朋友 / yena—由他 / me—我的 / apahṛtam—我已经失去 / tejaḥ—力量 / deva—众半神人 / vismāpanam—惊讶 / mahat—令人震惊的

译文 阿尔诸纳说：君王啊！待我如密友的至尊人格首神哈尔依离我而去，因此我曾拥有的甚至令半神人都感到惊讶的神奇力量也离我而去。

要旨 至尊主在《博伽梵歌》(Bhagavad-gītā)第 10 章的第 41 节诗中说：要知道，任何人所拥有的权势、钱财、力量、美丽、知识等财富，以及物质上令人向往的一切，都只不过是我整体能量的一个微小部分的产物而已。因此，如果没有至尊主的赐予，没人可以独立拥有任何力量。当至尊主与祂那些永恒解脱的同伴一起降临地球时，祂不仅展现祂所拥有的神性能量，而且还赐予跟祂一起做事的奉献者们所需要的能量，以便共同完成祂化身前来的使命。《博伽梵歌》第 4 章的第 5 节诗中也说：至尊主和祂永恒的同伴降临地球很多次，但至尊主记得祂每一次扮演的角色，却让祂的同伴忘记他们扮演过的角色。同样，至尊主离开地球时，也会把祂所有的同伴一起带走。为了让阿尔诸纳能配合至尊主完成使命，至尊主赐予阿尔诸纳做事所需要的力量和能力。但至尊主的使命完成后，祂所赋予阿尔诸纳的甚至使天堂居民都惊讶的力量就不再有用武之地，况且这些力量并不是用来帮助阿尔诸纳回归家园，回到祂身边的，所以至尊主便把祂临时赋予阿尔诸纳的用以完成使命的惊人力量收了回去。至尊主既然对祂伟大的奉献者阿尔诸纳，甚至天堂星球的半神人，都能做到力量的收放自如，更不要说那些与如此伟大的灵魂相比根本是微不足道的普通生物了。因此我们要明白，谁都不该为自己有的、从至尊主那里借来的力量而感到骄傲。神志清醒的人应该感激至尊主赐予自己这种力量，而且必须用这样的力量去为至尊主做服务。至尊主可以随时收回这一力量，所以运用这些力量和财富的最佳方式是为至尊主服务。

第 6 节 यस्य क्षणवियोगेन लोको ह्यप्रियदर्शनः ।
उक्थेन रहितो ह्येष मृतकः प्रोच्यते यथा ॥ ६ ॥

yasya kṣaṇa-viyogena
loko hy apriya-darśanaḥ
ukthena rahito hy eṣa
mṛtakaḥ procyate yathā

yasya－……的祂 / kṣaṇa－片刻 / viyogena－因为分离 / lokaḥ－整个宇宙 / hi－肯定地 / apriya-darśanaḥ－一切变得不利了 / ukthena－由生命 / rahitaḥ－缺乏 / hi－肯定地 / eṣaḥ－所有这些身体 / mṛtakaḥ－死的身体 / procyate－注定的 / yathā－好像

译文 我刚刚失去了祂；祂哪怕离开片刻，就会使所有的宇宙变得不吉利和空虚，仿佛无生命的躯体。

要旨 事实上，对生物来说，没有谁比至尊主更可亲。至尊主扩展出无数的超灵(Paramātmā)和个体生物；这些都是祂不可缺少的部分，超灵属于祂的斯瓦么沙(svāṁśa)部分，而个体灵魂属于祂的维比纳么沙(vibhinnāṁśa)部分。没有生物在物质躯体中，物质躯体就是一具空壳，所以生物是物质躯体中的决定性因素。同样，没有超灵，生物就无法生存；而没有至尊主奎师那(Kṛṣṇa)，也就没有梵光(Brahman)或超灵。这一切在《博伽梵歌》中都有极为详尽的解释。他们彼此相连、互为依靠，而最终，至尊主是至善，是万事万物必不可少的起源。

第 7 节

यत्संश्रयाद् द्रुपदगेहमुपागतानां
राज्ञां स्वयंवरमुखे स्मरदुर्मदानाम् ।
तेजो हृतं खलु मयाभिहतश्च मत्स्यः
सज्जीकृतेन धनुषाधिगता च कृष्णा ॥ ७ ॥

yat-saṁśrayād drupada-geham upāgatānāṁ
rājñāṁ svayaṁvara-mukhe smara-durmadānām
tejo hṛtaṁ khalu mayābhihataś ca matsyaḥ
sajjīkṛtena dhanuṣādhigatā ca kṛṣṇā

yat—由祂仁慈的 / saṁśrayāt—由力量 / drupada-geham—在杜茹帕达王的宫殿里 / upāgatānām—所有参加聚会的人 / rājñām—王子们的 / svayaṁvara-mukhe—在选夫大会上 / smara-durmadānām—全都充满色欲 / tejaḥ—力量 / hṛtam—战胜了 / khalu—好像 / mayā—由我 / abhihataḥ—刺穿 / ca—也 / matsyaḥ—鱼标靶 / sajjī-kṛtena—装备好弓 / dhanuṣā—也是用那张弓 / adhigatā—获得了 / ca—也 / kṛṣṇā—朵帕蒂

译文 仅仅是凭借祂仁慈的力量，我才能战胜所有聚在杜茹帕达王的王宫中参加新郎竞选的好色王子，才能用我的弓箭射穿用鱼做的靶子，赢得朵帕蒂为妻。

要旨 朵帕蒂(Draupadī)是杜茹帕达王(Drupada)最美丽的女儿，在她还是个少女时，几乎所有的王子都想要娶她为妻。但杜茹帕达王决定只把女儿交给阿尔诸纳，并为此设计了一种特殊的比武方式。他把一条鱼用一个轮子圈住，然后挂在房顶上。比武的条件是：参加比武的王子必须在不抬头看靶子的情况下，能射箭穿过轮子再射中鱼眼。靶子下方的地上放了一罐水，水中有靶子和轮子的倒影，使人能够靠看水罐中震动着的水面来瞄准靶子。尽管杜茹帕达王很清楚，只有阿尔诸纳或卡尔纳(Karṇa)两人可以成功地射中靶子，但在他们中，他还是选择把女儿嫁给阿尔诸纳。当朵帕蒂的哥哥兑士塔杜么纳(Dhṛṣṭadyumna)向朵帕蒂逐一介绍聚在一起的每一个王子时，卡尔纳也在场准备参加比武，但朵帕蒂巧妙地把阿尔诸纳的这个竞争对手排除出比赛。她透过她哥哥兑士塔杜么纳表达她的愿望说，她无法接受地位比查锤亚(kṣatriya，刹帝利)低的人当她丈夫。外夏(vaiśya，吠舍)和庶铎(śūdra，首陀罗)的重要性都低于查锤亚(君王、战将)。大家都知道卡尔纳是木匠的儿子，而木匠属于庶铎(劳工)阶层。朵帕蒂通过提出这一请求避开了卡尔纳。当装扮成贫穷布茹阿玛纳(婆罗门)的阿尔诸纳射中那个十分难射中的靶心时，在场所有的人都惊呆了；接着，所有的王子，尤其是卡尔纳开始攻击阿尔诸纳。但像往常一样，阿尔诸纳靠主奎师那的恩典成功地战胜所有的王子，赢得了朵帕蒂(奎师娜)。至尊主离开世界后，阿尔诸纳悲伤地回忆起这一事件，心中清楚：凭借至尊主的力量，他才如此强大。

第 8 节

यत्सन्निधावहमु खाण्डवमग्नयेऽदा-
मिन्द्रं च सामरगणं तरसा विजित्य ।
लब्धा सभा मयकृताद्भुतशिल्पमाया
दिग्भ्योऽहरन्नृपतयो बलिमध्वरे ते ॥ ८ ॥

yat-sannidhāv aham u khāṇḍavam agnaye 'dām
indraṁ ca sāmara-gaṇaṁ tarasā vijitya
labdhā sabhā maya-kṛtādbhuta-śilpa-māyā
digbhyo 'haran nṛpatayo balim adhvare te

yat—……的 / sannidhau—在附近 / aham—我自己 / u—表示惊叹的

词 / khāṇḍavam－天堂之王因铎护卫的森林 / agnaye－向火神 / adām－送 / indram－因铎 / ca－也 / sa－以及 / amara-gaṇam－众半神人 / tarasā－十分机敏 / vijitya－征服了 / labdhā－获得了 / sabhā－聚会的会所 / maya-kṛtā－玛雅所建的 / adbhuta－非常神奇的 / śilpa－艺术和工艺 / māyā－力量 / digbhyaḥ－从所有方向 / aharan－召集 / nṛpatayaḥ－所有的王子 / balim－礼物 / adhvare－带来 / te－向你

译文 因为有祂在我身边，我才能身手敏捷地战胜强大的天帝因铎戴瓦及其半神人同伴，才能使火神吞噬康达瓦森林。仅仅是靠了祂的恩典，玛雅魔才从熊熊燃烧着的康达瓦森林之火中被救出，我们因而才有可能建造我们那座建筑工艺出神入化的大会堂。在我们举行茹阿佳苏亚祭祀期间，所有的王公贵族都聚集在那里，向您进贡。

要旨 恶魔玛雅·达纳瓦(Maya Dānava)居住在康达瓦(Khāṇḍava)森林中，康达瓦森林被点燃时，他请求阿尔诸纳保护他。阿尔诸纳救了他。这恶魔对阿尔诸纳感激涕零，因此为潘达瓦兄弟建造了一座神奇的大会堂以作为回报。那座大会堂成了全世界各国王公贵族所瞩目的焦点。他们感受到潘达瓦兄弟的神奇力量，所以对他们心悦诚服，视尤帝士提尔王为世界帝王并向他进贡。恶魔们拥有神奇、超凡的力量可以创造物质奇迹，但他们永远是社会的动乱因素。现代恶魔是那些有害的物质科学家，他们制造一些使社会动荡不安的所谓物质奇迹；例如他们制造的核武器，就给社会制造了某种恐慌。玛雅也是那类物质主义者，他了解创造这类神奇事物的艺术。尽管如此，主奎师那还是要杀他。当他被森林大火和主奎师那的飞轮追赶到走投无路的地步时，他托庇于像阿尔诸纳这样的奉献者，最后是阿尔诸纳从森林大火和圣主奎师那的怒火中拯救了他。因此我们看到，至尊主的奉献者比至尊主还要仁慈；在奉爱服务的路途上，奉献者的仁慈比至尊主本人的仁慈还要宝贵。森林大火和至尊主一旦看到像阿尔诸纳这样一位奉献者同意保护玛雅魔时，便立刻停止了对这恶魔的追捕。这恶魔对阿尔诸纳感恩戴德，想要为他做些服务来表示他的感激之情，但阿尔诸纳谢绝接受他的回报。但是，圣主奎师那因为对玛雅托庇于祂的奉献者感到高兴，于是便要求玛雅以建造一座神奇大会堂的方式为尤帝士提尔王服务。因此，整个过程是：靠奉献者的恩典，可以得到至尊主的仁慈；靠至尊主的仁慈，可以得到为至尊主的奉献者做服务的机会。彼玛森纳(Bhīmasena)使用的大头棒，也是玛雅·达纳瓦赠送的礼物。

第9节 यत्तेजसा नृपशिरोऽङ्घ्रिमहन्मखार्थ-
मार्योऽनुजस्तव गजायुतसत्त्ववीर्यः ।
तेनाहृताः प्रमथनाथमखाय भूपा
यन्मोचितास्तदनयन् बलिमध्वरे ते ॥९॥

yat-tejasā nṛpa-śiro-'ṅghrim ahan makhārtham
āryo 'nujas tava gajāyuta-sattva-vīryaḥ
tenāhṛtāḥ pramatha-nātha-makhāya bhūpā
yan-mocitās tad-anayan balim adhvare te

yat—……的 / tejasā—靠影响 / nṛpa-śiraḥ-aṅghrim—其双足受到君王们顶拜的人 / ahan—杀掉 / makha-artham—为了献祭 / āryaḥ—令人尊敬的 / anujaḥ—弟弟 / tava—你的 / gaja-ayuta—一万头大象 / sattva-vīryaḥ—强大的生命力 / tena—由他 / āhṛtāḥ—收集 / pramatha-nātha—鬼魂的主人玛哈拜茹阿瓦(Mahābhairava，希瓦) / makhāya—为献祭 / bhūpāḥ—国王们 / yat-mocitāḥ—他们靠祂而被释放 / tat-anayan—他们都带来了 / balim—供品 / adhvare—敬献 / te—你的

译文 您那拥有一万头大象之力的令人尊敬的弟弟，凭借祂的恩典才杀死了受众多君王崇拜的佳尔桑达，从而释放了

被带到佳尔桑达举行的玛哈拜茹阿瓦祭祀上的君王。他们后来都向陛下您进贡。

要旨 佳尔桑达(Jarāsandha)是玛格达(Magadha)王国非常强大的君王，他出生的历史和活动也很有趣。他父亲毕尔哈朵塔王(Bṛhadratha)也曾是玛格达王国富足、强大的君王，但尽管娶了卡希(Kāśī)王的两个女儿为妻，却还是没有儿子。君王对两位王后都生不出儿子感到沮丧，于是带着这两个妻子离开家，住到森林里去苦修。在森林里，一位伟大的圣人(ṛṣi)祝福他会有一个儿子，并给了君王一个芒果让他给两位王后吃。王后们吃下芒果后很快便怀孕了。君王看到王后们怀上孩子后非常高兴，但在瓜熟蒂落时，两个王后各自生了孩子身体的一半。她们把这一分为二的两部分躯体丢弃在森林中，而那个地方正好是一个女性大恶魔住的地方。女恶魔看到有新生儿娇嫩的血肉很高兴；出于好奇，她把那两个部分连接起来，组成了一个完整的孩子，孩子活了过来。女恶魔名叫佳茹阿(Jarā)，由于同情没有孩子的君王，她去觐见君王，把可爱的孩子献给了他。君王对女恶魔很满意，想要按她的愿望赏赐她。女恶魔表示她想要孩子随她的姓，于是孩子便被命名为佳尔桑达，意思是：被佳茹阿连接起来的人。事实上，佳尔桑达是恶魔维帕祺提(Vipracitti)的所属部分投生的。那位祝福王后们生孩子的圣人名叫昌铎·考希卡(Candra Kauśika)，他向孩子的父亲毕尔哈朵塔王预告了那孩子的未来。

主希瓦是恶魔、鬼魂般的人物的主人，而佳尔桑达因为天生具有凶恶的品性，所以自然成了主希瓦(Śiva)的奉献者。茹阿瓦纳(Rāvaṇa)是主希瓦的大奉献者，佳尔桑达王也如此。他曾经在玛哈拜茹阿瓦(Mahābhairava, 希瓦)面前献祭他抓来的各地君王。他用武力打败许多小国的君王，把他们抓到玛哈拜茹阿瓦面前宰杀。在以前称为玛格达王国的比哈尔邦，有许多崇拜主希瓦的玛哈拜茹阿瓦(或称卡拉拜茹阿瓦)形象的希瓦奉献者。佳尔桑达是奎师那的舅舅康萨

(Kaṁsa)的亲戚，所以奎师那杀死康萨后，佳尔桑达王便成了奎师那的死敌，曾经与奎师那多次交战。主奎师那想要杀死他，但不想杀那些为他作战的军人。为此，至尊主制定了一个杀死佳尔桑达的计划。奎师那、彼玛(Bhīma)和阿尔诸纳扮装成布茹阿玛纳(婆罗门)一起去找佳尔桑达，乞求他布施。佳尔桑达从不拒绝给布茹阿玛纳布施，而且还举行很多祭祀，但他所做的都不是奉爱服务。主奎师那、彼玛和阿尔诸纳要求佳尔桑达允许他们与他作战，最后达成协议，佳尔桑达将与彼玛单打独斗。就这样，他们成了佳尔桑达的客人和搏斗对手，彼玛与佳尔桑达连续几天，天天搏斗。几天后，彼玛开始感到沮丧，但奎师那暗示他有关佳尔桑达是在新生儿时期被连接起来的事实，彼玛于是在搏斗中再次把佳尔桑达一分为二，以此方式杀了他。随后，彼玛释放了所有被关在集中营中准备在玛哈拜茹阿瓦面前宰杀的君王。这些君王出于对潘达瓦兄弟的感激之情，向尤帝士提尔王进贡。

第 10 节

पत्न्यास्तवाधिमखकॢप्तमहाभिषेक-
श्लाघिष्ठचारुकबरं कितवैः सभायाम् ।
स्पृष्टं विकीर्य पदयोः पतिताश्रुमुख्या
यस्तत्स्त्रियोऽकृतहतेशविमुक्तकेशाः ॥१०॥

patnyās tavādhimakha-kḷpta-mahābhiṣeka-
ślāghiṣṭha-cāru-kabaraṁ kitavaiḥ sabhāyām
spṛṣṭaṁ vikīrya padayoḥ patitāśru-mukhyā
yas tat-striyo 'kṛta-hateśa-vimukta-keśāḥ

patnyāḥ—妻子的 / tava—你的 / adhimakha—在巨大的献祭仪式中 / kḷpta—打扮 / mahā-abhiṣeka—极为神圣的 / ślāghiṣṭha—如此赞美 / cāru—美丽 / kabaram—束紧的头发 / kitavaiḥ—被恶棍 / sabhāyām—在盛大的集会上 / spṛṣṭam—被抓住 / vikīrya—松开 / padayoḥ—在足下 /

patita-aśru-mukhyāḥ－那个流着泪水倒下的人的 / yaḥ－祂 / tat－他们的 / striyaḥ－妻子 / akṛta－变得 / hata-īśa－失去丈夫 / vimukta-keśāḥ－松开的头发

译文 是祂，使那些胆敢弄散你王后头发的恶棍们的妻子成为寡妇，松开了她们的头发。你妻子曾为参加盛大的茹阿佳苏亚祭祀仪式而把头发装饰得绝顶漂亮和圣洁；当她束紧的头发被恶棍弄散时，她流着泪倒在主奎师那的脚下。

要旨 朵帕蒂王后长着一头美丽的秀发，这秀发在茹阿佳苏亚祭祀仪式(Rājasūya-yajña)上得到了圣化。但当她在一场赌赛中被当做赌注输掉时，杜沙森(Duḥśāsana)触碰她光荣的秀发，侮辱了她。朵帕蒂后来倒在主奎师那的莲花足下，主奎师那由此决定：杜沙森及其同伙所有的妻子的头发，在库茹柴陀战争后都要被散开。后来，作为库茹柴陀战争的结果，兑塔瓦施陀的儿子及孙子全部死在战场上，他们所有的妻子作为寡妇都被迫散开了她们的头发。换句话说，由于杜沙森侮辱了至尊主伟大的奉献者，库茹家族中所有做妻子的都成了寡妇。正如父亲甚至容忍儿子对自己不敬，至尊主可以容忍任何无赖对祂本人的侮辱；然而，祂绝不容忍有人侮辱祂的奉献者。侮辱伟大灵魂的人，必然失去一切功德和祝福。

第 11 节

यो नो जुगोप वन एत्य दुरन्तकृच्छ्राद्
दुर्वाससोऽरिरचितादयुताग्रभुग्यः ।
शाकान्नशिष्टमुपयुज्य यतस्त्रिलोकीं
तृप्ताममंस्त सलिले विनिमग्नसङ्घः ॥११॥

yo no jugopa vana etya duranta-kṛcchrād
durvāsaso 'ri-racitād ayutāgra-bhug yaḥ

śākānna-śiṣṭam upayujya yatas tri-lokīṁ
tṛptām amaṁsta salile vinimagna-saṅghaḥ

yaḥ—……的人 / naḥ—我们 / jugopa—给予保护 / vane—森林 / etya—进入 / duranta—危险地 / kṛcchrāt—困难 / durvāsasaḥ—杜尔瓦萨·牟尼的 / ari—敌人 / racitāt—由……制造的 / ayuta—一万 / agra-bhuk 在……之前吃过的人 / yaḥ—那个人 / śāka-anna-śiṣṭam—吃剩的食物 / upayujya—接受了 / yataḥ—因为 / tri-lokīm—三个世界 / tṛptām—满足了 / amaṁsta—在心中 / salile—在水中时 / vinimagna-saṅghaḥ—全都没入水中

译文　在我们遭流放期间，我们的敌人施诡计让杜尔瓦萨·牟尼带着他那一万个门徒来我们的住处吃饭，把我们置于危险的困境中。那时，祂(主奎师那)只是通过吃我们吃剩的食物就拯救了我们。由于祂以这种方式接受了食物，聚在河中沐浴的牟尼们都感到饱胀，三个世界也因而感到满足。

要旨　**杜尔瓦萨·牟尼**(Durvāsā Muni)：强大的神秘瑜伽师、布茹阿玛纳(婆罗门)。他在发下重誓后坚守宗教原则，坚持不懈地严格苦修。他与许多重大的历史事件都有关系；这位伟大的神秘主义者就像主希瓦一样，似乎既容易被满足，同时又容易被惹恼。当他对侍奉他的人感到满意时，他会赐予那仆人巨大的好处；但如果他感到不满时，他也会使惹他生气的人遭受灭顶之灾。琨缇在尚未出嫁前，曾经负责接待去她父亲家访问的所有伟大的圣人，为他们做各种各样的服务。杜尔瓦萨·牟尼因为对她周到的服务很满意，便给予她祝福，使她有力量召见任何一个她想要见的半神人。经典中说杜尔瓦萨·牟尼是主希瓦完整扩展的化身，因此既容易被满足，同时又容易被惹恼。他是主希瓦的伟大奉献者；他服从主希瓦的命令担任施维塔凯图王(Śvetaketu)的家庭祭司，帮助君王举行一百年的祭祀。他有时也会去天帝因铎戴瓦(Indradeva)的天堂议会厅访问。他可以运用他巨大的神秘力量在太空中旅行；据经典记载，他甚至长途跋涉，穿越物质太空，去了灵性世界的外琨塔(Vaikuṇṭha)星球。这样长的距离，他用了一年的时间，而这件事发生在他与伟大的奉献者、世界帝王安巴瑞施(Ambarīṣa)发生冲突期间。

他有大约一万个门徒；他无论去哪里访问，当哪个伟大的查锤亚君王的座上宾，都会带上他的一些门徒。一次，他到与尤帝士提尔王为敌的杜尤丹(Duryodhana)家访问，杜尤丹使出浑身解数取悦了这位布茹阿玛纳，使这位伟大的圣人想要给予他某种祝福。杜尤丹了解这位神秘瑜伽师所具有的神秘力量，也知道这位圣人如果感到不满就会使人灾难临头，因此故意安排让这位布茹阿玛纳去向他仇视的堂兄弟潘达瓦们施展愤怒。于是，当杜尔瓦萨·牟尼要给予杜尤丹祝福时，杜尤丹便说希望他去拜访他们一百个兄弟的堂哥兼首领尤帝士提尔王。然而，杜尤丹告诉杜尔瓦萨·牟尼去尤帝士提尔家的时间，正好是尤帝士提尔王与王后朵帕蒂刚刚吃过饭的时间。杜尤丹知道：尤帝士提尔王一家刚刚吃过饭后，根本无法接待人数达一万人之多的布茹阿玛纳客人；为此，圣人杜尔瓦萨就会生气，给他堂兄尤帝士提尔王制造麻烦。这就是杜尤丹的诡计。杜尔瓦萨·牟尼答应了杜尤丹的请求，于是去找尤帝士提尔这位当时被流放的君王。他按照杜尤丹要求他去的时间到达尤帝士提尔王家，而那时正好是尤帝士提尔王和朵帕蒂刚刚吃过午饭的时间。

他一到尤帝士提尔王家门前，立刻受到君王的热情接待。君王请求他先去河里完成他午间该举行的宗教仪式，并说到时食物也会准备就绪。应君王的请求，杜尔瓦萨·牟尼与他的众多门徒一起去河中沐浴，尤帝士提尔王则为宾客的吃饭问题而焦急万分。当时的情况是：朵帕蒂在没有吃饭前，可以准备出足够任何数目的宾客吃的食物，可一旦吃过饭后，就没有这个能力了。然而，由于杜尤丹的安排，圣人带着他的门徒正好在朵帕蒂吃过饭后到达。

奉献者被置于困境时，就会满怀深情地想起至尊主。朵帕蒂就是这样；在那危险的情况下，她想到了主奎师那。无所不在的至尊主能立刻了解祂的奉献者所面临的危险状况，于是立刻出现在朵帕蒂面前，让朵帕蒂把他们储存的无论什么食物给祂一些。听到至尊主的这一要求，朵帕蒂很伤心，因为她那时根本没有办法给至尊主任何食物。她对至尊主说，太阳神给她的神奇盘子只能在她本人没吃饭之前提供她所需要量的食物。但当天她已经吃过饭了，因此他们全家面临险境。她像妇女在这种情况下都会做的一样，边解释她的困难边开始在至尊主面前哭泣。至尊主让朵帕蒂把她烹调用的锅拿来，看看有没有什么剩下的食物残渣。在朵帕蒂拿出的锅里，至尊主找到了粘在锅上的一小片菜叶，于是立刻拿起它放进嘴里吃了下去。做完这件事，至尊主让朵帕蒂去招呼她的客人——杜尔瓦萨和他众多的门徒。

彼玛被派到河边去找他们。彼玛对他们说："圣人们，你们为什么还在拖延？来吧，食物已经准备好了。"然而，由于主奎师那接受了一小片食物的残渣，众多的布茹阿玛纳虽然还在河水中，却都感到像是刚刚饱餐了一顿。他们都在想：尤帝士提尔王一定为他们准备了许多上等佳肴，但他们一点儿都不饿，吃不下；这会使君王感到很遗憾，所以最好还是不要去他家了。就这样，他们决定还是离开为妙。

这件事证明，至尊主是最伟大的神秘瑜伽师，因而被称为一切神秘力量的至尊主人——尤给士瓦尔(Yogeśvara)。我们从这个事件得到的另一个教育是：所有的居士都必须给至尊主供奉食物；因为至尊主如果满意了，哪怕数目达一万人之多的宾客们也会满意。这就是奉爱服务的神奇力量。

第 12 节 यत्तेजसाथ भगवान् युधि शूलपाणि-
विस्मापितः सगिरिजोऽस्त्रमदान्निजं मे ।

अन्येऽपि चाहममुनैव कलेवरेण
प्राप्तो महेन्द्रभवने महदासनार्धम् ॥१२॥

yat-tejasātha bhagavān yudhi śūla-pāṇir
vismāpitaḥ sagirijo 'stram adān nijaṁ me
anye 'pi cāham amunaiva kalevareṇa
prāpto mahendra-bhavane mahad-āsanārdham

yat一……的祂 / tejasā一被……的影响 / atha一曾经 / bhagavān一人格神(主希瓦) / yudhi一在战斗中 / śūla-pāṇiḥ一手持三叉戟的人 / vismāpitaḥ一使震惊 / sa-girijaḥ一和喜马拉雅山的女儿一起 / astram一武器 / adāt一赐予 / nijam一他自己的 / me一向我 / anye api一其他人也 / ca一和 / aham一我自己 / amunā一由此 / eva一肯定地 / kalevareṇa一由身体 / prāptaḥ一获得了 / mahā-indra-bhavane一在因铎戴瓦的家里 / mahat一伟大的 / āsana-ardham一升高一半的座位

译文 仅仅是靠了祂的影响力，我才能在一场战斗中震惊了神性人物主希瓦及他的妻子——喜马拉雅山的女儿。他(主希瓦)由此对我很高兴，把他个人的武器给了我，其他半神人也纷纷把他们各自的武器送给我。除此之外，靠祂的力量我才能以现有的身体进入天堂星球，被允许坐在升高一半的座位上。

要旨 阿尔诸纳凭借至尊人格首神圣奎师那的恩典，使包括主希瓦在内的全体半神人都对他很满意。关键在于，取悦了主希瓦或其他半神人的人，并不一定会得到至尊主圣奎师那的喜爱。茹阿瓦纳无疑是主希瓦的大奉献者，但却无法逃脱使至尊人格首神主茹阿玛禅铎(Rāmacandra)愤怒所招致的毁灭。这样的事例在众多的往世书(Purāṇas)所记载的历史中有很多。可是，在这节诗中叙述的事件中，我们可以看到，主希瓦在与阿尔诸纳对打后甚至感到很高兴。

至尊主的奉献者知道该如何尊重半神人，但半神人的奉献者们有时却愚蠢地以为至尊人格首神并不比半神人伟大。持有这种观念的人就会成为冒犯者，最终落得与茹阿瓦纳等恶魔一样的下场。阿尔诸纳所描述的他与圣主奎师那以朋友关系交流期间所发生的事，富有教育意义，使我们确信：只要使至尊主圣奎师那满意，就能得到所有的恩惠；相反，崇拜半神人的人也许只会得到部分的利益，而这些部分的利益就向半神人本人一样短暂、易毁。

这节诗所具有的另一个重要意义是：凭借圣主奎师那的恩典，阿尔诸纳甚至能够以他当时有的身体直接上达天堂星球，受到天堂半神人因铎戴瓦的礼遇，坐在因铎身边的一个升高一半的座位上。靠从事经典(śāstras)中推荐的属于功利性活动范畴的虔诚活动，人可以升入天堂星球。然而，《博伽梵歌》第 9 章的第 21 节诗中也说明，当从事这类虔诚活动的人在天堂耗尽了他积累的功德时，这位享受者就会再次坠落到这个地球星球上来。月亮也属于天堂星球，只有那些靠举行祭祀、给予布施和从事严酷苦行等积累了功德的人，才被允许在离开现有的躯体后进入天堂星球。然而，阿尔诸纳仅仅靠至尊主的恩典，就能以他现有的身体进入天堂星球。没有至尊主的恩典，他根本不可能做到这一点。现代科学家们没有到达阿尔诸纳的层面，因此他们为进入天堂星球所做的努力，无疑会被证明是在做无用功。他们是普通人类，没有通过举行祭祀、布施或苦行积累任何功德。物质躯体受善良、激情和愚昧三种物质自然属性的影响；现代人更多的是受激情和愚昧属性的影响，而这种影响的表现是欲壑难填、极为注重物质享乐。这种堕落的人简直不可能接近高等星系。在天堂星球之上还有许多其他星球，那些星球只允许受善良属性影响的人进入。住在宇宙中的高等星球上的居民，都具有比人类高得多的智慧，在最高等的善良属性影响下都很虔诚。他们都是半神人，是至尊主的奉献者；尽管影响他们的善良属性还不是最纯净的，但他们拥有物质世界里所能拥有的最多的好品质。

第 13 节 तत्रैव मे विहरतो भुजदण्डयुग्मं
गाण्डीवलक्षणमरातिवधाय देवाः ।
सेन्द्राः श्रिता यदनुभावितमाजमीढ
तेनाहमद्य मुषितः पुरुषेण भूम्ना ॥१३॥

tatraiva me viharato bhuja-daṇḍa-yugmaṁ
gāṇḍīva-lakṣaṇam arāti-vadhāya devāḥ
sendrāḥ śritā yad-anubhāvitam ājamīḍha
tenāham adya muṣitaḥ puruṣeṇa bhūmnā

tatra一在那个天堂星球 / eva一肯定地 / me一我自己 / viharataḥ一当作客的时候 / bhuja-daṇḍa-yugmam一我的双臂 / gāṇḍīva一名叫甘迪瓦的弓 / lakṣaṇam一标志 / arāti一一个名叫尼瓦塔卡瓦查的恶魔 / vadhāya一为了杀死 / devāḥ一所有的半神人 / sa一和……一起 / indrāḥ一天帝因铎 / śritāḥ一托庇于 / yat一……的 / anubhāvitam一使变得有力量 / ājamīḍha一阿佳米达王的后裔啊 / tena一由祂 / aham一我自己 / adya一现在 / muṣitaḥ一失去 / puruṣeṇa一人格 / bhūmnā一至尊的

译文 我作为客人在天堂星球暂住期间,所有的半神人,包括天帝因铎戴瓦,都托庇于我那因持有甘迪瓦弓而驰名的双臂,请我去杀名叫尼瓦塔卡瓦查的恶魔。啊！君王,阿佳米达的后裔！现在我失去了至尊人格首神,靠祂的影响力,我才如此强大有力。

要旨 天堂星球中的半神人无疑更有智慧、更强大、更美丽;尽管如此,他们还是要寻求阿尔诸纳的帮助,因为他拥有被圣主奎师那仁慈地赋予了力量的甘迪瓦弓(Gāṇḍīva)。至尊主最强大;祂想让祂纯粹的奉献者变得多有力量,就可以赐予奉献者多大的力量,没有什么可以限制祂。当至尊主从某人那里收回祂的力量时,那人就会因至尊主的意愿而变得软弱无力。

第 14 节 यद्बान्धवः कुरुबलाब्धिमनन्तपार-
मेको रथेन ततरेऽहमतीर्यसत्त्वम् ।
प्रत्याहृतं बहु धनं च मया परेषां
तेजास्पदं मणिमयं च हृतं शिरोभ्यः ॥१४॥

yad-bāndhavaḥ kuru-balābdhim ananta-pāram
eko rathena tatare 'ham atīrya-sattvam
pratyāhṛtaṁ bahu dhanaṁ ca mayā pareṣāṁ
tejās-padaṁ maṇimayaṁ ca hṛtaṁ śirobhyaḥ

yat-bāndhavaḥ—只是因祂的友谊 / kuru-bala-abdhim—库茹王朝军队的海洋 / ananta-pāram—不可战胜的 / ekaḥ—单独 / rathena—坐在战车上 / tatare—能够穿越 / aham—我自己 / atīrya—不能征服的 / sattvam—存在 / pratyāhṛtam—收回 / bahu—数目非常巨大的 / dhanam—财富 / ca—也 / mayā—由我 / pareṣām—敌人的 / tejāḥ-padam—光辉的源头 / maṇi-mayam—以珠宝点缀的 / ca—也 / hṛtam—抢走 / śirobhyaḥ—从他们头上

译文 考茹阿瓦的军事力量恰似居住着众多强大无敌的水生物的海洋，因而无法战胜。但祂的友谊却使我能坐在战车上跨越它。正是靠祂的恩典，我才能收回乳牛，靠武力收集了许多君王头上的头盔，那些头盔上点缀着许多光芒四射的宝石。

要旨 在考茹阿瓦(Kaurava)的阵营中，有许多像彼士玛(Bhīṣma)、朵纳(Droṇa)、奎帕(Kṛpa)和卡尔纳那样英勇健壮的作战指挥官。他们的军事力量如汪洋般无法超越。但是，依靠主奎师那的恩典，独自一人坐在战车上的阿尔诸纳，却能轻松地逐一战胜他们。考茹阿瓦一方换了许多指挥官，但潘达瓦兄弟一方的阿尔诸纳却能够独自坐在主奎师那驾驭的战车上，肩负起在那场大战中作战的全部责任。同样，当潘达瓦兄弟隐姓埋名住在维茹阿塔(Virāta)的宫殿中时，考茹阿瓦们挑起了与维茹阿塔王的纷争，决定夺走他大量的乳牛。就在他们带走乳牛之际，阿尔诸纳在不显露自己真面目的情况下独自与他们作战，不仅收回全部的乳牛，还抢走许多贵重的战利品——镶嵌在王室成员缠头巾上的宝石。阿尔诸纳回忆起这一切，清楚地知道：只有靠至尊主的恩典，他才能做到这些。

第 15 节

यो भीष्मकर्णगुरुशल्यचमूष्वदभ्र-
राजन्यवर्यरथमण्डलमण्डितासु ।
अग्रेचरो मम विभो रथयूथपाना-
मायुर्मनांसि च दृशा सह ओज आर्च्छत् ॥१५॥

yo bhīṣma-karṇa-guru-śalya-camūṣv adabhra-
rājanya-varya-ratha-maṇḍala-maṇḍitāsu
agrecaro mama vibho ratha-yūthapānām
āyur manāṁsi ca dṛśā saha oja ārcchat

yaḥ—就是祂 / bhīṣma—彼士玛 / karṇa—卡尔纳 / guru—朵纳查尔亚 / śalya—沙力亚 / camūṣu—在军阵中 / adabhra—无边的 / rājanya-varya—伟大高贵的王子 / ratha-maṇḍala—一连串的战车 / maṇḍitāsu—装饰着 / agrecaraḥ—前进 / mama—我的 / vibho—伟大的国王啊 / ratha-yūtha-pānām—所有的骑士 / āyuḥ—寿命或功利性活动 / manāṁsi—智力 / ca—也 / dṛśā—通过瞥视 / sahaḥ—军力 / ojaḥ—力气 / ārcchat—收回

译文 能够收回众生寿命的只有祂；是祂，在战场上收回了考茹阿瓦那些由彼士玛、卡尔纳、朵纳和沙力亚等率领的强大军阵中战士及将领们的思考能力及战斗热情。尽管他们装备精良、超过所需，但祂(圣主奎师那)在驱车前进的同时，就收回了上述所有这一切。

要旨　绝对的人格首神——圣主奎师那，扩展出众多的超灵完整扩展，进入每一个生物体的心中，掌管每一个生物体的记忆、遗忘、知识、智力，以及一切心理活动(《博伽梵歌》15.15)。作为至尊主，祂可以增加或减少生物体的寿命。正因为如此，至尊主按照祂自己的计划引发了库茹柴陀战争。祂要通过战争立尤帝士提尔为这个星球上的帝王，为了便于实现祂的这个超然计划，祂通过祂的全能意愿杀死了所有站在敌对阵营的人。战场上的另一方军队中军事力量强大，不但装备精良，而且还有彼士玛、朵纳和沙力亚等大将军的支持。因此，如果不是至尊主用各种战术帮助阿尔诸纳，阿尔诸纳根本不可能赢得战争的胜利。至尊主当时运用的战术和策略，所有的政治家们都在遵循，即使是在现代战争中也不例外。但是，他们都是靠强大的间谍活动、军事用兵术和外交手段等物质方式去做一切。然而，由于阿尔诸纳是至尊主深爱的奉献者，至尊主本人为阿尔诸纳做了这一切，根本没让阿尔诸纳操心。这就是为至尊主做奉爱服务的情况。

第 16 节

यद्दोःषु मा प्रणिहितं गुरुभीष्मकर्ण-
नप्तृत्रिगर्तशल्यसैन्धवबाह्लिकाद्यैः ।
अस्त्राण्यमोघमहिमानि निरूपितानि
नोपस्पृशुर्नृहरिदासमिवासुराणि ॥१६॥

yad-doḥṣu mā praṇihitaṁ guru-bhīṣma-karṇa-
naptṛ-trigarta-śalya-saindhava-bāhlikādyaiḥ
astrāṇy amogha-mahimāni nirūpitāni
nopaspṛśur nṛhari-dāsam ivāsurāṇi

yat－在他们之下 / doḥṣu－武器的庇护 / mā praṇihitam－我自己处于 / guru－朵纳查尔亚 / bhīṣma－彼士玛 / karṇa－卡尔纳 / naptṛ－布瑞

刷瓦 / trigarta—苏沙尔玛王 / śalya—沙力亚 / saindhava—佳雅铎塔王 / bāhlika—商坦努王(彼士玛的父亲)的兄弟 / ādyaiḥ—等等 / astrāṇi—武器 / amogha—无敌的 / mahimāni—非常强大 / nirūpitāni—使用的 / na—不 / upaspṛśuḥ—触碰 / nṛhari-dāsam—尼尔星哈戴瓦的仆人(帕拉德) / iva—像 / asurāṇi—恶魔使用的武器

译文 彼士玛、朵纳、卡尔纳、布瑞刷瓦、苏沙尔玛、沙力亚、佳雅铎塔和巴利卡等大将军，都挥舞着他们各自的武器与我作战。但凭借祂(主奎师那)的恩典，他们甚至碰不到我头上的一根头发。同样，恶魔的武器也丝毫伤害不了主尼尔星哈最优秀的奉献者帕拉德王。

要旨 尼尔星哈戴瓦(Nṛsiṁhadeva)的伟大奉献者帕拉德王(Prahlāda Mahārāja)的历史，在《圣典博伽瓦谭》(Śrīmad-Bhāgavatam)第七篇中作了描述。帕拉德王——一个只有五岁大的孩子，仅仅因为当了至尊主的纯粹奉献者，就成了他那位大恶魔父亲黑冉亚卡希普(Hiraṇyakaśipu)嫉恨的对象。恶魔父亲用他所有的武器去杀奉献者儿子帕拉德，但帕拉德依靠至尊主的恩典，每一次都从他父亲对他的各种加害中死里逃生。恶魔把他扔进火堆中，放进滚烫的热油里，从山顶上往下推，置于大象的脚下，并试图毒死他。最后，做父亲的本人竟然拿起砍刀要杀自己的儿子。至此，尼尔星哈显现，当着恶魔儿子的面杀了穷凶极恶的父亲。所以，没人能杀至尊主的奉献者。同样，尽管与阿尔诸纳对战的都是像彼士玛那样强大的对手，尽管他们手持各种危险的武器，但至尊主一直在保护阿尔诸纳的生命安全。

卡尔纳：琨缇(Kuntī)嫁给潘杜王(Mahārāja Pāṇḍu)之前与太阳神生的孩子。卡尔纳出生时穿着盔甲，戴着首饰，这象征着他是非凡的英雄。他最初的名字是瓦苏森纳(Vasusena)，但当他长大后把他与生俱来的盔甲和首饰拿给天帝因铎戴瓦看时，他的名字便从此改为外卡尔坦(Vaikartana)。少女琨缇一旦生下他，便把他放在恒河上任其漂流。阿迪茹阿塔(Adhiratha)后来发现他并抱起他，从此与妻子茹阿妲(Rādhā)一起把他当做自己的亲生儿子抚养长大。卡尔纳非常乐善好施，尤其是对布茹阿玛纳；他什么都愿意布施给布茹阿玛纳。对因铎戴瓦他也同样慷慨，把自己与生俱来的盔甲和首饰送给了他；而因铎戴瓦因为对他非常满意，便把自己的非凡武器沙克提(Śakti)送给他作为回礼。他是朵纳查尔亚的学生之一，并从一开始就与阿尔诸纳彼此竞争。由于他一直不断地与阿尔诸纳竞争，杜尤丹便提拔他，把他视为自己的同伴，两人逐渐成为密友。他也参加了朵帕蒂的选夫比武大会(svayaṁvara)，但当他想要在大会上展示他的才华时，朵帕蒂的哥哥当众宣布：卡尔纳因为是木匠的儿子，属于劳工阶层，所以不能参加比武。尽管他被拒绝参加比赛，但当阿尔诸纳成功地射穿挂在房梁上的鱼靶子，朵帕蒂把花环献给阿尔诸纳后，他还是在阿尔诸纳带着朵帕蒂离开时，跟其他失望的王子们一起与阿尔诸纳大战一场，企图阻止他们离去。在混战中，卡尔纳表现格外勇猛，但最后还是与其他王子一样被阿尔诸纳打败了。杜尤丹对卡尔纳一直与阿尔诸纳竞争、对抗这一点很满意，因此在他执政期间，让卡尔纳当上了安嘎(Aṅga)国的君王。在试图赢得朵帕蒂的努力被挫败后，卡尔纳建议杜尤丹去攻击杜茹帕达王，说打败杜茹帕达王之后，就可以把阿尔诸纳和朵帕蒂抓起来了。但是，朵纳查尔亚训斥了他和其他人的这一图谋不轨的想法，使他们只得克制自己，没有采取行动。

卡尔纳被打败过许多次，不仅是被阿尔诸纳，也被彼玛森纳打败过。他曾经是孟加拉、奥瑞萨(Orissa)和马德拉斯联合王国的君王，后来在尤帝士提尔王举行的茹阿佳苏亚祭祀仪式(Rājasūya)中也承担了一部分工作。当由沙库尼设计的潘达瓦兄弟和考茹阿瓦堂兄弟之间的一场赌赛开赛时，卡尔纳也参与其中；看到朵帕蒂被当做赌注时，他非常高兴。这使他一直以来的嫉妒心得到了满足。当朵帕蒂被当成赌注输掉时，他兴奋异常，到处传播这一消息。他还指示杜沙森夺取潘达瓦兄弟和朵帕蒂身上穿的衣服，并让朵帕蒂选择另一个丈夫，理由是：被潘达瓦兄弟输掉的她，已经沦为考茹阿瓦家族的奴隶。他始终与潘达瓦兄弟为敌，只要一有机会，就不惜用任何手段去与他们对抗。库茹柴陀战争期间，他预见到最终的结果，并表达他的意见说：由于主奎师那当了阿尔诸纳的战车御者，阿尔诸纳将会赢得胜利。他总是与彼士玛意见相左，有一次竟然说，只要彼士玛还活着，他就不打仗。他甚至狂妄地说，如果彼士玛不妨碍他按自己的计划行动，他可以在五天之内就把潘达瓦兄弟统统消灭掉。然而，当彼士玛受伤躺在箭床上濒临死亡时，他感到内心很羞愧、自责。在库茹柴陀战争中，他用因铎戴瓦给他的沙克提武器杀死了嘎陀卡查(Ghaṭotkaca)，而他的儿子维沙森纳则被阿尔诸纳杀死。他杀死了潘达瓦兄弟阵营中大量的战士，最后终于跟阿尔诸纳展开了激烈的对决战。他是唯一一个能够把阿尔诸纳的头盔打掉的人。但在关键时刻，他的车轮陷在了战场上的泥浆中，而当他下车去推车轮并要求阿尔诸纳不要在那时攻击他时，阿尔诸纳还是抓住机会杀死了他。

布瑞刷瓦(Bhūriśravā)：布瑞刷瓦(又名纳普塔)，是索玛达塔(Somadatta)的儿子，库茹家族的成员，沙力亚(Śalya)的兄弟。他们兄弟俩与父亲一起都参加了朵帕蒂的选夫比武大会，都很欣赏阿尔诸纳因为是至尊主的奉献者朋友而具有的神奇力量；布瑞刷瓦因此建议兑塔瓦施陀的儿子们不要与潘达瓦兄弟们挑起纷争或战火。他们父子三人也参加了尤帝士提尔王举行的茹阿佳苏亚祭祀仪式。布瑞刷瓦拥有组成一个阿克扫黑尼军团的步兵队、骑兵队、大象和战车，为支持杜尤丹一方都用在了库茹柴陀战车上。他被彼玛视为是属于总司令一级的将领(yūtha-patis)。在库茹柴陀战争中，他被专门安排要与萨提亚克依(Sātyaki)作战，他杀了萨提亚克依的十个儿子。后来，阿尔诸纳砍下他的双手，他最后被萨提亚克依杀死。他死后融入维施瓦戴瓦(Viśvadeva)的存在中。

苏沙尔玛(Suśarmā)：又称特瑞嘎尔塔(Trigarta)，是维达柴陀王(Vṛddhakṣetra)的儿子。他是特瑞嘎尔塔地区的君王，也参加了朵帕蒂的选夫比武大会。他是杜尤丹的同盟者之一，曾经建议杜尤丹攻打玛茨亚地区(Matsyadeśa,又称达尔般嘎)。在与杜尤丹一伙偷窃维茹阿塔王国中的乳牛时，他抓住了维茹阿塔王，但维茹阿塔王又被彼玛解救。在库茹柴陀战争中，他作战也很勇猛，但最后被阿尔诸纳杀死。

佳雅铎塔(Jayadratha)：维达柴陀王的另一个儿子。他是辛杜地区(Sindhudeśa, 现代巴基斯坦的信德省)的君王。他妻子名叫杜莎拉(Duḥśalā)。他也参加了朵帕蒂的选夫比武大会，极为渴望能赢得朵帕蒂，但却在竞争中失败了。但从那以后，他一直在寻找机会与朵帕蒂接触。他在去沙立亚地区娶亲的路途上经过卡米亚文(Kāmyavana)时，再次遇见朵帕蒂，被她深深地迷住。那时，潘达瓦兄弟在赌赛中失去了他们的王国，与朵帕蒂一起被流放，佳雅铎塔以为机会到了，于是自作聪明地透过他的同伴寇提沙夏(Koṭiśaṣya)，以不正当的手段给朵帕蒂送信。朵帕蒂立刻措辞强硬地回绝了佳雅铎塔的提议，但佳雅铎塔是那么迷恋朵帕蒂的美貌，仍然对她穷追不舍，但每一次都遭到朵帕蒂的拒绝。一次，他想用武力把朵帕蒂绑架到他的战车上，朵帕蒂向他猛击一拳，把他像一棵被砍断树根的树一样打翻在地。但他仍不罢休，把朵帕蒂强行按坐在他的战车上。这一切被道弥亚·牟尼(Dhaumya Muni)看在眼里，他强烈抗议佳雅铎塔的行为。他还追踪佳雅铎塔的战车，并让达垂伊卡(Dhātreyikā)去向尤帝士提尔王报信。潘达瓦兄弟攻击佳雅铎塔的部队，杀死了他所有的士兵；最后，彼玛抓住佳雅铎塔，狠狠地痛殴了他一顿，几乎把他打死。接着，他们除了留五根头发在他的头上，削光了他其余的头发，并带着他去见所有的君王，把他当做尤帝士提尔王的奴隶介绍给大家。他被迫当着所有的王公贵族的面承认，他是尤帝士提尔王的奴隶。最后，他被带到尤帝士提尔王的面前，尤帝士提尔王十分仁慈地下令放了他；当他承认他是尤帝士提尔属下的王侯时，朵帕蒂王后也同意放了他。这件事发生后，他被允许回到他的国家。备感羞辱的佳雅铎塔去了喜马拉雅山中恒河的源头处，从事一种非常严酷的苦行，以取悦希瓦。他请求希瓦祝福他，让他至少有一次能够打败潘达瓦五兄弟。接着，库茹柴陀战争开打，他站在杜尤丹一边。大战的第一天，给他安排的对手先是杜茹帕达王，然后是维茹阿塔，接着是阿比曼纽(Abhimanyu)。当阿比曼纽被对方的七个大将军团团围住，无情地砍杀时，潘达瓦兄弟赶来救他；但佳雅铎塔当时凭借主希瓦的祝福，发挥巨大的能力把潘达瓦兄弟全都击退了。为此，阿尔诸纳发誓要杀了他。听到阿尔诸纳的誓言，佳雅铎塔想要离开战场，于是请求考茹阿瓦一方批准他的这一怯懦行为。但他们没有允许他这么做。相反，他被迫与阿尔诸纳作战。在战斗的过程中，主奎师那提醒阿尔诸纳，主希瓦给予佳雅铎塔的祝福是：谁使佳雅铎塔的头颅掉到地上，谁就会立刻死去。因此，主奎师那建议阿尔诸纳把佳雅铎塔的头颅直接扔到佳雅铎塔父亲的腿上，佳雅铎塔的父亲那时正在萨曼塔·潘查卡(Samanta-pañcaka)圣地苦修。阿尔诸纳按照主奎师那的建议做了。佳雅铎塔的父亲看到扔到他腿上的被割下的头颅时非常吃惊，于是立刻把它甩到地上。他一旦这样做了后便立刻死去，他的额头爆裂成七片。

第 17 节 सौत्ये वृतः कुमतिनात्मद ईश्वरो मे
यत्पादपद्ममभवाय भजन्ति भव्याः ।
मां श्रान्तवाहमरयो रथिनो भुविष्ठं
न प्राहरन् यदनुभावनिरस्तचित्ताः ॥१७॥

sautye vṛtaḥ kumatinātmada īśvaro me
yat-pāda-padmam abhavāya bhajanti bhavyāḥ
māṁ śrānta-vāham arayo rathino bhuvi-ṣṭhaṁ
na prāharan yad-anubhāva-nirasta-cittāḥ

sautye－至于一个战车御者 / vṛtaḥ－从事于 / kumatinā－以不良意识 / ātma-daḥ－解救的人 / īśvaraḥ－至尊主 / me－我的 / yat－……的 / pāda-padmam－莲花足 / abhavāya－关于救助 / bhajanti－做出服务 / bhavyāḥ－智慧阶层的人 / mām－向我 / śrānta－口渴的 / vāham－我的马 / arayaḥ－敌人 / rathinaḥ—伟大的将军 / bhuviṣṭham—站在地上时 / na－没有 / prāharan－攻击 / yat－……的 / anubhāva－慈悲 / nirasta－不在场 / cittāḥ－心

译文　当我从战车上下来为我那些口渴的马匹找水喝时，正是由于祂的仁慈，我的敌人们才会玩忽职守没有杀我。渴望得到解脱的人当中最优秀的人都崇拜和侍奉我的主，可我却因为对祂缺乏尊重，胆敢安排祂为我驾驭战车。

要旨　至尊主——人格首神圣奎师那，既是非人格神主义者崇拜的对象，也是至尊主的奉献者崇拜的对象。非人格神主义者崇拜祂充满极乐和知识的永恒超然的身体放射出的灿烂光芒，奉献者崇拜祂是至尊人格首神。那些层次甚至比非人格神主义者还要低的人，认为祂是历史上的英雄人物之一。然而，至尊主降临是要用祂特殊的超然娱乐活动吸引所有的人，所以祂扮演了最完美的主人、朋友、儿子和爱人等角色。至尊主与阿尔诸纳的超然关系是朋友关系，因此祂完美地扮演了朋友的角色，正如祂对祂的父母、爱人和妻子们所做的一样。在展演这种完美的超然关系的过程中，尽管奉献者时常对至尊主的活动感到迷惑，但至尊主用祂的内在能量使奉献者忘了自己的朋友或儿子其实是至尊人格首神。至尊主离开地球后，阿尔诸纳总是感到内疚，认为自己亏待了他非凡的朋友，但其实阿尔诸纳并没有犯任何错误。至尊主与阿尔诸纳这样一位纯粹的奉献者所从事的超然活动，吸引着所有具有智慧的人。

在作战过程中，缺水是一个众所周知的事实。水对奋力作战的动物和人来说都异常珍贵，他们都一直需要水来解渴；尤其是受伤的战士和将领在死亡之际都会感到非常渴，有时仅仅是因为没水喝，人或动物被活活渴死。然而，在库茹柴陀战争中，古人们通过在地上挖洞、钻孔的方式解决了缺水问题。依靠神的恩典，只要有能力在地上挖洞、钻孔，就能在任何地方轻松地得到水。尽管现代的挖洞、钻孔技术与古代一样，但现代工程师们做不到在需要的地方立刻挖掘。但对潘达瓦时代的历史记载显示，像阿尔诸纳那样的大将军只是用一只利箭射穿地层，就能从坚硬的地层下汲取水，立刻供给马匹喝，更不要说给人了。但这种技术对现代科学家们来说还属于未知的领域。

第 18 节 नर्माण्युदाररुचिरस्मितशोभितानि
हे पार्थ हेऽर्जुन सखे कुरुनन्दनेति ।
सञ्जल्पितानि नरदेव हृदिस्पृशानि
स्मर्तुर्लुठन्ति हृदयं मम माधवस्य ॥१८॥

narmāṇy udāra-rucira-smita-śobhitāni
he pārtha he 'rjuna sakhe kuru-nandaneti
sañjalpitāni nara-deva hṛdi-spṛśāni
smartur luṭhanti hṛdayaṁ mama mādhavasya

narmāṇi—玩笑的话语 / udāra—坦率地说话 / rucira—令人愉快 / smita-śobhitāni—面带微笑 / he—用于招呼的感叹词 / pārtha —普瑞塔的儿子啊 / he—用于招呼的感叹词 / arjuna—阿尔诸纳 / sakhe—朋友 / kuru-nandana—库茹王朝之子 / iti—等等 / sañjalpitāni—如此的对话 / nara-deva—国王啊 / hṛdi—心 / spṛśāni—触碰 / smartuḥ—通过记住他们 / luṭhanti—沉溺 / hṛdayam—全心全意地 / mama—我的 / mādhavasya—玛达瓦(奎师那)的

译文 君王啊！祂开的玩笑和坦率的话语是那么令人愉快，而且还点缀着微笑。祂总是叫我“帕尔塔的儿子啊！朋友啊！库茹王朝的子孙啊！”我此刻回忆起所有这些动人的呼唤，不由得沉浸其中。

第 19 节 **शय्यासनाटनविकत्थनभोजनादि-**
ष्वैक्याद्वयस्य ऋतवानिति विप्रलब्धः ।
सख्युः सखेव पितृवत्तनयस्य सर्वं
सेहे महान्महितया कुमतेरघं मे ॥१९॥

śayyāsanāṭana-vikatthana-bhojanādiṣv
aikyād vayasya ṛtavān iti vipralabdhaḥ
sakhyuḥ sakheva pitṛvat tanayasya sarvaṁ
sehe mahān mahitayā kumater aghaṁ me

śayya－同睡一张床 / āsana－同坐一张椅 / aṭana－同行 / vikatthana－自我崇拜 / bhojana－一同进食 / ādiṣu－就这样交往时 / aikyāt－因为一致 / vayasya－我的朋友啊 / ṛtavān－诚实的 / iti－如此 / vipralabdhaḥ－行为不礼貌 / sakhyuḥ－向一个朋友 / sakhā iva－就像朋友 / pitṛvat－就像父亲 / tanayasya－对一个孩子 / sarvam－所有的 / sehe－宽容 / mahān－伟大的 / mahitayā－以光荣 / kumateḥ—智力低下的人的 / agham－冒犯 / me－我的

译文 我们俩人形影不离，同睡、同坐、结伴同游。在我们夸耀自己的骑士行为时，我如果发现祂不符合规则，有时就会指责祂说：“我的朋友，你可真诚实啊！”即使祂被我所贬低，祂——作为至尊灵魂，也总是容忍我说的那些话，原谅我，就像真正的朋友原谅他真正的朋友，或者父亲原谅儿子一样。

要旨 至尊主圣奎师那是绝对完美的，因此祂在以朋友、儿子或是爱人的身份与祂纯粹的奉献者从事超然的娱乐活动时，无论从什么方面看都没有缺憾。与聆听伟大、博学的学者和虔诚的宗教人士毕恭毕敬地对祂吟唱韦达赞歌相比，至尊主更喜欢听祂的朋友、父母或未婚妻们对祂的责备。

第 20 节

सोऽहं नृपेन्द्र रहितः पुरुषोत्तमेन
सख्या प्रियेण सुहृदा हृदयेन शून्यः ।
अध्वन्युरुक्रमपरिग्रहमङ्ग रक्षन्
गोपैरसद्भिरबलेव विनिर्जितोऽस्मि ॥२०॥

so 'haṁ nṛpendra rahitaḥ puruṣottamena
sakhyā priyeṇa suhṛdā hṛdayena śūnyaḥ
adhvany urukrama-parigraham aṅga rakṣan
gopair asadbhir abaleva vinirjito 'smi

saḥ—那 / aham—我自己 / nṛpa-indra—帝王啊 / rahitaḥ—失去了 / puruṣa-uttamena—由至尊主 / sakhyā—由我的朋友 / priyeṇa—由我密切的 / suhṛdā—由祝福者 / hṛdayena—由内心和灵魂 / śūnyaḥ—空虚的 / adhvani—最近 / urukrama-parigraham—全能者的妻子们 / aṅga—身体 / rakṣan—保护时 / gopaiḥ—由牧牛人 / asadbhiḥ—被无信仰的人 / abalā iva—像一个脆弱的妇人 / vinirjitaḥ asmi—我被击败

译文 帝王啊！我的朋友、最珍贵的祝愿者——至尊人格首神，现在与我分开了，我的心因此而一片空虚。由于奎师那不在，我在护卫祂全体妻子的身体时，竟被一群不信奉宗教的牧人打败了。

要旨 这节诗中的重点在于，阿尔诸纳怎么会被一群粗俗的牧人所打败，这群世俗的牧人怎么有可能触碰到由阿尔诸纳保护着的主奎师那的妻子们的身体。圣维施瓦纳特·查夸瓦尔提·塔库尔

(Viśvanātha Cakravartī Ṭhākura)在深入研究《维施努往世书》(Viṣṇu Purāṇa)和《布茹阿玛往世书》(Brahma Purāṇa)后，对这一矛盾现象给予了明确的解释。这些往世书中说：一次，天堂星球美丽的少女们通过做服务取悦了阿施塔瓦夸·牟尼(Aṣṭāvakra Muni)，牟尼祝福她们会有至尊主当她们的丈夫。阿施塔瓦夸·牟尼的身体弯曲成八段，所以以一种很怪异的弯曲形式前行。半神人的女儿们看到牟尼的前行方式禁不住大笑起来，牟尼对她们很生气，诅咒她们说，即使她们有至尊主当她们的丈夫，今后也还会被一群流氓、无赖所绑架。少女们于是诚恳地向牟尼祈求，使牟尼再次对她们感到满意，牟尼就又祝福她们：即使她们遭到流氓、恶棍的绑架，她们也还是会与她们的丈夫重逢。为了使大牟尼的祝福和诅咒成真，至尊主本人从阿尔诸纳的保护中绑架了祂的妻子们，否则她们会在那群流氓即将碰到她们的那一瞬间消失得无影无踪。此外，祈求当至尊主妻子的一些牧牛姑娘，在她们的愿望得到满足后，也回复了她们各自的身份。主奎师那离开地球后，也要祂所有的随行人员回到首神身边，所以他们只不过是在不同的情况下被召回而已。

第 21 节

तद्वै धनुस्त इषवः स रथो हयास्ते
सोऽहं रथी नृपतयो यत आनमन्ति ।
सर्वं क्षणेन तदभूदसदीशरिक्तं
भस्मन् हुतं कुहकराद्धमिवोप्तमूष्याम् ॥२१॥

tad vai dhanus ta iṣavaḥ sa ratho hayās te
so 'haṁ rathī nṛpatayo yata ānamanti
sarvaṁ kṣaṇena tad abhūd asad īśa-riktaṁ
bhasman hutaṁ kuhaka-rāddham ivoptam ūṣyām

tat一同样的 / vai一肯定地 / dhanuḥ te一同样的弓 / iṣavaḥ一箭 / saḥ一完全一样的 / rathaḥ一战车 / hayāḥ te一同样的马 / saḥ aham一我还是同

样的阿尔诸纳 / rathī－战车勇士 / nṛpatayaḥ－所有的国王 / yataḥ－……的 / ānamanti－致以敬意 / sarvam－所有的 / kṣaṇena－立即 / tat－所有那些 / abhūt－变成 / asat－无用 / īśa－因为至尊主 / riktam－无效的 / bhasman－灰烬 / hutam－供奉黄油(butter) / kuhaka-rāddham－用法术变出的钱 / iva－正如 / uptam－播种 / ūṣyām－在不毛之地

译文 尽管我，众君王都要予以致敬的同一个阿尔诸纳，手持同一把甘迪瓦弓，用的是同样的箭，乘坐由同一些马匹拉着的同一辆战车，但由于主奎师那不在了，所有这一切在一瞬间竟变得毫无用处。那就像把纯净的黄油供奉到灰烬上，用魔术棒积累金钱或把种子撒在不毛之地上一样。

要旨 正如我们不止一次地谈到过，人不该为借来的一切而感到自豪。一切的能量和力量都来自最高的源头——主奎师那，在祂想要它们做事的时候起作用，在祂收回它们的时候立刻停止作用。正如所有的电能都来自发电厂，发电厂一旦停止供电，电灯泡就没用了。至尊主凭祂的至高意愿，可以在一瞬间发出或收回这些能量。没有得到至尊主祝福的物质文明，只不过是孩子的游戏而已。父母允许孩子玩耍时，孩子可以玩耍。父母一旦不允许孩子继续玩耍，孩子就必须停止游戏。人类文明及其与之有关的一切活动，都应该有至尊主的最高祝福；没得到这种祝福的人类文明所取得的一切"进步"，都不过是尸体上的装饰而已。这节诗中说的是，无生命的文明及其活动像灰烬上的纯净黄油(butter)，用魔杖变出的一堆钱，或者把种子撒在贫瘠的土地上。

第 22－23 节 राजंस्त्वयानुपृष्टानां सुहृदां नः सुहृत्पुरे ।
विप्रशापविमूढानां निघ्नतां मुष्टिभिर्मिथः ॥२२॥
वारुणीं मदिरां पीत्वा मदोन्मथितचेतसाम् ।
अजानतामिवान्योन्यं चतुःपञ्चावशेषिताः ॥२३॥

rājaṁs tvayānupṛṣṭānāṁ
　suhṛdāṁ naḥ suhṛt-pure
vipra-śāpa-vimūḍhānāṁ
　nighnatāṁ muṣṭibhir mithaḥ

vāruṇīṁ madirāṁ pītvā
　madonmathita-cetasām
ajānatām ivānyonyaṁ
　catuḥ-pañcāvaśeṣitāḥ

rājan－国王啊 / tvayā－由你 / anupṛṣṭānām－如你所询问的 / suhṛdām－朋友和亲戚的 / naḥ－我们的 / suhṛt-pure－在杜瓦尔卡城 / vipra－布茹阿玛纳 / śāpa－因为……的诅咒 / vimūḍhānām－受迷惑的人的 / nighnatām－被杀戮的人的 / muṣṭibhiḥ－用棍棒 / mithaḥ－彼此 / vāruṇīm－发酵的米 / madirām－酒 / pītvā－喝下了 / mada-unmathita－醉了 / cetasām－在那样的精神状态 / ajānatām－因不认识 / iva－像 / anyonyam－相互 / catuḥ－四 / pañca－五 / avaśeṣitāḥ－现在剩下

译文　君王啊！既然您问我有关我们在杜瓦尔卡城的朋友和亲戚，我就告诉您，他们全体遭到布茹阿玛纳的诅咒，结果都因为喝了用发霉的米酿成的酒而变得醉醺醺，彼此用棍棒互殴，甚至根本认不出对方。现在除了剩下四五个还活着，其他人都已死去。

第 24 节　**प्रायेणैतद्भगवत ईश्वरस्य विचेष्टितम् ।**
मिथो निघ्नन्ति भूतानि भावयन्ति च यन्मिथः ॥२४॥

prāyeṇaitad bhagavata
　īśvarasya viceṣṭitam
mitho nighnanti bhūtāni
　bhāvayanti ca yan mithaḥ

prāyeṇa etat－几乎都是因为 / bhagavataḥ－人格首神的 / īśvarasya－至尊主的 / viceṣṭitam－按照……的意愿 / mithaḥ－彼此 / nighnanti－杀

死 / bhūtāni－生物體 / bhāvayanti－同样保护 / ca－也 / yat－……的 / mithaḥ－彼此

译文 事实上，这一切都是按人格首神的至尊意愿发生的。人们有时相互残杀，有时则互相保护。

要旨 人类学家们说，大自然中有一套为生存而苦苦挣扎的适者生存定律。但他们不知道，这套定律的背后，是至尊人格首神的最高指挥。《博伽梵歌》中证实说，自然法律在至尊主的指挥下运作。因此，无论何时，世上如有和平，那必定是至尊主的善意使然；如有动乱，那也是至尊主的至高意愿。没有至尊主的允许，连一根草都不会动。因此，无论何时，只要世人不遵守至尊主制定的法律，人与人之间或国与国之间就会有战争。所以，要获得和平的可靠方式是，按照至尊主制定的法律从事一切活动。至尊主制定的法律是：无论我们做什么，吃什么、举行什么祭祀或布施什么，都必须是为了使至尊主完全满意而做。谁都不该在违反至尊主意愿的情况下做事情、吃东西、举行祭祀或给予布施。人应该行事谨慎而非冒失；人必须学习辨别哪种是能取悦至尊主的活动，哪种是让至尊主不满的活动。我们要按照是否能让至尊主高兴的原则来判断该不该从事一项活动，其中没有让人随心所欲地做事情的空间。我们必须始终以让至尊主高兴为前提做事。《博伽梵歌》第 2 章的第 50 节诗中说，按这一原则所从事的活动，被称为是“与至尊主相连接的活动(yogaḥ karmasu kauśalam)”。这才是圆满做事的艺术。

第 25－26 节 जलौकसां जले यद्वन्महान्तोऽदन्त्यणीयसः ।
दुर्बलान् बलिनो राजन्महान्तो बलिनो मिथः ॥२५॥
एवं बलिष्ठैर्यदुभिर्महद्भिरितरान् विभुः ।
यदून् यदुभिरन्योन्यं भूभारान् सञ्जहार ह ॥२६॥

jalaukasāṁ jale yadvan
　mahānto 'danty aṇīyasaḥ
durbalān balino rājan
　mahānto balino mithaḥ

evaṁ baliṣṭhair yadubhir
　mahadbhir itarān vibhuḥ
yadūn yadubhir anyonyaṁ
　bhū-bhārān sañjahāra ha

jalaukasām—水生物的 / jale—在水中 / yadvat—正如 / mahāntaḥ—巨大的 / adanti—吞噬 / aṇīyasaḥ—小的 / durbalān—弱的 / balinaḥ—强壮的 / rājan—国王啊 / mahāntaḥ—最强壮的 / balinaḥ—次强壮的 / mithaḥ—在决斗中 / evam—如此 / baliṣṭhaiḥ—被最强壮的 / yadubhiḥ—被雅杜王朝的后裔 / mahadbhiḥ—拥有更强大力量的人 / itarān—普通人 / vibhuḥ—至尊人格首神 / yadūn—所有的雅杜族人 / yadubhiḥ—被雅杜族人 / anyonyam—他们相互 / bhū-bhārān—世界的负担 / sañjahāra—卸掉了 / ha—在过去

译文　君王啊！正如在海洋中，大而强壮的水生物吞食小而弱的水生物；至尊人格首神为了减轻地球的负担，安排雅杜族中强者杀弱者，大的杀小的。

要旨　在物质世界里，物质自然根据受制约灵魂主宰物质资源的欲望的强烈程度，把受制约的灵魂分成高低不同的许多等级，于是就有了为生存而苦苦挣扎的适者生存定律。主宰物质自然的心态，就是受制约生活的根源。为了给这种模仿性的主宰提供条件，至尊主的错觉能量通过创造强弱不一的各类物种，在受制约的灵魂之间划分了等级。主宰物质自然的心态，以及物质创造本身，自然制造了不平等和为生存而苦苦挣扎的法律。灵性世界里既没有这种不平等，也不存在为生存而挣扎的问题。那里之所以不存在为生存而挣扎的问题，是因为灵性世界里的所有灵魂都永远存在着。那里之所以没有不平等，是因为大家都想要为至尊主服务，没人想要模仿至尊主成为被服务者。创造了包括生物在内的一切的至尊主，才是一切真正的拥有者和享受者；但是在物质世界里，由于错觉能量(māyā)的迷惑，生物遗忘了与至尊人格首神的永恒关系，因此受制于为生存而苦苦挣扎的适者生存定律。

第 27 节 देशकालार्थयुक्तानि हृत्तापोपशमानि च ।
हरन्ति स्मरतश्चित्तं गोविन्दाभिहितानि मे ॥२७॥

deśa-kālārtha-yuktāni
hṛt-tāpopaśamāni ca
haranti smarataś cittaṁ
govindābhihitāni me

deśa—空间 / kāla—时间 / artha—重要性 / yuktāni—充满 / hṛt—心 / tāpa—燃烧 / upaśamāni—熄灭 / ca—和 / haranti—吸引着 / smarataḥ—通过记忆 / cittam—心 / govinda—赐予快乐的至尊人物 / abhihitāni—由……讲述 / me—向我

译文 我现在深受人格首神哥文达给我的那些教导的吸引，因为其中充满了使人在任何时空、任何环境下都能去除内心煎熬的指示。

要旨 阿尔诸纳在这节诗中指的是，至尊主在库茹柴陀战场上传授给他的《博伽梵歌》的教导。至尊主讲述《博伽梵歌》，不仅仅是为了阿尔诸纳个人的利益，也是为了在所有时空中的生物体的利益。至尊人格首神所讲述的《博伽梵歌》，是一切韦达知识的精华。为了那些很少有时间通读奥义书(Upaniṣads)、往世书(Purāṇas)和《韦丹塔·苏陀》(Vedānta-sūtra)的人的利益，至尊主本人生动地讲述了整部《博伽梵歌》。《博伽梵歌》被夹在伟大的史诗《玛哈巴茹阿特》(Mahābhārata,《摩诃婆罗多》)的篇章中，而《玛哈巴茹阿特》是专门为了利益智力欠佳的人准备的，这些人包括：妇女、劳工阶层的人，以及布茹阿玛纳(婆罗门)、查锤亚(刹帝利)和高阶层外夏(吠舍)那些品质低劣的后代。阿尔诸纳在库茹柴陀战场上时心中升起的疑惑，被《博伽梵歌》的教导一扫而空。当至尊主消失在地球人的视野中，阿尔诸纳失去了他曾经有过的力量和名望时，他想要重温《博伽梵歌》中的伟大教导，以身作则地告诉所有的人：《博伽梵歌》中的教导是在任何困境中都适用的知识，不仅能减轻人心中的一切痛苦，而且还能在危急时刻给人提供摆脱极度困境的方法。

至尊主离开地球后，仁慈地把衪在《博伽梵歌》中的伟大教导留给了我们人类，以使我们能够甚至在用物质的视力看不到衪的情况下都能接受衪的教导。物质感官感知不到至尊主，但至尊主可以用衪不可思议的力量，透过衪展示的另一种形式的能量——物质能量，以让受制约的灵魂的感官能够清楚地感知到的方法，把衪自己呈现出来。所以，至尊主的声音代表——《博伽梵歌》或其他真正的经典，也都是至尊主的化身。至尊主的声音代表与至尊主本人没有区别。我们可以从《博伽梵歌》中得到的利益，与阿尔诸纳跟至尊主本人在一起时得到的利益一样。

想摆脱物质存在钳制的忠诚之人，很容易受益于《博伽梵歌》，为达到这一目的，至尊主教导阿尔诸纳就好像阿尔诸纳需要真需要得到帮助一样。《博伽梵歌》中阐述了与五个重要因素有关的知识，这五个重要因素是：(1)至尊主，(2)生物，(3)自然，(4)时间和空间，以及(5)活动的过程。在这五个重要因素中，至尊主和生物在质上一样；至于彼此之间的区别，则像整体与部分的区别一样。大自然是自然三种属性相互作用所展示的无生命的物质，而永恒的时间和无限的空间则被视为是超越物质自然的存在。生物的活动，是既可以使生物被束缚在物质自然中，也可以使生物摆脱物质自然的各种不同的习性。上述所有这些主题，不仅在《博伽梵歌》中有简洁的谈论，在《圣典博伽瓦谭》中也有详尽的阐述，以达到进一步启发人类智慧的目的。在上述五个重要的因素中，尽管至尊主、生物、自然和时空都是永恒的，但生物、自然和时间都受至尊主的控制与指挥；至尊主是绝对的，祂完全独立，不受任何其他因素的控制。至尊主是至高无上的控制者。尽管生物开始从事物质活动的时间根本无法追溯，但仍可以通过把活动的性质转为灵性的来加以矫正，从而终止活动的物质性反应。至尊主和生物都是有意识的个体生命，都各自感知到这一点。然而，生物受物质自然(mahat-tattva)的制约，误以为自己与至尊主毫不相干。整个韦达知识体系的目的，就是要根除这种错误的认识，从而使生物不再产生与物质认同的错觉。生物靠知识和弃绝清除这种错觉后，就恢复他与至尊主一样处在超然层面上的真正身份。至尊主和生物作为具有意识的生物都是有责任感的活动者及享受者。享受的感觉对至尊主来说是真的，但对生物来说则只不过是一种如意算盘、一相情愿的想法。意识的区别把至尊主和生物这两类个体区分开来，否则至尊主和生物就没有区别了。正因为如此，生物与至尊主永恒的既是一体同时又有区别。这一原理就是《博伽梵歌》全篇教导的依据。

在《博伽梵歌》中，至尊主和生物都被描述为是永恒的(sanātana)；远在物质天空之外的至尊主的住所，也被描述为是永恒的。解脱的灵魂都在至尊主的住所中活动。至尊主邀请生物到祂永恒的存在中去生活，而能够帮助生物接近至尊主居所的程序，梵文称为永恒的宗教职责(sanātana-dharma)。但是，在没有去除与物质认同的错误概念前，人无法接近至尊主的永恒居所，《博伽梵歌》于是提示我们如何能达到去除错误认同这一完美阶段。去除物质认同的错误概念直到获得超然觉悟的整个程序，按照循序渐进的不同阶段分别被称为，功利性活动、经验主义哲学和奉爱服务。人只有把上述不同的活动与至尊主连接起来，才可能获得超然的觉悟。韦达经(Vedas)中指导人从事的规定职责，能够逐渐净化受制约灵魂的罪恶念头，将人提升到知识的层面，而这是为至尊主做奉爱服务的基础。人只要认真研究解决人生问题的方法，他为此而获取的知识就被称为是使人净化的知识(jñāna)。当人领悟到生命的真正答案时，他便达到为至尊主做奉爱服务的层面。《博伽梵歌》一开始就通过把灵魂与物质加以区分来谈论生命的问题，并用各种推理和论证的方式证明灵魂在任何情况下永恒不灭，以及包裹灵魂的物质外壳——躯体和心智，在充满痛苦的物质存在中不断更换的事实。因此，《博伽梵歌》是专门为使我们终结所有种类的物质痛苦而讲述，阿尔诸纳托庇于至尊主在库茹柴陀战场上传授给他的这门非凡的知识。

第 28 节

सूत उवाच
एवं चिन्तयतो जिष्णोः कृष्णपादसरोरुहम् ।
सौहार्देनातिगाढेन शान्तासीद्विमला मतिः ॥२८॥

sūta uvāca
evaṁ cintayato jiṣṇoḥ
kṛṣṇa-pāda-saroruham
sauhārdenātigāḍhena
śāntāsīd vimalā matiḥ

sūtaḥ uvāca—苏塔 · 哥斯瓦米说 / evam—如此 / cintayataḥ—当想到训示的时候 / jiṣṇoḥ—至尊人格首神的 / kṛṣṇa-pāda—奎师那的双足 / saroruham—像莲花 / sauhārdena—以深厚的友谊 / ati-gāḍhena—关系极为亲密 / śāntā—平静了 / āsīt—因此变得 / vimalā—没有任何的物质沾染 / matiḥ—心

译文 苏塔 · 哥斯瓦米说：就这样，由于全神贯注地思念至尊主的莲花足，深入细致地思考祂出于亲密的友情所给予的教诲，阿尔诸纳的心平静下来，而且免于所有的物质污染。

要旨 既然至尊主是绝对的，深入冥想祂的效果与瑜伽打坐冥想的效果一样。至尊主本人与祂的名字、形象、特质、娱乐活动和随行人员等没有区别。阿尔诸纳开始思考至尊主在库茹柴陀战场上对他的教导，那些教导去除了他心中的物质污染。至尊主恰似太阳；太阳升起时，黑暗的愚昧立刻消失，至尊主一旦出现在奉献者的心中，奉献者心中导致痛苦的物质污染就会一扫而空。正因为如此，主柴坦亚强力推荐世人，要一直不断地吟诵、吟唱至尊主的圣名，以保护自己免遭物质世界的一切污染。对奉献者来说，与至尊主分离的感受无疑十分痛苦，但这种感受因为与至尊主有关，所以具有抚慰心灵的特殊超然效果。与至尊主的分离感受也是超然极乐的源头，被污染的物质性的分离感受永远都无法与这种超然感受相提并论。

第 29 节 वासुदेवाङ्घ्र्यनुध्यानपरिबृंहितरंहसा ।
भक्त्या निर्मथिताशेषकषायधिषणोऽर्जुनः ॥२९॥

vāsudevāṅghry-anudhyāna-
paribṛṁhita-raṁhasā
bhaktyā nirmathitāśeṣa-
kaṣāya-dhiṣaṇo 'rjunaḥ

vāsudeva-aṅghri－至尊主的莲花足 / anudhyāna－靠一直不断的记忆 / paribṛṁhita－扩展 / raṁhasā－以极快的速度 / bhaktyā－在奉爱中 / nirmathita－消失 / aśeṣa－无限的 / kaṣāya—污物 / dhiṣaṇaḥ－概念 / arjunaḥ－阿尔诸纳

译文 对圣主奎师那莲花足的不停思念，使阿尔诸纳的奉爱之情迅速增强，结果他思想中的一切垃圾都被一扫而光。

要旨 心中的物质欲望是物质污染的垃圾。由于受这样的污染，生物必须面对那么多阻碍灵性本体展示其真实存在的和谐与不和谐的事物。一生复一生，受制约的灵魂深陷在众多虚假而短暂的令人愉快或使人厌恶的环境中。这些都是我们的物质欲望反应累积下来的结果。然而，当我们通过为至尊主做奉爱服务与超然的至尊主的多种能量接触上，一切物质欲望的原本形式便暴露在光天化日之下，生物因为其真正的智慧得以展现而平静下来。阿尔诸纳一旦把他的注意力转向至尊主在《博伽梵歌》中的教导，他与至尊主的永恒关系的真实本质便得以展现，使他感到清除了一切物质污染。

第 30 节　गीतं भगवता ज्ञानं यत्तत्सङ्ग्राममूर्धनि ।
कालकर्मतमोरुद्धं पुनरध्यगमत्प्रभुः ॥३०॥

gītaṁ bhagavatā jñānaṁ
yat tat saṅgrāma-mūrdhani
kāla-karma-tamo-ruddhaṁ
punar adhyagamat prabhuḥ

gītam－教导 / bhagavatā－被人格首神 / jñānam－超然的知识 / yat－……的 / tat－那 / saṅgrāma-mūrdhani－在战斗中 / kāla-karma－时间和活动 / tamaḥ-ruddham－被这样的黑暗包围 / punaḥ adhyagamat－使他们再次苏醒 / prabhuḥ－他感官的主人

译文　至尊主的消遣和活动，以及祂的离开，似乎使阿尔诸纳忘了祂作为人格首神留下的教导。但事实并非如此，阿尔诸纳再次控制了自己的感官。

要旨　受制约的灵魂在永恒时间的影响下，被迫陷在他的功利性活动中。但至尊主不同；祂化身降临到地球上时，并不受过去、现在和将来的物质时间概念(kāla)的影响。至尊主的活动是永恒的，都是祂的内在能量(ātma-māyā)的展现。至尊主所从事的一切娱乐活动都是灵性的，但世俗之人却把它们看做是物质的活动。表面上看，阿尔诸纳和至尊主在库茹柴陀战争中所做的事都是其他人也在做的，但实际上，至尊主在执行祂化身前来的使命，并与祂永恒的朋友阿尔诸纳联谊。正因为如此，阿尔诸纳所从事的看似是物质性质的活动，并没有把他从超然的地位上拖走；相反使他清晰地回忆起至尊主所唱出的《博伽梵歌》的内容，恰似至尊主本人在歌唱一样。就有关这种意识的苏醒，至尊主在《博伽梵歌》第 18 章的第 65 节诗中保证说：

man-manā bhava mad-bhakto
mad-yājī māṁ namaskuru
māṁ evaiṣyasi satyaṁ te
pratijāne priyo ’si me

“永远想着我，崇拜我，向我致敬，成为我的奉献者。这样，你就会成功地来到我这里。我向你保证这一点，因为你是我特别珍视的朋友。”

人应该永远在心中想着至尊主，从不忘记祂；应该成为至尊主的奉献者，向祂恭恭敬敬地顶礼。这样生活的人无疑就会通过托庇于至尊主的莲花足而得到至尊主的祝福。这是无可置疑的永恒真理。至尊主之所以向阿尔诸纳揭示有关祂自己的奥秘，是因为阿尔诸纳是祂信赖的朋友。

阿尔诸纳不想与他的亲属作战，但为了完成至尊主的使命而作战。他总是只为完成至尊主的使命而忙碌，所以尽管他看起来像是忘了《博伽梵歌》的教导，但却能在至尊主离开后依然保持超然的状态。因此，人应该调整自己人生中的活动，使其与至尊主的使命相结合。这样做的人必定回归家园、回归首神。这是生命的最高完美境界。

第 31 节　विशोको ब्रह्मसम्पत्त्या सञ्छिन्नद्वैतसंशयः ।
लीनप्रकृतिनैर्गुण्यादलिङ्गत्वादसम्भवः ॥३१॥

viśoko brahma-sampattyā
　saṅchinna-dvaita-saṁśayaḥ
līna-prakṛti-nairguṇyād
　aliṅgatvād asambhavaḥ

viśokaḥ—摆脱了失去亲人的痛苦 / brahma-sampattyā—因为拥有灵性的资产 / saṅchinna—完全地割断了 / dvaita-saṁśayaḥ—从相对性的疑惑中 / līna—融入 / prakṛti—物质自然 / nairguṇyāt—因为身处超然 / aliṅgatvāt—因为没有物质躯体 / asambhavaḥ—摆脱了生死

译文　他因为拥有灵性的资产，所以能彻底去除由二元性所引发的怀疑，摆脱物质自然三种属性的控制，置身于超然存在中。他去除了物质的躯体，所以不可能再受生与死的束缚。

要旨　由二元性所产生的怀疑，始于对物质躯体的错误认识；智力欠佳的人们把物质躯体接受为是真正的自我。把真正的自我与物质躯体认同，是我们的愚昧当中的最愚蠢的部分。我们愚蠢地把与躯体有关的一切都视为是我们自己的。对“我自己”和“我的”的错误概念，换句话说，“我的身体”、“我的亲属”、“我的财产”、“我的妻子”、“我的孩子”、“我的钱财”、“我的国家”、“我的社团”……成千上万类似的错觉性思维，把受制约的灵魂迷惑得晕头转向。消化吸收《博伽梵歌》中的教导，必定使人摆脱这样的迷惑，因为真正的知识是：了解至尊人格首神华苏戴瓦(Vāsudeva)——主奎师那，是包括自我在内的一切。万事万物都是祂能量的部分展现。拥有能量者和能量没有区别，获得这一完美知识的人立刻去除二元性的概念。阿尔诸纳所具有的非凡资格，使他一旦回忆起《博伽梵歌》的教导，便立刻清除了对他永恒的朋友主奎师那的物质概念。阿尔诸纳能够认识到，至尊主透过祂的教导、形象、娱乐活动、特性和与祂有关的一切，依然还在自己的面前。他能够认识到，他的朋友主奎师那通过超然地存在于祂各种不同的能量中，依然还在自己面前，根本不存在需要更换身体后在另一个时空中去与至尊主联谊的问题。靠获取绝对的知识，人可以一直不断地与至尊主联谊；哪怕是在这一世，都可以光靠歌唱、思念和崇拜至尊主得到祂的联谊。我们光是通过按照以聆听有关至尊主的一切为开端的奉爱服务程序做奉爱服务，就能了解绝对的至尊主(advaya-jñāna)，甚至在这一生就能够感受祂与我们在一起。主柴坦亚说：光是吟诵、吟唱至尊主的圣名，就可以清洗掉人的纯净意识的镜面上所覆盖的灰尘；而灰尘一旦去除，人就立刻不再受一切物质的制约。不再受物质的束缚意味着灵魂得到解脱。因此，人一旦处在绝对知识的层面上，就会去除对生命的物质概念；换句话说，就会从对生命的错误概念中跳脱出来。这样，纯粹的灵魂就会带着灵性的认识重新履行他原本的职责。生物的这种灵性认识，只有在摆脱了善良、激情和愚昧这三种物质自然属性的反作用后才能获得。靠至尊主的恩典，纯粹的奉献者可以立刻上升到绝对的层面，没有机会让奉献者再去从事受制约生活中的物质活动。人除非靠按照启示经典中的教导做奉爱服务，从而获得看至尊主所需要的超然视力，否则无法在所有的情况下都能感受到至尊主的存在。阿尔诸纳在去库茹柴陀战场前很久就已经达到了这一阶段，因此当他似乎感受不到至尊主的存在时，他立刻托庇于《博伽梵歌》的教导，从而再次被置于他原本的状态中。这种状态是不再有任何悲伤和焦虑的状态，梵文称为维首卡(viśoka)。

第 32 节 निशम्य भगवन्मार्गं संस्थां यदुकुलस्य च ।
स्वःपथाय मतिं चक्रे निभृतात्मा युधिष्ठिरः ॥३२॥

niśamya bhagavan-mārgaṁ
saṁsthāṁ yadu-kulasya ca
svaḥ-pathāya matiṁ cakre
nibhṛtātmā yudhiṣṭhiraḥ

niśamya—思考 / bhagavat—关于至尊主 / mārgam—祂的显现和隐迹 / saṁsthām—结束 / yadu-kulasya—雅杜王朝的 / ca—也 / svaḥ—至尊主的居所 / pathāya—在……的路上 / matim cakre—注意 / nibhṛta-ātmā—孤独的 / yudhiṣṭhiraḥ—尤帝士提尔王

译文　听说主奎师那返回祂的住所，并认识到雅杜王朝在地球上的展现已经结束时，尤帝士提尔王决定回归家园，回到首神那里去。

要旨　尤帝士提尔王听说至尊主从地球人的视野中消失了的消息后，也把注意力转向《博伽梵歌》的教导。他开始仔细思考至尊主显现和隐迹的方式。至尊主完全是按照祂至高无上的意愿，在终会毁灭的物质宇宙中显现和隐迹，以完成祂的使命。祂与普通个体生物不同；普通个体生物被更高等的能量及物质自然法律迫使着出生和死去。至尊主可以按照祂的意愿随时出现在任何祂想要去的地方，而不影响祂在另一个地方的显现和隐迹。祂就像太阳；太阳按它自己的规律出现和消失在任何地方。它在并不影响从西半球消失的情况下，出现在印度清晨的上空。太阳遍布在整个宇宙内的任何一个地方，但在我们看来，它像是在某一个地方清晨升起，傍晚降落。就连太阳都不受时间的控制，更何况创造了并控制着太阳的至尊主呢？正因为如此，《博伽梵歌》中说：谁真正了解至尊主凭祂不可思议的力量超然地显现和隐迹的真相，谁就不再受生与死的法律的束缚，被置于永恒的灵性天空的外琨塔(Vaikuṇṭha)星球上。在那些灵性星球上，解脱的人永恒地生活着，从没有生老病死的痛苦。在灵性天空中，至尊主与那些永恒在为至尊主做超然爱心服务的灵魂都永远年轻，因为那里根本没有老年、疾病和死亡，而没有死亡就没有出生。所以结论是：只要了解至尊主显现和隐迹的真相，人就能达到永恒生活的完美境界。为此，尤帝士提尔王也开始考虑要回到首神身边。每当至尊主要来地球或其他终会毁灭的星球时，祂总是带着永恒与祂生活在一起的同伴们；协助至尊主从事娱乐活动的雅杜(Yadu)家族的成员不是别人，其实就是祂永恒的同伴们，其中尤帝士提尔王和他的弟弟、母亲等也不例外。既然至尊主和祂永恒同伴的显现和隐迹都是超然的，我们就不必对他们显现和隐迹的外在表现形式而感到困惑了。

第 33 节 पृथाप्यनुश्रुत्य धनञ्जयोदितं
नाशं यदूनां भगवद्गतिं च ताम् ।
एकान्तभक्त्या भगवत्यधोक्षजे
निवेशितात्मोपरराम संसृतेः ॥३३॥

pṛthāpy anuśrutya dhanañjayoditaṁ
nāśaṁ yadūnāṁ bhagavad-gatiṁ ca tām
ekānta-bhaktyā bhagavaty adhokṣaje
niveśitātmopararāma saṁsṛteḥ

pṛthā－琨缇 / api－也 / anuśrutya－无意中听到 / dhanañjaya－阿尔诸纳 / uditam－由……所说 / nāśam－结束 / yadūnām－雅杜王朝的 / bhagavat－人格首神的 / gatim－隐迹 / ca－也 / tām－所有那些 / eka-anta－纯粹的 / bhaktyā－奉爱 / bhagavati－向至尊主奎师那 / adhokṣaje－超然的 / niveśita-ātmā－全然地专注 / uparārāma－从……中摆脱出来 / saṁsṛteḥ－物质存在

译文 在无意中听到阿尔诸纳讲述雅杜王朝的结束和主奎师那的隐迹后，琨缇全神贯注地为超然的人格首神做奉爱服务，从而脱离了物质存在。

要旨 太阳落山并不意味着太阳毁灭了，而是说明太阳离开了我们的视野。同样，至尊主在某一个星球或宇宙完成祂的使命后，祂只是离开了我们的视野。雅杜王朝的结束也不意味着它毁灭了。它只是与至尊主一起隐迹，离开了我们的视野。在尤帝士提尔王决定回归首神之际，琨缇也作出了同样的决定，于是全心全意地忙着为至尊主做超然的爱心服务。这样做，使人保证在离开现有的物质躯体后获得回去首神身边的通行证。人一旦开始为至尊主做奉爱服务，他现有的身体就开始被灵性化；正因为如此，至尊主纯粹的奉献者现有的身体就已经脱离了所有的物质接触。至尊主的住所并不像不信神的人或愚昧之人想象的那样——是神话，而是真实的存在，不过没人可以借用人造卫星或太空船等物质手段接近那里。但毫无疑问，我们只要通过练习做奉爱服务使自己具备回到首神身边的资格，我们就可以在离开现有的这个躯体后去那里。做奉爱服务确保我们可以获得回去首神身边的通行证，而琨缇就采用了获取通行证的这一方式。

第 34 节　ययाहरद्भुवो भारं तां तनुं विजहावजः ।
कण्टकं कण्टकेनेव द्वयं चापीशितुः समम् ॥३४॥

yayāharad bhuvo bhāraṁ
tāṁ tanuṁ vijahāv ajaḥ
kaṇṭakaṁ kaṇṭakeneva
dvayaṁ cāpīśituḥ samam

yayā—……的那个 / aharat—带走 / bhuvaḥ—世界的 / bhāram—负担 / tām—那 / tanum—身体 / vijahau—放弃 / ajaḥ—不经出生就存在者 / kaṇṭakam—刺 / kaṇṭakena—以刺 / iva—正如 / dvayam—两者 / ca—也 / api—虽然 / īśituḥ—控制 / samam—平等

译文　不经出生就存在的至尊者——圣主奎师那，促使雅杜王朝的成员放弃他们的躯体，以此方式解除了世界的负担。这一行动就像是用刺把刺挑出来，尽管两者对操作者来说是一样的。

要旨　圣维施瓦纳特·查夸瓦尔提·塔库尔提示说，绍纳卡等在奈弥沙冉亚森林中聆听苏塔·哥斯瓦米讲述《圣典博伽瓦谭》的圣人们，听到雅杜王朝的成员在酒醉的疯狂状态下死去的事件后很不开心。为了减轻他们心中极度的痛苦，苏塔·哥斯瓦米向他们保证说：是至尊主导致雅杜王朝的成员离开他们用来减轻世界负担的身体的。为帮助负责管理宇宙事物的半神人去除世界的负担，至尊主和祂永恒的同伴出现在这个地球上。为此，祂召集一些可以信赖的半神人显现在雅杜家族中，协助祂完成祂伟大的使命。使命完成后，这些半神人按照至尊主的意愿，以在酒醉的疯狂状态下彼此互殴的方式离开他们的肉身。半神人们习惯于喝一种名叫索玛·茹阿萨(soma-rasa)的饮料，因此并不是不知道喝醉酒是什么滋味。他们有时因为酒醉放纵而给自己带来很大的麻烦。一次，库维尔(Kuvera)的儿子们因为酒醉而惹恼了纳茹阿达(Nārada)，但后来凭借圣主奎师那的恩典重新恢复了他们原来的形象。对这个事件的记载，在《圣典博伽瓦谭》第10篇中可以看到。至尊主平等看待恶魔(asuras)和半神人(devatā)，但半神人服从至尊主，而恶魔不服从。所以，这节诗中举的“用刺把刺挑出来”的例子十分恰当。一根刺使至尊主的腿部疼痛，无疑打扰了至尊主，至尊主用另一根刺把腿上的刺挑出来，那另一根刺无疑侍奉了至尊主。因此，尽管每一个生物都是至尊主不可缺少的一部分，但去打扰至尊主的被称为恶魔，而自愿为至尊主服务的被称为半神人。在物质世界里，半神人和恶魔总是互相斗争，但每当半神人被恶魔打败时，至尊主就会来拯救半神人。半神人和恶魔都受至尊主的控制。世界充满了这两种生物体，至尊主的使命总是保护半神人，消灭恶魔；无论何时有需要，就去做对双方都有益的事情。

第 35 节　यथा मत्स्यादिरूपाणि धत्ते जह्याद्यथा नटः ।
भूभारः क्षपितो येन जहौ तच्च कलेवरम् ॥३५॥

yathā matsyādi-rūpāṇi
dhatte jahyād yathā naṭaḥ
bhū-bhāraḥ kṣapito yena
jahau tac ca kalevaram

yathā—就像 / matsya-ādi—如鱼的化身等等 / rūpāṇi—形象 / dhatte—永恒地接受 / jahyāt—好像放弃了 / yathā—恰如 / naṭaḥ—魔术师 / bhū-bhāraḥ—世界的负担 / kṣapitaḥ—减轻了 / yena—……的 / jahau—放开 / tat—那 / ca—也 / kalevaram—身体

译文　至尊主放弃了祂展示的、用来减轻地球负担的形体。祂就像魔术师一样，放弃一个身体，去用鱼化身等另外的身体。

要旨　至尊人格首神既不是不具人格特征，也不是没有形象，但祂的身体与祂本人没有区别，因而被说成是永恒、知识和极乐的具体展现。在《伟大的外士纳瓦经》(Bṛhad-vaiṣṇava Tantra)中清楚地说，认为主奎师那的形体是由物质能量构成的人，必须想尽办法予以排斥。如果碰巧看到这种离经叛道者的脸，人必须穿着衣服就跳进河水中去清洗自己。经典中描述至尊主是不死的(amṛta)，因为祂没有物质躯体。在一些情况下，至尊主像魔术师变戏法那样表演死亡或离开身体。魔术师用特技表演他被切成碎块、烧成灰烬或被催眠昏了过去，但所有这一切都只不过是表演而已，并不是真的。事实上，魔术师本人既没有被烧成灰烬、切成碎块，也没有在他的魔术表演中死去或不同程度的失去知觉。同样道理，至尊主有祂无数种永恒的形象，祂在这个宇宙里展现的鱼化身也是其中的一种。物质世界里因为有无数的宇宙，所以鱼化身必定在不同的宇宙中不断地展出祂的娱乐活动。这节诗中用了梵文“永恒地接受(dhatte)”

一词，而并没有用“那一次接受(dhitvā)”一词。这意味着，至尊主并没有创造鱼化身；祂永恒地具有这样一种形象，并为了达成特定的目标而以这种形象的化身显现和隐迹。在《博伽梵歌》第7章的第24—25节诗中，至尊主说：“非人格神主义者认为我没有形象，是无形无象的，我现在为达成一个目标而接受一个形象展现出来。然而，他们虽然也许是韦达文献的优秀学者，但实际上却对我不可思议的能量及我本人的永恒形象一无所知。这其中的原因是，我用我神秘的帷幔遮住自己，保留不向非奉献者暴露我自己的权利。正因为如此，智力欠佳的蠢人不知道我那从不被毁灭且从未经历出生过程的永恒形象。”《莲花往世书》(Padma Purāṇa)中说，那些总是忌妒至尊主，对祂愤怒的生物体，不配知道至尊主真正的永恒形象。《博伽瓦谭》中也说，至尊主像霹雳一样出现在那些摔跤手的面前；锡舒帕勒(Śiśupāla)在被至尊主杀死时，被强烈的梵光(brahmajyoti)照得眼花缭乱，根本看不到祂奎师那的形象。因此，康萨指派的摔跤手所看到的至尊主的霹雳特征，或者锡舒帕勒所看到的强光特征，都是至尊主临时展现的，都被祂收回了。但至尊主作为魔术师永恒地存在着，在任何情况下都永不被征服。上述那些特征只不过是短暂地展示给恶魔看，当祂收回那些展示时，恶魔们便以为至尊主不存在了。他们的这种想法，与愚蠢的观众以为魔术师真被烧成灰烬或切成碎块没有两样。结论是：至尊主没有物质躯体，祂的超然身体从不改变，也从不会被杀死。

第 36 节

यदा मुकुन्दो भगवानिमां महीं
जहौ स्वतन्वा श्रवणीयसत्कथः ।
तदाहरेवाप्रतिबुद्धचेतसा-
मभद्रहेतुः कलिरन्ववर्तत ॥३६॥

yadā mukundo bhagavān imām̐ mahīm̐
　jahau sva-tanvā śravaṇīya-sat-kathaḥ
tadāhar evāpratibuddha-cetasām
　abhadra-hetuḥ kalir anvavartata

yadā—当 / mukundaḥ—主奎师那 / bhagavān—人格首神 / imām—这 / mahīm—地球 / jahau—离开 / sva-tanvā—以祂原本的身体 / śravaṇīya-sat-kathaḥ—祂是值得聆听的 / tadā—那时 / ahaḥ eva—就从那一天 / aprati-buddha-cetasām—心智不够成熟的人 / abhadra-hetuḥ—所有不幸的源头 / kaliḥ anvavartata—喀历完全地展示

译文　就在人格首神主奎师那以祂原本的形象离开地球的那一天，已经部分显露的喀历便完全展示出来，为知识贫乏的人制造不吉祥的环境。

要旨　喀历(Kali)的影响只能施加在没有完全恢复神意识的人身上。靠把自己完全置于人格首神的至高保护下，人可以免受喀历的影响。喀历年代随着库茹柴陀战争的结束接踵而至，但因为当时至尊主还在，所以没能发挥它的影响力。可是至尊主本人一旦以祂原本的超然身体离开这个地球，返回祂自己的超然住所，喀历年代就开始发挥影响；在阿尔诸纳还没有从杜瓦尔卡回到家时，尤帝士提尔王就看到了喀历年代展现的征象。根据那些征象，尤帝士提尔王猜到至尊主离开了地球。正如我们已经解释过的：至尊主隐迹意味着祂离开了我们的视野，就像太阳落山离开我们的视野一样。

第 37 节　युधिष्ठिरस्तत्परिसर्पणं बुधः
　पुरे च राष्ट्रे च गृहे तथात्मनि ।
विभाव्य लोभानृतजिह्महिंसना-
　द्यधर्मचक्रं गमनाय पर्यधात् ॥३७॥

yudhiṣṭhiras tat parisarpaṇaṁ budhaḥ
pure ca rāṣṭre ca gṛhe tathātmani
vibhāvya lobhānṛta-jihma-hiṁsanādy-
adharma-cakraṁ gamanāya paryadhāt

yudhiṣṭhiraḥ一尤帝士提尔王 / tat一那 / parisarpaṇam一展开 / budhaḥ一彻底地体验了 / pure一在首都 / ca一也 / rāṣṭre一在国家里 / ca一和 / gṛhe一在家里 / tathā一也 / ātmani一在个人 / vibhāvya一观察到 / lobha一贪婪 / anṛta一不真实 / jihma一圆滑、虚伪 / hiṁsana-ādi一暴力、妒嫉 / adharma一非宗教的 / cakram一恶性循环 / gamanāya一为了离开 / paryadhāt一穿上适当的衣服

译文 尤帝士提尔王有足够的智慧了解喀历年代的影响，它以贪婪、虚伪、欺诈和暴力为特征，在首都、国家、家庭与个人间不断增加泛滥着。因此，他明智地为离开家做准备，并穿上相应的衣服。

要旨 我们现在所处的这个年代，受到喀历特质的影响。从大约五千年前的库茹柴陀战争起，喀历年代的影响就开始逐渐展现出来；而权威的启示经典告诉我们，喀历年代还要延续四十二万七千年的时间。这节诗中所提到的，贪婪、虚伪、欺诈、任人唯亲和暴力等所有喀历年代的征象，正在到处泛滥。没人能想象，直到毁灭的那一天，喀历的影响会逐渐增强到什么程度。我们已经知道，喀历年代的影响只会施加在不信神的所谓文明人身上；托庇于至尊主保护的人不需要害怕这个可怕的年代。尤帝士提尔王是至尊主伟大的奉献者，所以根本不需要害怕喀历年代。尽管如此，他还是宁愿退出居士生活的活动，为回归家园，会到首神身边做准备。潘达瓦兄弟都是至尊主永恒的同伴，因此更喜欢与至尊主在一起。除此之外，作为君王的典范，尤帝士提尔王退出居士生活也是为了给世人树立榜样。一旦年轻人可以掌管居士事务时，年长之人就该立刻

退出家庭生活，从事能够提升自我的灵修活动。人不该让自己在居士生活黑暗的深井里腐烂发霉，直到被阎罗王(Yamarāja)的使者拖出来。现代政治家们应该像尤帝士提尔王学习，自动退出政治生涯，让年轻的一代有更多的施展空间。而且，退休的老绅士应该以尤帝士提尔王为榜样，为追求灵性觉悟而离开家，不要等到被死神硬拖走的那一天。

第 38 节 स्वराट् पौत्रं विनयिनमात्मनः सुसमं गुणैः ।
तोयनीव्याः पतिं भूमेरभ्यषिञ्चद्गजाह्वये ॥३८॥

sva-rāṭ pautraṁ vinayinam
ātmanaḥ susamaṁ guṇaiḥ
toya-nīvyāḥ patiṁ bhūmer
abhyaṣiñcad gajāhvaye

sva-rāṭ－帝王 / pautram－给孙子 / vinayinam－受到正确的训练 / ātmanaḥ－他自己 / su-samam－所有方面都一样了 / guṇaiḥ－品质上 / toya-nīvyāḥ－以大海为边界 / patim－导师 / bhūmeḥ－土地的 / abhyaṣiñcat－登上王位的 / gajāhvaye－在首都哈斯提纳普尔

译文 那以后，在哈斯提纳普尔的首府中，他让他那受到训练，与他有同样资格的孙子登上王位，使其成为以海洋为边界的所有陆地的帝王和主人。

要旨 以海洋为边界的地球上的陆地，都归哈斯提纳普尔的君王统治。尤帝士提尔王训练他孙子帕瑞克西特王(Mahārāja Parīkṣit)；在管理国家臣民、履行君王职责方面，帕瑞克西特王与尤帝士提尔王一样有资格。因此，尤帝士提尔王在离开他的王国准备回到首神身边之前，先让帕瑞克西特王登上王位。这节诗中在谈到帕瑞克西特王的时候，特别用了梵文“受到正确的训练(vinayinam)”一词。这非常重要。为什么哈斯提纳普尔的君王，至少直到帕瑞克西特王那一代都被公认为是世界帝王呢？唯一的原因就是：作为帝王，他们卓越的执政使世人感到快乐。当时由于他们的优秀管理，大自然盛产人们生活所需要的五谷、水果、牛奶、草药、宝石、矿物等一切自然产物，人民生活幸福快乐。当时的人们甚至不受由自然现象或其他生物体所导致的身体疾病、心理焦虑等因素的干扰。尽管当时因为政治原因和主权问题，诸侯之间有时会有战争，但由于臣民们都安居乐业、幸福快乐，所以人与人之间并没有怨恨。每一个人都受到追求人生最高目标的训练，因此人们都有足够的知识不会为鸡毛蒜皮的琐事而争吵。喀历年代的影响逐渐渗透，侵蚀着君王和国民的美好品德，结果统治者与被统治者之间的关系开始紧张。但尽管如此，这个年代仍有一项独特的优点，那就是：靠获得灵性进步、培养神意识，统治者与被统治者可以团结起来。

第 39 节 मथुरायां तथा वज्रं शूरसेनपतिं ततः ।
प्राजापत्यां निरूप्येष्टिमग्नीनपिबदीश्वरः ॥३९॥

mathurāyāṁ tathā vajraṁ
śūrasena-patiṁ tataḥ
prājāpatyāṁ nirūpyeṣṭim
agnīn apibad īśvaraḥ

mathurāyām－在玛图茹阿 / tathā－也 / vajram－瓦芝茹阿 / śūrasena-patim－舒茹阿森纳族的国王 / tataḥ－其后 / prājāpatyām－帕佳帕提亚祭祀 / nirūpya－执行了 / iṣṭim－目标 / agnīn－火 / apibat－放在他自己中 / īśvaraḥ－有能力的

译文 接着，他让阿尼如达(主奎师那的孙子)的儿子瓦芝茹阿，在玛图茹阿接替舒茹阿森纳的王位。做完这一切，尤帝士提尔王举行了帕佳帕提亚祭祀，为退出家庭生活而把这祭祀之火置于自己心中。

要旨　在让帕瑞克西特王登上哈斯提纳普尔的王位，并让主奎师那的重孙子瓦芝茹阿(Vajra)负责统治玛图茹阿后，尤帝士提尔王进入人生的弃绝阶段。按照人的品质和工作划分的社会四阶层和灵性四阶段制度(varṇāśrama-dharma)，是人类生活的真正开始；尤帝士提尔王作为这一人类社会制度的维护者，把统治权交给受过训练的王子帕瑞克西特后，适时地退出居士生活，当了一名托钵僧(sannyāsī)。梵文称为瓦尔纳刷玛·达尔玛(varṇāśrama-dharma)的科学制度，把人类社会和生活分为四种职业范畴和四个生活阶段，其中四个生活阶段分别是：独身禁欲的学生生活阶段(brahmacārī)、居士阶段(gṛhastha)、退出家庭生活阶段(vānaprastha)和出家当托钵僧阶段(sannyāsī)。世上所有的人，无论其职业是什么，都应该遵从这四个生活阶段。现代政治家们哪怕再老也不愿意退出政治舞台，但尤帝士提尔王作为理想的君王，却自愿退出执政生涯，为自己的来生做准备。每一个人都必须这样安排自己的生活，即：在人生的最后阶段(至少在死亡前十五至二十年开始)，要能够做到全心全意地为至尊主做奉爱服务，以期达到生命的最高完美境界。把一生的全部时间都花在物质享乐和功利性活动方面实在是十分愚蠢的，因为把心思专注于为物质享乐而从事的功利性活动上，使人没机会摆脱物质束缚中受制约的生活。人生最高的任务是争取达到生命的最高完美境界——回归家园、回到首神身边。忽视这一点的人无异于是在自己毁灭自己。没人应该过这种自我毁灭的生活。

第 40 节　विसृज्य तत्र तत्सर्वं दुकूलवलयादिकम् ।
निर्ममो निरहङ्कारः सञ्छिन्नाशेषबन्धनः ॥४०॥

visṛjya tatra tat sarvaṁ
dukūla-valayādikam
nirmamo nirahaṅkāraḥ
sañchinnāśeṣa-bandhanaḥ

visṛjya－放弃 / tatra－所有那些 / tat－那 / sarvam－一切 / dukūla－带 / valaya-ādikam－镯子 / nirmamaḥ－不感兴趣的 / nirahaṅkāraḥ－不执著 / sañchinna－完美地斩断了 / aśeṣa-bandhanaḥ－无限地依恋

译文 尤帝士提尔王当场交出他作为君王所穿戴的衣服、腰带和装饰品，对一切都不再关心和留恋。

要旨 清除物质污染是成为至尊主同伴之一的必要资格。在没有得到这样的净化前，没人能成为至尊主的同伴，或者回到首神身边。为了得到灵性的净化，尤帝士提尔王立刻放弃了他的王室财富，交出了他作为帝王所穿戴的衣服和装饰品。托钵僧所穿戴的橙黄色围腰布(kaṣāya)，表明免除一切有吸引力的物质穿戴。尤帝士提尔王决定过弃绝的生活，于是换上了与之相符的托钵僧围腰布。他不再关心他的王国和家庭，摆脱了一切物质污染——物质称号。人们一般都很执著家庭、社会、国家、职业、钱财、地位等方面的各种称号。人只要还执著于这些称号，就被视为是受到物质的污染。现代所谓的国家领导人都具有强烈的国家意识，但他们不知道，这种不真实的意识也是另一种称号裹在灵魂上的物质污染。人在有资格回到首神身边前，必须去除对这些称号的执著和依恋。愚蠢的人们崇拜怀着强烈的爱国意识为国捐躯的人，但这里谈的是尤帝士提尔王的例子；他没有这种国家意识，他在做准备离开这个世界。尽管如此，他永垂青史，因为他是伟大的虔诚君王，几乎与人格首神圣茹阿玛(Rāma)在同一个层面上。当时的统治者是如此虔诚的君王，使世人能够安居乐业、生活幸福；也正因为如此，这样伟大的帝王能够统治整个世界。

第 41 节 वाचं जुहाव मनसि तत्प्राण इतरे च तम् ।
मृत्यावपानं सोत्सर्गं तं पञ्चत्वे ह्यजोहवीत् ॥४१॥

vācaṁ juhāva manasi
tat prāṇa itare ca tam
mṛtyāv apānaṁ sotsargaṁ
taṁ pañcatve hy ajohavīt

vācam—讲话 / juhāva—放弃 / manasi—进入心智 / tat prāṇe—心智进入呼吸 / itare ca—其他的感官也 / tam—进入那里 / mṛtyau—进入死亡 / apānam—呼吸 / sa-utsargam—全然的奉献 / tam—那 / pañcatve—进入由五种元素构成的身体 / hi—肯定的 / ajohavīt—合并

译文 随后，他把所有的感官并入心智，再把心智并入生命，将生命并入呼吸，把他整个的存在并入五种元素构成的肉身，把身体并入死亡。接下来，作为纯净的自我，他完全摆脱了物质的生命概念。

要旨 尤帝士提尔王像他弟弟阿尔诸纳一样，开始集中自己的全副注意力，像练神秘瑜伽的人所做的一样，逐一摆脱所有的物质束缚。他首先集中所有感官的活动，将其并入心智；换句话说，他把他的心完全转向为至尊主做超然的奉爱服务。所有的物质活动都是心智在物质感官的作用与反作用的驱使下所从事的。既然他要回到首神身边去，他就向至尊主祈祷，要让心智停止物质活动，把注意力转向为至尊主所做的超然活动。它们不再需要从事物质活动了。事实上，心智是永恒活跃的灵魂的影像，所以它们不可能停止活动，但它们活动的品质可以从物质的转为为至尊主做超然的服务。当人清洗自己心中的生命之气的污染，使其不再受生死轮回的玷污，处在纯净的灵性生活中，心中的物质色彩就会变换。纯粹的灵魂被包裹在短暂的物质身体里是一切物质生活的根源，而物质身体是死亡时所具有的心念的产物。因此，如果心灵通过练习为至尊主做超然的爱心服务得到净化，一直不断地为至尊主的莲花足做服务，它就再也没有机会在死亡时去构想生产出另一个物质躯体了。

当心灵不再受物质的污染时，纯洁的灵魂就能够回归家园，回到首神身边。

第 42 节 त्रित्वे हुत्वा च पञ्चत्वं तच्चैकत्वेऽजुहोन्मुनिः ।
सर्वमात्मन्यजुहवीद् ब्रह्मण्यात्मानमव्यये ॥४२॥

tritve hutvā ca pañcatvaṁ
tac caikatve 'juhon muniḥ
sarvam ātmany ajuhavīd
brahmaṇy ātmānam avyaye

tritve—进入三种属性 / hutvā—供奉了 / ca—也 / pañcatvam—五种元素 / tat—那 / ca—也 / ekatve —在一个无知体中 / ajuhot—合并 / muniḥ—有思想的 / sarvam—总体 / ātmani—在灵魂中 / ajuhavīt—稳固 / brahmaṇi—向灵性能量 / ātmānam—灵魂 / avyaye—向无穷无尽的

译文 这样毁灭由五种元素构成的粗糙躯体，使其化为物质自然三种属性后，他又把它们融入一个无知体中，然后在自我这一在任何情况下都不毁灭的梵(布茹阿曼)中吸收那个无知体。

要旨 物质世界中所展示出的一切，都是不展示的物质创造实体(mahat-tattva-avyakta)的产物。我们肉眼所能看到的一切，都只不过是这类物质产物的结合体或变换体。但生物与这些物质产物不同。生物因为遗忘了自己作为至尊主的永恒仆人的永恒本性，错误地想要去主宰物质自然，结果被迫进入充满不真实的感官享乐的物质存在中。因此，同时被创造出来的众多物质能量，是导致心灵受物质影响的主要原因。心灵受到影响后，由五种因素构成的粗糙躯体就产生了。尤帝士提尔王把上述这一活动程序颠倒过来，把构成粗糙躯体的五种元素融入物质自然三种属性中。这样去除了好、坏、中等这些对躯体的性质区分后，再把这些性质的展现融入物质能量中，而物质能量是纯粹灵魂错误认识的产物。灵性天空中有无数的星球，人一旦想要到其中的一个星球上去，特别是哥珞卡·温达文(Goloka Vṛndāvana)，在那里当至尊人格首神的一名同伴，他就必须始终记住：他与物质能量不同，与之没有关系。他必须认识到，他是纯洁的灵魂——梵(Brahman)，在质上与至尊梵(Parameśvara)一样。尤帝士提尔王把他的王国分给帕瑞克西特和瓦芝茹阿后，就不在认为自己是世界帝王或库茹王朝的首脑。这种切断物质联系、摆脱粗糙和精微物质包裹束缚的自由感觉，使人能够以至尊主仆人的身份自由行动，哪怕他还在物质世界里。这一阶段称为灵魂解脱的阶段(jīvan-mukta)，就连在物质世界里也可以达到这个阶段。这就是结束物质存在的过程：人不仅必须想着自己是梵(布茹阿曼)，而且还必须以梵的身份行事。只想着自己是梵的人，是非人格神主义者。以梵身份行事的人，是纯粹的奉献者。

第 43 节　चीरवासा निराहारो बद्धवाङ् मुक्तमूर्धजः ।
दर्शयन्नात्मनो रूपं जडोन्मत्तपिशाचवत् ।
अनवेक्षमाणो निरगादश‍ृण्वन् बधिरो यथा ॥४३॥

cīra-vāsā nirāhāro
baddha-vāṅ mukta-mūrdhajaḥ
darśayann ātmano rūpaṁ
jaḍonmatta-piśācavat
anavekṣamāṇo niragād
aśṛṇvan badhiro yathā

cīra-vāsāḥ—接受破衣服 / nirāhāraḥ—放弃所有的固体食物 / baddha-vāk—停止说话 / mukta-mūrdhajaḥ—松开他的头发 / darśayan—开始展示 / ātmanaḥ—他自己的 / rūpam—身体的形象 / jaḍa—无活动

的 / unmatta－疯的 / piśāca-vat－就像一个顽童 / anavekṣamāṇaḥ－不等待 / niragāt－处在 / aśṛṇvan－不听闻 / badhiraḥ－就像一个聋子 / yathā－好像

译文 那以后，尤帝士提尔王穿上破旧的衣服，不再吃固体食物，自愿成为哑巴，把头发披散下来。这一切使他看上去就像一个没有职业的顽童或疯子。他不再依靠他的弟弟们，关闭自己的耳朵仿佛聋子一般。

要旨 这样摆脱了一切外部活动后，尤帝士提尔王不再理会任何帝王生活或家族声望。实际上，他把自己变得完全像个呆滞的白痴儿一样，不谈任何物质的话题。他不再依靠一直协助他的弟弟们。这种把自我与一切隔绝的阶段，称为无所畏惧的净化阶段。

第 44 节 उदीचीं प्रविवेशाशां गतपूर्वां महात्मभिः ।
हृदि ब्रह्म परं ध्यायन्नावर्तेत यतो गतः ॥४४॥

udīcīṁ praviveśāśāṁ
gata-pūrvāṁ mahātmabhiḥ
hṛdi brahma paraṁ dhyāyan
nāvarteta yato gataḥ

udīcīm－北方 / praviveśa-āśām－那些想进入那里的人 / gata-pūrvām－他的祖父踏上过的道路 / mahā-ātmabhiḥ－由心胸开阔的人 / hṛdi－在内心 / brahma－至尊 / param－首神 / dhyāyan－总是想念 / na āvarteta－度过日子 / yataḥ－无论何地 / gataḥ－经过

译文 接着，他开始向北方进发，踏上他祖先和伟人走过的路，全神贯注地思念至尊人格首神。他无论到哪儿，都以这种方式生活。

要旨　我们从这节诗中了解到，尤帝士提尔王踏上了他的祖先和至尊主伟大的奉献者们走过的路。我们以前谈过很多次，过去世人，尤其是世上的阿尔延人(Āryāvarta, 雅利安人)所严格遵循的社会四阶层和灵性四阶段制度(varṇāśrama-dharma)，强调在人生的特定阶段完全退出居士生活的重要性。人们得到足够的训练和教育，以致像尤帝士提尔王那样值得尊敬的人都应该在一定的时候断绝家庭关系，去追求自我觉悟，为回到首神身边做准备。当时没有一个君王或受人尊敬的绅士会一直到死都在过家居生活，因为那被视为是自我毁灭，是不利于人达到人生完美境界的。为了使人能摆脱一切家庭拖累，从而全心全意地为主奎师那做奉爱服务，经典总是推荐每一个人都要遵循社会四阶层和灵性四阶段制度，因为那是权威人士们所走的路。在《博伽梵歌》第 18 章的第 62 节诗中，至尊主教导说：人必须至少要在人生的最后阶段成为至尊主的奉献者。像尤帝士提尔王那样的至尊主真诚的灵魂，必定会为自己的利益而遵循至尊主的这一教导。

诗中特别用了梵文“至尊首神(brahma param)”来指圣主奎师那。就有关这一点，阿尔诸纳在《博伽梵歌》第 10 章的第 13 节诗中引证阿西塔(Asita)、戴瓦拉(Devala)、纳茹阿达(Nārada)和维亚萨(Vyāsa)等伟大的权威的看法给予了证实。因此，尤帝士提尔王在离开家向北进发时，以他的祖先及所有时代的伟大奉献者为榜样，一直不断地在心中思念圣主奎师那。

第 45 节　सर्वे तमनुनिर्जग्मुर्भ्रातरः कृतनिश्चयाः ।
कलिनाधर्ममित्रेण दृष्ट्वा स्पृष्टाः प्रजा भुवि ॥४५॥

sarve tam anunirjagmur
bhrātaraḥ kṛta-niścayāḥ
kalinādharma-mitreṇa
dṛṣṭvā spṛṣṭāḥ prajā bhuvi

sarve—他所有的弟弟 / tam—他 / anunirjagmuḥ—跟随长者离开了家庭 / bhrātaraḥ—弟弟 / kṛta-niścayāḥ—果断的 / kalinā—被喀历年代 / adharma—非宗教的原则 / mitreṇa—由朋友 / dṛṣṭvā—注意到 / spṛṣṭāḥ—已经压倒 / prajāḥ—所有的居民 / bhuvi—在地球上

译文 尤帝士提尔王的弟弟们观察到喀历年代已经扩张到全世界，王国中的居民已经受到非宗教的影响，于是决定效法他们的哥哥。

要旨 尤帝士提尔王的弟弟们一直是他这位伟大帝王恭顺的随从，他们都受到足够的训练，清楚生命最高的目标。正因为如此，他们坚决跟随他们的哥哥为圣主奎师那做奉爱服务。按照社会四阶层和灵性四阶段制度，人必须在人生过半时退出家庭生活，必须从事有关觉悟自我的活动。然而，并不是所有的人都知道究竟该怎样安排自己的生活，很多人退休后变得迷茫，不知道该如何度过自己剩下的时光。这节诗中告诉我们像潘达瓦兄弟那样的权威人士所作的决定。他们每一个人都满怀爱心地为至尊人格首神圣主奎师那做奉爱服务。按照斯瓦米·施瑞达尔(Svāmī Śrīdhara)的说法，宗教信仰(dharma)、经济发展(artha)、感官享乐(kāma)和解脱(mokṣa)，或说功利性活动、哲学思辨和追求解脱，这些被少数人认可的活动，并不是生命的最高目标。这些活动或多或少是由那些不了解生命最高目标的人从事的。至于这生命的最高目标究竟是什么，至尊主本人在《博伽梵歌》第 18 章的第 64 节诗中已经为我们指明了；潘达瓦兄弟有足够的智慧，因此毫不犹豫地按至尊主的教导去做。

第 46 节 ते साधुकृतसर्वार्था ज्ञात्वात्यन्तिकमात्मनः ।
मनसा धारयामासुर्वैकुण्ठचरणाम्बुजम् ॥४६॥

te sādhu-kṛta-sarvārthā
　jñātvātyantikam ātmanaḥ
manasā dhārayām āsur
　vaikuṇṭha-caraṇāmbujam

te—他们所有 / sādhu-kṛta—已经从事了圣人该从事的一切活动 / sarva-arthāḥ—那包括了一切有价值的 / jñātvā—熟知 / ātyantikam—终极的 / ātmanaḥ—生物体的 / manasā—在内心 / dhārayām āsuḥ—不断地想着 / vaikuṇṭha—灵性天空的主人 / caraṇa-ambujam—莲花足

译文　他们都执行了所有的宗教原则，因此能够正确地断定：圣主奎师那的莲花足才是追求的最高目标。自那时起，他们一刻不停地冥想着至尊主的莲花足。

要旨　在《博伽梵歌》第 7 章的第 28 节诗中，至尊主说：只有那些生生世世从事虔诚活动，摆脱了一切不虔诚活动之后果的人，才能把注意力完全集中在至尊主圣奎师那的莲花足上。潘达瓦兄弟不仅是这一生才从事至高无上的虔诚活动，他们生生世世都这样做，所以永远没有不虔诚活动的结果。正因为如此，他们全神贯注于至尊主圣奎师那的莲花足是情理之中的事。按照圣维施瓦纳特·查夸瓦尔提的说法，只有那些没有彻底清除不虔诚活动之结果的人，才会接受宗教(dharma)、经济发展(artha)、感官享乐(kāma)和解脱(mokṣa)这四项活动。受上述四项活动所产生的污染影响的人，无法立刻接受在灵性天空中的至尊主的莲花足。灵性世界外琨塔远在物质天空之外。物质天空由至尊主的物质能量杜尔嘎(Durgā)女神负责掌管，而灵性世界外琨塔由至尊主的内在能量掌管。这本书的彩色扉画是对外琨塔世界和物质世界的说明。

第 47—48 节　तद्ध्यानोद्रिक्तया भक्त्या विशुद्धधिषणाः परे ।
तस्मिन्नारायणपदे एकान्तमतयो गतिम् ॥४७॥

अवापुर्दुरवापां ते असद्भिर्विषयात्मभिः ।
विधूतकल्मषा स्थानं विरजेनात्मनैव हि ॥४८॥

tad-dhyānodriktayā bhaktyā
viśuddha-dhiṣaṇāḥ pare
tasmin nārāyaṇa-pade
ekānta-matayo gatim

avāpur duravāpāṁ te
asadbhir viṣayātmabhiḥ
vidhūta-kalmaṣā sthānaṁ
virajenātmanaiva hi

tat一那 / dhyāna一积极的冥想 / utriktayā一已摆脱了 / bhaktyā一以奉爱的态度 / viśuddha一净化了 / dhiṣaṇāḥ一用智慧 / pare一向超然性 / tasmin一在那 / nārāyaṇa一人格首神奎师那 / pade一向莲花足 / ekānta-matayaḥ一专注于独一无二的至尊者的人的 / gatim一目的地 / avāpuḥ一达到 / duravāpām一极难获得 / te一由他们 / asadbhiḥ一由物质主义者 / viṣaya-ātmabhiḥ一专注于物质的需求 / vidhūta一清洗掉 / kalmaṣāḥ一物质污染 / sthānam一居所 / virajena一没有物质的激情 / ātmanā eva一以同样的躯体 / hi一必定

译文 就这样，凭借靠不间断地专心思念净化了的意识，他们到达了由主奎师那——至尊纳茹阿亚纳统治的灵性天空。这一境界只有那些全神贯注地冥想独一无二的至尊主的人才能达到。圣主奎师那的居所称为哥珞卡·温达文，专注于物质生存概念的人进不去那里。但是，彻底清除了一切物质污染的潘达瓦兄弟，却在没有更换身体的情况下到达了那居所。

要旨 按照圣吉瓦·哥斯瓦米(Jīva Gosvāmī)的说法：不受善良、激情和愚昧这三种物质自然属性的影响并处在超然状态中的人，能够在不更换躯体的情况下达到生命的最高完美境界。圣萨纳坦·哥斯瓦米

(Sanātana Gosvāmī)在他的《对主哈尔依的奉爱之美》(Hari-bhakti-vilāsa)一书中说：正如化学家可以用化学方式把青铜转变为金子，真正的灵性导师可以指导任何一个人按照灵性纪律活动，从而使他达到经过再生的布茹阿玛纳(婆罗门)所能达到的完美境界。因此，在不更换躯体的情况下成为布茹阿玛纳或回到首神身边的过程中，灵性导师的指导至关重要。圣吉瓦·哥斯瓦米评论说，这节诗中的梵文“必定(hi)”一词明确肯定了这一事实，而这一真实的状态是确定无疑的。《博伽梵歌》第 14 章的第 26 节诗也证实了圣吉瓦·哥斯瓦米的这一说明。至尊主在那节诗中说：有系统地做奉爱服务，毫不偏离，人就能脱离物质自然三种属性的污染，达到梵(Brahman)的完美境界。在梵的完美境界上还可以更上一层楼，那就是通过继续做同样的奉爱服务，人无疑可以在不更换躯体的情况下直接去最高的灵性星球哥珞卡·温达文。正如我们谈论过的，至尊主在不更换祂的躯体的情况下回到祂自己的住所。

第 49 节　विदुरोऽपि परित्यज्य प्रभासे देहमात्मनः ।
कृष्णावेशेन तच्चित्तः पितृभिः स्वक्षयं ययौ ॥४९॥

viduro 'pi parityajya
prabhāse deham ātmanaḥ
kṛṣṇāveśena tac-cittaḥ
pitṛbhiḥ sva-kṣayaṁ yayau

viduraḥ—维杜茹阿(尤帝士提尔王的叔叔) / api—也 / parityajya—在离开身体后 / prabhāse—在帕巴斯的朝圣地 / deham ātmanaḥ—他的身体 / kṛṣṇa—人格首神 / āveśena—专注于那样的想法 / tat—他的 / cittaḥ—思想和行动 / pitṛbhiḥ—和琵垂珞卡的居民一起 / sva-kṣayam—他自己的居所 / yayau—离开了

译文　维杜茹阿在朝圣途中的帕巴斯一地离开了他的身

体。由于他全神贯注地想着主奎师那，他受到琵垂珞卡星球上居民的欢迎，在那里重返他的职位。

要旨 潘达瓦兄弟和维杜茹阿(Vidura)之间的区别是：潘达瓦兄弟是至尊人格首神永恒的同伴；维杜茹阿是管理宇宙事务的半神人之一，是负责掌管琵垂珞卡(Pitṛloka)星球的阎罗王(Yamarāja)。阎罗王专门负责惩罚物质世界里的歹徒，所以一般人都很惧怕他。但是，至尊主的奉献者们却一点都不怕他。对奉献者来说，他是真挚的朋友；对非奉献者来说，他是恐惧的人格化身。正如我们已经介绍过的，阎罗王被曼杜卡·牟尼(Maṇḍūka Muni)诅咒降为庶铎，维杜茹阿就是阎罗王的化身。作为至尊主永恒的仆人，他十分热心地从事他的奉爱活动，过着绝对虔诚的生活，以致最后就连兑塔瓦施陀那样的物质主义者都能够靠遵循他的教导获得了解脱。他凭借从事为至尊主做奉爱服务的虔诚活动，能够时刻记着至尊主的莲花足，从而洗清了出生在庶铎家庭所沾染的一切污垢。最后，他回到琵垂珞卡，受到那里的居民的欢迎，重返他原本的职位。半神人们也是至尊主的合作伙伴，但与祂没有个人的接触。相反，至尊主那些永恒的同伴们，始终与祂有个人接触。至尊主与祂永恒的随行人员一起，不停地在许多宇宙中化身显现。至尊主记得住所有这些事件，但至尊主的随行人员们却因为是至尊主不可缺少的微小部分都有容易忘事的倾向。《博伽梵歌》第4章的第5节诗证实了这一点。

第 50 节 द्रौपदी च तदाज्ञाय पतीनामनपेक्षताम् ।
वासुदेवे भगवति ह्येकान्तमतिराप तम् ॥५०॥

draupadī ca tadājñāya
patīnām anapekṣatām
vāsudeve bhagavati
hy ekānta-matir āpa tam

draupadī－朵帕蒂(潘达瓦的妻子) / ca－和 / tadā－在那时 / ājñāya－清楚地了解主奎师那 / patīnām－丈夫的 / anapekṣatām－不关心她 / vāsudeve－向主瓦苏戴瓦(奎师那) / bhagavati－人格首神 / hi－确切的 / eka-anta－绝对的 / matiḥ－全神贯注 / āpa－得到 / tam－祂(至尊主)

译文　朵帕蒂看到她的丈夫们没有关照她就离开了家。她很了解主华苏戴瓦——人格首神奎师那。她和苏芭朵两人于是开始全神贯注地想念奎师那，最后获得了与她们的丈夫同样的成果。

要旨　人在驾驶一架飞机在空中飞行时，不可能再去照顾其他的飞机。每个人都必须照顾好自己的那架飞机；在空中遇到危险时，其他的飞机是帮不上忙的。同样，在生命结束，即将回归家园、回到首神身边时，每一个人都必须在没有他人帮助的情况下照顾好自己。但是，在飞机飞上天空之前，地勤人员会对飞机进行维修、保养。同样道理，灵性导师、父亲、母亲、亲戚、丈夫和其他人，在平时都可以给我们以帮助；但当我们要跨越生死海洋时，我们必须运用以前接受过的教导，自己照顾好自己。朵帕蒂虽然有五个丈夫，但他们中没有一个人邀请她随他们去；朵帕蒂必须照顾她自己，而不是等待她那些伟大丈夫的帮助。由于她已经受到了训练，她立刻开始把注意力完全集中在主华苏戴瓦——人格首神奎师那的莲花足上。就这样，她们这些做妻子的，也以同样的方式获得了她们的丈夫所得到的同样的结果，即：在没有更换她们的躯体的情况下回到了首神身边。圣维施瓦纳特·查夸瓦尔提·塔库尔提示说，尽管诗中并没有提到苏芭朵的名字，但朵帕蒂和苏芭朵(Subhadrā)两人都得到了同样的结果。她们都没有更换她们的身体。

第 51 节　यः श्रद्धयैतद्भगवत्प्रियाणां
पाण्डोः सुतानामिति सम्प्रयाणम् ।

शृणोत्यलं स्वस्त्ययनं पवित्रं
　लब्ध्वा हरौ भक्तिमुपैति सिद्धिम् ॥५१॥

yaḥ śraddhayaitad bhagavat-priyāṇāṁ
　pāṇḍoḥ sutānām iti samprayāṇam
śṛṇoty alaṁ svastyayanaṁ pavitraṁ
　labdhvā harau bhaktim upaiti siddhim

yaḥ－任何人／śraddhayā－以奉爱／etat－这／bhagavat-priyāṇām－人格首神深爱的人的／pāṇḍoḥ－潘杜的／sutānām－儿子的／iti－如此／samprayāṇam－启程前往终极的目的地／śṛṇoti－听／alam－只有／svastyayanam－好运气／pavitram－完美的纯粹／labdhvā－通过获得／harau－向至尊主／bhaktim－奉爱服务／upaiti－收获／siddhim－完美境界

译文　有关潘杜的儿子们为追求生命的最高目标而离开的话题，充满了吉祥，绝对纯洁。因此，怀着信心专心聆听这一叙述的人，无疑将达到为至尊主做奉爱服务的层面，而这是生命的最高完美境界。

要旨　《圣典博伽瓦谭》叙述的是与人格首神及潘达瓦兄弟那样的至尊主的奉献者有关的一切。对人格首神和祂的奉献者的叙述本身就是绝对的，因此怀着奉爱之心聆听这些内容，就是在与至尊主及祂永恒的同伴联谊。聆听《圣典博伽瓦谭》，保证能使人达到生命的最高完美境界——回归家园，回到首神身边。

到此为止，结束了巴克提韦丹塔对《圣典博伽瓦谭》第1篇第15章——“潘达瓦兄弟及时隐退”所作的阐释。

第十六章

帕瑞克西特对待喀历年代的方式

第 1 节

सूत उवाच
ततः परीक्षिद् द्विजवर्यशिक्षया
महीं महाभागवतः शशास ह ।
यथा हि सूत्यामभिजातकोविदाः
समादिशन् विप्र महद्गुणस्तथा ॥१॥

sūta uvāca
tataḥ parīkṣid dvija-varya-śikṣayā
mahīṁ mahā-bhāgavataḥ śaśāsa ha
yathā hi sūtyām abhijāta-kovidāḥ
samādiśan vipra mahad-guṇas tathā

sūtaḥ uvāca－苏塔·哥斯瓦米说／tataḥ－其后／parīkṣit－帕瑞克西特王／dvija-varya－经过二次出生的优秀的布茹阿玛纳／śikṣayā－按他们的训示／mahīm－地球／mahā-bhāgavataḥ－伟大的奉献者／śaśāsa－统治／ha－过去／yathā－如他们曾说过的那样／hi－肯定地／sūtyām－在他出生的时候／abhijāta-kovidāḥ－精通按照人出生时的星象作预测的占星家／samādiśan－说出他们的意见／vipra－布茹阿玛纳啊！／mahat-guṇaḥ－伟大的品质／tathā－符合那个

译文 苏塔·哥斯瓦米说：诸位博学的布茹阿玛纳！接着，至尊主伟大的奉献者帕瑞克西特王，开始在最优秀的、经过再生的布茹阿玛纳的指导下统治世界。他在统治期间展现了他出生后星象专家所预言的一切优秀品德。

要旨 帕瑞克西特王(Mahārāja Parīkṣit)出生时，精通占星术的布茹阿玛纳(brāhmaṇa, 婆罗门)都预言了他的一些品德。帕瑞克西特王展现了他们预言的那些作为至尊主伟大的奉献者所具有的一切品德。真正首要的资格是成为至尊主的奉献者，一切值得拥有的美好品德自会随之逐一发展出来。帕瑞克西特王是至尊主一流的奉献者(mahā-bhāgavata)，不仅精通奉爱服务的科学，而且还能通过他超然的教导把他人转变成奉献者。因此，作为至尊主一流的奉献者，帕瑞克西特王总是就如何管理国家等事宜与伟大的圣人和博学的布茹阿玛纳进行磋商，他们可以根据经典的训示给他提出建议。这样伟大的君王比现代社会靠选举产生的国家首脑更负责任，因为他们按照伟大的权威们根据韦达文献给予的教导行事。事实上，管理国家根本不需要有一群不切实际的白痴，为了达到某些目的而每天制定一系列新法，然后随便地一改再改。玛努(Manu)、雅格亚瓦勒克亚(Yājñavalkya)、帕茹阿沙尔(Parāśara)等伟大的圣人，以及其他解脱了的圣人们，早就制定了人类社会该遵循的一系列适用于所有年代和地区的法规。因此，这些法律规定没有缝隙或漏洞，是标准。帕瑞克西特王等所有伟大的君王都有他们的顾问团，顾问团中的成员都是伟大的圣人或一流的布茹阿玛纳。他们不接受俸禄，也不需要这样的工资。国家可以在没有经费支出的情况下得到最好的建议。这些顾问本人都平等对待人与动物等一切众生(sama-darśī)。他们不会建议君王要保护人，但却可以屠杀可怜的动物。这样的顾问既不是傻瓜，也不是愚人天堂中选出的代表人物。他们都是觉悟了自我的灵魂，十分清楚怎么做才能使王国中的一切生物体不仅在今生，而且在来世都感到快乐。他们对吃吃喝喝、及时行乐的所谓快乐主义哲学不感兴趣。他们是真正的哲学家，清楚人生的使命是什么。符合上述资格的君王的顾问们，会给予君王以正确的指导；而君王或执政首脑本身作为至尊主合格的奉献者，会为了国家的福利认真贯彻他们的指示。在尤帝士提尔王(Mahārāja Yudhiṣṭhira)或帕瑞克西特王的时代，国家是真正意义上的福利国，因为在他们统治的王国中，无论是人还是动物，无不感到幸福快乐。帕瑞克西特王是世界福利国的理想君王。

第 2 节　स उत्तरस्य तनयामुपयेम इरावतीम् ।
जनमेजयादींश्चतुरस्तस्यामुत्पादयत्सुतान् ॥ २ ॥

sa uttarasya tanayām
upayema irāvatīm
janamejayādīṁś caturas
tasyām utpādayat sutān

saḥ—他 / uttarasya—乌塔尔王的 / tanayām—女儿 / upayeme—嫁 / irāvatīm—伊茹阿瓦缇 / janamejaya-ādīn—以佳纳美佳亚王为首的 / caturaḥ—四 / tasyām—在她之中 / utpādayat—生下 / sutān—儿子

译文　帕瑞克西特王娶乌塔尔王的女儿为妻，与她生了以佳纳美佳亚王为首的四个儿子。

要旨　乌塔尔王(Mahārāja Uttara)是维茹阿塔(Virāṭa)的儿子，帕瑞克西特王的舅舅。伊茹阿瓦缇(Irāvatī)作为乌塔尔王的女儿，是帕瑞克西特王的表妹，但表兄妹之间可以联姻，因为他们不是父系血缘(gotra)，不属于近亲结婚。在韦达制度中强调不能近亲结婚，也就是堂兄妹之间不能结婚。阿尔诸纳娶了苏芭朵，尽管苏芭朵是他的表妹。

佳纳美佳亚(Janamejaya)：帕瑞克西特王的儿子，历史上的圣洁君王(rājarṣi)之一。他母亲名叫伊茹阿瓦缇，根据一些人的说法也称为玛朵瓦缇(Mādravatī)。佳纳美佳亚有三个兄弟，他们分别是：施茹塔森纳(Śrutasena)、乌卦森纳(Ugrasena)和彼玛森纳二世(Bhīmasena II)。他与妻子共生了两个儿子，分别名叫格亚塔尼卡(Jñātānīka)和商库卡尔纳(Śaṅkukarṇa)。在库茹柴陀(Kurukṣetra)圣地，他举行了几次闻名天下的盛大祭祀。他攻占了塔克沙希拉(Takṣaśilā，又称阿湛塔)，并因为他伟大的父亲帕瑞克西特王受到非法的诅咒而决定替父亲报仇。他举行盛大的蛇祭(Sarpa-yajña)，要消灭天下的蛇类，包括咬死他父亲的蛇鸟塔克沙卡(takṣaka)。后来，在很多有影响力的半神人和圣人们的要求下，他改变了要灭绝蛇类的想法，但尽管祭祀停止举行，他还是给所有参加祭祀的人以恰如其分的酬谢礼，使所有的人都很满意。伟大的牟尼维亚萨戴瓦(Mahāmuni Vyāsadeva)也出席了那场祭祀；在祭祀仪式中，他亲自给君王讲述了库茹柴陀战争的历史。后来，维亚萨戴瓦又命令他的门徒外尚帕亚纳(Vaiśampāyana)给君王讲述了《玛哈巴茹阿特》(Mahābhārata，《摩诃婆罗多》)的内容。帕瑞克西特王的早逝对佳纳美佳亚王的打击很大；他很渴望再见到他伟大的父亲，于是向伟大的圣人维亚萨戴瓦表达了他的心愿。维亚萨戴瓦满足了他的愿望，使他父亲出现在他面前。佳纳美佳亚满怀敬意，庄严地崇拜了他父亲和维亚萨戴瓦两人。在心满意足的情况下，他极为慷慨地向所有出席祭祀的布茹阿玛纳布施。

第 3 节 आजहाराश्वमेधांस्त्रीन् गङ्गायां भूरिदक्षिणान् ।
शारद्वतं गुरुं कृत्वा देवा यत्राक्षिगोचराः ॥ ३ ॥

ājahārāśva-medhāṁs trīn
gaṅgāyāṁ bhūri-dakṣiṇān
śāradvataṁ guruṁ kṛtvā
devā yatrākṣi-gocarāḥ

ājahāra－执行 / aśva-medhān－马祭 / trīn－三 / gaṅgāyām－恒河岸边 / bhūri－足够地 / dakṣiṇān－回报 / śāradvatam－向奎帕查尔亚 / gurum－灵性导师 / kṛtvā－选择了 / devāḥ－半神人 / yatra－其中 / akṣi－眼睛 / gocarāḥ－在……范围内

译文 之后，帕瑞克西特王选择奎帕查尔亚当他的灵性导师，在恒河岸边举行了三场马祭。参加马祭的每一个人都得到了大量的赏赐。在这几场马祭上，就连普通人都能看到半神人。

要旨 从这节诗中所谈的内容可以看出，对高等星球的居民来说星际旅行是很容易的事情。在《博伽瓦谭》(Bhāgavatam)的许多说明中，我们注意到：半神人们曾经常从天堂到地球来参加有影响力的君王和帝王们举行的祭祀。在这节诗中我们也看到，在帕瑞克西特王举行马祭期间，就连普通人都能看到从其他星球来参加祭祀仪式的半神人们。一般人通常看不到半神人，也看不到至尊主。但至尊主出于祂没有缘故的仁慈，降临下来让普通人能看到祂；当时，半神人们也出于他们的善意，让普通人能够看到他们。尽管这个地球上的居民用他们的肉眼看不到住在天堂中的居民，但由于帕瑞克西特王的影响力，半神人们也同意现形，让地球人看到他们。在举行这些马祭期间，君王们的花费极为惊人，仿佛云朵降雨一样。云朵只不过是水的另一种形式的存在；换句话说，是由地球上的水分蒸发形成的。同样道理，君王在这类祭祀中所给予的布施，都是用臣民们上缴的所得税支付的。但是，正如雨水大量地降下，看似多于所需；那些君王们所给予的布施，看起来也超过臣民们的所需。心满意足的臣民永远都不会组织起来反对君王，因此不需要改变君主制政体。

就连像帕瑞克西特王那样的君王都需要有一位灵性导师给予指导。没有这样的指导，人无法取得灵性的进步。灵性导师必须真正具备资格，想要觉悟自我的人必须为获得真正的成功而去找一位真正的灵性导师，求取他的庇护。

第 4 节 निजग्राहौजसा वीरः कलिं दिग्विजये क्वचित् ।
नृपलिङ्गधरं शूद्रं घ्नन्तं गोमिथुनं पदा ॥४॥

nijagrāhaujasā vīraḥ
kaliṁ digvijaye kvacit
nṛpa-liṅga-dharaṁ śūdraṁ
ghnantaṁ go-mithunaṁ padā

nijagrāha－适当地惩罚 / ojasā－以威力 / vīraḥ－勇敢的英雄 / kalim－向这个年代的主人喀历 / digvijaye－在他征服世界的途中 / kvacit－从前 / nṛpa-liṅga-dharam－一个装扮成国王的人 / śūdram－低等阶层的 / ghnantam－伤害 / go-mithunam－母牛和公牛 / padā—腿上

译文 一天，帕瑞克西特王在征服世界的途中看到了比庶铎还低级的喀历年代的控制者。他装扮成一个君王，正在伤害母牛和公牛的腿。帕瑞克西特王立刻上前抓住他，予以适当的惩罚。

要旨 君王出征的目的不该是为了满足自我膨胀的需要。帕瑞克西特王登上王位后出征的目的，不是为了侵略其他国家。他已经是世界帝王，所有的小国都归他统辖。他出征的目的是为了察看作为一个有神论国家，各种事情的进行情况如何。作为至尊主的代表，君王必须充分贯彻至尊主的意愿，根本不存在自我膨胀的问题。因此，帕瑞克西特王一旦看到有个打扮成君王的低阶层男子在伤害母牛和公牛的腿时，便立刻冲上前去抓住他、惩罚他。君王既不能容忍乳牛这一人类社会中最重要的动物遭到侮辱，也不能容忍有人对布茹阿玛纳这些世上最重要的人表示不敬。人类文明意味着布茹阿玛纳文化的进步，而要维护布茹阿玛纳文化，就必须保护乳牛。牛奶是很神奇的食品，其中包含了所有维持人体生理需要所必需的维生素，以使人有健康的身心可以争取更高的成就。布茹阿玛纳文化只有在人受到教育培养了善良品质时才能提高，而用牛奶、水果和谷物准备的食物是达到这一目的的最基本的需要。看到一个打扮成统治者的黑肤色庶铎在虐待人类社会中最重要的动物乳牛时，帕瑞克西特王很震惊。

喀历年代意味着管理不善和纷争。而导致管理不善和纷争的根源是社会下层素质很低且没有人生崇高目标的人，掌握了管理国家的权利。占据统治者地位的这类人，首先伤害的无疑就是乳牛和布茹阿玛纳文化，由此把整个人类社会推向地狱。帕瑞克西特王根据他受到的训练，可以立刻觉察到这一世上一切纷争的根源，因此要从一开始就予以阻止。

第 5 节

शौनक उवाच
कस्य हेतोर्निजग्राह कलिं दिग्विजये नृपः ।
नृदेवचिह्नधृक्शूद्रकोऽसौ गां यः पदाहनत् ।
तत्कथ्यतां महाभाग यदि कृष्णकथाश्रयम् ॥ ५ ॥

śaunaka uvāca
kasya hetor nijagrāha
kaliṁ digvijaye nṛpaḥ
nṛdeva-cihna-dhṛk śūdra-
ko 'sau gāṁ yaḥ padāhanat
tat kathyatāṁ mahā-bhāga
yadi kṛṣṇa-kathāśrayam

śaunakaḥ uvāca一绍纳卡圣人说 / kasya一为什么 / hetoḥ一原因 / nijagrāha一适当的惩罚 / kalim一喀历年代的主人 / digvijaye一在他周游世界时 / nṛpaḥ一国王 / nṛ-deva一王室家族的成员 / cihna-dhṛk一打扮得像…… / śūdrakaḥ一最低阶层的庶铎 / asau一他 / gām一母牛 / yaḥ一……的人 / padā ahanat一击打腿部 / tat一所有那些 / kathyatām一请描述 / mahā-bhāga一最幸运的人啊 / yadi一但如果 / kṛṣṇa一关于奎师那 / kathā-āśrayam一有关祂的话题

译文　圣人绍纳卡询问道：既然他比庶铎还低，但却打扮成君王伤害乳牛的腿，帕瑞克西特王为什么只是惩罚他？如果这些事与主奎师那的论题有关，就请告诉我们。

要旨 绍纳卡(Śaunaka)和圣人们(ṛṣis)听到虔诚的帕瑞克西特王只是惩罚罪犯而没有处死他，都感到很惊讶。这暗示说：像帕瑞克西特王那样虔诚的君王，应该立刻杀死那个打扮成君王欺骗大众，同时胆敢折磨乳牛这一最纯洁的动物的罪犯。那时的圣人们甚至无法想象，随着喀历年代的进展，社会最底层的庶铎会被选上当管理者，并且有组织地开设屠宰场杀害乳牛。尽管如此，伟大的圣人们对一个欺骗大众并侮辱乳牛的庶铎没有太大的兴趣；他们之所以想要听这件事，是为了看它与主奎师那有没有关系。他们只对与主奎师那有关的话题感兴趣，因为与奎师那有关的内容都值得听。《博伽瓦谭》中有许多关于社会学、政治学、经济学和文化事宜等话题，但所有这些话题都与奎师那有关，因此都值得聆听。奎师那可以净化天地万物，无论它具体是什么。在物质世界里，一切都是物质自然三种属性的产物，因此一切都不纯净。奎师那是净化一切的净化剂。

第 6 节 अथवास्य पदाम्भोजमकरन्दलिहां सताम् ।
किमन्यैरसदालापैरायुषो यदसद्व्ययः ॥ ६ ॥

athavāsya padāmbhoja-
makaranda-lihāṁ satām
kim anyair asad-ālāpair
āyuṣo yad asad-vyayaḥ

athavā－否则／asya－祂(主奎师那)的／pada-ambhoja－莲花足／makaranda-lihām－那些从这样的莲花中吸取花蜜的人的／satām－那些永恒存在的人的／kim anyaiḥ－其他任何东西有什么用呢／asat－虚幻

的 / ālāpaiḥ－话题 / āyuṣaḥ－寿命的 / yat－……的 / asat-vyayaḥ－浪费生命

译文　至尊主的奉献者习惯舔食从至尊主的莲花足得到的蜂蜜。听那些只是浪费人体宝贵生命的话题有什么用？

要旨　主奎师那和祂的奉献者们都处在超然的层面上，所以有关主奎师那和祂纯粹奉献者的话题都一样对人有益。库茹柴陀战争的历史充满了政治和外交内容，但因为都与主奎师那有关，所以其中的精华部分《博伽梵歌》受到全世界人民的崇敬。政治学、经济学和社会学等内容在物质主义者看来是物质的，但对真正与至尊主相连的纯粹奉献者来说，只要它们与至尊主或祂的纯粹奉献者联系在一起，就是超然的，就没有必要完全加以排斥。我们听过和谈论过潘达瓦兄弟(Pāṇḍavas)的活动，现在谈论的是与帕瑞克西特王有关的话题，但由于所有这些话题都与圣主奎师那有关，它们就都是超然的，纯粹的奉献者极喜欢听这些内容。就有关这一点，我们在讨论彼士玛戴瓦(Bhīṣmadeva)的祈祷时已经谈论过。

我们的寿命不是很长，我们也不确定自己什么时候被命令离开现有的这个躯体。因此，我们的责任是保证自己不浪费生命中的每一分每一秒去谈论与主奎师那无关的话题。任何话题只要与奎师那无关，那么无论那话题有多动听，都不值得浪费时间去听。

主奎师那永恒的住所——灵性星球哥珞卡·温达文(Goloka Vṛndāvana)，形状仿佛一朵呈螺旋状盛开的莲花。当至尊主降临在物质世界的任何一个星球上时，祂把祂自己的住所也照原样展现在那个星球上，因此祂的双足永远踩在同样大的、呈螺旋状盛开的莲花盘上。祂的双足也与莲花一样美。正因为如此，经典中说主奎师那有一双莲花足。

生物本质上是永恒的。他之所以陷在生死轮回的旋涡中，是因为与物质能量发生了接触。摆脱物质能量后，生物就解脱了，就有资格回归家园，回到首神身边。想要获得永生而不再生死轮回的人，不该再把时间浪费在聆听和谈论与主奎师那及祂的奉献者无关的话题上。

第 7 节 क्षुद्रायुषां नृणामङ्ग मर्त्यानामृतमिच्छताम् ।
इहोपहूतो भगवान्मृत्युः शामित्रकर्मणि ॥ ७ ॥

kṣudrāyuṣāṁ nṛṇām aṅga
martyānām ṛtam icchatām
ihopahūto bhagavān
mṛtyuḥ śāmitra-karmaṇi

kṣudra一非常小 / āyuṣām一寿命的 / nṛṇām一人类的 / aṅga一苏塔·哥斯瓦米啊 / martyānām一那些必定会死的人的 / ṛtam一永恒的生命 / icchatām一那些渴望得到它的人的 / iha一在此 / upahūtaḥ一召唤 / bhagavān一代表至尊主 / mṛtyuḥśāmitra一镇压 / karmaṇi一履行

译文 苏塔·哥斯瓦米啊！有些人想要摆脱死亡，获得永生。为了使他们摆脱被宰杀的命运，我们呼唤死亡的控制者阎罗王(亚玛茹阿佳)到这里来。

要旨 生物在从低等动物的躯体逐渐转入高等人类的躯体过程中，智力也逐渐发达，于是变得渴望摆脱死亡的钳制。现代科学家试图用生理学和化学等知识的进步使人类免于一死，但遗憾的是，死亡的控制者阎罗王(Yamarāja)是那么冷酷；他甚至连科学家本人的命都不放过。提出“靠科学知识的进步阻止死亡”理论的科学家本身，在阎罗王召他走的时候，也不得不随之而去，更不要说阻止死亡了。没人能让短暂的寿命延长哪怕一秒钟。能让阎罗王暂停他冷酷的宰杀程序的唯一希望是：呼唤他一起来聆听和吟诵、吟唱至尊主的圣名。阎罗王是至尊主伟大的奉献者，他喜欢始终为至尊主做奉爱服务的纯粹奉献者，喜欢应他们的邀请参加聚众歌唱至尊主圣名的活动(kīrtanas)和祭祀。正因为如此，以绍纳卡为首的伟大圣人们，邀请阎罗王参加他们在奈弥沙冉亚森林举行的祭祀。这对那些不想死的人非常有帮助。

第 8 节　न कश्चिन्म्रियते तावद्यावदास्त इहान्तकः ।
एतदर्थं हि भगवानाहूतः परमर्षिभिः ।
अहो नृलोके पीयेत हरिलीलामृतं वचः ॥ ८ ॥

na kaścin mriyate tāvad
yāvad āsta ihāntakaḥ
etad-arthaṁ hi bhagavān
āhūtaḥ paramarṣibhiḥ
aho nṛ-loke pīyeta
hari-līlāmṛtaṁ vacaḥ

na－不 / kaścit－任何人 / mriyate－将死亡 / tāvat－只要 / yāvat－只要 / āste－出现 / iha－在此 / antakaḥ－一个使生命终结的人 / etat－这个 / artham－原因 / hi－肯定地 / bhagavān－至尊主的代表 / āhūtaḥ－邀请 / parama-ṛṣibhiḥ－由伟大的圣人 / aho－唉 / nṛ-loke－在人类社会中 / pīyeta－让他们喝 / hari-līlā－至尊主的超然活动 / amṛtam－永恒生命的甘露 / vacaḥ－叙述

译文　只要致人死命的阎罗王在此，这里就无人会面对死亡。伟大的圣人们都邀请死亡的控制者——至尊主的代表阎罗王。受他控制的众生应该抓住机会，聆听这以叙述至尊主超然娱乐活动为形式的不死甘露。

要旨　没有人愿意死，但谁都不知道怎么才能摆脱死亡。最可靠的避免死亡的方法是，使自己习惯于聆听《圣典博伽瓦谭》等经典对至尊主娱乐活动有系统的描述，这些描述如甘露般甜美。为此，这节诗中提出忠告说，想要摆脱死亡钳制的人应该按照以绍纳卡为首的圣人们的建议，开始认真地聆听至尊主超然的娱乐活动。

第 9 节 मन्दस्य मन्दप्रज्ञस्य वयो मन्दायुषश्च वै ।
निद्रया ह्रियते नक्तं दिवा च व्यर्थकर्मभिः ॥९॥

mandasya manda-prajñasya
vayo mandāyuṣaś ca vai
nidrayā hriyate naktaṁ
divā ca vyartha-karmabhiḥ

mandasya—懒惰之人的 / manda—不足取的 / prajñasya—智慧的 / vayaḥ—年纪 / manda—短的 / āyuṣaḥ—寿命的 / ca—和 / vai—确切地 / nidrayā—以睡眠 / hriyate—过 / naktam—晚上 / divā—白天 / ca—也 / vyartha—白费 / karmabhiḥ—以活动

译文 短寿且有少许毫无价值的所谓智慧的懒惰之人，以睡觉的方式度过夜晚，靠从事毫无价值的活动度过白天。

要旨 智力欠佳的人不知道人体生命的真正价值。人体是物质自然在执行使生物感到痛苦的严厉法律的同时，所给予生物的一份特殊礼物。它给生物提供一个机会，使其能够获得生命的最高利益——摆脱生死轮回的束缚。有智慧的人以奋发向上、努力摆脱物质束缚的方式，对这一重要的礼物善加利用。但智力欠佳的人懒惰，不会善用人体这一宝贵的礼物，达到摆脱物质束缚的目的。他们对所谓的发展经济更有兴趣，整个一生都只是为了这个短暂躯体的感官享乐而去辛苦工作。自然法律甚至允许低等动物进行感官享乐，所以毫无疑问，根据人前生或今世的活动，自然法律也已经规定了人有一定量的感官享乐。但是，人绝对应该弄清楚，感官享乐不是人生的最高目标。这节诗中说，人们因为除了感官享乐没有别的目标，所以整个白天都在瞎忙。我们可以实际去看那些在大城市和工业重镇的人是怎样在做无用功的。人耗费他们的精力制造出那么多东西，但都是为感官享乐而用，与摆脱物质束缚毫无关系。辛苦忙碌了整个一个白天后，身心疲惫的人要么睡觉，要么在夜晚习惯性地从事性活动。这就是智力欠佳之人所过的物质主义的“文明生活”所具有的内容。正因为如此，这节诗中说他们是懒惰、不幸和短命的人。

第 10 节

सूत उवाच
यदा परीक्षित्कुरुजाङ्गलेऽवसत्
कलिं प्रविष्टं निजचक्रवर्तिते ।
निशम्य वार्तामनतिप्रियां ततः
शरासनं संयुगशौण्डिराददे ॥१०॥

sūta uvāca
yadā parīkṣit kuru-jāṅgale 'vasat
kaliṁ praviṣṭaṁ nija-cakravartite
niśamya vārtām anatipriyāṁ tataḥ
śarāsanaṁ saṁyuga-śauṇḍir ādade

sūtaḥ uvāca－苏塔·哥斯瓦米说 / yadā－当 / parīkṣit—帕瑞克西特王 / kuru-jāṅgale－在库茹帝国的首都里 / avasat－曾经居住着 / kalim－喀历年代的特征 / praviṣṭam－进入 / nija-cakravartite－在他的权限之内 / niśamya－如此聆听 / vārtām－消息 / anati-priyām－不是非常美好的 / tataḥ－之后 / śarāsanam－弓和箭 / saṁyuga－得到了……的机会 / śauṇḍiḥ－军事活动 / ādade－准备从事

译文 苏塔·哥斯瓦米说：帕瑞克西特王住在库茹帝国的首都期间，喀历年代的征象开始渗入他管辖下的国度。他听到传闻后很不高兴。但这也给了他一个战斗的机会。他拿起他的弓箭，为将要有的军事活动做准备。

要旨 帕瑞克西特王管理国家的方式是那么完善，以致他只要平静地坐镇首都就可以了。但他得到消息说，喀历年代的征象已经渗透进他管辖的国度，这使他很不高兴。喀历年代的征象是什么呢？它们分别是：(1)非法性关系，(2)放纵食肉，(3)麻醉自我和(4)以赌博为乐。梵文“喀历年代”翻译成中文就是“纷争的年代”，喀历年代上述的四种乱象是在人类社会中导致一切纷争的根源。帕瑞克西特王听说他王国中的一些人已经卷入那些活动，于是决定立刻采取行动抵制那些导致动乱的起因。这意味着，至少直到帕瑞克西特王统治时期，这些乱象在社会中还极为罕见，所以它们一旦露出苗头，帕瑞克西特王就要立刻把它们铲除掉。尽管那些消息使帕瑞克西特王不愉快，但从另一个角度看，它也给帕瑞克西特王提供了一次战斗的机会。他执政时，所有的小国都是他的隶属国，所以他根本不需要去作战，但喀历年代中的邪恶之人却给了他一次展示他的战斗精神的机会。理想的查锤亚(kṣatriya,刹帝利)君王，一旦有机会作战就会精神抖擞、喜气洋洋，如运动员渴望体育比赛一般。然而问题是：喀历年代中必然有这些乱象；既然如此，为什么还要准备为去除这些乱象作战呢？懒惰、不幸的人们会提出这个问题来作争辩。我们的回答是：人们知道雨季必然要下雨，但还是实施预防措施来保护自己；同样道理，上述那些喀历年代中的乱象无疑会渗透进社会生活，但国家有责任保护国民不受喀历年代不良分子的影响。帕瑞克西特王要去惩罚沉溺于喀历年代非法活动的歹徒们，从而拯救所有受宗教文化的熏陶而具有纯洁习惯的无辜国民。给予国民这样的保护是君王的职责，帕瑞克西特王准备战斗是绝对正确的。

第 11 节　स्वलङ्कृतं श्यामतुरङ्गयोजितं
　　रथं मृगेन्द्रध्वजमाश्रितः पुरात् ।
वृतो रथाश्वद्विपपत्तियुक्तया
　　स्वसेनया दिग्विजयाय निर्गतः ॥११॥

svalaṅkṛtaṁ śyāma-turaṅga-yojitaṁ
　rathaṁ mṛgendra-dhvajam āśritaḥ purāt
vṛto rathāśva-dvipapatti-yuktayā
　sva-senayā digvijayāya nirgataḥ

su-alaṅkṛtam—装饰得很漂亮 / śyāma－黑色 / turaṅga－马匹 / yojitam－套着 / ratham－战车 / mṛga-indra－狮子 / dhvajam－旗帜 / āśritaḥ－在……的保护下 / purāt－从首都 / vṛtaḥ－由……围绕着 / ratha－战车御者 / aśva－骑兵 / dvipapatti－大象 / yuktayā－如此地装备 / sva-senayā－带着步兵团 / digvijayāya－为了攻克 / nirgataḥ－出发

译文　帕瑞克西特王坐上由黑色骏马拉着的战车，飘扬的战旗上以狮子作标志。这样装备好自己后，他便在战车驾驭者、骑兵、大象和步兵团的簇拥下离开首都，去征服四方。

要旨　帕瑞克西特王作战时的装备与他祖父阿尔诸纳作战时的准备不同之处在于：他用黑色的马匹拉他的战车，他祖父用的是白色马匹；他旗帜上的标志是一头狮子，他祖父旗帜上的是哈努曼。帕瑞克西特王的王家卫队由装饰华丽的战车、骑兵队、大象、步兵团组成，整个队伍看上去不仅使人眼睛为之一亮，而且也是文化的象征。古人甚至连战前都要展示人的审美趣味。

第 12 节　भद्राश्वं केतुमालं च भारतं चोत्तरान् कुरून् ।
किम्पुरुषादीनि वर्षाणि विजित्य जगृहे बलिम् ॥१२॥

bhadrāśvaṁ ketumālaṁ ca
bhārataṁ cottarān kurūn
kimpuruṣādīni varṣāṇi
vijitya jagṛhe balim

bhadrāśvam－巴铎施瓦 / ketumālam－凯图玛拉 / ca－也 / bhāratam－巴茹阿特 / ca－和 / uttarān－北方的国家 / kurūn－库茹王朝的领土 / kimpuruṣa-ādīni—喜马拉雅山以北的一个国家 / varṣāṇi－地球的部分 / vijitya－征服 / jagṛhe－强求 / balim－贡品

译文 帕瑞克西特王接下来征服了巴铎施瓦、凯图玛拉、巴茹阿特、库茹的北方、克音普茹沙等地球上所有的地区，向这些地区的诸侯们索取贡品和税金。

要旨 **巴铎施瓦**(Bhadrāśva)：梅茹山(Meru Parvata)附近的大片土地，从甘达玛丹山(Gandha-mādana Parvata)一直延伸到盐水海洋。在《玛哈巴茹阿特》彼士玛篇(Bhīṣma-parva)第 7 章的第 14—18 节诗中，有对这片土地的描述，由桑佳亚(Sañjaya)给兑塔瓦施陀(Dhṛtarāṣṭra)描述。

尤帝士提尔王也征服过这片土地，所以那个省份包括在他帝国的版图内。尽管帕瑞克西特王的祖父宣布过帕瑞克西特王是所有陆地的统治者，但帕瑞克西特王本人还是要在从首都出征的过程中确立他的最高地位，确保那些附属国会向他进贡。

凯图玛拉(Ketumāla)：这个地球被七个海洋分为七片不相连的陆地(dvīpas)，而位于中心被称为湛布兑帕(Jambūdvīpa)的陆地，又被八座巨大的山脉分割为九个部分(varṣas)，其中有两个部分的土地分别称为巴茹阿特和凯图玛拉。据经典中记载，生长在凯图玛拉那片土地上的女子是最美的女子。阿尔诸纳也曾征服过这片土地。《玛哈巴茹阿特》聚会堂篇(Sabhā-parva)第 28 章的第 6 节诗中描述了世界的这个部分，其中说它位于梅茹山的西边，生活在那片土地上的居民的寿命长达一万年(彼士玛篇 6.31)，没有任何疾病和悲伤；那里人类的肤色呈金黄色，女人长得都像天堂的天使。

巴茹阿特(Bhārata)：是湛布兑帕陆地上的九部分土地中的一部分。《玛哈巴茹阿特》彼士玛篇的第 9 章和第 10 章中对它进行了描述。

湛布兑帕的中心地称为伊拉威塔(Ilāvṛta-varṣa)，伊拉威塔的南面是名叫哈尔依(Hari-varṣa)的土地。《玛哈巴茹阿特》聚会堂篇第 28 章的第 7—8 节诗中描述这两部分的土地说：

nagarāṁś ca vanāṁś caiva
　nadīś ca vimalodakāḥ
puruṣān deva-kalpāṁś ca
　nārīś ca priya-darśanāḥ

adṛṣṭa-pūrvān subhagān
　sa dadarśa dhanañjayaḥ
sadanāni ca śubhrāṇi
　nārīś cāpsarasāṁ nibhāḥ

诗中提到生长在这两部分土地上的女子都很美，有些与天堂中的女子(Apsarās)一样美。

乌塔尔库茹(Uttarakuru)：按照韦达文化中的地理学，湛布兑帕最北部那片土地称为乌塔尔库茹。这片土地三面临海(盐水海洋)，并被从黑冉玛亚(Hiraṇmaya-varṣa)大地延伸出的逊嘎文(Śṛṅgavān)山脉所分割。

克音普茹沙(Kimpuruṣa-varṣa)：经典中说它位于雄伟的喜马拉雅山北部，方圆有八万英里长，一万六千英里宽，海拔八万英里。阿尔诸纳也曾经征服过世界的这个部分(《玛哈巴茹阿特》聚会堂篇 28.1—2)。生活在克音普茹沙土地上的居民都是达克沙(Dakṣa)女儿的后裔。在尤帝士提尔王举行的一场马祭中，来自这片土地上的各个国家的居民都喜气洋洋地参加了这场庆典，并向帝王进贡。克音普茹沙这片土地有时也被称为喜马拉雅山辖区(Himavatī)。经典中记载，舒卡戴瓦·哥斯瓦米就出生在这个区域；他在横穿喜马拉雅地区的各个国家后来到巴茹阿特地区。

换句话说，帕瑞克西特王征服了整个世界。他征服了东、西、北、南四个方向所有直到海边的陆地。

第 13－15 节 तत्र तत्रोपशृण्वानः स्वपूर्वेषां महात्मनाम् ।
प्रगीयमाणं च यशः कृष्णमाहात्म्यसूचकम् ॥१३॥
आत्मानं च परित्रातमश्वत्थाम्नोऽस्त्रतेजसः ।
स्नेहं च वृष्णिपार्थानां तेषां भक्तिं च केशवे ॥१४॥
तेभ्यः परमसन्तुष्टः प्रीत्युज्जृम्भितलोचनः ।
महाधनानि वासांसि ददौ हारान्महामनाः ॥१५॥

tatra tatropaśṛṇvānaḥ
sva-pūrveṣāṁ mahātmanām
pragīyamāṇaṁ ca yaśaḥ
kṛṣṇa-māhātmya-sūcakam

ātmānaṁ ca paritrātam
aśvatthāmno 'stra-tejasaḥ
snehaṁ ca vṛṣṇi-pārthānāṁ
teṣāṁ bhaktiṁ ca keśave

tebhyaḥ parama-santuṣṭaḥ
prīty-ujjṛmbhita-locanaḥ
mahā-dhanāni vāsāṁsi
dadau hārān mahā-manāḥ

tatra tatra－君王所到之处 / upaśṛṇvānaḥ－不断地听 / sva-pūrveṣām－关于他自己的祖先 / mahā-ātmanām—都是至尊主的伟大的奉献者 / pragīyamāṇam－对那些向他这样说话的人 / ca－也 / yaśaḥ－荣耀 / kṛṣṇa－主奎师那 / māhātmya－光荣的活动 / sūcakam－说明 / ātmānam－他本人 / ca－也 / paritrātam－发出 / aśvatthāmnaḥ－阿施瓦塔玛的 /

astra—武器 / tejasaḥ—强光 / sneham—情感 / ca—也 / vṛṣṇi-pārthānām—维施尼的后裔和那些普瑞塔的后裔之间 / teṣām—他们所有人的 / bhaktim—奉爱 / ca—也 / keśave—向主奎师那 / tebhyaḥ—向他们 / parama—十分 / santuṣṭaḥ—喜悦 / prīti—吸引 / ujjṛmbhita—喜悦地张开 / locanaḥ—一个拥有这样的眼睛的人 / mahā-dhanāni—珍贵的财宝 / vāsāṁsi—衣服 / dadau—布施 / hārān—项链 / mahā-manāḥ—心胸开阔的人

译文　君王所到之处都能听到对他那些作为至尊主奉献者的伟大祖先的赞扬，以及对主奎师那的光荣事迹的描述。他还听到人们谈论他如何受至尊主的保护，免遭阿施瓦塔玛发射的核武器放出的灼热的伤害一事。人们还提到普瑞塔的儿子对主凯沙瓦的深爱，使他们与维施尼的后裔之间存在着深厚情意。君王对歌唱这些荣耀的歌手们很高兴，十分满意地睁开他的双眼。由于生性慷慨大方，他赐予他们贵重的项链和衣料。

要旨　国家首脑和伟大的人物所到之处，人们都会致欢迎辞。这是从无法追溯的年代起就有的制度；帕瑞克西特王因为是著名的世界帝王之一，所到之处人们也纷纷向他致欢迎辞。奎师那是那些欢迎辞的主题。正如君王意味着君王本人和他信赖的幕僚们，奎师那意味着奎师那本人和祂永恒的奉献者们。

奎师那和祂纯粹的奉献者不可分，所以赞扬奉献者就是在赞美至尊主，反之亦然。如果尤帝士提尔王和阿尔诸纳等帕瑞克西特王的祖父们与主奎师那的活动无关，在听到人们赞扬他们时，帕瑞克西特王就不会感到高兴了。《博伽梵歌》第 4 章的第 8 节诗中说，至尊主降临这个世界专为拯救祂的奉献者(paritrāṇāya sādhūnām)。至尊主的临在给祂的奉献者增添了活力和光彩，感受不到至尊主透过祂不同能量的临在，他们一刻都活不下去。正因为如此，祂的奉献者备受崇敬。至尊主为了祂的奉献者而以祂值得赞颂的活动和事迹临在，所以当人们通过歌颂至尊主的活动来赞美至尊主，特别是谈到至尊主在帕瑞克西特王母亲的子宫中救了他时，帕瑞克西特王感受到至尊主的临在。尽管至尊主的奉献者永远都不会陷入险境，但在每走一步都有危险的物质世界里，奉献者看似被置于险境，这样当他们被至尊主所拯救时，人们就会赞美至尊主。如果至尊主的奉献者潘达瓦兄弟不被置于“被迫打库茹柴陀战争”的困境，主奎师那就不会因为讲述《博伽梵歌》而受到赞美。人们在致欢迎辞时都会提到至尊主的这些活动，而听了这样的欢迎辞后，帕瑞克西特王感到心满意足，就会奖赏那些敬献这些欢迎辞的人。现代人致欢迎辞和过去那个时代的人致欢迎辞，彼此之间的区别在于：以前是向帕瑞克西特王那样的人物致欢迎辞，欢迎辞中所谈的都是真实的人物和事件，而敬献这些欢迎辞的人会得到丰厚的奖赏；相反，现代人为了让欢迎对象满意，在欢迎辞中所说的不总是事实，而经常是满纸谎言和奉承之辞，致欢迎辞的人也极少得到可怜的被迎接之人的奖赏。

第 16 节 सारथ्यपारषदसेवनसख्यदौत्य-
वीरासनानुगमनस्तवनप्रणामान् ।
स्निग्धेषु पाण्डुषु जगत्प्रणतिं च विष्णो-
र्भक्तिं करोति नृपतिश्चरणारविन्दे ॥१६॥

sārathya-pāraṣada-sevana-sakhya-dautya-
vīrāsanānugamana-stavana-praṇāmān
snigdheṣu pāṇḍuṣu jagat-praṇatiṁ ca viṣṇor
bhaktiṁ karoti nṛ-patiś caraṇāravinde

sārathya－接受了战车御者的地位 / pāraṣada－在茹阿佳苏亚祭祀期间任主席一职 / sevana－总是用心为至尊主做服务 / sakhya－把至尊主当做朋友 / dautya－担任信使 / vīra-āsana－担当在夜间持刀护卫的责

任 / anugamana－以……为榜样 / stavana－供奉祷文 / praṇāmān－顶拜 / snigdheṣu－向那些顺从至尊主意愿的人 / pāṇḍuṣu－向潘杜的儿子 / jagat－宇宙性的 / praṇatim－被服从的人 / ca－和 / viṣṇoḥ－维施努的 / bhaktim－奉爱 / karoti－做 / nṛ-patiḥ－国王 / caraṇa-aravinde－向祂的莲花足

译文　帕瑞克西特王听说，虽然整个宇宙都服从主奎师那，但主奎师那却曾经出于没有缘故的仁慈为潘杜的儿子们做各种服务，曾按潘达瓦兄弟的愿望当他们的战车御者、祭祀主席、信使、朋友、守夜人等，像仆人一样服从他们，并按照长幼有序的礼仪向比祂年长的致敬。听到这一切，帕瑞克西特王完全沉浸在对至尊主莲花足的奉爱之情中。

要旨　对像潘达瓦兄弟那样的纯粹奉献者来说，主奎师那就是一切。对他们来说，主奎师那是他们的至尊主、灵性导师、值得崇拜的神明、指导者、战车御者、朋友、仆人、信使和他们所能想象的一切。至尊主也按照潘达瓦兄弟的感受相应的与他们交流。作为至尊主纯粹的奉献者，帕瑞克西特王能够欣赏至尊主与祂的奉献者所进行的情感交流，所以自己也沉浸在与至尊主的情感交流中。仅仅靠欣赏至尊主与祂纯粹奉献者的交流，人就能得到拯救。至尊主与祂奉献者的交流表面看像是普通人之间的交流，但了解其中真相的人立刻有资格回归家园，回到首神身边。潘达瓦兄弟是那么顺从至尊主的意愿，以致可以为侍奉至尊主牺牲一切；凭他们这种没有丝毫杂念的决心，他们可以得到至尊主以任何形式体现的仁慈。

第 17 节　तस्यैवं वर्तमानस्य पूर्वेषां वृत्तिमन्वहम् ।
नातिदूरे किलाश्चर्यं यदासीत्तन्निबोध मे ॥१७॥

tasyaivaṁ vartamānasya
pūrveṣāṁ vṛttim anvaham
nātidūre kilāścaryaṁ
yad āsīt tan nibodha me

tasya一帕瑞克西特王的 / evam一如此 / vartamānasya一一直专注于这样的想法 / pūrveṣām一他祖父的 / vṛttim一良好的行为 / anvaham一一天又一天 / na一不 / ati-dūre一远处的 / kila一真正的 / āścaryam一令人惊讶 / yat一那 / āsīt一是 / tat一……的 / nibodha一知道它 / me一从我

译文 现在，你们大家也许要听我讲述，在帕瑞克西特王聆听他祖先从事的光荣活动并专心思念他们，以此方式度过他的时光期间，发生了什么事。

第 18 节 धर्मः पदैकेन चरन् विच्छायामुपलभ्य गाम् ।
पृच्छति स्माश्रुवदनां विवत्सामिव मातरम् ॥१८॥

dharmaḥ padaikena caran
vicchāyām upalabhya gām
pṛcchati smāśru-vadanāṁ
vivatsām iva mātaram

dharmaḥ一宗教原则的人格化身 / padā ekena一只是在一条腿上 / caran一游荡 / vicchāyām一被悲伤的阴影笼罩 / upalabhya一碰到了 / gām一母牛 / pṛcchati一询问 / sma一和 / aśru-vadanām一泪流满面 / vivatsām一失去了后代的 / iva一正如 / mātaram一母亲

译文 宗教原则达尔玛的人格化身在以公牛的形象徘徊时，遇到了以母牛形象出现的地球人格化身，看到她正像失去孩子的母亲那样在悲伤。她泪流满面，身体失去了往日的美丽。达尔玛于是向地球询问。

要旨　公牛是道德原则的象征，母牛是地球的代表。公牛和母牛心情喜悦时，说明世人也很快乐。这其中的原因是，公牛帮助人们耕田种地，生产粮食；母牛为人们提供牛奶这一集所有营养于一体的神奇食物。为此，人类社会应该非常小心地供养这两种重要的动物，以使它们可以快乐地四处漫步。但是，在喀历年代的现代社会中，公牛和母牛都被不知道布茹阿玛纳文化的一类人宰杀，当做了盘中餐。其实，仅仅通过传播人类社会中最完美的布茹阿玛纳文化，人类社会就会为自身的利益而保护公牛和母牛。布茹阿玛纳文化的进步，将使社会道德得以充分地展现，人们不必做额外的努力就可以过上和平与繁荣的生活。当布茹阿玛纳文化衰颓时，公牛和母牛便受到虐待，而其严重后果就会以下面的征象凸显出来。

第 19 节

धर्म उवाच
कच्चिद्भद्रेऽनामयमात्मनस्ते
विच्छायासि म्लायतेषन्मुखेन ।
आलक्षये भवतीमन्तराधिं
दूरे बन्धुं शोचसि कञ्चनाम्ब ॥१९॥

dharma uvāca
kaccid bhadre 'nāmayam ātmanas te
vicchāyāsi mlāyateṣan mukhena
ālakṣaye bhavatīm antarādhiṁ
dūre bandhuṁ śocasi kañcanāmba

dharmaḥ uvāca—达尔玛询问 / kaccit—是否 / bhadre—女士 / anāmayam—健壮的 / ātmanaḥ—自己 / te—向你 / vicchāyā asi—看起来充满忧伤 / mlāyatā—变暗的 / īṣat—轻微的 / mukhena—从脸上 / ālakṣaye—你看 / bhavatīm—向你自己 / antarādhim—身体里的疾病 / dūre—远距离的 / bandhum—朋友 / śocasi—想到 / kañcana—某人 / amba—母亲啊

译文 达尔玛(以公牛的形象)问：夫人，您贵体欠安吗？为什么蒙着一层悲伤的阴影？您的脸看上去变黑了。您是在受某种身体疾病的煎熬还是在思念远方的某个亲人？

要旨 这个喀历年代里的人心中总是充满焦虑，每个人都受某种病痛的折磨。从这个年代里人们的脸上，可以看到他们的心态是怎样的。每一个人都因为家人离开家而感到没有家庭温暖。喀历年代的具体表现是，没有一个家庭是家人幸福地生活在一起的。为了赚钱养家，当父亲的不得不生活在一个远离孩子的地方，或者当妻子的不得不住在远离丈夫的地方……身体和心理疾病、与自己亲爱的人分离、为维持现状而焦虑等一切，使人们痛苦不堪。上述这些是这个年代里的人始终不快乐的重要因素，仅仅还只是一部分而已。

第 20 节 पादैर्न्यूनं शोचसि मैकपाद-
मात्मानं वा वृषलैर्भोक्ष्यमाणम् ।
आहो सुरादीन् हृतयज्ञभागान्
प्रजा उत स्विन्मघवत्यवर्षति ॥२०॥

pādair nyūnaṁ śocasi maika-pādam
ātmānaṁ vā vṛṣalair bhokṣyamāṇam
āho surādīn hṛta-yajña-bhāgān
prajā uta svin maghavaty avarṣati

pādaiḥ－以三条腿 / nyūnam－少了 / śocasi－如果你为这个而悲伤 / mā－我的 / eka-pādam－只有一条腿 / ātmānam－自己的身体 / vā－或者 / vṛṣalaiḥ－被非法的肉食者 / bhokṣyamāṇam－被剥削 / āhoḥ－在祭祀中 / sura-ādīn－被授权的半神人 / hṛta-yajña－没有祭祀的 / bhāgān－分享物 / prajāḥ－生物体 / uta－增加 / svit－是否 / maghavati－饥荒时 / avarṣati－因为没有雨水

译文　我已经失去了三条腿，现在是单腿站立。您是在为我的处境而感到痛惜吗？还是因为害怕不合法的食肉者今后会剥削您而心情焦虑？或者，是因为如今世人不举行祭祀，半神人们得不到给他们献祭的供品而令您陷入可悲的困境？再不就是因为众生正在受饥荒和干旱之苦，您为他们感到难过？

要旨　随着喀历年代的进程，寿命、慈悲、记忆力和道德或宗教原则这四件事物，将会随之衰退；其中主要包含有四项内容的宗教原则(Dharma)，因为已经有三项逐渐被世人遗忘，所以宗教的象征公牛只以一条腿站立着。当全世界四分之三的人口变成不信神的人，整个生存环境就会转为只适合动物居住的地狱。在喀历年代中，无神论文明将制造出许许多多直接或间接地抹杀人格首神的所谓宗教团体。这些不信神的团体中的人，将把世界搞得乌烟瘴气，不再适合神志健全的人居住。按照人对至尊人格首神的认识和忠诚、信赖程度，人被分成不同的等级。第一流的忠诚之人是外士纳瓦(Vaiṣṇavas, 至尊神的奉献者)和负责指导人们的布茹阿玛纳(婆罗门)，接下来是负责管理和保护人民的查锤亚，再接下来是负责农业生产和贸易的外夏(vaiśyas, 吠陀)，然后是属于劳工阶层的庶铎(śūdras, 首陀罗)，接着是吃肉之人摩累查(mlecchas)和亚瓦纳(yavanas)，最后是吃狗肉的人昌达拉(caṇḍālas)。堕落的人种从摩累查算起，昌达拉是最低等的人。韦达文献中记载的上述所谈到的一切，从不是针对任何一个特殊的人群或某种出身的人，而是说明人类的不同品质。世上没有与生俱来的权利或一出生就属于哪一个特定的阶层。人可以靠自己的努力获得不同的品性。正因为如此，一个出生在外士纳瓦家庭中的人可以成为吃肉的摩累查，而一个出生在吃狗肉的昌达拉家庭中的人，可以成为比布茹阿玛纳还优秀的人。一切都取决于人与至尊主的交往、联谊，以及与祂的关系的亲密程度。

吃肉的人一般被称为摩累查，但其实并不是所有吃肉的人都是摩累查。那些按照经典的教导接受肉食的人不是摩累查，而在不遵守限制规定的情况下吃肉的人才是摩累查。经典中禁止人吃牛肉，公牛和母牛受到所有遵循韦达经(Vedas)的人的特殊保护。但在这个喀历年代中，人们随心所欲地剥削和利用公牛与母牛的身体，并因此而使自己遭受各种各样的痛苦。

这个年代里的人根本不举行任何祭祀。尽管举行祭祀对那些为了感官享乐而从事物质活动的人来说至关重要，但吃肉的人基本上根本不在乎要举行祭祀的事。然而，《博伽梵歌》中强烈推荐人们要举行祭祀(《博伽梵歌》3.14—16)。

这个宇宙中的众生，以及举行祭祀的系统，都由宇宙中第一个生物体布茹阿玛(Brahmā)创造出来，目的是为了使被创造的众生在回归首神的路途上不断向前迈进。祭祀的系统过程是：生物体靠生产五谷和蔬菜维生，进食这样的食物可以使他们得到以血液和精液为表现形式的身体需要的生命力，而通过血液和精液，一个生物体可以制造出另一个生物体；但是，谷物、草类等的生长靠雨水，而适量的雨水要靠正确地举行祭祀才能得到。这些祭祀仪式要在《萨玛》(Sāma)、《亚诸尔》(Yajur)、《瑞歌》(Ṛg)和《阿塔尔瓦》(Atharva)等韦达经教导的指导下去做。《玛努·法典》(Manu-smṛti)中介绍说，向祭祀的火坛中供奉祭品，可以取悦太阳神。太阳神一旦高兴了，就会从海洋中收集适量的水分，让足量的云集中在需要雨水的地区，降下雨水。丰沛的雨水使大地生长出足够人类和动物吃的谷物，使生物体有足够的精力从事提升自我的活动。然而，不按照经典规定吃肉的摩累查们却大规模开设屠宰场，屠杀公牛、母牛及其他动物，以为他们不用在乎举行祭祀和生产谷物，只要靠增加工厂的数量和吃动物的肉活着，就可以过上繁荣、昌盛的生活。然而他们应该清楚，即使饲养动物也必须生产草类和蔬菜，否则动物无法存活。而要为动物生产草类，他们也需要足量的雨水。所以无论如何，他们最终都必须依靠太阳神、天帝因铎(Indra)和月亮神昌铎(Candra)等半神人的仁慈，而要想使这些半神人满意，就必须举行祭祀。

我们曾不只一次地说过，这个物质世界是一种监狱。半神人们是至尊主的仆人，责任是维持这个监狱的正常运作。这些半神人想看到，这个监狱中对至尊主不忠诚的反叛生物，逐渐转变，从新归顺至尊主的至尊力量。为此，经典中介绍了供奉祭祀的系统。

物质主义者们想要辛苦工作，获取功利性结果，从而进行感官享乐。为此，他们在生活的每一个阶段都犯下许多种类的罪。然而，自觉自愿地为至尊主做奉爱服务的人，超越所有种类的善与恶。他们的活动免于物质自然三种属性的污染。对奉献者来说，他们的生活本身就是祭祀的象征，所以他们不需要举行经典规定的那些祭祀。但是，为感官享乐而从事功利性活动的人必须举行经典规定的祭祀，因为从事功利性活动时犯下的罪恶都有反作用，而祭祀是使他们免遭反作用波及的唯一方法。祭祀是避免罪恶报应的方法。正如监狱中的犯人变得服从后就会使狱警满意，从事功利性活动的人举行经典中规定的祭祀就会使半神人高兴。然而，在这个喀历年代中，主柴坦亚(Caitanya)只推荐了一种祭祀(yajña)，那就是聚众歌唱神的圣名祭祀(saṅkīrtana-yajña)；大声歌唱哈瑞·奎师那(Hare Kṛṣṇa)，这是每一个人都能做到的。这样，无论是奉献者，还是功利性活动者，都能够从聚众歌唱神的圣名祭祀中得到同样的好处。

第 21 节

अरक्ष्यमाणाः स्त्रिय उर्वि बालान्
शोचस्यथो पुरुषादैरिवार्तान् ।
वाचं देवीं ब्रह्मकुले कुकर्म-
ण्यब्रह्मण्ये राजकुले कुलाग्र्यान् ॥२१॥

arakṣyamāṇāḥ striya urvi bālān
śocasy atho puruṣādair ivārtān
vācaṁ devīṁ brahma-kule kukarmaṇy
abrahmaṇye rāja-kule kulāgryān

arakṣyamāṇāḥ－不受保护的 / striyaḥ－妇女 / urvi－地球上 / bālān－孩子 / śocasi－你感到同情 / atho－同样的 / puruṣa-ādaiḥ－被茹阿克刹萨 / iva－像……的 / ārtān－不快乐的人 / vācam－词汇 / devīm－女神 / brahma-kule－在布茹阿玛纳的家庭中 / kukarmaṇi－违背宗教原则的行为 / abrahmaṇye－反对布茹阿玛纳文化的人 / rāja-kule－在统治者的家庭中 / kula-agryān－大多数(布茹阿玛纳)的家庭

译文 您是在可怜那些被无耻之徒遗弃的不幸的女子和孩子吗？还是因为看到学问女神被那些沉溺于违反宗教活动的布茹阿玛纳所操纵而感到不快？或者，是看到布茹阿玛纳去效忠不尊重布茹阿玛纳文化的朝廷，让您感到遗憾？

要旨 在喀历年代中，妇女、孩子，以及布茹阿玛纳和乳牛，都将受到严重的忽视，处在得不到保护的状态中。这个年代中与女性的非法接触，将使众多的妇女和儿童被弃之不顾。根据这一情况，妇女将会努力变得不依靠男人的保护，男人和女人之间的婚姻将变成有名无实的一纸婚姻。在绝大多数情况下，孩子都得不到适当的照顾。按照传统，布茹阿玛纳是具有才智的人，所以他们有能力获得现代教育中的最高学位，但从道德和宗教原则的角度看，他们将是最堕落的。教育和坏品德本是互不兼容的，但在喀历年代中受过教育的人却是两者并存于一身。行政领导阶层的人将会宣告韦达智慧不适用；他们宁愿使国家变成所谓的非宗教国，而所谓受过教育的布茹阿玛纳，将会被这些肆无忌惮的行政管理者所收买。就连那些就有关宗教原则的内容写过许多书的哲学家和作家，都会去否定启示经典中所有道德法规的政府中就任高职。布茹阿玛纳阶层的人本不该接受这样的职位，但在这个年代中，他们不仅接受，而且地位再卑贱、待遇再不好也会去做。这些都是喀历年代中对人类社会大众利益有损害的表征。

第 22 节　किं क्षत्रबन्धून् कलिनोपसृष्टान्
राष्ट्राणि वा तैरवरोपितानि ।
इतस्ततो वाशनपानवासः-
स्नानव्यवायोन्मुखजीवलोकम् ॥२२॥

kiṁ kṣatra-bandhūn kalinopasṛṣṭān
rāṣṭrāṇi vā tair avaropitāni
itas tato vāśana-pāna-vāsaḥ-
snāna-vyavāyonmukha-jīva-lokam

kim－是否 / kṣatra-bandhūn－不称职的管理者 / kalinā－在喀历年代的影响下 / upasṛṣṭān－迷惑 / rāṣṭrāṇi－国家事务 / vā－或者 / taiḥ－由他们 / avaropitāni－带来混乱 / itaḥ－这里 / tataḥ－那里 / vā－或者 / aśana－接受食物 / pāna－喝 / vāsaḥ－居住 / snāna－沐浴 / vyavāya－性关系 / unmukha－倾向 / jīva-lokam－人类社会

译文　如今，所谓的统治者们都受这个喀历年代影响的迷惑，因而把国事搞得一团糟。您是在为这种混乱的局面而悲叹吗？现在，普通大众根本不遵守有关吃喝、睡觉和交媾等活动的规范守则，随心所欲地在任何地方做这些事。您是否为此而不快乐？

要旨　尽管吃、睡、防卫和交配这些活动，是高等人类和低等动物为维持身体的需要都必须从事的活动。但在满足这些欲望时，人必须符合人类的标准，而不是像动物那样去行为。一条公狗可以毫不犹豫地在众目睽睽之下与另一只母狗交配，但人如果也这么做，就会被视为有伤风化，就会遭到起诉，以妨害公众安宁罪受到惩罚。因此，对人来说，有一些规范守则一定要遵守，哪怕是为了满足自身最一般的需求也不例外。人类社会在被喀历年代的影响迷惑得晕头转向时，就不再遵守人类该遵守的规范守则了。这个年代里的人们，在不遵守规范守则的情况下放纵、沉溺于上述四项基本活动，而这种野兽般的作为所产生的有害影响，无疑使社会和道德准则退化到令人哀痛的程度。

在这个年代中，父亲们和保护者们不满意他们的孩子和保护对象的所作所为。他们应该知道，许许多多天真无邪的孩子都因为这个喀历年代的影响而成为不良交往的牺牲品。从《圣典博伽瓦谭》中我们了解到：阿佳弥勒(Ajāmila)——一个布茹阿玛纳的单纯儿子，在路上走的时候看到一对庶铎阶层的男女在拥抱；受到吸引的少年后来成为纵情酒色的牺牲品，从一个纯洁的布茹阿玛纳沦落为卑鄙、无耻之徒。这一切都是不良联谊所致。然而在当时的年代，只有少数阿佳弥勒成为牺牲品，但在这个喀历年代中，可怜的学生们每天都成为那些只会诱使男人纵欲的电影的牺牲品。所谓的管理者们都是没有受过查锤亚训练的人。查锤亚专门负责管理和保护人民的事宜，而布茹阿玛纳专门负责追求知识和指导人们。这节诗中“不配当管理者的人(kṣatra-bandhu)”一词是指，所谓的行政官员，或者没有受到文化和传统的适当训练就升上管理者职位的人。他们现在是靠人民的选票升上这些高位，但所谓的人民本身都是不遵守规范守则的人，又怎么能期望这些低于人类生活标准的人民选出合适的管理者呢？因此，由于喀历年代的影响，政治、社会或宗教等所有领域，都变得乌烟瘴气、一团糟，使头脑清醒的人痛惜不已。

第 23 节 यद्वाम्ब ते भूरिभरावतार-
कृतावतारस्य हरेर्धरित्रि ।
अन्तर्हितस्य स्मरती विसृष्टा
कर्माणि निर्वाणविलम्बितानि ॥२३॥

yadvāmba te bhūri-bharāvatāra-
kṛtāvatārasya harer dharitri

antarhitasya smaratī visṛṣṭā
karmāṇi nirvāṇa-vilambitāni

yadvā—有可能 / amba—母亲啊 / te—你的 / bhūri—沉重的 / bhara—负担 / avatāra—卸载 / kṛta—完成 / avatārasya—已化身为……的人 / hareḥ—圣主奎师那的 / dharitri—地球啊 / antarhitasya—那个现在不被看见的人 / smaratī—当想……的时候 / visṛṣṭā—被做的一切 / karmāṇi—活动 / nirvāṇa—解脱 / vilambitāni—降低……价值

译文　地球母亲啊！至尊人格首神哈尔依以圣主奎师那的形象前来，就是为了要卸下您背负的沉重负担。祂在此从事的活动是超然的，巩固了解脱之途。现在祂不在了，您也许正在思念祂从事的那些活动，为不再有那样的活动而难过？

要旨　至尊主的活动中包括了解脱的内容，但品味它们所体验到的滋味比单纯从解脱(涅槃,nirvāṇa)体验到的快乐要美好得多。按照圣吉瓦·哥斯瓦米(Jīva Gosvāmī)和维施瓦纳特·查夸瓦尔提·塔库尔(Viśvanātha Cakravartī Ṭhākura)的说法，这节诗中用了“降低解脱的价值(nirvāṇa-vilambitāni)”一词。人要达到解脱(涅槃)的状态，必须从事艰难的苦修(tapasya)。但至尊主是那么仁慈，祂化身降临来为地球减轻负担。只是靠记忆至尊主从事的这类活动，就能使人不再看重由解脱(涅槃)得到的快乐，而是去至尊主超然的住所与祂交往，永恒地为祂做充满极乐的爱心服务。

第 24 节　इदं ममाचक्ष्व तवाधिमूलं
वसुन्धरे येन विकर्शितासि ।
कालेन वा ते बलिनां बलीयसा
सुरार्चितं किं हृतमम्ब सौभगम् ॥२४॥

idaṁ mamācakṣva tavādhi-mūlaṁ
vasundhare yena vikarśitāsi
kālena vā te balināṁ balīyasā
surārcitaṁ kiṁ hṛtam amba saubhagam

idam—这 / mama—向我 / ācakṣva—请告知 / tava—你的 / ādhimūlam—你痛苦的根源 / vasundhare——切财富的源头啊 / yena—……的 / vikarśitā asi—大大减弱了 / kālena—在时间的影响下 / vā—或者 / te—你的 / balinām—非常强大 / balīyasā—更强大 / sura-arcitam—被半神人所崇拜 / kim—是否 / hṛtam—被带走 / amba—母亲 / saubhagam—幸运、财富

译文 母亲，您是一切财富的储藏所。请告诉我使您变得如此虚弱的烦恼之根源。我想，征服最强大者的时间所具有的强大影响，也许已经把您拥有的、就连半神人都羡慕的好运和财富都强行带走了。

要旨 靠至尊主的恩典，每一个星球上都装备了供住在其上的居民生活的一切设施。这个地球不仅本身已经具备了一切维持地球居民生活的丰富资源，而且在至尊主降临时，更是使整个地球变得充满了各种财富，以致就连天堂的居民都充满爱慕地来崇拜它。然而，凭至尊主的意愿，整个地球也可以发生翻天覆地的变化。至尊主按祂甜美的意愿可以做一件事，也可以抵消它。所以，谁都不该认为自己是可以不依赖至尊主而独立自主存在的个体。

第 25 节

धरण्युवाच
भवान् हि वेद तत्सर्वं यन्मां धर्मानुपृच्छसि ।
चतुर्भिर्वर्तसे येन पादैर्लोकसुखावहैः ॥२५॥

dharaṇy uvāca
bhavān hi veda tat sarvaṁ
　yan māṁ dharmānupṛcchasi
caturbhir vartase yena
　pādair loka-sukhāvahaiḥ

dharaṇī uvāca－地球母亲回答道 / bhavān－阁下 / hi－肯定地 / veda－知道 / tat sarvam－你所问我的所有问题 / yat－那 / mām－从我 / dharma－宗教原则的人格化身啊 / anupṛcchasi－你一个接一个地询问了 / caturbhiḥ－四个 / vartase－你生存着 / yena－……的 / pādaiḥ－以腿 / loka－在每个星球 / sukha-āvahaiḥ－增加快乐

译文　地球神明(以母牛形象出现)这样回答宗教原则的人格化身(以公牛形象出现)说：达尔玛呀！你向我询问的一切，你自己无疑已经都知道了。但我还是会尽力回答你所有的问题。你曾经由四条腿支撑着，凭借至尊主的仁慈在全世界增强世人的幸福感。

要旨　宗教原则由至尊主本人制定，而这些法律规定的实行者是达尔玛茹阿佳(Dharmarāja)，又称阎罗王(Yamarāja)。这些原则在萨提亚年代(Satya-yuga)得到全部的贯彻，在特瑞塔年代(Tretā-yuga)被贯彻实行了四分之三，在杜瓦帕尔年代(Dvāpara-yuga)被减少到一半，而在喀历年代只剩下四分之一，等宗教原则的贯彻状态最后被减少到零点时，毁灭就发生了。世人的幸福快乐取决于个人和集体对宗教原则实施的程度。勇气中最可贵的部分是，在任何情况下都始终坚持宗教原则。这样做可以使人不仅在今生快乐，而且最后还可以回到首神身边。

第 26－30 节　सत्यं शौचं दया क्षान्तिस्त्यागः सन्तोष आर्जवम् ।
शमो दमस्तपः साम्यं तितिक्षोपरतिः श्रुतम् ॥२६॥

ज्ञानं विरक्तिरैश्वर्यं शौर्यं तेजो बलं स्मृतिः ।
स्वातन्त्र्यं कौशलं कान्तिर्धैर्यं मार्दवमेव च ॥२७॥
प्रागल्भ्यं प्रश्रयः शीलं सह ओजो बलं भगः ।
गाम्भीर्यं स्थैर्यमास्तिक्यं कीर्तिर्मानोऽनहङ्कृतिः ॥२८॥
एते चान्ये च भगवन्नित्या यत्र महागुणाः ।
प्रार्थ्या महत्त्वमिच्छद्भिर्न वियन्ति स्म कर्हिचित् ॥२९॥
तेनाहं गुणपात्रेण श्रीनिवासेन साम्प्रतम् ।
शोचामि रहितं लोकं पाप्मना कलिनेक्षितम् ॥३०॥

satyaṁ śaucaṁ dayā kṣāntis
tyāgaḥ santoṣa ārjavam
śamo damas tapaḥ sāmyaṁ
titikṣoparatiḥ śrutam

jñānaṁ viraktir aiśvaryaṁ
śauryaṁ tejo balaṁ smṛtiḥ
svātantryaṁ kauśalaṁ kāntir
dhairyaṁ mārdavam eva ca

prāgalbhyaṁ praśrayaḥ śīlaṁ
saha ojo balaṁ bhagaḥ
gāmbhīryaṁ sthairyam āstikyaṁ
kīrtir māno 'nahaṅkṛtiḥ

ete cānye ca bhagavan
nityā yatra mahā-guṇāḥ
prārthyā mahattvam icchadbhir
na viyanti sma karhicit

tenāhaṁ guṇa-pātreṇa
śrī-nivāsena sāmpratam
śocāmi rahitaṁ lokaṁ
pāpmanā kalinekṣitam

satyam－诚实 / śaucam－洁净 / dayā－容忍其他的不快 / kṣāntiḥ－就算在令人愤怒的情况下仍然能够自我控制 / tyāgaḥ－宽宏大量的 /

santoṣaḥ－自我满足的／ārjavam－直率的／śamaḥ－心境稳定的／damaḥ－控制了感官／tapaḥ－忠于职守／sāmyam－对敌人和朋友一视同仁／titikṣā－容忍他人对自己的冒犯／uparatiḥ－不计较得失／śrutam－遵守经典的教诲／jñānam－知识(自我觉悟)／viraktiḥ－不依恋感官的享受／aiśvaryam－领导才能／śauryam－骑士精神／tejaḥ－影响／balam－使不可能的事情变得可能／smṛtiḥ－清楚自己的职责／svātantryam－不依靠他人／kauśalam－在所有方面都很敏锐／kāntiḥ－美丽／dhairyam－不受干扰／mārdavam－好心的／eva－如此／ca－也／prāgalbhyam－灵巧的／praśrayaḥ－高贵、文雅的／śīlam－礼貌的／sahaḥ－果断的／ojaḥ－完美的知识／balam－恰如其分地执行／bhagaḥ－享乐的对象／gāmbhīryam－快乐的／sthairyam－坚决的／āstikyam－忠诚的／kīrtiḥ－名望／mānaḥ－值得崇拜／anahaṅkṛtiḥ－不骄傲的／ete－所有这些／ca anye－还有许多其他的／ca－和／bhagavan－人格首神／nityāḥ－永恒的／yatra－那里／mahā-guṇāḥ－伟大的品格／prārthyāḥ－值得拥有／mahattvam－伟大／icchadbhiḥ－那些渴望如此的人／na－永不／viyanti－恶化／sma－从来／karhicit－在任何时候／tena－由祂／aham－我自己／guṇa-pātreṇa－所有品格的源头／śrī－幸运女神／nivāsena－停留的地方／sāmpratam－最近／śocāmi－我想到／rahitam－失去了／lokam－星球／pāpmanā－因为累积了所有的罪过／kalinā－被喀历／īkṣitam－看到

译文　至尊主具有众多的超然品质，它们分别是：(1)诚实，(2)清洁，(3)无法忍受看其他人痛苦，(4)控制愤怒的力量，(5)自给自足，(6)坦率，(7)心智平衡稳定，(8)对感官的控制，(9)责任感，(10)平等待人，(11)忍受，(12)平静、镇定，(13)忠于职守，(14)知识，(15)不从事感官享乐，(16)领导才能，(17)骑士精神，(18)影响力，(19)使一切成为可能的力量，(20)正确职责的履行，(21)完全独立，(22)机敏，

(23)拥有一切美丽，(24)沉着，(25)慈悲为怀，(26)足智多谋，(27)高贵、文雅，(28)宽宏大量，(29)决心，(30)精通一切知识，(31)正确地执行，(32)一切享乐对象的拥有者，(33)欢快，(34)坚定不移，(35)忠诚，(36)名望，(37)值得崇拜的，(38)不骄傲，(39)作为人格首神，(40)永恒，等等。这些超然品质永远与祂同在，永不与祂分离。作为一切善与美之泉源的人格首神圣主奎师那，如今停止了在地球上的超然娱乐活动。祂离开地球后，喀历年代到处传播他的影响。看到如今这种生存状况，我感到痛心。

要旨 纵使把地球碾成粉末后还能数清到底有多少颗粒子，也无法估量至尊主数不胜数的超然品质。经典中说，主阿南塔戴瓦(Anantadeva)曾用祂无数个舌头尝试详细述说至尊主的超然品质，但经过无数年后还是无法估算出至尊主超然品质的数量。这节诗中所列举的至尊主的品质，只不过是按照人类能理解、看到的能力所作的估算。但即便这样，上述的品质还能细分出许许多多。按照圣吉瓦·哥斯瓦米的说法，第三项品质“无法忍受看其他人痛苦”，还可以细分成：(1)保护皈依了的灵魂，以及(2)总是祝愿奉献者一切都好。在《博伽梵歌》中，至尊主说祂要每一个灵魂都只投靠祂，而祂向大家保证：祂会保护这样做的人免于一切恶报。不皈依的灵魂不是至尊主的奉献者，因此得不到至尊主的特别保护。至尊主祝愿祂的奉献者一切都好；对那些实际上在为祂做超然的爱心服务的奉献者，祂更是给予特殊的关爱。祂具体指导这些纯粹的奉献者，帮助他们正确地履行他们在回归首神路途上所该履行的职责。诗中所列举的祂的第十项品质是：祂像太阳光芒普照般平等待人。尽管阳光普照，但世间还是有许多事物无法好好利用阳光。同样道理，至尊主说，祂保证给皈依祂的灵魂所有的保护，但不幸之人就是无法接受祂的这一提议，因而不得不承受各种各样的物质痛苦。所以，尽管至尊主平等地祝福每一个生物体，但不幸的生物体因为不良联谊而无法完全接受祂的教导。因此，人们永远都不该去责怪至尊主。祂被称为“只是祂奉献者的祝福者”。祂看似偏袒祂的奉献者，但实质在于每一个个体生物是接受还是拒绝祂平等赐予众生的恩典。

至尊主从没有违背过祂的誓言。祂一旦保证说要给予保护，就会在任何情况下都履行祂的诺言。纯粹奉献者唯一要做的是，坚定地履行至尊主或至尊主真正的代表灵性导师交给他的任务；剩下的一切至尊主自会不停地安排。

至尊主的责任也很独特。至尊主已经委派祂不同的能量去做祂要做的事，所以本人根本不需要再做什么，但还是在祂扮演不同的角色从事超然的娱乐活动时自愿承担许多责任。祂扮演牧牛童和南达·玛哈茹阿佳之子的角色时，完美地履行祂的责任。同样，当祂扮演瓦苏戴瓦王(Mahārāja Vasudeva)的儿子这一查锤亚的角色时，祂充分展现了查锤亚勇猛好战的精神和能力。查锤亚君王在绝大多数情况下都会用战斗比武或绑架的手段得到妻子，因为他们必须向他们未来的妻子展示他们的骑士力量，以使待嫁查锤亚的女儿能看到自己未来要嫁的丈夫有多么英勇善战；正因为如此，查锤亚们的这种行为受到赞赏。就连人格首神圣茹阿玛(Rāma)也在祂娶妻时展现了这种骑士精神。祂折断了世上最强大的哈茹阿达努尔(Haradhanur)弓，从而赢得了一切财富之母悉塔黛薇(Sītādevī)的芳心。查锤亚们在选夫比武盛会上展现他们的勇猛好战的骑士精神并没有什么不对。圣主奎师那降临时也充分履行了祂扮演查锤亚角色时所该履行的这种责任；祂有一万六千多妻子，每一个妻子都是祂像骑士般地战斗后迎娶的。这种事情无疑也只有至尊人格首神才能做到。同样，祂在从事不同的超然娱乐活动时所做的每一件事，都完美地履行了祂的责任，充分展现了祂的可信赖性。

诗中描述的至尊主的第十四项品质“知识”，可以进一步分为五个更细的品质，那就是：(1)智慧，(2)感恩，(3)了解时间、地点和对象之不同情况的能力，(4)对一切事物所具有的完美知识，以及

(5)对自我的清楚认识。只有愚蠢的人才会忘恩负义，对他们所得到的利益不心存感激。然而，尽管至尊主因为自己已经一切俱足，所以并不需要他人给自己什么好处，但祂还是感受到受益于祂的奉献者为祂所做的纯粹奉爱服务。为此，祂感激祂的奉献者为祂所做的纯真、无条件的服务，总试图为祂的奉献者服务，回报他们，尽管祂的奉献者们为祂做服务时根本没有要祂回报的想法。为至尊主所做的超然服务本身，对奉献者来说就是超然收益，所以奉献者根本不期望至尊主再给他们什么。从“万事万物都是梵”(sarvaṁ khalv idaṁ brahma)这句韦达格言的说明中，我们可以明白：至尊主像无所不在的物质天空般，用祂放射出的梵光(brahmajyoti)的万丈光芒遍布一切事物的内外，因此祂也是全知的。

谈到至尊主的美丽，祂具有的一些特征把祂与所有其他的生物区分开来；此外，祂所具有的特殊的动人美貌，使祂甚至吸引了祂创造的最美的茹阿妲茹阿妮的心。为此，祂又被称为玛丹·牟罕(Madana-mohana)，意思是：甚至吸引了丘比特的心的那一位。圣吉瓦·哥斯瓦米详细分析了至尊主所拥有的其他超然品质后断言：圣主奎师那是绝对的至尊人格首神(Parabrahman)。祂凭祂不可思议的能量无所不能，所以祂是一切神秘力量的最高主人尤给士瓦尔(Yogeśvara)。作为尤给士瓦尔，祂永恒的形象是灵性的，是永恒、极乐和知识的组合。非奉献者们因为只满足于觉悟到祂的永恒知识形象的永恒特征，所以无法了解祂的知识具有活力的本性。所有伟大的灵魂都渴望与祂有同样多的知识。这意味着所有其他的知识从不完善，总是不确定、有变化，受限制；相反，至尊主的知识是确定不变、深不可测的。圣苏塔·哥斯瓦米(Sūta Gosvāmī)在《博伽瓦谭》中断言，尽管杜瓦尔卡的居民们每天都能看到至尊主，但他们渴望看到祂的愿望却每天不断地增强着。生物可以认识到至尊主的品质是最高的目标，但却永远无法获得与祂同等的品质。这个物质世界是物质创造实体(mahat-tattva)的产物，是至尊主在原因之洋里处在神秘的瑜伽睡眠状态中时所做的梦，但却在祂的整体创造中显得如此真切。这意味着，至尊主的梦境都是真实的展现。因此，祂超然地控制着一切；祂无论何时在何地显现，都是全然完整地显现。

至尊主具有上述所有的品质，因此只有祂才能维系创造中的一切事物；祂在这样做时，甚至把解脱赐予被祂杀死的敌人。就连最高级的解脱灵魂都深受祂的吸引，所以祂受到布茹阿玛(Brahmā)和希瓦(Śiva)等最伟大的半神人的崇拜。即使是祂的主宰化身(puruṣa-avatāra)，也是物质创造能量的主人。《博伽梵歌》第9章的第10节诗中证实，创造性的物质能量在祂的指挥下工作。祂是物质能量的控制开关，控制着无数宇宙中的物质能量；祂是所有宇宙中无数化身的始源。除了在不同物质宇宙的不同化身，祂光是在一个宇宙中就有超过五十万的玛努(Manu)化身。在超越物质创造实体(mahat-tattva)的灵性世界中虽然不存在化身的问题，但祂以无数的完整扩展存在于无数的外琨塔(Vaikuṇṭhas)星球上。灵性天空中星球的数目，比物质创造实体中无数宇宙里星球的数目多三倍。至尊主在那些灵性星球上的纳茹阿亚纳(Nārāyaṇa)形象，都不过是祂的华苏戴瓦(Vāsudeva)特征的扩展，因此祂同时既是华苏戴瓦、纳茹阿亚纳，又是奎师那。祂是圣奎师那、哥文达、哈尔依、穆茹阿瑞(śrī-kṛṣṇa govinda hare murāre)，也是纳塔、纳茹阿亚纳和华苏戴瓦(nātha nārāyaṇa vāsudeva)；祂们都是祂。正因为如此，无论是谁，无论他有多么伟大，也数不清至尊主的品质。

第31节　आत्मानं चानुशोचामि भवन्तं चामरोत्तमम् ।
देवान् पितृनृषीन् साधून् सर्वान् वर्णांस्तथाश्रमान् ॥३१॥

ātmānaṁ cānuśocāmi
bhavantaṁ cāmarottamam
devān pitṝn ṛṣīn sādhūn
sarvān varṇāṁs tathāśramān

ātmānam－我自己 / ca－也 / anuśocāmi－悲伤 / bhavantam－你自己 / ca－以及 / amara-uttamam－半神人中最优秀的 / devān－关于半神人 / pitṝn－关于琵垂珞卡星球上的居民 / ṛṣīn－关于圣哲 / sādhūn－关于奉献者 / sarvān－他们所有 / varṇān－部分 / tathā－如同 / āśramān－人类社会的阶层

译文 最优秀的半神人啊！我在想我自己，也在想你，还有所有的半神人、圣人、琵垂星球的居民、至尊主的奉献者和所有遵守人类社会四阶层及灵性四阶段制度的人。

要旨 人类生活要得到完美的结局，人与半神人、圣人、琵垂星球的居民、至尊主的奉献者之间都互相合作，并要遵循人类社会四阶层和灵性四阶段(varṇāśrama-dharma)的科学体制。社会四阶层和灵性四阶段的科学制度，是人类生活和动物生活之间的分水岭。人类在经验丰富的圣人们的指导下与半神人取得联系，最后逐渐上升到最高点，重建我们与至尊绝对真理——人格首神圣主奎师那的永恒关系。人类的社会四阶层和灵性四阶段制度是神制定的，其目的就是为了使生物的意识状态从动物意识提升到人类意识，再从人类意识提升到神意识。但是，愚蠢的“进步”之人破坏了这一科学制度，使人类的和平与繁荣生活毁于一旦。在喀历年代中，首先受到毒蛇般恶毒攻击的，是神制定的社会四阶层和灵性四阶段制度。由于人们把原本是按照人的品质和工作划分阶层的社会四阶层和灵性四阶段制度，变成按出身划分的世袭制度，使真正具有布茹阿玛纳资格的人被视为庶铎，而只有庶铎品质的人被视为布茹阿玛纳。因为一个人出身在布茹阿玛纳家庭就说他是布茹阿玛纳的做法根本不符合真实情况，尽管出生也是决定一个人素质的条件之一。真正具有布茹阿玛纳资格的人，必须能控制心念和感官，必须培养起忍受、纯朴、洁净、知识、诚实、奉献及信奉韦达智慧等品质。在如今这个年代里，人们不再考虑成为布茹阿玛纳所需要的品质；就连受大众欢迎的、老于世故的诗人——《茹阿玛·查瑞塔·玛纳萨》(Rāma-carita-mānasa)的作者，也支持错误的世袭制。

这都是喀历年代的影响所致。以乳牛形象出现的地球母亲，为这种不幸的处境而悲叹。

第 32—33 节　ब्रह्मादयो बहुतिथं यदपाङ्गमोक्ष-
कामास्तपः समचरन् भगवत्प्रपन्नाः ।
सा श्रीः स्ववासमरविन्दवनं विहाय
यत्पादसौभगमलं भजतेऽनुरक्ता ॥३२॥
तस्याहमब्जकुलिशाङ्कुशकेतुकेतैः
श्रीमत्पदैर्भगवतः समलङ्कृताङ्गी ।
त्रीनत्यरोच उपलभ्य ततो विभूतिं
लोकान् स मां व्यसृजदुत्स्मयतीं तदन्ते ॥३३॥

brahmādayo bahu-titham yad-apāṅga-mokṣa-
kāmās tapaḥ samacaran bhagavat-prapannāḥ
sā śrīḥ sva-vāsam aravinda-vanaṁ vihāya
yat-pāda-saubhagam alaṁ bhajate 'nuraktā

tasyāham abja-kuliśāṅkuśa-ketu-ketaiḥ
śrīmat-padair bhagavataḥ samalaṅkṛtāṅgī
trīn atyaroca upalabhya tato vibhūtiṁ
lokān sa māṁ vyasṛjad utsmayatīṁ tad-ante

brahma-ādayaḥ—布茹阿玛那样的半神人 / bahu-titham—许多天 / yat—幸运女神拉珂施蜜的 / apāṅga-mokṣa—慈悲的一瞥 / kāmāḥ—渴望 / tapaḥ—苦修 / samacaran—执行 / bhagavat—向至尊人格首神 / prapannāḥ—皈依 / sā—她(幸运女神) / śrīḥ—拉珂施蜜 / sva-vāsam—她自己的居所 / aravinda-vanam—莲花的丛林 / vihāya—离开 / yat—……

的 / pāda－双足 / saubhagam－绝对喜悦的 / alam－毫不犹豫地 / bhajate－崇拜 / anuraktā－依恋于 / tasya－祂的 / aham－我自己 / abja－莲花 / kuliśa－雷电 / aṅkuśa－驱象棒 / ketu－旗帜 / ketaiḥ－印痕 / śrīmat－财富的拥有者 / padaiḥ－被足底 / bhagavataḥ－人格首神的 / samalaṅkṛta-aṅgī－身体如此装饰着的人 / trīn－三 / ati－取代 / aroce－美丽地装饰着 / upalabhya－得到了 / tataḥ－此后 / vibhūtim－特殊的力量 / lokān－星系 / saḥ－祂 / mām－我 / vyasṛjat－放弃 / utsmayatīm－当感到骄傲的时候 / tat-ante－最终

译文 幸运女神拉珂施蜜，就连布茹阿玛那样的半神人都寻求她慈悲的扫视并为此去投奔人格首神。但就连她都离开她在莲花森林中的住所，去侍奉至尊主的莲花足。至尊主把祂莲花足底的旗帜、雷电、赶象棒和莲花等标记印在我身上，这些装饰使我具有了取代所有三个星系的幸运这种特殊的力量。但最后，当我感到自己是那么幸运时，至尊主离开了我。

要旨 世界的美丽和财富可以因至尊主的恩典而增加，而不会靠人制定的计划而增加。圣主奎师那在这个地球上时，因为莲花足踩在大地上，所以把祂莲花足上的特殊标记都印在了土地上。这一特殊恩典，使整个地球完美到了极致。换句话说，为人类和动物提供一切生活所需的河流、海洋、森林、山丘和矿山等，都充分履行了他们各自的职责，使地球成为物质宇宙三个星系中最丰饶的星球。所以，我们应该祈求至尊主永远赐福于这个地球，使我们能领受祂没有缘故的仁慈，从而幸福快乐，拥有生活所需的一切。人们也许会问，至尊主完成祂的使命后，已经离开地球回到祂自己的住所，我们怎么可能让祂继续留在这个地球上？回答是：至尊主不需要留在地球上。至尊主无所不在，如果我们真心需要祂，祂就会与我们在一起。如果我们依恋通过聆听、歌唱和记忆祂等方式为祂做奉爱服务，无所不在的祂就会永远与我们在一起。

世上没有一件事物与至尊主无关。我们唯一要学的一件事就是挖掘这维系万物的源头，从而通过没有冒犯地为祂做服务与祂相连。我们可以透过至尊主超然的声音代表与祂取得联系。至尊主的圣名与至尊主本人一样，毫无冒犯地吟诵、吟唱至尊主的圣名，可以使人立刻领悟到至尊主就在他面前。就连收音机中的声音振荡，都能使我们对那声音所描述的事物有一部分认识。所以我们只要发出超然者名字的声音，就能真正感受到至尊主的临在。在这个一切都被喀历的坏影响污染了的年代里，圣主柴坦亚·玛哈帕布(Caitanya Mahāprabhu)根据经典中的教导告诉我们：靠吟诵、吟唱至尊主的圣名，我们可以立刻去除喀历的污染，逐渐提升到超然的状态，最后回到首神身边。毫无冒犯地吟诵、吟唱至尊主圣名的人，与至尊主本人一样吉祥，因此至尊主遍布在全世界的奉献者们所开展的运动，可以立刻改变全世界现在那种令人烦恼的面貌。我们只有开展吟诵、吟唱至尊主圣名的运动，才能免受喀历年代的一切影响。

第 34 节　यो वै ममातिभरमासुरवंशराज्ञा-
मक्षौहिणीशतमपानुददात्मतन्त्रः ।
त्वां दुःस्थमूनपदमात्मनि पौरुषेण
सम्पादयन् यदुषु रम्यमबिभ्रदङ्गम् ॥३४॥

yo vai mamātibharam āsura-vaṁśa-rājñām
akṣauhiṇī-śatam apānudad ātma-tantraḥ
tvāṁ duḥstham ūna-padam ātmani pauruṣeṇa
sampādayan yaduṣu ramyam abibhrad aṅgam

yaḥ—……的祂 / vai—肯定地 / mama—我的 / ati-bharam—太沉重的负担 / āsura-vaṁśa—不信神 / rājñām—国王的 / akṣauhiṇī—一个军事

方阵* / śatam－数百个这样的军事方阵 / apānudat－消灭 / ātma-tantraḥ－自足的 / tvām－向你 / duḥstham－处于困境 / ūna-padam－完全没有站立的力量 / ātmani－内在的 / pauruṣeṇa－由于精力 / sampādayan－为了执行 / yaduṣu－在雅杜王朝 / ramyam－超然的美丽 / abibhrat－接受 / aṅgam－身体

译文 宗教的人格化身啊！不信神的君王们发展过多的军事方阵，给我造成了巨大的负担，但人格首神仁慈地减轻了我的重负。你的情况也很痛苦，站立的力量被削弱了。祂透过祂的内在能量显现在雅杜家族中，也是为了解救你。

要旨 邪恶之人为了享受只注重感官享乐的生活，不惜把自己的快乐建立在他人的痛苦之上。为了实现他们的这一野心，他们，尤其是不信神的君王或国家行政首脑们，用各种各样的致命武器武装自己，不惜给和平的社会带来战争。他们唯一的野心就是要扩大个人的势力，于是不断地增加军事力量，结果使地球母亲不堪重负。恶魔般的人口的不断增加，使遵守宗教原则的人，特别是至尊主的奉献者们(devas)很不快乐。

在这种情况下，人格首神化身前来消灭要不得的恶魔们，重建真正的宗教原则。这就是圣主奎师那的使命，而祂实现了祂的使命。

第 35 节 का वा सहेत विरहं पुरुषोत्तमस्य
प्रेमावलोकरुचिरस्मितवल्गुजल्पैः ।
स्थैर्यं समानमहरन्मधुमानिनीनां
रोमोत्सवो मम यदङ्घ्रिविटङ्किताया: ॥३५॥

---

* 阿克扫黑尼(akṣauhiṇī)——一个包含有二万一千八百七十辆战车、二万一千八百七十头大象、十万九千三百五十个步兵和六万五千六百一十个骑兵的军事方阵。

kā vā saheta viraham̐ puruṣottamasya
premāvaloka-rucira-smita-valgu-jalpaiḥ
sthairyam̐ samānam aharan madhu-māninīnām̐
romotsavo mama yad-aṅghri-viṭaṅkitāyāḥ

kā－谁 / vā－或者 / saheta－能够容忍 / viraham－分离 / puruṣa-uttamasya－至尊人格首神的 / prema－爱 / avaloka－瞥视 / rucira-smita－喜悦的微笑 / valgu-jalpaiḥ－衷心地祈求 / sthairyam－庄重的 / sa-mānam－怀着激情的愤怒 / aharat－控制 / madhu－心上人 / māninīnām－像萨缇雅芭玛那样的女士 / roma-utsavaḥ－因喜悦而毛发直竖 / mama－我的 / yat－……的人 / aṅghri－双足 / viṭaṅkitāyāḥ－印着

译文　因此，有谁能忍受与至尊人格首神别离的巨大痛苦呢？祂用充满爱意的甜美微笑、令人愉快的瞥视和热情的渴求，能征服萨缇亚芭玛等祂心上人的端庄和热烈似火的愤怒。当祂在我(地球)表面来回走动时，祂莲花足上的尘土就会覆盖我，使长在我身上的牧草，看起来像是我因为快乐而毛发直竖。

要旨　至尊主降临地球期间，祂每当离家外出时，就会与祂上万的王后们分开一段时间；但祂与地球的关系却是，祂用祂的莲花足在大地上行走，因此从没有与地球分开过。正因为如此，当至尊主离开地球返回祂灵性的住所时，地球感到更强烈的离别之情。

第 36 节　तयोरेवं कथयतोः पृथिवीधर्मयोस्तदा ।
परीक्षिन्नाम राजर्षिः प्राप्तः प्राचीं सरस्वतीम् ॥३६॥

tayor evam̐ kathayatoḥ
pṛthivī-dharmayos tadā
parīkṣin nāma rājarṣiḥ
prāptaḥ prācīm̐ sarasvatīm

tayoḥ－在他们间 / evam－如此 / kathayatoḥ－谈话 / pṛthivī－地球 / dharmayoḥ－和宗教的人格化身 / tadā－那时 / parīkṣit－帕瑞克西特王 / nāma－名叫 / rāja-ṛṣiḥ－国王中的圣人 / prāptaḥ－达到 / prācīm－向东流动的 / sarasvatīm－萨茹阿斯瓦缇河

译文　当地球和宗教的人格化身这样交谈时，圣洁的君王帕瑞克西特，抵达了向东流动的萨茹阿斯瓦缇河的河岸边。

到此为止，结束了巴克提韦丹塔对《圣典博伽瓦谭》第 1 篇第 16 章——“帕瑞克西特对待喀历年代的方式”所作的阐释。

第十七章

对喀历的惩罚及赐予

第 1 节

सूत उवाच
तत्र गोमिथुनं राजा हन्यमानमनाथवत् ।
दण्डहस्तं च वृषलं ददृशे नृपलाञ्छनम् ॥१॥

sūta uvāca
tatra go-mithunaṁ rājā
hanyamānam anāthavat
daṇḍa-hastaṁ ca vṛṣalaṁ
dadṛśe nṛpa-lāñchanam

sūtaḥ uvāca一圣苏塔·哥斯瓦米说 / tatra一于是 / go-mithunam一一头母牛和一头公牛 / rājā一国王 / hanyamānam一正在被殴打 / anātha-vat一看似没有主人的 / daṇḍa-hastam一手中拿着一根棍子 / ca一也 / vṛṣalam一低等阶层的庶铎 / dadṛśe一发现 / nṛpa一一个国王 / lāñchanam一穿得像

译文 苏塔·哥斯瓦米说：一到那里，帕瑞克西特王就注意到，有个打扮成君王模样的低阶层庶铎，正在用棍棒殴打看似没有主人的一头母牛和一头公牛。

要旨 喀历(Kali)年代的主要征象是，低阶层的庶铎(śūdras，首陀罗)，也就是没受过布茹阿玛纳(brāhmaṇa，婆罗门)文化教育和灵性启迪的人，将会装扮成执政者或君王，而主要做的事情却是屠杀无辜的动物，特别是母牛和公牛。这些母牛和公牛再也得不到他们的主人的保护，因为他们的主人也不再是真正有资格的农场主和商人——外夏(vaiśyas，吠舍)。《博伽梵歌》(Bhagavad-gītā)第 18 章的第 44 节诗中说，外夏阶层的人专门负责农业、对乳牛的保护和贸易。在这个喀历年代中，堕落的商人忙于把乳牛送进屠宰场。查锤亚(kṣatriyas，刹帝利)君王本应该保护国家中的居民，而外夏应该保护母牛和公牛，用它们生产五谷和牛奶。乳牛负责给人类提供牛奶，公牛负责耕地生产五谷，因此乳牛是人类的母亲，公牛是人类的父亲。父母应该得到各方面的保护，而不是被杀死。但在喀历年代中，庶铎阶层的人占据执政者的地位，母牛和公牛在得不到外夏保护的情况下，成为庶铎执政者组织的大规模屠杀的对象。

第 2 节

वृषं मृणालधवलं मेहन्तमिव बिभ्यतम् ।
वेपमानं पदैकेन सीदन्तं शूद्रताडितम् ॥२॥

vṛṣaṁ mṛṇāla-dhavalaṁ
mehantam iva bibhyatam
vepamānaṁ padaikena
sīdantaṁ śūdra-tāḍitam

vṛṣam一公牛 / mṛṇāla-dhavalam一像白莲花一样洁白 / mehantam一小便 / iva一好像 / bibhyatam一因为极度害怕 / vepamānam一颤抖 / padā ekena一只用一条腿站立 / sīdantam一受惊吓的 / śūdra-tāḍitam一正被一个庶铎殴打

译文　公牛的肤色如白莲花一般，只有一条腿可以站立。它很害怕那个正在打它的庶铎，害怕得浑身颤抖，小便都失禁了。

要旨　喀历年代的下一个征象是：如白莲花般洁白无瑕的宗教原则，将受到这个年代里没有文化的庶铎人口的攻击。这些庶铎也许是布茹阿玛纳或查锤亚的后裔，但在这个缺乏韦达智慧的教育和文化的喀历年代中，只有庶铎素质的人口将公然蔑视和抗拒宗教原则，将使努力按照宗教原则生活的人感到害怕。他们将宣布自己不遵守任何宗教原则；许多“主义”和新兴教派、邪教等将在喀历年代中纷纷涌现，杀死洁白无瑕的宗教公牛。国家将被宣布为是无宗教国或不遵守任何宗教原则的国家，结果使大众完全不再顾及宗教原则。国民将随心所欲地行事，不再尊重圣人(sādhu)、经典(śāstra)和灵性导师(guru)。只剩下一条腿站立的公牛象征着宗教原则逐渐被抹杀。就连仅存的零星宗教原则也因为在贯彻过程中遇到那么多的阻碍而处在摇摇欲坠随时会倒下的尴尬境况中。

第 3 节　　गां च धर्मदुघां दीनां भृशं शूद्रपदाहताम् ।
विवत्सामाश्रुवदनां क्षामां यवसमिच्छतीम् ॥ ३ ॥

gāṁ ca dharma-dughāṁ dīnāṁ
　bhṛśaṁ śūdra-padāhatām
vivatsām āśru-vadanāṁ
　kṣāmāṁ yavasam icchatīm

gām－母牛 / ca－也 / dharma-dughām－人可以从她那里汲取宗教原则，所以她对人类有益 / dīnām－现在变得可怜 / bhṛśam－痛苦 / śūdra－较低的阶层 / pada-āhatām－被打到腿 / vivatsām－没有小牛 / āśru-vadanām－眼泪汪汪 / kṣāmām－非常虚弱 / yavasam－草 / icchatīm－好像很想吃草

译文　尽管人类可以从母牛那里汲取宗教原则，因此母牛对人类有益，但它现在却处境可怜，没有了牛犊。庶铎在打她的腿，而她眼泪汪汪、心情沮丧、虚弱不堪，正在原野上寻找一些可以果腹的青草。

要旨 喀历年代的下一个征象是母牛处境痛苦。为乳牛挤奶意味着得到液体形式的宗教原则。伟大的圣人(ṛṣis)和牟尼们(munis)可以靠牛奶维生。圣舒卡戴瓦·哥斯瓦米曾经在居士挤牛奶时去居士的家，为维持生命而喝少量的牛奶。即使是在五十年前，人们都不会拒绝给圣人一公升或两公升牛奶，每一个居士都会像给水一样布施牛奶。对遵循韦达原则的人(Sanātanist)来说，每一个居士都有责任把母牛和公牛当做家庭成员一样来喂养，不仅是为了喝牛奶，也是为了得到宗教原则。遵循韦达原则的人把崇拜乳牛和敬重布茹阿玛纳当做宗教原则。做火祭需要用到牛奶，而举行祭祀可以使居士生活快乐。小牛犊不仅外形美丽，还带给母牛以满足感，使母牛尽可能多地产奶。但在喀历年代中，小牛犊一生下来没两天就被迫与它母亲分开，其目的在《圣典博伽瓦谭》(Śrīmad-Bhāgavatam)的这些篇章中甚至不忍提到。母牛含着眼泪站着，庶铎素质的挤奶人用人工的方式挤它的奶，等到母牛不再产奶时就把它送去屠宰场。这些罪大恶极的行为，是当今社会中一切纷争与动乱的根源。人们不知道他们以发展经济为名都在做什么，喀历年代的影响使他们处在愚昧的黑暗中。无论他们为人类社会的和平与繁荣做什么努力，他们都必须首先努力使母牛和公牛在各方面感到快乐。愚蠢的人不知道使母牛和公牛快乐就会使人类生活快乐，但这是自然法律的真相。让我们遵从《圣典博伽瓦谭》的权威教导，为整体人类的快乐而运用这些原则吧！

第 4 节 पप्रच्छ रथमारूढः कार्तस्वरपरिच्छदम् ।
मेघगम्भीरया वाचा समारोपितकार्मुकः ॥ ४ ॥

papraccha ratham ārūḍhaḥ
kārtasvara-paricchadam
megha-gambhīrayā vācā
samāropita-kārmukaḥ

papraccha－询问 / ratham－战车 / ārūḍhaḥ－乘坐 / kārtasvara－金子 / paricchadam－用浮雕装饰 / megha－云朵 / gambhīrayā－响亮的 / vācā－声音 / samāropita－良好地装备 / kārmukaḥ－弓和箭

译文 全副武装、佩带着弓箭坐在有金色浮雕图案战车上的帕瑞克西特王，用雷鸣般深沉的声音斥责那庶铎。

要旨 国家领导人或像帕瑞克西特王(Mahārāja Parīkṣit)那样的君王，只要全副武装、充满威严地惩罚歹徒，就可以向喀历年代的代理们挑战。只有这样才能与堕落的年代抗衡。没有这种强有力的执政者，就一刻都没有平静与和平。靠投票选举产生的名不副实的执政者，作为堕落大众的代表，无法与帕瑞克西特王那样强有力的君王相比。王者的装扮并不重要，重要的是人的实际行动。

第 5 节 कस्त्वं मच्छरणे लोके बलाद्धंस्यबलान् बली ।
नरदेवोऽसि वेषेण नटवत्कर्मणाद्विजः ॥५॥

kas tvaṁ mac-charaṇe loke
balād dhaṁsy abalān balī
nara-devo 'si veṣeṇa
naṭavat karmaṇādvijaḥ

kaḥ－在……的 / tvam－你 / mat－我的 / śaraṇe－受保护 / loke－在这个世界 / balāt－以武力 / haṁsi－杀掉 / abalān－那些无助的 / balī－虽然充满力量 / nara-devaḥ－代表神的人 / asi－看起来像 / veṣeṇa－从你的服装 / naṭa-vat－像个演员 / karmaṇā－从行为 / advijaḥ－并不具备经过二次出生的人的素质

译文 喂，你是谁？你看上去很强壮，但却胆敢在我保护的地区内对无助的生物体行凶。你把自己打扮得像个代表神的人物(君王)，但所作所为却完全违背经过二次出生的查锤亚所该遵守的原则。

要旨 布茹阿玛纳、查锤亚和外夏之所以被称为是经过二次出生的人，是因为这些高阶层的人经历由父母结合生下的第一次出生后，还从真正的灵性导师(ācārya)那里接受灵性启迪而经过“文化出生”。查锤亚像布茹阿玛纳一样也经历了两次出生；他们被视为是神的代表，责任是保护无助者，惩罚歹徒和无赖。一旦执政者不正常履行他们的职责，至尊主就会化身降临，重建神性王国的原则。在喀历年代中，本该得到执政长官各种保护的可怜、无助的动物，特别是乳牛，无辜遭到杀害。允许这种事情发生在自己的眼皮底下而不闻不问的执政者，只不过是神的名义上的代表而已。这种有势力的执政者靠穿着打扮或坐在办公室里统治可怜的国民，但实际上却是没有经过文化启迪这一第二次出生过程的、毫无价值的低等人。没人能期望从这种只经过第一次出生(没有灵性文化)的低等人那里得到公平或平等的对待。为此，喀历年代中所有的人都因为那些管理国家的公务人员不称职而感到不快。现代人类社会没有经历灵性文化的第二次出生。所以，由未经过二次出生的人所掌管的人民政府，必然是人人都不快乐的喀历政府。

第 6 节 यस्त्वं कृष्णे गते दूरं सहगाण्डीवधन्वना ।
शोच्योऽस्यशोच्यान् रहसि प्रहरन् वधमर्हसि ॥ ६ ॥

yas tvaṁ kṛṣṇe gate dūraṁ
saha-gāṇḍīva-dhanvanā
śocyo 'sy aśocyān rahasi
praharan vadham arhasi

yaḥ－由于 / tvam－你这无赖 / kṛṣṇe－主奎师那 / gate－已经离开 / dūram－看不到了 / saha－以及 / gāṇḍīva－名叫甘迪瓦的弓 / dhanvanā－使用者阿尔诸纳 / śocyaḥ－犯人 / asi－你被视为是 / aśocyān－无辜的 / rahasi－在一个隐蔽的地方 / praharan－殴打 / vadham－被杀 / arhasi－应该受到

译文　你这恶棍，是不是因为看不见主奎师那和携带甘迪瓦弓的阿尔诸纳，就胆敢来打无辜的母牛了？由于你躲在没人的地方打无辜者，你被视为是罪犯，应该被处死。

要旨　在公然蔑视神的文明中，没有像阿尔诸纳那样的奉献者武将；喀历年代的同伙们利用这无法无天的国度，安排在建于隐蔽场所的屠宰场里屠杀乳牛等无辜的动物。像帕瑞克西特王那样虔诚的君王，面对这种谋杀动物的人，就会下令判处他死刑。对虔诚的君王来说，在隐蔽的场所杀害动物的罪犯，与在隐蔽的场所杀害无辜孩子的谋杀者一样，都该受到被处以死刑的惩罚。

第 7 节　त्वं वा मृणालधवलः पादैर्न्यूनः पदा चरन् ।
वृषरूपेण किं कश्चिद्देवो नः परिखेदयन् ॥ ७ ॥

tvaṁ vā mṛṇāla-dhavalaḥ
pādair nyūnaḥ padā caran
vṛṣa-rūpeṇa kiṁ kaścid
devo naḥ parikhedayan

tvam－你 / vā－要么 / mṛṇāla-dhavalaḥ－白得像朵莲花 / pādaiḥ－三条腿 / nyūnaḥ－现在缺少 / padā－以一条腿 / caran－活动 / vṛṣa－公牛 / rūpeṇa－以……的形象 / kim－是否 / kaścit－某人 / devaḥ－半神人 / naḥ－我们 / parikhedayan－导致悲伤

译文　接下来，他(帕瑞克西特王)向公牛询问道：噢，你是谁？你是如莲花般洁白的公牛呢，还是个半神人？你已经失去了三条腿，只用一条腿在行走。你是以公牛的形象让我们感到悲伤的某位半神人吗？

要旨　至少直到帕瑞克西特王的时代，都没人能想象母牛和公牛现在身处的悲惨境况。正因为如此，帕瑞克西特王在看到这一幕可怕的情景时才会感到震惊。他问公牛是否是幻化出这一悲惨景象，以预示母牛和公牛未来处境的半神人。

第 8 节　न जातु कौरवेन्द्राणां दोर्दण्डपरिरम्भिते ।
भूतलेऽनुपतन्त्यस्मिन् विना ते प्राणिनां शुचः ॥८॥

na jātu kauravendrāṇāṁ
dordaṇḍa-parirambhite
bhū-tale 'nupatanty asmin
vinā te prāṇināṁ śucaḥ

na—不 / jātu—在任何时候 / kaurava-indrāṇām—库茹王朝的君王的 / dordaṇḍa—手臂的力量 / parirambhite—受保护于 / bhū-tale—在地球上 / anupatanti—悲伤 / asmin—到现在为止 / vinā—除了……之外 / te—你 / prāṇinām—生物体的 / śucaḥ—眼中的泪水

译文　我这是第一次看到，在由库茹王朝历代君王的臂膀谨慎护卫着的王国中，你流着泪在悲伤。到目前为止，地球上还从没有谁曾因为王室的疏忽而甚至掉过眼泪。

要旨　政府的首要职责是保护人类和动物的生命。政府绝不该在贯彻这一原则时有分别心。对心地纯洁的灵魂来说，看到在喀历年代中国家安排有组织地屠杀动物简直令人毛骨悚然。帕瑞克西特王看到公牛眼含泪水时感到很痛惜，震惊于他的大好江山中竟然会发生这种前所未有的事情。从生命的角度讲，人和动物都曾受到同等的保护。这是神的王国中的准则。

第 9 节　मा सौरभेयात्र शुचो व्येतु ते वृषलाद्भयम् ।
मा रोदीरम्ब भद्रं ते खलानां मयि शास्तरि ॥ ९ ॥

mā saurabheyātra śuco
vyetu te vṛṣalād bhayam
mā rodīr amba bhadraṁ te
khalānāṁ mayi śāstari

mā—不要 / saurabheya—苏茹阿碧的儿子啊 / atra—在我的国度里 / śucaḥ—痛苦 / vyetu—让事情就这样发生吧 / te—你的 / vṛṣalāt—由庶铎 / bhayam—害怕的原因 / mā—不要 / rodīḥ—哭泣 / amba—母牛母亲 / bhadram—祝你一切都好 / te—向你 / khalānām—忌妒的人的 / mayi—在我活着的时候 / śāstari—统治者或征服者

译文　苏茹阿碧的儿子啊！你现在不必再悲哭了。你不需要害怕这个低级的庶铎。还有，母牛母亲啊！只要我还以统治者的身份活着，还在镇压所有邪恶的人，您就没有理由哭泣。您一切都会好起来的！

要旨　只有当帕瑞克西特王那样的执政者统治国家时，公牛、母牛及其他所有的动物才有可能得到保护。帕瑞克西特王称母牛为母亲，因为他是有文化素养，经过第二次出生的查锤亚君王。苏茹阿碧(Surabhi)是生活在灵性星球上的母牛的名字，圣主奎师那本人亲自照看这些母牛。正如人类是按照至尊主的形象和特点创造的，地球上的母牛也是按照灵性王国中的苏茹阿碧母牛的形象和特点创造出来的。

在物质世界里的现代人类社会中，政府给予人类所有的保护，但却不保护以提供神奇食物牛奶的方式保护人类的苏茹阿碧的后代。但是，帕瑞克西特王和潘达瓦兄弟们却很清楚母牛和公牛的重要性，因此随时准备以包括处以死刑在内的各种方式惩罚屠杀乳牛的人。为保护乳牛，人们曾经游行示威过，但由于如今没有虔诚的执政者和适当的法律，母牛和公牛根本得不到保护。人类社会应该认识到母牛和公牛的重要性，从而像帕瑞克西特王一样，给予这些重要的动物以全面的保护。至尊主珍爱乳牛和布茹阿玛纳(go-brāhmaṇa-hitāya)；我们保护乳牛和布茹阿玛纳文化就会使祂非常高兴，从而赐予我们真正的和平。

第 10—11 节

यस्य राष्ट्रे प्रजाः सर्वास्त्रस्यन्ते साध्व्यसाधुभिः ।
तस्य मत्तस्य नश्यन्ति कीर्तिरायुर्भगो गतिः ॥१०॥
एष राज्ञां परो धर्मो ह्यार्तानामार्तिनिग्रहः ।
अत एनं वधिष्यामि भूतद्रुहमसत्तमम् ॥११॥

yasya rāṣṭre prajāḥ sarvās
trasyante sādhvy asādhubhiḥ
tasya mattasya naśyanti
kīrtir āyur bhago gatiḥ

eṣa rājñāṁ paro dharmo
hy ārtānām ārti-nigrahaḥ
ata enaṁ vadhiṣyāmi
bhūta-druham asattamam

yasya—……的人 / rāṣṭre—在国家里 / prajāḥ—生物体 / sarvāḥ—所有的 / trasyante—害怕 / sādhvi—纯洁者啊 / asādhubhiḥ—被那些邪恶的人 / tasya—他的 / mattasya—被迷惑者的 / naśyanti—消失了 / kīrtiḥ—名声 / āyuḥ—寿命 / bhagaḥ—运气 / gatiḥ—好的来世 / eṣaḥ—那些都是 / rājñām—国王的 / paraḥ—高等 / dharmaḥ—职责 / hi—肯定地 / ārtānām—

受苦者的 / ārti－受苦 / nigrahaḥ－征服 / ataḥ－因此 / enam－这人 / vadhiṣyāmi－我要杀掉 / bhūta-druham－伤害其他生物的 / asat-tamam－最恶劣的

译文　纯洁者啊！当一个君王的王国中所有种类的生物体都被恶棍吓怕时，这个君王的美名、寿命和来生就毁了。减轻苦难者的痛苦，无疑是君王的首要责任。因此，我必须处死这个最卑鄙、恶劣的小人，因为他用暴力伤害其他生物体。

要旨　当野生动物进入村庄和城镇，给那里的居民造成不安时，警察或其他人就会紧急行动起来去捕杀它们。同样，政府的职责是立刻消灭盗贼、土匪和谋杀者等所有危害社会的不良分子。对杀害动物的人也应该给予同样的惩罚，因为动物也是国家的居民(prajā)。这里所说的国家的居民是指出生在国境内的生物体，包括人和动物。在一个国家的国土上出生的任何一个生物体，都有权利在那个国家的统治者的保护下生存。连丛林中的野生动物，都是一国之君的国民，都有权利生存，更何况是母牛和公牛那样的家畜了。

任何一个生物体，如果他使其他生物体害怕，就是最卑鄙的，执政者就该立刻消灭这种扰乱因素。正如野兽一旦给人类社会制造不安就会立刻遭捕杀，人如果不必要地杀害或威胁丛林动物及其他动物的生命安全，也必须立刻受到惩罚。按照至尊主的法律，一切众生无论其外形如何，都是至尊主的儿子，谁也没权利杀害其他动物，除非是大自然法律的安排。人不能为了满足自己的舌头去杀动物。但老虎为了活命可以杀比它弱小的动物，食草动物也是靠吃植物等其他生物体维生，那是神制定的弱肉强食的大自然法律规定的。自然法律是一种生物体只能靠吃特定的另一种生物体维生，这是神定的法律。《至尊奥义书》中的指示是，人应该按照至尊主的指导生活，而不是随心所欲地行事。人可以靠吃五谷、水果和牛奶等各种神规定的食物维持生命，除非有极为特殊的情况，否则不需要去吃动物的肉。

迷惑而狂妄自大的君王或执政者们，即使时常把自己标榜为是伟大的哲学家和博学的学者，但却允许在自己管辖的范围内开设屠宰场，不知道允许折磨可怜的动物实际是在给自己开辟通向地狱的路。执政者应该始终保持警惕，密切注视包括人和动物在内的他国内居民(prajās)的生命安全，调查是否有某个生物体受到另一个生物体的危害。应该以帕瑞克西特王为榜样，立刻捕杀构成危害的生物体。

人民政府不该允许政府中的蠢人随心所欲地杀害无辜的动物。他们必须了解在启示经典中记载的神的法规。帕瑞克西特王在这节诗中引述神的法规说，不负责任的君王或执政者身陷险境，将失去美名、寿命、力量、权势及死后获得解脱或过一种更好的生活的机会。这种蠢人甚至不相信有来生。

就在我写这节诗的评注前不久，有一个当代大政治家刚刚死去并留下他的遗嘱。这遗嘱暴露他对帕瑞克西特王提到的神的法规一无所知。这位政治家对神的法规那么无知，竟然写道："我不相信任何仪式，也不接受它们；哪怕是走形式，都将是伪善的，是对我们自己和他人的哄骗……在这个问题上，我没有宗教的情操。"

我们发现，帕瑞克西特王与现代这位大政治家相比之下有着天壤之别。帕瑞克西特王是按照经典指示行事的虔诚君王，而那位现代政治家却按照他个人的看法和情感行事。这个物质世界里的人无论有多伟大，毕竟也就是一个受制约的灵魂。然而，尽管物质属性的绳索捆绑着这种愚蠢的受制约之人的手脚，但他却还是以为自己可以随心所欲地按照自己的喜好自由行事。结论是：帕瑞克西特王那样的执政者清楚神的法律，不会随心所欲地行事，因此在他统治下的人民幸福快乐，动物受到应有的保护。愚蠢而又不信神的生物体试图回避至尊主存在的事实，以牺牲宝贵的人体生命为代价宣布他们反对宗教。人体是专门为了解神的科学而设，可愚蠢的生物体，特别是这个喀历年代里的人，虽然始终被神的法律所束缚，不断承受着生老病死的痛苦，但却不以科学的方法了解神，反而大肆鼓吹有关反对宗教信仰和神的存在的谬论。

第 12 节　कोऽवृश्चत्तव पादांस्त्रीन् सौरभेय चतुष्पद ।
मा भूवंस्त्वादृशा राष्ट्रे राज्ञां कृष्णानुवर्तिनाम् ॥१२॥

ko 'vṛścat tava pādāṁs trīn
saurabheya catuṣ-pada
mā bhūvaṁs tvādṛśā rāṣṭre
rājñāṁ kṛṣṇānuvartinām

kaḥ－他是谁 / avṛścat－砍掉 / tava－你的 / pādān－腿 / trīn－三个 / saurabheya－苏茹阿碧的儿子啊 / catuḥ-pada－你有四条腿 / mā－绝不会 / bhūvan－如此发生 / tvādṛśāḥ－像你自己 / rāṣṭre－在国家内 / rājñām－国王的 / kṛṣṇa-anuvartinām－那些遵守至尊人格首神奎师那的法律的人

译文　他(帕瑞克西特王)再三询问并对公牛说：苏茹阿碧的儿子啊！是谁砍断了你的三条腿？在那些遵守至尊人格首神奎师那法律的君王所管辖的国度里，不该有人像你一样不快乐。

要旨　所有国家的君王或执政首脑都必须了解主奎师那制定的法典(《博伽梵歌》和《圣典博伽瓦谭》)，必须以实现“结束物质存在中的一切痛苦”这一人生使命为前提行事。了解主奎师那制定的法律，可以使人毫无困难地实现这一目标。从《博伽梵歌》这一阐述神的法律的概要中，我们可以了解首神制定的法律，而《圣典博伽瓦谭》又对同样的法律作了进一步的解释。

在遵守奎师那法律的国度里，没有谁是不快乐的。在不遵守奎师那法律的国度中，第一个表现就是宗教代表的三条腿被砍断，一切痛苦随之而来。当奎师那本人在地球上时，奎师那的法律毫无疑问得到了贯彻；祂返回祂超然的住所后，记载这些法规的《圣典博伽瓦谭》就成了盲目的执政者们的指南书。

第 13 节 आख्याहि वृष भद्रं वः साधूनामकृतागसाम् ।
आत्मवैरूप्यकर्तारं पार्थानां कीर्तिदूषणम् ॥१३॥

ākhyāhi vṛṣa bhadraṁ vaḥ
sādhūnām akṛtāgasām
ātma-vairūpya-kartāraṁ
pārthānāṁ kīrti-dūṣaṇam

ākhyāhi－让我知道 / vṛṣa－公牛啊 / bhadram－好的 / vaḥ－对你 / sādhūnām－诚实的人的 / akṛta-āgasām－那些没有冒犯的人的 / ātma-vairūpya－自我的扭曲 / kartāram－活动者 / pārthānām－普瑞塔的儿子的 / kīrti-dūṣaṇam－损害了名声

译文 公牛啊！你从不冒犯他人，而且十分正直、诚实，因此我祝愿你一切都好。请告诉我，谁是那个使你致残，从而毁坏帕尔塔儿子名誉的犯罪者？

要旨 茹阿玛禅铎王(Mahārāja Rāmacandra)，及以祂为榜样的潘达瓦(Pāṇḍavas)兄弟、他们的后裔等君王，曾经使所有在他们统治下的诚实、正直、不侵犯其他生物体的众生无忧无虑地生活，从不受打扰，因此英名永存、万古流芳。公牛和母牛是最无侵犯性的生物体的代表，就连它们的粪便和尿液都能够利益人类社会。帕瑞克西特等帕尔塔(Pṛthā)的后裔们，都不愿意做损害他们名声的事情，但现代的领导者们甚至不害怕屠杀对人类有益的动物。这就是古代那些虔诚的君王，与现代这些对神的法律一无所知、不负责任的执政者之间的天壤之别。

第 14 节　जनेऽनागस्यघं युञ्जन् सर्वतोऽस्य च मद्भयम् ।
साधूनां भद्रमेव स्यादसाधुदमने कृते ॥१४॥

jane 'nāgasy aghaṁ yuñjan
sarvato 'sya ca mad-bhayam
sādhūnāṁ bhadram eva syād
asādhu-damane kṛte

jane－向生物体 / anāgasi－那些没有冒犯的 / agham－受苦 / yuñjan－通过执行 / sarvataḥ－到处 / asya－这样的冒犯者的 / ca－和 / mat-bhayam－害怕我 / sādhūnām－那些诚实的人的 / bhadram－好运 / eva－肯定地 / syāt－会发生 / asādhu－狡诈的歹徒 / damane－制止 / kṛte－这样做

译文　致使不具侵犯性的生物体受苦的人，到世界的任何地方都必定会怕我。约束不诚实的歹徒，自然对从不侵犯他人者有利。

要旨　国家的统治者怯懦无能，不诚实的歹徒就会耀武扬威。但执政领袖如果强大有力，在全国各地打击各种不诚实的歹徒，他们无疑就不会那么嚣张了。用杀一儆百的方式惩罚歹徒，所有的好运就会自动随之而来。如前所述，保护生活在自己所管辖的国土上那些平和、不具侵犯性的居民，是君王或执政者的首要责任。至尊主的奉献者本性平和、无侵犯性，所以国家的首要责任是作安排使所有的人都能成为至尊主的奉献者。这样，国内的居民就自然都是平和、无侵犯性的居民，从不犯罪。接着，一国之君剩下的唯一责任便是打击不诚实的歹徒。那将使整个人类社会和平与共、协调发展。

第 15 节 अनागःस्विह भूतेषु य आगस्कृन्निरङ्कुशः ।
आहर्तास्मि भुजं साक्षादमर्त्यस्यापि साङ्गदम् ॥१५॥

anāgaḥsv iha bhūteṣu
ya āgas-kṛn niraṅkuśaḥ
āhartāsmi bhujaṁ sākṣād
amartyasyāpi sāṅgadam

anāgaḥsu iha—没有侵犯性的 / bhūteṣu—生物体 / yaḥ—那人 / āgaḥ-kṛt—侵害 / niraṅkuśaḥ—傲慢之人 / āhartā asmi—我将根除 / bhujam—手臂 / sākṣāt—直接的 / amartyasya api—就算他是半神人 / sa-aṅgadam—穿戴衣服和装饰品

译文 我将亲自严惩犯下“折磨不具侵犯性生物体”罪行的傲慢之人，连袖子和装饰品一起扯下他的两条臂膀，哪怕他是天堂居民。

要旨 天堂星球的居民因为寿命比人类的寿命长得多，所以被称为不死者(amara)。现代人类的寿命最多只有一百年，相对来说，有着几百万年寿命的生物体无疑被视为不死者。例如，从《博伽梵歌》中我们了解到，布茹阿玛珞卡(Brahmaloka)星球上的一个白天是地球的 4300000×1000 太阳年。同样，其他天堂星球上的一天是地球上的六个月，所以与地球人相比他们的寿命是一亿年。因此，尽管在物质宇宙中没有谁是不死的，但由于比地球高等的星球上的居民寿命都比地球人要长得多，人们便出于想象称那些居民为不死者。

帕瑞克西特王说即使这样的天堂居民胆敢折磨不具侵犯性的生物体，他都会向他们挑战。这意味着，国家执政者必须像帕瑞克西特王一样强而有力，这样才有决心惩罚最强大的违法乱纪者。违反神的法律的歹徒在任何情况下都必须受到惩罚，这应该是一国之君的执政原则。

第 16 节 राज्ञो हि परमो धर्मः स्वधर्मस्थानुपालनम् ।
शासतोऽन्यान् यथाशास्त्रमनापद्युत्पथानिह ॥१६॥

rājño hi paramo dharmaḥ
sva-dharma-sthānupālanam
śāsato 'nyān yathā-śāstram
anapady utpathān iha

rājñaḥ—国王或执政者的 / hi—肯定地 / paramaḥ—至高无上的 / dharmaḥ—职责 / sva-dharma-stha—忠实地履行自己责任的人 / anupālanam—总是给予保护 / śāsataḥ—统治时 / anyān—其他的 / yathā—根据 / śāstram—经典的法规 / anāpadi—没有危险的 / utpathān—迷途的人 / iha—实际上

译文 全面保护守法之人，惩罚在非紧急状态的平常时日中触犯经典条令的人，是君王最高的职责。

要旨 经典中谈到在不同寻常的紧急状态下的规定职责(āpad-dharma)中说，伟大的圣人维施瓦弥陀(Viśvāmitra)曾经在不同寻常的危险境况中为维持生命而吃过一次狗肉。经典中规定，在危急情况下允许人靠吃动物的肉维持生命，但那并不意味着应该为了满足食肉者的口欲而正式开设屠宰场，并不意味着国家该鼓励这种做法。没人应该在平时状态下只是为了满足口欲而吃动物的肉。如果有人为自己的享乐而从事这种令人厌恶的活动，君王或执政首脑就应该对他严加惩罚。

正规经典中对不同的人履行不同的责任都给予了指示，按那些指示去做的人被称为是忠实地履行自己责任的人(svadharma-stha)。《博伽梵歌》第 18 章的第 48 节诗中说，一个人不该停止从事他的规定职责，即使这种活动并不是没有缺陷的。在履行自己的规定职责时，人在紧急情况下也许会被迫违法，但在平时绝不能这样做。一国之君要察看人们是否忠实地履行自己的规定职责(sva-dharma)，而且要尽全力保护履行规定职责的人。经典指示要惩罚侵犯者，而君王的职责是确保每一个人都在严格地履行经典中规定的该履行的职责。

第 17 节

धर्म उवाच
एतद्वः पाण्डवेयानां युक्तमार्ताभयं वचः ।
येषां गुणगणैः कृष्णो दौत्यादौ भगवान् कृतः ॥१७॥

dharma uvāca
etad vaḥ pāṇḍaveyānāṁ
yuktam ārtābhayaṁ vacaḥ
yeṣāṁ guṇa-gaṇaiḥ kṛṣṇo
dautyādau bhagavān kṛtaḥ

dharmaḥ uvāca—宗教的人格化身说 / etat—所有这些 / vaḥ—由你 / pāṇḍaveyānām—那些来自潘达瓦王朝的人的 / yuktam—恰好适合 / ārta—受苦者 / abhayam—摆脱所有的恐惧 / vacaḥ—讲话 / yeṣām—那些 / guṇa-gaṇaiḥ—以……的资格 / kṛṣṇaḥ—甚至主奎师那 / dautya-ādau—信使的职责等 / bhagavān—人格首神 / kṛtaḥ—执行

译文 宗教的人格化身说：你刚才讲的一番话，很符合潘达瓦王朝中人的身份。受潘达瓦兄弟奉爱品德的吸引，人格首神主奎师那甚至为他们当信使。

要旨 帕瑞克西特王给予保证和提出挑战，并不是在吹嘘自己的真实力量。他说哪怕是天堂居民违反了宗教原则，都逃不过他的政府所给予的严厉制裁。他这并不是狂妄自大，因为至尊主的奉献者与至尊主一样强而有力，甚至靠至尊主的仁慈，有时会展现出更大的力量。奉献者所给予的承诺虽然在一般的情况下有可能很难实现，但凭借至尊主的恩典就会真正实现。潘达瓦兄弟因为全心投靠、服从至尊主并为至尊主做纯粹的奉爱服务，竟使得至尊主为他们驾驭战车，或有时充当他们的信使。至尊主纯粹的奉献者毕生充满奉爱之情地为侍奉至尊主而忙碌，至尊主想要为祂这样纯粹的奉献者服务，所以总是特别高兴地为他们做事。阿尔诸纳(Arjuna)是享誉天下的、以朋友身份侍奉至尊主的奉献者，他孙子帕瑞克西特王与他一样是至尊主纯粹的奉献者，所以至尊主总是与他同在，甚至当他还是躺在母亲子宫中的无助的胎儿时，就保护他免遭阿施瓦塔玛(Aśvatthāmā)发射的灼热的布茹阿玛斯陀(brahmāstra)武器的攻击。奉献者总是受到至尊主的保护，因此帕瑞克西特王发誓要保护宗教的人格化身公牛的誓言永远都不会落空。宗教的人格化身了解这一事实，所以感谢君王忠于职守，没有辱没他崇高的地位。

第 18 节　न वयं क्लेशबीजानि यतः स्युः पुरुषर्षभ ।
पुरुषं तं विजानीमो वाक्यभेदविमोहिताः ॥१८॥

na vayaṁ kleśa-bījāni
　yataḥ syuḥ puruṣarṣabha
puruṣaṁ taṁ vijānīmo
　vākya-bheda-vimohitāḥ

na－不 / vayam－我们 / kleśa-bījāni－痛苦的根源 / yataḥ－从那里 / syuḥ－如此发生 / puruṣa-ṛṣabha－人类中最伟大的人啊 / puruṣam－这个人 / tam－……的 / vijānīmaḥ－知道 / vākya-bheda－不同的意见 / vimohitāḥ－被迷惑

译文　最优秀的人啊！我们受各种哲学理论观点的迷惑，因此要查明具体是哪一个恶徒使我们受苦十分困难。

要旨　世上有许多精于理论的哲学家阐述他们自己的因果理

论，特别是分析作用于生物体的导致痛苦的原因和其后果的理论。韦达经典中介绍了六位大哲学家，他们分别是：外赛西卡(Vaiśeṣika)哲学的创始人喀纳德(Kaṇāda)，逻辑学的创始人高塔玛(Gautama)，神秘瑜伽的创始人帕谭佳里(Patañjali)，数论哲学(Sāṅkhya)的创始人卡皮拉(Kapila)，功利性活动论(Karma-mīmāṁsā)的创始人斋弥尼(Jaimini)，以及韦丹塔哲学(Vedānta-darśana)的作者维亚萨戴瓦(Vyāsadeva)。

尽管宗教的人格化身公牛和地球的人格化身母牛，十分清楚喀历年代的人格化身是致使他们痛苦的直接原因，但作为至尊主的奉献者，他们也知道：没有至尊主的允许，没人能给他们制造烦恼。按照《莲花往世书》(Padma Purāṇa)的说法，我们现在遭受的痛苦和烦恼是过去种下的恶行所产生的结果，但为至尊主做纯粹的奉爱服务，甚至可以逐渐使那些处在种子状态中的恶报失去作用。正因为如此，奉献者们即使遇到伤害他们的人，也不会指责那些人给自己制造了痛苦。奉献者认为伤害他们的人之所以这么做，是出于某种间接的原因，因此忍受痛苦，认为那些是神赐予的少量痛苦，否则自己本该受更大的苦。

帕瑞克西特王想得到对直接制造伤害者的指控说明，但公牛和母牛出于上述的理由婉言拒绝这么做。然而，思辨哲学家们不承认有至尊主的批准；他们试图如下面诗中描述的那样，用他们自己的方式找出受苦的原因。按照圣吉瓦·哥斯瓦米(Jīva Gosvāmī)的说法，这种推测、思辨迷惑了他们自己，使他们无法了解至尊主——人格首神，就是一切原因的最初起因。

第 19 节 केचिद्विकल्पवसना आहुरात्मानमात्मनः ।
दैवमन्येऽपरे कर्म स्वभावमपरे प्रभुम् ॥१९॥

kecid vikalpa-vasanā
āhur ātmānam ātmanaḥ

daivam anye 'pare karma
svabhāvam apare prabhum

kecit—他们中的一些人 / vikalpa-vasanāḥ—那些否认所有二元性的人 / āhuḥ—宣称 / ātmānam—自我 / ātmanaḥ—自己的 / daivam—超人的 / anye—其他的 / apare—别的人 / karma—活动 / svabhāvam—物质自然 / apare—许多其他的 / prabhum—权威

译文　有些否定一切二元性的哲学家宣称：使自己快乐和痛苦的原因，就是自我本身。另外一些人说，超人的力量是原因；还有些人说，活动是原因。十足的物质主义者则坚持，大自然才是最终的原因。

要旨　正如上面提到的，斋弥尼等哲学家和他们的追随者所建立的哲学体系说，功利性活动是一切快乐与痛苦的根源；即使有更高的权威，有神或半神人们的超人力量，祂或他们也是根据一个人的活动赐予其结果，因此也受功利性活动的影响。他们说活动不是独立存在，而是由某位活动者从事的；因此活动者本人才是他快乐或痛苦的原因。《博伽梵歌》第 6 章的第 5 节诗也证实这一点说：借由不再受物质影响的心，人可以摆脱物质痛苦，所以人不该因为心灵受物质的影响而把自己束缚在物质存在中。因此，一个人的心要么是他的朋友，要么是使他在物质快乐与痛苦中沉浮的敌人。

无神论者、持唯物论的数论哲学追随者，得出结论说：物质自然是一切原因的起因。按他们的说法，物质元素的组合是物质快乐与痛苦的原因，而物质的瓦解可以使人摆脱一切的物质痛苦。

高塔玛和喀纳德发现：原子组合是一切的根源。阿施塔瓦夸等非人格神主义者则发现，灵性的梵光才是一切原因的起因。但在《博伽梵歌》中，至尊主本人声明说：祂是不具人格特征的梵光的源头，所以祂——人格首神，是一切原因的最初原因。《布茹阿玛·萨密塔》(Brahma-saṁhitā)中也证实说，主奎师那是一切原因的最初原因。

第 20 节 अप्रतर्क्यादनिर्देश्यादिति केष्वपि निश्चयः ।
अत्रानुरूपं राजर्षे विमृश स्वमनीषया ॥२०॥

apratarkyād anirdeśyād
iti keṣv api niścayaḥ
atrānurūpaṁ rājarṣe
vimṛśa sva-manīṣayā

apratarkyāt一超过了推理的能力 / anirdeśyāt一超越了思维能力 / iti一如此 / keṣu一有些人 / api一也 / niścayaḥ一明确下结论 / atra一于此 / anurūpam一哪一些是对的 / rāja-ṛṣe一国王中的圣者啊 / vimṛśa一你自己判断 / sva一由你自己 / manīṣayā一智力

译文 还有些思想家相信，人既不可能靠辩论弄清造成痛苦的原因，也不可能靠想象了解它，更不可能靠言语表达它。君王中的圣人啊，用你自己的智慧思考这一切后再加以判断吧！

要旨 至尊主的奉献者们(Vaiṣṇavites)相信，上述所解释的一切如果没有至尊主的允许就不可能发生。至尊主是至高无上的指挥者，因为祂在《博伽梵歌》第 15 章的第 15 节诗中证实说：祂作为无所不在的超灵(Paramātmā)，处在每一个生物体的心中，不仅提醒受制约的灵魂该从事的各种活动，而且还是一切活动的见证者。无神论者争辩说：除非有确凿的证据摆在有资格的法官面前，否则法官不能判一个人的罪。我们反对他们的论点，因为我们接受永恒与生物在一起的见证者的证词。生物也许完全忘了自己在前生或现世所做的事情，但他必须知道：在物质躯体这棵树上，停落着被比喻为是两只鸟的个体灵魂和以超灵形式显现的至尊灵魂；其中的一只鸟——个体灵魂，在享受树上的果实，而至尊灵魂这只鸟在那里见证着个体灵魂的一举一动。因此，以超灵特征出现的至尊灵魂是个体灵魂一切活动的见证者；靠祂的指导，个体灵魂才能记住或遗忘他在过去从事过的活动。祂既是无所不在、不具人格特征的梵(Brahman)，又是处在每一个生物体心中的、在局部区域展示超灵。祂是过去、现在与未来的一切的知悉者，一切都瞒不过祂。奉献者们知道这一真相，所以真诚地履行他们的责任，不过度担心自己会得到什么。此外，人无法靠推测或学识去估计至尊主的反应；不知道祂为什么把某些人置于困境，而对另一些人却不这么做？祂是韦达知识的最高知悉者，因此是真正的韦丹塔学者(Vedāntist)。祂同时也是韦丹塔哲学(Vedānta)的编纂者。没有谁是独立于祂而存在的，所有的生物都在以不同的方式为祂做服务。在受制约的状态下，生物被物质自然逼迫着做服务；但在解脱的状态下，生物在灵性自然的帮助下自愿为至尊主做爱心服务。祂的活动中不存在自相矛盾或缺陷。它们都属于绝对真理的范畴。就像彼士玛戴瓦(Bhīṣmadeva)正确判断的那样，至尊主的活动对普通的观察者来说是不可思议的(参考《圣典博伽瓦谭》第 1 篇第 9 章的第 16 节诗)。因此结论是：宗教的人格化身和地球的人格化身在帕瑞克西特面前所呈现的痛苦，是至尊主的一个计划，以证明帕瑞克西特王是理想的执政者，因为他很清楚该如何保护母牛(地球)和布茹阿玛纳(宗教原则)这两根灵性进步进程中的中流砥柱。所有的生物都完全受至尊主的控制。无论在什么情况下，祂所做的一切都十分正确，祂想让某人做某事时都有祂恰当的理由。帕瑞克西特王就这样受到检测，以鉴定他的伟大之处。现在让我们来看他如何运用他的智慧解决问题。

第 21 节

सूत उवाच
एवं धर्मे प्रवदति स सम्राड् द्विजसत्तमाः ।
समाहितेन मनसा विखेदः पर्यचष्ट तम् ॥२१॥

sūta uvāca
evaṁ dharme pravadati
sa samrāḍ dvija-sattamāḥ

samāhitena manasā
vikhedaḥ paryacaṣṭa tam

sūtaḥ uvāca—苏塔·哥斯瓦米说 / evam—如此 / dharme—宗教的人格化身 / pravadati—这样说 / saḥ—他 / samrāṭ—帝王 / dvija-sattamāḥ—布茹阿玛纳中最优秀的人啊 / samāhitena—专心地 / manasā—用心 / vikhedaḥ—没有任何错误 / paryacaṣṭa—回答 / tam—向他

译文 苏塔·哥斯瓦米说：最优秀的众布茹阿玛纳啊！帕瑞克西特帝王聆听宗教的人格化身的一番话后，感到很满意。在没有误解或懊悔的情况下，他给予了他的回答。

要旨 宗教的人格化身——公牛的说明，充满了哲理和知识，使君王很满意，从而能明白正在受苦的公牛不是普通的生物体。人除非完全精通至尊主的法律，否则不可能说出这番触及哲学实质的话来。与宗教的人格化身同样有智慧的帕瑞克西特王，对他的话给予了确定无误的回答。

第 22 节 राजोवाच
धर्मं ब्रवीषि धर्मज्ञ धर्मोऽसि वृषरूपधृक् ।
यदधर्मकृतः स्थानं सूचकस्यापि तद्भवेत् ॥२२॥

rājovāca
dharmaṁ bravīṣi dharma-jña
dharmo 'si vṛṣa-rūpa-dhṛk
yad adharma-kṛtaḥ sthānaṁ
sūcakasyāpi tad bhavet

rājā uvāca—国王说 / dharmam—宗教 / bravīṣi—如你所说的 / dharma-jña—了解宗教法则的人啊 / dharmaḥ—宗教的人格化身 / asi—你

是 / vṛṣa-rūpa-dhṛk－以公牛的形象出现 / yat－无论 / adharma-kṛtaḥ－不遵循宗教原则的人 / sthānam－地方 / sūcakasya－指认者的 / api－也 / tat－那 / bhavet－变得

译文 君王说：啊，以公牛形象出现的您！您知道宗教的真理，您按照“指认犯罪者的人会得到从事非宗教活动的犯罪者同样的下场”这一原理说话。您就是宗教的人格化身。

要旨 奉献者知道，没有至尊主的批准，谁也不可能直接帮助或伤害他人。正因为如此，奉献者不认为有谁应该为其行为负直接的责任。但无论得失，奉献者都认为是神所赐予的，是神的恩典。在得到时，没人会否认那是神的赐予，但在失去时或遇到逆境时，人就会怀疑神怎么能对祂的奉献者这么不仁慈，把他置于巨大的困境中。耶稣基督看似被置于巨大的困境中，被愚昧之人钉在十字架上处死，但他从没有对伤害他的人生气、愤怒。那就是接受顺境或逆境的方式。对奉献者来说，指认犯罪的人与犯罪之人一样有罪。凭借神的恩典，奉献者忍受所有的逆境，把它们视为是至尊主的恩典。帕瑞克西特王观察到这一点，所以可以明白公牛不是别人，就是宗教的人格化身。换句话说，奉献者看到神遍布一切、无所不在，因为知道所谓的痛苦也是至尊主给予奉献者的恩典，所以根本没有受苦的感觉。尽管所有的人都会向国家的行政长官们投诉，但当时在帕瑞克西特王面前，母牛和公牛丝毫没有抱怨自己被喀历年代的人格化身所折磨的事。公牛的非凡举动使帕瑞克西特王得出结论，公牛无疑是宗教的人格化身，因为没人比他更精通错综复杂的宗教法了。

第 23 节　अथवा देवमायाया नूनं गतिरगोचरा ।
चेतसो वचसश्चापि भूतानामिति निश्चयः ॥२३॥

athavā deva-māyāyā
nūnaṁ gatir agocarā
cetaso vacasaś cāpi
bhūtānām iti niścayaḥ

athavā－二选一 / deva－至尊主 / māyāyāḥ－能量 / nūnam－非常小 / gatiḥ－运作 / agocarā－不可思议的 / cetasaḥ－要么是用心智 / vacasaḥ－用言语 / ca－或者 / api－也 / bhūtānām－众生的 / iti－如此 / niścayaḥ－下了结论

译文　因此结论是：至尊主的能量不可思议，没人能靠主观推测或文字游戏去加以估量。

要旨　人们也许会问，了解谁是最终的行为者后，人就不该假装不知道真正的行为者是谁，奉献者既然很清楚一切最终是由至尊主做的，为什么不愿意说是至尊主该对此负责任呢？对这个疑问的回答是：至尊主不负直接的责任，因为一切都由祂的代理物质能量(māyā-śakti)在操作。物质能量总是刺激人，让人对至尊主的至高权威产生疑问。没有至尊主的批准什么都不会发生：宗教的人格化身虽然十分清楚这一点，但还是被至尊主的物质迷惑能量置于疑惑不解的境地中，所以他避免提到至尊的原因。喀历和错觉能量的污染，是造成这种疑惑的原因。错觉能量扩大喀历年代的影响范围，使整个环境都笼罩在喀历的影响中，其影响之大到了根本无法估量的程度。

第 24 节　तपः शौचं दया सत्यमिति पादाः कृते कृताः ।
अधर्मांशैस्त्रयो भग्नाः स्मयसङ्गमदैस्तव ॥२४॥

tapaḥ śaucaṁ dayā satyam
iti pādāḥ kṛte kṛtāḥ
adharmāṁśais trayo bhagnāḥ
smaya-saṅga-madais tava

tapaḥ－苦修 / śaucam－清洁 / dayā－仁慈 / satyam－诚实 / iti－如此 / pādāḥ－腿 / kṛte－在萨提亚年代 / kṛtāḥ－建立了 / adharma－反宗教的 / aṁśaiḥ－由部分 / trayaḥ－三个组合 / bhagnāḥ－折断的 / smaya－骄傲 / saṅga－过多地与女人联谊 / madaiḥ－麻醉自我 / tava－你的

译文 在萨提业年代(真诚)，您的四条腿分别由苦修、清洁、仁慈和诚实这四项原则组成。但显然，以骄傲、色欲和麻醉自我形式出现的猖獗的非宗教活动，把您的三条腿折断了。

要旨 物质自然的错觉能量玛亚(māyā)，根据生物体受她吸引的程度捕捉他们。飞蛾受熊熊燃烧的烈火发出的灿烂光芒的迷惑，成为火焰的牺牲品。同样道理，错觉能量总是捕捉受制约的灵魂，使其成为错觉和幻象的牺牲品。韦达经典警告受制约的灵魂不要成为错觉能量的受害者，而要摆脱错觉能量。韦达经(Vedas)警告我们，不要进入愚昧的黑暗，而要走上光明的灵性进步路途。至尊主本人也警告说，物质能量的迷惑力量太强大、难以克服，但全身心投靠、托庇于至尊主的人，却能轻易地征服这种能量。然而，投靠至尊主的莲花足并不是很容易的事。只有苦修、清洁、仁慈和诚实的人，才有可能投靠至尊主。这四项文明进步的原则是萨提亚(Satya)年代的非凡特征。在那个年代里，基本上每一个人都是有资格、最高级的布茹阿玛纳，在人类的生命阶段中都是最弃绝的人(paramahaṁsas)。当时的人依靠文化修养不受错觉能量的控制。具这种资格的强人，有足够的能力摆脱玛亚的钳制。但逐渐地，苦修、清洁、仁慈和诚实这四项布茹阿玛纳文化的基本原则，随着人类越来越骄傲、迷恋女性和麻醉自我而越来越减弱，解脱之途或获得超然极乐的途径，离人类社会也越来越远。随着喀历年代的进展，人们变得非常骄傲、依恋女性和麻醉自我。喀历年代的影响，使乞丐甚至会为了他的一分钱而骄傲；女人总是穿着过度性感的时装刺激、折磨男人们的心；男人则沉溺于喝酒、抽烟、喝茶、咀嚼烟草等。所有这些习惯，或所谓的文明进步，是一切非宗教的根源；因此光靠立法和警方的警戒根本无法阻止人贪污、腐化、行贿、受贿及任人唯亲。要治疗人类社会的这些心理疾病，人必须依靠正确的药物，即：遵守布茹阿玛纳文化的原则，也就是苦修、清洁、仁慈和诚实的原则。现代文明及发展经济造就了以勒索消费者钱财为结局的贫穷、萧条的新局面。如果国家领导和富人们花费他们积累的一半钱财，仁慈地帮助被误导的人民大众，教育他们发展神意识，学习《博伽瓦谭》的知识，无疑就会挫败喀历年代想要诱捕受制约灵魂的企图。我们必须永远记住：无论人们怎样高喊着要世界和平，但过高地估计自己的价值这种虚荣和骄傲，过度地依恋女性或过多地与她们交往，以及麻醉自我，都会使人类文明驶离和平的途径。宣讲《博伽瓦谭》的原则，将使所有的人自动去苦修，清洁自身的内在和外部，仁慈地对待受苦者，而且平日的一言一行都秉持诚实的原则。这才是消除现今在人类社会中四处泛滥的弊害的正确方法。

第 25 节 इदानीं धर्म पादस्ते सत्यं निर्वर्तयेद्यतः ।
तं जिघृक्षत्यधर्मोऽयमनृतेनैधितः कलिः ॥२५॥

idānīṁ dharma pādas te
satyaṁ nirvartayed yataḥ
taṁ jighṛkṣaty adharmo 'yam
anṛtenaidhitaḥ kaliḥ

idānīm－现在 / dharma－宗教的人格啊 / pādaḥ－腿 / te－你的 / satyam－诚实 / nirvartayet－步履蹒跚 / yataḥ－借以 / tam－那 / jighṛkṣati－努力摧毁 / adharmaḥ－宗教的人格化身 / ayam－这 / anṛtena－以欺骗 / edhitaḥ－欣欣向荣的 / kaliḥ－争吵的人格化身

译文 您现在只靠您的诚实这条腿站立着，行走艰难、不稳。但靠欺骗壮大起来的纷争的人格化身，却还试图毁坏您剩下的唯一的那条腿。

要旨 宗教原则不以教条或人制定的准则为基础，而是以苦修、清洁、仁慈和诚实为支柱。大众必须从小就受到教育要遵守这些原则。苦修意味着自愿做一些可能会使身体感到不适，但却有助于灵性觉悟的事情，例如：断食等。每个月断食二次或四次，是一种为获得灵性觉悟而自愿从事的苦行。不以觉悟自我为目的，而以达到政治目的或其他目的为目标的断食，在《博伽梵歌》第 17 章的第 5—6 节诗中受到谴责。同样道理，清洁要求的是心灵和身体的清洁；身体的清洁只是外在的清洁，但内在的心灵也需要清洁，而最有效的方法就是赞美至尊主。没人能在不赞美至尊主的情况下清除心中累积的灰尘。无神论文明中因为没有神的概念，所以无法清洁心灵，就因为这样，生活在这种文明中的人无论有什么样的物质装备，都无法拥有美好的品质。我们必须看事情最终的结果。喀历年代中人类文明的最终结果是：所有的人都不满、不平，因此心中都渴望和平与平静。在萨提亚年代中，人类因为具有上述的美好品德而享受完全的和平与平静。这些美好的品德随着时间的流逝而逐渐减少，在特瑞塔年代中剩下四分之三，在杜瓦帕尔年代剩下一半，在喀历年代中只剩下四分之一，并且还会因为人们普遍的不诚实而逐步减少。由于造作或真正的骄傲，苦修的美好品德遭到破坏；由于太依恋与女性交往，清洁遭到破坏；沉溺于麻醉自我的活动，仁慈的品德遭到破坏；太多的欺骗性宣传，真诚的品质遭到破坏。重新恢复为至尊主做奉爱服务的宗教(bhāgavata-dharma)，可以拯救人类文明，使其不再继续堕落，遭受各种不幸。

第 26 节 इयं च भूमिर्भगवता न्यासितोरुभरा सती ।
श्रीमद्भिस्तत्पदन्यासैः सर्वतः कृतकौतुका ॥२६॥

iyaṁ ca bhūmir bhagavatā
nyāsitoru-bharā satī
śrīmadbhis tat-pada-nyāsaiḥ
sarvataḥ kṛta-kautukā

iyam一这 / ca一和 / bhūmiḥ一地球上 / bhagavatā一由人格首神 / nyāsita一由祂和其他人所做的 / uru一伟大的 / bharā一负担 / satī一如此做了 / śrīmadbhiḥ一以绝对吉祥 / tat一那 / pada-nyāsaiḥ一脚印 / sarvataḥ一到处 / kṛta一完成了 / kautukā一好运

译文 人格首神和其他人物无疑减轻了地球的负担。当祂化身前来时，祂吉祥的足印成就了美好的一切。

第 27 节 शोचत्यश्रुकला साध्वी दुर्भगेवोज्झिता सती ।
अब्रह्मण्या नृपव्याजाः शूद्रा भोक्ष्यन्ति मामिति ॥२७॥

śocaty aśru-kalā sādhvī
durbhagevojjhitā satī
abrahmaṇyā nṛpa-vyājāḥ
śūdrā bhokṣyanti mām iti

śocati一悲伤 / aśru-kalā一泪流满面 / sādhvī一纯洁的 / durbhagā一好像是最不幸的 / iva一像 / ujjhitā一被遗弃 / satī一如此做过 / abrahmaṇyāḥ一没有布茹阿玛纳的文化 / nṛpa-vyājāḥ一装得像个统治者 / śūdrāḥ一低等阶层的人 / bhokṣyanti一会享受 / mām一我 / iti一如此

译文 现在，不幸被人格首神所离弃的她——纯洁者，泪流不止地哀哭着她的未来，因为她现在正被装扮成统治者的社会下层人物控制着和享受着。

要旨 有资格保护受苦者的人——查锤亚，专门负责统治国家。没有受过训练的低阶层的人，或没有雄心壮志要保护受苦者的人，不能被提拔到执政者的位置上。不幸的是，在喀历年代中，没受过训练的低阶层的人不是靠保护受苦者，而是借大众选举的力量占据了统治者的地位；这种人制造了使大家都相当无法忍受的处境。这种统治者以牺牲被统治对象的一切利益为代价，非法地满足他们自己，致使纯洁的地球母亲因为看到她的人类及动物儿孙们的可怜处境而哭泣。当非宗教明显占上风时，那就是喀历年代中世界未来的处境。当世上没有合适的君王去抑制非宗教的倾向时，有系统地教育人们《圣典博伽瓦谭》中的教导，就会清理由贪污、腐化、行贿、受贿和敲诈勒索等造成的乌烟瘴气的环境。

第 28 节　इति धर्मं महीं चैव सान्त्वयित्वा महारथः ।
निशातमाददे खड्गं कलयेऽधर्महेतवे ॥२८॥

iti dharmaṁ mahīṁ caiva
sāntvayitvā mahā-rathaḥ
niśātam ādade khaḍgaṁ
kalaye 'dharma-hetave

iti－如此 / dharmam－宗教的人格化身 / mahīm－地球 / ca－也 / eva－如同 / sāntvayitvā－安抚过后 / mahā-rathaḥ－与数千敌人作战的将军 / niśātam－锋利的 / ādade－拿起 / khaḍgam－宝剑 / kalaye－要杀掉喀历的人格化身 / adharma－反宗教 / hetave－根源

译文　能独自与一千个敌人同时作战的帕瑞克西特王，这样安慰了宗教的人格化身和地球后，便拿起他锋利的宝刀要杀死引发一切非宗教行为的喀历年代的人格化身。

要旨　如上所述，喀历年代的人格化身蓄意犯下启示经典中所严禁的各种罪行。这个喀历年代无疑将会充斥着喀历的一切活动，但这并不意味着社会领袖、执政者、博学之人和智者，尤其是至尊主的奉献者，还应该稳稳地坐着，对喀历年代的各种倒退现象麻木不仁、不闻不问。雨季中的雨量无疑会很充沛，但那并不意味着人就不必实施预防措施，以免遭受连绵的大雨所带来的危害。采取一切必要的行动抵制喀历或受喀历年代影响之人的活动，是国家执政者和其他人的责任。就这一点来看，帕瑞克西特王是国家理想的执政首脑，因为他准备立刻用他的锋利的宝刀杀死喀历年代的人格化身。行政管理者们不该只是表决通过一些防止腐败的法律条文，而必须准备用利剑杀死那些从公认的经典(śāstras)的角度看是在制造腐化、堕落、贪污、贿赂的人。行政管理者不可能在允许卖酒的商店存在的同时，去防止腐败、堕落、贪污和贿赂等活动。他们必须立刻关闭所有贩卖使人麻醉自我的烟酒和毒品商店，严惩经典中描述的那些沉溺于麻醉自我不良习惯的人，有时甚至不惜判处死刑。正如这节诗中描述的能独自与一千个敌人同时作战的帕瑞克西特王(mahā-ratha)所表现的，那才是阻止喀历活动的方式。

第 29 节

तं जिघांसुमभिप्रेत्य विहाय नृपलाञ्छनम् ।
तत्पादमूलं शिरसा समगाद्भयविह्वलः ॥२९॥

taṁ jighāṁsum abhipretya
vihāya nṛpa-lāñchanam
tat-pāda-mūlaṁ śirasā
samagād bhaya-vihvalaḥ

tam—他 / jighāṁsum—愿意杀 / abhipretya—清楚地知道 / vihāya—搁置一边 / nṛpa-lāñchanam—国王的服装 / tat-pāda-mūlam—在他的足下 / śirasā—以头 / samagāt—投降 / bhaya-vihvalaḥ—因为恐惧

译文 喀历年代的人格化身一旦明白君王想要杀死他时，立刻脱下君王的服装，惊恐万分地跪地磕头，向君王投降。

要旨　喀历年代的人格化身冒充君王穿上皇服。只有真正的查锤亚君王才配穿皇服；低阶层人士虽然把自己装扮成君王，但像帕瑞克西特王那样的真正君王一旦向他挑战，就会立刻揭穿他的真实身份。真正的查锤亚君王从不投降。他接受与他相匹敌的查锤亚的挑战，一直战斗到死或赢得胜利。真正的查锤亚不知道什么叫投降。在喀历年代里，有许多冒牌货装扮成执政者，可一旦遇到真正的查锤亚的挑战，就暴露了自己的真实身份。因此，装扮成君王的喀历人格化身看到自己打不过帕瑞克西特王时，便向帕瑞克西特王磕头求饶，卸下了君王的伪装。

第 30 节　पतितं पादयोर्वीरः कृपया दीनवत्सलः ।
शरण्यो नावधीच्छ्लोक्य आह चेदं हसन्निव ॥३०॥

patitaṁ pādayor vīraḥ
kṛpayā dīna-vatsalaḥ
śaraṇyo nāvadhīc chlokya
āha cedaṁ hasann iva

patitam—倒下 / pādayoḥ—在足下 / vīraḥ—英雄 / kṛpayā—出于怜悯 / dīna-vatsalaḥ—善待可怜的人 / śaraṇyaḥ——个值得向他皈依的人 / na—没有 / avadhīt—杀 / ślokyaḥ—值得歌颂的人 / āha—说 / ca—也 / idam—这 / hasan—微笑 / iva—像

译文　有资格接受投降并值得历史歌颂的帕瑞克西特王，因为对可怜之人慈悲为怀，所以就没有杀这可怜、堕落的投降者喀历，而是同情地对他微笑。

要旨　就连普通的查锤亚都不杀投降的人，更不要说帕瑞克西特王那样本性慈悲，对可怜之人很仁慈的君王了。他之所以微笑，是因为假扮君王的喀历暴露了他作为低阶层之人的身份。帕瑞克西特王心想：那是多么具有讽刺意味的事情啊，尽管当他决定要杀谁时，没人能逃得过他锋利的宝刀，但这可怜的低阶层喀历却因为及时投降而得到他的赦免。正因为如此，帕瑞克西特王的荣耀和仁慈在历史中受到颂扬。他是慈悲为怀的帝王，完全有资格接受甚至是敌人的投降。就这样，喀历年代的人格化身因天意而免于一死。

第 31 节 राजोवाच

न ते गुडाकेशयशोधराणां
बद्धाञ्जलेर्वै भयमस्ति किञ्चित् ।
न वर्तितव्यं भवता कथञ्चन
क्षेत्रे मदीये त्वमधर्मबन्धुः ॥३१॥

rājovāca
na te guḍākeśa-yaśo-dharāṇāṁ
baddhāñjaler vai bhayam asti kiñcit
na vartitavyaṁ bhavatā kathañcana
kṣetre madīye tvam adharma-bandhuḥ

rājā uvāca—国王说 / na—不 / te—你的 / guḍākeśa—阿尔诸纳 / yaśaḥ-dharāṇām—继承了名声的我们的 / baddha-añjaleḥ—双手合什的人的 / vai—肯定地 / bhayam—害怕 / asti—有 / kiñcit—甚至很轻微的 / na—也不 / vartitavyam—被允许活下来 / bhavatā—由你 / kathañcana—想方设法 / kṣetre—在土地上 / madīye—在我的国度 / tvam—你 / adharma-bandhuḥ—非宗教的朋友

译文 君王接着说：我们继承了阿尔诸纳的声誉，因此既然你双手合十地投降，你就不必再害怕没命了。但由于你是非宗教的朋友，你不能继续留在我的王国中。

要旨 作为一切非宗教思想和行为的朋友，喀历年代的人格化身可以因为他的投降而得到宽恕，但却无论如何不能被允许以一个福利国家居民的身份住在这样的国度中的任何一个地方。潘达瓦兄弟被委派当人格首神主奎师那的代表，主奎师那为了众生的利益引发了库茹柴陀战争。至尊主想要尤帝士提尔王及他的后代帕瑞克西特王等那样的理想君王统治世界，所以像帕瑞克西特王这么认真负责的君王不能允许非宗教思想和行为的朋友在他的王国中发展壮大，损坏潘达瓦的美名。这才是清除国家中的腐败、堕落、贪污和贿赂的方式，除此之外没别的方法可行。非宗教思想和行为的朋友应该被赶出国家，这样才能使国家免受腐败、堕落、贪污和贿赂的侵害。

第 32 节　त्वां वर्तमानं नरदेवदेहे-
ष्वनुप्रवृत्तोऽयमधर्मपूगः ।
लोभोऽनृतं चौर्यमनार्यमंहो
ज्येष्ठा च माया कलहश्च दम्भः ॥३२॥

tvāṁ vartamānaṁ nara-deva-deheṣv
anupravṛtto 'yam adharma-pūgaḥ
lobho 'nṛtaṁ cauryam anāryam aṁho
jyeṣṭhā ca māyā kalahaś ca dambhaḥ

tvām－你 / vartamānam－临在时 / nara-deva－神的代表——国王 / deheṣu－在身体里 / anupravṛttaḥ－到处发生 / ayam－所有这些 / adharma－非宗教的原则 / pūgaḥ－大量的 / lobhaḥ－贪婪 / anṛtam－虚假 / cauryam－掠夺 / anāryam－粗野 / aṁhaḥ－背信弃义 / jyeṣṭhā－不幸 / ca－和 / māyā－欺骗 / kalahaḥ－纷争 / ca－和 / dambhaḥ－虚荣

译文　如果喀历年代的人格化身——非宗教，被允许以神的代表——执政者的身份行事，那么贪婪、虚伪、抢劫、不文明、背信弃义、不幸、欺骗、纷争和虚荣等非宗教的一切，无疑就会泛滥。

要旨 正如我们已经谈论过的，任何有宗教信仰的人都应该遵守苦修、清洁、仁慈和诚实这些宗教原则。人没有必要从印度教改信伊斯兰教，从伊斯兰教改信基督教或其他宗教信仰，从而成为背教者，但同时却不遵守宗教原则。《博伽瓦谭》的教义强烈要求人们遵守宗教原则。宗教原则不是教条或某种信仰中的规范守则。这些规范守则会随着时间和地点的变化而做调整。人必须要看宗教的目标最终是否达到了。在没有遵守真正的原则的情况下执著于教条和形式并不好。不受宗教团体或派别控制的国家也许对任何信仰都保持不偏不倚的态度，但不能漠视上述的宗教原则。然而，在喀历年代里，国家的执政领袖却漠视这些宗教原则，在他们的支持下，人们不遵守这些宗教原则，结果贪婪、虚伪、欺骗和偷盗等罪恶自然紧随而至，因此再怎么高声大喊要制止国家中的贪污、腐化、行贿、受贿现象都没有意义。

第 33 节

न वर्तितव्यं तदधर्मबन्धो
धर्मेण सत्येन च वर्तितव्ये ।
ब्रह्मावर्ते यत्र यजन्ति यज्ञै-
र्यज्ञेश्वरं यज्ञवितानविज्ञाः ॥३३॥

na vartitavyaṁ tad adharma-bandho
dharmeṇa satyena ca vartitavye
brahmāvarte yatra yajanti yajñair
yajñeśvaraṁ yajña-vitāna-vijñāḥ

na—不 / vartitavyam—值得保留 / tat—因此 / adharma—非宗教的 / bandho—朋友 / dharmeṇa—以宗教 / satyena—以真理 / ca—也 / vartitavye—处于 / brahma-āvarte—举行祭祀的地方 / yatra—那里 / yajanti—恰当的执行 / yajñaiḥ—以奉爱服务或以祭祀 / yajña-īśvaram—向人格首神——至尊主 / yajña—祭祀 / vitāna—传播 / vijñāḥ—专家

译文　因此，非宗教的朋友啊！你不配留在一个专家们为满足至尊人格首神而按照真理和宗教原则举行祭祀的地方。

要旨　至尊人格首神雅格耶施瓦尔(Yajñeśvara)，是一切种类的祭祀仪式的享受者。经典中规定了在不同的年代中所该举行的不同的祭祀仪式。换句话说，祭祀意味着接受至尊主至高无上的地位，因而从事在各方面都让至尊主满意的活动。无神论者不相信神的存在，不举行任何可以取悦至尊主的祭祀。任何国家或地方，如果接受至尊主至高无上的地位并举行令祂满意的祭祀，它就被称为布茹阿玛瓦尔塔(brahmāvarta)。世界各地有不同的国家，每一个国家也许都有不同种类的可以取悦至尊主的祭祀，**但《博伽瓦谭》中明确说明取悦祂的关键是诚实**。宗教的基本原则是诚实，而一切宗教的最终目标是使至尊主满意。在这个喀历年代中，最普遍的祭祀形式是聚众歌唱神的圣名(saṅkīrtana-yajña)。这是精通弘扬祭祀方式的专家的看法。主柴坦亚(Caitanya)宣传这种形式的祭祀，而我们从这节诗中可以了解，聚众歌唱神的圣名祭祀可以在任何地方举行，以赶走喀历年代的人格化身，拯救人类社会免遭喀历年代影响的伤害。

第 34 节　यस्मिन् हरिर्भगवानिज्यमान
इज्यात्ममूर्तिर्यजतां शं तनोति ।
कामानमोघान् स्थिरजङ्गमाना-
मन्तर्बहिर्वायुरिवैष आत्मा ॥३४॥

yasmin harir bhagavān ijyamāna
ijyātma-mūrtir yajatāṁ śaṁ tanoti
kāmān amoghān sthira-jaṅgamānām
antar bahir vāyur ivaiṣa ātmā

yasmin—在这样的祭祀仪式中 / hariḥ—至尊主 / bhagavān—人格首

神 / ijyamānaḥ－被崇拜 / ijya-ātma－所有值得崇拜的神明的灵魂 / mūrtiḥ－在各种形体中 / yajatām－那些崇拜的人 / śam－利益 / tanoti－传播开 / kāmān－欲望 / amoghān－神圣的 / sthira-jaṅgamānām－所有动与不动的 / antaḥ－内在 / bahiḥ－外在 / vāyuḥ－空气 / iva－好像 / eṣaḥ－他们所有的 / ātmā－灵性的灵魂

译文 至尊人格首神是众生的超灵，像空气一样存在于内部和外在，所以在所有的祭祀仪式上，尽管有时会有一个半神人受到崇拜，但至尊人格首神却始终受到崇拜。因此，赐予崇拜者各种福利的其实就是祂。

要旨 即使有时看到人们崇拜天帝因铎(Indra)和月亮神昌铎(Candra)，给他们供奉祭品，但要知道，所有这些祭祀的赏赐都是至尊主赏给崇拜者的；只有至尊主才能把福利奖给崇拜者。半神人虽然受到崇拜，但在没有至尊主批准的情况下不能做任何事，至尊主是一切动与不动生物体的超灵。

在《博伽梵歌》第 9 章的第 23 节诗中，至尊主本人确认这一点说：

ye 'py anya-devatā-bhaktā
yajante śraddhayānvitāḥ
te 'pi mām eva kaunteya
yajanty avidhi-pūrvakam

“琨缇的儿子啊！一个人无论向半神人们献祭什么，实际上都只是在向我献祭，但却是在没有真正明白的情况下做的。”

事实是：至尊主独一无二；除了至尊主本人，没有谁是神。所以，至尊主永恒地超越物质创造。但有许多人崇拜太阳神、月亮神、天帝因铎等半神人，而他们只不过是至尊主在物质世界里的代理人。这些半神人间接地代表至尊主不同的品质。博学的学者或奉献者知道他们的身份，因此直接崇拜至尊主本人，而不会把注意力转移到至尊主的这些在物质世界里的品质代表身上。知识不是太渊博的人崇拜至尊主的这些在物质世界里的品质代表，但他们的崇拜因为没有按照经典的教导，所以不符合真正的礼仪。

第 35 节

सूत उवाच
परीक्षितैवमादिष्टः स कलिर्जातवेपथुः ।
तमुद्यतासिमाहेदं दण्डपाणिमिवोद्यतम् ॥३५॥

sūta uvāca
parīkṣitaivam ādiṣṭaḥ
sa kalir jata-vepathuḥ
tam udyatāsim āhedaṁ
daṇḍa-pāṇim ivodyatam

sūtaḥ uvāca—圣苏塔·哥斯瓦米说 / parīkṣitā—由帕瑞克西特王 / evam—如此 / ādiṣṭaḥ—被命令 / saḥ—他 / kaliḥ—喀历的人格化身 / jāta—那里有 / vepathuḥ—发抖 / tam—他 / udyata—举起 / asim—剑 / āha—说 / idam—如此 / daṇḍa-pāṇim—死亡之神阎罗王 / iva—像 / udyatam—几乎准备好了

译文　圣苏塔·哥斯瓦米说：得到帕瑞克西特王这样的命令，喀历年代的人格化身吓得浑身发抖。看到面前的君王像阎罗王一样准备杀了他，喀历便这样对君王说。

要旨　帕瑞克西特王准备喀历年代的人格化身一旦违抗他的命令，他就立刻杀死喀历年代的人格化身；否则他倒不反对让他继续活下去。喀历年代的人格化身因为害怕丧命而浑身颤抖，想尽一切办法要免遭惩罚，于是决定必须要向帕瑞克西特王投降。君王——执政首脑，必须要强大有力，以致站在喀历年代的人格化身面前要像死神阎罗王(Yamarāja)一样。臣民必须服从君工的命令，违抗者是在冒生命危险。喀历年代的人格化身给国民的正常生活制造不安，所以控制喀历年代的人格化身要用帕瑞克西特王采取的方式。

第 36 节

कलिरुवाच
यत्र क्व वाथ वत्स्यामि सार्वभौम तवाज्ञया ।
लक्षये तत्र तत्रापि त्वामात्तेषुशरासनम् ॥३६॥

kalir uvāca
yatra kva vātha vatsyāmi
sārva-bhauma tavājñayā
lakṣaye tatra tatrāpi
tvām āttеṣu-śarāsanam

kaliḥ uvāca—喀历的人格化身说 / yatra—任何地方 / kva—每个地方 / vā—两者都 / atha—其中 / vatsyāmi—我将住在 / sārva-bhauma—地球的主宰(帝王)啊 / tava—你的 / ājñayā—命令 / lakṣaye—我看到 / tatra tatra—随处 / api—也 / tvām—阁下 / ātta—被拿起来 / iṣu—箭 / śarāsanam—弓

译文 陛下啊！尽管按您的命令我也许会四处漂泊，但我无论看向何方，都会看到佩带着弓箭的您。

要旨 喀历年代的人格化身可以看出，帕瑞克西特王是全世界所有陆地的帝王，所以无论他去哪里生活，他都会遇到有同样心态的帕瑞克西特王。喀历年代的人格化身专门制造混乱和伤害，而帕瑞克西特王专门负责镇压各种制造混乱和伤害的人，特别是喀历年代的人格化身。因此，对喀历年代的人格化身来说，与其在其他地方被杀死，还不如被帕瑞克西特王当场杀死好。他毕竟是向君王投降的灵魂，君王该决定需要做的事情。

第 37 节　तन्मे धर्मभृतां श्रेष्ठ स्थानं निर्देष्टुमर्हसि ।
यत्रैव नियतो वत्स्य आतिष्ठंस्तेऽनुशासनम् ॥३७॥

tan me dharma-bhṛtāṁ śreṣṭha
sthānaṁ nirdeṣṭum arhasi
yatraiva niyato vatsya
ātiṣṭhaṁs te 'nuśāsanam

tat－因此 / me－我 / dharma-bhṛtām－所有宗教的保护者的 / śreṣṭha－领袖啊 / sthānam－地方 / nirdeṣṭum－指定 / arhasi－希望你能这样做 / yatra－哪里 / eva－明确地 / niyataḥ－总是 / vatsye－能够居住 / ātiṣṭhan－永恒地处于 / te－你的 / anuśāsanam－在你的统治下

译文　因此，宗教保护者中的领袖啊！请让我在一个能得到您政府保护的地方永住下来。

要旨　喀历年代的人格化身之所以称帕瑞克西特王为宗教保护者中的领袖，是因为君王控制住自己没杀向他投降的人。投降、皈依的灵魂应该得到所有的保护，哪怕他是敌人也要这样做。那是宗教原则。因此，我们可以想象一下，人格首神会给予那些不是作为敌人向祂投降，而是作为一个忠实的仆人去投靠、服从祂的人以怎样的保护。至尊主保护皈依祂的灵魂，使其免于一切罪恶和恶报(《博伽梵歌》18.66)。

第 38 节　सूत उवाच
अभ्यर्थितस्तदा तस्मै स्थानानि कलये ददौ ।
द्यूतं पानं स्त्रियः सूना यत्राधर्मश्चतुर्विधः ॥३८॥

sūta uvāca
abhyarthitas tadā tasmai
sthānāni kalaye dadau
dyūtaṁ pānaṁ striyaḥ sūnā
yatrādharmaś catur-vidhaḥ

sūtaḥ uvāca—苏塔·哥斯瓦米说 / abhyarthitaḥ—如此被恳求 / tadā—那时 / tasmai—向他 / sthānāni—地方 / kalaye—向喀历的人格化身 / dadau—允许他 / dyūtam—赌博 / pānam—酗酒 / striyaḥ—与女人的不法交往 / sūnā—屠杀动物 / yatra—那里有 / adharmaḥ—罪恶活动 / catuḥ-vidhaḥ—四种

译文 苏塔·哥斯瓦米说：在喀历年代的人格化身的请求下，帕瑞克西特王允许他住在有赌博、卖淫、酗酒和屠宰动物等活动的地方。

要旨 骄傲、乱性、麻醉自我和虚伪等非宗教的基本表现及活动，违背苦修、清洁、仁慈、诚实这四项宗教原则。帕瑞克西特王允许喀历年代的人格化身住在诗中提到的有四种活动的地方，即：有赌博、卖淫、喝酒和宰杀动物的地方。

圣吉瓦·哥斯瓦米指示说，在不举行酒祭(sautrāmaṇī-yajña)的情况下喝酒违反经典的原则，与婚姻外的女性交往，以及在违反经典指示的情况下杀动物，都是违反宗教原则的行为。针对忙于物质享乐的人(pravṛttas)和努力摆脱物质束缚的人(nivṛttas)，韦达经中分别给予了两种不同的指示。对忙于物质享乐的人，韦达经典中的指令是逐渐把他们的活动导向解脱之途。因此，对那些沉溺于酒、色、肉，处在最愚昧状态中的人，经典有时建议他们通过举行酒祭喝酒，通过结婚与女性联谊，通过举行特定的祭祀吃肉。韦达文献中的这些建议，都是针对某类人，而不是针对全体人类的。由于韦达经(Vedas)中的这些建议是针对忙于物质享乐的人而提出的，所以他们按照经典的指示从事的活动不被认为是违反宗教原则的(adharma)。一个人的食物也许是另一个人的毒药；同样道理，推荐受愚昧属性控制的人去做的事情，对处在善良属性中的人来说就是有害的。为此，圣吉瓦·哥斯瓦米·帕布明确地说：经典里推荐的某类人可以从事的活动不会被视为是违反宗教原则的活动，但那些活动其实是违反宗教原则的，因此从不应该受到鼓励。经典里有这些建议并不是为了鼓励人们从事这些违反宗教原则的活动，而是把无法避免的违反宗教原则的活动逐渐导向宗教之途。

以帕瑞克西特王为榜样，所有的国家执政领袖都应该负责监督在自己的国家建立起苦修、清洁、仁慈和诚实这四项宗教原则，并且想尽一切办法抑制骄傲、卖淫等非法性行为、服用麻醉自我的物品和吃肉等违反宗教原则的活动。为了变不利为有利，喀历年代的人格化身应该被转到有赌博、喝酒、卖淫和屠宰场的地方。那些沉溺于这些违反宗教原则的习惯的人，应该通过按照经典的推荐去做，从而受到控制。在任何国家的任何情况下，这些活动都不应该受到鼓励。换句话说，国家应该明确禁止一切种类的赌博、喝酒、卖淫和欺诈活动。绝大多数人都想要铲除腐化、堕落、贪污和贿赂，国家应该以下列方法向大众介绍宗教原则：

一、一个月最少必须禁食两天(苦修)。即使从经济的角度看，全体国民如果这样一个月禁食两天，就会节省大量的粮食，而且这样的做法也非常有利于提升全体国民的健康水平。

二、年轻的男子达到二十四岁、少女达到十六岁时就必须结婚。假如年轻的男子和少女正式结婚，在中学和大学男女同校就没有伤害。男生和女生如果有亲密的交往，就应该正式结婚，而不该有非法性行为。离婚会鼓励卖淫行为，所以应该制止。

三、国内的每一个居民和团体，都必须把他们收入的百分之五十布施出来，以作为在国内或人类社会中创造一种灵性氛围之用。国家应该传播《博伽瓦谭》的教导，鼓励国民按照如下的方法去做：

(1)为满足至尊主而做一切(karma-yoga)；(2)有规律地从权威人士或觉悟了的灵魂那里聆听《圣典博伽瓦谭》的教导；(3)在家或在崇拜至尊主的地方聚众歌唱至尊主的荣耀；(4)为献身传播《圣典博伽瓦谭》教导的奉献者们(bhāgavatas)做所有种类的服务；(5)住在一个氛围中充满神意识的地方。整个国家如果都遵循上述的做法，自然就会随处都充满神意识。

所有性质的赌博，包括做投机的生意，都被视为是堕落。当一个国家开始鼓励赌博时，诚实的品德就完全丧失了。应该停止继续允许年轻的男女在超过上述年龄时还不结婚，停止批准兴建各种性质的动物屠宰场。食肉之人只有按照经典提到的方式才能吃肉，否则应该受到禁止，同时应该禁止在市场上卖肉。应该禁止服用各种麻醉自我的物品，甚至包括抽烟、咀嚼烟草或喝茶。

第 39 节 पुनश्च याचमानाय जातरूपमदात्प्रभुः ।
ततोऽनृतं मदं कामं रजो वैरं च पञ्चमम् ॥३९॥

punaś ca yācamānāya
jāta-rūpam adāt prabhuḥ
tato 'nṛtaṁ madaṁ kāmaṁ
rajo vairaṁ ca pañcamam

punaḥ－再次／ca－也／yācamānāya－向乞丐／jāta-rūpam－金子／adāt－给予／prabhuḥ－国王／tataḥ－借以／anṛtam－谎言／madam－麻醉／kāmam－色欲／rajaḥ－因为激情属性／vairam－敌意／ca－也／pañcamam－第五个

译文 喀历年代的人格化身又提出更多的要求，在他的乞求下，君王允许他住在有黄金的地方，因为有黄金的地方就有虚伪、饮酒吸毒、色欲、忌妒和敌意。

要旨　尽管帕瑞克西特王允许喀历住在有赌博、卖淫、饮酒吸毒和屠宰动物四种活动的地方，但由于他统治期间世上根本没有那样的地方，所以对喀历来说，当时要找到那样的地方是很艰难的事。为此，喀历要求帕瑞克西特王给他一些能让他用来实现其恶毒目的的具体的方便条件。帕瑞克西特王于是允许他住在有黄金的地方，因为储存黄金的地方就有上述四种活动，而且还会产生敌意。就这样，喀历年代的人格化身成为黄金的标准化交易的始祖。按照《圣典博伽瓦谭》的教导，黄金激发助长欺诈、饮酒吸毒、嫖娼卖淫、忌妒和敌意。就连黄金的标准化交易和以其为基础的货币流通也是有害的。以黄金为度量衡单位的货币交易建筑在谎言的基础上，因为现今货币的流通量实际上不等于黄金的储备量。现今的货币印制量和流通量实际上远远大于实际的黄金储备量，所以这是一种欺诈的交易。这种由官方造成的人为的通货膨胀，使得国家的经济遭到践踏。人造纸币这种劣质钱的流通，造成各种商品的价格人为地上扬，变得越来越贵。劣质钱把优质钱赶出了交易市场。事实上，人类社会应该用金币做交易，而不是用纸币，这将阻止黄金的被滥用和糟蹋。妇女用的金首饰可以在控制范围内使用，这种控制不是指品质的控制，而是指在量上的控制。这么做将防止色欲、忌妒和敌意的滋生。当市场上流通的是真正的金币时，由黄金的影响所导致的欺诈、卖淫等行为就会自动停止，到时就不需要政府再专门开设一个反腐倡廉的部门，从而造成另一个形式的浪费和欺诈。

第 40 节　अमूनि पञ्च स्थानानि ह्यधर्मप्रभवः कलिः ।
औत्तरेयेण दत्तानि न्यवसत्तन्निदेशकृत् ॥४०॥

amūni pañca sthānāni
　hy adharma-prabhavaḥ kaliḥ
auttareyeṇa dattāni
　nyavasat tan-nideśa-kṛt

amūni－所有那些 / pañca－五 / sthānāni－地方 / hi－肯定地 / adharma－非宗教原则 / prabhavaḥ－鼓励 / kaliḥ－喀历年代 / auttareyeṇa－由乌塔茹阿的儿子 / dattāni－发出 / nyavasat－居住 / tat－由他 / nideśa-kṛt－指导

译文 接着，乌塔茹阿的儿子帕瑞克西特王指示，喀历年代的人格化身被允许住在上述那五个地方。

要旨 喀历年代始于黄金的标准化交易，虚伪、饮酒吸毒、宰杀动物和嫖娼卖淫等罪恶活动从此在全世界蔓延开来。明智的人们渴望清除这些腐化堕落的恶行。对此，前面提供了对抗这种腐化堕落的方法，每一个人都可以对这一建议善加利用。

第 41 节 अथैतानि न सेवेत बुभूषुः पुरुषः क्वचित् ।
विशेषतो धर्मशीलो राजा लोकपतिर्गुरुः ॥४१॥

athaitāni na seveta
bubhūṣuḥ puruṣaḥ kvacit
viśeṣato dharma-śīlo
rājā loka-patir guruḥ

atha－因此 / etāni－所有这些 / na－永不 / seveta－接触 / bubhūṣuḥ－那些渴望得到安宁的 / puruṣaḥ－人 / kvacit－无论如何 / viśeṣataḥ－特别的 / dharma-śīlaḥ－那些在解脱的路途上向前迈进的人 / rājā－国王 / loka-patiḥ－社会领袖 / guruḥ－布茹阿玛纳和托钵僧

译文 因此，想要增进个人利益的人，特别是君王、宗教人士、大众领袖、布茹阿玛纳和托钵僧这些人，永远都不该与上述四种非宗教活动有关系。

要旨　布茹阿玛纳(婆罗门)是所有其他阶层人士的宗教指导者，托钵僧(sannyāsī)是社会各阶层和灵性各阶段人士的灵性导师，因此在人类社会中都是肩负重任的人；负责全体人民的物质福利的君王和大众领袖也不例外。进步的宗教人士和不想浪费自己宝贵的人类生命的人，应该避免从事任何违反宗教原则的活动，特别是与女性的不正当接触。一个布茹阿玛纳如果不诚实，他作为布茹阿玛纳所具有的一切就都立刻化为乌有。一个托钵僧如果与女性有不正当的接触，他就不配被称为托钵僧。同样，君王和大众领袖如果骄傲自大或养成喝酒、抽烟的习惯，他们无疑就不再有资格负责为大众谋福利的活动。诚实是一切宗教的基本原则。托钵僧、布茹阿玛纳(婆罗门)、君王和大众领袖这四种人类社会的领袖人物，必须受到品德和资格的严格检验。人在被公认为是人类社会灵性或物质方面的导师之前，必然要经过上述品德和资格的检验。这些公众领袖也许在学术上资格欠佳，但最重要的评判标准是：他们必须免于赌博、饮酒、与女性不正当的接触和宰杀动物这四项罪恶活动的污染。

第 42 节　वृषस्य नष्टांस्त्रीन् पादान्तपः शौचं दयामिति ।
प्रतिसन्दध आश्वास्य महीं च समवर्धयत् ॥४२॥

vṛṣasya naṣṭāṁs trīn pādān
tapaḥ śaucaṁ dayām iti
pratisandadha āśvāsya
mahīṁ ca samavardhayat

vṛṣasya一公牛(宗教的人格化身)的 / naṣṭān一失去 / trīn一三 / pādān一腿 / tapaḥ一苦修 / śaucam一洁净 / dayām一仁慈 / iti一如此 / pratisandadhe一重新建立 / āśvāsya一通过从事鼓舞人心的活动 / mahīm一地球 / ca一和 / samavardhayat一得到完美的提高

译文 那事件之后，君王重建了宗教人格化身(公牛)失去的腿，通过从事鼓舞人心的活动，他充分改善了地球的情况。

要旨 帕瑞克西特王通过指定喀历年代的人格化身可以居住的地方，实际上哄骗了喀历。在喀历年代的人格化身、宗教的人格化身(以公牛的形象出现)和地球的人格化身(以母牛的形象出现)三者面前，他能够准确判断出他王国的普遍情况，所以立刻采取适当的措施重建宗教的人格化身公牛的另外三条腿，即：苦修、清洁和仁慈。为了全世界人民的普遍利益着想，他利用黄金储备来调整情况。毫无疑问，黄金会导致人类社会中的虚伪、麻醉自我、嫖娼卖淫、敌意和暴力，但在有资格的君王、大众领袖，或者布茹阿玛纳、托钵僧的正确指导下，同样的黄金可以被正确地用来重建宗教的人格化身公牛失去的三条腿。

为此，帕瑞克西特王像他祖父阿尔诸纳一样，收集起所有会增进喀历倾向的人们非法储存的黄金，按照《圣典博伽瓦谭》中的教导，把它们用于举行聚众歌唱神的圣名的祭祀(saṅkīrtana-yajña)。正如我们在前面建议过的，人应该把积累起的钱财分成三部分去用，即：百分之五十用于为至尊主服务，百分之二十五用于养家，另外的百分之二十五用于个人所需。用积蓄的钱财的百分之五十为至尊主做服务，或者通过聚众歌唱神的圣名在人类社会中传播灵性的知识，是人所能展现的最大的仁慈。世人普遍对灵性知识，特别是为至尊主做奉爱服务的知识一无所知，因此有系统地宣传奉爱服务的超然知识，是一个人可以向世人所展示的最大的仁慈。当每一个人都受到教育要献出自己积累的百分之五十的黄金，用于为至尊主做奉爱服务，苦修、清洁和仁慈这三项宗教原则无疑就会自然而然得到遵守，宗教的人格化身失去的三条腿就会自动生长出来。当世人都遵守苦修、清洁、仁慈和诚实的宗教原则时，地球母亲自然就会感到心满意足，喀历也就很少有机会渗透到人类社会的组织结构中。

第 43－44 节 स एष एतर्ह्यध्यास्त आसनं पार्थिवोचितम् ।
पितामहेनोपन्यस्तं राज्ञारण्यं विविक्षता ॥४३॥
आस्तेऽधुना स राजर्षिः कौरवेन्द्रश्रियोल्लसन् ।
गजाह्वये महाभागश्चक्रवर्ती बृहच्छ्रवाः ॥४४॥

sa eṣa etarhy adhyāsta
āsanaṁ pārthivocitam
pitāmahenopanyastaṁ
rājñāraṇyaṁ vivikṣatā

āste 'dhunā sa rājarṣiḥ
kauravendra-śriyollasan
gajāhvaye mahā-bhāgaś
cakravartī bṛhac-chravāḥ

saḥ－他 / eṣaḥ－这 / etarhi－目前 / adhyāste－统治 / āsanam－王位 / pārthiva-ucitam－恰好配得上一个国王 / pitāmahena－由祖父 / upanyastam－被传递下来 / rājñā－由国王 / araṇyam－森林 / vivikṣatā－渴望 / āste－那里 / adhunā－现在 / saḥ－那 / rāja-ṛṣiḥ－国王中的圣人 / kaurava-indra－库茹君王中的领袖 / śriyā－荣耀 / ullasan－传播 / gajāhvaye－在哈斯提纳普尔 / mahā-bhāgaḥ－最幸运的 / cakravartī－君王 / bṛhat-śravāḥ－极为著名的

译文 最幸运的帝王帕瑞克西特王，在尤帝士提尔王决定隐退去森林时，受托统治哈斯提纳普尔。库茹王朝历代君王的卓越功勋，使他备受赞美，并因而十分成功地统治着世界。

要旨 奈弥沙冉亚(Naimiṣāraṇya)森林中的圣人，是在帕瑞克西特王离开人世后不久，开始举行长达一千年之久的祭祀仪式的。据经典记载，在祭祀的一开始，至尊主奎师那的哥哥巴拉戴瓦(Baladeva)与祂的一些同伴也去过举行祭祀的地方。按照一些权威人士的说法，梵文语法中的现在式语态，也可以用来描述最近刚发生过的事情。从那个意义上说，这节诗里在描述帕瑞克西特王的统治时用的就是现代式语态。在描述一件连续不断发生的事实时，也会用到现代式语态。因此，帕瑞克西特王当年所遵循的原则，现在还可以继续遵循；只要执政者有决心，人类社会还可以继续不断地进步。如果我们决心采取帕瑞克西特王采取过的行动，我们还可以清除喀历年代的人格化身带进人类社会的一切非道德活动。帕瑞克西特王当年指定喀历可以去某些地方，但事实上，由于帕瑞克西特王的严格管理，当时世上根本没有赌博、喝酒、卖淫和屠杀动物的地方，所以喀历当时根本找不到他可以去的地方。现代执政者们想要在自己的国家中消除贪污、堕落、行贿、受贿等腐败现象，但愚蠢的他们不知道究竟该如何做。他们一方面想要核发经营赌场、妓院、卖春旅馆、电影院、酒吧和其他吸食毒品的场所的许可证，以自欺欺人的手段处理每一件事情，一方面又想要清除国内的贪污、堕落、行贿、受贿等腐败现象。他们想要神的王国，但不想有神意识。这本是自相矛盾的两件事，怎么可能使它们协调起来呢？如果我们想要清除国内的贪污、堕落、行贿、受贿等腐败现象，我们就必须首先安排使整个社会接受苦修、清洁、仁慈和诚实这四项宗教原则。为了让整个环境有利于宗教原则的贯彻执行，我们必须关闭所有赌博、饮酒、卖淫和屠宰动物等使人远离真理的场所。这些都是《圣典博伽瓦谭》给予的极为实用的教导。

第 45 节 इत्थम्भूतानुभावोऽयमभिमन्युसुतो नृपः ।
यस्य पालयतः क्षौणीं यूयं सत्राय दीक्षिताः ॥४५॥

ittham-bhūtānubhāvo 'yam
abhimanyu-suto nṛpaḥ
yasya pālayataḥ kṣauṇīṁ
yūyaṁ satrāya dīkṣitāḥ

ittham-bhūta－因为如此 / anubhāvaḥ－经验 / ayam－这个的 / abhimanyu-sutaḥ－阿比曼纽的儿子 / nṛpaḥ－国王 / yasya－……的人 / pālayataḥ－因为他的统治 / kṣauṇīm－地球上 / yūyam－你们所有 / satrāya－举行祭祀 / dīkṣitāḥ－开始了

译文 阿比曼纽的儿子帕瑞克西特王本人是如此精明强干，由于他熟练的管理和资助，你们才有可能举行这样的祭祀。

要旨 布茹阿玛纳和托钵僧(sannyāsīs)精通社会的灵性进步事宜，而执政者查锤亚则精通有关人类社会的物质和平与繁荣事宜。他们都是使人快乐、幸福的支柱，所以需要为大众的福利而彼此充分合作。帕瑞克西特王精明强干，足以把喀历驱逐出他活动的领域，从而使国人可以接受灵性的启发。普通大众如果不善于接受灵性教育，就很难让他们了解灵修的必要性。苦修、清洁、仁慈和诚实是宗教原则的基础，为接受并提高灵性知识打下根基，帕瑞克西特王的努力为这一切创造了良好的条件。正因为如此，奈弥沙冉亚森林中的圣人们才有可能进行长达一千年之久的祭祀。换句话说，没有国家的支持，不可能不断地弘扬宗教教义或原则。为了大众的利益，布茹阿玛纳和查锤亚之间应该通力合作。这种精神一直延续到阿育王(Mahārāja Aśoka)的时代。佛祖正因为得到了阿育王的充分支持，才能把佛教的知识传遍全世界。

到此为止，结束了巴克提韦丹塔对《圣典博伽瓦谭》第1篇第17章——“对喀历的惩罚及赐予”所作的阐释。

第十八章
布茹阿玛纳少年诅咒帕瑞克西特王

第 1 节

सूत उवाच
योो वै द्रौण्यस्त्रविप्लुष्टो न मातुरुदरे मृतः ।
अनुग्रहाद्भगवतः कृष्णस्याद्भुतकर्मणः ॥१॥

sūta uvāca
yo vai drauṇy-astra-vipluṣṭo
na mātur udare mṛtaḥ
anugrahād bhagavataḥ
kṛṣṇasyādbhuta-karmaṇaḥ

sūtaḥ uvāca—圣苏塔·哥斯瓦米说 / yaḥ—……的人 / vai—肯定地 / drauṇi-astra—被朵纳之子的武器 / vipluṣṭaḥ—被燃烧 / na—绝不 / mātuḥ—母亲的 / udare—在子宫里 / mṛtaḥ—遭遇死亡 / anugrahāt—靠仁慈 / bhagavataḥ—人格首神的 / kṛṣṇasya—奎师那 / adbhuta-karmaṇaḥ—行动神奇的祂

译文 圣苏塔·哥斯瓦米说：凭借行动神奇的人格首神圣奎师那的仁慈，帕瑞克西特王虽然在母亲的子宫中受到朵纳之子武器的攻击，但却没有被烧死。

要旨 奈弥沙冉亚(Naimiṣāraṇya)森林中的圣人们聆听了帕瑞克西特王(Mahārāja Parīkṣit)卓越的施政措施，特别是他惩罚喀历年代的人格化身，使其在王国中没有任何机会兴风作浪的事迹后，都惊叹不已。除了讲述帕瑞克西特王的施政情况，苏塔·哥斯瓦米(Sūta Gosvāmī)也很渴望讲述帕瑞克西特王神奇的出生和死亡经历。这节诗是苏塔·哥斯瓦米开始讲述前的一个说明，以增加奈弥沙冉亚森林中的圣人们聆听的兴趣。

第 2 节 ब्रह्मकोपोत्थिताद्यस्तु तक्षकात्प्राणविप्लवात् ।
न सम्मुमोहोरुभयाद्भगवत्यर्पिताशयः ॥ २ ॥

brahma-kopotthitād yas tu
takṣakāt prāṇa-viplavāt
na sammumohorubhayād
bhagavaty arpitāśayaḥ

brahma-kopa一布茹阿玛纳的愤怒 / utthitāt一由……造成 / yaḥ一即将……的 / tu一但是 / takṣakāt一被一只蛇鸟 / prāṇa-viplavāt一从生命的终结 / na一绝不 / sammumoha一不知所措 / uru-bhayāt一巨大的恐惧 / bhagavati一向人格首神 / arpita一皈依 / āśayaḥ一意识

译文 而且，帕瑞克西特王总是自觉地投靠、服从人格首神。正因为如此，对于由一个布茹阿玛纳少年的狂怒所导致的蛇鸟咬他一事，他既不害怕，也没有不知所措。

要旨 把自己完全献给至尊主的奉献者，被称为只对为至尊人格首神纳茹阿亚纳服务感兴趣的纯粹奉献者(nārāyaṇa-parāyaṇa)。这样的一个人从不害怕任何地方或人物，甚至连死都不怕。对他来说，没有什么比至尊主还要重要，所以他平等看待天堂与地狱。他很清楚，天堂和地狱都是至尊主的创造；同样，生与死也是至尊主创造的不同的生存状况。但在所有的情况和环境中都能记住至尊主纳茹阿亚纳，才是最重要的。只对为至尊人格首神纳茹阿亚纳服务感兴趣的纯粹奉献者一直不断地练习能够做到这一点。帕瑞克西特王就是这样一位纯粹的奉献者。他被一个布茹阿玛纳的没有阅历的儿子所错误地诅咒；尽管那位布茹阿玛纳的儿子在喀历年代的影响下做了这件事，但帕瑞克西特王把这视为是由纳茹阿亚纳的意愿所致。他知道：在他还在他母亲的子宫中时，纳茹阿亚纳(主奎师那)就已经救过他一命，所以如果他会被蛇鸟杀死，那也一定是至尊主的意愿使然。奉献者从不违抗至尊主的意愿；顺应神的旨意所发生的任何事情，对奉献者来说都是祝福。因此，帕瑞克西特王既不恐惧，也不会对这样的事情感到困惑。那是至尊主纯粹奉献者的特征。

第 3 节　उत्सृज्य सर्वतः सङ्गं विज्ञाताजितसंस्थितिः ।
वैयासकेर्जहौ शिष्यो गङ्गायां स्वं कलेवरम् ॥ ३ ॥

utsṛjya sarvataḥ saṅgaṁ
vijñātājita-saṁsthitiḥ
vaiyāsaker jahau śiṣyo
gaṅgāyāṁ svaṁ kalevaram

utsṛjya－在搁置后 / sarvataḥ－周围 / saṅgam－联谊 / vijñāta－理解 / ajita－永远不可征服的人(人格首神) / saṁsthitiḥ－真正地位 / vaiyāsakeḥ－向维亚萨的儿子 / jahau－放弃 / śiṣyaḥ－如一个门徒 / gaṅgāyām－在恒河岸边 / svam－他自己 / kalevaram－物质躯体

译文　相反，君王离开所有的亲朋好友，投靠了维亚萨的儿子(舒卡戴瓦·哥斯瓦米)，当他的门徒。这使他能够了解人格首神的真正地位，并于最后在恒河岸边放弃了他的物质躯体。

要旨　这节诗中的梵文阿吉塔(ajita)一词意义重大。人格首神圣奎师那，又被称为阿吉塔——不可战胜者，祂在所有的方面都是不可战胜、不可征服的。没人能了解祂的真正地位，即使靠培养知识也征服不了祂。我们都听说过祂超然的住所(dhāma)——永恒的哥珞卡·温达文(Goloka Vṛndāvana)，但很多学者却以不同的方式对这个住所进行解释。然而，凭借帕瑞克西特王作为最谦卑的门徒所皈依的舒卡戴瓦·哥斯瓦米那样的灵性导师的恩典，人可以了解至尊主的真正地位、祂永恒的住所，以及祂住所中一切超然的设施和人员。通过了解至尊主的超然住所，及可以去到祂那超然住所的超然方法，帕瑞克西特王对他最终的归宿充满信心；了解这一点后，君王能够毫不留恋地放弃一切物质的事物，甚至他自己的身体。《博伽梵歌》(Bhagavad-gītā)第 2 章的第 59 节诗中说：当人能够体验到高品质(param)的快乐时，他就会放弃与物质执著有关的一切(paraṁ dṛṣṭvā nivartate)。从《博伽梵歌》中我们了解到：至尊主内在能量的品质高于祂的物质能量的品质，凭借像舒卡戴瓦·哥斯瓦米那样的真正灵性导师的恩典，我们完全能了解到至尊主用以展现祂永恒的名字、品质、娱乐活动、随身用品及多姿多彩的一切的高级能量的详情。人除非十分清楚至尊主的这种高等、永恒的能量，否则不管怎么从理论上推敲绝对真理的真正本性，都无法离开物质能量。凭借主奎师那的恩典，帕瑞克西特王能够接受到舒卡戴瓦·哥斯瓦米这样一位伟大人物的仁慈，从而能够了解至尊主不可战胜的真实地位。从韦达文献中很难了解至尊主，但依靠像舒卡戴瓦·哥斯瓦米那样解脱的奉献者的仁慈，就很容易了解祂。

第 4 节 नोत्तमश्लोकवार्तानां जुषतां तत्कथामृतम् ।
स्यात्सम्भ्रमोऽन्तकालेऽपि स्मरतां तत्पदाम्बुजम् ॥ ४ ॥

nottamaśloka-vārtānāṁ
juṣatāṁ tat-kathāmṛtam
syāt sambhramo 'nta-kāle 'pi
smaratāṁ tat-padāmbujam

na—永不 / uttama-śloka—韦达赞歌歌颂的人格首神 / vārtānām—那些靠它们为生的人的 / juṣatām—那些如此活动的人的 / tat—祂的 /

kathā-amṛtam—有关祂的超然话题 / syāt—如此发生 / sambhramaḥ—错误的概念 / anta—最后 / kāle—及时 / api—也 / smaratām—记忆 / tat—祂的 / pada-ambujam—莲花足

译文　之所以这样，是因为那些毕生都在谈论有关韦达赞歌歌颂的人格首神的超然话题的人，那些一直不断铭记至尊主莲花足的人，直到他们生命的最后一刻都不愿意去冒有错误概念的危险。

要旨　在人生最后的时刻能记住至尊主的超然本性，就能达到生命最高的完美境界。要达到这种完美的境界，就必须聆听舒卡戴瓦·哥斯瓦米那样解脱了的灵魂或与他同一个师徒传承中的灵性导师歌唱描述至尊主真正的超然本性的韦达赞歌。聆听心智思辨者吟唱韦达赞歌不会有任何收获。同一个人如果聆听真正觉悟了自我的灵魂描述有关至尊主，并靠谦卑、顺从地做服务正确地理解所听到的内容，一切真相就会变得像水晶一样清澈透明、显而易见。这样，谦恭的门徒就能够超然地生活，一直到人生的最后时刻。依靠科学的方法，人甚至在死亡时因身体系统紊乱而造成记忆力极度衰弱时都能记着至尊主。对一个普通人来说，濒临死亡时很难再如实地记清楚什么事，但凭借至尊主和祂的真正奉献者——灵性导师的恩典，人却可以轻易地做到这一点。帕瑞克西特王就做到了这一点。

第 5 节　तावत्कलिर्न प्रभवेत्प्रविष्टोऽपीह सर्वतः ।
यावदीशो महानुर्व्यामाभिमन्यव एकराट् ॥५॥

tāvat kalir na prabhavet
pravisto 'pīha sarvataḥ
yāvad īśo mahān urvyām
ābhimanyava eka-rāṭ

tāvat—只要 / kaliḥ—喀历的人格化身 / na—不能 / prabhavet—壮大 / praviṣṭaḥ—进入 / api—虽然 / iha—这里 / sarvataḥ—到处 / yāvat—只要 / īśaḥ—至尊主 / mahān—伟大的 / urvyām—强大的 / ābhimanyavaḥ—阿比曼纽的儿子 / eka-rāṭ—一个君王

译文 只要阿比曼纽那力量强大的儿子还是世界帝王，喀历的人格化身就没有机会壮大自己。

要旨 正如我们已经解释过的，喀历年代的人格化身早就进入这个地球，一直在伺机把他的影响扩散至全世界。但由于帕瑞克西特王还在，他无法如愿以偿。那就是优秀的政府所起的作用。像喀历年代的人格化身那种喜欢搞破坏的人，一直企图扩大他们穷凶极恶的活动范围，强有力的国家所要履行的责任是采取一切手段抑制他们。帕瑞克西特王虽然指定喀历年代的人格化身可以去的地方，但并没有给他任何机会去影响王国中的臣民们。

第 6 节 यस्मिन्नहनि यर्ह्येव भगवानुत्ससर्ज गाम् ।
तदैवेहानुवृत्तोऽसावधर्मप्रभवः कलिः ॥ ६ ॥

yasminn ahani yarhy eva
bhagavān utsasarja gām
tadaivehānuvṛtto 'sāv
adharma-prabhavaḥ kaliḥ

yasmin—就在 / ahani—那一天 / yarhi eva—那一刻 / bhagavān—人格首神 / utsasarja—离开了 / gām—地球 / tadā—那时 / eva—肯定地 / iha—在这个世界 / anuvṛttaḥ—追随 / asau—他 / adharma—非宗教 / prabhavaḥ—促进 / kaliḥ—纷争的人格化身

译文 自人格首神圣主奎师那离开这个地球的那一天、

那一刻起，引发所有种类的非宗教活动的喀历人格化身就进入了世界。

要旨　人格首神和祂的圣名、品质等完全相同。当人格首神在地球上时，喀历年代的人格化身无法进入地球范围。同样，如果我们安排一直不断地歌唱至尊人格首神的圣名和特质，喀历年代的人格化身也就根本无机可乘。这就是把喀历年代的人格化身赶出世界的具体方法。现代人类社会中，物质科技高度发达，科技人员们发明了无线电收音机。所以，国家与其播放宣传感官享乐的噪声，不如按照《博伽梵歌》和《圣典博伽瓦谭》(Śrīmad-Bhāgavatam)授权的方法做，安排大声播放与至尊主的圣名、声望和活动有关的超然声音。这样就会创造一个有利的环境，在世界上重建宗教原则；极度渴望在世上消除贪污、堕落、行贿、受贿等腐败现象的国家领导人，也可以实现他们的宏愿。如果正确地把一切都用来为至尊主服务，那么一切就都是好的。

第 7 节　नानुद्वेष्टि कलिं सम्राट् सारङ्ग इव सारभुक् ।
कुशलान्याशु सिद्ध्यन्ति नेतराणि कृतानि यत् ॥ ७ ॥

nānudveṣṭi kaliṁ samrāṭ
sāraṅga iva sāra-bhuk
kuśalāny āśu siddhyanti
netarāṇi kṛtāni yat

na—绝不 / anudveṣṭi—忌妒 / kalim—向喀历的人格化身 / samrāṭ—帝王 / sāram-ga—像蜜蜂般实际的 / iva—像 / sāra-bhuk—接受实质的人 / kuśalāni—吉祥的对象 / āśu—立刻 / siddhyanti—变得成功 / na—绝不 / itarāṇi—不吉祥的 / kṛtāni—被执行 / yat—正如

译文　就像蜜蜂只接受(鲜花的)精华，帕瑞克西特王是个注重实质的人。他十分清楚：在这个喀历年代里，吉祥的事物会立即产生好的影响，而不吉祥的活动必须真正付出行动后才会产生影响。因此，他从没有忌妒过喀历年代的人格化身。

要旨 喀历年代被称为堕落的年代。在这个堕落的年代里，由于生物处在尴尬的状态中，至尊主便为他们提供了一些便利条件。所以凭借至尊主的意愿，生物在没有真正把想法付诸行动前，不会成为罪恶活动的牺牲者。在其他的年代中，光是想要从事罪恶活动，就已经算是犯罪，就已经成为罪恶活动的牺牲者了。与罪恶活动的计算相反，这个年代里的生物只要想从事虔诚的活动，至尊主就已经给他们记下一笔功劳了。作为凭借至尊主的恩典而成为最有学问和精明强干的君王，帕瑞克西特王没有对喀历年代的人格化身进行不必要的敌视，因为他根本没有打算给喀历年代的人格化身提供任何可以从事罪恶活动的机会。他保护他的臣民不沦落为喀历年代罪恶活动的牺牲品，同时又通过指定喀历年代的人格化身可以居住的地方，给喀历年代的人格化身提供了所有的便利条件。《圣典博伽瓦谭》在结尾的篇章中说，尽管喀历年代的人格化身穷凶极恶地从事着各种罪恶活动，但在喀历年代里还是有一个千载难逢的良机，那就是：人可以仅仅靠吟诵、吟唱至尊主的圣名达到解脱。正因为如此，帕瑞克西特王努力安排宣传吟诵、吟唱至尊主的圣名活动，以此拯救他的臣民免遭喀历的钳制。也正因为有这样的良机，伟大的圣人们有时会赞颂喀历年代。韦达经(Vedas)中也说，谈论主奎师那的活动，可以使人免遭喀历年代的伤害。《圣典博伽瓦谭》开篇中也说，朗诵《圣典博伽瓦谭》，至尊主便立刻受到吸引，留驻在朗诵者的心中。这些都是至尊主在喀历年代中为我们提供的有利条件；帕瑞克西特王充分利用所有这些有利条件；他按照外士纳瓦宗的教导，不去想喀历年代的任何害处。

第 8 节 किं नु बालेषु शूरेण कलिना धीरभीरुणा ।
अप्रमत्तः प्रमत्तेषु यो वृको नृषु वर्तते ॥ ८ ॥

kiṁ nu bāleṣu śūreṇa
　kalinā dhīra-bhīruṇā
apramattaḥ pramatteṣu
　yo vṛko nṛṣu vartate

kim—什么 / nu—可能 / bāleṣu—在智力欠佳的人当中 / śūreṇa—由强者 / kalinā—以喀历的人格化身 / dhīra—自我控制 / bhīruṇā—由一个害怕……的人 / apramattaḥ—一个小心的人 / pramatteṣu—在不小心的人中 / yaḥ—……的人 / vṛkaḥ—老虎 / nṛṣu—在人当中 / vartate—存在

译文　帕瑞克西特王经深思熟虑后认为，智力欠佳的人也许会发现喀历年代的人格化身非常强大，但自我控制的人却根本不会怕他。如猛虎般强大的君王，会照顾愚蠢、草率的人们。

要旨　不当至尊主的奉献者的人粗心、草率，没有智慧。人除非十分有智慧，否则无法当至尊主的奉献者。不当至尊主的奉献者的人，坠入喀历编织的罗网，成为他从事的罪恶活动的牺牲品。因此，为至尊主做奉爱服务是唯一能够对抗喀历年代影响的方法。喀历使人类社会堕落腐化的首要活动是：赌博、麻醉自我、卖淫和屠宰动物。定法规或建立调查委员会都无法制止这些堕落腐化现象，即使执政首脑和商人严格地遵守那些法规也无济于事。除非我们准备采用帕瑞克西特王所采取的做法——向大众宣传为至尊主做奉爱服务，否则世上不可能有健康、正常的社会环境。

第 9 节　उपवर्णितमेतद्वः पुण्यं पारीक्षितं मया ।
वासुदेवकथोपेतमाख्यानं यदपृच्छत ॥ ९ ॥

upavarṇitam etad vaḥ
　puṇyaṁ pārīkṣitaṁ mayā
vāsudeva-kathopetam
　ākhyānaṁ yad apṛcchata

upavarṇitam－描述了几乎所有的 / etat－所有这些 / vaḥ－向你 / puṇyam－虔诚的 / pārīkṣitam－关于帕瑞克西特王 / mayā－由我 / vāsudeva－主奎师那的 / kathā－叙述 / upetam－和……有关 / ākhyānam－陈述 / yat－什么 / apṛcchata－你询问我

译文 圣人们啊！根据你们的询问，我几乎讲述了与虔诚君王帕瑞克西特的历史有关的主奎师那的一切。

要旨 《圣典博伽瓦谭》是记载至尊主的活动的历史，而至尊主的活动都与祂的奉献者有关。因此，奉献者们的历史与主奎师那活动的历史没有区别。至尊主的奉献者认为至尊主的活动与祂那些纯粹的奉献者的活动在同一个层面上，因为它们都是超然的。

第 10 节 या याः कथा भगवतः कथनीयोरुकर्मणः ।
गुणकर्माश्रयाः पुम्भिः संसेव्यास्ता बुभूषुभिः ॥१०॥

yā yāḥ kathā bhagavataḥ
kathanīyoru-karmaṇaḥ
guṇa-karmāśrayāḥ pumbhiḥ
saṁsevyās tā bubhūṣubhiḥ

yāḥ－无论怎样 / yāḥ－无论什么 / kathāḥ－话题 / bhagavataḥ－有关至尊人格首神的 / kathanīya－我谈论过的 / uru-karmaṇaḥ－行动神奇的祂的 / guṇa－超然的品质 / karma－非凡的行为 / āśrayāḥ－包括 / pumbhiḥ－由人们 / saṁsevyāḥ－应该聆听 / tāḥ－他们所有的人 / bubhūṣubhiḥ－被那些想得到真正好处的人

译文 想要达到人生最完美目标的人，必须谦恭地聆听所有与行动神奇的人格首神的超然活动和品质有关的论题。

要旨　有系统地聆听圣主奎师那的超然活动、品质和名字，促使人走向永恒的生活。系统地聆听意味着逐渐了解有关祂的一切真相，这意味着能达到《博伽梵歌》中说明的永恒生活。赞美圣主奎师那的活动这一超然的做法，是经典规定的对抗生老病死的方法，而生老病死被视为是受制约灵魂的物质所得。这种最高的生命完美境界是人生追求的目标，可以获得超然的极乐。

第 11 节

ऋषय ऊचुः
सूत जीव समाः सौम्य शाश्वतीर्विशदं यशः ।
यस्त्वं शंससि कृष्णस्य मर्त्यानाममृतं हि नः ॥११॥

ṛṣaya ūcuḥ
sūta jīva samāḥ saumya
śāśvatīr viśadaṁ yaśaḥ
yas tvaṁ śaṁsasi kṛṣṇasya
martyānām amṛtaṁ hi naḥ

ṛṣayaḥ ūcuḥ—善良的圣人说 / sūta—苏塔 · 哥斯瓦米啊 / jīva—我们祝愿你的寿命 / samāḥ—许多年 / saumya—严肃的 / śāśvatīḥ—永恒的 / viśadam—特别是 / yaśaḥ—名声 / yaḥ tvam—因为你 / śaṁsasi—讲得非常好 / kṛṣṇasya—有关主奎师那 / martyānām—那些死亡的人的 / amṛtam—永恒的生命 / hi—肯定地 / naḥ—我们

译文　虔诚的圣人们说：庄严的苏塔 · 哥斯瓦米啊！愿您长寿、美名永传，因为您讲述的有关人格首神主奎师那的活动十分动人。这对于像我们这样终有一死的人来说，恰似甘露一般。

要旨　我们在聆听对有关人格首神的超然品质和活动的描述时，应该始终记着至尊主本人在《博伽梵歌》第 4 章的第 9 节诗中所讲的话。祂的活动，哪怕是在人类社会中的活动都是超然的，都是用祂那不同于物质能量的灵性能量实施的。正如《博伽梵歌》中说明的，这样的活动称为“超然的(divyam)”。这意思是，祂的活动或诞生不像普通生物那样受物质能量的控制；祂的身体不是物质的，不像普通生物那样会经历变化。了解这一事实的人，无论是从至尊主那里还是从被授权的人士那里了解到，在离开现有的物质躯体后都不会再经历出生的过程了。这种有知识的灵魂被允许进入至尊主的灵性王国，在那里为至尊主做超然的爱心服务。因此，我们越多地聆听《博伽梵歌》和《圣典博伽瓦谭》中描述的有关至尊主的超然活动，就能越多地了解有关祂的超然本性，在回归首神的路途上向前迈进时就越稳定。

第 12 节 कर्मण्यस्मिन्ननाश्वासे धूमधूम्रात्मनां भवान् ।
आपाययति गोविन्दपादपद्मासवं मधु ॥१२॥

karmaṇy asminn anāśvāse
  dhūma-dhūmrātmanāṁ bhavān
āpāyayati govinda-
  pāda-padmāsavaṁ madhu

karmaṇi—从事 / asmin—在此 / anāśvāse—不确定的 / dhūma—烟 / dhūmra-ātmanām—把肌肤和内心熏黑 / bhavān—您阁下 / āpāyayati—非常喜悦 / govinda—人格首神 / pāda—足 / padma-āsavam—莲花的甘露 / madhu—蜂蜜

译文 我们从事的这项功利性活动——火祭，才刚刚开始，因为在我们的行动中有许多缺陷，所以这项活动的结果并不确定。尽管浓烟熏黑了我们的身体，但事实上，您所描述的人格首神哥文达莲花足的甘露却使我们非常满意。

要旨 奈弥沙冉亚森林中的圣人们所点燃的祭祀之火，由于其活动过程中有许多欠缺而必定浓烟滚滚，充满了不确定的因素。第一项欠缺是：这个喀历年代里极度缺乏有能力成功主持这种祭祀的经验丰富的布茹阿玛纳(brāhmaṇas，婆罗门)。在这种祭祀中如有任何差错都会摧毁整个祭祀，结果就像耕田种地一样是不确定的、有风险的。种水稻要想得到好的结果，必须依靠上天降雨，所以结果是不确定的。同样道理，在这个喀历年代里举行任何形式的祭祀仪式，结果也都是不确定的。喀历年代中贪婪而不讲道德的布茹阿玛纳，劝诱无辜的大众举行这种结果并不确定的祭祀表演，但却不告诉大众，经典真正的指示是：在喀历年代中除了举行聚众歌唱至尊主圣名的祭祀，没有任何其他一种祭祀可以奏效。苏塔·哥斯瓦米给聚集在一起的圣人们讲述至尊主的超然活动，圣人们通过聆听这些超然的活动真正感受到好的结果。一个人可以对此有真正的感受，就像可以感受到进食的结果一样。灵性觉悟以这种方式运作。

奈弥沙冉亚的圣人们备受祭祀之火产生的浓烟之苦，同时也怀疑火祭的结果，但聆听苏塔·哥斯瓦米那样觉悟了的人物所讲述的一切，使他们感到心满意足。在《布茹阿玛·外瓦尔塔往世书》(Brahma-vaivarta Purāṇa)中，维施努(Viṣṇu)告诉希瓦(Śiva)说：在喀历年代中，为各种事情困扰而心中充满焦虑的人们，可以徒劳地从事功利性活动和哲学思辨，但只有开始为至尊主做奉爱服务，才能够既不损失能量，又能得到确定的利益。换句话说，无论是从事有关灵性觉悟的活动还是要得到物质利益的活动，如果没有为至尊主做奉爱服务的内容，都无法取得真正的成功。

第 13 节　तुलयाम लवेनापि न स्वर्गं नापुनर्भवम् ।
भगवत्सङ्गिसङ्गस्य मर्त्यानां किमुताशिषः ॥१३॥

tulayāma lavenāpi
na svargaṁ nāpunar-bhavam

bhagavat-saṅgi-saṅgasya
martyānāṁ kim utāśiṣaḥ

tulayāma—与……保持平衡 / lavena——刻 / api—甚至 / na—绝不 / svargam—天堂星球 / na—也不 / apunaḥ-bhavam—摆脱物质的束缚 / bhagavat-saṅgi—至尊主的奉献者 / saṅgasya—联谊的 / martyānām—那些注定要死亡的 / kim uta—更何谈 / āśiṣaḥ—世俗的利益

译文 就连进入天堂星球或从物质世界解脱出去所得到的益处，都无法与跟至尊主的奉献者联谊片刻所得到的益处相比，更何谈是注定要死的人所得到的以物质繁荣为形式的世俗利益。

要旨 当事物与事物之间有共同点时，才可能把它们放在一起作比较。任何物质的事物都无法与跟至尊主的纯粹奉献者联谊相比较。沉溺于追求物质快乐的人，渴望去月亮、金星和因铎珞卡(Indraloka)等天堂星球；深入进行物质哲学思辨的人，向往摆脱一切物质束缚。人在对一切种类的物质提升感到泄气、失意时，就会回头追求被称为不再投生的解脱(apunar-bhava)。但是，至尊主的纯粹奉献者既不向往在天堂王国中可以得到的快乐，也不渴望获得摆脱物质束缚的解脱。换句话说，对至尊主纯粹的奉献者来说，在天堂星球上所能得到的物质快乐也只不过是千变万化的幻象；他们因为已经去除了苦乐等所有的物质概念，所以甚至还在物质世界里就已经真正解脱了。这意味着，至尊主的纯粹奉献者在物质世界和灵性世界中都忙于为至尊主做爱心服务，置身于超然的存在中。正如政府公务员无论在办公室、在家或任何地方都是同一个人，至尊主的奉献者只为至尊主做超然的服务，因此即使在物质世界里也与任何物质事物无关。既然他与任何物质事物都没有关系，他还能从当君王或最高统治者等随着身体的死亡而很快结束的物质利益中得到什么快乐呢？奉爱服务是永恒的；它是灵性的，因此永远没有结束的时候。正因为纯粹奉献者所拥有的财富与物质资产截然不同，所以两者之间根本没有可比之处。苏塔·哥斯瓦米是至尊主纯粹的奉献者，他与奈弥沙冉亚森林中的圣人们的联谊极为珍贵。在物质世界里与十足的物质主义者交往其实是受到谴责的。物质主义者又被说成是极为依恋物质束缚的人(yoṣit-saṅgī)，这些物质束缚包括女性和随之而来的其他事物。这样的依恋或执著，因为赶走了人生真正的利益和成功，所以受到谴责。与极为依恋物质束缚的人截然不同的，是一直不断地与至尊主的圣名、形象和品质等接触的人(bhāgavata-saṅgī)。这样的联谊永远是值得向往的、可崇拜的、值得赞扬的，人应该把它当做生命的最高目标去追求。

第 14 节

को नाम तृप्येद्रसवित्कथायां
महत्तमैकान्तपरायणस्य ।
नान्तं गुणानामगुणस्य जग्मु-
र्योगेश्वरा ये भवपाद्ममुख्याः ॥१४॥

ko nāma tṛpyed rasavit kathāyāṁ
mahattamaikānta-parāyaṇasya
nāntaṁ guṇānām aguṇasya jagmur
yogeśvarā ye bhava-pādma-mukhyāḥ

kaḥ－他是谁 / nāma－特别 / tṛpyet－得到完全的满足 / rasa-vit－精通品尝甘露的人 / kathāyām－在……话题中 / mahat-tama－人类中最伟大的 / ekānta－唯一 / parāyaṇasya－……的庇护者的 / na－永不 / antam－终止 / guṇānām－品质的 / aguṇasya－超然性的 / jagmuḥ－可以确定的 / yoga-īśvarāḥ－神秘力量的众多主人 / ye－他们所有的 / bhava－主希瓦 / pādma－主布茹阿玛 / mukhyāḥ－头

译文 人格首神主奎师那(哥文达)，是所有杰出生物体的唯一庇护者。祂超然的属性，就连主希瓦和主布茹阿玛那样的神秘力量控制者都无法估量。聆听有关祂的话题，会使那些精通品尝甘露的人有感到彻底够了的那一刻吗？

要旨 主希瓦(Śiva)和主布茹阿玛(Brahmā)都是半神人们的领袖。他们浑身充满了神秘力量。主希瓦曾经喝进一汪洋的毒液，而那毒液中的一滴就足以杀死一个普通的生物体。同样，布茹阿玛创造了许多强大有力的半神人，其中也包括希瓦。所以，他们都是这个宇宙的主宰(īśvara)。然而，他们还不是最强大有力的。最强大有力者是哥文达(Govinda)——主奎师那(Kṛṣṇa)。祂是绝对超然者，祂超然的属性就连希瓦和布茹阿玛等这个宇宙的主宰都无法估量。正因为如此，主奎师那是全体生物体中最伟大者的唯一庇护者。布茹阿玛虽然属于生物体中的一员，但却是我们中最伟大的生物体。全体生物体中的最伟大者对有关主奎师那的超然论题为什么那么着迷呢？因为主奎师那是令人快乐的一切的源头。每一个生物体都想要品味每一件事物中的某种滋味，但为至尊主做超然爱心服务的人可以从这种服务活动中得到无限的快乐。至尊主是无限的，祂的名字、特性、娱乐活动、与祂有关的一切，以及祂多姿多彩的变化，也都是无限的。去品味这一切的人虽然可以有无限的体验，但却永远没有感到够了的那一刻，总想得到更多的体验。对这一事实，《莲花往世书》(Padma Purāṇa)中确认说：

ramante yogino 'nante
satyānanda-cid-ātmani
iti rāma-padenāsau
paraṁ brahmābhidhīyate

(《永恒的柴坦亚经》中篇 9.29)

“神秘主义者从绝对真理那里得到无限的超然快乐。正因为如此，至尊绝对真理——人格首神，又被称为茹阿玛(Rāma)。”

这种超然的谈论从没有终结的一刻。从事世俗事务时，人会有感到腻烦的时刻，但在超然的事务中从没有这种厌烦感。苏塔·哥斯瓦米想要在奈弥沙冉亚森林的圣人们面前继续讲述有关主奎师那的话题，圣人们也表达了他们想要继续聆听他讲述的愿望。至尊主是超然的，祂的属性是超然的，所以这样的演讲会增加那些得到净化的听众想要继续聆听的愿望。

第 15 节

तन्नो भवान् वै भगवत्प्रधानो
महत्तमैकान्तपरायणस्य ।
हरेरुदारं चरितं विशुद्धं
शुश्रूषतां नो वितनोतु विद्वन् ॥१५॥

tan no bhavān vai bhagavat-pradhāno
mahattamaikānta-parāyaṇasya
harer udāraṁ caritaṁ viśuddhaṁ
śuśrūṣatāṁ no vitanotu vidvan

tat—因此 / naḥ—我们的 / bhavān—您阁下 / vai—肯定地 / bhagavat—与人格首神相关的 / pradhānaḥ—首要的 / mahat-tama—所有伟大者中最伟大的 / ekānta—一心一意地 / parāyaṇasya—庇护的 / hareḥ—至尊主的 / udāram—不偏不倚的 / caritam—活动 / viśuddham—超然的 / śuśrūṣatām—那些善于接受的人 / naḥ—我们自己 / vitanotu—请描述 / vidvan—有学识的人啊

译文 苏塔·哥斯瓦米啊！人格首神是您服务的首要对象，所以您是至尊主博学而又纯洁的奉献者。因此，请为我们描述至尊主的娱乐活动，那些活动超越一切物质概念，我们渴望得到这样的信息。

要旨 讲述至尊主超然活动的人，应该只有一个崇拜和服务的对象，那就是：至尊人格首神——主奎师那。而聆听这类主题的听众应该渴望聆听有关至尊主的一切。有资格的讲述者和有资格的听众：一旦有了这样的组合，就非常适合继续谈论与绝对超然者有关的一切了。职业演讲者与沉溺于物质享乐的听众，无法从类似的谈论中得到真正的利益。职业演讲者为了赚钱养家而举办表演性质的《博伽瓦谭》七日谈(Bhāgavata-saptāha)，追求物质享乐的听众则为了得到信仰宗教所带来的物质利益，以及经济发展、感官享乐或解脱等物质利益而去听这种所谓的《博伽瓦谭》七日谈。这种商业化的《博伽瓦谭》谈论受到物质属性的污染。但是，奈弥沙冉亚森林中的圣人们与圣苏塔·哥斯瓦米之间的谈论，却处在超然的层面上。他们都没有要获得物质利益的动机。在这样的谈论中，听众和讲述者双方都体验到无限的超然快乐，因此能够持续几千年一直不断地谈论这样的话题。由职业演讲家组织的现代《博伽瓦谭》七日谈，在结束了七天的表演后，听众和演讲者都恢复从事他们平日的物质活动。之所以有这样的结果，是因为演讲者不是上述的以侍奉和崇拜至尊主奎师那为唯一目标的奉献者(bhagavat-pradhāna)，听众也不是上述的真正只渴望聆听有关至尊主一切的人(śuśrūṣatām)。

第 16 节

स वै महाभागवतः परीक्षिद्
येनापवर्गाख्यमदभ्रबुद्धिः ।
ज्ञानेन वैयासकिशब्दितेन
भेजे खगेन्द्रध्वजपादमूलम् ॥१६॥

sa vai mahā-bhāgavataḥ parīkṣid
yenāpavargākhyam adabhra-buddhiḥ
ñānena vaiyāsaki-śabditena
bheje khagendra-dhvaja-pāda-mūlam

saḥ—他 / vai—肯定地 / mahā-bhāgavataḥ—一流的奉献者 / parīkṣit—国王 / yena—借由…… / apavarga-ākhyam—以解脱之名 / adabhra—固定 / buddhiḥ—智力 / jñānena—以知识 / vaiyāsaki—维亚萨的儿子 / śabditena—振动 / bheje—带去 / khaga-indra—飞鸟之王嘎茹达 / dhvaja—旗帜 / pāda-mūlam—脚底

译文　苏塔·哥斯瓦米啊！请讲述由维亚萨的儿子(圣舒卡戴瓦)给帕瑞克西特王讲述的有关至尊主的话题。智力固定于解脱事宜的帕瑞克西特王，听了这些话题后获得飞鸟之王嘎茹达的保护者——至尊主的莲花足。

要旨　走在解脱之途上的学生之间存在着一些争议。这些超然的学生分非人格神主义者和至尊主的奉献者。至尊主的奉献者崇拜至尊主超然的形象，而非人格神主义者则冥想至尊主身体放射出的耀眼光芒——布茹阿玛玖提(brahmajyoti)。这节诗中说，维亚萨戴瓦的儿子——圣舒卡戴瓦·哥斯瓦米把超然的知识传授给帕瑞克西特王，使帕瑞克西特王得到了至尊主的莲花足。正如舒卡戴瓦·哥斯瓦米本人在《博伽瓦谭》第2篇第1章的第9节诗中所承认的，他一开始也是非人格神主义者，但后来受到至尊主超然的娱乐活动的吸引，从而成为至尊主的奉献者。这种具有完美知识的奉献者被称为是一流的奉献者(mahā-bhāgavata)。奉献者共分三流奉献者、二流奉献者和一流奉献者三类。三流的奉献者(prākṛta)，是对至尊主及至尊主的奉献者没有明确了解的庙宇崇拜者。二流奉献者(madhyama)能够清楚区分至尊主、至尊主的奉献者、初习者和非奉献者。然而，一流的奉献者(mahā-bhāgavata)看到一切都与至尊主有关联，至尊主无所不在。正因为如此，一流的奉献者没有任何分别心，尤其不区分奉献者和非奉献者。帕瑞克西特王就是这样的一位一流奉献者，因为他得到一流的奉献者舒卡戴瓦·哥斯瓦米的启迪。他平等待人，仁慈以对，甚至对喀历年代的人格化身都如此，更不要说其他人了。

在世界的超然历史中记载着许多非人格神主义者后来成为至尊主的奉献者的实例。我们从没有看到奉献者成为非人格神主义者的实例。这一事实证明，在超然的阶梯上，奉献者脚踏的台阶高于非人格神主义者脚踏的台阶。《博伽梵歌》第 12 章的第 5 节诗中也说，停滞在非人格神主义台阶上的人所经历的痛苦，比实际取得的进步要大。舒卡戴瓦 · 哥斯瓦米传授给帕瑞克西特王的知识，帮助帕瑞克西特王上升到为至尊主服务的层面。这种完美境界被称为解脱的完美境界(apavarga)。光是有关解脱的知识属于物质性的知识。真正摆脱物质的束缚称为解脱，但达到为至尊主做超然服务的阶段，称为解脱的完美阶段。正如我们在《圣典博伽瓦谭》第 1 篇第 2 章的第 12 节诗中解释过的，这样的阶段要靠知识和弃绝才能达到；而由圣舒卡戴瓦 · 哥斯瓦米传达的完美知识，使人上升到为至尊主做超然服务的层面。

第 17 节

तन्नः परं पुण्यमसंवृतार्थ-
माख्यानमत्यद्भुतयोगनिष्ठम् ।
आख्याह्यनन्ताचरितोपपन्नं
पारीक्षितं भागवताभिरामम् ॥१७॥

tan naḥ paraṁ puṇyam asaṁvṛtārtham
ākhyānam atyadbhuta-yoga-niṣṭham
ākhyāhy anantācaritopapannaṁ
pārīkṣitaṁ bhāgavatābhirāmam

tat－因此 / naḥ－向我们 / param－至高无上的 / puṇyam－净化 / asaṁvṛta-artham－如实地 / ākhyānam－叙述 / ati－非常 / adbhuta－美妙 / yoga-niṣṭham－充满奉爱瑜伽的内容 / ākhyāhi－描述 / ananta－无限者 / ācarita－活动 / upapannam－充满 / pārīkṣitam－讲给帕瑞克西特王 / bhāgavata－纯粹奉献者的 / abhirāmam－特别亲密

译文　无限者的事迹至高无上，极具净化力，因此请为我们讲述那些事迹。那些事迹曾讲给帕瑞克西特王听，因为其中充满了奉爱瑜伽的内容，所以深受纯粹奉献者的喜爱。

要旨　讲给帕瑞克西特王听的知识及纯粹奉献者极其喜爱的知识，就是《圣典博伽瓦谭》中记载的知识。《圣典博伽瓦谭》讲述的绝大部分内容都是至尊无限者的活动内容，因此是为至尊主做奉爱服务的奉爱瑜伽科学典籍。它至高无上，因为其中虽然充满了知识和宗教内容，但主要是充满了为至尊主做奉爱服务的内容。

第 18 节

सूत उवाच
अहो वयं जन्मभृतोऽद्य हास्म
वृद्धानुवृत्त्यापि विलोमजाताः ।
दौष्कुल्यमाधिं विधुनोति शीघ्रं
महत्तमानामभिधानयोगः ॥१८॥

sūta uvāca
aho vayaṁ janma-bhṛto 'dya hāsma
vṛddhānuvṛttyāpi viloma-jātāḥ
dauṣkulyam ādhiṁ vidhunoti śīghraṁ
mahattamānām abhidhāna-yogaḥ

sūtaḥ uvāca—苏塔·哥斯瓦米说 / aho—如何 / vayam—我们 / janma-bhṛtaḥ—提高出身 / adya—今天 / ha—明确地 / āsma—已经变成 / vṛddha-anuvṛttyā—通过为那些在知识上十分进步的人服务 / api—虽然 / viloma-jātāḥ—出生在混杂的阶层 / dauṣkulyam—出身低下的 / ādhim—痛苦 / vidhunoti—净化 / śīghram—很快 / mahat-tamānām—伟大人物的 / abhidhāna—对话 / yogaḥ—联系

译文　圣苏塔·哥斯瓦米说：神啊！我们虽然出生在阶

层混杂的家庭中，但却仅仅靠服务和跟随知识进步的伟大人物提高了我们的出身。仅仅靠与这种伟大的灵魂交谈，就能使人立刻清除低等出身所具有的一切不合格的品质。

要旨 苏塔·哥斯瓦米没有出生在布茹阿玛纳(婆罗门)的家庭中。他出生在一个阶层混杂的家庭中，或说没有文化的低等家庭中。但与圣舒卡戴瓦·哥斯瓦米及奈弥沙纳亚森林中的伟大圣人们所进行的高尚联谊，无疑会清除由低等出身带来的一切不够资格的因素。圣主柴坦亚·玛哈帕布(Caitanya Mahāprabhu)在尊重韦达习俗的情况下遵守这一原则，通过祂超然的联谊提升了许多出身卑微及因为出生或自己的行为而缺乏资格的人，使他们上升到做奉爱服务的层面，确立了他们作为一代宗师(ācārya)的权威地位。祂明确地说：任何人，无论他的身份是什么，无论他因为出生而处在社会的布茹阿玛纳阶层还是庶铎(śūdra, 首陀罗)阶层，在生命阶段中处于居士阶段还是托钵僧阶段，只要他精通奎师那的科学，他就可以被接受为是一代宗师或灵性导师(guru)。

苏塔·哥斯瓦米从舒卡戴瓦和维亚萨戴瓦那样的伟大圣人(ṛṣis)和权威人士那里学习了奎师那的科学；他是那么有资格，以致就连奈弥沙冉亚森林中的圣人们都渴望聆听他讲述以《圣典博伽瓦谭》为表现形式的奎师那科学。这使他通过聆听和宣讲得到了伟大灵魂的双重联谊。要学习超然的科学——奎师那的科学，就必须从权威人士那里学习；而学习后去传播这门科学，会使人变得更具备资格。这两点苏塔·哥斯瓦米都做到了，因此无疑完全清除了由出身卑微和心中的极度痛苦所导致的一切资格上的欠缺。这节诗清楚地证明，不但圣舒卡戴瓦·哥斯瓦米没有拒绝把超然的科学传授给苏塔·哥斯瓦米，奈弥沙冉亚森林中的圣人们也没有因为他卑微的出身而拒绝聆听他讲的课。这意味着几千年前，卑微的出身对学习或传播超然的科学并不构成障碍。印度社会所谓的种姓制度的僵硬规定只有在近一百年里才变得占优势，也就是说当高等阶层家庭中不合格的成员(dvija-bandhus)越来越多后，他们才去强调这种规定。圣主柴坦亚还原了最初的韦达系统，把塔库尔·哈瑞达斯(Ṭhākura Haridāsa)提升到“传播至尊主圣名的荣耀的一代宗师(nāmācārya)”的地位上，尽管圣恩哈瑞达斯·塔库尔出生在伊斯兰教徒的家庭中。

这就是至尊主的纯粹奉献者的力量。恒河水被公认为是纯净的，人在恒河水中沐浴后就会得到净化。然而，谈到至尊主纯粹的奉献者，他们甚至看一眼出身卑微的堕落灵魂就能净化他们，更不要说与他们交往、联谊了。圣主柴坦亚·玛哈帕布想要把有资格的传教士派往全世界，从而净化被污染了的整个环境，那需要有资格的印度人以科学的方法去执行这一任务，从而通过传播至尊主的圣名去做最好的人道救援工作。这样做比开设医院等大家都在做的、老一套的慈善工作要强得多。现代人的心理疾病比身体疾病要严重得多，因此当务之急是立刻行动起来，向全世界传播《圣典博伽瓦谭》的信息。梵文“伟大人物之间的对话(Mahattamānām abhidhāna)”这个短句，也指充满了至尊主和优秀奉献者的话语的著作或文献。这包括韦达经和相关的文献，特别是《圣典博伽瓦谭》。

第 19 节　कुतः पुनर्गृणतो नाम तस्य
महत्तमैकान्तपरायणस्य ।
योऽनन्तशक्तिर्भगवाननन्तो
महद्गुणत्वाद्यमनन्तमाहुः ॥१९॥

kutaḥ punar gṛṇato nāma tasya
mahattamaikānta-parāyaṇasya
yo 'nanta-śaktir bhagavān ananto
mahad-guṇatvād yam anantam āhuḥ

kutaḥ－更不要说 / punaḥ－再次 / gṛṇataḥ－吟诵、吟唱……的人 /

nāma－圣名 / tasya－祂的 / mahat-tama－伟大的奉献者 / ekānta－唯一的 / parāyaṇasya－庇护于……的人的 / yaḥ－……的祂 / ananta－是无限的 / śaktiḥ－力量 / bhagavān－人格首神 / anantaḥ－不可衡量的 / mahat－伟大的 / guṇatvāt－因为这样的品质 / yam－……的他 / anantam－以阿南塔的名字 / āhuḥ－被称呼

译文 更何况在伟大的奉献者的指导下，歌唱具有无限力量的无限者之圣名的那些人？具有无限力量且属性超然的人格首神，被称为阿南塔(无限者)。

要旨 出生在高等阶层的家庭中，但却智力欠佳、没有文化的人(dvija-bandhu)，提出许多理由反对出身卑微的人在这一生中成为布茹阿玛纳(婆罗门)。他们争辩说，人之所以出生在庶铎(首陀罗)或比庶铎还低级的家庭中，是前世从事罪恶活动所致，因此必须承受完因出身卑微而导致的不便。为了回答这些假逻辑学家，《圣典博伽瓦谭》明确地宣布，在纯粹奉献者的指导下吟诵、吟唱至尊主圣名的人，可以立刻去除由卑微出身而造成的不利条件。

至尊主的纯粹奉献者在吟诵、吟唱至尊主的圣名时没有任何对圣名的冒犯。人在吟诵、吟唱至尊主的圣名时有可能会做出十种冒犯。在纯粹奉献者的指导下吟诵、吟唱圣名，就可以避免这些冒犯。没有冒犯地吟诵、吟唱至尊主的圣名是超然的，所以这样的吟诵、吟唱可以立刻净化掉过去作恶所得到的各种恶报。没有冒犯地吟诵、吟唱至尊主的圣名，表明人完全明白了至尊主圣名的超然性，因而向至尊主皈依。至尊主超然的圣名与至尊主本人没有区别，都是绝对的。至尊主的圣名与至尊主本人一样强大有力。至尊主是绝对强大有力的人格首神，祂有无数的名字；这些名字都与祂本人没有区别，都一样强大有力。在《博伽梵歌》的最后，至尊主宣称：全身心地投靠、服从祂的人，凭借祂仁慈的保护，免于一切罪恶。既然至尊主的圣名与至尊主本人一样，那祂的圣名就可以保护奉献者免于一切罪恶的影响。吟诵、吟唱至尊主的圣名，无疑能够使人摆脱由卑微出身造成的不利影响。至尊主无限的力量通过奉献者队伍的壮大和祂的无数化身不断地扩展着，因此至尊主和祂的化身的每一个奉献者，都能接受到至尊主所给予的同等的力量。至尊主既然赋予奉献者以力量，哪怕是部分的，也能使出身卑微的人具备所有的资格，使所谓不够资格的说辞再也无法构成障碍。

第 20 节

एतावतालं ननु सूचितेन
गुणैरसाम्यानतिशायनस्य ।
हित्वेतरान् प्रार्थयतो विभूति-
र्यस्याङ्घ्रिरेणुं जुषतेऽनभीप्सोः ॥२०॥

etāvatālaṁ nanu sūcitena
guṇair asāmyānatiśāyanasya
hitvetarān prārthayato vibhūtir
yasyāṅghri-reṇuṁ juṣate 'nabhīpsoḥ

etāvatā－迄今为止 / alam－不必要的 / nanu－如果 / sūcitena－描述 / guṇaiḥ－特性 / asāmya－不可衡量的 / anati-śāyanasya－无法超越的人的 / hitvā－搁置一旁 / itarān－其他的 / prārthayataḥ－请求……的人的 / vibhūtiḥ－幸运女神的恩典 / yasya－……的人 / aṅghri－足 / reṇum－尘土 / juṣate－服务 / anabhīpsoḥ－那不愿意的人的

译文　现在很明确：祂(人格首神)是无限的，没人与祂平等，因此没人能充分地描述祂。伟大的半神人们即使祈祷也无法得到幸运女神的青睐，但就是这位女神却为至尊主做服务，尽管祂并不想要这样的服务。

要旨　按照韦达经(śrutis)的说法，至尊控制者——至尊真理

(Parameśvara Parabrahman)不需要做任何事情。没人与祂平等，更没人高于祂。祂拥有无限的力量，祂的每一个行动都以祂自然、完美的方式有系统地施行着。因此，至尊人格首神自身是完满的，不需要从任何人，包括布茹阿玛等伟大的半神人那里接受什么。相反，这些半神人都乞求幸运女神赐予恩惠，幸运女神不顾那些乞求，拒绝给予他们所要的恩惠。然而，她却为至尊人格首神服务，尽管至尊人格首神并不需要她的服务。人格首神以祂的嘎尔博达卡沙依·维施努(Garbhodakaśāyī Viṣṇu)的形象生出了布茹阿玛——物质世界里第一个被创造的人物；布茹阿玛是从祂肚脐长出的一朵莲花上诞生的，而不是出自永恒为维施努做服务的幸运女神的子宫。这些都是说明祂完全独立和完美无缺的例子。祂不需要做任何事，并不意味着祂不具备人格特征。祂超然地充满那么不可思议的力量，以致光凭祂的意愿，一切就都在不需要祂亲力亲为的情况下做好了。正因为如此，祂被称为一切神秘力量的主人(Yogeśvara)。

第 21 节

अथापि यत्पादनखावसृष्टं
जगद्विरिञ्चोपहृतार्हणाम्भः ।
सेशं पुनात्यन्यतमो मुकुन्दात्
को नाम लोके भगवत्पदार्थः ॥२१॥

athāpi yat-pāda-nakhāvasṛṣṭaṁ
agad viriñcopahṛtārhaṇāmbhaḥ
seśaṁ punāty anyatamo mukundāt
ko nāma loke bhagavat-padārthaḥ

atha—因此 / api—肯定地 / yat—……的人 / pāda-nakha—趾甲 / avasṛṣṭam—散发 / jagat—整个宇宙 / viriñca—尊敬的布茹阿玛 / upahṛta—收集 / arhaṇa—崇拜 / ambhaḥ—水 / sa—随着 / īśam—主希瓦 / punāti—

净化 / anyatamaḥ—还有谁 / mukundāt—除了人格首神圣奎师那之外 / kaḥ—谁 / nāma—名字 / loke—在世界上 / bhagavat—至尊主 / pada—地位 / arthaḥ—值得

译文　除了人格首神圣奎师那，谁配得上至尊主这个称号？为了给予主希瓦一个崇拜式的欢迎，布茹阿玛收集从至尊主脚趾甲流出的水。这水(恒河)净化了整个宇宙，包括主希瓦。

要旨　愚昧者所说的“韦达文献中讲的是多神概念”，是完全错误的。至尊主独一无二，但却以多种方式扩展祂自己：这一事实是韦达经所确认的。至尊主这样的扩展无穷无尽，其中一部分是至尊主的完整扩展，另一部分属于普通生物的范畴。普通生物不像至尊主的完整扩展那样强大有力，所以至尊主的扩展实际上分两类。主布茹阿玛属于普通生物的范畴，主希瓦介于至尊主和普通生物之间。换句话说，就连像主布茹阿玛和主希瓦那样的全体半神人中的领袖人物，都永远不等同于或高于至尊人格首神主维施努(Viṣṇu)。幸运女神拉珂施蜜(Lakṣmī)和布茹阿玛、希瓦等强大有力的半神人，都忙于崇拜维施努——主奎师那，因此还有谁能比穆昆达(Mukunda，主奎师那)更强大，真正配得上被称为至尊人格首神呢？幸运女神拉珂施蜜、主布茹阿玛和主希瓦虽然强大，但不是完全独立的；他们作为至尊主的扩展而强大，并且都忙于为至尊主做超然的爱心服务，所以也都属于生物的范畴。至尊主虔诚的奉献者分四大传承，其中为首的分别是直接从主布茹阿玛传下的传承(Brahma-sampradāya)、主希瓦传下的传承(Rudra-sampradāya)和幸运女神拉珂施蜜传下的传承(Śrī-sampradāya)。除了上述三个传承外，还有一个是由萨纳特·库玛尔(Kumāra-sampradāya)传下的传承。这四个最原始的传承至今还在十分努力地为至尊主做超然的服务，都宣称至尊人格首神就是主奎师那——穆昆达，没人等同于祂或比祂伟大。

第 22 节 यत्रानुरक्ताः सहसैव धीरा
व्यपोह्य देहादिषु सङ्गमूढम् ।
व्रजन्ति तत्पारमहंस्यमन्त्यं
यस्मिन्नहिंसोपशमः स्वधर्मः ॥२२॥

yatrānuraktāḥ sahasaiva dhīrā
vyapohya dehādiṣu saṅgam ūḍham
vrajanti tat pārama-haṁsyam antyaṁ
yasminn ahiṁsopaśamaḥ sva-dharmaḥ

yatra—向……的人 / anuraktāḥ—很强的依恋 / sahasā—突然之间 / eva—肯定地 / dhīrāḥ—自我控制 / vyapohya—撇开 / deha—粗糙的身体和精微的心智 / ādiṣu—有关 / saṅgam—依恋 / ūḍham—完全发展 / vrajanti—走开 / tat—那 / pārama-haṁsyam—最高阶段的完美 / antyam—超越那之上的 / yasmin—……的 / ahiṁsā—非暴力 / upaśamaḥ—弃绝 / sva-dharmaḥ—随之而产生的职业

译文 依恋至尊主圣奎师那的自制之人，可以突然切断与物质世界的连接，包括粗糙的躯体及精微的心智，以达到弃绝阶层生活的最高完美境界，因而自然变得非暴力和弃绝。

要旨 只有自我控制之人才会逐渐产生对至尊人格首神的依恋之情。自我控制意味着不沉溺于超过需要的感官享乐。不控制自己的人过度地进行感官享乐。进行枯燥的哲学思辨是心智从事的精微的感官享乐。感官享乐使人步入黑暗之途，而自制的人却可以在摆脱物质存在受制约生活的路途上不断向前迈进。为此，韦达经的训令是：人不该在黑暗之途上继续走下去，而应该在解脱的光明之途上不断向前迈进。要真正做到自制不是靠非自然的方式使感官停止物质享乐，而是通过让自己的感官只忙于为至尊主做超然的服务变得真正依恋至尊主。人无法强迫感官停止活动，只能正确地去使用它们。净化了的感官，总是被用来为至尊主做超然的服务。用感官为至尊主做奉爱服务是运用感官的最完美的方式，称为奉爱瑜伽(bhakti-yoga)。所以，坚持不懈地练奉爱瑜伽的人，是真正的自制之人，可以为了侍奉至尊主而立刻中止他们对家庭或身体的依恋。这种阶段称为至尊天鹅(paramahaṁsa)阶段。天鹅在牛奶和水混合的液体中只吸取牛奶。同样道理，只为至尊主做奉爱服务，而拒不为错觉能量玛亚(māyā)服务的人，被称为至尊天鹅。他们具有不骄傲、不虚荣、非暴力、忍受、纯朴、体面、敬神、奉献和真诚等所有美好的特质，因此自然具备资格。至尊主的奉献者身上自然具有所有这些神性特质。这种放弃一切而为至尊主服务的至尊天鹅非常稀有，即使在解脱的灵魂中也很少见。真正的非暴力意味着完全没有忌妒和恶意。在这个世上，每一个生物体都忌妒其同类。但完美的至尊天鹅因为已经完全放弃一切而为至尊主服务，所以绝对是非暴力的。这些至尊天鹅热爱每一个生物，因为所有的生物都与至尊主有关系。真正的弃绝意味着完全依靠神。每一个生物都要依赖他人，这就是他的天性。事实上，每一个生物都依靠至尊主的仁慈，但当一个生物忘了自己与至尊主的关系时，他就会依靠物质自然提供的生存环境。弃绝意味着不再依靠物质自然受制约的生存环境，转而完全依靠至尊主的仁慈。真正的独立意味着对至尊主的仁慈有绝对的信心，而不依靠物质条件。这种至尊天鹅的阶段，是为至尊主做奉爱服务这一奉爱瑜伽程序中最高的完美阶段。

第 23 节

अहं हि पृष्टोऽर्यमणो भवद्भि-
राचक्ष आत्मावगमोऽत्र यावान् ।
नभः पतन्त्यात्मसमं पतत्त्रिण-
स्तथा समं विष्णुगतिं विपश्चितः ॥२३॥

ahaṁ hi pṛṣṭo 'ryamaṇo bhavadbhir
ācakṣa ātmāvagamo 'tra yāvān

nabhaḥ patanty ātma-samaṁ patattriṇas
tathā samaṁ viṣṇu-gatiṁ vipaścitaḥ

aham－鄙人 / hi－肯定地 / pṛṣṭaḥ－你所问的 / aryamaṇaḥ－如太阳一样强大 / bhavadbhiḥ－由你 / ācakṣe－可以描述 / ātma-avagamaḥ－至于我的知识 / atra－这里 / yāvān－迄今为止 / nabhaḥ－天空 / patanti－飞翔 / ātma-samam－尽可能 / patattriṇaḥ－鸟 / tathā－如此 / samam－相似的 / viṣṇu-gatim－有关维施努的知识 / vipaścitaḥ－虽然有学识

译文 如太阳般具有强大净化力的圣人们啊！我要尽我的所知，努力为你们描述维施努超然的娱乐活动。像飞鸟尽它们各自的能力在天空中飞翔，博学的奉献者们根据他们各自的领悟程度描述至尊主。

要旨 至尊绝对真理是无限的。没有一个生物可以用他有限的能力去了解无限。至尊主既具有非人格特征，也具有人格特征，同时又处在局部范围内。凭祂的非人格特征，祂是普照一切的梵(Brahman)；凭祂在局部区域展示的特征，祂是处在每一个生物体心中的超灵；而凭祂最终的人格特征，祂是祂那些纯粹的奉献者——幸运的同伴们，怀着超然的爱心侍奉的对象。至尊主以祂不同的特征从事娱乐活动，只有祂那些杰出而又博学的奉献者才能对那些活动有部分的了解。为此，圣苏塔·哥斯瓦米就他的领悟程度，正确地描述至尊主的娱乐活动。事实上，只有至尊主本人才能正确地描述祂自己；至尊主博学的奉献者也能描述祂，但具体能描述到什么程度，则有赖于至尊主赐予他的能力。

第 24－25 节 एकदा धनुरुद्यम्य विचरन्मृगयां वने ।
मृगाननुगतः श्रान्तः क्षुधितस्तृषितो भृशम् ॥२४॥

जलाशयमचक्षाणः प्रविवेश तमाश्रमम् ।
दर्दश मुनिमासीनं शान्तं मीलितलोचनम् ॥२५॥

ekadā dhanur udyamya
vicaran mṛgayāṁ vane
mṛgān anugataḥ śrāntaḥ
kṣudhitas tṛṣito bhṛśam

jalāśayam acakṣāṇaḥ
praviveśa tam āśramam
dadarśa munim āsīnaṁ
śāntaṁ mīlita-locanam

ekadā－从前 / dhanuḥ－弓和箭 / udyamya－牢牢地握着 / vicaran－跟随 / mṛgayām－打猎 / vane－在森林里 / mṛgān－雄鹿 / anugataḥ－跟随的时候 / śrāntaḥ－疲惫的 / kṣudhitaḥ－饥饿 / tṛṣitaḥ－口渴 / bhṛśam－极其的 / jala-āśayam－水库 / acakṣāṇaḥ－当寻找的时候 / praviveśa－进入 / tam－那有名的 / āśramam－沙米卡圣人的隐居所 / dadarśa－看到 / munim－圣人 / āsīnam－坐着 / śāntam－沉默地 / mīlita－闭着 / locanam－眼睛

译文　曾经有一次，帕瑞克西特王带着弓箭在森林中打猎，因为追逐雄鹿群而变得疲惫不堪、又渴又饿。在找水喝的路途上，他进入了著名的沙米卡圣人的隐居所，看到圣人正闭着双眼静静地打坐。

要旨　至尊主对祂纯粹的奉献者极为仁慈，在时机成熟时就会把他们召回祂身边，并为奉献者的离开创造一个吉祥的环境。帕瑞克西特王是至尊主纯粹的奉献者，而至尊主的奉献者从不会受身体需求的打扰，因此他没有理由会变得疲惫不堪、饥渴难耐。但由于至尊主的意愿，就连这样一位奉献者也会变得似乎是很累、很渴，以此制造出一个有利于他放弃尘世活动的处境。人在能够回到首神身边前，必须放弃对尘世关系的一切执著，因此当奉献者太专注于尘世事务时，至尊主就会制造一种处境，使其能够去除这些执著。至尊主从不会忘记祂纯粹的奉献者，尽管那个奉献者可能正在从事所谓的尘世事务。祂有时会制造一种艰难的处境，使祂的奉献者被迫放弃所有的尘世事务。奉献者可以了解他所面对的艰难处境是至尊主发出的信号，但其他人就会把发生的一切视为是不吉利和令人沮丧的。在圣主奎师那的安排下，帕瑞克西特王成为向世人宣讲《圣典博伽瓦谭》的媒介，就像他祖父阿尔诸纳(Arjuna)曾经当过向世人宣讲《博伽梵歌》的媒介一样。如果不是至尊主的意愿使然，让阿尔诸纳因为对家人的情感而产生错觉和疑惑，就不会有至尊主为了大众的利益而亲自讲述《博伽梵歌》这一幕活动的产生。同样道理，如果帕瑞克西特王当时不感到疲惫不堪、饥渴难耐，《圣典博伽瓦谭》就不会由《圣典博伽瓦谭》的最佳权威圣舒卡戴瓦·哥斯瓦米来讲述了。所以，帕瑞克西特王的疲惫不堪和饥渴难耐，只不过是为大众的利益而讲述《圣典博伽瓦谭》所编导的一场序幕。正因为如此，诗中描述这场序幕以“曾经有一次”为开始。

第 26 节 प्रतिरुद्धेन्द्रियप्राणमनोबुद्धिमुपारतम् ।
स्थानत्रयात्परं प्राप्तं ब्रह्मभूतमविक्रियम् ॥२६॥

pratiruddhendriya-prāṇa-
mano-buddhim upāratam
sthāna-trayāt paraṁ prāptaṁ
brahma-bhūtam avikriyam

pratiruddha－受控制的 / indriya－感官 / prāṇa－呼吸之气 / manaḥ－心 / buddhim－智力 / upāratam－不活动的 / sthāna－地方 / trayāt－从三个 / param－超然的 / prāptam－达到了 / brahma-bhūtam－在质上与至尊绝对真理一样 / avikriyam－不受影响

译文　这位牟尼控制住他的感觉器官、呼吸、心念和智力不从事物质活动，所以正处在脱离了醒觉、睡梦和无意识这三种状态的全神贯注状态中，达到了在质上与至尊绝对者相等的超然层面。

要旨　看起来，君王所进入的那个隐居所中的牟尼(muni)，正处在瑜伽出神的状态中。世上有三种程序可以使人达到超然的状态，它们分别是：对超然存在的理论性知识(jñāna)的深入研究程序；靠控制身体的生理和心理运作而使人处在真正觉悟的全神贯注状态中的神秘瑜伽程序；以及最受认可的奉爱瑜伽程序，也就是用自己的感官为至尊主做奉爱服务的程序。《博伽梵歌》也给予我们这方面的知识，教导我们逐渐提升自己的感知能力，从只是感知无生命的物质提升到感知有生命的灵魂。我们的物质心智和躯体由有生命的灵魂发展而来，物质自然三种属性的影响，使我们遗忘了我们真正的身份。对知识的思辨程序，是使人通过理论性推敲认识灵魂的真实存在的程序。然而，奉爱瑜伽程序是使灵性的灵魂从事真正的活动的程序。人的感官从感知粗糙物质的层次到更高的感知状态分不同的层次。人通过练瑜伽，把对物质的感知提升到感官更精微的状态，提升到心念的层面，然后是呼吸活动，逐渐到智力的层面。超越于智力之上的是充满活力的灵魂，神秘瑜伽师们靠神秘瑜伽体系(打坐冥想)的机械性活动去认识他，即：通过练习控制感官、调整呼吸、运用智力，使自我提升到超然的状态。这种全神贯注的状态使身体停止一切物质活动。君王看到牟尼处在那种状态中。他还看到牟尼如下的情景。

第 27 节　विप्रकीर्णजटाच्छन्नं रौरवेणाजिनेन च ।
विशुष्यत्तालुरुदकं तथाभूतमयाचत ॥२७॥

viprakīrṇa-jaṭācchannaṁ
rauraveṇājinena ca
viśuṣyat-tālur udakaṁ
tathā-bhūtam ayācata

viprakīrṇa—全都分散 / jaṭa-ācchannam—覆盖着浓密的长发 / rauraveṇa—以雄鹿的皮 / ajinena—以皮 / ca—也 / viśuṣyat—干渴 / tāluḥ—上颚 / udakam—水 / tathā-bhūtam—在那种状态下 / ayācata—要求

译文 正在打坐冥想的圣人裹着一张雄鹿皮，长长的、成绺的头发披散在他身上。口干舌燥的君王请求圣人给他水喝。

要旨 口渴的君王向圣人要水喝。这一幕伟大的圣人及君王向处在全神贯注冥想状态中的圣人要水喝的情景，无疑是天意，否则不可能有这么巧合的事情发生。帕瑞克西特王就这样被置于一个很棘手的处境中，以使《圣典博伽瓦谭》能够被逐渐揭示出来。

第 28 节 अलब्धतृणभूम्यादिरसम्प्राप्तार्घ्यसूनृतः ।
अवज्ञातमिवात्मानं मन्यमानश्चुकोप ह ॥२८॥

alabdha-tṛṇa-bhūmy-ādir
asamprāptārghya-sūnṛtaḥ
avajñātam ivātmānaṁ
manyamānaś cukopa ha

alabdha—没有受到 / tṛṇa—草垫 / bhūmi—地方 / ādiḥ—等等 / asamprāpta—没有受到适当地接待 / arghya—待客用的水 / sūnṛtaḥ—好听的话语 / avajñātam—如此被怠慢了 / iva—这样 / ātmānam—个人的 / manyamānaḥ—那样想 / cukopa—愤怒起来 / ha—就那样

译文 然而，君王并没有得到让座、献水和动听的话语等任何形式的欢迎。于是他认为自己受到了冷落，这样想着便愤怒起来。

要旨　韦达法典中说明接待客人的原则是：甚至就连敌人来到家中，都必须以所有表示尊敬的方式接待他，不应该让对方意识到自己进了敌人的家。当主奎师那在阿尔诸纳和彼玛(Bhīma)的陪同下一起到玛格达(Magadha)去找佳尔桑达(Jarāsandha)时，佳尔桑达王以皇家的规格接待了他们这些值得尊敬的敌人。尽管作为客人的敌人彼玛是去与佳尔桑达决斗的，但佳尔桑达还是把他们视为上宾。晚上，他们像朋友和宾主一样坐在一起；白天，他们豁出性命去与对方绝斗。那就是韦达文化对接待客人的规定。有关接待客人的法律规定：没有什么可以献给客人的贫穷之人，应该至少通过献给客人一个草席、一杯喝的水，以及动听的话语，向客人表示友善。因此，接待客人，无论他是朋友还是仇敌，都并不需要什么花费，而只需要友善的态度和礼貌。

帕瑞克西特王知道圣哲贤人在物质上不富裕，因此在进入沙米卡圣人(Śamīka Ṛṣi)的家门时并没有期待圣人会以皇家的规格接待他。但他根本没有想到，他会连一个草席、一杯水和一句动听的话语都得不到。他既不是普通的客人，也不是圣人的敌人，所以圣人的冷漠令君王极为震惊。事实上，君王在极度口渴需要喝一杯水的情况下，有权对圣人的表现感到愤怒。对君王来说，在这种严重的情况下变得愤怒是很正常的，但由于君王本人就是一位伟大的圣人，他变得愤怒并采取行动令人震惊。所以我们必须把这件事接受为是由至尊主的意愿造成的。君王是至尊主伟大的奉献者，圣人也不例外。但由于至尊主的旨意，整个情况被安排成为促使君王脱离家庭关系和政府活动，从而成为完全皈依至尊主莲花足的灵魂的情况。仁慈的至尊主有时为祂的奉献者制造这种棘手的情况，以便把他们从物质存在的泥坑中拉向祂。但表面看来，这种处境是使奉献者沮丧的处境。至尊主的奉献者总是受至尊主的保护；在任何情况下，奉献者无论是遇到挫折还是获得成功，至尊主都是奉献者的最高指导者。正因为如此，纯粹的奉献者把所有艰难困苦的处境都视为是至尊主给予的祝福。

第 29 节 अभूतपूर्वः सहसा क्षुत्तृड्भ्यामर्दितात्मनः ।
ब्राह्मणं प्रत्यभूद् ब्रह्मन्मत्सरो मन्युरेव च ॥२९॥

abhūta-pūrvaḥ sahasā
kṣut-tṛḍbhyām arditātmanaḥ
brāhmaṇaṁ praty abhūd brahman
matsaro manyur eva ca

abhūta-pūrvaḥ—从未有过的 / sahasā—依照情况的 / kṣut—饥饿 / tṛḍbhyām—还有口渴 / ardita—受苦 / ātmanaḥ—他的自我 / brāhmaṇam—向布茹阿玛纳 / prati—反对 / abhūt—变得 / brahman—众布茹阿玛纳啊 / matsaraḥ—敌意 / manyuḥ—愤怒 / eva—如此 / ca—和

译文 众布茹阿玛纳啊！当时的情况是，君王又渴又饿，因此对那位布茹阿玛纳产生了从未有过的愤怒和敌意。

要旨 对帕瑞克西特王那样的君王来说，变得愤怒和仇视，尤其针对的还是一位圣人和布茹阿玛纳(婆罗门)，无疑是史无前例的。君王很清楚：布茹阿玛纳、圣人、孩子、妇女和老年人，永远都不该受到惩罚。同样，君王即使犯了天大的错误，也从不会被视为是违法犯罪者。然而在这个事件中，由于至尊主的意愿使然，帕瑞克西特王因为口渴和饥饿而对圣人产生了愤怒和敌意。尽管君王有权惩罚对他冷漠以待的人，但这次犯上的人是个圣人、布茹阿玛纳，情况确实是史无前例的。正如至尊主从不敌视任何人，至尊主的奉献者也从不敌视任何人。所以，帕瑞克西特王之所以有这样的反应，唯一的理由便是：整个事件是由至尊主安排的。

第 30 节　स तु ब्रह्मऋषेरंसे गतासुमुरगं रुषा ।
विनिर्गच्छन्धनुष्कोट्या निधाय पुरमागतः ॥३०॥

sa tu brahma-ṛṣer aṁse
gatāsum uragaṁ ruṣā
vinirgacchan dhanuṣ-koṭyā
nidhāya puram āgataḥ

saḥ－国王 / tu－然而 / brahma-ṛṣeḥ－布茹阿玛纳圣人的 / aṁse－在肩膀上 / gata-asum－无生命的 / uragam－蛇 / ruṣā－在愤怒中 / vinirgacchan－离开时 / dhanuḥ-koṭyā－用弓的一端 / nidhāya－放置 / puram－宫殿 / āgataḥ－回去了

译文　在离开那里时，君王因为感到受了莫大的侮辱，便用弓挑起一条死蛇，愤怒地把它放在那位圣人的肩膀上。做完这件事后，他启程返回自己的宫殿。

要旨　就这样，君王以针锋相对的方式对待圣人，尽管他从没做出过这种愚蠢的举动。由于至尊主的安排，君王在离开时发现自己面前有一条死蛇，于是想到：对他不理不睬的圣人也许该得到一条死蛇花环作为冷漠待人的回报。如果是平时打交道，这样做也不算太过分；但在帕瑞克西特王与布茹阿玛纳圣人之间，这却是空前的。事情之所以这样发生，完全是至尊主的意愿使然。

第 31 节　एष किं निभृताशेषकरणो मीलितेक्षणः ।
मृषासमाधिराहोस्वित्किं नु स्यात्क्षत्रबन्धुभिः ॥३१॥

eṣa kiṁ nibhṛtāśeṣa-
karaṇo mīliteksaṇaḥ
mṛṣā-samādhir āhosvit
kiṁ nu syāt kṣatra-bandhubhiḥ

eṣaḥ—这 / kim—是否 / nibhṛta-aśeṣa—冥想的状态 / karaṇaḥ—感官 / mīlita—关闭 / īkṣaṇaḥ—双眼 / mṛṣā—虚假 / samādhiḥ—出神 / āho—保留 / svit—如果是这样 / kim—两者 / nu—但是 / syāt—也许 / kṣatra-bandhubhiḥ—被较低阶层的查锺亚

译文 在回程途中，他开始思考，内心争斗着：到底圣人是真正控制住感官在闭眼冥想，还是为了避免迎接一个阶层比他低的查锺亚(kṣatriya)而假装处于出神状态。

要旨 作为至尊主的奉献者，君王不赞成自己的做法，所以开始疑惑地在内心自问，圣人是真正处在出神状态中，还是只为了避免接待一个阶层比他低的查锺亚君王而假装出神。善良的灵魂一旦认为自己做错了什么事，心中就会感到懊悔不已。圣维施瓦纳特·查夸瓦尔提·塔库尔(Viśvanātha Cakravartī Ṭhākura)和圣吉瓦·哥斯瓦米(Jīva Gosvāmī)，不相信君王的所作所为是由他过去的罪行导致的。这是至尊主为了召君王回归家园，回到祂身边而做的安排。

按照圣维施瓦纳特·查夸瓦尔提的说法，整个事件是由至尊主一手策划的；凭至尊主的意愿，当时就有了这种令人尴尬的局面。至尊主的计划是：君王会因为他犯的所谓的罪行，而被布茹阿玛纳没有阅历并受到喀历年代影响污染的少年儿子所诅咒，从而促使君王永远地离开他的家和王国；君王与圣舒卡戴瓦·哥斯瓦米的接触，将使得被视为是至尊主的书籍化身的《圣典博伽瓦谭》呈现出来。至尊主的这个书籍化身中记载了那么多至尊主超然娱乐活动的美好信息，其中包括祂与布茹阿佳布弥(Vrajabhūmi)地区那些灵性的少女们所从事的娱乐活动(rāsa-līla)。至尊主的这一特殊的娱乐活动具有特殊的意义，因为毫无疑问，任何人只要以正确的方式聆听有关至尊主的这一特殊的娱乐活动，都会不再受尘世性欲的打扰，从而走上为至尊主做奉爱服务的崇高之途。让纯粹的奉献者遇到尘世挫折，是为了使奉献者提升到更高的超然状态。至尊主安排阿尔诸纳等潘达瓦五兄弟被他们的堂兄弟阴谋策划置于危难中，编导了库茹柴陀战争的这场序幕，以便向世人呈现祂的声音化身《博伽梵歌》。同样，至尊主安排把帕瑞克西特王置于尴尬的困境中，以此制造了呈现《圣典博伽瓦谭》这一书籍化身的机会。君王因饥饿和口渴而感到痛苦并受到打扰，只不过是表演而已，因为他非常能忍受，即使在他母亲的子宫中就已经是如此。那时，阿施瓦塔玛发射的布茹阿玛斯陀武器所具有的灼热并没有打扰他。所以，君王因为饥饿和口渴而感受到极度的痛苦这种情况，在他来说有生以来还是第一次。像帕瑞克西特王这样的奉献者有足够的力量忍受这类痛苦，凭借至尊主的恩典，他们从不受打扰。所以，现在的这种处境其实是由至尊主策划制造的。

第 32 节　तस्य पुत्रोऽतितेजस्वी विहरन् बालकोऽर्भकैः ।
राज्ञाघं प्रापितं तातं श्रुत्वा तत्रेदमब्रवीत् ॥३२॥

tasya putro 'titejasvī
viharan bālako 'rbhakaiḥ
rājñāghaṁ prāpitaṁ tātaṁ
śrutvā tatredam abravīt

tasya—他(圣人)的 / putraḥ—儿子 / ati—极其 / tejasvī—强大 / viharan—在玩耍时 / bālakaḥ—和男孩们 / arbhakaiḥ—都很幼稚的他们 / rājñā—被国王 / agham—受苦 / prāpitam—使具有 / tātam—父亲 / śrutvā—听到 / tatra—当场 / idam—这样 / abravīt—说

译文　那位圣人有一个儿子，因为是布茹阿玛纳的儿子，所以具有强大的力量。这少年在与他那些幼稚的小伙伴们玩耍时，听说他父亲的遭遇，而罪魁祸首是个君王，他便当场说了下面的话。

要旨 由于帕瑞克西特王对王国卓越的管理，就连一个还在与其他幼稚的小伙伴玩游戏的未成熟少年，都能够像一位有资格的布茹阿玛纳(婆罗门)一样有力量。这位少年名叫逊哥依(Śṛṅgi)，在他度过的独身禁欲的学生生活阶段中，他得到他父亲给予他的良好训练，所以甚至在他那个年龄就能够像布茹阿玛纳一样具有力量。但由于喀历年代一直在伺机破坏韦达文化中的社会四阶层和灵性四阶段制度，这个没有经验的少年就成了喀历年代进入韦达文化领域的突破口。对较低等社会阶层的人士怀有敌意，就始于这个受喀历年代影响的布茹阿玛纳少年，韦达文化生活从此逐日走向没落。布茹阿玛纳阶层不公正行为的第一个牺牲者，就是帕瑞克西特王；从那以后，君王保护臣民不受喀历年代攻击的力量被减弱了。

第 33 节 अहो अधर्मः पालानां पीव्नां बलिभुजामिव ।
स्वामिन्यघं यद्दासानां द्वारपानां शुनामिव ॥३३॥

aho adharmaḥ pālānāṁ
pīvnāṁ bali-bhujām iva
svāminy aghaṁ yad dāsānāṁ
dvāra-pānāṁ śunām iva

aho—看吧 / adharmaḥ—反宗教 / pālānām—统治者的 / pīvnām—被养育大的 / bali-bhujām—像乌鸦 / iva—像 / svāmini—向主人 / agham—罪恶 / yat—那是什么 / dāsānām—仆人的 / dvāra-pānām—在门口看守 / śunām—狗的 / iva—正如

译文 (那位布茹阿玛纳的儿子逊哥依说：)看看像乌鸦

和看门狗一样的统治者们所犯下的罪行吧！这是反抗他们主人的罪，完全违背仆人该遵守的规矩。

要旨　布茹阿玛纳被视为是社会机体的头脑，查锤亚(刹帝利)被视为是社会机体的手臂。手臂的责任是保护机体免受伤害，但手臂必须按照头脑的指挥行动。那是至尊控制者所做的自然安排，《博伽梵歌》中证实说：布茹阿玛纳、查锤亚、外夏(vaiśya, 吠舍)和庶铎(śūdra, 首陀罗)这四个社会阶层或种姓，是按照人的品质和所做的工作建立的。布茹阿玛纳的儿子自然有一个好机会，可以在他那有资格的父亲的指导下成为一位布茹阿玛纳，这就如同医生的儿子有机会成为一名有资格的医生一样。所以，四社会阶层制度是相当科学的制度。儿子必须抓住得到的机会向父亲学习，从而成为一名布茹阿玛纳或开业医生，否则不可能像父亲一样。没有资格的人不可能成为布茹阿玛纳或开业医生，那是所有经典对社会不同阶层的定论。这节诗中所说的逊哥依，是一位优秀的布茹阿玛纳具备资格的儿子。他凭借出身和训练获得了布茹阿玛纳的必备资格，但因为还是个幼稚的少年，所以缺乏文化素养。由于喀历年代的影响，布茹阿玛纳的儿子因为拥有布茹阿玛纳的力量而变得骄傲，因此错误地把帕瑞克西特王比作是乌鸦和看门狗。从君王总是睁着警惕的双眼注视、保护国家的边界这一意义上说，君王无疑是国家的看门狗，但把他叫做看门狗是缺乏文化素养的少年的表现。布茹阿玛纳力量的衰退，始于他们在不注重文化的情况下只看重因出身而有的权利。布茹阿玛纳种姓的堕落，始于喀历年代。由于布茹阿玛纳是社会阶层中的首要阶层，这个阶层人士的堕落致使所有其他阶层的人士也开始堕落。我们将会看到，逊哥依的父亲对以他儿子为开始的布茹阿玛纳阶层人士的堕落深感遗憾。

第 34 节　ब्राह्मणैः क्षत्रबन्धुर्हि गृहपालो निरूपितः ।
स कथं तद्गृहे द्वाःस्थः सभाण्डं भोक्तुमर्हति ॥३४॥

brāhmaṇaiḥ kṣatra-bandhur hi
gṛha-pālo nirūpitaḥ
sa kathaṁ tad-gṛhe dvāḥ-sthaḥ
sabhāṇḍaṁ bhoktum arhati

brāhmaṇaiḥ－由布茹阿玛纳阶层的人 / kṣatra-bandhuḥ－查锤亚的儿子们 / hi－肯定地 / gṛha-pālaḥ－看门狗 / nirūpitaḥ－指定的 / saḥ－他 / katham－凭什么 / tat-gṛhe－在他(主人)的家中 / dvāḥ-sthaḥ－看门的 / sa-bhāṇḍam－用同一个锅 / bhoktum－吃 / arhati－值得

译文 王族的子孙很明显就是看门狗，他们必须站在门旁守卫。凭什么允许狗儿们进入房子，与他们的主人在同一个盘子里用餐呢？

要旨 幼稚的布茹阿玛纳少年无疑知道，君王向他父亲讨水喝，而他父亲没有作出反应。他试图为他父亲没有招待君王一事辩解，但却是以没有文化的少年的傲慢方式辩解。他对君王没有得到适当的招待丝毫不感到抱歉。相反，他以喀历年代(Kali-yuga)布茹阿玛纳典型的方式为他父亲辩护。他把君王比作看门狗，所以君王进入布茹阿玛纳的家，请求用布茹阿玛纳用的水罐喝水理所当然就是错误的。狗无疑由主人抚养，但那并不意味着狗有权提出要与主人用同一套餐具用餐或喝水的要求。这种错误的傲慢心态，是导致完美的社会阶层堕落的原因。我们可以看到：这一切是由一个布茹阿玛纳幼稚的儿子开始的。按照逊哥依的说法，正如主人虽然养狗，但永远都不会允许它进入房间或靠近炉边，君王没有权利进入沙米卡圣人的房子。依那少年看，错的是君王，而不是他父亲，因此他为保持沉默的父亲辩护。

第 35 节 कृष्णे गते भगवति शास्तर्युत्पथगामिनाम् ।
तद्भिन्नसेतूनद्याहं शास्मि पश्यत मे बलम् ॥३५॥

kṛṣṇe gate bhagavati
　śāstary utpatha-gāminām
tad bhinna-setūn adyāhaṁ
　śāsmi paśyata me balam

kṛṣṇe－主奎师那 / gate－已经离开了这个世界 / bhagavati－人格首神 / śāstari－至尊的统治者 / utpatha-gāminām－那些自命不凡的人 / tat bhinna－分离了 / setūn－保护者 / adya－今天 / aham－我自己 / śāsmi－要惩罚 / paśyata－看吧 / me－我的 / balam－力量

译文　自从人格首神、众生至高无上的统治者圣主奎师那离开后，这些傲慢自负的人见我们的保护者走了就耀武扬威起来。为此，我要自己处理这件事，惩罚他们。看我的力量吧！

要旨　幼稚的布茹阿玛纳少年为自己拥有的那么一丁点儿布茹阿玛纳力量(brahma-tejas)而感到骄傲，因而受到喀历年代魔力的影响。帕瑞克西特王准许喀历年代的人格化身住在这一章前面提到过的四个地方，但由于他富有经验的管理，喀历年代的人格化身根本找不到指定他可以住的地方。所以，喀历年代的人格化身一直伺机建立他的势力，凭借至尊主的恩典，他在布茹阿玛纳的骄傲、幼稚的儿子身上找到了缺口。少年布茹阿玛纳想要炫耀具有毁灭性质的力量，表示他有胆量惩罚帕瑞克西特王那样伟大的君王。他想要在主奎师那离开地球后取代祂的位置。这些都是在喀历年代的影响下想要取代圣主奎师那的傲慢自负之人会有的主要表现。有一点儿力量的傲慢自负之人，就想要成为至尊主的化身。自从主奎师那离开这个地球后，世上涌现出许多假化身。他们利用无辜大众在灵性上的服从误导大众，以维持他们的虚假名望。换句话说，喀历年代的人格化身透过逊哥依这个布茹阿玛纳的儿子找到了扩大他的势力范围的机会。

第 36 节 इत्युक्त्वा रोषताम्राक्षो वयस्यानृषिबालकः ।
कौशिक्याप उपस्पृश्य वाग्वज्रं विससर्ज ह ॥३६॥

ity uktvā roṣa-tāmrākṣo
vayasyān ṛṣi-bālakaḥ
kauśiky-āpa upaspṛśya
vāg-vajraṁ visasarja ha

iti－如此 / uktvā－说 / roṣa-tāmra-akṣaḥ－因发怒而变红的双眼 / vayasyān－向小伙伴们 / ṛṣi-bālakaḥ－圣人的儿子 / kauśikī－考希卡河 / āpaḥ－水 / upaspṛśya－触碰 / vāk－话 / vajram－霹雳 / visasarja－抛出 / ha－在过去

译文 圣人的儿子瞪着被怒火烧红了的双眼，边触碰考希卡河的河水，边对他的玩伴们说话，霹雳般的话语从他嘴里倾泻出来。

要旨 从这节诗中看出，帕瑞克西特王仅仅是因为一个孩子的幼稚而被诅咒。逊哥依在他那些天真幼稚的玩伴面前炫耀他的本事，展示他的骄傲。任何头脑清醒的人都会阻止他作出这种严重伤害全体人类社会的事情。布茹阿玛纳幼稚的儿子逊哥依只是为了炫耀自己所获得的布茹阿玛纳的力量，就要杀死帕瑞克西特王这样伟大的君王，犯下了弥天大错。

第 37 节 इति लङ्घितमर्यादं तक्षकः सप्तमेऽहनि ।
दङ्क्ष्यति स्म कुलाङ्गारं चोदितो मे ततद्रुहम् ॥३७॥

iti laṅghita-maryādaṁ
takṣakaḥ saptame 'hani
daṅkṣyati sma kulāṅgāraṁ
codito me tata-druham

iti－如此 / laṅghita－超过 / maryādam－礼仪 / takṣakaḥ－蛇鸟 / saptame－在第七 / ahani－天 / daṅkṣyati－将咬 / sma－肯定地 / kula-aṅgāram－王朝中最卑鄙的人 / coditaḥ－已经做了 / me－我的 / tata-druham－对父亲的敌意

译文　那位布茹阿玛纳的儿子这样诅咒君王说：在从今天算起的第七天中，一只蛇鸟就会去咬那个王朝中最卑鄙的人(帕瑞克西特王)，因为他通过侮辱我父亲违反了礼仪规定。

要旨　误用、滥用布茹阿玛纳的力量就这样开始了；从那一刻开始，喀历年代中的布茹阿玛纳逐渐失去了布茹阿玛纳的力量和文化素养。布茹阿玛纳少年认为帕瑞克西特王是他所在的王朝中最卑鄙的人(kulāṅgāra)；但事实上，布茹阿玛纳少年自己才是这样的人，因为就是从他开始，布茹阿玛纳阶层失去了力量，像折断了毒牙的毒蛇一样。毒蛇有毒牙在的时候才可怕，否则就只能吓唬一下小孩子了。喀历年代的人格化身首先征服了那个布茹阿玛纳少年，然后逐渐是其他阶层。就这样，社会阶层的整个科学体系，在这个年代中逐渐堕落为一种有害的种姓制度，这种制度现在正被同样受到喀历年代影响的另一个阶层的人逐渐予以灭绝。人应该看到这种制度没落的根源，而不是在不知道它本身的科学价值的情况下企图谴责制度本身。

第 38 节　ततोऽभ्येत्याश्रमं बालो गले सर्पकलेवरम् ।
पितरं वीक्ष्य दुःखार्तो मुक्तकण्ठो रुरोद ह ॥३८॥

tato 'bhyetyāśramaṁ bālo
gale sarpa-kalevaram
pitaraṁ vīkṣya duḥkhārto
mukta-kaṇṭho ruroda ha

tataḥ—此后 / abhyetya—进入后 / āśramam—隐居地 / bālaḥ—男孩 / gale sarpa—肩膀上的蛇 / kalevaram—身體 / pitaram—向父亲 / vīkṣya—看到了 / duḥkha-ārtaḥ—处境可怜 / mukta-kaṇṭhaḥ—大声地 / ruroda—哭 / ha—在过去

译文 接着，那少年返回他住的隐居所。当他看到他父亲肩膀上的死蛇时，他不禁难过地放声大哭起来。

要旨 少年逊哥依之所以不快乐，是因为他闯下了弥天大祸，想要通过哭来减轻压在他心中的沉重感。所以他一进入他们住的隐居所，看到他父亲当时的状况，便放声大哭起来，以便释放自己的压力。但那已经太晚了。他父亲对整个事件感到遗憾。

第 39 节 स वा आङ्गिरसो ब्रह्मन् श्रुत्वा सुतविलापनम् ।
उन्मील्य शनकैर्नेत्रे दृष्ट्वा चांसे मृतोरगम् ॥३९॥

sa vā āṅgiraso brahman
śrutvā suta-vilāpanam
unmīlya śanakair netre
dṛṣṭvā cāṁse mṛtoragam

saḥ—他 / vai—也 / āṅgirasaḥ—安给茹阿家庭出生的圣人 / brahman—众布茹阿玛纳啊 / śrutvā—听到 / suta—他儿子 / vilāpanam—悲伤的哭泣 / unmīlya—睁开 / śanakaiḥ—缓慢地 / netre—用双眼 / dṛṣṭvā—通过看 / ca—也 / aṁse—在肩膀上 / mṛta—死掉的 / uragam—蛇

译文 众布茹阿玛纳啊！那位出生在安给茹阿·牟尼家庭中的圣人，听到他儿子的哭声，慢慢睁开眼睛，看到自己脖子上围了一条死蛇。

第 40 节　　विसृज्य तं च पप्रच्छ वत्स कस्माद्धि रोदिषि ।
केन वा तेऽपकृतमित्युक्तः स न्यवेदयत् ॥४०॥

visṛjya taṁ ca papraccha
　vatsa kasmād dhi rodiṣi
kena vā te 'pakṛtam
　ity uktaḥ sa nyavedayat

visṛjya－扔在一旁 / tam－那 / ca－也 / papraccha－询问 / vatsa－亲爱的孩子 / kasmāt－为什么 / hi－肯定地 / rodiṣi－哭泣 / kena－被谁 / vā－否则 / te－被你 / apakṛtam－错误的举动 / iti－如此 / uktaḥ－被问到 / saḥ－这个男孩 / nyavedayat－说出一切

译文　圣人把死蛇扔到一边，问儿子为什么哭，是不是有人伤害了他。听了父亲的问话，儿子向父亲解释发生的事情。

要旨　父亲没有很在意他脖子上的死蛇，而只是顺手把它扔到了一边。事实上，帕瑞克西特王把死蛇放在牟尼的肩上并不是什么太严重的错误，但布茹阿玛纳愚蠢的儿子却把这件事看得很严重，在喀历年代的影响下诅咒君王，从而结束了历史上的欢乐篇章。

第 41 节　　निशम्य शप्तमतदर्हं नरेन्द्रं
　स ब्राह्मणो नात्मजमभ्यनन्दत् ।
अहो बतांहो महदद्य ते कृत-
　मल्पीयसि द्रोह उरुर्दमो धृतः ॥४१॥

niśamya śaptam atad-arhaṁ narendraṁ
　sa brāhmaṇo nātmajam abhyanandat
aho batāṁho mahad adya te kṛtam
　alpīyasi droha urur damo dhṛtaḥ

niśamya－听到之后 / śaptam－诅咒 / atat-arham－永不应该受到谴责 / nara-indram－向君王——人类中最优秀的人 / saḥ－那 / brāhmaṇaḥ－布茹阿玛纳圣人 / na－不 / ātma-jam－他自己的儿子 / abhyanandat－祝贺 / aho－唉 / bata－悲伤的 / aṁhaḥ－罪过 / mahat－极大的 / adya－今天 / te－你自己 / kṛtam－做了 / alpīyasi－不重要的 / drohe－冒犯 / uruḥ－非常严重 / damaḥ－惩罚 / dhṛtaḥ－给予

译文 圣人父亲听儿子说他诅咒了人类中最优秀的、从不该受到诅咒或谴责的君王后，并没有祝贺儿子，而是懊悔地说：唉，我儿子犯了什么样的滔天大罪啊！他为了一个微不足道的冒犯，就施与了那么重的惩罚。

要旨 君王是人类中最优秀的人。他是神的代表，他所做的一切都从不该受到谴责。换句话说，真正有资格的君王不可能做错事。君王可以下令绞死布茹阿玛纳的犯了罪的儿子，但并不会因为这么做而要承担杀布茹阿玛纳的恶报。君王即使做错了某件事，也不会被判罪。正式开业的医生也许会因为医疗事故而把病人治死，但他从不会因此而被判处死刑。更不要说像帕瑞克西特王那样虔诚、优秀的君王了！在韦达文化生活时代，君王虽然要肩负统治王国的重任，但都要接受训练变成伟大的圣人(rājarṣi)。只有靠君王的卓越执政，臣民才能过上平静、没有任何恐惧的生活。圣人君王会非常英明、非常虔诚地管理他们的王国，使所有在他们统治下的臣民都像尊敬至尊主一样地尊敬他们。那是韦达经(Vedas)的指示。君王被称为最优秀的人(narendra)。所以，像帕瑞克西特王那样的明君怎么可以被一个布茹阿玛纳幼稚、傲慢的儿子所诅咒呢？哪怕他得到了有资格的布茹阿玛纳所具有的力量也不可以。

由于沙米卡圣人是经验丰富、优秀的布茹阿玛纳，他不赞成他那该受到谴责的儿子的所作所为。他开始哀叹他儿子所做的一切。

君王不在司法审判的范围内，这是尽人皆知的规定，更不要说像帕瑞克西特王那样的明君了。君王对沙米卡圣人作出的是微不足道的冒犯，但却被判处死刑，所以逊哥依犯下的无疑是滔天大罪。正因为如此，沙米卡圣人为整个事件而感到遗憾和抱歉。

第 42 节　न वै नृभिर्नरदेवं पराख्यं
सम्मातुमर्हस्यविपक्वबुद्धे ।
यत्तेजसा दुर्विषहेण गुप्ता
विन्दन्ति भद्राण्यकुतोभयाः प्रजाः ॥४२॥

na vai nṛbhir nara-devaṁ parākhyaṁ
sammātum arhasy avipakva-buddhe
yat-tejasā durviṣahena guptā
vindanti bhadrāṇy akutobhayāḥ prajāḥ

na－永不 / vai－实际上 / nṛbhiḥ－由任何人 / nara-devam－向如神般的人物 / para-ākhyam－超然的他 / sammātum－被视为与……平等 / arhasi－靠他的力量 / avipakva－不成熟的 / buddhe－智力 / yat－谁的 / tejasā－以英勇 / durviṣahena－不可征服的 / guptāḥ－受保护 / vindanti－享受 / bhadrāṇi－一切繁荣 / akutaḥ-bhayāḥ－防卫严密 / prajāḥ－臣民

译文　我的孩子啊！你的智力还没有成熟，因此不知道那位君王是最优秀的人，几乎与人格首神一样。我们永远都不该把他视为是普通人。靠他无与伦比的英勇护卫，他的国家才那么繁荣，他臣民的生活才那么安乐。

第 43 节　अलक्ष्यमाणे नरदेवनाम्नि
रथाङ्गपाणावयमङ्ग लोकः ।

तदा हि चौरप्रचुरो विनङ्क्ष्य-
त्यरक्ष्यमाणोऽविवरूथवत्क्षणात् ॥४३॥

alakṣyamāṇe nara-deva-nāmni
rathāṅga-pāṇāv ayam aṅga lokaḥ
tadā hi caura-pracuro vinaṅkṣyaty
arakṣyamāṇo 'vivarūthavat kṣaṇāt

alakṣyamāṇe一被废止 / nara-deva一君主的 / nāmni一称谓 / ratha-aṅga-pāṇau一至尊主的代表 / ayam一这 / aṅga一我的孩子啊 / lokaḥ一这世界 / tadā hi一立即 / caura一盗贼 / pracuraḥ一过多 / vinaṅkṣyati一消灭 / arakṣyamāṇaḥ一没有受到保护 / avivarūtha-vat一像羔羊 / kṣaṇāt一立即

译文 我亲爱的孩子，手持战车轮子的至尊主以君主政体为代表；当这种体制被废止时，全世界就会充满盗贼，而他们会立刻去伤害散布各处像羔羊般失去保护的对象。

要旨 按照《圣典博伽瓦谭》的说法，君主政体是人格首神至尊主的代表。君王受到训练，获得神的品质，从而能够保护众生，所以被说成是绝对人格首神的代表人物。为确立祂真正的代表人物尤帝士提尔王(Mahārāja Yudhiṣṭhira)的统治地位，至尊主一手策划了库茹柴陀战争。受过文化教育及用军事才能为至尊主做奉爱服务等全面训练的完美君王，才是理想的君王。君主政体中的这样一位人物，比没受过训练、不负责任的所谓的民主政体的领袖要强得多。现代民主政体中的盗贼和流氓都企图通过不实的宣传获得选票而当选，成功当选的流氓和盗贼则想尽办法剥削民众，恨不得像狼一样把羔羊般的大众都生吞活剥了才罢休。一个受过训练的君王比成百上千没用的恶棍内阁要强得多，这节诗中提示说，废除以帕瑞克西特王为代表的君主体制，人民大众就会毫无保护地受到喀历年代多方面的攻击。生活在对民主体制夸大宣传的国家中的人，从不会感到快乐。以下的诗节中描述了这种没有国王的管理体制所带来的后果。

第 44 节　तदद्य नः पापमुपैत्यनन्वयं
यन्नष्टनाथस्य वसोर्विलुम्पकात् ।
परस्परं घ्नन्ति शपन्ति वृञ्जते
पशून् स्त्रियोऽर्थान् पुरुदस्यवो जनाः ॥४४॥

tad adya naḥ pāpam upaity ananvayaṁ
yan naṣṭa-nāthasya vasor vilumpakāt
parasparaṁ ghnanti śapanti vṛñjate
paśūn striyo 'rthān puru-dasyavo janāḥ

tat—因为这个原因 / adya—从今天起 / naḥ—加在我们身上 / pāpam—罪恶的反应 / upaiti—将会降临 / ananvayam—分裂 / yat—因为 / naṣṭa—废除 / nāthasya—君主的 / vasoḥ—财富的 / vilumpakāt—被掠夺 / parasparam—彼此 / ghnanti—将会杀 / śapanti—会伤害 / vṛñjate—会偷窃 / paśūn—动物 / striyaḥ—妇女 / arthān—财富 / puru—极大的 / dasyavaḥ—盗贼 / janāḥ—大众

译文　君主体制一旦结束，流氓和盗贼就会大肆掠夺人们的财产，从而造成社会的动乱。人民会受到伤害并被杀死，动物和妇女会遭到被偷窃的命运。我们应该对所有这些罪恶负责。

要旨　这节诗中梵文"我们(naḥ)"一词非常重要。圣人公正地承认，整个布茹阿玛纳阶层应该为毁灭君主政体，使大多数盗窃国民财富的所谓的民主主义者有机可乘而负责。所谓的民主主义者们控制了行政机器，但却不为国民能否过上繁荣、昌盛的生活而负责。每一个人都为满足个人的愿望而占据职位，因此取代一个君王的，是一群数量不断增加、只会向国民征税的、不负责任的统治者。这节诗中预言说，虔诚的君主政体不存在时，每一个人都会通过掠夺财富、杀害动物或玷污妇女等行为伤害其他生物体。

第 45 节

तदार्यधर्मः प्रविलीयते नृणां
वर्णाश्रमाचारयुतस्त्रयीमयः ।
ततोऽर्थकामाभिनिवेशितात्मनां
शुनां कपीनामिव वर्णसङ्करः ॥४५॥

tadārya-dharmaḥ pravilīyate nṛṇāṁ
varṇāśramācāra-yutas trayīmayaḥ
tato 'rtha-kāmābhiniveśitātmanāṁ
śunāṁ kapīnām iva varṇa-saṅkaraḥ

tadā－那时 / ārya－进步的文明 / dharmaḥ－职责 / pravilīyate－被有系统地毁灭了 / nṛṇām－人类的 / varṇa－阶层 / āśrama－生活阶段 / ācāra-yutaḥ－的各种活动和指责 / trayī-mayaḥ－按照韦达训示 / tataḥ－此后 / artha－经济的发展 / kāma-abhiniveśita－完全沉迷于感官享乐 / ātmanām－人的 / śunām－像狗一样 / kapīnām－像猴子一样 / iva－如此 / varṇa-saṅkaraḥ－不值得要的人口

译文 到那时，人们会完全偏离进步文明之途，不再按韦达经典介绍的社会四阶层和灵性四阶段制度正确地行事和生活，不再履行各自的职责。这使他们更加受那些为进行感官享乐而发展经济的活动的吸引，从而繁衍出像狗和猴子一样的要不得的人口。

要旨 这节诗中预言说，君主政体灭亡后，世上的人口就会是素质像狗和猴子一样的要不得的人口。就像猴子过度沉溺于性行为，狗可以恬不知耻地在众目睽睽之下交媾，因非法性关系而生出的普通大众，将完全抛弃韦达文明中社会四阶层和灵性四阶段的虔诚习俗，不再履行各个阶层所该履行的职责。

韦达生活方式是使人逐渐提升的雅利安(Āryan)文明。事实上，雅利安一词的意思就是“提升、进步”的意思。韦达文明的最高目的是让人回到首神身边，回归没有生老病死的家园。韦达经指示人们不要停留在物质世界的黑暗中，而要回到远远超出物质天空之外的、光明的灵性王国。社会四阶层和灵性四阶段制度，是至尊主和祂的代表——伟大的圣人们，制定的科学制度。这种完美的生活方式从物质和灵性两方面给予人各种指导。韦达文明的生活方式，不允许人像猴子和狗一样地生活。以感官享乐和经济发展为主的堕落文明，是人民当家做主的无神或无君王的人民政府体制所制造的结果。因此，人们不该埋怨他们自己选举出来的劣质政府。

第 46 节　धर्मपालो नरपतिः स तु सम्राड् बृहच्छ्रवाः ।
साक्षान्महाभागवतो राजर्षिर्हयमेधयाट् ।
क्षुत्तृट्श्रमयुतो दीनो नैवास्मच्छापमर्हति ॥४६॥

dharma-pālo nara-patiḥ
　sa tu samrāḍ bṛhac-chravāḥ
sākṣān mahā-bhāgavato
　rājarṣir haya-medhayāṭ
kṣut-tṛṭ-śrama-yuto dīno
　naivāsmac chāpam arhati

dharma-pālaḥ－宗教的保护者 / nara-patiḥ－国王 / saḥ－他 / tu－但是 / samrāṭ－帝王 / bṛhat－高度的 / śravāḥ－著名 / sākṣāt－直接地 / mahā-bhāgavataḥ－至尊主的一流奉献者 / rāja-ṛṣiḥ－君王中的圣人 / haya-medhayāṭ－伟大的、举行马祭的人 / kṣut－饥饿 / tṛṭ－口渴 /

śrama-yutaḥ－疲惫不堪的 / dīnaḥ－受……的打击 / na－永不 / eva－如此 / asmat－被我们 / śāpam－诅咒 / arhati－应得

译文 帕瑞克西特帝王是个虔诚的君王。他声名卓著，是人格首神最优秀的奉献者。他是君王中的圣人，举行了许多场马祭。当这样的君王因为饥饿和口渴而感到疲乏时，他根本不该受到诅咒。

要旨 沙米卡首先解释了与君王有关的一般法律规定，表明君王不可能做错事情，因此从不该受到审判。接着，他要强调帕瑞克西特帝王的特殊性。这节诗中概述了帕瑞克西特王的特殊品质。帕瑞克西特王即使只被当做一个君王看待，也是在维护宗教原则方面最著名的君王。经典中描述了每一个社会阶层和灵性阶段所该履行的职责。《博伽梵歌》第 18 章的第 43 节诗中谈到的查锤亚君王所该具有的一切品质，都在帕瑞克西特王身上展现了出来。不仅如此，他还是至尊主伟大的奉献者、觉悟了自我的灵魂。在这样一位君王疲惫不堪、饥饿口渴并亲自讨水喝的情况下诅咒他，是绝对错误的。为此，沙米卡圣人承认：从任何方面看，帕瑞克西特王遭到诅咒都是不公平的。尽管所有的布茹阿玛纳都没有参与这件事，但布茹阿玛纳少年的幼稚行为还是改变了整个世界的局面。所以，沙米卡圣人——布茹阿玛纳，认为自己该为社会良好秩序的恶化承担责任。

第 47 节 अपापेषु स्वभृत्येषु बालेनापक्वबुद्धिना ।
पापं कृतं तद्भगवान् सर्वात्मा क्षन्तुमर्हति ॥४७॥

apāpeṣu sva-bhṛtyeṣu
bālenāpakva-buddhinā
pāpaṁ kṛtaṁ tad bhagavān
sarvātmā kṣantum arhati

apāpeṣu－向一个完全摆脱了所有罪恶的人 / sva-bhṛtyeṣu－向从属和应该受保护的人 / bālena－被一个孩子 / apakva－不成熟的 / buddhinā－以智慧 / pāpam－罪恶的活动 / kṛtam－已经做了 / tat bhagavān－因此人格首神 / sarva-ātmā－无处不在的人 / kṣantum－只是为了原谅 / arhati－应该

译文　接着，圣人向无所不在的人格首神祈祷，请祂原谅那幼稚的男孩。没有智慧的男孩诅咒了一个完全没有罪恶、阶层低于他们、应该受到保护的人，因而犯了滔天大罪。

要旨　每一个人都该为自己的行为负责，无论那行为是虔诚的还是罪恶的。帕瑞克西特王是虔诚的统治者，而且因为是至尊主一流的奉献者，所以完全免于一切罪恶；他值得受到布茹阿玛纳的保护。正因为如此，沙米卡圣人能够预见到，他儿子因为诅咒了这样一位虔诚的君王而犯下滔天大罪。冒犯至尊主的奉献者所得到的报应极难去除。作为社会阶层的首脑，布茹阿玛纳应该保护他们的属下，而不是诅咒他们。历史上也有布茹阿玛纳在盛怒时诅咒阶层低于他们的查锤亚或外夏等人士的事件发生，但正如前面已经解释过的，对帕瑞克西特王的诅咒根本是没有理由的。愚蠢的少年纯粹是出于作为布茹阿玛纳儿子的虚荣犯下了这一罪行，因此应该受到神的法律的惩罚。至尊主永远不会原谅一个冒犯了祂纯粹奉献者的人。愚蠢的逊哥依诅咒帕瑞克西特王；他这么做不仅犯了罪，而且还最大程度地冒犯了至尊主的这位纯粹奉献者。所以，圣人可以预见到，只有至尊人格首神本人才能救他的儿子，使其免于罪恶活动的报应。为此，他直接向唯一能改变不可改变的事实的至尊主祈祷，请至尊主宽恕他儿子。他是以他那毫无智慧的愚蠢儿子的名义向至尊主提出祈求的。

看到这里，人们也许会问：既然把帕瑞克西特王置于尴尬的困境中，以使他能够摆脱物质存在，本是至尊主的意愿，那么布茹阿玛纳的儿子为什么还要为他的冒犯行为负责呢？答案是：之所以让一个孩子做出这种冒犯行为，是因为他可以轻易地得到原谅，所以至尊主接受了孩子父亲的祈求。但如果有人问，为什么布茹阿玛纳阶层作为一个整体要为允许喀历渗入世界事务而负责？《瓦茹阿哈往世书》(Varāha Purāṇa)中给予的答案便是：那些心怀敌意对待人格首神但却没有被祂直接杀死的恶魔们，被允许投生在布茹阿玛纳的家庭中，以便他们可以利用喀历年代给他们提供的便利条件改过自新。绝对仁慈的至尊主给他们机会投生在虔诚布茹阿玛纳的家庭中，以使他们能够逐渐取得进步，获得解脱。但恶魔们不善用这一良机，相反是为自己能够出生在布茹阿玛纳家庭中而感到骄傲，并出于虚荣而误用布茹阿玛纳文化。典型的例子就是沙米卡圣人的儿子；所有的布茹阿玛纳的愚蠢儿子都应该以此为教训，不要变得像逊哥依一样愚蠢，应该始终防范和抵御前世所具有的恶魔品性。至尊主当然原谅了那个愚蠢的少年，但没有像沙米卡圣人那样的父亲的其他人，如果误用他们出生在布茹阿玛纳家庭中所得到的便利条件，就会被置于极度的困境中。

第 48 节 तिरस्कृता विप्रलब्धाः शप्ताः क्षिप्ता हता अपि ।
नास्य तत्प्रतिकुर्वन्ति तद्भक्ताः प्रभवोऽपि हि ॥४८॥

tiraskṛtā vipralabdhāḥ
śaptāḥ kṣiptā hatā api
nāsya tat pratikurvanti
tad-bhaktāḥ prabhavo 'pi hi

tiraḥ-kṛtāḥ－名声受损 / vipralabdhāḥ－被欺骗 / śaptāḥ－被诅咒 / kṣiptāḥ－受到怠慢 / hatāḥ－或甚至被杀 / api－也 / na－永不 / asya－因为所有这些活动 / tat－他们 / pratikurvanti－抵消 / tat－至尊主的 / bhaktāḥ－奉献者 / prabhavaḥ－强大的 / api－虽然 / hi－肯定地

译文 至尊主的奉献者是如此宽容，即使他们受到诽谤、欺骗、诅咒、忽视，甚至杀害，他们都从不想要为自己报仇。

要旨 沙米卡圣人也知道，至尊主本人不会原谅冒犯奉献者莲花足的人，而只会指导那种人去投靠、托庇于他们冒犯过的奉献者。沙米卡圣人心想，如果帕瑞克西特王反过来诅咒他儿子，他儿子倒有救了。但他也知道，纯粹的奉献者对尘世的得失漠不关心。因此，奉献者从不想报复他人对自己的诽谤、诅咒和怠慢等。这样的事情如果发生在奉献者自己的身上，奉献者根本就不在乎，但如果是对至尊主和祂的奉献者不利，奉献者就会予以强烈的反击。沙米卡圣人知道，帕瑞克西特王把逊哥依对他的诅咒当做个人的事，所以不会采取任何对抗行动。为此，他别无选择，只有为他幼稚的孩子向至尊主求救了。

事实上，不是只有布茹阿玛纳才拥有足够的力量去诅咒或祝福比他们阶层低的人；至尊主的奉献者尽管也许不是布茹阿玛纳，但却比布茹阿玛纳更有力。然而，强有力的奉献者从不为个人的利益而误用他的力量。奉献者无论拥有什么力量，都总是把它们用来为至尊主和祂的奉献者们服务。

第 49 节 इति पुत्रकृताघेन सोऽनुतप्तो महामुनिः ।
स्वयं विप्रकृतो राज्ञा नैवाघं तदचिन्तयत् ॥४९॥

iti putra-kṛtāghena
so 'nutapto mahā-muniḥ
svayaṁ viprakṛto rājñā
naivāghaṁ tad acintayat

iti－如此 / putra－儿子 / kṛta－由……做 / aghena－因罪恶 / saḥ－

他(牟尼) / anutaptaḥ－后悔 / mahā-muniḥ－那圣人 / svayam－亲自 / viprakṛtaḥ－这样被羞辱 / rājñā－被国王 / na－不 / eva－肯定地 / agham－罪恶 / tat－那 / acintayat－想想它

译文 那位圣人就这样因自己的儿子所犯的罪而感到懊悔。他并不重视君王对自己的侮辱。

要旨 整个事件现在已经很清楚了。帕瑞克西特王把一条死蛇绕在圣人的肩头根本不是什么很严重的冒犯，但逊哥依诅咒君王却是极为严重的冒犯。然而，由于逊哥依只是一个愚蠢的小孩子，尽管他不可能免于由此产生的恶报，但至尊主还是宽恕了他。帕瑞克西特王也不在乎一个愚蠢的布茹阿玛纳对他的冒犯。相反，他充分利用这一尴尬的困境，凭借至尊主伟大的意愿，依靠圣舒卡戴瓦·哥斯瓦米的恩典，达到了生命的最高境界。这一切实际上都是按照至尊主的意愿发生的，帕瑞克西特王、沙米卡圣人和他儿子逊哥依都是至尊主为实现祂的愿望而使用的工具。所以，他们都没有被置于困境，因为所发生的一切都与至尊人有关。

第 50 节 प्रायशः साधवो लोके परैर्द्वन्द्वेषु योजिताः ।
न व्यथन्ति न हृष्यन्ति यत आत्मागुणाश्रयः ॥५०॥

prāyaśaḥ sādhavo loke
parair dvandveṣu yojitāḥ
na vyathanti na hṛṣyanti
yata ātmāguṇāśrayaḥ

prāyaśaḥ－一般的 / sādhavaḥ－圣人 / loke－在这个世界上 / paraiḥ－被其他的 / dvandveṣu－二元性中的 / yojitāḥ－从事于 / na－永不 / vyathanti－哀伤的 / na－也不 / hṛṣyanti－享受 / yataḥ－因为 / ātmā－自己 / aguṇa-āśrayaḥ－超然的

译文　总体来说，超然主义者们即使被他人置于物质世界的相对性中，也不会感到痛苦或从中取乐(世俗事务)，因为他们都忙于超然的事务。

要旨　经验主义哲学家、神秘瑜伽师和至尊主的奉献者，都是超然主义者。经验主义哲学家追求的是融入绝对存在这一完美境界；神秘瑜伽师追求的是感知到无所不在的超灵；而至尊主的奉献者们则忙于为人格首神做超然的爱心服务。由于梵(Brahman)、超灵(Paramātmā)和人格首神(Bhagavān)是同一位超然者的不同方面，上述所有这些追求绝对真理的超然主义者便都超越物质自然的三种属性。物质性的痛苦和快乐是三种属性的产物，因此导致这些物质痛苦和快乐的原因与超然主义者无关。帕瑞克西特王是至尊主的奉献者，沙米卡圣人是神秘瑜伽师，所以两人都不执著由至尊意愿所导致的所谓意外事件。至于顽皮的孩子逊哥依，他只不过是至尊主用以实现愿望的工具而已。

到此为止，结束了巴克提韦丹塔对《圣典博伽瓦谭》第 1 篇第 18 章——“布茹阿玛纳少年诅咒帕瑞克西特王”所作的阐释。

第十九章

舒卡戴瓦·哥斯瓦米的出现

第 1 节

सूत उवाच
महीपतिस्त्वथ तत्कर्म गर्ह्यं
विचिन्तयन्नात्मकृतं सुदुर्मनाः ।
अहो मया नीचमनार्यवत्कृतं
निरागसि ब्रह्मणि गूढतेजसि ॥१॥

sūta uvāca
mahī-patis tv atha tat-karma garhyaṁ
vicintayann ātma-kṛtaṁ sudurmanāḥ
aho mayā nīcam anārya-vat kṛtaṁ
nirāgasi brahmaṇi gūḍha-tejasi

sūtaḥ uvāca—苏塔·哥斯瓦米说 / mahī-patiḥ—国王 / tu—但是 / atha—如此(当回家的时候) / tat—那 / karma—活动 / garhyam—可恶的 / vicintayan—这样想 / ātma-kṛtam—他自己做的 / su-durmanāḥ—非常沮丧 / aho—唉 / mayā—由我 / nīcam—可恶的 / anārya—不文明的 / vat—像 / kṛtam—做完 / nirāgasi—向全无错误的人 / brahmaṇi—向布茹阿玛纳 / gūḍha—严重的 / tejasi—向强有力的人

译文　圣苏塔·哥斯瓦米说：在回家的路上，君王(帕瑞克西特王)感到自己的行为伤害了完美无瑕、强大有力的布茹阿玛纳，是十分可憎和不文明的。这使他很痛苦。

要旨　虔诚的帕瑞克西特王(Mahārāja Parīkṣit)为他意外地且不恰当地对待完美无瑕、强大有力的布茹阿玛纳(brāhmaṇa)而感到懊悔。对像帕瑞克西特王那样虔诚的人来说，这种忏悔是很自然的事；这种忏悔把奉献者从意外犯下的所有种类的罪恶中解救出来。奉献者很自然是无罪的。他们真诚地懊悔自己意外犯下的罪；凭借至尊主的恩典，奉献者在不经意的情况下犯下的一切罪恶都被懊悔的火焰烧成了灰烬。

第 2 节

ध्रुवं ततो मे कृतदेवहेलनाद्
दुरत्ययं व्यसनं नातिदीर्घात् ।
तदस्तु कामं ह्यघनिष्कृताय मे
यथा न कुर्यां पुनरेवमद्धा ॥ २ ॥

dhruvaṁ tato me kṛta-deva-helanād
duratyayaṁ vyasanaṁ nāti-dīrghāt
tad astu kāmaṁ hy agha-niṣkṛtāya me
yathā na kuryāṁ punar evam addhā

dhruvam—肯定而确切的 / tataḥ—因此 / me—我的 / kṛta-deva-helanāt—因为违背了至尊主的命令 / duratyayam—非常困难 / vyasanam—灾难 / na—不 / ati—极为 / dīrghāt—在远处 / tat—那 / astu—让事情这样发生吧 / kāmam——心一意地渴望 / hi—肯定地 / agha—罪过 / niṣkṛtāya—为了摆脱 / me—我的 / yathā—以至于 / na—永不 / kuryām—我将要做 / punaḥ—再次 / evam—像我已经做的那样 / addhā—直接地

译文 (帕瑞克西特王心想：)毫无疑问，由于我没有按至尊主的教导做，我必定会在不久的将来被某种危难所征服。我此刻毫不犹豫地期望灾难现在就降临，因为只有这样，我才能洗清自己的罪恶，不再犯同样的罪。

要旨 至尊主命令说，必须给予布茹阿玛纳(brāhmaṇa,婆罗门)和乳牛以全面的保护。至尊主本人就很喜欢做有利于布茹阿玛纳和乳牛的事(go-brāhmaṇa-hitāya ca)。帕瑞克西特王知道这些，所以得出结论：他侮辱了强有力的布茹阿玛纳，因而无疑会受到至尊主法律的惩罚，在不久的将来面临极度的困境。为此，他希望即将发生的灾难最好降临到他一个人的头上，而不要连累他的家人。一个人自己犯的错误，会影响到他的全家。帕瑞克西特王知道这一点，所有希望灾难只降临到他个人的头上。他个人承受痛苦后就会接受教训，今后不再犯错；同时，由于他已经独自承受了恶报，他的后代就不必再为此而受苦了。这就是有责任心的奉献者思考问题的方式。奉献者的家人也可以分享到奉献者为至尊主做服务的成果。帕拉德王(Mahārāja Prahlāda)靠他个人为至尊主所做的奉爱服务拯救了他的恶魔父亲。家中如有奉献者子孙，是至尊主赐予那个家庭的最大的恩惠或祝福。

第 3 节

अद्यैव राज्यं बलमृद्धकोशं
प्रकोपितब्रह्मकुलानलो मे ।
दहत्वभद्रस्य पुनर्न मेऽभूत्
पापीयसी धीर्द्विजदेवगोभ्यः ॥ ३ ॥

adyaiva rājyaṁ balam ṛddha-kośaṁ
prakopita-brahma-kulānalo me
dahatv abhadrasya punar na me 'bhūt
pāpīyasī dhīr dvija-deva-gobhyaḥ

adya－这天 / eva－就在 / rājyam－王国 / balam ṛddha－力量和财富 / kośam－国库 / prakopita－被点燃 / brahma-kula－由布茹阿玛纳阶层 / analaḥ－火 / me dahatu－让它烧我 / abhadrasya－不吉祥 / punaḥ－再次 / na－不 / me－向我 / abhūt－可能会发生 / pāpīyasī－罪恶的 / dhīḥ－智慧 / dvija－布茹阿玛纳 / deva－至尊主 / gobhyaḥ－和乳牛

译文　由于忽视布茹阿玛纳文化、神意识和乳牛保护，我野蛮、罪恶。因此，我希望我的王国、力量和富有立刻被布茹阿玛纳的愤怒之火烧成灰烬，以使我今后不再被这种会带来厄运的态度所左右。

要旨 进步的人类文明的基础是，布茹阿玛纳文化、神意识和乳牛保护。国家靠农、工、商贸等手段所从事的发展经济的活动，必须完全用来维护和遵守上述的原则；否则，一切所谓的经济发展都是堕落的根源。乳牛保护意味着滋养使人培养神意识的布茹阿玛纳文化，这样就会达到人类文明的完美境界。喀历年代以扼杀生命的高等原则为目的，尽管帕瑞克西特王在世上强力抵制喀历年代的人格化身扩张他的势力，但喀历年代的影响还是无孔不入，就连像帕瑞克西特王那样强大的君王都会因为饥饿和口渴这种轻微的刺激而忽视了布茹阿玛纳文化。帕瑞克西特王为他意外犯下的罪悔恨不已，希望他的王国、力量和积累的财富因为他没有尊重布茹阿玛纳文化而统统被烧成灰烬。

不把财富和力量用于发展布茹阿玛纳文化、神意识和乳牛保护方面的国家或家庭，都无疑会遭到天谴，注定要经受失败的命运。如果我们想要世界和平与繁荣，我们就应该从这节诗中汲取教训；每一个国家和家庭，都必须为了自身的净化而努力推动布茹阿玛纳文化事业，为了觉悟自我而培养神意识，为了得到足量的牛奶——最好的食物而保护乳牛，以便延续完美的文明。

第 4 节

स चिन्तयन्नित्थमथाशृणोद्यथा
मुनेः सुतोक्तो निर्ऋतिस्तक्षकाख्यः ।
स साधु मेने न चिरेण तक्षका-
नलं प्रसक्तस्य विरक्तिकारणम् ॥ ४ ॥

sa cintayann ittham athāśṛṇod yathā
muneḥ sutokto nirṛtis takṣakākhyaḥ

sa sādhu mene na cireṇa takṣakā-
nalaṁ prasaktasya virakti-kāraṇam

saḥ－他——国王 / cintayan－想着 / ittham－像这样 / atha－现在 / aśṛṇot－听到 / yathā－像 / muneḥ－圣人的 / suta-uktaḥ－由儿子讲出 / nirṛtiḥ－死亡 / takṣaka-ākhyaḥ－和蛇鸟有关的 / saḥ－他(国王) / sādhu－好的 / mene－接受 / na－不 / cireṇa－很长的时间 / takṣaka－蛇鸟 / analam－火 / prasaktasya－对一个过分执著的人 / virakti－漠不关心的 / kāraṇam－原因

译文　就在君王这样忏悔之际，他收到消息，他被圣人的儿子所诅咒，即将被一只蛇鸟咬死。君王把这当做一个好消息，因为它将使自己不再关心尘世的事情。

要旨　真正的快乐是从灵性存在中或靠终止生死轮回获得的。只有回到首神身边，生物才能够终止他的生死轮回。在物质世界里，即使到了最高的星球布茹阿玛珞卡(Brahmaloka)，人也无法摆脱生死轮回的处境；但即便这样，我们还是不愿意走达到完美的路。要走完美的路，意味着人必须摆脱一切物质执著与依恋，从而变得有资格进入灵性王国。因此，物质上极度贫穷的人相对于物质上富有的人来说其实是更好的人选。帕瑞克西特王是至尊主伟大的奉献者、进入神的王国的有资格的人选，但尽管如此，他作为世界帝王拥有的物质资产，妨碍他成功地恢复他作为至尊主在灵性天空中的同伴之一这样一个原本的身份。作为至尊主的奉献者，他能够明白，布茹阿玛纳少年的诅咒虽然是愚蠢的，但对他来说却是祝福，因为那促使他不再执著于政治和社会等尘世事务。沙米卡·牟尼(Śamīka Muni)也一样；他对所发生的事情感到抱歉和遗憾之后，出于义务把帕瑞克西特王被他儿子诅咒的消息传给了君王，以使君王能够为回到首神身边而作准备。沙米卡·牟尼传口信给君王说：

他那愚蠢的儿子逊哥依虽然是个强有力的布茹阿玛纳少年，但却不幸地误用他的灵性力量去不必要地诅咒君王。君王把死蛇绕在牟尼肩上的事情，并不足以被施以死亡的诅咒；但由于这个诅咒是没有办法收回的，君王被告知要在一周内为死亡做好准备。沙米卡·牟尼和帕瑞克西特王都是觉悟了自我的灵魂。沙米卡·牟尼是神秘瑜伽师，帕瑞克西特王是至尊主的奉献者，因此他们不但对自我的认识没有区别，也都不害怕面对死亡。帕瑞克西特王本可以去找牟尼请求他的原谅，但牟尼在给君王捎口信，告诉他死亡逼近的消息时所表达的深深的歉意，使君王不想因为自己去找牟尼而令牟尼感到更加羞愧。他决定为即将到来的死亡准备好自己，找出回到首神身边的途径。

人体生命是一个良机，使人可以准备好自己，使自己有资格回到首神身边，或者脱离生死轮回的物质存在。正因为如此，在韦达文明的社会四阶层和灵性四阶段制度(varṇāśrama-dharma)中，每一个男人和女人都受到训练，以便他们能够达到上述这一目的。社会四阶层和灵性四阶段制度又称永恒的职责(sanātana-dharma)，这一制度使人为回到首神身边做好准备。为此，居士得到的指示是：为获得完整的知识而退出家庭生活(vānaprastha)到森林中去，然后在不可避免的死亡到来之前进入弃绝阶层(sannyāsa)，去当托钵僧。帕瑞克西特王很幸运能在不可避免的死亡到来前七天得到通知。但普通人却没有这么幸运，得不到这种明确的通知，尽管死亡对所有的人来说都是不可避免的。愚蠢之人忘了死亡这一必然发生的事实，忽视自己的责任，不为回归首神作准备。他们像动物一样只忙于吃、喝、享乐等活动，糟蹋自己的人体生命。喀历年代中的人因为怀有废除布茹阿玛纳文化、神意识和对乳牛的保护等罪恶的欲望，所以过得都是这种不负责任的生活。国家领袖要对这种状态负责；国家必须把人民缴纳的税金用于维护布茹阿玛纳文化、神意识和对乳牛的保护这三个项目上，以此教育国民为不可避免的死亡做好准备。

这么做的国家是真正的福利国家。印度这个国家应该更好地向理想的执政领袖帕瑞克西特王树立的榜样学习，而不是去仿效其他那些对首神王国和人生最高的目标一无所知的物质主义国家。印度文明的堕落，不仅使印度国民的生活随之堕落，而且使全世界人民的生活都恶化了。

第 5 节　अथो विहायेमममुं च लोकं
विमर्शितौ हेयतया पुरस्तात् ।
कृष्णाङ्घ्रिसेवामधिमन्यमान
उपाविशत्प्रायममर्त्यनद्याम् ॥ ५ ॥

atho vihāyemam amuṁ ca lokaṁ
vimarśitau heyatayā purastāt
kṛṣṇāṅghri-sevām adhimanyamāna
upāviśat prāyam amartya-nadyām

atho—如此 / vihāya—放弃 / imam—这 / amum—及随后的 / ca—也 / lokam—星球 / vimarśitau—他们都被审判 / heyatayā—因为次等 / purastāt—在上文中 / kṛṣṇa-aṅghri—圣主奎师那的莲花足 / sevām—超然的爱心服务 / adhimanyamānaḥ—将其视为是最伟大的成就的人的 / upāviśat—稳稳地坐下 / prāyam—断食 / amartya-nadyām—在超然的河流(恒河或雅沐娜河)岸边

译文　帕瑞克西特王在(恒河或雅沐娜河的)河岸边稳稳地坐下，把自己的注意力集中于奎师那意识，拒绝按所有其他觉悟自我的方法做，因为他知道：对奎师那的超然爱心服务是最高的成就，高于所有其他的方法。

要旨　对一个像帕瑞克西特王那样的奉献者来说，没有一个物质星球，哪怕是最高等的布茹阿玛珞卡，能像存在中的第一位至尊主、最初的人格首神圣主奎师那的住所哥珞卡·温达文(Goloka Vṛndāvana)那样令人向往。这个地球是这个宇宙中数不胜数的物质星球中的一个，而在物质创造实体(mahat-tattva)中有着无数的宇宙。至尊主和祂的代表——灵性导师们(ācāryas)，告诉奉献者说：在所有这些数不胜数的宇宙中，没有一个星球适合奉献者居住。奉献者一直想要回归家园，回到首神身边，要么在无数的外琨塔(Vaikuṇṭha)星球中的其中一个星球上，要么在圣主奎师那本人的星球哥珞卡·温达文上，以至尊主的仆人、朋友、父母或爱侣的身份与至尊主直接交往、联谊。所有这些星球都永恒地处在灵性天空中，而灵性天空则在容纳物质创造实体的原因之洋之外。自己积累的功德，以及出生在奉献者(Vaiṣṇava)聚集一堂的高等家庭中等因素的组合，使帕瑞克西特王已经了解了上述所有这些资讯，因此他对物质星球丝毫不感兴趣。现代科学家们非常渴望靠物质性的安排到月亮上去，但却想象不了这个宇宙中的最高星球。然而，像帕瑞克西特王那样的奉献者毫不在乎月亮或任何一个物质星球。所以他在明确地知道他准确的死亡时间后，便立刻到流经哈斯提纳普尔首都(德里境内)的超然的雅沐娜(Yamunā)河岸边去，完全断食并且更坚定地为主奎师那做超然的爱心服务。尽管恒河及雅沐娜河都是超然(amartyā)的河流，但下述原因使雅沐娜河比恒河更神圣。

第 6 节

या वै लसच्छ्रीतुलसीविमिश्र-
कृष्णाङ्घ्रिरेण्वभ्यधिकाम्बुनेत्री ।
पुनाति लोकानुभयत्र सेशान्
कस्तां न सेवेत मरिष्यमाणः ॥ ६ ॥

yā vai lasac-chrī-tulasī-vimiśra-
kṛṣṇāṅghri-reṇv-abhyadhikāmbu-netrī

punāti lokān ubhayatra seśān
kas tāṁ na seveta mariṣyamāṇaḥ

yā—那条河 / vai—总是 / lasat—漂着 / śrī-tulasī—图拉西叶子 / vimiśra—混合 / kṛṣṇa-aṅghri—圣主奎师那的莲花足 / reṇu—尘土 / abhyadhika—吉祥的 / ambu—水 / netrī—带着的 / punāti—圣化 / lokān—星球 / ubhayatra—上下内外 / sa-īśān—和主希瓦一起 / kaḥ—还有谁 / tām—那条河 / na—不 / seveta—崇拜 / mariṣyamāṇaḥ—随时要死亡的人

译文 君王坐在岸边断食的那条河流(恒河或雅沐娜河)，承载着混合了至尊主莲花足上的尘土及图拉西叶的最吉祥的水。所以那河水圣化三个世界的里里外外，甚至圣化主希瓦和其他半神人。命中注定要死的人最终都必须托庇于那条河。

要旨 帕瑞克西特王一旦接到他将在七天内死亡的消息，便立刻退出家庭生活，移居到神圣的雅沐娜河岸边。大体上说，君王是到恒河岸边寻求庇护，但按照圣吉瓦·哥斯瓦米(Jīva Gosvāmī)的说法，君王是到雅沐娜河岸边寻求庇护。从地理位置来看，圣吉瓦·哥斯瓦米的说明显得更准确。帕瑞克西特王住在他的首都哈斯提纳普尔(现今德里附近)，雅沐娜河向下流经哈斯提纳普尔。由于雅沐娜河流经君王的宫殿门口，君王很自然就会托庇于雅沐娜河。至于河流的神圣程度，雅沐娜河比恒河更直接地与主奎师那有关联。至尊主在这个世界里一开始从事祂超然的娱乐活动，就神圣化了雅沐娜河。当主奎师那在这个世界里的父亲瓦苏戴瓦(Vasudeva)抱着变为婴儿的主奎师那从玛图茹阿(Mathurā)横渡雅沐娜河，要到对岸的安全之地哥库拉(Gokula)时，主奎师那坠入河水中，用祂莲花足上的尘土立刻神圣化了雅沐娜河水。这节诗中特别指出，帕瑞克西特王托庇于那条携带着主奎师那莲花足上的尘土及图拉西叶的美丽地流淌着的圣河。主奎师那的莲花足上总是粘着图拉西叶

(tulasī)，因此只要祂的莲花足触碰到恒河及雅沐娜河，河水就立刻被神圣化了。然而，至尊主接触雅沐娜河的机会比接触恒河的机会多。按照圣吉瓦·哥斯瓦米引述的《瓦茹阿哈往世书》(Varāha Purāṇa)中的记载，恒河水与雅沐娜河水之间没有区别，但恒河水被神圣化一百次后，就被称为雅沐娜河水了。同样，经典中说，念维施努(Viṣṇu)的名字一千次等同于念茹阿玛(Rāma)的名字一次，而念主茹阿玛的名字三次等同于念主奎师那的名字一次。帕瑞克西特王无论是坐在恒河岸边，还是雅沐娜河岸边最终并没有任何区别。

第 7 节 इति व्यवच्छिद्य स पाण्डवेयः
प्रायोपवेशं प्रति विष्णुपद्याम् ।
दधौ मुकुन्दाङ्घ्रिमनन्यभावो
मुनिव्रतो मुक्तसमस्तसङ्गः ॥ ७ ॥

iti vyavacchidya sa pāṇḍaveyaḥ
prāyopaveśaṁ prati viṣṇu-padyām
dadhau mukundāṅghrim ananya-bhāvo
muni-vrato mukta-samasta-saṅgaḥ

iti—如此 / vyavacchidya—已决定了 / saḥ—国王 / pāṇḍaveyaḥ—与潘达瓦兄弟一样杰出的后裔 / prāya-upaveśam—为了断食到死 / prati—向着 / viṣṇu-padyām—在恒河岸边(从主维施努的莲花足下流出的) / dadhau—献出自己 / mukunda-aṅghrim—向主奎师那的莲花足 / ananya—没有偏离 / bhāvaḥ—灵性 / muni-vrataḥ—发圣人们都发的誓言 / mukta—摆脱了 / samasta—所有种类的 / saṅgaḥ—联谊

译文 因此，潘达瓦兄弟可尊敬的后裔帕瑞克西特王，决定一直坐在恒河岸边断食直至死亡，把自己完全献给唯一能赐予解脱的主奎师那的莲花足。他这样使自己摆脱所有种类的关系和依恋后，发下圣人们都会发的誓言。

要旨　恒河水因为是从人格首神维施努的莲花足流淌出来的，所以神圣化了上、中、下三个世界，包括所有的半神人。主奎师那是维施努范畴(viṣṇu-tattva)中所有维施努的源头，所以托庇于祂的莲花足可以使人摆脱一切罪恶，包括君王对布茹阿玛纳的冒犯所导致的后果。正因为如此，帕瑞克西特王决定冥想圣主奎师那的莲花足，也就是一切种类解脱的赐予者穆昆达(Mukunda)的莲花足。恒河岸边或雅沐娜河岸边给人提供一直不断地回忆至尊主的机会。帕瑞克西特王切断一切物质关系，全神贯注地冥想主奎师那的莲花足，而那是获得解脱的方式。切断一切物质关系意味着彻底停止进一步作恶。冥想至尊主的莲花足，意味着摆脱过去从事的一切罪恶活动所引致的恶报。物质世界的环境被造就成，不管人愿意不愿意都得犯罪，发生在帕瑞克西特王身上的事情就是很好的例子。尽管他被公认为是无罪的虔诚君王，尽管他不愿意犯这样的错误，但还是冒犯了圣人，并因而受到诅咒。然而，他虽然受到诅咒，但因为是至尊主的奉献者，所以甚至可以把生活中的这种逆境转变成有利条件。原则是：人应该一生不去有意犯罪，应该一直不断专注地铭记至尊主的莲花足。只有怀有这种心态的奉献者才能得到至尊主的帮助，逐渐在解脱之途上向前迈进，从而获得至尊主的莲花足。所有的经典中都确认一点说，即使奉献者意外地犯了罪，至尊主也会拯救皈依祂的灵魂，使其免于一切恶报。例如：《圣典博伽瓦谭》(Śrīmad-Bhāgavatam)第 11 篇第 5 章的第 42 节诗就说：

sva-pāda-mūlaṁ bhajataḥ priyasya
tyaktāny abhāvasya hariḥ pareśaḥ
vikarma yac cotpatitaṁ kathañcid
dhunoti sarvaṁ hṛdi sanniviṣṭaḥ

至尊主非常喜爱就这样放弃一切，只全心托庇于至尊人格首神哈尔依(Hari)莲花足的人。事实上，如果这样一个投靠、服从的灵魂意外地从事了某种罪恶活动，稳处在每一个生物体心中的至尊人格首神，就会立刻拿走这一罪恶所招致的恶报。这节诗明确地说明了清除无意中犯罪所造成的恶报的最佳方法是，始终记住至尊主的莲花足。然而，谁有意犯罪并期望凭借至尊主所给予的保证免遭恶报，谁就是罪大恶极的人，即使他不断地想起至尊主的莲花足，也不能得救。这样有意犯罪的罪犯无法摆脱功利性活动的钳制。

第 8 节

तत्रोपजग्मुर्भुवनं पुनाना
महानुभावा मुनयः सशिष्याः ।
प्रायेण तीर्थाभिगमापदेशैः
स्वयं हि तीर्थानि पुनन्ति सन्तः ॥८॥

tatropajagmur bhuvanaṁ punānā
mahānubhāvā munayaḥ sa-śiṣyāḥ
prāyeṇa tīrthābhigamāpadeśaiḥ
svayaṁ hi tīrthāni punanti santaḥ

tatra—那里 / upajagmuḥ—到达 / bhuvanam—宇宙 / punānāḥ—那些能够圣化的人 / mahā-anubhāvāḥ—伟大的智者 / munayaḥ—思想家 / sa-śiṣyāḥ—和他们的门徒一起 / prāyeṇa—几乎 / tīrtha—朝圣的地方 / abhigama—旅程 / apadeśaiḥ—为了 / svayam—亲自 / hi—肯定地 / tīrthāni—所有朝圣的地方 / punanti—圣化 / santaḥ—圣人们

译文 当时，那些仅仅因为临在就能真正圣化朝圣之地的圣人，以及所有伟大的智者和思想家，都由他们各自的门徒陪同着，借口朝圣之旅到了那里。

要旨 帕瑞克西特王一旦在恒河岸边坐下，消息就传遍了整个宇宙的每一个角落；了解这一事件的重要性的、思想崇高的圣人们，都以朝圣为借口到了那里。他们每一个人都有足够的力量可以神圣化朝圣之地，因此去那里其实是为了见帕瑞克西特王，而不是为了到圣地去沐浴。普通人去圣地是为了清除他们身上的一切罪恶。这使朝圣之地承载了过多他人的罪恶。但当那些圣人去朝拜承载了过多他人罪恶的朝圣之地时，他们的临在神圣化了他们所在的地方。所以，去见帕瑞克西特王的圣人们，不像普通人那样对净化自身特别感兴趣。他们能预见到舒卡戴瓦·哥斯瓦米要在那里讲述《圣典博伽瓦谭》，所以只是借口要到圣地沐浴，去会见帕瑞克西特王。他们都想要得到这一重大活动所产生的利益。

第 9—10 节

अत्रिर्वसिष्ठश्च्यवनः शरद्वा-
नरिष्टनेमिर्भृगुरङ्गिराश्च ।
पराशरो गाधिसुतोऽथ राम
उतथ्य इन्द्रप्रमदेध्मवाहौ ॥ ९ ॥
मेधातिथिर्देवल आर्ष्टिषेणो
भारद्वाजो गौतमः पिप्पलादः ।
मैत्रेय और्वः कवषः कुम्भयोनि-
र्द्वैपायनो भगवान्नारदश्च ॥१०॥

atrir vasiṣṭhaś cyavanaḥ śaradvān
ariṣṭanemir bhṛgur aṅgirāś ca
parāśaro gādhi-suto 'tha rāma
utathya indrapramadedhmavāhau

medhātithir devala ārṣṭiṣeṇo
bhāradvājo gautamaḥ pippalādaḥ
maitreya aurvaḥ kavaṣaḥ kumbhayonir
dvaipāyano bhagavān nāradaś ca

Atri…nārada—阿特瑞……纳茹阿达这些从宇宙各地前来的不同圣人的名字

译文　来自宇宙各地的伟大圣人有：阿特瑞、恰瓦纳、沙尔端、阿瑞施塔奈弥、布瑞古、瓦希施塔、帕茹阿沙尔、维施瓦弥陀、安给茹阿、帕茹阿舒茹阿玛、乌塔提亚、因铎帕玛德、伊德玛瓦胡、梅达提缇、戴瓦拉、阿尔施提申纳、巴尔杜瓦佳、高塔玛、琵帕拉德、麦垂亚、奥尔瓦、喀瓦沙、昆巴尤尼、兑帕亚纳及伟大的人物纳茹阿达。

要旨　**恰瓦纳**(Cyavana)：伟大的圣人，布瑞古·牟尼六个儿子中的一个。他因为母亲在怀他时遭绑架而早产来到世上。

布瑞古(Bhṛgu)：当布茹阿玛代表水神瓦茹纳(Varuṇa)举行盛大的祭祀时，伟大的圣人布瑞古(Maharṣi Bhṛgu)从祭祀之火中诞生出来。他是伟大的圣人，他非常疼爱的妻子菩珞玛(Pulomā)。他可以像杜尔瓦萨(Durvāsā)、纳茹阿达(Nārada)等圣人那样在太空中旅行，经常到宇宙中所有的星球去探望。在库茹柴陀(Kurukṣetra)战争开始前，他曾试图阻止战争。他有时教导巴尔杜瓦佳·牟尼(Bhāradvāja Muni)有关天文学的知识；他是占星学巨著《布瑞古·萨密塔》(Bhṛgu-saṁhitā)的作者。他解释了气、火、水和土是怎么从空间中产生出来的，解释了胃中之气的运作情况及对肠道的控制。作为伟大的哲学家，他符合逻辑地确立了生物的永恒性(参看《玛哈巴茹阿特》)。他还是伟大的人类学者，在很久以前就解释了进化的理论。他是人类社会的社会四阶层和灵性四阶段科学制度(varṇāśrama)的提倡者。他把查锺亚君王维塔哈维亚(Vītahavya)转变为一名布茹阿玛纳。

瓦希施塔(Vasiṣṭha)：请阅读《圣典博伽瓦谭》第 1 篇第 9 章的第 6 节诗的要旨部分。

帕茹阿沙尔(Parāśara)：瓦希施塔·牟尼的孙子，维亚萨戴瓦(Vyāsadeva)的父亲。他父亲是伟大的圣人沙克提(Maharṣi Śakti)，他母亲名叫阿德瑞夏缇(Adṛśyatī)。他母亲怀他的时候只有十二岁。他还在他母亲的子宫中时就学习了韦达经(Vedas)。他父亲被恶魔考玛施帕德(Kalmāṣapāda)所杀，他为了复仇竟想毁灭整个世界。但他祖父瓦希施塔阻止了他。他接着举行杀恶魔的祭祀(Rākṣasa-killing yajña)，但伟大的圣人菩拉斯提亚又阻止了他。他在萨提亚娃缇(Satyavatī)成为商坦努王(Mahārāja Śāntanu)的妻子之前曾受她吸引，与她生了维亚萨戴瓦。凭借帕茹阿沙尔的祝福，萨提亚娃缇浑身自然散发出香气，在几英里外都能闻到。彼士玛(Bhīṣma)死时他也在场。他是佳纳卡王(Mahārāja Janaka)的灵性导师，主希瓦(Śiva)优秀的奉献者。他是许多韦达经典及社会学指南丛书的作者。

维施瓦弥陀(Viśvāmitra)：又称嘎迪·苏塔(Gādhi-suta)，苦修并具有神秘力量的大圣人。他以嘎迪·苏塔闻名于世，是因为他父亲是勘亚库布佳省(印度北方邦)一位强有力的君王，名叫嘎迪。尽管他的出身是查锤亚(kṣatriya，刹帝利)，但他凭借他达到的灵性成就的力量在同一生当中转变为布茹阿玛纳(brāhmaṇa，婆罗门)。当他还是一个查锤亚君王时，他与瓦希施塔·牟尼有了一场纷争。于是，他与玛谭嘎·牟尼(Mataṅga Muni)合作举行了一场盛大的祭祀，借此战胜了瓦希施塔的儿子们。他虽然成了一名伟大的瑜伽师，但还是没能控制住自己的感官，被迫成为莎琨塔拉(Śakuntalā)的父亲，而莎琨塔拉后来成为被载入世界史册的一名美丽的王后。一次，当他还是查锤亚君王时，他拜访了瓦希施塔的隐居所，瓦希施塔以皇家的规格盛情款待了他。维施瓦弥陀要求瓦希施塔·牟尼把母牛南迪妮(Nandinī)送给他，牟尼拒绝了他的要求。维施瓦弥陀偷走了母牛，致使圣人和君王之间产生了争执。后来，瓦希施塔凭他的灵性力量打败了维施瓦弥陀，君王于是决定当一名布茹阿玛纳。在成为布茹阿玛纳之前，他到考希卡(Kauśikā)河岸边从事了严酷的苦行。他也是试图阻止库茹柴陀战争开打的人之一。

安给茹阿(Aṅgirā)：他是产自布茹阿玛的心念的六个儿子之一，是毕尔哈斯帕提(Bṛhaspati)的父亲，而毕尔哈斯帕提是天堂星球半神人中博学的大祭司。乌塔提亚(Utathya)和桑瓦尔塔(Saṁvarta)都是他儿子。据说他现在仍在恒河岸边一处名叫阿拉卡南达(Alakānanda)的地方苦修并吟诵、吟唱至尊主的圣名。

帕茹阿舒茹阿玛(Paraśurāma)：请参看《圣典博伽瓦谭》第1篇第9章的第6节诗的要旨部分。

乌塔提亚：伟大的圣人安给茹阿的三个儿子之一，是曼达塔王(Mahārāja Mandhātā)的灵性导师。他娶了月亮神索玛(Soma)的女儿芭朵(Bhadrā)为妻。水神瓦茹纳(Varuṇa)绑架了他的妻子芭朵，为了报复水神的这一冒犯，他把世界上所有的水一饮而尽。

梅达提缇(Medhātithi)：远古时期的一位老圣人。天帝因铎戴瓦(Indradeva)的议会成员之一。他儿子是在森林中把莎琨塔拉抚养成人的康瓦·牟尼(Kaṇva Muni)。他通过严格遵守退出家庭生活之人(vānaprastha)该遵守的原则被提升到天堂星球。

戴瓦拉(Devala)：是像纳茹阿达·牟尼和维亚萨戴瓦那样的伟大权威。阿尔诸纳在《博伽梵歌》(Bhagavad-gītā)中确认主奎师那是至尊人格首神时，提到一系列权威的名字，其中就有戴瓦拉的美名。戴瓦拉是潘达瓦(Pāṇḍava)兄弟家的祭司道弥亚(Dhaumya)的哥哥，在库茹柴陀战争后曾遇到尤帝士提尔王(Mahārāja Yudhiṣṭhira)。他像查锤亚一样允许他女儿在选夫比武大会上自己选择丈夫，那次大会邀请了圣人们所有未婚的儿子去参加。但有些人也说，他不是阿西塔·戴瓦拉(Asita Devala)。

巴尔杜瓦佳(Bhāradvāja)：请参看《圣典博伽瓦谭》第1篇第9章的第6节诗的要旨部分。

高塔玛(Gautama)：宇宙中七位伟大的圣人之一。沙尔端·高塔玛(Śaradvān Gautama)是高塔玛的儿子之一。如今属于高塔玛家族(Gautama-gotra)中的人，要么是他的子孙后代，要么是他传承中的弟子。公开宣称是高塔玛家族中人的布茹阿玛纳们，通常都是他的子孙后代；而公开宣称是高塔玛家族中人的查锤亚和外夏(vaiśya, 吠舍)，都是他师徒传承中的人。他是著名的阿哈莉雅(Ahalyā)的丈夫。阿哈莉雅在被天帝因铎戴瓦调戏后转变为石头，后来得到主茹阿玛禅铎(Rāmacandra)的拯救。高塔玛是奎帕查尔亚(Kṛpācārya)的祖父，而奎帕查尔亚是库茹柴陀战争中的一个英雄。

麦垂亚(Maitreya)：古代一位伟大的圣人。他是维杜茹阿(Vidura)的灵性导师，伟大的宗教权威。他建议兑塔瓦施陀(Dhṛtarāṣṭra)跟潘达瓦兄弟保持良好关系，杜尤丹表示反对，因而被他所诅咒。他遇到维亚萨戴瓦，与之探讨了宗教问题。

兑帕亚纳(Dvaipāyana)：请阅读《圣典博伽瓦谭》第 1 篇第 9 章的第 6 节诗的要旨部分。

纳茹阿达(Nārada)：请阅读《圣典博伽瓦谭》第 1 篇第 9 章的第 6 节诗的要旨部分。

第 11 节

अन्ये च देवर्षिब्रह्मर्षिवर्या
राजर्षिवर्या अरुणादयश्च ।
नानार्षेयप्रवरान् समेता-
नभ्यर्च्य राजा शिरसा ववन्दे ॥११॥

anye ca devarṣi-brahmarṣi-varyā
rājarṣi-varyā aruṇādayaś ca
nānārṣeya-pravarān sametān
abhyarcya rājā śirasā vavande

anye—许多其他的 / ca—也 / devarṣi—神圣的半神人 / brahmarṣi—神圣的布茹阿玛纳 / varyāḥ—最高的 / rājarṣi-varyāḥ—最神圣的君王 / aruṇa-ādayaḥ—神圣君王中的特殊阶层 / ca—和 / nānā—许多其他的 / ārṣeya-pravarān—圣人中的领袖 / sametān—聚集在一起 / abhyarcya—靠崇拜 / rājā—君王 / śirasā—顶礼 / vavande—欢迎

译文　去那里的还有许多其他圣洁的半神人、君王和被称为阿茹纳的特殊君王(地位特殊的神圣君王)，以及来自不同传承中的圣人。当所有的人都聚在一起与帝王(帕瑞克西特)相见时，帝王以正确的方式接待他们，向他们顶礼。

要旨 向长辈下跪顶礼、致以敬意是极好的礼仪，这种表达敬意的方式会使客人深受感动。甚至只要这样做，就能使人原谅下跪顶礼的人曾经犯过的最严重的错误。帕瑞克西特王虽然受到全体圣人及君王的尊敬，但却用这种谦卑的礼仪欢迎所有到场的重要人物，以使他们能原谅他曾经犯过的任何错误。明智之人一般都会在自己人生的最后时刻采取这种谦卑的方式请求他人在自己离开人世前原谅自己。帕瑞克西特王以这种方式请求大家祝福自己能回归家园，回到首神身边。

第 12 节 सुखोपविष्टेष्वथ तेषु भूयः
कृतप्रणामः स्वचिकीर्षितं यत् ।
विज्ञापयामास विविक्तचेता
उपस्थितोऽग्रेऽभिगृहीतपाणिः ॥१२॥

sukhopaviṣṭeṣv atha teṣu bhūyaḥ
kṛta-praṇāmaḥ sva-cikīrṣitaṁ yat
vijñāpayām āsa vivikta-cetā
upasthito 'gre 'bhigṛhīta-pāṇiḥ

sukha－快乐地 / upaviṣṭeṣu－全都坐下 / atha－于是 / teṣu－向他们(拜访者) / bhūyaḥ－再次 / kṛta-praṇāmaḥ－致以顶礼 / sva－他自己的 / cikīrṣitam－决定断食 / yat－谁 / vijñāpayām āsa－告知 / vivikta-cetāḥ－内心完全不留恋世俗事务的人 / upasthitaḥ－在场 / agre－在他们面前 / abhigṛhīta-pāṇiḥ－谦卑地双手合十

译文 等所有的圣人和其他人都各自在自己的位置上舒适地坐下后，君王双手合十谦卑地站在他们面前，告诉他们他断食直至死亡的决定。

要旨 君王虽然已经决定在恒河岸边断食到死，但还是谦卑地向在场的伟大的权威人士们说明他的决定，以征求他们的意见。一个决定无论它有多么重要，都应该得到权威的确认。这么做可以使事情的解决更趋完美。这意味着那时统治世界的君主们不是不负责任的独裁者。他们小心翼翼地遵循圣人们根据韦达训谕所给予的权威决定。帕瑞克西特王作为一个完美的君王，通过征询权威人士的意见遵守原则，甚至直到生命的最后时刻。

第 13 节

राजोवाच
अहो वयं धन्यतमा नृपाणां
महत्तमानुग्रहणीयशीलाः ।
राज्ञां कुलं ब्राह्मणपादशौचाद्
दूराद्विसृष्टं बत गर्ह्यकर्म ॥१३॥

rājovāca
aho vayaṁ dhanyatamā nṛpāṇāṁ
mahattamānugrahaṇīya-śīlāḥ
rājñāṁ kulaṁ brāhmaṇa-pāda-śaucād
dūrād visṛṣṭaṁ bata garhya-karma

rājā uvāca—幸运的君王说 / aho—啊 / vayam—我们 / dhanya-tamāḥ—非常感谢 / nṛpāṇām—全体国王的 / mahat-tama—伟大灵魂的 / anugrahaṇīya-śīlāḥ—训练接受恩惠 / rājñām—皇室的 / kulam—阶层 / brāhmaṇa-pāda—布茹阿玛纳的足 / śaucāt—清洗后的弃置物 / dūrāt—远处的 / visṛṣṭam—总是远离 / bata—因为 / garhya—应受谴责的 / karma—活动

译文　幸运的君王说：朕是所有受训得到伟大灵魂祝福的君王中最要感恩的一位。你们(圣人)一般都把皇族成员视为是不该靠近而该摒弃的垃圾。

要旨　按照宗教原则，必须远离粪便、尿液和洗过东西的脏水等。在现代文明中房间里有浴室和马桶也许是很方便的设施，但按照宗教原则的规定，它们应该被设置在远离居住区的地方。这节诗中举的有关王室的例子，专门针对正在回归首神的路途上向前迈进的人而言。圣主柴坦亚·玛哈帕布说：对想要回归首神的人来说，与跟金钱打交道的人或皇室成员有亲密的接触，比自杀还要糟。换句话说，超然主义者一般不与那些太迷恋神的创造的外在美的人交往、联谊。凭借有关灵性觉悟的高级知识，超然主义者知道：这个美丽的物质世界不是别的，而是神的王国这一真实存在的投影。因此，他们对皇家财富一类的事情不感兴趣。但至于帕瑞克西特王，情况就不一样了。表面上看，君王被一个不成熟的布茹阿玛纳少年下了死亡的诅咒，但事实上是至尊主在召他回去。聚集到恒河岸边的其他超然主义者——伟大的圣人和神秘瑜伽师，因为帕瑞克西特王准备断食到死，因为知道他准备回归首神，所以都十分渴望见到他。帕瑞克西特王也知道，由于他的祖父——潘达瓦兄弟们为至尊主做奉爱服务，聚集在现场的大圣人们当年都对他们很仁慈。为此，他很感激圣人们在他人生的最后阶段出现在现场，他感到那都是他的祖父们或曾祖父们的伟大所致。正因为如此，他为自己能够成为这些伟大的奉献者的后代而感到自豪。为成为至尊主的奉献者而自豪，无疑不同于为物质成就而骄傲的虚荣感。前者是真实存在的状态，后者是不真实的状态，是虚荣的炫耀。

第 14 节

तस्यैव मेऽघस्य परावरेशो
व्यासक्तचित्तस्य गृहेष्वभीक्ष्णम् ।
निर्वेदमूलो द्विजशापरूपो
यत्र प्रसक्तो भयमाशु धत्ते ॥१४॥

tasyaiva me 'ghasya parāvareśo
vyāsakta-cittasya gṛheṣv abhīkṣṇam

nirveda-mūlo dvija-śāpa-rūpo
yatra prasakto bhayam āśu dhatte

tasya—他的 / eva—肯定地 / me—我的 / aghasya—罪人的 / parā—超然的 / avara—世俗的 / īśaḥ—控制者——至尊主 / vyāsakta—过度的依恋 / cittasya—内心的 / gṛheṣu—家庭事务 / abhīkṣṇam—总是 / nirveda-mūlaḥ—弃绝的原因 / dvija-śāpa—被布茹阿玛纳诅咒 / rūpaḥ—以……形式 / yatra—于是 / prasaktaḥ—受影响的人 / bhayam—恐惧 / āśu—很快 / dhatte—发生

译文　超然世界及尘世的控制者——至尊人格首神，以让我受到布茹阿玛纳诅咒的形式仁慈地照顾我。由于我太依恋家庭生活，至尊主为了拯救我，便以这种方式出现在我面前，使我因恐惧而远离这个世界。

要旨　帕瑞克西特王虽然出生在伟大的奉献者潘达瓦兄弟的家庭中，虽然在培养对与至尊主联谊的超然依恋方面受到很扎实的训练，但还是发现，尘世家庭生活的诱惑力是那么强，以致他不得不依靠至尊主的安排才能从中脱身。至尊主对特殊的奉献者会采取这种直接的行动；看到宇宙中最优秀的超然主义者齐聚一堂的场面，帕瑞克西特王能明白这一点。至尊主始终与祂的奉献者在一起，伟大的圣人们聚集一堂，说明至尊主也到了现场。君王把大圣人们的出现看做是至尊主恩宠的标志，因此欢迎在场的全体圣人。

第 15 节　तं मोपयातं प्रतियन्तु विप्रा
गङ्गा च देवी धृतचित्तमीशे ।
द्विजोपसृष्टः कुहकस्तक्षको वा
दशत्वलं गायत विष्णुगाथाः ॥१५॥

tam̐ mopayātam̐ pratiyantu viprā
gaṅgā ca devī dhṛta-cittam īśe
dvijopasṛṣṭaḥ kuhakas takṣako vā
daśatv alam̐ gāyata viṣṇu-gāthāḥ

tam—为了那个原因 / mā—我 / upayātam—托庇于 / pratiyantu—请接受我吧 / viprāḥ—布茹阿玛纳呀 / gaṅgā—恒河母亲 / ca—也 / devī—至尊主直接的代表 / dhṛta—放进 / cittam—心 / īśe—向至尊主 / dvija-upasṛṣṭaḥ—被布茹阿玛纳创造出来的 / kuhakaḥ—某些神奇的 / takṣakaḥ—蛇鸟 / vā—两者之中 / daśatu—让他咬 / alam—毫不迟疑 / gāyata—请继续唱 / viṣṇu-gāthāḥ—对维施努的活动的叙述

译文 众布茹阿玛纳啊！请把我视为完全皈依的灵魂，希望恒河母亲——至尊主的代表，也这样看待我，因为我已经把至尊主的莲花足置于我心中了。让蛇鸟或那位布茹阿玛纳创造的无论什么神奇的东西立刻来咬我吧！我唯一的愿望是，你们大家一直不断地歌唱主维施努的功绩。

要旨 人一旦放开一切，投靠、托庇于至尊主的莲花足，就根本不再惧怕死亡了。至尊主伟大的奉献者们在恒河岸边所创造的气氛，以及帕瑞克西特王对至尊主莲花足的全然接受，足以保证君王能够回到首神身边。因此，他对死亡不再有丝毫的恐惧。

第 16 节 पुनश्च भूयाद्भगवत्यनन्ते
रतिः प्रसङ्गश्च तदाश्रयेषु ।
महत्सु यां यामुपयामि सृष्टिं
मैत्र्यस्तु सर्वत्र नमो द्विजेभ्यः ॥१६॥

punaś ca bhūyād bhagavaty anante
ratiḥ prasaṅgaś ca tad-āśrayeṣu
mahatsu yām̐ yām upayāmi sṛṣṭim̐
maitry astu sarvatra namo dvijebhyaḥ

punaḥ—再次 / ca—和 / bhūyāt—让它发生吧 / bhagavati—向主奎师那 / anante—一个拥有无限力量的人 / ratiḥ—吸引 / prasaṅgaḥ—联谊 / ca—也 / tat—祂的 / āśrayeṣu—和祂的那些奉献者 / mahatsu—在物质的创造中 / yām yām—无论哪里 / upayāmi—我将 / sṛṣṭim—我将投生 / maitrī—朋友关系 / astu—让它发生吧 / sarvatra—到处 / namaḥ—我的顶礼 / dvijebhyaḥ—向布茹阿玛纳

译文　再次向你们全体布茹阿玛纳致敬；我祈祷，如果我还会在这个物质世界投生，愿我将全心依恋不受限制的主奎师那，与祂的奉献者联谊，友好地对待一切众生。

要旨　帕瑞克西特王在这节诗中解释说，至尊主的奉献者是唯一完美的生物。尽管敌视奉献者的人可能很多，但至尊主的奉献者不与任何人为敌。至尊主的奉献者虽然不敌视他人，但却不喜欢与非奉献者交往、联谊。他想要与至尊主的奉献者交往、联谊。这十分自然，因为物以类聚、人以群分。对奉献者来说最重要的是全心依恋全体生物的父亲圣主奎师那。正如父亲的好儿子会善待他的兄弟姐妹，至尊主的奉献者作为至尊父亲主奎师那的好孩子，能看到所有其他的生物都与至尊父亲有关联。他努力想使父亲那些骄傲自负的儿子清醒过来、恢复理智，使他们重新接受神作为至尊父亲的身份。帕瑞克西特王在离开身体后无疑会回到首神身边，但即使他不能马上回去，他祈祷能在物质世界里以一种最完美的方式度过他的有生之年。纯粹的奉献者不想跟布茹阿玛(Brahmā)那样伟大的人物在一起，而更愿意与至尊主的奉献者交往、联谊，无论那位奉献者在物质世界里的地位有多卑微，只要他是至尊主的奉献者就好。

第 17 节　इति स्म राजाध्यवसाययुक्तः
प्राचीनमूलेषु कुशेषु धीरः ।

उदङ्मुखो दक्षिणकूल आस्ते
समुद्रपत्न्याः स्वसुतन्यस्तभारः ॥१७॥

iti sma rājādhyavasāya-yuktaḥ
prācīna-mūleṣu kuśeṣu dhīraḥ
udaṅ-mukho dakṣiṇa-kūla āste
samudra-patnyāḥ sva-suta-nyasta-bhāraḥ

iti－如此 / sma－如以往的 / rājā－国王 / adhyavasāya－坚持不懈 / yuktaḥ－从事了 / prācīna－东方 / mūleṣu－根部朝着 / kuśeṣu－在一个用库沙草编成的坐垫上 / dhīraḥ－自制 / udaṅ-mukhaḥ－面向北方 / dakṣiṇa－在南方 / kūle－河岸 / āste－位于 / samudra－大海 / patnyāḥ－……的妻子(恒河) / sva－自己的 / suta－儿子 / nyasta－交给 / bhāraḥ－执政权

译文 完全控制住自我后，帕瑞克西特王面朝北方，在置于恒河南岸的一个草根向东的库沙草垫上坐下。在此之前，他先把他的王国交付给他儿子管理。

要旨 恒河以海洋的妻子而闻名。库沙草垫如果把库沙草连根从土中拔出，再制作成垫子，就会被视为是神圣的；如果把垫子的草根部分朝向东方，就被视为是吉祥的。面朝北方坐下更有利于获得灵性的成功。帕瑞克西特王在离开家庭之前，把王国的管理责任交付给了他的儿子。综上所述，他完全具备了一切有利的条件。

第 18 节 एवं च तस्मिन्नरदेवदेवे
प्रायोपविष्टे दिवि देवसङ्घाः ।
प्रशस्य भूमौ व्यकिरन् प्रसूनै-
र्मुदा मुहुर्दुन्दुभयश्च नेदुः ॥१८॥

evaṁ ca tasmin nara-deva-deve
prāyopaviṣṭe divi deva-saṅghāḥ
praśasya bhūmau vyakiran prasūnair
mudā muhur dundubhayaś ca neduḥ

evam—如此 / ca—和 / tasmin—在那 / nara-deva-deve—向国王的 / prāya-upaviṣṭe—正在断食等死 / divi—在天空中 / deva—半神人 / saṅghāḥ—他们所有的 / praśasya—都赞扬这个举动 / bhūmau—地球上 / vyakiran—散开的 / prasūnaiḥ—以鲜花 / mudā—喜悦地 / muhuḥ—不断地 / dundubhayaḥ—天鼓 / ca—也 / neduḥ—被击打

译文　就这样，帕瑞克西特王坐下断食等待死亡。高等星球上的全体半神人们称赞君王的行动，高兴地击打天鼓，不停地向地球上抛撒鲜花。

要旨　回溯至帕瑞克西特王时代，星际间还有交流往来；帕瑞克西特王要断食到死以获得解脱的消息，传到了更有智慧的半神人所居住的高等星球。半神人的生活条件比人类要优越得多，但他们都服从至尊主的命令。天堂星球中没有无神论者或不信神的人。因此，地球上所有的奉献者都总是受到他们的赞扬。他们对帕瑞克西特王非常满意，所以通过向地球抛撒鲜花和击打天鼓向他表示敬意。半神人看到有人回到首神身边就会感到很高兴，以致会用他们的神力(adhidaivic)在各个方面帮助奉献者。他们的所作所为使至尊主对他们很满意。至尊主、半神人与至尊主在地球上的奉献者之间，有一条看不见的通力合作的链条。

第 19 节　महर्षयो वै समुपागता ये
प्रशस्य साध्वित्यनुमोदमानाः ।
ऊचुः प्रजानुग्रहशीलसारा
यदुत्तमश्लोकगुणाभिरूपम् ॥१९॥

maharṣayo vai samupāgatā ye
  praśasya sādhv ity anumodamānāḥ
ūcuḥ prajānugraha-śīla-sārā
  yad uttama-śloka-guṇābhirūpam

maharṣayaḥ－伟大的圣人 / vai－理所当然的 / samupāgatāḥ－聚集在那里 / ye－……的人 / praśasya－赞扬 / sādhu－十分好 / iti－如此 / anumodamānāḥ－全都赞成 / ūcuḥ－说 / prajā-anugraha－造福生命 / śīla-sārāḥ－从品质上说强大有力 / yat－因为 / uttama-śloka－受到精选诗歌赞美的祂 / guṇa-abhirūpam－如神性的品质一样美丽

译文 所有聚集在那里的伟大圣人也都赞扬帕瑞克西特王的决定，一致说“非常好”，以表示赞成。圣人们拥有一切在质上与至尊主力量相同的力量，因此自然想要帮助普通人。他们很高兴看到至尊主的奉献者帕瑞克西特王，于是这样说。

要旨 生物上升到为至尊主做奉爱服务的层面上时，就会越来越多地展示出他的自然美。帕瑞克西特王一心一意地依恋着主奎师那。看到这一点，聚集在一起的伟大的圣人们都十分高兴，一致对他说“非常好”，以表示他们的赞许。这些圣人们很自然地想要为普通人谋福利；当他们看到像帕瑞克西特王那样的人物在奉爱服务的路途上向前迈进，就会感到无限快乐，尽全力给予所有的祝福。为至尊主所做的奉爱服务是那么吉祥，以致所有的半神人和圣人们，直至至尊主本人，都对奉献者十分满意，奉献者因而发现一切都很吉祥。所有不吉祥的事物都从奉献者前进的路途上被移开。死亡时与所有伟大的圣人会面，对帕瑞克西特王来说无疑是很吉祥的事。因此，布茹阿玛纳少年对他的所谓的诅咒，实际上是对他的祝福。

第 20 节 न वा इदं राजर्षिवर्य चित्रं
  भवत्सु कृष्णं समनुव्रतेषु ।

येऽध्यासनं राजकिरीटजुष्टं
सद्यो जहुर्भगवत्पार्श्वकामाः ॥२०॥

na vā idaṁ rājarṣi-varya citraṁ
bhavatsu kṛṣṇaṁ samanuvrateṣu
ye 'dhyāsanaṁ rāja-kirīṭa-juṣṭaṁ
sadyo jahur bhagavat-pārśva-kāmāḥ

na－两者都不 / vā－像这样 / idam－这 / rājarṣi－神圣的国王 / varya－领袖 / citram－令人惊讶的 / bhavatsu－向你们所有人 / kṛṣṇam－主奎师那 / samanuvrateṣu－向那些严格追随……的人 / ye－谁 / adhyāsanam－坐在王位上 / rāja-kirīṭa－国王的头盔 / juṣṭam－装饰着 / sadyaḥ－立即 / jahuḥ－放弃 / bhagavat－人格首神 / pārśva-kāmāḥ－希望得到联谊

译文　(圣人们说：)最神圣的君王啊！潘杜王朝中紧跟圣主奎师那的君王们，为得到与人格首神永恒的联谊，不惜放弃由历代君王的王冠所装饰的王座。这一点儿都不令人惊讶。

要旨　占据政府管理职位的愚蠢的政治家们，不知道获得解脱后在至尊主永恒的住所中当祂的一个同伴才是生命最高的所得，而是把他们所占据的短暂的职位当做是生命最高的物质所得，因此直到人生的最后一刻都不愿离开那些职位。人体生命就是为了使生物达到回归家园，回到首神身边当祂的同伴这样一个目标。至尊主在《博伽梵歌》中多次向我们保证：回到祂永恒的住所，回到祂身边，才是最高的成就。帕拉德王(Prahlāda Mahārāja)在向主尼尔星哈(Nṛsiṁha)祈祷时说："我的主啊！我很害怕物质主义的生活方式，但一点都不害怕您所展现的可怕、凶猛的尼尔星哈戴瓦形象。这种物质主义的生活恰似磨盘，我们被它碾得粉碎。我们坠入物质生命的惊涛骇浪所形成的可怕的旋涡中。因此，我的至尊主，我在您的莲花足下向您祈祷，请把我当做您的一个仆人，召我回到您永恒的住所。这是从物质主义生活方式中获得解脱的最高境界。物质主义的生活方式使我感到很苦涩。无论我投生在哪一种生命形式中，我自己的所作所为都迫使我痛苦地体验到两件事，那就是，与我心爱的人分开，以及不得不面对我不想要的事物。为了对抗这一切，我所采用的补救方法比疾病本身还危险。我就这样一生复一生地四处漂泊。因此，我向您祈求，请允许我托庇在您的莲花足下。”

潘达瓦君王们比世上的许多圣人层次都高，知道物质主义生活方式给人带来的苦果，所以从不会被他们坐在其上的帝王宝座的耀眼光芒所迷惑。他们总是寻求被至尊主召回身边与祂永远在一起的机会。帕瑞克西特王是尤帝士提尔王可敬的孙子。尤帝士提尔王把帝王的宝座交给他孙子；同样，尤帝士提尔王的孙子帕瑞克西特王，把帝王宝座交给他儿子佳纳美佳亚(Janamejaya)。王朝中所有的君王因为都紧跟主奎师那，所以都是这么做的。至尊主的奉献者从不被物质主义生活光鲜亮丽的外表所迷惑，他们不偏不倚地生活，对梦幻般的物质主义生活方式中不真实的对象毫不执著。

第 21 节 सर्वे वयं तावदिहास्महेऽथ
कलेवरं यावदसौ विहाय ।
लोकं परं विरजस्कं विशोकं
यास्यत्ययं भागवतप्रधानः ॥२१॥

sarve vayaṁ tāvad ihāsmahe 'tha
kalevaraṁ yāvad asau vihāya
lokaṁ paraṁ virajaskaṁ viśokaṁ
yāsyaty ayaṁ bhāgavata-pradhānaḥ

sarve—所有 / vayam—我们的 / tāvat—只要 / iha—在这个地方 /

āsmahe—将留下 / atha—今后 / kalevaram—身体 / yāvat—只要 / asau—国王 / vihāya—放弃 / lokam—星球 / param—至尊 / virajaskam—彻底摆脱世俗污染的人 / viśokam—完全摆脱了各种忧伤 / yāsyati—返回 / ayam—这 / bhāgavata—奉献者 / pradhānaḥ—首要的

译文　我们都将在此等候，直至至尊主最优秀的奉献者帕瑞克西特王，返回那完全免于所有尘世污染及各种悲伤的至尊星球。

要旨　物质创造被比喻为是空中的云朵；在这有限的物质创造之外，是充满了名叫外琨塔星球的灵性天空(paravyoma)。这些外琨塔星球分别被称为菩茹首塔玛珞卡(Puruṣottamaloka)、阿秋塔珞卡(Acyutaloka)、特瑞维夸玛珞卡(Trivikramaloka)、慧希凯施珞卡(Hṛṣīkeśaloka)、凯沙瓦珞卡(Keśavaloka)、阿尼如达珞卡(Aniruddhaloka)、玛达瓦珞卡(Mādhavaloka)、帕杜么纳珞卡(Pradyumnaloka)、桑卡尔珊珞卡(Saṅkarṣaṇaloka)、施瑞达尔珞卡(Śrīdharaloka)、华苏戴瓦珞卡(Vāsudevaloka)、阿尤迪亚珞卡(Ayodhyāloka)、杜瓦尔卡珞卡(Dvārakāloka)，以及其他千百万由人格首神掌管的灵性星球；住在那里的全体生物，都是与至尊主有着同样的灵性身体的、解脱了的灵魂。那里没有物质的污染；那里的一切都是灵性的，所以根本没有可令人哀伤的事物。那里没有生老病死，一切事物都充满了超然的极乐。在上述所有的外琨塔星球中，有一个称为哥珞卡·温达文(Goloka Vṛndāvana)的最高星球，其上居住着圣主奎师那和祂特殊的同伴们。帕瑞克西特王命中注定要到这个星球上去，聚集在他身边的伟大的圣人们(ṛṣis)都能预见到这一点。他们彼此之间谈论着伟大君王的非凡离世；他们将再也看不到至尊主这样伟大的奉献者，所以准备一直看着他，直到他离开这个世界。至尊主伟大的奉献者离开时不需要为他们难过，因为他们注定要进入神的王国。但令人难过的是这些伟大的奉献者离开我们的视野，这就有充分的理由感到难过和遗憾了。我们用现有的眼睛极难看到至尊主，同样也很少见到伟大的奉献者。因此，伟大的圣人们要留在现场直到最后一刻的决定是正确的。

第 22 节 आश्रुत्य तदृषिगणवचः परीक्षित्
समं मधुच्युद्गुरु चाव्यलीकम् ।
आभाषतैनानभिनन्द्य युक्तान्
शुश्रूषमाणश्चरितानि विष्णोः ॥२२॥

āśrutya tad ṛṣi-gaṇa-vacaḥ parīkṣit
samaṁ madhu-cyud guru cāvyalīkam
ābhāṣatainān abhinandya yuktān
śuśrūṣamāṇaś caritāni viṣṇoḥ

āśrutya－就在聆听后 / tat－那 / ṛṣi-gaṇa－聚集在一起的圣人们 / vacaḥ－说 / parīkṣit－帕瑞克西特王 / samam－不偏不倚的 / madhu-cyut－很中听 / guru－庄重的 / ca－也 / avyalīkam－完全正确 / ābhāṣata－说 / enān－他们所有人 / abhinandya－祝贺 / yuktān－适当地表达 / śuśrūṣamāṇaḥ－希望听到 / caritāni－……活动 / viṣṇoḥ－人格首神

译文 伟大的圣人们所说的话不仅悦耳动听、意味深长，而且十分真实、恰到好处、符合当时的情况。瑞克西特王听了他们的一番话后，想要聆听人格首神圣主奎师那的活动，于是向圣人们道贺说。

第 23 节 समागताः सर्वत एव सर्वे
वेदा यथा मूर्तिधरास्त्रिपृष्ठे ।
नेहाथ नामुत्र च कश्चनार्थ
ऋते परानुग्रहमात्मशीलम् ॥२३॥

samāgatāḥ sarvata eva sarve
vedā yathā mūrti-dharās tri-pṛṣṭhe
nehātha nāmutra ca kaścanārtha
ṛte parānugraham ātma-śīlam

samāgatāḥ—聚集 / sarvataḥ—从四面八方 / eva—肯定地 / sarve—你们所有人 / vedāḥ—最高的知识 / yathā—正如 / mūrti-dharāḥ—人格化了 / tri-pṛṣṭhe—在布茹阿玛的星球上(它处于高等、中等和低等三个星系之上) / na—不 / iha—在这个世界 / atha—此后 / na—也不 / amutra—在来世 / ca—也 / kaścana—任何其他的 / arthaḥ—兴趣 / ṛte—除了 / para—其他的 / anugraham—造福 / ātma-śīlam—自己的本性

译文 (君王说:)伟大的圣人们啊!你们非常仁慈地从宇宙各地前来聚集在这里。你们与住在超越三个世界的星球(萨提亚珞卡)上的至尊知识人格化身一样好,因此自然都想帮助他人。除此之外,你们无论在今生或来世,都不会对其他事务感兴趣。

要旨 钱财、力量、声望、美丽、知识和弃绝这六种财富,原本都是绝对人格首神所拥有的不同的属性。作为至尊生物不可缺少的一部分的个体生物,都部分地具有这些属性,最多到至尊主的全部属性的百分之七十八的程度。在物质世界里,这些属性(直到至尊主属性的百分之七十八)被物质能量遮盖着,情况恰似云朵遮住太阳。与太阳原本放射出的万丈光芒相比,被遮住的太阳光芒就显得暗淡得多。同样道理,具有上述属性的生物原本具有的光彩,被物质属性遮住,看似几乎完全消失了。

物质宇宙中大体分上、中、下三个星系。人类所居住的地球处在中等星系的底层,但布茹阿玛和他的同伴们所居住的星球在高等星系中,其中最高的星球名叫萨提亚珞卡(Satyaloka)。住在萨提亚珞卡上的居民都具有完整的韦达智慧知识,所以物质能量的神秘乌

云遮不住他们原有的光彩。正因为如此，他们被称为韦达经的人格化身。这些人因为完全掌握并精通尘世的知识和超然的知识，因此对尘世或超然的世界都没有兴趣。他们实际上是没有欲望的奉献者。他们在尘世中不需要得到任何事物，在超然的世界中也一直是心满意足的状态。那他们为什么还要到尘世中来呢？他们遵照至尊主的命令降临到不同的星球去解救坠落了的灵魂。他们下到地球上来，为处在不同环境、受不同气候影响的世人谋福利。除了要拯救、教化被物质能量蒙蔽而陷在物质存在中腐烂发霉的坠落灵魂，他们在这个世界中不需要做任何其他事。

第 24 节 ततश्च वः पृच्छ्यमिमं विपृच्छे
विश्रभ्य विप्रा इति कृत्यतायाम् ।
सर्वात्मना म्रियमाणैश्च कृत्यं
शुद्धं च तत्रामृशताभियुक्ताः ॥२४॥

tataś ca vaḥ pṛcchyam imaṁ vipṛcche
viśrabhya viprā iti kṛtyatāyām
sarvātmanā mriyamāṇaiś ca kṛtyaṁ
śuddhaṁ ca tatrāmṛśatābhiyuktāḥ

tataḥ—像这样 / ca—和 / vaḥ—向你 / pṛcchyam—该问的 / imam—这 / vipṛcche—请教你们 / viśrabhya—值得信赖的 / viprāḥ—布茹阿玛纳 / iti—如此 / kṛtyatāyām—在所有的责任中 / sarva-ātmanā—由每个人 / mriyamāṇaiḥ—尤其那些将要死亡的人 / ca—和 / kṛtyam—尽职的 / śuddham—完全正确 / ca—和 / tatra—在此 / āmṛśata—靠深思熟虑的 / abhiyuktāḥ—最合适的

译文 值得信赖的布茹阿玛纳啊！我现在向你们询问我当下的责任。请在深思熟虑后告诉我，在一般情况下每一个人的真正的责任，特别是那些将死之人的真正的责任。

要旨　在这节诗中，君王向博学的圣人们提出了两个问题：第一个问题是“在一般情况下每一个人的责任是什么”；第二个问题是“就快要死的人的特殊责任是什么”。在这两个问题中，与将死之人有关的问题最重要，因为每个人都是将死之人，无论是在短时间内，还是在一百年之后。寿命长短并不重要，但将死之人的责任非常重要。帕瑞克西特王在舒卡戴瓦·哥斯瓦米到场时也提出了这两个问题，而《圣典博伽瓦谭》从第二篇开始直到第十二篇所谈论的几乎都是与这两个问题有关的内容。最后得出结论，为圣主奎师那做奉爱服务是每一个个体生物生命中最高的永恒责任。对此，至尊主本人在《博伽梵歌》最后的篇章中给予了确认。帕瑞克西特王虽然已经知道这一事实，但还是希望聚集在一起的大圣人们一致首肯他的信念，以使他能够在没有异议的情况下履行他被确认了的责任。他特意提到了“完全正确(śuddha)”一词，因为不同种类的哲学家推荐了许多不同的获得超然觉悟或自我觉悟的程序。这些程序中有的是一流的方法，有的是二流或三流的方法。一流的方法要求人放弃所有其他的方法，只托庇于至尊主的莲花足，从而获得拯救，免于一切罪恶和恶报。

第 25 节

तत्राभवद्भगवान् व्यासपुत्रो
यदृच्छया गामटमानोऽनपेक्षः ।
अलक्ष्यलिङ्गो निजलाभतुष्टो
वृतश्च बालैरवधूतवेषः ॥२५॥

tatrābhavad bhagavān vyāsa-putro
yadṛcchayā gām aṭamāno 'napekṣaḥ
alakṣya-liṅgo nija-lābha-tuṣṭo
vṛtaś ca bālair avadhūta-veṣaḥ

tatra—那时 / abhavat—显现 / bhagavān—强大的 / vyāsa-putraḥ—维亚萨的儿子 / yadṛcchayā—正如人们所渴望的 / gām—地球 / aṭamānaḥ—

在旅游的时候 / anapekṣaḥ—没有兴趣 / alakṣya—不展示的 / liṅgaḥ—征象 / nija-lābha—觉悟了自我的 / tuṣṭaḥ—满意 / vṛtaḥ—被……围绕 / ca—和 / bālaiḥ—被孩子 / avadhūta—被他人忽略的 / veṣaḥ—穿着

译文 就在那时，维亚萨戴瓦那位到处旅行、对尘世漠不关心、内心满足的强有力的儿子出现了。他浑身上下没有显出任何属于某个社会阶层或生命阶段的特征。他被一群妇女和孩子包围着，一身装束就像遭人遗弃了一样。

要旨 梵文“巴嘎万(bhagavān)”一词有时也用来描述像舒卡戴瓦·哥斯瓦米那样的至尊主伟大的奉献者。做奉爱服务所获得的巨大成就使这样的灵魂感到心满意足，所以他们对这个物质世界里的事务根本不感兴趣。正如前面解释过的，舒卡戴瓦·哥斯瓦米从没有正式接受过灵性导师，也从没有按照任何正式的教化程序去做。他父亲维亚萨戴瓦自然而然成了他的灵性导师，因为他聆听维亚萨戴瓦讲述《圣典博伽瓦谭》后彻底觉悟了自我。就这样，他并没有依靠任何正式的净化程序便达到了完美的阶段。想要彻底解脱的人需要遵循正式的灵修程序，但圣舒卡戴瓦·哥斯瓦米凭他父亲的恩典已经达到了那个阶段。作为一位风华正茂的青少年，他本应该穿戴体面，但实际上却近乎裸体，对社会习俗漠不关心。他遭到社会大众的遗弃，好奇的孩子和妇女把他当做疯子一样地围着他。就这样，他在按照自己的意愿周游四方时出现在现场。看起来，那时就有关帕瑞克西特王询问的问题，伟大的圣人们还没有就到底该做什么达成一致的意见。按照不同的人的不同建议，获得灵性拯救有许多不同的方法。但生命最终的目的是要达到为至尊主做奉爱服务的最高的完美阶段。正如不同的医生有不同的方法救治病人，不同的圣人也有他们各自不同的灵修方法。就在大家正讨论之际，维亚萨戴瓦那非凡、有力的儿子出现在聚会现场。

第 26 节
तं द्व्यष्टवर्षं सुकुमारपाद-
करोरुबाह्वंसकपोलगात्रम् ।
चार्वायताक्षोन्नसतुल्यकर्ण-
सुभ्र्वाननं कम्बुसुजातकण्ठम् ॥२६॥

taṁ dvyaṣṭa-varṣaṁ su-kumāra-pāda-
karoru-bāhv-aṁsa-kapola-gātram
cārv-āyatākṣonnasa-tulya-karṇa-
subhrv-ānanaṁ kambu-sujāta-kaṇṭham

tam—他 / dvi-aṣṭa—十六 / varṣam—年 / su-kumāra—精巧的 / pāda—小腿 / kara—手 / ūru—大腿 / bāhu—手臂 / aṁsa—肩膀 / kapola—前额 / gātram—身体 / cāru—美丽的 / āyata—宽的 / akṣa—眼睛 / unnasa—鼻子高挺 / tulya—相似的 / karṇa—耳朵 / subhru—漂亮的眉毛 / ānanam—脸庞 / kambu—海螺 / sujāta—形状美丽 / kaṇṭham—脖子

译文　维亚萨戴瓦的儿子只有十六岁。他的小腿、大腿、双手、双臂、肩膀、前额和身体的其他部位，都长得精致优美。他大大的眼睛美丽动人，鼻子和耳朵都很高挺。他的面庞魅力十足，脖子的形状美如海螺。

要旨　描述令人尊敬的人物时都是从腿部开始；尽管舒卡戴瓦·哥斯瓦米只有十六岁，但这节诗在描述他时，遵循的也是这一表示敬意的描述系统。人因为其成就而赢得尊敬，并不是因为他的高龄。经验使人占据年长者的位置，而不是年龄。这节诗中所描述的维亚萨戴瓦的儿子圣舒卡戴瓦·哥斯瓦米，凭他的知识比所有在场的圣人都资深，尽管他只有十六岁。

第 27 节
निगूढजत्रुं पृथुतुङ्गवक्षस-
मावर्तनाभिं वलिवल्गूदरं च ।

दिगम्बरं वक्त्रविकीर्णकेशं
प्रलम्बबाहुं स्वमरोत्तमाभम् ॥२७॥

nigūḍha-jatruṁ pṛthu-tuṅga-vakṣasam
āvarta-nābhiṁ vali-valgūdaraṁ ca
dig-ambaraṁ vaktra-vikīrṇa-keśaṁ
pralamba-bāhuṁ svamarottamābham

nigūḍha－覆盖 / jatrum－锁骨 / pṛthu－宽的 / tuṅga－强壮的 / vakṣasam－胸 / āvarta－螺旋状 / nābhim－肚脐 / vali-valgu－条纹 / udaram－腹部 / ca－也 / dik-ambaram－把所有的方向当做衣服(赤裸着) / vaktra－卷曲的 / vikīrṇa－散开的 / keśam－头发 / pralamba－伸长 / bāhum－手 / su-amara-uttama－众神中最好的(奎师那) / ābham－颜色

译文 他锁骨部位的肌肉饱满；他的胸部宽厚，肚脐深陷，腹部有美丽的条纹。他的手臂很长，蜷曲的头发披散在动人面庞的四周。他光着身子，皮肤的色泽与主奎师那的一样。

要旨 他的身体特征表明他不是普通人。诗中描述的舒卡戴瓦·哥斯瓦米所有的一切身体特征，都不是普通的特征，而是面相学中所说的伟人所具有的典型特征。他皮肤的色彩类似主奎师那的皮肤颜色。在神明、半神人及普通生物中，主奎师那是至尊者。

第 28 节 श्यामं सदापीव्यवयोऽङ्गलक्ष्म्या
स्त्रीणां मनोज्ञं रुचिरस्मितेन ।
प्रत्युत्थितास्ते मुनयः स्वासनेभ्य-
स्तल्लक्षणज्ञा अपि गूढवर्चसम् ॥२८॥

śyāmaṁ sadāpīvya-vayo-'ṅga-lakṣmyā
strīṇāṁ mano-jñaṁ rucira-smitena

pratyutthitās te munayaḥ svāsanebhyas
tal-lakṣaṇa-jñā api gūḍha-varcasam

śyāmam—黑色的 / sadā—总是 / apīvya—过分地 / vayaḥ—年纪 / aṅga—特征 / lakṣmyā—被……的财富 / strīṇām—女性的 / manaḥ-jñam—吸引人的 / rucira—美丽的 / smitena—微笑 / pratyutthitāḥ—站起来 / te—他们全体 / munayaḥ—伟大的圣人 / sva—自己的 / āsanebhyaḥ—从座位上 / tat—那些 / lakṣaṇa-jñāḥ—精通相术的 / api—虽然 / gūḍha-varcasam—掩盖的荣耀

译文　他肤色微黑，因为年轻而显得十分俊美。由于他的体形充满魅力，而且脸上露着微笑，因此深受妇女们的喜爱。尽管他努力掩饰天生的光荣，但在场的大圣人们都很精通相术，于是都从座位上起身向他表示敬意。

第 29 节　स विष्णुरातोऽतिथय आगताय
तस्मै सपर्यां शिरसाजहार ।
ततो निवृत्ता ह्यबुधाः स्त्रियोऽर्भका
महासने सोपविवेश पूजितः ॥२९॥

sa viṣṇu-rāto 'tithaya āgatāya
tasmai saparyāṁ śirasājahāra
tato nivṛttā hy abudhāḥ striyo 'rbhakā
mahāsane sopaviveśa pūjitaḥ

saḥ—他 / viṣṇu-rātaḥ—(总是受主维施努保护的)帕瑞克西特王 / atithaye—当客人 / āgatāya—到那里的人 / tasmai—向他 / saparyām—全身的 / śirasā—以低下头的方式 / ājahāra—顶礼 / tataḥ—此后 / nivṛttāḥ—停止 / hi—肯定地 / abudhāḥ—缺乏智慧的 / striyaḥ—妇女 / arbhakāḥ—男孩 / mahā-āsane—尊贵的座位 / sa—他 / upaviveśa—坐下 / pūjitaḥ—受尊敬的

译文 又名维施努茹阿塔(一直受维施努保护的人)的帕瑞克西特王，向最尊贵的客人舒卡戴瓦·哥斯瓦米顶礼表示欢迎。那时，所有无知的女人和孩子都不再继续跟着他了。舒卡戴瓦·哥斯瓦米接受了全体在场人员的致敬后，坐上为他准备的崇高的座位。

要旨 舒卡戴瓦·哥斯瓦米抵达聚会现场时，除了圣维亚萨戴瓦、纳茹阿达和其他少数的几位圣人，其他所有的人都站起身来；帕瑞克西特王很高兴迎接至尊主的伟大的奉献者，五体投地地向他顶礼。舒卡戴瓦·哥斯瓦米以拥抱、握手、点头和顶礼等方式相应作答，特别是向他父亲及纳茹阿达·牟尼顶礼。接着，大家请他坐上聚会现场的主讲座位。看到君王和圣人们这样欢迎他，那些一直跟随着他的街道上的男孩和智力欠佳的妇女们都感到惊奇和害怕，马上停止了他们轻佻、无聊的行为。现场的气氛顿时变得庄严、宁静。

第 30 节 स संवृतस्तत्र महान्महीयसां
ब्रह्मर्षिराजर्षिदेवर्षिसङ्घैः ।
व्यरोचतालं भगवान् यथेन्दु-
र्ग्रहर्क्षतारानिकरैः परीतः ॥३०॥

sa saṁvṛtas tatra mahān mahīyasāṁ
brahmarṣi-rājarṣi-devarṣi-saṅghaiḥ
vyarocatālaṁ bhagavān yathendur
graharkṣa-tārā-nikaraiḥ parītaḥ

saḥ—圣苏卡戴瓦·哥斯瓦米 / saṁvṛtaḥ—由……围绕着 / tatra—那里 / mahān—伟大的 / mahīyasām—最伟大的 / brahmarṣi—布茹阿玛纳中的圣人 / rājarṣi—国王中的圣人 / devarṣi—半神人中的圣人 / saṅghaiḥ—被聚在一起的 / vyarocata—应得的 / alam—能够 / bhagavān—强大的 / yathā—正如 / induḥ—月亮 / graha—星球 / ṛkṣa—天体 / tārā—星星 /

nikaraiḥ—被聚在一起的 / parītaḥ—由……围绕着

译文 接着，圣洁的圣人和半神人们都围拢在舒卡戴瓦·哥斯瓦米身边，恰似众星捧月。他风采照人，受到全体在场人员的尊敬。

要旨 在神圣的人物云集的现场，有布茹阿玛纳(婆罗门)圣人维亚萨戴瓦，半神人圣人纳茹阿达，查锤亚君王的伟大统帅帕茹阿舒茹阿玛，等等。他们中有的人是至尊主强有力的化身。舒卡戴瓦·哥斯瓦米既不是布茹阿玛纳圣人(brahmarṣi)、君王圣人(rājarṣi)或半神人圣人(devarṣi)，也不是像纳茹阿达、维亚萨或帕茹阿舒茹阿玛那样的化身，但却受到比他们高的礼遇。这意味着，至尊主的奉献者在世上得到比至尊主本人还要多的敬意。因此，任何人都不该小看像舒卡戴瓦·哥斯瓦米那样的奉献者的重要性。

第 31 节 प्रशान्तमासीनमकुण्ठमेधसं
मुनिं नृपो भागवतोऽभ्युपेत्य ।
प्रणम्य मूर्ध्नावहितः कृताञ्जलि-
र्नत्वा गिरा सूनृतयान्वपृच्छत् ॥३१॥

praśāntam āsīnam akuṇṭha-medhasaṁ
munim nṛpo bhāgavato 'bhyupetya
praṇamya mūrdhnāvahitaḥ kṛtāñjalir
natvā girā sūnṛtayānvapṛcchat

praśāntam—十分平静 / āsīnam—坐着 / akuṇṭha—毫不犹豫 / medhasam—拥有足够智慧的人 / munim—向伟大的圣人 / nṛpaḥ—国王(帕瑞克西特王) / bhāgavataḥ—伟大的奉献者 / abhyupetya—接近他 / praṇamya—顶礼 / mūrdhnā—他的头 / avahitaḥ—正确的 / kṛta-añjaliḥ—

双手合十 / natvā—礼貌的 / girā—用语言 / sūnṛtayā—用动听的声音 / anvapṛcchat—询问

译文 舒卡戴瓦·哥斯瓦米圣人十分平静、睿智地坐着，准备毫不犹豫地回答任何问题。伟大的奉献者帕瑞克西特王走近他，向他顶礼致敬，然后双手合十，用甜美的话语礼貌地向他发问。

要旨 帕瑞克西特王现在所采用的向教师询问的姿态，用在传递灵性训谕的时刻十分得体。接受灵性训谕时，人为了理解超然的科学，应该谦卑地接近灵性导师。帕瑞克西特王现在准备面对他的死亡；在短短的七天之内，他要了解进入神的王国的整个程序。在处理这样重大的事情时，人必须去找灵性导师。人除非需要解决有关生命的问题，否则不必去接近灵性导师。不知道如何向灵性导师提问的人，不应该去见灵性导师。灵性导师所该具备的资格，在舒卡戴瓦·哥斯瓦米这样的人物身上得到完美的体现。透过《圣典博伽瓦谭》这一媒介，灵性导师圣舒卡戴瓦·哥斯瓦米和门徒帕瑞克西特王两人，都达到了完美的境界。舒卡戴瓦·哥斯瓦米从他父亲维亚萨戴瓦那里学习了《圣典博伽瓦谭》，但在遇到帕瑞克西特王之前还一直没有机会当众吟诵它。遇到帕瑞克西特王之后，他当着帕瑞克西特王的面吟诵《圣典博伽瓦谭》并毫不犹豫地回答了君王提出的问题，使导师和门徒两人都得到了解脱。

第 32 节 परीक्षिदुवाच

अहो अद्य वयं ब्रह्मन् सत्सेव्याः क्षत्रबन्धवः ।
कृपयातिथिरूपेण भवद्भिस्तीर्थकाः कृताः ॥३२॥

parīkṣid uvāca
aho adya vayaṁ brahman
sat-sevyāḥ kṣatra-bandhavaḥ

kṛpayātithi-rūpeṇa
bhavadbhis tīrthakāḥ kṛtāḥ

parīkṣit uvāca—幸运的帕瑞克西特王说 / aho—啊 / adya—今天 / vayam—我们 / brahman—布茹阿玛纳呀 / sat-sevyāḥ—有资格为奉献者服务 / kṣatra—统治阶层 / bandhavaḥ—朋友 / kṛpayā—靠你的仁慈 / atithi-rūpeṇa—以客人的礼仪 / bhavadbhiḥ—由阁下您 / tīrthakāḥ—足以成为朝圣地 / kṛtāḥ—由你做的

译文　幸运的君王帕瑞克西特说：布茹阿玛纳啊！您仅仅是出于仁慈才来圣化我们；您作为我的客人来到此地，使我们如同在圣地一样。凭借您的仁慈，我们这些没有价值的王族成员才变得有资格为奉献者服务。

要旨　像舒卡戴瓦・哥斯瓦米那样神圣的奉献者一般不接近在尘世享乐的人，特别是皇室成员。帕塔帕茹铎王是主柴坦亚的追随者，但当他想见主柴坦亚时，主柴坦亚因为他是君王而拒绝见他。对想要回到首神身边的奉献者来说，两种人是被严格禁止接触的，他们是：尘世享乐者和妇女。正因为如此，像舒卡戴瓦・哥斯瓦米那种标准的奉献者，从没有兴趣要见君王们。当然，帕瑞克西特王不同于其他君王。他虽然是君王，但也是至尊主伟大的奉献者，所以舒卡戴瓦・哥斯瓦米在他人生的最后阶段来看望他。帕瑞克西特王虽然与他的祖先们一样伟大，但出于虔诚的谦逊心态而感到自己是一个他伟大的查锤亚祖先留下的不值得要的后代。正如布茹阿玛纳那些品质低劣的子孙被称为兑佳・般杜(dvija-bandhus)或布茹阿玛・般杜(brahma-bandhus)，君王阶层那些品质低劣的子孙被称为查锤亚・般杜(kṣatra-bandhus)。舒卡戴瓦・哥斯瓦米的出现给帕瑞克西特王以极大的鼓励。他知道伟大的圣人把所到之处都转化为圣地，所以感到自己被舒卡戴瓦・哥斯瓦米的出现圣化了。

第 33 节 येषां संस्मरणात्पुंसां सद्यः शुद्ध्यन्ति वै गृहाः ।
किं पुनर्दर्शनस्पर्शपादशौचासनादिभिः ॥३३॥

yeṣāṁ saṁsmaraṇāt puṁsāṁ
sadyaḥ śuddhyanti vai gṛhāḥ
kiṁ punar darśana-sparśa-
pāda-śaucāsanādibhiḥ

yeṣām—……的人的 / saṁsmaraṇāt—用记忆 / puṁsām—某个人的 / sadyaḥ—立即 / śuddhyanti—清理 / vai—肯定地 / gṛhāḥ—所有的房子 / kim—什么 / punaḥ—然后 / darśana—集会 / sparśa—触碰 / pāda—足 / śauca—清洗 / āsana-ādibhiḥ—献上坐席等

译文 我们仅仅想起您，我们的房子就立刻被神圣化，更何况在我们家里见到您、触碰您、洗您的圣足和为您准备一个座位呢？

要旨 朝圣的圣地之所以重要，是因为有伟大的圣人们在那里。经典中说，罪恶之人到圣地去，便把他们的罪恶留在了那里，使圣地承载着不断积累起来的罪恶。然而，伟大的圣人们的临在，消除圣地积累的罪恶。凭借至尊主的奉献者及圣人们到圣地去这一恩典，圣地才得以继续保持其圣洁。这样的圣人如果出现在世俗之人的家中，毫无疑问就会消除这种尘世享乐者积累下的罪恶。因此，神圣的圣人们其实对居士不存丝毫利己的动机。这样的圣人去居士家唯一的目的是圣化居士们的住宅，所以当有这样的圣人出现在门口时，居士们应该充满感激之情。不尊重这样的圣人是极大的冒犯。因此经典的训令是，看到圣人而不立刻向圣人顶礼的居士，应该整天断食，以抵消这严重的冒犯。

第 34 节　सान्निध्यात्ते महायोगिन् पातकानि महान्त्यपि ।
सद्यो नश्यन्ति वै पुंसां विष्णोरिव सुरेतराः ॥३४॥

sānnidhyāt te mahā-yogin
pātakāni mahānty api
sadyo naśyanti vai puṁsāṁ
viṣṇor iva suretarāḥ

sānnidhyāt—因出现 / te—你的 / mahā-yogin—伟大的神秘主义者啊 / pātakāni—罪恶 / mahānti—坚如磐石的 / api—尽管 / sadyaḥ—立刻 / naśyanti—消灭 / vai—肯定地 / puṁsām—某人的 / viṣṇoḥ—就像人格首神在的时候一样 / iva—像 / sura-itarāḥ—半神人以外的

译文　啊，圣人，伟大的神秘主义者！正如有人格首神在场时，无神论者无法停留片刻，您的出现立刻摧毁人所犯下的坚如磐石的罪恶。

要旨　人分两类，一类是无神论者，一类是至尊主的奉献者。至尊主的奉献者因为展现出神性的品格而被称为半神人，无神论者则被称为恶魔。在人格首神维施努(Viṣṇu)面前，恶魔无法停留片刻。恶魔总是忙于实现他们想打败人格首神的企图；但事实是，只要人格首神一出现，无论是通过祂超然的名字、形象、属性、娱乐活动，还是随身用品及随员等丰富多彩的一切，恶魔就立刻被打败。经典中说，鬼魂无法在有人吟诵、吟唱至尊主圣名的地方停留片刻。伟大的圣人和至尊主的奉献者，都被列在至尊主随员的名单上，因此神圣的奉献者一旦出现，鬼魂般的罪恶就立刻被击退。这是所有韦达文献的定论。因此，经典推荐人们只与神圣的奉献者交往、联谊，使尘世中的恶魔和鬼魂无法施展他们的邪恶影响。

第 35 节 अपि मे भगवान् प्रीतः कृष्णः पाण्डुसुतप्रियः ।
पैतृष्वसेयप्रीत्यर्थं तद्गोत्रस्यात्तबान्धवः ॥३५॥

api me bhagavān prītaḥ
kṛṣṇaḥ pāṇḍu-suta-priyaḥ
paitṛ-ṣvaseya-prīty-arthaṁ
tad-gotrasyātta-bāndhavaḥ

api—十分肯定地 / me—向我 / bhagavān—人格首神 / prītaḥ—取悦 / kṛṣṇaḥ—至尊主 / pāṇḍu-suta—潘杜王的儿子们 / priyaḥ—深爱的 / paitṛ—和父亲有关的 / svaseya—姊妹的儿子 / prīti—满足 / artham—就……而言 / tat—他们的 / gotrasya—后裔的 / ātta—接受 / bāndhavaḥ—像一个朋友

译文 潘杜王的儿子们深爱的人格首神主奎师那，为了取悦祂伟大的堂兄弟们，把我接受为祂那些亲戚中的一员。

要旨 至尊主纯洁的高级奉献者，比执著于幻象般的家庭事务的其他人更巧妙地为他的家人做出服务。一般人都执著于家庭事务，对家庭的情感所产生的影响力推动着整个人类社会的经济运作。这些受蒙蔽的人不知道，人其实可以通过成为至尊主的奉献者为家人做更好的服务。至尊主对祂奉献者的家人和后代给予特殊的保护，即使这些人不是奉献者也不例外！帕拉德王是至尊主伟大的奉献者，但他父亲黑冉亚卡希普(Hiraṇyakaśipu)却是个极端的无神论者，公然宣布自己是至尊主的敌人。尽管如此，至尊主因为黑冉亚卡希普是帕拉德王的父亲，就把解脱赐予了他。至尊主是如此仁慈，以致给予祂奉献者的家人所有的保护，使祂的奉献者不必为祂的家人操心，甚至能够安心地离开家人去做奉爱服务。尤帝士提尔王和他的弟弟们都是琨缇(Kuntī)的儿子，而琨缇是主奎师那的姑妈。帕瑞克西特王向主奎师那表达感激之情，感谢至尊主使他成为伟大的潘达瓦兄弟唯一的孙子。

第 36 节 अन्यथा तेऽव्यक्तगतेर्दर्शनं नः कथं नृणाम् ।
नितरां म्रियमाणानां संसिद्धस्य वनीयसः ॥३६॥

anyathā te 'vyakta-gater
darśanaṁ naḥ kathaṁ nṛṇām
nitarāṁ mriyamāṇānāṁ
saṁsiddhasya vanīyasaḥ

anyathā—否则 / te—你的 / avyakta-gateḥ——一个活动不被看到的人 / darśanam—聚会 / naḥ—为我们 / katham—如何 / nṛṇām—人们的 / nitarām—特别的 / mriyamāṇānām—那些将要死去的人 / saṁsiddhasya—绝对完美的人的 / vanīyasaḥ—自愿出现

译文 否则(没有主奎师那的启示)，您怎么会在隐姓埋名四处周游的情况下，在我们这些面临死亡的人根本无法见到您的情况下，自愿来到这里呢？

要旨 伟大的圣人舒卡戴瓦·哥斯瓦米无疑是得到主奎师那的启示后，才会自愿出现在至尊主伟大的奉献者帕瑞克西特王面前，向他传授《圣典博伽瓦谭》的教导。人可以靠灵性导师和人格首神的仁慈，接触到为至尊主做奉爱服务的核心。灵性导师是至尊主展现出的代表人物，职责是帮助人获得生命最高的成就。没经至尊主授权的人不能当灵性导师。圣舒卡戴瓦·哥斯瓦米是经授权的灵性导师，因此受到至尊主的启示出现在帕瑞克西特王的面前，向他传授《圣典博伽瓦谭》的教导。至尊主通过向世上派遣祂真正的代表这个方式给世人以恩典，有幸得到这一恩典的人，能够获得回到首神身边这一最高的成就。至尊主的奉献者一旦遇到至尊主的真正的代表，就保证能在离开现有的躯体后回到首神身边。然而，是否真能回归家园，也依靠奉献者本人的真诚。至尊主就处在每一个生物体的心中，所以很清楚每一个人的所思所想。至尊主一旦发现某个灵魂特别渴望回到祂身边，就会立刻派祂真正的代表前来。真诚的奉献者就这样得到至尊主的保证，可以回到祂身边。结论是：得到真正的灵性导师的帮助，**意味着得到至尊主本人的直接帮助**。

第 37 节 अतः पृच्छामि संसिद्धिं योगिनां परमं गुरुम् ।
पुरुषस्येह यत्कार्यं म्रियमाणस्य सर्वथा ॥३७॥

atah pṛcchāmi saṁsiddhiṁ
yogināṁ paramaṁ gurum
puruṣasyeha yat kāryaṁ
mriyamāṇasya sarvathā

ataḥ—因此 / pṛcchāmi—请教 / saṁsiddhim—完美之道 / yoginām—圣人的 / paramam—至尊的 / gurum—灵性导师 / puruṣasya—某人的 / iha—这一生 / yat—无论如何 / kāryam—职责 / mriyamāṇasya——个将要死亡的人 / sarvathā—在各方面

译文 您是伟大的圣人和奉献者的灵性导师。因此，我请求您为所有的人，特别是将死之人，指点一条通向完美的路。

要旨 人除非十分渴望了解通向完美的路，否则不需要去接近灵性导师。灵性导师不是用来为居士增光添彩的。一般的情况下，追赶时尚的物质主义者在根本不考虑是否能得到真正的灵性利益的情况下去找所谓的灵性导师，而假灵性导师则为得到个人的利益而奉承所谓的门徒；毫无疑问，这样的导师带着投靠他的人双双走向地狱。帕瑞克西特王提出的问题与全体人类生死攸关的利益，尤其是将死之人的利益有关，因此是真正的门徒。帕瑞克西特王提出的问题，是《圣典博伽瓦谭》全部内容的基础。现在让我们来看伟大的导师所给予的回答多么有智慧。

第 38 节　यच्छ्रोतव्यमथो जप्यं यत्कर्तव्यं नृभिः प्रभो ।
स्मर्तव्यं भजनीयं वा ब्रूहि यद्वा विपर्ययम् ॥३८॥

yac chrotavyam atho japyaṁ
yat kartavyaṁ nṛbhiḥ prabho
smartavyaṁ bhajanīyaṁ vā
brūhi yad vā viparyayam

yat－无论如何 / śrotavyam－值得聆听 / atho－因此 / japyam－吟诵、吟唱 / yat－还有 / kartavyam－执行 / nṛbhiḥ－由一般人 / prabho－导师啊 / smartavyam－被纪念的 / bhajanīyam－可崇拜的 / vā－两者 / brūhi－请解释 / yad vā－可能的 / viparyayam－违反原则

译文　请告诉我人应该听什么、歌唱什么、记忆和崇拜什么，除此之外，他还应该做什么。请为我解释这一切。

第 39 节　नूनं भगवतो ब्रह्मन् गृहेषु गृहमेधिनाम् ।
न लक्ष्यते ह्यवस्थानमपि गोदोहनं क्वचित् ॥३९॥

nūnaṁ bhagavato brahman
gṛheṣu gṛha-medhinām
na lakṣyate hy avasthānam
api go-dohanaṁ kvacit

nūnam－因为 / bhagavataḥ－有力量的你的 / brahman－布茹阿玛纳呀 / gṛheṣu－在……的家里 / gṛha-medhinām－居士的 / na－不 / lakṣyate－被看到 / hi－确切的 / avasthānam－停留 / api－甚至 / go-dohanam－挤牛奶 / kvacit－罕有的

译文 强有力的布茹阿玛纳啊！据说您很难在一个居士的房子里停留超过为一头乳牛挤奶的时间。

要旨 处在弃绝阶层的圣人，在居士们清晨给乳牛挤奶时去他们的住宅，向他们要一些用以维持生命的牛奶。从乳牛的奶囊挤出的一斤新鲜牛奶，含有足以维持一个成人所需的所有维生素的营养价值，所以虔诚的圣人们只依靠牛奶维生。过去就连最贫穷的居士也至少养有十头乳牛，每一头乳牛每天生产十二到二十公升的牛奶，因此没人会犹豫布施几斤牛奶给托钵僧。正如抚育孩子是居士的责任，供养圣人也是居士的责任。像舒卡戴瓦·哥斯瓦米那样的圣人很难得在居士的住宅停留超过五分钟的时间。换句话说，在居士的住宅中难得见到这样的圣人。正因为如此，帕瑞克西特王祈求舒卡戴瓦·哥斯瓦米尽快给予他教导。居士们也应该有足够的智慧从到访的圣人那里获得一些超然的知识。居士不该愚蠢地向圣人要求可以在市场上找到的东西。以上谈论的是圣人和居士彼此交流的正确方式。

第 40 节

सूत उवाच
एवमाभाषितः पृष्टः स राज्ञा श्लक्ष्णया गिरा ।
प्रत्यभाषत धर्मज्ञो भगवान् बादरायणिः ॥४०॥

sūta uvāca
evam ābhāṣitaḥ pṛṣṭaḥ
sa rājñā ślakṣṇayā girā
pratyabhāṣata dharma-jño
bhagavān bādarāyaṇiḥ

sūtaḥ uvāca一圣苏塔·哥斯瓦米说 / evam一如此 / ābhāṣitaḥ一说 / pṛṣṭaḥ一询问 / saḥ一他 / rājñā一被国王 / ślakṣṇayā一以动听的 / girā一语言 / pratyabhāṣata一开始回答 / dharma-jñaḥ一了解宗教原则的人 /

bhagavān－强有力的人物 / bādarāyaṇiḥ－维亚萨的儿子

译文　圣苏塔·哥斯瓦米说：君王就这样用动听的话语对这位圣人说话，向他询问。接着，了解宗教原则的非凡而强有力的人物——维亚萨戴瓦的儿子，开始回答问题。

到此为止，结束了巴克提韦丹塔对《圣典博伽瓦谭》第 1 篇第 19 章——“舒卡戴瓦·哥斯瓦米的出现”所作的阐释。

【第一篇终】

圣帕布帕德小传

圣恩 A.C.巴克提韦丹塔·斯瓦米·帕布帕德于 1896 年在印度的加尔各答显世。

1922 年，帕布帕德在加尔各答首次与他的灵性导师圣巴克提希丹塔·萨茹阿斯瓦提·哥斯瓦米会面。巴克提希丹塔·萨茹阿斯瓦提作为一位杰出的宗教学者，在他的一生中创建了 64 所名为高迪亚·玛特的传播韦达文化的机构。巴克提希丹塔非常喜爱这位受过教育的年轻人，于是便说服他献身于传播韦达知识。帕布帕德成了巴克提希丹塔·萨茹阿斯瓦提的学生，并于 11 年后(1933 年)在阿拉哈巴接受了他的启迪，正式成为他的门徒。

在他们第一次会面时，巴克提希丹塔·萨茹阿斯瓦提曾要求帕布帕德用英语去传播韦达知识。为此，帕布帕德在随后的日了里用英文翻译、评注了《博伽梵歌》，参加高迪亚·玛特的传教工作，并在 1944 年独自创办了英语"回归首神"双月刊杂志。他自己编辑，打出原稿，校样，甚至逐本赠送、售卖，为维持杂志的出版艰苦奋斗。"回归首神"杂志自创刊后从未停刊，目前在西方正由他的门徒用 30 多种语言继续出版着。

高迪亚·外士纳瓦协会对帕布帕德的哲学造诣及奉爱精神推崇备至，于 1947 年授予他巴克提韦丹塔的称号。

1950 年，圣帕布帕德在他 54 岁时退出家庭生活，以便用更多的时间进行研究和写作。他到了圣地温达文，住在历史上著名的中世纪神庙——茹阿妲·达摩达尔庙，过着简朴的生活。在那里，他花了好几年的时间进行写作和深入的研究工作。

1959 年，圣帕布帕德在茹阿妲·达摩达尔庙接受萨尼亚希(托钵僧)称号，进入弃绝阶层。接着，他开始翻译、评注含有一万八千节诗的卷帙浩繁的《圣典博伽瓦谭》(《博伽梵往世书》)。这是他生活中的一部杰作。他还撰写了《简易的星际旅行》。

圣帕布帕德在出版了三篇《圣典博伽瓦谭》后，于 1965 年 9 月去了美国，以完成他灵性导师交给他的使命。在随后的岁月里，他写下的权威性翻译、评注和对有关印度哲学及宗教经典作品的综合研究论文，共有 60 多册。

圣帕布帕德乘货轮第一次到纽约时，几乎身无分文。仅仅一年后，他便克服巨大的困难，于 1966 年 7 月建立了国际奎师那意识协会。在 1977 年 11 月 14 日他离世前，他一直指导着协会，看着它成长为一个在全世界有超过一百所灵修所、学校、神庙、研究机构和集体农庄的联合体。

1968 年，圣帕布帕德在美国加利福尼亚州的一个山坡上创办了新温达文——实验性韦达社区。新温达文成了一个繁荣的、有超过两千英亩土地的集体农庄。新温达文的成功激励了圣帕布帕德的门徒。他们在美国和其他国家相继成立了几个同样的集体农庄。

1972 年，圣帕布帕德通过在美国得克萨斯州的达拉斯市创办灵性导师学校，把韦达制度的初级和中级教育引介给西方社会。从那以后，在他的监督、指导下，他的门徒在美国和世界其他地区开设了同样的儿童学校，其主要的教育中心设在印度的温达文。

圣帕布帕德还促成了几个规模宏大的国际文化中心在印度的兴建。坐落在印度西孟加拉圣玛亚普尔的中心，是计划中的灵性城市。这是一个雄心勃勃的计划，需要许多年才能实现、完成。在印度的温达文有宏伟的奎师那·巴拉茹阿玛庙宇、国际宾馆、圣帕布帕德纪念馆和博物馆，在孟买有文化和教育主中心。别的中心计划建在印度其他十二个重要地区。

然而，圣帕布帕德最重要的贡献是他的书籍。这些书籍因其深刻、清晰、具权威性而受到学术界的高度敬重，并在为数众多的学院里被当做典范性的教科书使用。他的著作以 50 多种语言翻译出版。于 1972 年成立的巴帝维丹达书籍信托基金会，负责出版圣帕布帕德翻译、评注、撰写的书籍。它目前已成为世上最大的、出版有关印度宗教及哲学书籍的出版机构。

圣帕布帕德不顾自己年事已高，仅仅在 12 年里就进行了 14 次环球旅行，走遍 6 大洲不断演讲。尽管旅程安排得如此紧凑，圣帕布帕德仍翻译、评注、撰写了大量的书籍。他的著作构成了一个名副其实的韦达哲学、宗教、文学和文化的图书馆。

圣帕布帕德著作一览表

《博伽梵歌原意》

《圣典博伽瓦谭》第 1—10 篇

《永恒的柴坦亚经》共 17 篇

《主柴坦亚的教导》

《奉爱的甘露》

《教诲的甘露》

《至尊奥义书》

《简易星际旅行》

《奎师那意识——瑜伽体系的顶峰》

《奎师那——快乐的泉源》共 2 卷

《完美的问答录》

《主卡皮拉的教导》

《帕拉德·玛哈茹阿佳超然的教导》

《灵性辩证论——西方哲学的韦达视野》

《琨缇王后的教导》

《觉悟自我的科学》

《臻善》

《追求解脱》

《生命来自生命》

《瑜伽的完美境界》

《超越生死》

《知识之王》

《培养奎师那意识》

《奎师那意识——无与伦比的礼物》

《回归首神杂志》(创办人)

参考书籍

圣帕布帕德是根据公认的权威经典写作《圣典博伽瓦谭》要旨的，以下是他引用过的经典名称：

《博伽梵歌》	(Bhagavad-gītā)
《布茹阿曼达往世书》	(Brahmāṇḍa Purāṇa)
《布茹阿玛往世书》	(Brahma Purāṇa)
《布茹阿玛·萨密塔》	(Brahma-saṁhitā)
《布茹阿玛·苏陀》(《韦丹塔·苏陀》)	(Brahma-sūtra)
《布茹阿玛·外瓦尔塔往世书》	(Brahma-vaivarta Purāṇa)
《伟大的纳茹阿迪亚往世书》	(Bṛhan-nāradīya Purāṇa)
《昌窦给亚奥义书》	(Chāndogya Upaniṣad)
《哈尔依·巴克提·苏窦达亚》	(Hari-bhakti-sudhodaya)
《哈尔依·巴克提·维拉斯》	(Hari-bhakti-vilāsa)
《至尊主圣名的甘露语法书》	(Hari-nāmāmṛta-vyākaraṇa)
《至尊奥义书》	(Īśopaniṣad)
《喀塔奥义书》	(Kaṭha Upaniṣad)
《考穆迪词典》	(Kaumudī dictionary)
《玛典迪纳·施茹缇》	(Mādhyandina-śruti)
《玛哈巴茹阿特》(《摩诃婆罗多》)	(Mahābhārata)
《玛努法典》	(Manu-smṛti)
《玛茨亚往世书》	(Matsya Purāṇa)
《尼尔星哈往世书》	(Narasiṁha Purāṇa)
《莲花往世书》	(Padma Purāṇa)
《茹阿玛亚纳》(《罗摩衍那》)	(Rāmāyana)
《沙布达·寇沙词典》	(Śabda-kośa dictionary)
《萨玛·韦达往世书》	(Sāma-veda Upaniṣad)
《斯康达往世书》	(Skanda Purāṇa)
《圣典博伽瓦谭》	(Śrīmad-Bhāgavatam)
众多的奥义书	(Upaniṣads)
《瓦玛纳往世书》	(Vāmana Purāṇa)
《瓦茹阿哈往世书》	(Varāha Purāṇa)
《外雅维亚·坦陀》	(Vāyavīya Tantra)
韦达经	(Vedas)
《韦丹塔·苏陀》	(Vedānta-sūtra)
《维施努往世书》	(Viṣnu Purāṇa)

词　表

- A -

Ācārya — 以身作则，为整个人类树立灵修榜样的灵性导师。

Adhidaivic powers — 至尊主委派给半神人管理宇宙行政事务的职责，例如：控制雨、风和太阳等。

Ahiṁsā — 非暴力。

Akṣauhiṇī — 一个包含有二万一千八百七十辆战车、二万一千八百七十头大象、十万九千三百五十个步兵和六万五千六百一十个骑兵的军事方阵。

Anna-prāśana — 第一次给孩子喂食五谷的仪式；十种净化仪式中的一种。

Ārati — 迎接和崇拜至尊人格首神的一种仪式。在这个仪式中要一边吟唱至尊主的圣名，一边摇铃，一边向至尊主供奉香，点燃用纯净黄油做灯芯的油灯和用樟脑为燃料的灯，以及供奉盛在海螺中的水、一块精美的手帕、芬芳的鲜花、牛尾毛做的拂尘和孔雀羽毛扇。

Arcanā — 崇拜神像的奉爱程序。

Artha — 经济发展。

Āsana — 瑜伽练习中的一种坐姿。

Āśrama — 一生中四个灵性阶段中的其中一个阶段，它们分别是：独身禁欲的学生生活阶段、居士阶段、逐渐退出家庭生活阶段和出家当托钵僧的完全弃绝阶段。

Asura — 无神论者、十足的物质主义者等不按经典原则做事的恶魔；忌妒神，无视至高无上的绝对真理，反对为至尊主奎师那服务的人。

Aśvamedha-yajña — 韦达经中推荐的马祭。

Avatāra — 至尊主降临到物质世界里的化身。

- B -

Bhagavad-gītā — 《博伽梵歌》，至尊主奎师那与祂的奉献者阿尔诸纳在一场大战即将开始前的谈话，其中详细地解释说，奉爱服务既是最重要的灵修方法，也是最高级的灵性完美境界。

Bhāgavata — 与至尊主巴嘎万(Bhagavān)有关的一切，特别是至尊主的奉献者和经典《圣典博伽瓦谭》。

Bhāgavata-dharma — 为至尊主做奉爱服务的科学；至尊主颁布的宗教原则。

Bhāgavata-saptāha — 由那些以朗诵《圣典博伽瓦谭》为职业赚钱的人组织的七天朗诵《圣典博伽瓦谭》的活动。

Bhakta — 至尊主的奉献者。

Bhakti — 为至尊主所做的奉爱服务。

Bhaktivedāntas — 通过做奉爱服务觉悟了韦达经结论的进步的超然主义者。

Bhakti-yoga — 通过做奉爱服务与至尊主相连的方法。

Bhāva — 对神具有如痴如醉的爱的初步阶段。

Brahmacarya — 独身禁欲的学生生活，韦达制度中人生的第一个灵性阶段。

Brahma-tajas — 布茹阿玛纳 (婆罗门) 的力量。

Brahman — 绝对真理，特别指绝对真理不具人格特征的方面。

brāhmaṇa — 婆罗门，知识分子及祭司阶层。韦达社会制度中的最高阶层。

Brahmānanda — 觉悟了至尊主的灵性光芒后所感到的快乐。

Brahmarṣi — 一个称呼，意思是“布茹阿玛纳(婆罗门)中的圣人”。

Brahmāstra — 通过吟诵曼陀生产出的核武器。

- C -

Caṇḍāla — 不可触碰或低于韦达社会中四社会阶层人士的人；吃狗肉的人。

- D -

Daridra-nārāyaṇa — 意思是“贫穷、可怜的纳茹阿亚纳”；假象宗人士把所用的一个冒犯性的梵文词，把至尊主与可怜的穷人放在同一个层面上。

Devarśi — 一个称呼，意思是“半神人中的圣人”。

Dharma — 宗教原则，人的天职，尤其指每一个灵魂的服务本性。

Dhyāna — 冥想瑜伽。

- E -

Ekādaśī — 用来增加对奎师那的想念的特殊日子，是满月和新月后的第十一天。经典规定在这一天禁食谷类和豆类。

- G -

Gandharvas — 半神人中的歌手和音乐家。

Garbhādhāna-saṁskāra — 父母在怀孩子前所举行的一种韦达净化仪式。

Goloka Vṛndāvana (Kṛṣṇaloka) — 最高的灵性星球，主奎师那的私人住所。

Gopīs — 奎师那的牧牛姑娘朋友，是祂最顺从、最亲密的奉献者。

Gosvāmī — 控制了心和感官的人；对进入弃绝阶层的托钵僧的称呼。

Gṛhastha — 按经典的规定过有节制的居士生活的人；韦达灵性生活的第二个阶段。

Guṇa-avatāras — 物质自然三种属性的掌管神明维施努、布茹阿玛和希瓦。

Guru — 灵性导师。

- H -

Hare Kṛṣṇa mantra — 请看Mahā-mantra。

Harināma-yajña — 经典中推荐的这个年代的祭祀，聚众歌唱至尊主的圣名。

Haṭha-yoga — 为了达到净化和控制感官的目的所进行的身体姿势和呼吸的练习。

- I -

Itihāsa — 史记。

- J -

Jīva-tattva — 个体生物，至尊主的微粒部分。

Jñāna — 知识。

Jñāna-kāṇḍa — 韦达经中包含布茹阿曼(梵)知识或说灵性知识的那一部分。

- K -

Kaivalya — 融入至尊主放射的灵性光芒中的非人格解脱。

Kali-yuga — “纷争、伪善的年代”，是大周期循环中的第四个年代，也是最后一个年代，从五千年前开始。

Kalpa — 布茹阿玛的一个白天，地球的四十三亿二千万年。

Kāma — 贪欲；想要满足自己的感官的欲望。

Kāmadhenu — 灵性世界中的灵性的乳牛，可以生产无限量的牛奶。

Karatālas — 在集体吟唱至尊主圣名时手中拿着的用以敲击伴奏的铙钹。

Karma — 物质、功利性的活动及其报应。

Karmī — 从事功利性活动的人；物质主义者。

Kīrtana — 吟唱至尊主的圣名并赞美至尊主的奉爱服务程序。

Kṛṣnaloka — 参看Goloka Vṛndāvana。

Kṣatriya — 战士或管理者；韦达社会的第二个阶层。

- L -

Lakṣmī — 幸运女神，至尊主纳茹阿亚纳永恒的伴侣。

Līlā-avatāras — 至尊主降临物质世界从事灵性的娱乐活动的无数化身。

Loka — 星球。

- M -

Mahā-mantra — 为得到拯救而吟诵、吟唱的伟大的曼陀：

哈瑞 · 奎师那　哈瑞 · 奎师那　奎师那 · 奎师那　哈瑞 · 哈瑞

哈瑞 · 茹阿玛　哈瑞 · 茹阿玛　茹阿玛 · 茹阿玛　哈瑞 · 哈瑞

Mahā-ratha — 可以独自对抗一万个对手的强有力的战将。

Mahājanas — 觉悟了自我的伟大灵魂，奎师那意识科学的权威人士。

Mahat-tattva — 原初的物质能量整体，展示了的物质世界的源头。

Mahātmā — 伟大的灵魂，主奎师那崇高的奉献者。

Mantra — 超然的声音振荡或韦达赞歌，它们可以使人摆脱心中的错觉。

Mathurā — 主奎师那的住所及五千年前显现的地方，温达文就在那一区域内。主奎师那在温达文从事过孩提时期的娱乐活动后，又回到那里。

Māyā — 至尊主的低等、错觉能量，负责统治这个物质创造并迷惑生物，使其遗忘自己与奎师那的关系。

Mayāvādī — 持非人格神哲学观念的人。他们以为绝对真理最终没有形象，个体生物与神是平等的。

Mokṣa — 摆脱物质的束缚。

Mṛdaṅga — 用黏土制做的鼓，在集体吟唱神的圣名时作伴奏用。

Muni — 圣人。

- N -

Nirguṇa — 没有物质属性。

Nivṛtti-mārga — 通向解脱的弃绝之途。

- P -

Pañcarātra — 韦达文献，讲述奉献者在这个年代里崇拜神像的方法。

Paṇḍita — 学者。

Parakīya — 已婚的女子与她情人的关系；特指温达文的少女与奎师那的关系。

Paramahaṁsa — 至尊主那些如天鹅般最高级的奉献者；托钵僧的最高阶段。

Parameśvara — 至高无上的控制者——主奎师那。

Paramparā — 师徒传承，灵性知识经由传承中有资格的灵性导师传递下来。

Prāṇāyāma — 瑜伽练习，特别是八部瑜伽练习(aṣṭāṅga-yoga)中所用的控制呼吸方法。

Prasādam — 主奎师那的仁慈；以爱心供奉给至尊主后被灵性化了的食物或其他东西。

Pravṛtti-mārga — 按照韦达经典的规定进行感官享乐的途径。

Purāṇas — 韦达经的十八部补充文献，历史典籍。

Puruṣa-avatāras — 至尊主为创造物质宇宙所扩展出的三个主要的维施努化身。

- R -

Rājarṣi — 伟大圣洁的君王。

Rājasūya-yajña — 尤帝士提尔王举行、主奎师那参加的盛大祭祀仪式。

Rāma-rājya — 以至尊主的完美君王化身茹阿玛禅铎为榜样所建立的理想的韦达王国。

Rāsa-līlā — 奎师那与祂最高级、最信赖的仆人——布阿佳布弥的牧牛姑娘之间，所进行的最纯洁、灵性的爱的交流。

Ṛṣi — 圣人。

- S -

Sac-cid-ānanda-vigraha — 至尊主的永恒、极乐、充满知识的超然形象。

Sādhu — 圣洁的人。

Śālagrāma-śilā — 至尊主以石头的形象显现的神像化身。

Sampradāya — 师徒传承，也指传统的追随者。

Saṁskāra — 从怀孕到死亡所举行的一个接一个的韦达净化仪式，以达到净化人生的目的。

Sanātana-dharma — 众生永恒的职责或宗教——为至尊主做奉爱服务。

Saṅkīrtana — 聚众或集体赞美至尊主奎师那，特别是用吟唱至尊主的圣名的方法。

Sannyāsa — 韦达灵性生活中的第四个阶段；弃绝的生活。

Śāstra — 像韦达经典那样的启示经典。

Sāyujya — 融入至尊主的灵性光芒(的解脱)。

Smṛti — 启示经典，作为韦达经和奥义书这些原始韦达经典(śruti)的补充文献。

Soma-rasa — 高等星球上的半神人们可以喝到的一种延长寿命的饮料。

Śravaṇam kīrtanaṁ viṣṇoḥ — 聆听和吟诵、吟唱有关主奎师那——维施努的一切的奉爱方法。

Śruti — 经由聆听得到的知识；至尊主直接给予的原始韦达文献，包括韦达经和奥义书(Upaniṣads)。

Śūdra — 韦达社会制度中第四阶层的人——为其他阶层做服务的劳动者。

Śūdrāṇī — 为其他阶层做服务的人(Śūdra)的妻子。

Surabhi cows — 灵性世界中的灵性乳牛，提供无限量的牛奶。

Svāmī — 控制住自己的感官和心念的人；对托钵僧这种弃绝的人的称呼。

Svargaloka — 物质世界里的天堂星球。

Svayaṁvara — 允许公主挑选丈夫的仪式。

- T -

Tapasya — 苦修；为了取得灵性进步自愿承受某种物质的不便。

Tilaka — 奉献者用圣泥在前额和身体的其他部位所画的标志。

Tulasī — 主奎师那所珍爱且祂的奉献者都崇拜的一种神圣的植物。

- V -

Vaikuṇṭha — 灵性世界，在那里没有焦虑。

Vaiṣṇava — 至尊主维施努(Viṣṇu, 奎师那)的奉献者。

Vaiṣyas — 韦达社会制度中的第三阶层的人，即：农场主和商人。

Vānaprastha — 退出家庭生活的人，韦达灵性生活的第三个阶段。

Varṇa — 韦达社会制度中的四个阶层，由人所从事的工作性质和受哪一种物质属性影响所区分。请看Brāhmaṇa，Kṣatriya，Vaiśya，Śūdra。

Varṇā-saṅkara — 在没有遵守韦达宗教原则的情况下怀孕生下的孩子，因此是要不得的后代。

Varṇāśrama-dharma — 韦达社会制度中的四个社会阶层和四个灵性阶段。请看Varṇa和Āśrama。

Vedānta — 圣维亚萨戴瓦撰写的《韦丹塔 · 苏陀》哲学，其中包含了韦达哲学知识的结论性概述，表明主奎师那是最高的目标。

Vedas — 由主奎师那最先讲述的原始启示经典。

Virāṭ-rupa — 至尊主的宇宙形象。

Viṣṇu — 至尊人格首神为了创造和维系物质宇宙而扩展出的四臂形象。

Viṣṇu-tattva — 首神的地位或种类。用来指至尊主的主要扩展的词。

Vṛndāvana — 奎师那永恒的住所，祂在那里完全展示了祂甜美的质量；这个地球上的一个村庄，至尊主奎师那五千年前在那里演出了祂孩提时的娱乐活动。

Vyāsadeva — 主奎师那的文学化身，为人类编纂了韦达经(Vedas)、往世书(Purāṇas)、《韦丹塔 · 苏陀》(Vedānta-sūtra)和《玛哈巴茹阿特》(Mahābhārata)等韦达文献。

- Y -

Yajña — 韦达祭祀；也是一切祭祀的目的和享受者至尊主的名字，意思是祭祀的人格体现。

Yātrā — 一次旅行，一个旅程。

Yoga-nidrā — 主维施努的神秘睡眠。

Yogī — 以某种方法努力与至尊者相连的超然主义者。

Yuga-avatāras — 至尊主分别在四个年代中显现的四个化身，为每一个年代中的人规定适合他们灵性觉悟的灵修方法。

Yugas — 计算宇宙寿命的年代，四个年代循环往复。

- Z -

Zamindār — 富有的地主。

梵文发音指导

人们历来用不同的字母来代表梵文，但在印度被最广泛采用的是戴瓦讷嘎瑞(devanāgarī)字母。戴瓦讷嘎瑞的意思是，半神人的城市文字。戴瓦讷嘎瑞共含有 48 个字母；13 个元音，35 个辅音。古代的梵文语法家根据方便、实用的语言学原则，把这些字母加以排列，其排列顺序被所有的现代语言学者所接受。本书所用的拉丁语字母拼音系统，50 年以来一直被语言学家所采用。

元音

अ a　आ ā　इ i　ई ī　उ u　ऊ ū　ऋ ṛ

ॠ ṝ　ऌ ḷ　ए e　ऐ ai　ओ o　औ au

辅音

喉　音：	क	ka	ख	kha	ग	ga	घ	gha	ङ	ṅa
颚　音：	च	ca	छ	cha	ज	ja	झ	jha	ञ	ña
卷舌音：	ट	ṭa	ठ	ṭha	ड	ḍa	ढ	ḍha	ण	ṇa
齿　音：	त	ta	थ	tha	द	da	ध	dha	न	na
唇　音：	प	pa	फ	pha	ब	ba	भ	bha	म	ma
半元音：	य	ya	र	ra	ल	la	व	va		
丝　音：	श	śa	ष	ṣa	स	sa				

送气音：　ह ha　　　　鼻后音(anusvāra)：ं　ṁ

无声音(visarga)：ः ḥ　　　省字号(avagraha)：ऽ

数词

० -0　१ -1　२ -2　३ -3　४ -4　५ -5　६ -6　७ -7　८ -8　९ -9

辅音后元音的写法

ा ā　ि i　ी ī　ु u　ू ū　ृ ṛ　ॄ ṝ　े e　ै ai　ो o　ौ au

例如：क ka　का kā　कि ki　की kī　कु ku　कू kū

कृ kṛ　कॄ kṝ　के ke　कै kai　को ko　कौ kau

一般来说当辅音是两个或两个以上一起时有特殊的写法，例如：क्ष kṣa त्र tra。

在辅音后没有标出元音时，应该当作有元音 a 来念。

当出现符号(्)时，表示没有元音，例如：क्。

元音发音

a —如英语 but 中的 u
ā —如英语 far 的 a 而两倍长于 a
ai —如英语 aisle 中的 ai
au —如英语 how 中的 ow
e —如英语 they 中的 e
i —如英语 pin 中的 i
ī —如英语 pique 中的 i 而两倍长于 i
ḷ —如 lree
o —如英语 go 中的 o
ṛ —如英语 rim 中的 ri
ṝ —如英语 reed 中的 ree 而两倍长于
u —如英语 push 中的 u
ū —如英语 rule 中的 u 而两倍长于 u

辅音发音

喉音

k —如英语 kite 中的 i
kh —如英语 Eckhart 中的 kh
g —如英语 give 中的 g
gh —如英语 dig-hard 中的 g-h
ṅ —如英语 sing 中的 ng

唇音

p —如英语 pine 中的 p
ph —如英语 up-hill 中的 p-h
b —如英语 bird 中的 b
bh —如英语 rub-hard 中的 b-h
m —如英语 mother 中的 m

卷舌音

ṭ —如英语 tub 中的 t
ṭh —如英语 light-heart 中的 t-h
ḍ —如英语 dove 中的 d
ḍh —如英语 red-hot 中的 d-h
ṇ —如英语 sing 中的 n

颚音

c —如英语 chair 中的 ch
ch —如英语 staunch-heart 中的 ch-h
j —如英语 joy 中的 j
jh —如英语 hedgehog 中的 dgeh
ñ —如英语 canyon 中的 n

齿音

t —如英语 tub 中的 t
th —如英语 light-heart 中的 t-h
d —如英语 dove 中的 d
dh —如英语 red-hot 中的 d-h
n —如英语 nut 中的 n

半元音

y —如英语 yes 中的 y
r —如英语 run 中的 r
l —如英语 light 中的 l
v —如英语 vine 中的 v

丝音

ś 一如德语 sprechen 中的 s

ṣ 一如英语 shine 中的 sh

s 一如英语 sun 中的 s

送气音

h 一如英语 home 中的 h

鼻后音(anusvāra)

ṁ 一如法语 bon 中的 n

无声音(visarga)

ḥ 一字尾的 h 音（aḥ 发音如 aha；iḥ 发音如 ihi）

梵文音节的声调没有明显的起伏，在一行中字与字之间也没有间单，有的只是一个音节接着一个音节连绵不断地连接。有的音节短，有的音节长，而长音节的长度是短音节的二倍。长音节含有长元音(ā, ai, au, e, ī, o, ṝ ,ū)或短元音后加一个以上的辅音(包括 ḥ 和 ṁ)。丝音辅音——后面带 h 的辅音，只算单辅音。

梵文诗句索引

- A -

- B -

- E -

- G -

- H -

- L -

- M -

- N -

- T -

- V -

- Y -

中文译者简介

嘉娜娃（金磊），法籍华人，生于北京，医疗管理专科毕业。自1991年开始接触瑜伽后，深受印度古代文化的吸引，逐渐走上翻译这些经典的道路。迄今为止，她已经翻译、编辑了许多著名的古印度典籍，其中包括帕谭伽里的《瑜伽经》以及帕布帕德的《博伽梵歌原意》和《博伽梵往世书》（《圣典博伽瓦谭》）等40本印度古籍。此外，还有中国广大读者熟悉的《瑜伽的故事》和《瑜伽的艺术》（上、下）等。